BARBARA BRETTON

Le lien brisé

Roman

MIRA

Titre original :
GUILTY PLEASURES
publié par MIRA®

Traduction de l'américain par PIERRE-FRANÇOIS REIGNIER

Photo de couverture
Portrait de femme : © BRUGGEMANN / GETTY IMAGES

83/85 boulevard Vincent Auriol 75646 PARIS CEDEX 13.
ISBN 2-280-85518-6 — ISSN 1765-7792

Prologue

22 décembre 1995

L'élégante Rolls Royce grise franchit le seuil du parking et accéléra en souplesse sur l'avenue. Corey Prescott regardait les sommets enneigés des Somerset Hills défiler derrière la vitre teintée lorsque Lili Spaulding, assise à côté d'elle, déclara tout à trac :

— Avouez, ma chère, qu'il y a des plaisirs dont on ne peut se passer. J'accepterai peut-être un jour de renoncer à la fourrure, à la cigarette et à la viande rouge au nom du politiquement correct, mais je préférerais vendre mon âme au diable plutôt que de sacrifier ma Rolls.

Corey s'efforça de dissimuler son agacement.

— Vous savez ce que j'en pense, répondit-elle d'un ton égal. Les années quatre-vingt ont modifié les règles de la consommation. Le moins que vous puissiez faire aujourd'hui, si vous tenez à posséder un véhicule tape-à-l'œil, c'est acheter américain. Cela servirait mieux votre image.

— Mais, ma chère, c'est bien de mon image qu'il s'agit ! rétorqua Lili avec un sourire plein d'orgueil. Vous travaillez avec moi depuis combien de temps ? Un mois ? Vous devez commencer à me connaître…

Corey se renversa contre le dossier de cuir crème et compta lentement jusqu'à dix pour se calmer. « Ce job, tu l'as voulu, se dit-elle. Tu occupes à présent chez *Lili !* le seul poste qui te permettra d'atteindre tes objectifs. Alors assume ! »

Elles avaient passé la journée dans un grand magasin qui ouvrait ses portes dans le centre réhabilité de Philadelphie. A cette occasion, *Lili !* avait offert un somptueux repas de gala à plusieurs centaines de journalistes curieux et de riches clientes prêtes à dépenser des fortunes en cosmétiques.

En tant que responsable des relations publiques, Corey avait veillé à ce que les projecteurs mettent en valeur la coiffure et la tenue impeccables de Lili Spaulding tandis que celle-ci débiterait à son public enthousiaste des phrases toutes faites sur le ton de la confidence.

Je peux vous aider, avait clamé chacun des gestes de Lili devant un parterre de femmes élégantes. *Observez-moi, je vous montrerai comment vous y prendre.*

Revlon et Helena Rubinstein avaient développé l'industrie des cosmétiques, et Estée Lauder en avait fait une forme d'art, mais seule Lili Spaulding avait véritablement compris comment mettre la magie en bouteille et vendre des rêves empaquetés. Aussi, quoi que l'on pensât de sa personnalité, ne pouvait-on s'empêcher d'admirer en elle la femme d'affaires qui, armée de son seul charme et d'un courage à toute épreuve, avait transformé une société moribonde en une puissante corporation tournée vers le troisième millénaire.

Epuisée par le voyage de quinze jours qu'elle venait d'effectuer en compagnie de Lili à travers tout le pays, Corey s'assoupit peu à peu, avant de s'endormir profondément. Lorsqu'elle rouvrit les yeux, la Rolls s'immobilisait devant un bâtiment de brique rose. Celui-ci dessinait un U autour d'un large bouquet de cornouillers et d'érables rouges dont les branches nues étaient ornées d'une myriade de minuscules lampes scintillantes. Une luxueuse guirlande décorait en outre l'imposante porte d'entrée à double battant. Cependant, hormis la discrète plaque de cuivre gravée du logo de *Lili !*, rien n'indiquait que cet immeuble raffiné abritât la principale usine de production de la compagnie. Une usine que Corey avait déjà vue en photo mais n'avait encore jamais visitée.

— Pourquoi m'amenez-vous ici ? demanda-t-elle.

Lili lui tapota doucement la main.

— J'ai pensé que cela vous plairait de découvrir notre usine de Somerset.

— Il est 6 heures passées, répliqua Corey en jetant un coup d'œil à la montre de sa patronne — une authentique Cartier. Ne pourrions-nous revenir une autre fois ?

Cette femme ne respectait-elle donc jamais les horaires légaux de travail ? A trois jours seulement de Noël, même Oncle Picsou aurait récompensé ses dévoués employés en leur lâchant un peu la bride.

— J'ai une surprise pour vous, répondit Lili, un large sourire aux lèvres. Le lot d'essai de Night-Way sort de la chaîne d'assemblage dans vingt minutes. Je suis ici pour en signer le premier pot.

— Dans vingt minutes ? s'exclama Corey avec un frisson d'appréhension. Je croyais qu'il ne serait prêt que dans trois mois.

— Changement de programme. Nous allons lancer le produit en mai afin de devancer la concurrence pour la prochaine saison de Noël.

— Mais c'est dans cinq mois seulement ! Rien n'est prêt côté publicité, la campagne n'est qu'à moitié ébauchée — nous n'avons même pas choisi le mannequin !

Sans parler des éventuels problèmes dont Stephen Gold, du département Recherche et Développement, lui avait parlé quelques jours plus tôt au téléphone.

— Vous vous débrouillerez, trancha Lili en sortant de la Rolls.

— Je me *débrouillerai* ? marmonna Corey.

Elle descendit à son tour de voiture, et sa jupe de laine rouge remonta sur ses cuisses. Elle la remit en place d'un geste nerveux, sans prêter attention au clin d'œil admiratif que lui lança Ed, le chauffeur.

— Vous voulez que je prépare un dossier complet sur un produit entièrement nouveau d'ici au printemps 96 ? demanda-t-elle d'une voix incrédule.

Lili soutint durement son regard.

— Vous n'en êtes pas capable ?

— Je n'ai pas dit cela.

— C'est pourtant ce que j'ai entendu.

— Vous avez mal entendu.

Lili haussa un sourcil, et ses yeux bleus lancèrent des étincelles de colère. Un seul regard de cette femme était plus intimidant qu'une armada.

Corey s'en voulut de son malaise. Elle s'était promis que jamais Mme Spaulding ne réussirait à l'impressionner.

— Je me suis mal fait comprendre, rectifia-t-elle. Je voulais juste vous donner mon opinion.

— Votre opinion, ma chère, je n'en ai cure, répliqua sa patronne. Vous êtes ici pour appliquer les décisions que *je* prends. Si vous comprenez bien cela, nous éviterons à l'avenir ce genre de malentendu.

Elle tourna les talons et se dirigea à longues enjambées vigoureuses vers l'entrée du bâtiment. La plupart des femmes auraient foulé le trottoir gelé à petits pas prudents, mais Lili Spaulding, elle, mettait la glace au défi de la ralentir.

— Vous vous en êtes bien tirée, dit Ed. Je l'ai déjà vue planter ses talons aiguilles dans le derrière d'un homme.

Corey lissa d'une main nerveuse les revers de sa veste de tailleur.

— Ne vous inquiétez pas. Je sais comment m'y prendre avec le Big Boss.

— Sûr ! C'est ce que disait l'avant-dernier responsable des relations publiques avant que…

En guise de conclusion, il fit le geste de se trancher la gorge avec l'index.

— A votre place, mademoiselle Prescott, reprit-il, je tiendrais mon C.V. à jour.

Elle lui lança un clin d'œil.

— J'ai une botte secrète. Et je ne suis pas près de perdre ma place.

— Comme vous voudrez, répondit-il avec un large sourire. Y a pas de mal à se montrer optimiste.

« Ce n'est pas qu'une question d'optimisme », songea Corey en pénétrant dans l'immeuble au côté de Lili. Toute sa vie, elle avait lutté pour obtenir cette place, et rien ne viendrait entraver ses projets.

Elle cajolerait les orgueilleux, sourirait à tout-va, ne refuserait aucune contrainte. Sans redouter de se montrer trop servile, sans jamais douter de ses compétences. Et elle atteindrait ses objectifs.

Elle demeura un instant interdite devant la splendeur du hall d'entrée. C'était un endroit dans la plus pure tradition des années trente et quarante, conçu pour rappeler aux hommes leur propre insignifiance : sol en marbre de Carrare, gigantesques colonnes surmontées de chapiteaux corinthiens, plafond à caissons et vitraux dignes d'une cathédrale, où le logo de *Lili !* était reproduit parmi de ravissants motifs roses, pervenche et bleu de cobalt.

— Bonsoir, madame Spaulding.

Un homme d'une petite soixantaine d'années, vêtu d'un pantalon anthracite et d'une chemise blanche, les accueillit près de la guérite de l'agent de sécurité. Sous sa fine moustache grise, son visage dégageait une bonhomie qui plut aussitôt à Corey.

— Ben ! s'exclama Lili, l'air ravi.

Elle l'embrassa sur chacune de ses joues rubicondes, avant de lui tapoter l'épaule.

— Vous utilisez Spaulding pour Homme, dit-elle avec un hochement de tête admiratif. Et votre teint est absolument superbe !

Les joues de Ben devinrent plus rouges que jamais.

— Ruth me disait la même chose hier soir, madame Spaulding. J'aurais dû commencer à me servir de cette crème bien plus tôt.

— Est-ce que Ruth enseigne toujours ? demanda Lili avec intérêt.

— Elle prend sa retraite en juin. Du coup, nous envisageons de faire un voyage à l'automne.

— Appelez-moi avant d'organiser cela. J'ai un voyagiste formidable, qui sera enchanté de vous aider à préparer un itinéraire de rêve.

« Ah, là, chapeau ! » songea Corey en soupirant. Pas de doute là-dessus, cette femme était championne pour passer de la pommade aux gens ! Lili se souciait comme d'une guigne de la femme de Ben et de leurs projets de vacances : en les flattant, elle ne pensait qu'à améliorer le rendement de ses employés.

Le pauvre Ben, cependant, ne semblait pas s'en rendre compte. Il rayonnait littéralement de bonheur devant l'attention que lui prodiguait sa patronne. Tandis qu'il racontait en détail les préparatifs du spectacle de danse de sa petite-fille, le sourire de Lili Spaulding ne fléchit pas une seconde. Elle posa les bonnes questions, admira la photo du dernier nourrisson de la famille, et persuada probablement Ben qu'elle était venue à l'usine dans le seul but de discuter avec lui de sa vie privée.

Corey eut peine à se retenir de l'applaudir. Meryl Streep elle-même n'aurait pas mieux joué la comédie. Lili n'avait certainement jamais mis les pieds dans une école secondaire, ni assisté à un spectacle de danse de fin d'année, mais elle donnait tout à fait l'impression du contraire.

— Ben, je vous présente Corey Prescott, dit-elle finalement. C'est notre nouvelle responsable des relations publiques.

— Ben Krementz, déclara l'homme en serrant la main de Corey. Est-ce vous qui avez réussi à faire aboutir la campagne pour Amaryllis, que Blake Morrow nous avait laissée sur les bras ?

— Je le confesse.

— Les ventes sont excellentes et l'accueil de la presse a été favorable. On ne peut guère en demander plus. Beau boulot.

Corey ne lut que de la sincérité dans le regard de son interlocuteur.

— Et beau produit, renchérit-elle. Vous me facilitez la tâche.

Lili les observait sans que son visage parfait exprimât la moindre émotion.

— Comme je suis contente ! déclara-t-elle finalement en leur prenant à chacun le bras. Mes deux collaborateurs favoris se sont déjà liés d'amitié !

Corey et Ben échangèrent discrètement un sourire ironique. A sa manière, Lili venait de leur rappeler qu'il était temps d'en venir aux choses sérieuses.

Ils traversèrent le hall, passèrent devant un portrait en pied de Carter Spaulding, le mari défunt de Lili, puis s'engagèrent dans un long couloir. Tout en marchant, Corey évoqua avec son collègue les problèmes spécifiques que posait le lancement d'une crème de nuit telle que Night-Way.

— Depuis quelque temps, les associations de protection des animaux nous en font voir de toutes les couleurs, observa Ben avec dépit.

— Il faudra impérativement régler cette question avant la phase 3, précisa Corey. Bien entendu, nous devons être irréprochables face à…

— Je refuse de me laisser intimider, interrompit sèchement Lili. Je dirige cette compagnie en recherchant le rendement maximum au moindre coût, pas en subissant les attaques terroristes de bandes de désaxés.

— Pourquoi vous limiter à cette pratique, madame Spaulding ? rétorqua Corey. Il existe d'autres solutions que les essais sur les animaux.

Ben ouvrit une porte qui donnait sur une vaste salle de conférences lambrissée d'acajou.

— Aucune d'entre elles n'est performante, insista Lili.

— Les sondages montrent pourtant que la clientèle est favorable…

Corey se tut tout à coup, les yeux écarquillés. Le silence s'était fait dans la pièce, et la trentaine d'hommes et de femmes qui l'occupaient — les plus hautes instances de l'unité de production de Somerset ! — regardaient tous Lili avec une sorte d'enthousiasme impatient et candide. On aurait dit qu'ils l'attendaient comme le Messie.

Une heure plus tard, le miracle était accompli. Parmi la petite foule de fervents admirateurs qui l'entourait, Lili recueillait plus de compliments et d'invitations à la soirée de la Saint-Sylvestre que Corey n'en avait reçu durant toute son existence. La grande Mme Spaulding avait transformé la signature d'une simple crème de nuit en une cérémonie mémorable ; et Corey était bien forcée d'admettre que cette femme possédait assez de charisme pour fonder sa propre religion.

Adossé au chambranle de la porte, Ben Krementz observait la scène d'un air médusé. Corey s'approcha de lui.

— Elle est incroyable, vous ne trouvez pas ? demanda-t-elle.

— Stupéfiante, acquiesça-t-il, avant d'esquisser un sourire. Vous ne l'aimez pas beaucoup, on dirait.

Corey feignit l'étonnement avant de répondre avec prudence :

— Je l'admire énormément. C'est une très brillante femme d'affaires.

— D'accord, répliqua Ben en pouffant. N'empêche, vous ne l'appréciez guère.

Un peu gênée par la perspicacité de son interlocuteur, Corey força un sourire sur ses lèvres. Depuis trois semaines et demie qu'elle travaillait pour *Lili ! International*, seul Stephen Gold avait jusqu'alors remarqué qu'elle n'était pas un disciple inconditionnel de Lili Spaulding.

— Cela se voit vraiment ?

Ben hocha la tête et remonta ses lunettes sur son nez.

— Avec le temps, vous changerez d'avis.

— Sans doute, approuva-t-elle. D'ici là, je vais veiller à dissimuler mes sentiments.

Elle désigna Lili d'un mouvement discret du menton.

— Vous voudrez bien lui dire que je l'attends dans la voiture ? J'ai envie de fumer une cigarette au calme.

— Je peux venir avec vous ? Par les temps qui courent, on a du mal à trouver quelqu'un qui ne considère pas le tabac comme une invention satanique.

La voix suave mais autoritaire de Lili fusa soudain par-dessus le brouhaha :

— Ben, s'il vous plaît ! Nous avons besoin de votre point de vue d'expert sur une question délicate.

Ben eut un petit rire.

— Ce sera pour une autre fois, murmura-t-il.

— Avec plaisir, répondit Corey.

L'espace d'une seconde, elle songea à lui demander de garder pour lui leur discussion concernant Lili Spaulding, puis elle se ravisa : Ben Krementz ne semblait pas homme à colporter des ragots susceptibles de nuire à ses collègues.

Elle quitta la salle, traversa le couloir à pas pressés, ses talons cliquetant sur le marbre.

— Ils ont terminé, là-bas ? lui demanda l'agent de sécurité à l'entrée du grand hall.

Le regard de Corey fut attiré par un grand panier empli de roses blanches posé à même le sol, juste à côté de la guérite de l'agent. Elle se demanda vaguement pourquoi ces fleurs avaient échoué ici, puis répondit d'un ton aigri :

— Pas encore. Vous n'ignorez pas que Mme Spaulding adore les bains de foule !

Tandis qu'elle franchissait la porte à double battant, un pincement de culpabilité la saisit. Pourquoi diable avait-elle lâché de tels propos devant cet homme ? Avait-elle donc perdu la tête ? Toute sa vie, elle avait réussi à masquer ses sentiments, à ne jamais laisser échapper un mot qui risquât de la trahir, et voilà que, tout à coup, elle se livrait à des petites piques hargneuses contre Lili Spaulding en présence d'inconnus. C'était insensé !

Elle trouva Ed somnolant derrière le volant de la Rolls, sa casquette enfoncée sur les yeux. Un sourire lui échappa quand elle aperçut le brin de gui épinglé à sa visière. Le chauffeur et elle avaient fait un pari concernant le temps qu'il faudrait à Lili pour remarquer ce détail vestimentaire peu orthodoxe.

Elle s'assit sur l'aile avant droite de la voiture, glissa la main au fond de son attaché-case pour y saisir un paquet de cigarettes, puis suspendit son geste. Elle n'avait soudain plus du tout envie de fumer. Il régnait autour d'elle une atmosphère fraîche et douce, imprégnée de cette délicieuse odeur de pin qui évoquait irrésistiblement Noël, et Corey voulut savourer un moment de tranquille communion avec la nature. Elle se pencha en arrière, les coudes appuyés sur le capot, et prit une profonde inspiration. Jusqu'à ce jour, personne, pas même la grande et puissante Lili Spaulding, n'avait su recréer la magie de ce climat d'hiver si vivifiant.

En levant les yeux vers le ciel saupoudré d'étoiles scintillantes, Corey replongea un instant dans sa petite enfance. Souvent, quand elle avait quatre ou cinq ans, elle s'asseyait dehors, choisissait un astre et faisait un vœu — toujours le même : avoir une maison, une famille, donner et recevoir de l'amour…

Mais à quoi bon continuer de ressasser ces souvenirs ? Corey bâilla, s'efforçant de revenir au présent. Elle ne comprenait vraiment pas pourquoi elle avait tenu des propos si risqués devant Ben Krementz et l'agent de sécurité. Une telle erreur pouvait ébranler la situation qu'elle avait mis toute sa vie à se bâtir, anéantir le résultat de longues années d'études et de sacrifices — des années pendant lesquelles elle avait travaillé deux fois plus que n'importe qui parce que, pour elle, tout était deux fois plus difficile.

Mais ce long chemin de croix toucherait bientôt à sa fin. Elle atteignait presque son but. Elle en était si proche, en fait, qu'elle avait déjà l'impression de sentir le goût piquant de la victoire sur ses lèvres.

La double porte de l'usine s'ouvrit sur un concert de voix : l'alto guttural de Lili ; la basse enrouée de Krementz ; un chœur de sopranos et de ténors empressés.

— … emploi du temps très chargé, expliquait Lili. Mais je…

La fin de sa phrase se perdit dans la détonation qui ébranla tout à coup la nuit paisible. Corey fut violemment projetée au sol par le souffle de l'explosion. Son genou heurta le bord du trottoir, et elle sentit aussitôt un épais filet de sang couler sur sa jambe. Elle se recroquevilla en plaquant les mains autour de son crâne pour se protéger des éclats de verre et des débris qui tombaient du ciel comme une volée de grêle.

Quand elle releva la tête quelques instants plus tard, elle vit d'abord qu'un mur de flammes dévorait toute la partie sud de l'immeuble. Le vacarme de l'incendie était assourdissant. Corey écarquilla les yeux. Du grand hall d'entrée, il ne restait qu'un amas de briques et de fragments de marbre.

— Nom de Dieu ! s'écria Ed en se précipitant vers elle. Qu'est-ce qui s'est passé ?

Corey lui agrippa le bras pour qu'il l'aide à se remettre debout.

— Appelez à l'aide, ordonna-t-elle. La police, les pompiers, les ambulances… Vite !

Elle tentait de se diriger vers l'immeuble quand Ed la retint par la taille.

— N'allez pas là-bas ! cria-t-il. C'est trop dangereux.

Corey lui donna un coup de coude dans le thorax pour le forcer à la lâcher, puis courut en direction de l'usine. « Lili ! songea-t-elle avec désespoir. Pourvu que je la retrouve. Pourvu qu'elle vive ! » A mesure qu'elle avançait, des vagues de chaleur presque insoutenables lui inondaient le corps, une épaisse fumée âcre lui envahissait les narines, l'air se raréfiait. Elle avait de plus en plus de mal à respirer, mais elle s'obstina, clignant des yeux pour scruter la scène infernale.

Soudain, elle aperçut deux cadavres. Ben Krementz gisait sous un tas de briques et de morceaux de parpaing, à côté du torse affreusement mutilé de l'agent de sécurité. Corey détourna la tête, mais son regard se posa sur un autre tableau atroce : une jeune femme aux cheveux roux, vêtue d'une blouse de laboratoire, reposant à plat ventre sur la neige dans une mare de sang hérissée de tessons. Corey fit un terrible effort de volonté pour ne pas penser à ce qu'elle voyait. Si elle réfléchissait, elle risquait de ne plus avoir la force d'agir.

— Vous ne pouvez rien pour eux ! hurla Ed dans son dos. Ne jouez pas les héros !

Ce n'était pourtant ni l'héroïsme, ni même le courage qui poussait Corey en avant, mais trente-deux années de colère, de chagrin et de solitude. Trente-deux années qu'elle avait passées à se demander pourquoi la vie ne lui souriait pas un peu plus.

— Lili ! cria-t-elle. Lili, où êtes-vous ?

Un faible gémissement s'éleva sur sa droite. Elle plissa les yeux et distingua une jambe de femme qui dépassait derrière un bouquet de buissons, tout près des décombres du mur de l'usine.

Quelques instants plus tard, Corey tirait le corps inerte de Lili Spaulding dans un espace dégagé. Sur le front, celle-ci avait une large entaille dont le flot de sang éclaboussait son visage et maculait son élégant tailleur. Corey s'accroupit à côté d'elle, lui saisit le poignet et essaya de trouver son pouls.

— Vous ne devez pas mourir, marmonna-t-elle. Tenez bon…

Un frisson d'exaltation fusa soudain dans sa poitrine.

— Son cœur bat, Ed ! cria-t-elle. Venez m'aider !

Le chauffeur approcha et se pencha au-dessus de Lili.

— Ah, Seigneur ! gémit-il. Regardez dans quel état elle est ! Tout ce sang… Elle va mourir !

— Non ! Elle va vivre, murmura Corey avec fureur en inclinant le buste pour faire le bouche-à-bouche à Lili. Elle va s'en sortir, parce que je n'en ai pas encore terminé avec elle.

Tenez bon, mère. Tout cela ne fait que commencer. Vous avez encore des comptes à me rendre…

LIVRE 1

La mère

1.

Euless, Floride, 1962

Le drap de papier blanc crissa sous les fesses de Lilly Ann Barnett, qui s'agitait nerveusement sur la table d'examen. Elle en avait plus qu'assez. Et, comme pour ajouter à l'humiliation qu'elle éprouvait à être allongée ainsi, à moitié nue, les pieds bloqués dans les étriers et les genoux écartés en grand, le Dr Willis la dévisageait d'un regard soupçonneux — à croire qu'il la prenait pour une de ces filles qui arpentent Main Street le samedi soir dans le but d'aguicher les garçons pour se faire un peu d'argent facile !

« Vieux bouc, songea-t-elle en redressant le buste. J'aimerais bien voir ce que ça vous ferait, de vous exposer comme ça, les jambes ouvertes comme à la parade. »

Cependant, le Dr Willis ne prêtait aucune attention à ses jambes. Il se mit à secouer la tête en faisant claquer la langue contre ses dents, l'air à la fois outré et dépité. Lilly Ann connaissait bien cette expression pour l'avoir déjà vue sur le visage des amies de sa grand-mère. On aurait dit qu'elles voyaient en elle l'incarnation de l'Antéchrist, seule responsable de toutes les calamités qui accablaient le monde.

— Tu as de gros ennuis, Lilly Ann, finit par déclarer le médecin en se massant l'arête du nez entre le pouce et l'index. Les pires ennuis qui puissent arriver à une jeune fille.

Le cœur de Lilly Ann fit un bond dans sa poitrine. Elle enfonça les ongles dans ses paumes.

— Je suis… ?

— De trois mois, répondit-il dans un soupir. Et tu n'es même pas mariée !

Lilly Ann sentit le sang refluer de ses joues. « Vieil imbécile, rétorqua-t-elle silencieusement en soutenant le regard réprobateur du Dr Willis. Vous ne savez pas de quoi vous parlez. »

— Je sais bien ce que tu as en tête, ma petite, reprit-il. Mais tu vas avoir une grosse déception si tu crois que Maisie et Big Earle vont laisser Cliff épouser une fille comme toi…

Elle se leva brusquement de la table d'examen et brandit un doigt vers le visage ridé du médecin.

— Clifford m'aime, et il sera très heureux que je sois enceinte, répliqua-t-elle.

— Nous devons appeler ta grand-mère pour parler de cette affaire, Lilly Ann. Je connais un institut, à Tallahassee, qui s'occupe de régler ce genre de problème.

Il poussa de nouveau un profond soupir, l'air de porter sur ses épaules malingres toutes les misères de la Terre.

— Tu continues d'aller à l'école pendant la grossesse, poursuivit-il, puis tu accouches, et ensuite tu reprends ta vie comme si rien ne s'était passé.

— Non ! s'écria Lilly Ann. Personne ne me volera mon bébé !

— Tu n'as que seize ans, Lilly Ann. Tu as toute la vie devant toi pour faire des enfants.

— Maman avait quinze ans quand je suis née, répliqua-t-elle avec morgue. Elle m'aimait, et elle voulait que je sois heureuse.

— Ta maman t'a abandonnée, fillette, dit le Dr Willis d'un ton radouci. Mais si elle était encore ici, je ne crois pas qu'elle t'encouragerait à élever ce bébé.

Lilly Ann s'efforça de refouler les larmes qui lui montaient aux yeux. Elle ramassa ses vêtements sur la vieille chaise de bois posée dans un coin de la pièce, et se glissa derrière le paravent.

— Je n'ai pas encore terminé ! la tança le médecin. Tu vas m'écouter, et je peux t'assurer que tu finiras par entendre raison !

— Va au diable, vieux fou, marmonna-t-elle en remettant sa culotte.

Il y avait une chose très importante dont le Dr Willis ne se rendait pas compte : porter l'enfant de Clifford Earle Franklin, c'était une chance inespérée pour Lilly Ann. Ce grain de vie qui commençait à pousser au creux de son ventre allait changer son existence — comme si une fée avait donné un coup de baguette magique pour réaliser tous ses rêves.

A présent, elle n'aurait plus à attendre que Cliff ait terminé ses études, ni à passer de longues nuits d'angoisse à se demander s'il allait finalement décider qu'elle n'était pas assez riche ou pas assez futée pour tenir son rang dans l'univers des Franklin. A présent, elle devenait comme eux, et elle faisait partie de cette grande et orgueilleuse famille qui habitait, au sommet de la colline, la plus belle maison de Euless.

Lilly Ann savait fort bien que, en réalité, les Franklin ne vivaient pas dans l'aisance depuis très longtemps et que, malgré tous leurs beaux vêtements, ils avaient encore l'air de paysans endimanchés. Big Earle avait fait fortune seulement dix ans plus tôt, quand on avait découvert du pétrole sur un petit bout de terrain que son père lui avait légué, très loin là-bas, au Texas. Et même s'il refusait de l'admettre aujourd'hui, il avait presque toujours vécu, comme les Barnett, dans l'enfer marécageux des Everglades. Mais Lilly Ann s'en fichait. L'essentiel, c'était qu'elle devienne l'épouse de Clifford et entre dans sa famille.

Elle enfila sa jupe plissée bleu marine. Les coutures, tendues à l'extrême, menaçaient déjà de craquer au niveau des hanches ; Lilly Ann dut comprimer le ventre pour remonter la fermeture Eclair. Il lui faudrait très bientôt porter des robes de maternité, et elle se demandait si Maisie, la mère de Cliff, l'accompagnerait elle-même à la boutique Bon Ton, où toutes ses riches amies faisaient leur garde-robe.

Lilly Ann se mordilla nerveusement la lèvre inférieure. Le simple fait de penser à Maisie la plongeait dans l'anxiété. Cette femme ne lui avait jamais adressé que des regards méprisants et hautains, comme si elle ne valait guère mieux qu'une salissure de mouche sur le beau papier peint de son salon. A Noël, Maisie avait même hurlé comme une mégère lorsque Cliff avait annoncé qu'il comptait inviter son amie Lilly Ann à la réception de nouvel an donnée par les Franklin au Country Club de Euless.

— Lilly Ann est une délurée et une va-nu-pieds, avait-elle déclaré à son fils préféré. Trouve-toi une amie de bonne famille, dont nous serions tous fiers.

Ce souvenir hérissait Lilly Ann. Pourquoi ses origines modestes l'empêchaient-elles de rivaliser avec toutes ces filles à papa dont on voyait les photographies dans les pages mondaines de la *Euless Picayune-Gazette* ? Elle se jugeait bien plus intelligente que Lorene Clark, et au moins deux fois plus jolie que Suellen Weber, qui avait la peau du visage toute grêlée.

Si ces filles-là avaient de gros héritages, en tout cas, elles n'avaient pas Clifford Earle Franklin Junior. Ça, non ! Cliff lui appartenait à elle, Lilly Ann, et grâce au bébé qui grandissait en son sein, personne au monde — pas même Maisie — ne pourrait rien y changer.

Trois jours plus tard, Hattie Barnett et Maisie Franklin déjeunaient ensemble dans un restaurant du sud de la ville. Mamie Hattie portait sa plus belle tenue du dimanche, un organza bleu foncé avec chapeau et gants assortis. Elle avait déjà revêtu cette robe aux enterrements respectifs de son fils et de sa dernière belle-fille, ce qui prouvait à Lilly Ann que, dans l'esprit de sa grand-mère, son bébé relevait des grandes tragédies familiales. Si Hattie ne l'avait pas déjà reniée en apprenant la nouvelle de sa grossesse, c'était uniquement parce que les Franklin possédaient la moitié de Euless.

Lorsqu'elle entra avec Mamie Hattie dans le restaurant, Lilly Ann ne put manquer la grimace qui tordit aussitôt les grosses lèvres de Maisie. « Espèce de snob », songea-t-elle tandis qu'un serveur les guidait à travers la salle. Maisie était si mal maquillée que son visage boursouflé ressemblait à celui d'un vilain clown, et Lilly Ann eut peine à se retenir de sortir un mouchoir afin d'essuyer sur ses grosses joues l'épais fard qui les rougissait atrocement. En outre, les bouclettes blondes de caniche qui lui tenaient lieu de coiffure auraient bien mérité un coup de brosse. Maisie n'était pas vraiment laide, mais tout l'argent du monde n'aurait pu effacer ses airs vulgaires de parvenue.

— Vous êtes en retard, dit Maisie en tendant une joue à Lilly Ann. J'allais commander sans vous.

L'adolescente s'efforça de garder le sourire.

— Madame Franklin, je vous présente ma grand-mère, Hattie Barnett.

Mamie Hattie tendit la main droite d'un geste brusque, sans retirer son gant.

— Ravie de vous connaître, ma'ame Franklin.

— De même, répondit Maisie sans grande conviction en serrant mollement la main de Hattie.

Les deux femmes se toisèrent durement.

— Le bon Dieu, il ne voit pas la fornication d'un très bon œil, déclara Mamie Hattie d'un ton réprobateur.

— Il n'est pas le seul, répliqua Maisie en tournant les yeux vers Lilly Ann.

— Je n'ai pas élevé cette fille pour qu'elle se couche sous le premier beau parleur venu.

— Et moi, je n'ai pas appris à mon fils à se laisser mettre le grappin dessus par des filles de rien.

Lilly Ann, au comble de la honte, se ratatina sur sa chaise.

— Mais tout ça ne change rien au fait qu'elle est en espoir de famille, reprit Mamie Hattie.

— En effet, répondit Maisie dans un soupir. Nous ferions bien d'organiser ce mariage avant que toute la ville soit au courant.

Bien entendu, toute la ville fut au courant avant même la fin du repas. Le serveur, un des enfants Du Bois de la commune voisine de Whitehall, surprit leur conversation et la rapporta aussitôt au maître d'hôtel, qui était le fils de la sœur de Lottie, la gouvernante de Maisie. Le maître d'hôtel téléphona à sa mère, laquelle joignit son cousin, qui travaillait dans le salon de coiffure Cut 'N' Curl, et à l'heure où Maisie Franklin payait l'addition, tout le monde savait, depuis Euless jusqu'à Whitehall, que Cliff avait engrossé la fille Barnett et s'apprêtait à lui mettre la bague au doigt.

Lilly Ann vécut alors les deux semaines les plus longues de son existence. La moitié de ses copines, scandalisées, refusaient de lui adresser la parole, tandis que les autres tenaient cette histoire pour mille fois plus excitante qu'un vendredi soir au Blue Teardrop.

Deux jours avant la date prévue pour la cérémonie, elle confia ses sentiments à Cliff. La nuit venait de tomber, et ils étaient assis tous les deux sur la balancelle de la véranda de Mamie Hattie.

— On aurait dû aller tout de suite à la mairie, se plaignit-elle.

Clifford lui glissa un bras nonchalant autour des épaules, comme l'aurait fait un homme marié depuis longtemps.

— Tu connais maman. Elle pense que les gens oublieront le bébé, mais qu'ils se souviendront toujours du mariage.

Cette réponse laissa une impression un peu étrange à Lilly Ann, mais comme elle n'aurait su expliquer pourquoi, elle préféra ne pas se tracasser. Elle s'écarta de Cliff pour étirer langoureusement ses jambes nues l'une après l'autre. Puis, posant les yeux sur les ongles de ses orteils, elle songea qu'un vernis rose aurait mieux convenu à sa peau claire que le rouge vif, trop agressif, qu'elle portait ce soir.

— Tu sais, dit-elle, ça m'ennuie un peu que demain soir tu ailles faire la bringue avec tes copains pour enterrer ta vie de garçon. Vous ne pourrez pas vous empêcher de regarder les filles, j'en suis sûre.

— Tu es jalouse ? demanda Cliff avec un sourire goguenard.

Il esquissa un geste pour saisir sa cheville droite, mais elle le repoussa. Le simple fait d'imaginer Clifford bouche bée devant une autre fille suffisait à la mettre en rogne.

— J'ai des raisons d'être jalouse ?

— Peut-être, répondit Cliff, ses yeux turquoise brillant dans l'obscurité. J'ai entendu dire que le Jimbo Bar avait engagé une stripteaseuse de Prattville.

— Une stripteaseuse ?

— Ouais. Une fille avec des cheveux comme une crinière et des seins pas croyables.

Lilly Ann essaya de lui donner un coup de pied, mais il réussit à l'esquiver.

— Tu seras bientôt papa, Clifford. Tu ne devrais pas songer à faire de l'œil à des femmes à moitié nues.

— Mais c'est grâce à ça que je serai bientôt papa, Lilly Ann, roucoula-t-il en se glissant vers elle sur le siège. J'adore faire de l'œil aux femmes à moitié nues.

Il lui entoura les épaules d'un bras et lui caressa doucement, du bout des doigts, le haut de la poitrine.

— Tu as vraiment de belles formes, en ce moment, chuchota-t-il.

Lilly Ann rougit et baissa la tête. Avant un mois, sa grossesse se verrait pour de bon. Elle se demandait comment Cliff réagirait quand son épouse aurait un ventre et des seins gros et ronds. Ce genre de chose rendait parfois les hommes bizarres — comme ce Frank Jones qui s'était enfui avec une serveuse maigrichonne de Miami dès que sa femme Charleen avait commencé à prendre du poids.

— Je t'aime, Cliff, murmura-t-elle d'une petite voix.

Elle s'intima l'ordre de ne pas parler sur un ton si mièvre, avant d'ajouter :

— Tout ce que je désire, c'est que tu sois heureux.

— Je sais.

Il lui caressa un mamelon avec le pouce. Lilly Ann frissonna de désir. Elle s'attendait qu'il lui dise à son tour qu'il l'aimait et qu'il ferait tout pour la rendre heureuse, mais il se contenta de triturer quelques instants la pointe de son sein comme s'il jouait avec un briquet, puis se leva.

— Je vais retrouver Denny et Tom au bowling, annonça-t-il.

— Je viens avec toi, dit-elle, déjà debout.

— Pas ce soir, ma chérie.

Il fixait intensément sa Chevrolet rouge vif, garée au bord de la route.

— Le Bowl-A-Rama n'est pas un endroit très sûr le samedi soir, ajouta-t-il.

— Mais il est encore tôt. Je te promets que s'il y a du grabuge, je m'en irai.

Il lui donna un baiser sur le front, comme un grand frère. Lilly eut l'impression d'être une enfant envoyée au lit de force.

— Je veux pas voir ma femme dans un endroit pareil. Tu mérites mieux, ma chérie.

— Je ne suis pas ta femme, Cliff, précisa-t-elle en le prenant par la taille. Je suis encore ta petite amie.

Il lui caressa le menton.

— Deux jours. Dans deux jours, tu seras toute à moi.

Quelques instants plus tard, tandis que Cliff s'éloignait sur la route dans un effroyable rugissement de moteur, Lilly Ann poussa un profond soupir. Il prétendait vouloir son bien, mais pourquoi, dans ces conditions, avait-elle le sentiment qu'il la tenait à l'écart de sa vie ?

Elle s'assit sur la première marche de la véranda, les bras croisés autour de ses genoux. Etait-ce cela, le mariage ? Une femme devait-elle faire les quatre volontés de son mari sans jamais protester, sans rien espérer d'autre ? Lilly Ann était-elle condamnée, comme certaines jeunes filles qu'elle connaissait, à s'avancer vers le prêtre le regard brillant de joie et d'espoir, pour ressortir de l'église les épaules écrasées par le poids d'un mariage déjà voué à la tristesse et à la monotonie ?

Lilly Ann secoua résolument la tête. Un bloc de granit en guise de mari, cela ne l'attirait guère. A cause de la grossesse, bien sûr, elle ne pouvait maîtriser la situation tout de suite — mais dès qu'elle serait redevenue elle-même, elle veillerait à participer pleinement à la vie de Cliff. Il lui était insupportable de se sentir reléguée dans un coin de ses pensées comme un vieux cadeau de mariage.

Elle n'avait que seize ans, mais portait en elle tant de rêves et d'espérances qu'elle en avait parfois le tournis. Le monde était vaste, ne demandait qu'à être exploré, et Lilly Ann avait fermement l'intention d'en découvrir les moindres parcelles avant que le bon Dieu ne décide de la rappeler à Lui. Elle ne voulait pas finir amère et lasse comme Mamie Hattie, ou revêche et méchante comme Maisie Franklin. Si le mariage faisait cet effet-là à certaines femmes, il ne réussirait pas à atteindre Lilly Ann Barnett. Ça, elle pouvait le jurer.

« Une bonne épouse doit se tenir derrière son homme, avait dit le révérend Walker la semaine précédente dans son sermon. Elle doit le soutenir et le réconforter pour qu'il puisse mener le combat qui est le sien. » Lilly Ann avait alors failli se lever et protester : « Pourquoi une bonne épouse ne pourrait-elle pas se tenir *à côté* de son homme et se battre *avec* lui ? » Cependant, elle s'était retenue, certaine que le révérend ne la comprendrait pas.

Elle se montrerait donc digne d'être la femme de Cliff, et serait la meilleure mère qu'aucun enfant ait jamais eue. Mais elle attendait bien plus de la vie que de rester assise dans sa petite maison à regarder le monde par la fenêtre tandis que d'autres s'en allaient à l'aventure. Le mariage aussi pouvait devenir une aventure exaltante. Ensemble, Cliff et elle prendraient leur existence en main, pour eux-mêmes et pour leur bébé, et ils en feraient quelque chose de vraiment bien. Quelque chose dont ils seraient fiers.

Et tout cela commencerait à l'instant où ils diraient « oui ».

2.

La première église baptiste de Euless était remplie de fleurs : des œillets rose pâle, des marguerites blanches, des lilas, et plus de roses que Lilly Ann n'en avait vu de toute sa vie. Dans ses rêves les plus fous, c'était ce tableau qu'offrait l'église le jour de son mariage.

S'il n'y avait eu le cercueil devant l'autel, tout aurait été vraiment parfait.

— Clifford Earle Franklin était un bon fils, psalmodiait le révérend Walker d'une voix vibrante d'émotion. Un jeune homme aimant et aimé, tué à la fleur de l'âge. Prions pour lui.

Un sanglot bruyant rompit le silence qui suivit. Maisie renifla, le visage caché dans un mouchoir. Son mari, Big Earle, l'air décomposé par le chagrin, glissa un bras maladroit autour de ses épaules. Elle le repoussa, tandis que ses pleurs redoublaient.

— Oh, Seigneur, tu as pris mon bébé ! gémit-elle à voix haute. Prends-moi, Seigneur ! Prends-moi à sa place…

Les grand-mères, les tantes et les cousines de Cliff se mirent à sangloter à leur tour. Dix rangs derrière, Lilly Ann enfonça ses ongles dans ses paumes et s'efforça désespérément de retenir ses larmes. Elle n'avait pas cessé de pleurer depuis le matin où le shérif Harland s'était présenté à la maison pour leur annoncer la nouvelle.

— Désolé de vous déranger si tôt, avait-il dit d'un air gêné en entrant dans le salon. Mais… j'ai de mauvaises nouvelles.

Il avait essayé de sourire. En vain. Lilly Ann avait aussitôt compris que Cliff les avait quittés.

— Je sais que c'est une bien maigre consolation, mais Clifford est mort sur le coup, avait ensuite expliqué le shérif, les yeux baissés sur ses chaussures. La Chevrolet a percuté un mur, sur la route 22. Il n'a pas eu le temps de se rendre compte.

Au souvenir de cet instant terrible, Lilly Ann sentit son estomac se contracter si fort qu'elle en eut peur pour le bébé. D'après la rumeur publique, Cliff avait beaucoup bu avant l'accident ; on avait même trouvé une bouteille de bourbon vide aux pieds du cadavre de la fille qui se trouvait avec lui dans la voiture.

Lilly Ann gémit doucement. Sa voisine, la femme du banquier de Euless, pivota légèrement le buste et lui jeta un regard apitoyé qui la piqua au vif. Lilly Ann savait très bien ce que ce regard signifiait. « Pourquoi es-tu toute seule, ma fille ? Tu devrais être avec les tiens, à côté de Maisie, de Big Earle et de toute la famille. »

Son ventre se noua encore plus, et elle courba l'échine sous la force de la douleur qui l'accablait. Des gouttes de sueur perlaient à son front, le souffle lui manquait. De plus, l'air était saturé de senteurs florales et de parfums, un mélange qui l'écœurait au plus haut point.

Elle croisa les bras sur ses genoux et y enfouit le visage, tandis que l'assistance entonnait un chant funèbre. Ce jour aurait dû être celui de son mariage ; Cliff et elle auraient dû se présenter devant Dieu et se jurer un amour éternel. Au lieu de cela, elle était assise au fond de l'église comme une misérable qui serait entrée là par hasard pour assister aux obsèques d'un fils de riche.

Lilly Ann sursauta, redressa le buste. Devant, près du cercueil, Maisie avait poussé un gémissement terrible et se jetait entre les bras de Big Earle, le corps secoué de sanglots convulsifs.

« Vous n'êtes pas la seule à souffrir », songea Lilly Ann en colère, tandis que Big Earle tapotait l'épaule de sa femme. Elle aussi avait le cœur déchiré, mais elle n'avait personne pour l'étreindre, la consoler, lui assurer que tout irait bien.

La veille au soir, pendant qu'elle repassait sa robe de coton noir, Mamie Hattie était entrée dans la pièce et lui avait tenu des propos très durs, qui la bouleversaient encore :

— Tu es dans un sale pétrin, ma petite. Je connais Maisie Franklin et, crois-moi, elle laissera jamais une fille de ton genre mettre les pieds dans sa belle maison. Sans bague au doigt, faut rien espérer.

Lilly Ann savait que rien n'aurait fait plus plaisir à Mamie Hattie que de la voir soumise — forcée d'admettre qu'elle ne valait pas mieux que sa mère, cette vaurienne prête à tout pour mettre le grappin sur le premier homme qui la sortirait de sa condition.

— Elle a brisé le cœur de mon petit Jack, ta fichue mère, se plaignait souvent Mamie Hattie. Et quand elle a décampé, elle s'est même pas donné la peine de t'emmener !

La vieille femme se gardait bien de préciser, cependant, que les quatre autres épouses de son fiston chéri avaient toutes jugé préférable, après quelques mois de mariage, de faire leurs bagages et de déguerpir aussi vite que possible. Et tout le monde savait que Dora, sa sixième femme, aurait pris la fuite à son tour si Jack n'avait pas rendu l'âme pendant leur voyage de noces.

Lilly Ann se demandait parfois quel tournant aurait pris sa vie si sa mère ne l'avait pas abandonnée aux mains de Mamie Hattie et de Papa Jack. Le monde était vaste, au-delà des limites de la commune de Euless, et elle avait la conviction secrète que sa mère l'avait exploré tout entier. « Penses-tu à moi de temps en temps, maman ? Est-ce que tu regrettes que je ne sois pas avec toi ? »

Toute droite sur le banc d'église, Lilly Ann posa les mains autour du léger arrondi de son ventre. Une détermination profonde se faisait jour dans son esprit. Elle avait aimé Clifford Earle Franklin Junior, dont elle aurait sans doute été une épouse à la hauteur, mais Cliff était mort et même des torrents de larmes ne pourraient plus le ressusciter. A présent, elle devait penser à des choses plus importantes que ses rêves brisés.

Son enfant méritait mieux qu'un berceau de seconde main dans une pièce obscure de la maison de Mamie Hattie, mieux qu'une mère qui passerait sa vie à se lamenter sur son sort. Maisie préférerait peut-être renier la femme qui devait épouser son fils, mais elle ne pourrait tourner le dos à la mère de son petit-fils ou de sa petite-fille. Cela, Lilly Ann y veillerait de toute son âme.

Deux semaines plus tard, Lilly Ann Barnett partait s'installer dans la grande maison au sommet de la colline.

— Je me fiche bien de ce que tu vas devenir, annonça Mamie Hattie tandis que l'adolescente achevait de rassembler ses quelques affaires personnelles. Toi et ta mère, vous avez déshonoré ma famille. Et ce qui t'est arrivé est bien fait pour toi. D'ailleurs, tout le monde sait ce que ton petit ami mijotait le soir où il est mort.

— Je t'interdis de parler de lui sur ce ton ! rétorqua Lilly Ann. Cliff m'aimait !

Elle n'ignorait pas les rumeurs qui couraient en ville sur la fille dont le corps avait été trouvé dans la voiture de Clifford — « une de ces stripteaseuses qui jaillissent des gâteaux pendant les soirées de célibataires », avait précisé le journal local. Mais si Cliff avait vécu, jamais Lilly Ann ne lui aurait fait le moindre reproche à ce sujet : elle savait qu'avec les hommes, il fallait parfois fermer les yeux, oublier qu'ils avaient besoin de s'accorder des petits à-côtés avant de s'installer définitivement avec leur épouse et leur gosse.

« On aurait pu être heureux, tous les deux, Cliff, songea-t-elle tandis que le bus cahotait en direction du quartier résidentiel des Franklin. J'aurais appris à aimer ta famille. Jamais tu n'aurais eu à te plaindre ou à avoir honte de ta femme. »

Le conducteur du bus déposa Lilly Ann au pied de la colline. Elle monta à pied la route en pente raide qui menait à la maison. Le soleil étant haut dans le ciel, il faisait chaud et lourd, et elle dut s'arrêter à deux reprises pour se reposer. La seconde fois, elle en profita pour attacher ses cheveux en chignon derrière la nuque, afin de ne pas se présenter toute débraillée chez les Franklin.

La maison, grande et cossue, plus large que le lycée de Euless, était bien dans le style de Maisie et Big Earle. On racontait en ville que ces derniers avaient obtenu une généreuse réduction d'impôts en échange d'un dessous-de-table, mais personne n'avait pu le prouver. Lilly Ann ne connaissait pas grand-chose aux impôts, mais elle savait avec certitude que, si cette maison avait été la sienne, elle y aurait vite enlevé ces horribles auvents rayés vert et noir qui jaillissaient du mur au-dessus de chaque fenêtre, ainsi que les flamants roses ridicules posés sur la pelouse.

Elle s'accorda un instant pour reprendre son souffle, puis pressa le bouton de la sonnette. Peut-être aurait-elle aussi changé cet objet-là, se dit-elle en écoutant le sinistre ding-dong qui retentit dans la maison. Elle aurait acheté quelque chose de plus élégant, comme ces jolis carillons d'église importés d'Angleterre.

La porte s'ouvrit sur une bonne vêtue de noir des pieds à la tête. Celle-ci la regarda fixement.

— Je suis Lilly Ann Barnett, dit l'adolescente en articulant bien chaque syllabe, à la manière des gens riches au cinéma.

La bonne ne lui adressa ni sourire ni bonjour. Elle s'écarta en lui faisant signe d'entrer.

— Oh ! s'exclama Lilly Ann malgré elle.

— Quoi, mademoiselle ?

— Je... Il fait drôlement frais, ici, balbutia Lilly Ann. J'ai été surprise.

— La maison est climatisée, répondit la femme avec un petit air suffisant.

Lilly Ann s'empourpra. L'air conditionné, bien sûr ! Les Franklin, eux, n'étaient pas obligés de calculer chaque minute d'électricité comme Mamie Hattie.

— Vous, attendez ici, déclara la bonne en pointant un index vers un petit banc plaqué au mur. Je vais prévenir madame.

Lilly Ann attendit dix minutes avant que Maisie ne daigne apparaître. Sa belle-mère la salua froidement et lui ordonna de la suivre jusqu'à la chambre qu'elle lui avait réservée, au deuxième et dernier étage de la maison.

— Voilà, c'est ici, dit-elle en posant la main sur la clenche. Demain, j'enverrai Jim Bob chercher le reste de tes affaires.

— Merci, ma'ame, mais tout ce que je possède est ici.

Maisie la regarda un instant comme si elle s'était trouvée face à un putois, puis ses yeux globuleux se posèrent sur les deux sacs de gros papier brun que Lilly Ann serrait contre sa poitrine.

— Tu n'as rien d'autre ?

— J'ai laissé mes livres de classe chez ma grand-mère, mais je ne pense pas en avoir besoin d'ici à la naissance du bébé.

Maisie fronça durement les sourcils. Des crevasses apparurent dans l'épaisse couche de fond de teint étalée sur son front, mais Lilly Ann se retint de commenter la vulgarité du maquillage.

— Ne te mets pas en tête d'amener quelqu'un ici pour faire des cochonneries, prévint Maisie en poussant la porte de la chambre.

Lilly Ann s'avança dans la pièce, le souffle coupé. Cette chambre, plus grande que la cuisine de Mamie Hattie, avec un plafond très haut et une belle fenêtre qui donnait sur la piscine et le jardin, correspondait tout à fait au genre d'endroit dont elle avait rêvé petite fille. Et maintenant, elle allait y habiter pour de vrai !

Maisie passa un doigt sur le dessus la commode, puis le brandit sous le nez de Lilly Ann.

— C'est propre, et il faut que ça le reste, ma petite demoiselle ! Je ne vais pas gaspiller les heures de ménage de Lottie pour une flemmarde dans ton genre.

Lilly Ann garda un visage impassible.

— Je suis pauvre, rétorqua-t-elle, mais je ne suis pas une souillon. Ma chambre sera toujours propre.

— Comme ça, on se comprend. Big Earle tient à avoir une maison impeccable, et je me donne beaucoup de mal pour y arriver. Et n'oublie pas : si tu veux faire des galipettes, trouve-toi un hôtel borgne.

— Je n'ai pas l'intention de faire des galipettes, répliqua-t-elle d'un ton égal. Tout ce que je veux, c'est vivre avec mon bébé dans un endroit tranquille.

Elle fixa Maisie droit dans les yeux, avant d'ajouter :

— C'est aussi ce que Cliff aurait voulu.

— Cette fois, tu es arrivée à tes fins, fulmina Maisie en la toisant d'un regard implacable. Mais ne va pas t'imaginer que je ne vois pas clair dans ton petit jeu. Tu as berné mon Cliff, mais moi, tu ne m'auras pas. Je sais ce que tu cherches, et je te promets que tu ne le trouveras pas ici.

Maisie tourna les talons et sortit de la chambre comme une furie.

— Ça m'est égal, murmura Lilly Ann.

Elle s'approcha de la fenêtre et contempla le jardin. Tant pis si Maisie la considérait comme une fille de rien qui voulait mettre la main sur son argent. Lilly Ann avait autant le droit qu'elle de se trouver ici. Le bébé qu'elle portait était un Franklin, et elle avait fermement l'intention de ne pas laisser oublier ce fait.

Les Franklin dînaient à 17 heures précises, de sorte que Lottie attrape le dernier bus pour rentrer en ville. Lilly Ann ne pensait pas qu'elle serait priée de s'asseoir à table avec eux et de suivre les conversations comme si elle était de la famille mais, réflexion faite, elle comprit que Maisie ne supporterait même pas de la voir monter un sandwich dans sa chambre.

Une désagréable odeur de poisson-chat frit lui taquina les narines dès qu'elle s'engagea dans l'escalier. Prise de haut-le-cœur, elle s'immobilisa sur le palier du premier étage en agrippant la rampe, et ferma les yeux pour se ressaisir. « Pourvu que je ne sois pas malade, songea-t-elle. Pourvu que… »

Elle sursauta en sentant une lourde main s'abattre sur son épaule.

— Tu te sens mal, ma fille ? demanda Big Earle tout contre son oreille.

Lilly Ann secoua la tête. Elle ne voulait pas commencer à se plaindre dès le premier jour.

— Je suis juste un peu fatiguée.

— Je me demande bien ce que Maisie a dans le crâne en t'installant sous les toits.

Lilly Ann n'appréciait guère la façon dont les doigts de Big Earle s'attardaient sur sa peau, juste à la base du cou.

— J'aime beaucoup cette chambre, dit-elle sincèrement. Surtout à cause de la lumière.

— Il fait une chaleur d'enfer, là-haut. Tu serais beaucoup mieux au premier étage, avec toute la famille. Je vais dire à Maisie de…

— Non, monsieur Franklin, l'interrompit-elle, horrifiée à l'idée de se rapprocher de Maisie. Je suis bien là où je suis.

Les yeux sanguins de Big Earle s'emplirent de larmes. Avant d'avoir pu faire un seul geste, Lilly Ann sentit ses larges paumes se plaquer sur son ventre.

— C'est mon petit-enfant que tu portes là, dit-il d'une voix rauque d'émotion. La chair de mon fils ! Et ça, pardi, ça fait de toi la personne la plus importante de cette fichue maisonnée !

Lilly Ann se rendit compte au fil des semaines que, sur ce dernier point, Big Earle ne s'était pas trompé. Sa famille était un ramassis de gens bruyants, hargneux et chamailleurs qui ne demandaient pas mieux que de la prendre comme bouc émissaire ou de se quereller entre eux à son sujet. La mort de Cliff avait porté un coup terrible aux Franklin, et la présence de Lilly Ann dans la maison leur offrait un prétexte pour déverser leur bile noire.

— C'est franchement indécent de voir ton ventre gonfler à un tel rythme ! s'emporta un jour Maisie. Moi, je n'ai pris que huit kilos quand j'étais enceinte de Corinne.

Le poids de Lilly Ann, lui, avait augmenté de cinq kilos après seulement quatre mois et demi de grossesse. Maisie, qui l'accablait de reproches comme si elle avait commis un crime terrible, allait même parfois jusqu'à ordonner à Lottie, pendant les repas, de lui servir des portions plus petites qu'aux autres.

Plus le ventre de Lilly Ann grossissait, plus la colère de Maisie croissait, ce qui plongeait la jeune fille dans des abîmes de perplexité. C'était à croire que cette femme aurait préféré la voir perdre son bébé. Si l'on songeait que Cliff avait été le chouchou de sa mère, on pouvait logiquement s'attendre qu'elle se réjouisse d'avoir bientôt un petit-enfant de lui. Hélas, Maisie vivait trop dans la haine et la rancœur pour saisir la beauté du miracle qui se produisait dans le ventre de Lilly Ann.

Et il n'en allait pas tellement mieux avec le reste de la famille Franklin.

Teena, dix-neuf ans, se montrait ouvertement scandalisée à l'idée que la petite amie de son frère défunt habite dans leur maison sous l'unique prétexte qu'elle attendait un enfant. Un matin, au cours du petit déjeuner, elle prit violemment Lilly Ann à partie :

— Pourquoi tu t'en vas pas ? vociféra-t-elle. Ici, personne veut de toi !

Lilly Ann ne répondit rien, se demandant si quelqu'un allait prendre sa défense. Clifford, lui, l'aurait protégée. Même quand Maisie avait menacé de le déshériter s'il se mariait, il avait simplement répondu que rien ne le ferait changer d'avis.

— Je regrette que ça ne te fasse pas plaisir, maman, avait-il jeté à la figure de Maisie en présence de Lilly Ann et de Mamie Hattie. Mais j'aime cette fille, et elle et moi, on va se marier.

Personne n'avait jamais agi de façon si chevaleresque envers Lilly Ann ; à ce moment-là, elle avait eu l'impression d'être une reine.

Autour de la table, cependant, personne n'éleva la voix pour protester contre les insultes de Teena Marie. Bobby, quatorze ans, plongea sa cuiller dans son bol de céréales sans quitter des yeux la page sports du journal ; Corinne, seize ans, continua de retirer une à une les myrtilles de ses pancakes ; Big Earle enfourna un gros morceau de saucisse dans sa bouche.

— Ne parle pas comme ça, Teena, finit par marmonner Maisie, sans grande conviction. Lilly Ann et le bébé font partie de la famille.

— Sûrement pas, rétorqua Teena. C'est pas la veuve de Cliff, cette fille. On lui doit rien du tout. Pourquoi elle retourne pas d'où elle vient, pourquoi elle nous fiche pas la paix ?

Sur ces mots, Teena se leva brusquement de table et sortit de la cuisine en trombe. Lilly Ann se mordit la lèvre en baissant les yeux sur sa tartine à la confiture de prune.

— Ne fais pas attention, dit Big Earle en tendant le bras par-dessus la table pour lui tapoter la main. Teena Marie n'est qu'une petite bêcheuse.

Ses doigts s'attardèrent une seconde de trop sur la main de Lilly Ann mais, avant qu'elle ait pu réagir, Big Earle se renfonça dans son siège et reprit son petit déjeuner comme si rien ne s'était passé.

Malheureusement, ce genre de détail n'échappait pas à Maisie, et Lilly Ann comprit que les choses n'étaient pas près de s'arranger pour elle dans cette maison.

— Je veux pas entendre tes jérémiades, ma fille, marmonna Mamie Hattie. Tu t'es vautrée dans le lit de Clifford Franklin. Maintenant, débrouille-toi !

Noël approchait, et Lilly Ann était passée chez sa grand-mère pour lui offrir un joli bouquet d'œillets. Elle changea de position sur la chaise de cuisine en se frottant doucement le ventre à deux mains.

— Je ne me plains pas, je dis juste que je n'aime pas beaucoup Big Earle.

— La belle affaire ! rétorqua Mamie Hattie en emplissant de café une tasse ébréchée. Et tu rouspètes, alors que tu habites dans cette grosse maison en haut de la colline !

— Je ne voulais pas habiter avec eux, répliqua Lilly Ann dans un soupir. J'aurais été heureuse de rester avec toi.

Tout en prononçant ces mots, elle se rendit compte qu'elle pensait désormais tout le contraire. Soudain, la maison de bois de Mamie Hattie lui paraissait horriblement étroite, une espèce de placard étouffant et encombré de vieilleries. Lilly Ann aurait détesté s'y retrouver piégée, comme autrefois, à attendre que quelqu'un vienne l'en délivrer et lui ouvre de nouveaux horizons.

Quoi qu'il en soit, elle se demandait bien pourquoi elle se donnait la peine de raconter à sa grand-mère que Big Earle la regardait comme s'il voulait la mettre dans son lit. De toute façon, Mamie Hattie ne pouvait rien y changer !

Lilly Ann ne comprenait guère comment un homme pouvait avoir envie de coucher avec elle. Il fallait qu'il soit drôlement en manque. Son énorme ventre déformait ses robes de maternité les plus larges, et elle avait l'impression que, si elle grossissait encore, sa peau allait éclater. Mais cela ne semblait pas déranger Big Earle. L'autre soir encore, il l'avait coincée au fond du jardin, et elle pouvait jurer qu'il avait eu l'intention de lui glisser sa langue baveuse entre les lèvres. Pourtant, personne ne l'aurait crue si elle s'était plainte. Elle avait depuis longtemps appris que, dans ce genre d'affaires, c'était toujours elle qui avait tort, comme si elle envoyait exprès des signaux invisibles aux hommes pour les exciter.

— Tel père, tel fils, conclut Mamie Hattie en s'asseyant à la table de cuisine. Tu as écarté les jambes pour le second, faut pas reprocher à l'autre d'en vouloir sa part.

3.

Le lendemain du nouvel an, les Franklin partirent pour Augusta. Ils avaient donné une semaine de congé à Lottie, ce qui signifiait que Lilly Ann aurait la maison pour elle toute seule.

Juste avant le départ, Maisie lui fit quelques recommandations désagréables tout en se recoiffant devant le miroir de l'entrée.

— Et surtout, ne crois pas pouvoir inviter des gens en notre absence, conclut-elle. Souviens-toi que tu es ici parce que nous le voulons bien, et que tu ne fais pas réellement partie de la famille.

Lilly Ann soupira en son for intérieur. Comme si elle risquait d'oublier cela un seul instant ! Les Franklin la mettaient tellement mal à l'aise qu'elle marchait dans la maison sur la pointe des pieds et vivait dans la crainte perpétuelle de faire trop de bruit, d'utiliser trop d'eau chaude, ou même de finir la bouteille de lait au petit déjeuner. Elle avait de plus en plus de mal à supporter cette situation. Enfin ! Pendant quelques jours, elle allait être tranquille. L'idée qu'elle pourrait, par exemple, regarder la télévision en chemise de nuit sans s'inquiéter du jugement des autres la comblait de joie.

— Oui, ma'ame, répondit-elle poliment.

— Nous serons de retour mercredi prochain, dit Maisie avant de monter en voiture. Je tiens à retrouver cette maison dans l'état où je la laisse.

« Que croit-elle, cette vieille snob ? songea Lilly Ann avec colère. Que je vais vendre ses meubles et organiser une surprise-partie ? » De toute façon, elle aurait eu bien du mal à inviter qui que ce soit. Vu qu'elle était le plus souvent trop mal en point pour prendre le bus jusqu'en ville, et comme elle n'avait pas le droit de recevoir de visites, elle avait complètement perdu le contact avec ses copines de classe. Bien sûr, elle pourrait profiter de l'absence des Franklin pour téléphoner à Venita ou à Jacy, mais elle savait d'avance qu'elle n'en aurait pas la force. Son gros ventre l'épuisait, elle avait presque constamment mal au dos, et tout ce qu'elle désirait, c'était que les six semaines à venir passent le plus vite possible — pour qu'elle redevienne enfin elle-même.

Une pensée frappa tout à coup Lilly Ann : n'était-ce pas une illusion de croire que, lorsqu'elle aurait recouvré son corps de jeune fille, sa vie serait de nouveau comme avant... Que le fait d'être mère ne la couperait pas définitivement de son passé ?

Cette prise de conscience la secoua si fort qu'elle s'assit brutalement sur les marches de la véranda, tandis que la voiture des Franklin s'éloignait sur la route. A présent, Lilly Ann comprenait ce que Mamie Hattie, le Dr Willis et Maisie elle-même avaient voulu dire en affirmant que Cliff et elle étaient trop jeunes pour vivre ce qu'ils avaient vécu.

Elle n'avait que dix-sept ans. A cet âge, les jeunes filles passaient les samedis soir au cinéma avec leur petit ami ; elles rêvassaient pendant la classe, se demandant quelle tenue elles allaient mettre pour le bal de fin d'année. Mais Lilly Ann, elle, se retrouvait toute seule dans cette grande maison au sommet de la colline, sans personne d'autre à qui parler que le bébé qui grandissait dans son ventre.

Cliff était mort ; Mamie Hattie ne voulait plus entendre parler d'elle ; Maisie la haïssait et Big Earle l'aimait un peu trop. Et pourtant, tout ce qu'elle avait fait, se dit-elle en éclatant en sanglots, c'était tomber amoureuse, puis se laisser porter par ses sentiments !

Lorsqu'elle eut épuisé toutes ses larmes, Lilly Ann se leva et rentra dans la maison. « Maintenant, songea-t-elle, il faut que j'arrête de me lamenter. » Tout aurait été différent si Clifford n'avait pas eu cet accident mortel, mais on ne pouvait revenir sur les événements. Et si elle ignorait encore ce que la vie lui réservait, elle avait la certitude qu'elle méritait mieux qu'une existence solitaire au milieu de gens déterminés à l'humilier.

Lottie avait laissé du poulet rôti et un plat de thon en sauce dans la cuisine, mais Lilly Ann préféra se servir une énorme portion de crème glacée et une poignée de cookies. Une semaine plus tôt, le Dr Willis lui avait répété pour la centième fois qu'elle devait penser à son enfant, que pour faire de beaux bébés il fallait une alimentation équilibrée, et tout le tralala. Pendant près de huit mois elle avait suivi ces conseils à la lettre, mais aujourd'hui, elle en avait par-dessus la tête. Sa grossesse finissait par l'horripiler, et elle considérait qu'elle avait bien le droit de s'accorder un petit plaisir. Après tout, ce n'était que de la glace !

Quelques instants plus tard, elle s'installait confortablement sur le canapé du salon, juste en face de la télévision, avec les biscuits et un grand bol de crème glacée vanille-chocolat. *A la vie, à l'amour*, une de ses séries préférées, allait commencer dans une minute. Après cela, il y aurait *Le Tourbillon du monde*, puis *En quête d'avenir*, et enfin *Lumière d'espoir*. Lilly Ann comptait bien passer l'après-midi tout entier à regarder les femmes de ces films se dépêtrer de problèmes encore plus graves que les siens. Et, qui sait, avec un peu de chance, peut-être ces héroïnes lui montreraient-elles la voie à suivre pour se sortir de son propre pétrin ?

Qui aurait cru que ce serait Maisie en personne qui lui ouvrirait cette voie ? Les Franklin, en réalité, n'avaient pas rendu visite à leurs cousins d'Augusta. Ils étaient allés jusqu'à Atlanta pour organiser l'installation de Lilly Ann chez une amie d'enfance de Maisie — une certaine Eileen Fontaine, qui possédait une boutique de vêtements près de Peachtree Street.

— Nous faisons cela pour sauver ta réputation, tu sais, déclara Maisie le jour du grand départ.

Lilly Ann glissa un soutien-gorge dans la poche satinée de la valise qu'on lui avait achetée pour l'occasion.

— Ma réputation ? Les gens savent bien que je porte l'enfant de Cliff.

— Ce n'est pas une raison pour qu'ils fourrent le nez dans tes affaires, répliqua Maisie en se regardant avec un sourire satisfait dans le miroir de la coiffeuse.

Lilly Ann trouvait un peu bizarre que Maisie se soucie de ce problème après huit mois de grossesse, mais elle n'avait nullement l'intention de protester. Mieux valait tard que jamais, surtout si cela lui permettait de partir pour Atlanta. Pour elle qui n'avait jamais voyagé, la perspective de découvrir cette grande ville était éminemment excitante.

En outre, elle était consciente que, si Maisie se débarrassait d'elle, c'était surtout parce que les intentions de Big Earle à son égard ne pouvaient plus être ignorées. Lilly Ann passait maintenant le plus clair de son temps dans sa chambre, allant jusqu'à verrouiller la porte avant de se coucher, pour ne pas risquer les assauts de Big Earle. Nul doute que ce dernier s'était autorisé des écarts de conduite au cours de son existence, si l'on en jugeait par l'appréhension qui déformait le visage de Maisie lorsque Lilly Ann attirait bien involontairement sur elle les regards troubles du maître de maison.

Lilly Ann ne se donna pas la peine de faire ses adieux à ses amies ou à Mamie Hattie. Aucune d'elles n'avait cherché à avoir de ses nouvelles depuis des mois et, de toute façon, elle ne quittait pas Euless pour toujours. En outre, elle ne pensait déjà plus guère aux gens qu'elle laissait derrière elle, impatiente de tirer un trait sur la vie de recluse qu'elle avait menée dans la maison des Franklin — même si l'illusion ne devait durer que quelques semaines.

Le lendemain après-midi, Lilly Ann descendait du train en gare d'Atlanta et faisait la connaissance d'Eileen Fontaine.

— Grands dieux, comme tu es jolie ! s'exclama cette dernière avec enthousiasme. Maisie s'est montrée bien sévère quand elle m'a parlé de toi.

— Merci, balbutia Lilly Ann. C'est vraiment gentil de votre part de me prendre chez vous.

Eileen Fontaine portait des vêtements dignes d'un magazine de mode, et un parfum luxueux dénué de toute vulgarité. Jamais Lilly Ann n'aurait cru que Maisie avait une telle amie.

— Excellente éducation, observa Eileen en lui prenant le bras. Crois-moi, ma chérie, tout le monde à Atlanta sera bientôt fou de toi.

Lilly Ann avait l'impression d'être montée tout droit au paradis. Devant la gare les attendait un chauffeur en livrée — uniforme noir et casquette —, exactement comme au cinéma. Lorsqu'elle s'installa sur la banquette de la grosse voiture, avec l'air détaché de quelqu'un qui aurait baigné dans le luxe toute sa vie, une délicieuse odeur de cuir neuf lui chatouilla les narines. Eileen Fontaine s'assit à son côté, ramenant avec grâce ses longues jambes contre le siège, puis le chauffeur ferma la portière.

L'adolescente en resta muette d'admiration. Avec son tailleur rose pâle, ses chaussures et son sac à main assortis, Eileen Fontaine était l'image même de la star de cinéma *glamour*. Ses cheveux blonds, savamment maintenus en arrière par un bandeau de velours, mettaient en valeur le teint hâlé de son beau visage aux pommettes hautes et au petit nez droit. Sa peau semblait aussi douce que la soie. Elle savait en outre se maquiller avec beaucoup de classe, observa Lilly Ann tandis qu'Eileen se penchait en avant pour donner ses instructions au chauffeur. Un voile de fard à paupières rehaussé par le mascara suffisait à faire ressortir ses yeux magnifiques. Quant à son rouge à lèvres cerise, il surprit tout d'abord Lilly Ann — vu le ton pastel de sa tenue, elle aurait plutôt opté pour un rose discret —, mais même cette apparente faute de goût servait le côté distingué de son personnage.

— Je t'emmène tout d'abord déjeuner, ma chérie, annonça Eileen en se renversant contre le dossier de cuir. J'espère que le voyage ne t'a pas trop fatiguée, car j'ai l'intention de te présenter quelques amis.

Malgré la fatigue du voyage, Lilly Ann éprouva tout à coup une formidable poussée d'énergie.

— A vrai dire, j'ai très faim, ma'ame.

— Ma'ame ?

Eileen Fontaine rejeta la tête en arrière et rit de bon cœur, un peu à la façon d'Audrey Hepburn.

— Je ne suis pas une antiquité, ma chérie. Appelle-moi donc Eileen, je t'en prie.

Cette dernière semblait connaître Atlanta sur le bout des doigts. Elle désigna à Lilly Ann les immeubles qui avaient miraculeusement échappé à l'armée de Sherman pendant la guerre civile, et les immeubles plus récents, qui remplaçaient les bâtisses détruites par les nordistes. Lilly Ann avait toujours considéré l'histoire comme soporifique, mais Eileen avait une telle manière d'animer son récit que l'adolescente s'attendait presque à voir un soldat en uniforme gris surgir d'une ruelle en poussant le cri de ralliement sudiste.

Finalement, la voiture se rangea devant un petit bâtiment de brique dont l'enseigne portait la légende « Miss Melly's ».

— Ne nous tiens pas rigueur de notre petit côté *Autant en emporte le vent*, plaisanta Eileen en l'aidant à sortir de la voiture. Les visiteurs aiment ça, et nous mettons un point d'honneur à leur faire plaisir.

— Oh, j'ai adoré ce livre ! répliqua Lilly Ann avec enthousiasme. Je l'ai lu trois fois avant d'être obligée de le rendre à la bibliothèque de l'école.

— Comme tu es mignonne !

Eileen lui caressa les cheveux du bout des doigts.

— Adorable, ajouta-t-elle sur un ton ravi.

Lilly Ann eut peine à se retenir de fondre en larmes. Jamais personne ne l'avait traitée avec autant de gentillesse, ne lui avait donné l'impression d'être une vraie personne, avec de vrais sentiments, et pas un objet de honte et d'opprobre.

Eileen glissa un bras autour du sien tandis qu'elles remontaient la petite allée pavée menant à l'entrée de Miss Melly's.

— Nous allons devenir les meilleures amies du monde, ma chérie. Je te promets que le mois prochain va passer très vite. Tu n'auras pas le temps de t'ennuyer d'ici à la naissance de ton bébé.

Au restaurant Miss Melly's, tout était si beau, si somptueux, si grandiose, que Lilly Ann s'attendait presque à y voir apparaître Rhett

Butler au bras de Scarlett O'Hara. Pendant tout le repas, elle ne se lassa pas d'admirer le papier peint à fleurs, les tentures de velours, la vaisselle de porcelaine et les meubles en merisier qui dégageaient une agréable senteur de cire à la citronnelle. Au fond de la salle, une femme à la coiffure divine — une abondante cascade de boucles cuivrées — jouait de la harpe. Ses longs doigts couraient avec une grâce infinie sur les cordes de l'instrument, créant une musique céleste et, selon Lilly Ann, capable d'ouvrir toutes grandes les portes du paradis.

— J'ai l'impression que notre jeune amie est très impressionnée, dit la harpiste à un homme assis non loin d'elle. Ses jolis yeux brillent comme des diamants !

Lilly Ann sourit timidement à Candy, qu'Eileen lui présenta comme une de ses amies, originaire de Memphis. Blake, le mari de Candy, rit de bon cœur. Il avait l'air gentil et doux, comme le père que Lilly Ann aurait peut-être eu s'il avait manifesté une seule fois dans sa vie un quelconque intérêt pour sa fille.

— C'est la première fois que tu viens à Atlanta ? demanda Blake à Lilly Ann.

— Oui. C'est même la première fois que je quitte Euless.

Candy avait rangé son instrument pour rejoindre le groupe autour d'une table. Elle pencha le buste vers Lilly Ann et lui tapota affectueusement la main. Ses grands yeux noisette pétillaient de bienveillance.

— Tu es tellement jolie ! Je suis sûre que tu vas avoir le plus beau bébé du monde.

De plaisir, Lilly Ann sentit ses joues s'empourprer.

— Le papa de mon bébé était vraiment beau, lui aussi, expliqua-t-elle, ravie d'avoir l'occasion d'évoquer Clifford.

Songeant que Mamie Hattie lui reprochait toujours de ne s'intéresser qu'au physique des gens — « exactement comme ta délurée de mère » —, elle s'empressa d'ajouter :

— Et il était drôlement intelligent, en plus !

Candy et Blake échangèrent un de ces regards tendres qui caractérisaient les époux heureux au cinéma.

— Je n'en doute pas, ma chérie, renchérit Eileen. Maisie m'a dit que son fils était un véritable apollon. Aurais-tu une photo à nous montrer ?

Lilly Ann ouvrit son sac à main et en sortit trois magnifiques photos de Clifford, qu'elle tendit fièrement à ses nouveaux amis. Manifestement, Eileen n'avait jamais rencontré Cliff, ce que Lilly Ann trouva un peu étrange de la part d'une femme que Maisie avait prétendu connaître depuis des années. Mais elle se garda d'aborder ce point de détail, lequel lui sortit d'ailleurs presque aussitôt de l'esprit, car Candy et Blake lui posèrent ensuite des dizaines de questions au sujet de sa vie à Euless, de son école et de son bébé.

De se sentir aussi importante pour ces deux femmes et cet homme la mettait en joie. Jamais auparavant on ne l'avait traitée ainsi. Même Clifford, qui l'avait pourtant aimée, s'était souvent montré distant, un peu distrait, en sa présence.

Eileen et ses amis écoutaient attentivement tout ce qu'elle disait. Ils riaient de ses plaisanteries. Ils insistèrent pour qu'elle boive un deuxième verre de lait et, le repas commencé, s'assurèrent qu'elle avait terminé son plat principal avant de passer au dessert. Puis il fallut se quitter, et le groupe se retrouva sur le parking de Miss Melly's pour les adieux. Candy et Blake la serrèrent tour à tour dans leurs bras comme si elle faisait déjà partie de la famille — ce qui acheva de lui donner le vertige.

Mais la journée lui réservait encore bien des surprises.

Contrairement aux Franklin, Eileen Fontaine n'habitait pas une grande maison. Elle résidait au dernier étage d'un hôtel luxueux du centre-ville, dans ce qu'elle appelait une « suite ». Là, chacune des deux vastes chambres avait sa propre salle de bains, et la vue sur Atlanta était si magnifique que Lilly Ann en resta pétrifiée d'admiration.

— Je regrette que les illuminations de Noël ne soient plus en place, dit Eileen tandis qu'elles contemplaient la ville à travers la baie vitrée du salon. Tu les aurais adorées, ma chérie.

Lilly Ann hocha la tête en étouffant un bâillement discret.

— Ma pauvre petite ! s'exclama Eileen en lui glissant un bras autour des épaules. Viens, je vais t'aider à défaire tes valises et à t'installer confortablement.

Lilly Ann avait l'habitude de se débrouiller seule, mais elle se sentait trop fatiguée pour protester. En outre, elle découvrit qu'elle n'éprouvait pas le moindre remords à rester assise dans un fauteuil tandis qu'Eileen sortait ses vêtements de la valise et les rangeait dans le placard.

— Ceci te suffira pour ce soir, déclara Eileen en lui tendant sa chemise de nuit rose pâle. Mais dès demain, nous irons faire quelques achats.

— J'aimerais bien, répondit Lilly Ann d'un ton embarrassé, mais je n'ai pas d'argent.

Eileen s'esclaffa, la tête rejetée en arrière.

— Ne t'inquiète pas, ma chérie. Je m'occupe de tout.

Eileen Fontaine ne manqua pas à sa parole.

Avant la fin de la semaine, Lilly Ann avait deux nouvelles robes de maternité, un pyjama de soie, et la plus belle paire de chaussures à talons qu'elle eût jamais vue. Elle se rendit également dans un salon de coiffure, dont elle ressortit avec une élégante coupe au carré qui lui donnait l'air d'une vraie jeune femme d'Atlanta.

Enfin, Eileen la conduisit chez un médecin qui l'ausculta de la tête aux pieds, puis déclara qu'elle et son enfant se trouvaient en parfaite santé.

— A mon avis, vous accoucherez vers la Saint-Valentin, dit-il après l'examen. Dès que vous sentirez les premières contractions, vous filerez à l'hôpital Saint-Cyril. Nous nous reverrons là-bas.

Les jours passèrent dans un tourbillon d'activités plus enthousiasmantes les unes que les autres. Plusieurs fois, Eileen emmena Lilly Ann déjeuner avec Candy et Blake.

Le couple semblait ravi de la revoir et se montrait toujours aussi gentil envers elle.

— Je ne sais pas vraiment ce que je vais devenir, répondit un jour Lilly Ann lorsque Candy l'interrogea sur ses projets d'avenir.

C'était au cours de la première semaine de février, à la fin d'un excellent repas pris dans la salle à manger de l'hôtel.

— J'imagine que je déciderai ça après la naissance du bébé, ajouta-t-elle.

Eileen, Candy et Blake échangèrent des regards concernés.

— Tu devrais peut-être commencer à y penser dès maintenant, ma chérie, suggéra Eileen. Le temps passe plus vite que tu le crois.

— Je suppose que ma'ame Franklin a déjà son idée sur la question, répondit Lilly Ann avec un haussement d'épaules. Mais c'est ma vie, après tout. J'ai le droit de décider ce que je veux faire.

L'idée de retourner dans la maison des Franklin suffisait à lui donner la nausée. Euless lui semblait à des millions de kilomètres d'Atlanta, et sa vie avait tellement changé en l'espace de quelques semaines qu'elle avait peine à se rappeler son passé.

Quant à son avenir, eh bien… Lilly Ann se disait parfois avec espoir qu'après l'accouchement, elle demanderait à Eileen, qui l'aimait manifestement beaucoup, de l'employer dans sa boutique de vêtements. Elle pourrait ainsi emmener son bébé avec elle et l'installer dans son berceau, derrière le comptoir, pour qu'il ne dérange personne. Elle tiendrait la caisse, par exemple, ou bien elle ferait des retouches. Et si Eileen voulait qu'elle nettoie le magasin, elle s'y mettrait sans rechigner.

Ce qu'elle savait au plus profond d'elle-même, en tout cas, c'est qu'elle et son enfant ne retourneraient jamais à Euless.

4.

L'enfant de Lilly Ann vint au monde le 14 février, juste après minuit.

— Le jour de la Saint-Valentin ! s'écria le médecin non sans fierté. Qu'est-ce que je vous avais dit ?

Lilly Ann, que l'accouchement avait épuisée, serra doucement sa fille contre sa poitrine.

— Elle est tellement petite, dit-elle en lui effleurant la tête du bout des lèvres.

— Trois kilos, annonça le médecin. C'est le poids idéal, pour une maman de votre gabarit.

Lilly Ann compta l'un après l'autre les minuscules doigts et orteils du bébé. Puis elle le refit une deuxième fois, pour savourer encore le plaisir de toucher son enfant. Elle éprouvait un tel bonheur qu'elle avait presque de la peine à respirer, comme si son cœur se gonflait dans sa poitrine au point de bloquer ses poumons.

— Maintenant, ma jolie, confiez-la-moi, dit une infirmière. Il faut lui faire sa première toilette.

— Non !

Lilly Ann se rendit compte qu'elle avait crié un peu fort, mais elle n'en éprouva aucune gêne.

— Je veux la serrer dans mes bras encore un peu, ajouta-t-elle.

— Oh, mon ange ! Vous avez des années et des années devant vous pour la serrer dans vos bras. Laissez-la-moi quelques minutes et ensuite, elle sera toute à vous.

Eileen vint lui rendre visite dès le lendemain matin, avec une douzaine de roses rose pâle.

— Oh, merci ! s'exclama Lilly Ann en humant le superbe bouquet. C'est la première fois qu'on m'offre des fleurs.

— Tu les mérites bien.

Eileen s'assit à côté d'elle, juste au bord du lit. Elle portait une robe de lin coquille d'œuf, avec des chaussures et un sac à main assortis. Ses cheveux blonds étaient retenus sur la nuque par un joli peigne en ébène. Elle n'avait pour tout bijou qu'une petite montre en or au poignet droit.

— Ta fille est très belle, déclara-t-elle.

— Vous l'avez vue ?

— Oui. Je suis passée à la pouponnière. Les infirmières ont disposé son berceau juste devant la vitre de sorte que tout le monde puisse l'admirer.

— Je sais, répondit Lilly Ann avec fierté. Elles disent que c'est le plus beau bébé qu'elles aient vu depuis très longtemps.

— Elles ont bien raison.

Lilly Ann sourit, ravie. Si Eileen aimait son enfant, elle accepterait sûrement de les garder toutes les deux pendant quelque temps. Se penchant en avant, elle s'apprêtait à aborder la question d'un éventuel emploi dans la boutique de vêtements, lorsque Candy et Blake surgirent dans la chambre, les bras chargés de cadeaux.

— Nous aurions dû te prévenir de notre visite, s'excusa Candy en posant plusieurs paquets multicolores sur le lit. Mais nous étions tellement enchantés à l'idée de voir le bébé que nous sommes venus sitôt que nous avons appris la bonne nouvelle.

Lilly Ann leur offrit son plus beau sourire. Tant de gentillesse, c'était presque incroyable ! Elle avait l'impression d'être l'invitée d'honneur à une somptueuse réception.

— Vous avez vu mon bébé ?

Candy et Blake échangèrent un regard, puis éclatèrent de rire.

— Et comment ! s'exclama l'homme de sa belle voix grave et amicale.

— Nous n'avons pas pu résister à l'envie de passer la voir, expliqua son épouse avec un gracieux haussement d'épaules. Comme elle est belle !

Lilly Ann les écouta avec délectation s'extasier sur les cheveux bruns bouclés du bébé, ses grands yeux bleus, son adorable bouche en cerise — et ces compliments hantèrent ses pensées bien après le départ de Candy et de Blake.

Le couple revint lui rendre visite le lendemain soir, et encore le jour d'après.

— Ils sont si gentils ! confia Lilly Ann à Eileen le troisième soir. Parfois, j'ai de la peine à croire à ce qui m'arrive.

— Oui, ils sont charmants.

Eileen remit les couvertures bien en place autour de Lilly Ann.

— C'est tellement triste qu'ils ne puissent pas avoir d'enfant à eux, ajouta-t-elle.

Lilly Ann sentit des larmes lui monter aux yeux. A présent que sa petite fille adorée était née, elle n'arrivait même plus à concevoir la vie sans elle.

— Oh, oui, quel dommage ! murmura-t-elle d'une voix émue.

Eileen s'assit sur une chaise à côté du lit.

— Ils aiment beaucoup ton bébé, tu sais, reprit-elle.

— Oh, oui, je sais ! répondit Lilly Ann en désignant les vêtements pour bébé empilés sur la commode. Et ils sont drôlement généreux.

Eileen se pencha en avant, les yeux brillants.

— Sais-tu que Blake dirige sa propre compagnie ?

— Non. A part le fait que vous êtes amis, je ne sais pas grand-chose à leur sujet.

— Blake et Candy appartiennent tous les deux à de très bonnes familles, ma chérie. Et Blake a hérité la société de son père il y a une dizaine d'années.

— Ils sont formidables, dit Lilly Ann, qui ne voyait pas très bien où Eileen voulait en venir.

Pendant quelques minutes, Eileen continua à lui parler de la belle maison de Blake et de Candy, de leurs voitures, et des nombreux voyages qu'ils faisaient en Amérique et à l'étranger. Lilly Ann l'écouta poliment, mais elle commençait à éprouver une sensation vraiment bizarre au creux du ventre.

Une infirmière passa la tête dans l'entrebâillement de la porte.

— Les visites sont terminées depuis dix minutes, mesdames.

Eileen se leva, s'approcha de la femme en blanc et lui murmura quelque chose que Lilly Ann n'entendit pas. L'infirmière hocha finalement la tête, puis se retira.

Lilly Ann eut soudain très peur. Elle écarta vivement les couvertures, s'assit au bord du lit et enfila ses chaussons.

— Mais que fais-tu, ma chérie ? protesta Eileen en se précipitant vers elle. Recouche-toi immédiatement ! Tu es encore trop faible pour te lever.

— Je veux voir mon bébé.

— Ta fille dort. Il faut la laisser tranquille.

Eileen avait posé une main ferme sur son épaule, mais Lilly Ann la repoussa.

— Je ne vais pas la réveiller. Je veux juste la voir.

— Tu as entendu ce qu'a dit l'infirmière. Les visites ne sont plus autorisées.

— Je ne suis pas ici en visite. Je suis sa maman !

— Bien sûr, susurra Eileen. Et tu es une maman terriblement fatiguée. J'ai peur que nous t'ayons épuisée, ce soir, avec tous nos bavardages.

— Je ne suis pas fatiguée. Je veux juste voir mon bébé.

— Assieds-toi !

Lilly Ann tressaillit. Jamais son amie ne lui avait parlé sur ce ton. Elle la fixa d'un air stupéfait pendant quelques secondes, puis se rassit lourdement au bord du lit.

— Il y a une chose dont je dois te parler, ma chérie, reprit Eileen d'une voix plus calme. Une chose très importante.

— Est-ce que…, balbutia Lilly Ann. Mon bébé est… ?

— Ton bébé va très bien.

Lilly Ann se renversa contre les oreillers. Si son bébé allait bien, le reste importait peu.

— Merci, Seigneur, murmura-t-elle.

— Lilly Ann, je crois que Maisie ne t'a pas dit toute la vérité à mon sujet, déclara Eileen tout à trac. Primo, nous ne sommes pas des amies de longue date.

Lilly Ann sentit des frissons d'appréhension lui hérisser tout le corps.

— Ah bon ?

— Je ne connais pas Maisie depuis très longtemps.

Lilly Ann se renfrogna, songeant que c'était bien le genre de Maisie de mentir sur son passé, de prétendre avoir fait ses études dans une école huppée comme celle qu'avait dû fréquenter Eileen, alors qu'il n'en était rien.

— Mais vous êtes quand même des amies ?

— Nous sommes amies, oui, mais pas tout à fait comme Maisie te l'a laissé entendre.

— Je ne comprends pas. Pourquoi me racontez-vous tout cela maintenant ?

Lilly Ann n'aimait pas du tout cette conservation. D'ailleurs, que lui importait que les deux femmes soient intimes ou non ? Cela ne changeait rien au fait que personne au monde n'avait jamais été aussi gentille avec elle qu'Eileen Fontaine.

— Ma chérie, je vais aller droit au but, car je ne vois pas d'autre façon de t'en parler. Maisie et moi, nous avons tout organisé pour que Candy et Blake adoptent ton enfant.

Lilly Ann poussa un petit rire.

— Ah, je vois. Vous vous moquez de moi parce que j'ai été assez bête pour croire que Maisie était vraiment votre amie, c'est ça ?

— Pas du tout, ma chérie. Ecoute-moi bien : je suis très sérieuse. Candy et Blake veulent élever ton bébé comme si c'était le leur.

— Mais ce n'est pas leur bébé, protesta Lilly Ann, outrée. C'est le mien !

— Ils peuvent lui offrir le monde entier, répliqua Eileen calmement. Ils peuvent lui assurer une vie que toi, tu ne seras jamais capable de lui donner.

— Ma fille ne manquera de rien. Tant que je vivrai, je m'occuperai bien d'elle.

— Je sais que tu es sincère, ma chérie, mais cela ne fonctionnera pas de cette façon. Tu n'as ni mari, ni travail…

— Vous m'en donnerez un ! s'écria Lilly Ann en saisissant la main d'Eileen. Je pourrais travailler dans votre boutique.

Eileen fronça les sourcils.

— Ma boutique ?

— Maisie m'a dit que vous possédiez une boutique de vêtements.

— Je suis désolée, Lilly Ann, mais c'est faux.

— D'où tenez-vous tout votre argent, alors ?

— Mon défunt mari était extrêmement riche. Il m'a laissé un héritage considérable.

— Tant pis si vous ne pouvez pas me donner de travail. Je trouverai bien quelqu'un à Atlanta qui acceptera de m'embaucher.

— Tu envisages de rester à Atlanta ?

— Je pourrais aussi aller à New York. Là-bas, le travail ne doit pas manquer.

Lilly Ann s'était souvent imaginée descendant la Cinquième Avenue en limousine, vêtue d'une magnifique robe semblable à celles que portait Eileen.

— Et qui s'occupera du bébé, ma chérie ?

— Je… je trouverai quelqu'un.

Lilly Ann réprima un soupir. Pourquoi les adultes s'arrangeaient-ils toujours pour lui poser des questions aussi embarrassantes ?

— Tu ne te rends pas bien compte de la situation, dit Eileen. Tout est beaucoup plus compliqué que tu ne l'imagines.

— Je sais que c'est compliqué, répondit Lilly Ann en se glissant hors du lit. Mais ça ne veut pas dire qu'il n'y a pas de solution.

— C'est moins évident que tu le crois.

— Le travail ne me fait pas peur. Je prendrai bien soin de mon bébé.

Eileen la regarda fixement, puis soupira.

— Imagine que tu n'y arrives pas. Cette pauvre petite chérie mérite-t-elle un sort aussi affreux ?

— Je me débrouillerai.

Lilly Ann réfléchit un instant.

— J'appellerai Maisie et Big Earle. J'appartiens à leur famille, maintenant. Ils m'aideront à élever mon enfant.

— Tu oublies un point important, ma chérie. C'est Maisie elle-même qui a eu l'idée de faire adopter ta fille.

— Vous mentez ! Je sais que Maisie ne m'aime pas beaucoup, mais ce bébé, c'est tout ce qu'il lui reste de Clifford. Et la famille, pour Maisie, c'est sacré.

Une expression pleine de pitié se peignit sur le visage d'Eileen.

— Ce n'est pas la première fois que j'aide Maisie à régler ce genre de problème, tu sais.

— Quoi ? s'exclama Lilly Ann, abasourdie.

— Teena, expliqua Eileen. Il y a deux ans. C'est une charmante famille californienne qui a adopté son fils.

— Teena a un bébé ?

— Teena a donné naissance à un bébé, rectifia Eileen. Et elle l'aimait assez pour lui donner une chance de mener une vie meilleure. Tu devrais réfléchir à cela, ma chérie.

— Les Franklin sont riches ! s'insurgea Lilly Ann. Ils auraient très bien pu élever cet enfant et le rendre heureux.

— Il ne s'agit pas que d'argent, ma chérie. Toute sa vie, ce pauvre petit aurait été considéré comme un bâtard. En ville, tout le monde aurait murmuré derrière son dos. Il aurait entendu raconter partout que sa maman avait fait une terrible bêtise.

Eileen marqua un temps d'arrêt pour accentuer son effet.

— Qui voudrait infliger un tel sort à un être aimé ?

Lilly Ann n'avait rien à répondre à cela. Eileen avait raison, malheureusement. Les gens n'oubliaient jamais ce genre de chose. A Euless, on parlait encore du bombardement de Pearl Harbor par les Japonais, car il avait eu lieu le jour où Maybelle Long avait été surprise derrière l'épicerie avec le père de sa meilleure amie — et cela s'était passé plus de vingt ans plus tôt ! Lilly Ann se représentait parfaitement ce qui arriverait si elle retournait s'établir là-bas avec l'enfant de Clifford Franklin.

— C'est différent dans les grandes villes, protesta-t-elle.

— Pas si différent que ça.

— Je n'abandonnerai pas mon bébé.

Eileen fronça les sourcils, puis sourit.

— Il est tard, dit-elle calmement. Tu dois être morte de fatigue.

Comme si ces mots avaient déclenché quelque mécanisme en elle, Lilly Ann se sentit soudain privée de toute énergie. Elle se rallongea dans le lit.

Eileen se pencha en avant et lui caressa doucement le front.

— Je me rends bien compte que tu as besoin de beaucoup réfléchir, murmura-t-elle. Mais maintenant, il faut te reposer.

Elle sortit une liasse de documents de son sac à main, les posa sur la table de nuit.

— Ces papiers t'expliqueront tout. Lis-les attentivement, ma chérie, et nous reparlerons de tout cela plus tard.

Lilly Ann lut les documents deux fois de suite. Au moment où elle entamait une troisième lecture, une infirmière vint lui annoncer qu'il était temps d'éteindre la lumière.

— Vous poursuivrez demain matin, ma jolie. Vous avez grand besoin de dormir.

Lilly Ann hocha la tête. De toute façon, elle aurait beau lire ces feuilles cent fois, elle ne les comprendrait pas davantage.

— Faites de beaux rêves, dit l'infirmière en bordant le lit. Demain, une belle journée vous attend.

Lilly Ann en doutait, mais elle réussit à sourire.

— Vous n'oublierez pas de m'apporter mon bébé pour que je lui donne le sein ?

— Vous avez l'air très fatiguée. Je pourrais lui donner un biberon, pour que vous puissiez dormir en paix…

— Non ! s'exclama Lilly Ann, terrifiée à l'idée de ne pas voir sa fille de toute la nuit. C'est mon enfant. Je dois lui donner le sein.

— Le lait maternisé est aussi bon que le lait maternel, rétorqua l'infirmière. Pourquoi vous donner la peine de la nourrir plusieurs fois par nuit ?

— Parce que je suis sa mère, répondit-elle en prenant conscience pour la première fois de la force et de la beauté de ces mots.

Quelques heures plus tard, une aide-soignante lui apporta son enfant.

— Vous nous donnez plus de travail que n'importe qui, se plaignit-elle. Toutes les autres mères se contentent du biberon.

— Je ne suis pas comme les autres mères, répliqua Lilly Ann en levant le menton. Et mon bébé n'est pas comme les autres bébés.

— Hmm, je vois. Mademoiselle ne se prend pas pour de la petite graine, grogna l'aide-soignante, avant de quitter la chambre.

Lilly Ann déboutonna sa chemise de nuit et offrit le sein à sa fille.

— Cette vieille bécasse peut bien penser ce qu'elle veut, murmura-t-elle. Elle ne se rend pas compte que toi et moi, on n'est pas comme les autres.

L'enfant, cependant, ne s'intéressait guère qu'à la tétée ; elle agrippa le sein de sa mère et se mit à le sucer avec avidité. Un sentiment de pur émerveillement envahit Lilly Ann.

Comment Teena avait-elle pu abandonner son fils — sa chair et son sang —, le laisser à un couple d'inconnus ? Les Franklin avaient pourtant largement les moyens de nourrir une bouche supplémentaire ! Mamie Hattie disait toujours que Maisie et Big Earle avaient assez d'argent à la banque pour entretenir toute la ville. Alors, un petit bébé…

Cependant, Lilly Ann savait bien que l'argent n'avait rien à voir dans l'affaire. Maisie s'était échinée à fuir l'univers dont elle était issue ; elle avait complètement tourné le dos à son passé. Que Teena, sa petite fille chérie, soit vue avec un enfant bâtard, cela revenait à lui jeter en pleine figure ses origines misérables et à ternir sa réputation, qui était encore fragile. Les filles des membres du Country Club tombaient enceintes comme les autres, mais elles attendaient pour cela d'avoir la bague au doigt.

— Mais nous, on se fiche bien de ces gens-là, murmura Lilly Ann au bébé. On n'a pas besoin d'eux, hein, mon amour ?

Jamais elle ne demanderait à Maisie de l'aider. Une femme qui était capable d'abandonner son petit-fils était capable de tout.

Lilly soupira. Elle savait qu'elle ne devait pas non plus compter sur l'aide de Mamie Hattie. D'ailleurs, elle l'entendait d'avance se moquer d'elle si jamais elle l'appelait au secours : « Tu croyais avoir tiré ton épingle du jeu, ma fille ? Tu pensais qu'en écartant les jambes pour Clifford, toutes tes prières seraient exaucées ? »

Cette pensée la ramena soudain à cette douce soirée de printemps, où Cliff et elle avaient fait la « chose » à l'arrière de sa voiture.

— Te fais pas de souci, chérie, avait-il dit en lui remontant sa jupe. Je vais bien m'occuper de toi.

Lilly Ann entendait encore le bruit grinçant de la braguette de Cliff, quand il avait baissé son pantalon. Elle sentait encore son souffle tiède et haletant contre son cou.

— Touche-moi, avait-il ordonné en glissant les doigts sous l'élastique de sa petite culotte. N'aie pas peur. Je ne vais pas te brusquer.

Comme Cliff semblait avoir très envie qu'elle le caresse, elle l'avait pris doucement dans sa main, stupéfaite de le sentir si excité. Ensuite, il lui avait écarté les cuisses en lui murmurant à l'oreille :

— Je vais venir en toi, Lilly Ann. Et tu te sentiras vraiment bien.

Il l'avait alors pénétrée avec un doigt, sans avertissement, et elle avait poussé un terrible cri de douleur et de surprise.

— Non ! s'était-elle exclamée en gigotant sous lui. Je veux arrêter !

— Mais non, tu veux pas, ma puce.

Il s'était mis à la caresser avec fièvre, donnant à son geste un rythme de plus en plus soutenu, au point que Lilly Ann avait commencé à son tour, presque malgré elle, à agiter les hanches contre lui.

— Regarde comme tu es bien humide, maintenant.

Humide ? Elle ignorait ce qu'il entendait par là, mais sa main lui procurait un tel plaisir qu'elle poussa un long soupir ravi.

— Il ne faut pas, avait-elle protesté ensuite, tandis qu'il la couvrait de son corps. Et si je tombe enceinte ?

— Ne t'inquiète de rien, ma chérie. Je m'occuperai bien de toi.

Et tu avais tenu ta promesse. Au nom du ciel, Clifford Earle Franklin, pourquoi a-t-il fallu que tu disparaisses comme ça ? Refoulant ses larmes, Lilly Ann balaya la chambre d'hôpital d'un regard sombre. Si Cliff ne s'était pas rendu à cette stupide soirée pour enterrer sa vie de garçon, tout aurait été différent. Aujourd'hui, ils seraient mariés et habiteraient une jolie maison dans Main Street, à Euless, avec une chambre pour le bébé, une cuisine moderne, et peut-être même un lave-vaisselle. Cliff travaillerait pour son père, Lilly Ann s'occuperait de leur enfant, et la maison serait propre comme un sou neuf.

Mais ressasser le passé ne la menait nulle part. Ce qui était fait ne pouvait être défait. Cliff était mort, les Franklin ne lèveraient pas le petit doigt pour son fils, et Mamie Hattie avait prévenu Lilly Ann qu'elle ne devait espérer aucune aide de sa part. La situation était aussi simple et aussi tragique que cela.

Peut-être Eileen avait-elle raison de prétendre que Lilly Ann se montrait égoïste en pensant qu'elle serait plus à même de s'occuper de son enfant que Candy et Blake. Elle n'avait ni mari, ni famille pour la soutenir. Elle n'avait ni emploi, ni logement. Pourtant, comme elle l'avait lu dans plusieurs livres ces derniers mois, les nouveau-nés avaient absolument besoin de sécurité et de stabilité — deux choses qu'elle ne pouvait guère garantir à sa fille.

Dans ces conditions, tu dois téléphoner à Eileen, lui dire que tu avais tort, qu'il vaut peut-être mieux pour tout le monde que le bébé soit confié à Candy et à Blake.

Si elle gardait sa fille, elle finirait comme Sally McClintock, qui habitait avec ses deux gamins au-dessus de la boutique du barbier. Son mari l'avait quittée pour partir à Tallahassee avec une secrétaire juridique qui préférait élever des caniches plutôt que des enfants. Sally était devenue maigrichonne et maladive, mais comment le lui reprocher ? Elle travaillait pendant la journée à la banque du comté de Euless, le soir au restaurant de Ginny, et le week-end, elle faisait le ménage dans des immeubles de bureaux. Ses fils, crasseux comme des poux, n'avaient guère que la peau sur les os. Chacun savait qu'on finirait un jour ou l'autre par les lui retirer pour les placer dans des foyers.

Lilly Ann frissonna. Elle aimait mieux mourir que d'être condamnée à un tel sort. Or, si elle retournait à Euless, c'était exactement ce qui l'attendait.

Les petites jambes potelées de l'enfant s'agitèrent. Lilly Ann la déplaça pour lui présenter l'autre sein. « Le lait maternel, ça ne coûte rien », se dit-elle en caressant la joue du bébé de la pointe de l'index. Certaines mères allaitaient leurs nouveau-nés pendant des mois et des mois avant de commencer à leur donner des nourritures plus consistantes. Des mois pendant lesquels elles n'avaient pas à dépenser de l'argent pour ces petits pots tout préparés, ou pour ces bouteilles de lait maternisé qui valaient si cher.

Lilly Ann reprit espoir. Pour s'en sortir, en définitive, il lui suffisait de veiller à toujours avoir du lait pour la tétée. C'est-à-dire à s'alimenter elle-même. Et pour cela, il ne lui fallait pas beaucoup d'argent. S'il y avait bien une chose qu'elle avait apprise en grandissant auprès de Mamie Hattie, c'était à se nourrir à peu de frais.

Autre point positif, elle avait déjà réussi à fuir Euless. Aurait-elle vraiment de la peine à trouver un emploi dans une grande ville comme Atlanta ? Lilly Ann se savait jolie, ce qui était un atout considérable. De plus, Mamie Hattie ne lui avait-elle pas toujours répété qu'elle avait la langue bien pendue ? Ces qualités-là devraient lui permettre de travailler dans un salon de coiffure. Ou dans tout autre endroit où il y aurait d'autres femmes, d'autres mamans, qui pourraient la comprendre.

Un plan commença à prendre forme dans l'esprit de Lilly Ann. Au début, il lui parut un peu brumeux, mais à mesure qu'elle réfléchissait, il devint de plus en plus clair. Elle se demandait même comment elle n'y avait pas songé plus tôt. En fin de compte, elle n'avait besoin ni des Franklin, ni d'Eileen Fontaine, ni de ce couple fortuné en mal de bébé.

— On va se débrouiller toutes seules, dit-elle à l'enfant lovée entre ses bras. Et tu vas voir comme je vais bien m'occuper de toi.

5.

Le lendemain matin, Lilly Ann attendit le moment propice pour passer à l'action : juste avant l'arrivée de l'équipe hospitalière de jour, pendant que les infirmières de nuit s'occupaient à remplir de la paperasserie. On lui avait amené son bébé une demi-heure plus tôt pour la tétée, et elle savait que personne ne viendrait la déranger avant au moins dix minutes.

Elle s'habilla à la hâte, vêtit l'enfant de l'un des beaux ensembles qu'Eileen lui avait offerts, fourra un paquet de couches et quelques affaires dans un sac, puis s'éclipsa par l'issue de secours.

Elle descendit les trois volées de marches menant au rez-de-chaussée, la main crispée sur la rampe en métal, luttant contre le vertige et les tremblements qui la secouaient de la tête aux pieds. Elle avait tant pris l'habitude, pendant les derniers mois de grossesse, d'adapter sa démarche à son gros ventre, qu'elle avait de la peine à garder son équilibre. Cependant, elle réussit à sortir de l'hôpital sans se faire remarquer.

L'air matinal était frais et vif. Lilly Ann ferma les yeux, le temps de prendre quelques profondes inspirations. A Atlanta, le mois de février était vraiment un mois d'hiver, et cela l'enchantait. Elle avait toujours rêvé d'habiter dans le Nord, où les saisons étaient plus marquées que dans sa ville natale.

Lilly Ann longea le trottoir, le cœur battant la chamade : elle s'attendait presque à voir des voitures de police surgir aux carrefours, gyrophares en action et toutes sirènes hurlantes, à se sentir encerclée par les gendarmes, arme au poing, et empêchée de quitter l'hôpital.

« Tu n'as rien à craindre ! se dit-elle pour se donner du courage. C'est *ton* bébé, pas le leur. Tu n'es pas une criminelle. » Après tout, jamais elle n'avait demandé à accoucher dans un hôpital de riches comme Saint-Cyril ! C'était Eileen qui avait eu cette idée, affirmant que c'était le meilleur établissement de la ville et que son bébé y prendrait un bon départ dans la vie…

Une colère sourde envahit Lilly Ann. Comment Eileen avait-elle pu lui mentir aussi effrontément depuis le premier instant de leur rencontre ? Sa gentillesse, sa tendresse, sa générosité, tout cela n'avait été qu'une façade. Depuis toujours, elle ne poursuivait qu'un seul but : donner son bébé à un couple d'inconnus. Lilly Ann les détestait, tous autant qu'ils étaient, et elle se détestait d'avoir été tentée, ne fût-ce qu'un instant, d'accepter leur ignoble proposition.

Elle marcha une bonne demi-heure dans l'atmosphère revigorante du début de matinée, puis finit par héler un taxi.

— Où on va ? demanda le chauffeur avec lassitude tandis qu'elle s'installait sur la banquette arrière.

Lilly Ann hésita.

— Je… je ne sais pas.

L'homme poussa un soupir d'exaspération.

— J'ai pas dormi depuis hier matin, ma petite dame. Et si vous savez pas où aller, c'est pas moi qui vais vous le souffler, nom d'un chien !

— Mon enfant et moi, nous avons besoin d'un endroit où nous installer, expliqua-t-elle d'une petite voix.

— Comme tout le monde, ma petite dame !

Le chauffeur tourna la tête vers elle pour mieux la regarder.

— Un endroit friqué ? demanda-t-il en fixant le superbe manteau qu'Eileen avait offert à Lilly Ann.

— Non. Je n'ai pas beaucoup d'argent.

— Je connais un motel qui pourrait faire l'affaire. Mais c'est pas le genre d'endroit pour un bébé.

— C'est bon marché ? demanda-t-elle en jetant un regard anxieux sur le compteur du taxi.

— On trouve difficilement moins cher.

— Emmenez-moi là-bas, alors, déclara-t-elle d'un ton résigné.

— Je peux pas dire que ça m'enchante, ma petite dame.

— Je trouverai un autre taxi, si vous refusez.

Il haussa les épaules.

— Bon, allons-y.

Dix minutes plus tard, le taxi s'arrêta devant le Georgia Peach Motel. Lilly Ann tendit deux billets de un dollar au chauffeur, puis descendit du véhicule avant qu'il ait eu le temps de lui réclamer un pourboire.

Dans le hall du motel régnait la même odeur que dans l'arrière-salle du barbier de Euless : un mélange répugnant de lotion capillaire et de sueur qui aurait certainement donné la nausée à Lilly Ann si elle avait encore été enceinte. Elle serra le bébé contre sa poitrine et s'approcha du réceptionniste.

— Je voudrais une chambre, s'il vous plaît.

— C'est complet, marmonna l'homme sans quitter des yeux le magazine étalé devant lui sur le comptoir.

— Qu'avez-vous dit, monsieur ? demanda-t-elle d'un ton suave.

Le réceptionniste leva les yeux vers Lilly Ann.

— J'ai dit : c'est complet.

— Je… je ne comprends pas.

— C'est complet. Pas de chambres libres. Pigé ?

Lilly Ann réprima une réplique cinglante. Pour qui se prenait-il, celui-là, à la traiter comme une moins-que-rien ? Elle avait bien envie de lui botter les fesses, comme l'aurait sans doute fait Mamie Hattie, mais elle songea qu'elle obtiendrait un meilleur résultat par la manière douce.

— Monsieur, reprit-elle d'une voix plaintive, excusez-moi si je me trompe, mais j'ai cru voir un écriteau, dehors, qui annonçait que vous aviez de la place.

— Et alors ? rétorqua-t-il d'un air mauvais. Je vous dis quand même que j'ai pas de chambre.

— Est-ce que vous pourriez vérifier dans votre registre ? demanda-t-elle. Je crois savoir que c'est illégal de refuser un client quand on a une chambre disponible.

Elle marqua une pause pour accentuer son effet, forçant les larmes à lui monter aux yeux.

— Surtout quand il s'agit d'un client qui a un bébé, ajouta-t-elle.

Le réceptionniste eut un soupir d'agacement en la fusillant du regard.

— C'est six dollars la nuit, grogna-t-il. Et vous devez payer deux nuits d'avance.

— *Deux* nuits d'avance ?

— Ouais. C'est comme ça.

Lilly Ann lui tendit douze dollars à contrecœur. Il poussa une clé gravée du chiffre 43 en travers du comptoir.

— Si les clients se plaignent à cause de votre gamine, je vous fiche à la porte.

— Elle ne pleurera pas, assura Lilly Ann. Vous avez ma parole.

— Ne pleure pas, mon amour, supplia Lilly Ann. Je t'en prie, ne pleure pas !

Depuis quelques heures qu'elle s'était installée dans la chambre, son bébé avait pleuré presque sans cesse, poussant de déchirants petits cris aigus, tel un chaton terrifié.

Lilly Ann tressaillit tandis que l'occupant de la chambre voisine frappait pour la énième fois contre le mur. S'il se plaignait auprès du réceptionniste, elle était fichue. Sa fatigue était telle qu'elle tenait à peine debout, et la cicatrice de l'épisiotomie lui causait une douleur cuisante qui lui donnait envie de mêler ses sanglots à ceux de sa fille.

— Tu as faim ? murmura-t-elle.

Les grands yeux bleus de l'enfant semblèrent la dévisager d'un air perplexe. Lilly Ann déboutonna son chemisier et s'assit sur le lit, adossée au mur, pour lui donner le sein.

Grâce à Dieu, elle ne manquait pas de lait. Mais c'était bien là le seul point positif de sa situation. Depuis qu'elle avait acheté des céréales et des bananes à la petite épicerie voisine, ses réserves financières s'élevaient à vingt-neuf dollars et trente-sept cents. Elle manquerait bientôt d'argent pour acheter la lessive nécessaire au nettoyage des couches de sa fille. Quant aux vêtements de bébé, aux visites chez le médecin ou aux milliers d'autres choses dont elle aurait besoin d'un jour à l'autre, elle n'avait pas la moindre idée de la façon dont elle pourrait les payer.

La veille à la même heure, elle se sentait ivre de bonheur. Au terme d'un accouchement beaucoup moins douloureux qu'elle n'avait craint, on avait placé entre ses bras une adorable petite fille. Elle avait des amis qui semblaient vouloir l'aider à prendre un bon départ dans la vie, la protéger et l'entourer de leur affection. Pour la première fois depuis la mort de Cliff, elle avait été vraiment, profondément heureuse.

A présent, elle entendait presque les sarcasmes dont l'aurait abreuvée Mamie Hattie si elle avait appris ce qui venait de lui arriver : *Tu n'as que ce que tu mérites, ma fille. Et maintenant, voyons comment tu vas t'y prendre pour sortir de ce pétrin !* Lilly Ann se reprochait énormément sa naïveté face à Eileen Fontaine ; elle s'en voulait d'avoir cru qu'une personne liée à Maisie Franklin pût être sincère et compatissante. Car Eileen n'était pas moins mauvaise que Maisie. Depuis le premier jour, elle n'avait eu qu'un but : livrer le bébé à ce riche couple comme s'il s'agissait d'une simple marchandise.

En écoutant les petits bruits de succion du bébé contre son sein, Lilly Ann sentit son cœur chavirer. Elle aimait cette petite fille plus que n'importe qui au monde, même si l'idée d'être mère la paralysait de terreur.

Pense un peu à tout ce que Candy et Blake pourraient lui offrir, ma fille. Elle aurait une jolie chambre, de la layette en quantité, un avenir assuré… tout ce que tu désires toi-même pour elle.

— Jamais ! murmura-t-elle tandis qu'elle offrait son autre sein au bébé. Jamais rien ni personne au monde ne pourra me faire abandonner ma fille.

Réfléchis donc un peu. Tout serait tellement plus facile pour toi. Tu pourrais reprendre l'école, puis décrocher un travail dans un bureau, en ville. Tu n'arriveras à rien si tu as un bébé à charge.

Lilly Ann essaya de chasser cette horrible pensée de son esprit, mais sans y parvenir. Et la voix de Mamie Hattie résonnait encore, terrible, à ses oreilles : *Ah, tu l'as bien cherché ! Tu es aussi mauvaise que ta propre mère, ma fille. Tu ne vaux pas mieux que cette dévergondée…*

— Les clients se plaignent, ma petite dame, déclara le réceptionniste en passant la tête dans l'entrebâillement de la porte. Ils n'en peuvent plus d'entendre votre bébé pleurer.

— Tous les bébés pleurent, rétorqua Lilly Ann. Ça n'a rien d'anormal.

Sa petite fille n'avait cessé de hurler, déversant toutes les larmes de son corps, et Lilly Ann ne savait plus quoi inventer pour arrêter la crise. Elle avait essayé de la bercer, de lui parler, elle l'avait allaitée au point que ses seins lui faisaient mal — sans résultat. Et maintenant, elle se sentait à bout de nerfs ; il n'en fallait pas davantage pour la rendre folle à lier.

— Ne me parlez pas sur ce ton, maugréa l'homme en s'avançant dans la pièce. Si je vous ai laissée rester ici, c'est uniquement parce qu'il gèle dehors et que je suis un bon chrétien.

— Je suis désolée, mentit Lilly Ann.

Le réceptionniste, avec son corps décharné et ses dents de cheval, lui répugnait.

— Je vous suis très reconnaissante de votre gentillesse, ajouta-t-elle au prix d'un gros effort de volonté.

Visiblement, elle avait trouvé le bon ton, car l'expression du réceptionniste se radoucit aussitôt. L'enfant, elle, se remit hélas à gémir.

— Qu'est-ce qu'elle a ? demanda-t-il.

— Je crois qu'elle a faim.

Lilly Ann prit son enfant dans le tiroir de commode qu'elle avait aménagé en berceau de fortune.

— Non, dit l'homme. Si elle avait faim, elle pleurerait pas de cette façon.

Lilly Ann le regarda d'un air méfiant.

— Vous connaissez quelque chose aux bébés ? demanda-t-elle.

— Et comment, ma petite dame ! Ma Dora et moi, on en a élevé une demi-douzaine.

La fille de Lilly Ann poussa un hurlement aigu.

— Je voudrais pas vous inquiéter, mais ça m'a l'air plutôt grave, observa-t-il.

Lilly Ann le regarda droit dans les yeux.

— Ce matin, elle a vomi.

— C'était la première fois ?

— Non. Depuis hier, elle rend tout ce qu'elle avale.

Elle prit une inspiration tremblante.

— Elle n'arrête pas de pleurer, et je ne sais pas quoi faire pour la calmer.

Elle se sentait tellement malheureuse qu'elle aurait voulu pouvoir s'enfuir, loin, très loin, et retourner à sa vie d'avant — avant qu'elle ne rencontre Cliff et ne commette la plus grosse erreur de son existence.

Le réceptionniste posa la paume de sa main droite sur la joue du bébé, et fronça les sourcils.

— Pas étonnant qu'elle pleure ! La pauvre puce est brûlante de fièvre.

Lilly Ann toucha le front de l'enfant du bout des lèvres, puis éclata en sanglots.

— Ah, non ! se renfrogna l'homme. Vous n'allez pas vous mettre à brailler à votre tour.

— Je ne sais plus quoi faire, gémit Lilly Ann. S'il arrive quelque chose à ma fille…

Il lui tapota la main d'un air un peu gêné.

— Il ne va rien lui arriver, ma petite dame. En tout cas pas si vous l'emmenez à l'hôpital tout de suite.

— Je n'ai pas d'argent pour l'hôpital. Je n'en ai même pas assez pour aller chez le médecin.

— La puce est mal en point. Emmenez-la à l'hôpital, je vous dis. Vous vous demanderez après comment vous ferez pour payer.

— Tu as bien fait de m'appeler, ma chérie.

Eileen Fontaine étreignit chaleureusement Lilly Ann, avant de l'entraîner vers la sortie des urgences pédiatriques.

— Personne ne te reprocherait de ne pas pouvoir assumer cette lourde charge toute seule, ajouta-t-elle.

Elle regarda Lilly Ann pendant quelques instants.

— Seigneur, tu es toute maigre ! A quand remonte ton dernier repas ?

— Je… je ne sais pas, balbutia Lilly Ann en vacillant sur ses jambes. Avant que le bébé tombe malade.

— Il y a cinq jours ! s'exclama Eileen, horrifiée.

Elle lui glissa un bras autour des épaules.

— Ne dis plus rien, ma chérie. Nous allons d'abord descendre à la cafétéria, et tu vas prendre un bon repas.

Lilly Ann tendit faiblement le bras vers le bébé, qui disparaissait derrière une terrifiante forêt de tubes et de machines.

— Je ne peux pas la laisser seule, protesta-t-elle. Elle va avoir peur.

— Elle dort, dit Eileen en riant doucement. De plus, je suis sûre qu'elle préférerait ne pas voir sa maman s'évanouir à ses pieds.

Lilly Ann acquiesça de la tête. Elle aurait voulu haïr cette femme, mais elle se sentait tellement soulagée qu'elle n'y parvenait pas.

— Un peu de soupe ne me fera pas de mal, reconnut-elle.

Elle suivit docilement Eileen jusqu'à la cafétéria et se laissa convaincre d'avaler deux grands bols de bouillon au vermicelle, un paquet de biscuits et un verre de lait.

Eileen l'observait tout en tirant de petites bouffées nerveuses sur sa cigarette. Elle finit par aborder la question de l'état de santé du bébé :

— La petite a une pneumonie, déclara-t-elle platement. Ainsi que d'autres complications mineures. Selon les médecins, elle va rester à l'hôpital au moins un mois.

— Un mois ! répéta Lilly Ann dans un souffle.

Sa cuiller tomba en cliquetant sur la table.

— Ça va coûter une fortune !

— Oui. Sans aucun doute.

Lilly Ann soupira.

— Peut-être que Maisie et Big Earle pourront m'aider ?

— Tu connais la réponse à cette question, ma chérie, répliqua Eileen avec un sourire, puisque tu leur as téléphoné avant de m'appeler.

Lilly Ann s'empourpra.

— Ils vous l'ont dit ?

— Ils me l'ont dit.

— Je n'avais pas l'intention de vous mentir, Eileen.

— Je sais, ma chérie. Tu étais seule, tu avais peur… et tu es bien trop jeune pour affronter de tels ennuis.

— Mon Dieu, comment faire ? murmura Lilly Ann d'une voix tremblante. Il paraît que l'hôpital veut m'enlever ma petite fille parce que je n'ai pas d'argent pour m'occuper d'elle.

— C'est parce que les médecins s'inquiètent, ma chérie. Quand ta fille sortira d'ici, elle aura besoin de beaucoup d'attention.

— Je prendrai soin d'elle.

— Mais comment ? demanda Eileen en se penchant légèrement par-dessus la table en Formica. Tu n'as ni travail ni foyer. Tu n'as même aucun papier d'identité portant ton nom et ton adresse. Les autorités du comté ne vont pas voir cela d'un très bon œil, tu sais.

— Je quitterai Atlanta, dit Lilly Ann. Je retournerai à Euless et je travaillerai comme serveuse. Là-bas, on sait qui je suis.

— Et comment feras-tu pour payer les frais d'hôpital ? rétorqua Eileen.

— Je rembourserai petit à petit.

— Ils n'accepteront pas, ma chérie. Et tu le sais très bien.

— Ils n'ont pas le droit de me prendre mon bébé. C'est illégal.

— Le vol aussi est illégal.

— Le vol ? répéta Lilly Ann, le cœur battant.

Eileen baissa un peu la voix.

— L'hôpital Saint-Cyril est très en colère, ma chérie. Là-bas, on n'apprécie guère les jeunes mamans qui s'enfuient avec leur bébé sans régler leurs dettes. Alors ils ont appelé la police.

Elle secoua la tête d'un air triste.

— Tu es recherchée, Lilly Ann. Et je ne suis pas certaine de pouvoir t'aider quand ils te retrouveront.

Tu es aussi mauvaise que ta propre mère, ma fille. Tu ne vaux pas mieux que cette dévergondée…

— Je sais bien, moi, pourquoi tu as agi comme tu l'as fait, continua Eileen. Tu avais peur… il t'est arrivé tant de choses… tu es si jeune… et il te faut quelqu'un pour te soulager de tous ces problèmes qui pèsent sur tes épaules…

Lilly Ann se mit à trembler. Depuis la naissance du bébé, quinze jours plus tôt, elle avait le sentiment d'être piégée dans un cauchemar, un de ces rêves abominables où l'on court de toutes ses forces, mais jamais assez vite, pour se mettre à l'abri du monstre qui veut vous gober d'une bouchée entre ses mâchoires répugnantes.

— Vous vouliez me prendre mon bébé, murmura-t-elle. J'avais peur. Je…

Elle se tut et baissa les yeux sur ses mains. Cliff les trouvait jolies, autrefois, mais aujourd'hui, avec leurs ongles tout grignotés, elles étaient affreuses.

— Continue, ma chérie, l'encouragea Eileen. Dis ce que tu as sur le cœur.

Mais Lilly Ann ne pouvait plus rien exprimer. Tout cela était trop horrible, trop terrifiant. Elle se sentait incapable d'en parler.

Eileen se leva, vint s'asseoir à côté d'elle et lui passa gentiment un bras autour du cou.

— Tu n'as pas à avoir honte, dit-elle d'une voix douce, comme une maman qui chercherait à consoler son enfant. Je sais ce que tu as éprouvé… ce motel misérable… sans argent… et ton bébé qui pleurait, qui pleurait sans que tu puisses rien pour lui venir en aide…

Lilly Ann enfouit le visage au creux de l'épaule d'Eileen et éclata en sanglots. Elle avait l'impression que son cœur allait exploser. En définitive, elle n'avait fait qu'accumuler les erreurs, encore et toujours — quand elle avait couché avec Cliff, quand elle avait cru qu'ils allaient vivre heureux ensemble, quand elle avait espéré qu'elle serait capable d'élever seule son enfant…

Elle s'essuya les yeux d'un revers de main, mais ses larmes continuèrent de couler à flots.

— On va me jeter en prison ? murmura-t-elle.

— Je ne sais pas. C'est possible.

Eileen avait l'air si triste et si sincère que Lilly Ann eut le souffle coupé.

— Non ! s'écria-t-elle en agrippant le bras d'Eileen. Si je vais en prison, que deviendra mon petit bébé ?

— Ta fille sera prise en charge par l'Etat. Ils la placeront dans une famille d'accueil… peut-être même dans un orphelinat.

— Oh, mon Dieu ! murmura Lilly Ann.

Sa petite fille, si belle, si parfaite, allait grandir seule, sans amour. Quelle horrible perspective !

— Tu as toute ma sympathie, reprit Eileen d'un ton apaisant. Ton bébé mérite tellement mieux…

Lilly Ann hocha désespérément la tête. Oui, son enfant méritait des jolies robes, de la layette, des bonnets en dentelle. Elle méritait une chambre rose coquillage, avec des peluches et un berceau. Elle méritait une mère qui pouvait se trouver auprès d'elle matin, midi et soir — une mère qui pourrait lui apporter tout ce que sa propre mère n'avait jamais pu lui apporter. Ce qu'elle-même ne serait jamais capable d'offrir à sa fille si elle était en prison.

— Je pourrais prendre un bon avocat, dit-elle dans un sursaut d'espoir. Un avocat qui expliquerait tout à l'hôpital Saint-Cyril et qui me sortirait de là.

Eileen eut un sourire compatissant.

— Peut-être, mais après ? Comment vas-tu te débrouiller, pauvre petite fille, pour élever ton enfant ?

Elle poussa un profond soupir.

— Tu es vraiment dans un sale pétrin, ma chérie. Un sale pétrin…

Devant l'énormité de la situation, Lilly Ann avait de plus en plus de mal à respirer. Elle comprenait tout à coup avec horreur que, si elle ne prenait pas la décision qui s'imposait, sa fille et elle passeraient leur vie à payer les multiples erreurs qu'elle avait commises depuis sa rencontre avec Clifford.

Mais le pire, ce qui la terrifiait par-dessus tout, c'était de constater qu'en réalité, elle s'inquiétait plus pour elle-même que pour son enfant : elle éprouvait une terreur sans bornes à l'idée de se retrouver piégée comme son père et sa mère, ou comme Mamie Hattie et tous les autres habitants de Euless, dans une vie sans rêves. Ce qui arriverait forcément si elle s'obstinait à garder sa fille avec elle…

— Je vous en prie, aidez-moi, murmura-t-elle à Eileen, consciente de s'engager sur une route qui la mènerait tout droit en enfer. Je vous en supplie !

Eileen lui caressa doucement les cheveux.

— Ma pauvre petite chérie, susurra-t-elle. Tu sais qu'il existe peut-être un moyen…

Trois heures plus tard, Lilly Ann montait à bord d'un bus Greyhound en partance pour New York. Elle emportait avec elle une valise remplie de robes neuves et cinq cents dollars cachés au fond de son sac à main.

Elle laissait derrière elle ses vêtements de maternité, un pyjama de flanelle jaune citron, et sa fille nouveau-née.

LIVRE 2

L’enfant

6.

Cincinnati, Ohio, 1969

Millicent et Jack Banning désespéraient d'avoir jamais d'enfant — un petit être à qui ils pourraient offrir tout leur amour. Depuis plus de vingt ans qu'ils vivaient dans les liens sacrés du mariage, le bon Dieu n'avait pas encore daigné leur accorder la bénédiction d'une naissance, et Il ne semblait pas du tout décidé à changer d'avis.

De temps en temps, les Banning allaient consulter le révérend Evans à ce sujet. Sa réponse ne variait pas :

— C'est la volonté du Seigneur, répétait-il. S'Il ne vous envoie pas d'enfant, c'est qu'Il a d'autres projets pour vous.

— En ce cas, Il devrait se dépêcher de nous faire signe, répliquait Millicent, parce que mon Jack et moi, on ne rajeunit pas.

Mais les années passaient, et Dieu ne leur annonçait toujours pas ce qu'Il leur réservait. Jack consacrait le plus clair de son temps libre à pêcher sur le lac, tandis que Millicent restait chez elle à boire café sur café en se demandant quelle erreur elle avait bien pu commettre qui lui valût d'être punie si durement.

Les autorités du comté leur avaient répondu qu'ils étaient trop vieux pour adopter un bébé. *Trop vieux ?*

Cette seule pensée suffisait à mettre Millicent en rage. Jack et elle étaient à la fleur de l'âge, au contraire — robustes, en bonne santé, et ils ne demandaient qu'à élever un enfant avec amour ! Hélas, la puissante administration en avait décidé autrement, et avait apposé un gros « NON » rouge sur leur dossier de candidature à l'adoption, avant de le classer définitivement dans les archives.

Millicent avait parfois l'impression de vivre un cauchemar. Ce n'était pas comme ça que les choses se déroulaient dans les multiples séries télévisées qu'elle suivait avec passion. Là, des bébés apparaissaient comme par miracle sur le seuil d'une maison, ou bien étaient offerts à des couples stériles tel un trésor inestimable, au cours de scènes vibrantes d'émotion. Au plus profond d'elle-même, pourtant, Millicent attendait toujours le coup de sonnette qui viendrait bouleverser sa vie.

Jack, lui, finissait par perdre patience. A force d'espérer un miracle qui ne se produisait pas, il avait presque le cœur brisé. Il répétait qu'il n'en pouvait plus, qu'ils devaient oublier cette histoire d'adoption et continuer leur existence normalement, pour le meilleur et pour le pire.

Cependant, Millicent refusait de baisser les bras. Non qu'elle n'en conçût pas une immense peine, mais cela ne l'empêchait pas de rêver. Quelque part, elle en avait la certitude, venait de naître un bébé qui attendait de recevoir sa tendresse, et ce bébé-là finirait par arriver jusque chez eux d'une façon ou d'une autre. Millicent se moquait bien que ce bébé fût américain, coréen, africain ou le produit d'origines diverses. Tout ce qu'elle voulait, c'était un petit être à choyer, une source de bonheur et de joie pour Jack et elle.

Et puis un jour, sans le moindre avertissement, la roue du destin tourna.

Le générique de *Lumière d'espoir* venait juste d'être lancé, lorsque la sonnerie du téléphone retentit dans le salon. Millicent, assise dans son fauteuil préféré, jeta un regard noir au combiné. Aujourd'hui, Ed et Leslie devaient se déclarer leur amour, et elle ne voulait manquer cela pour rien au monde. Papa Bauer et ce vilain curieux de Bert n'aimaient guère Leslie, mais Millicent savait que la jeune femme convenait tout à fait au fringant Dr Ed.

Le téléphone se tut au bout de quelques secondes, au grand soulagement de Millicent. Mais il se remit à sonner presque aussitôt, et elle dut s'arracher au fauteuil pour décrocher.

— Bonsoir, Millicent, annonça le révérend Evans. Ecoutez, je ne voudrais pas vous donner de faux espoirs, mais je crois que vos prières vont être exaucées.

Millicent serra le récepteur contre son oreille.

— Mes prières ? répéta-t-elle d'une voix tremblante.

Ces derniers temps, à vrai dire, elle avait beaucoup prié. Pour le pauvre Bobby Kennedy, Dieu ait son âme ; pour ces astronautes qui allaient bientôt marcher sur la Lune ; et même, bien que cela ne servît probablement plus à rien, pour l'enfant qu'elle rêvait d'adopter.

— Tenez-vous bien, Millie, dit le révérend Evans, car vous allez avoir un choc.

Millicent s'adossa au mur du salon, des étoiles rouges et jaunes clignotant devant ses yeux. Elle savait qu'elle avait plus de chance de faire un voyage sur la planète Mars que d'avoir un enfant, mais quelque chose en elle refusait encore de tirer un trait définitif sur cette affaire.

— J'ai entendu parler d'une petite fille, reprit le révérend d'un ton mesuré. Une petite fille de six ans.

— Six ans ?

Millicent refoula une énorme vague de déception, tandis qu'elle revoyait en pensée les piles de layette cousue à la main rangées dans l'armoire de ses plus folles espérances.

— Elle se trouve à Nashville, dans une famille, expliqua le révérend Evans. J'ai appris qu'elle avait grand besoin d'un nouveau foyer.

— Mais…

— Attendez d'entendre toute l'histoire, Millie, l'interrompit gentiment le révérend. Les premiers parents adoptifs de cette petite fille, des gens originaires du Tennessee, sont morts dans un accident en revenant d'Atlanta. Leur voiture a percuté un camion. La petite avait alors moins de deux mois. Par miracle, elle a survécu, mais…

Le révérend hésita un instant.

— Elle est défigurée, conclut-il.

— Défigurée ? marmonna Millicent.

— Oui. Elle a tout un côté du visage couvert de cicatrices. C'est une enfant difficile, Millie. Une petite fille qui a besoin de parents capables de lui donner beaucoup d'amour.

Millicent hocha silencieusement la tête. Elle comprenait ce qu'impliquaient les paroles du révérend. Aujourd'hui, les gens voulaient des maisons modèles, des voitures idéales, des enfants parfaits. Personne n'avait de place dans son cœur pour une petite fille défigurée.

Mais Millicent ne voulait pas donner son amour à une enfant déjà âgée de six ans. Depuis le premier jour de son mariage, elle attendait un bébé, un adorable nouveau-né qui aurait besoin d'elle en toute chose. Que ferait-elle d'une fille de six ans, certainement endurcie par une existence misérable ? Une fille qui n'avait jamais eu de vrais parents, qui avait été ballottée de famille d'accueil en famille d'accueil, sans être acceptée nulle part ?

— Tout cela ne nous mènera à rien, déclara-t-elle quelques jours plus tard, tandis que Jack et elle roulaient en direction de Nashville pour rendre visite à la petite fille.

Jack tapota du bout des doigts le volant de la Ford. Il était d'accord avec Millicent. Ils étaient mariés depuis si longtemps qu'ils avaient le plus souvent les mêmes pensées.

— C'est le moins qu'on puisse faire pour le révérend Evans, Millie. Il est si gentil avec nous que nous nous devons d'aller voir cette enfant.

Millicent hocha la tête.

— Oui, tu as raison, Jack, approuva-t-elle en caressant le genou de son mari. Nous pouvons bien faire ça pour le révérend.

Ils avaient prévu de passer la nuit dans un motel au bord de l'autoroute pour bien se reposer, puis de se rendre le lendemain matin chez la fillette. Ils resteraient là-bas un moment, par politesse, puis, pour éviter de donner de faux espoirs à la pauvre petite, ils prendraient congé le plus gentiment possible. C'était le meilleur moyen de régler cette affaire, et Millicent était contente de ce plan.

*
**

— Corey ! beugla Mme Zimmer, postée au pied de l'échelle du grenier. Descends ici tout de suite !

Corey s'enfonça davantage derrière la pile de vieilles couvertures en se retenant d'éternuer. Ce grenier sombre et poussiéreux, c'était son refuge, le seul endroit de la maison où elle pouvait avoir la paix — quelquefois.

— Dernier avertissement, aboya Mme Zimmer. Les Banning vont arriver d'un moment à l'autre. Je veux pas que tu me fasses honte en te pointant devant eux comme une souillon !

Corey tira la langue en grimaçant. Cette vieille sorcière de Mme Zimmer ne pensait qu'à se débarrasser d'elle. Parfois, elle faisait semblant de l'aimer autant que ses propres enfants, mais Corey n'était pas stupide. Elle savait que Mme Zimmer se moquait d'elle derrière son dos et attendait avec impatience le moment où elle quitterait sa maison.

Corey aurait bien aimé avoir une grande mare de boue à sa disposition, juste là, au milieu du grenier. Elle s'y serait roulée de bon cœur pour salir son visage, ses cheveux et son vêtement — une robe de mauvais coton qui avait autrefois appartenu à Dana, la première fille de Mme Zimmer. Comme ça, les Banning se seraient dit qu'elle habitait dans un vrai bourbier. Et bien fait pour Mme Zimmer.

— Descends ici tout de suite, fillette !

Cette fois, c'était M. Zimmer qui braillait. Il n'avait pas l'air de meilleure humeur que sa femme.

— Ces gens ont fait de la route depuis l'Ohio, reprit-il, et je te conseille de bien te comporter devant eux.

Corey tira de nouveau la langue. Cette brute était encore pire que Mme Zimmer. Il donnait des claques à ses enfants dès qu'ils lui répondaient de façon insolente, et les fouettait à coups de ceinture quand l'envie lui en prenait. S'il ne la frappait pas, elle, c'était uniquement à cause de la répugnance qu'elle lui inspirait : il aurait préféré tendre la main vers un serpent à sonnette plutôt que de la toucher.

— Tu vas avoir la vie dure, fillette, disait-il en secouant la tête. T'as intérêt à te montrer futée quand tu seras grande, parce que tu seras pas bien belle à voir.

Quand il parlait ainsi, Corey ne pleurait jamais. Elle s'efforçait même de le fixer droit dans les yeux, pour qu'il soit obligé de regarder ses cicatrices bien en face. Jamais elle ne laisserait deviner à cet homme que ses paroles la blessaient plus que ne l'aurait fait la boucle en acier de sa ceinture. Plutôt avaler un cloporte !

Une chose était sûre, de toute façon : elle était *vraiment* futée. Et elle savait très bien qu'elle ne possédait pas un visage propre à donner envie aux gens de lui sourire, de se montrer gentils avec elle, ou de l'adopter et de l'accueillir avec amour au sein de leur famille. Oh, non ! Elle avait au contraire une apparence qui suscitait des chuchotements horrifiés quand elle avait le dos tourné.

Tôt ou tard, on murmurait sur son compte — même les grandes personnes qui s'échinaient à faire semblant de ne pas remarquer les cicatrices qui couraient sur la moitié gauche de son visage comme d'affreuses lignes de chemin de fer enchevêtrées, ou encore la légère déformation de ses lèvres. Chaque fois qu'elle rencontrait un adulte — et qu'elle espérait de toute son âme que celui-là, enfin, réagirait différemment des autres —, cela finissait par un commentaire terrible du genre : « Pauvre enfant. Qui pourrait vouloir d'elle, avec un tel visage ? »

Quand elle entendait de pareils propos, Corey avait envie de griffer comme un chat sauvage. Elle voulait frapper et mordre jusqu'à ce que tous ces gens souffrent autant qu'elle. Mais réagir de cette façon, cela ne valait pas mieux que de se mettre à pleurer comme un bébé, et Corey refusait de se comporter ainsi. Jamais elle n'accepterait de se montrer faible devant tous ces adultes débiles.

Elle entendit soudain grincer l'échelle du grenier. Quelqu'un montait. Elle se cacha plus profondément sous les couvertures.

— Tu ferais mieux de descendre tout de suite.

Tommy Zimmer, dix ans, lui frappa doucement le pied avec le bout de sa chaussure.

— 'Pa est vraiment en rogne, tu sais, ajouta-t-il.

— Ses oreilles sont rouges ? demanda Corey en gloussant.

— Pas que ses oreilles, toute sa tête. Il croit que ces gens vont t'adopter.

Corey se redressa en faisant la grimace.

— Personne va m'adopter, Tommy. Pas avec la figure que j'ai.

— Elle est pas si terrible que ça, ta figure, répondit Tommy en la dévisageant comme il lorgnait les seins de sa sœur aînée quand il croyait que personne ne l'observait. C'est pas ta figure qui va pas, c'est ton comportement avec les gens.

Elle essaya de le frapper à la mâchoire, mais il esquiva le coup.

— Retire ça ! cria-t-elle.

— Non.

— Si !

— Non.

Elle se jeta sur lui comme un fauve.

— Retire ça ! hurla-t-elle avant de le mordre à l'épaule.

— Arrête, Corey, gémit Tommy, ou bien 'pa va te donner du ceinturon.

Corey martela le torse du garçon avec ses poings.

— Je le frapperai aussi. S'il me fait ça, je me vengerai !

Tommy réussit à se dégager, les yeux brillants de frayeur.

— T'es cinglée ! Même 'man elle lui rend pas les coups qu'il lui donne.

— Elle a tort, rétorqua Corey. Il serait peut-être un peu moins méchant, si elle se défendait.

Tommy ouvrait la bouche pour répondre lorsque la voix de sa mère retentit de nouveau :

— Rapplique ici avant que j'aie compté jusqu'à trois, Corey, ou bien tu vas avoir les oreilles qui chauffent !

Corey grimaça, puis se résigna à descendre l'échelle.

Dès qu'elle eut posé le pied sur le palier, Mme Zimmer lui agrippa le bras et se mit à lui épousseter sa robe de ses grosses mains brutales.

— Regarde dans quel état tu t'es mise ! T'es couverte de poussière. Ils vont croire que je m'occupe pas bien de toi.

— C'est rien que la vérité ! maugréa Corey. Vous vous occupez de moi que quand des gens viennent pour m'adopter.

Mme Zimmer lui pinça le bras, mais Corey ignora la douleur que cela lui procurait. Elle n'eut même pas un battement de cils.

— Ecoutez-la, cette petite peste ! s'emporta la femme d'une voix de serpent en la pinçant de nouveau. Je prends soin d'elle depuis six mois, et j'ai même pas droit à un merci !

Corey sentait son cœur battre si fort qu'elle avait peur de le voir exploser à travers sa robe. Mme Zimmer était méchante depuis le premier jour, mais elle ne l'avait jamais brutalisée. Si elle sortait ainsi de ses gonds alors que des inconnus étaient sur le point de sonner à la porte, de quoi serait-elle capable quand ceux-ci seraient partis ? Et son salaud de mari, comment se vengerait-il ? Parfois, Tommy avait de grosses marques bleu et noir autour des yeux. Quant à Dana, elle avait eu le bras dans le plâtre pendant plusieurs semaines — soi-disant parce qu'elle était tombée de la balançoire, mais Corey savait bien qu'elle avait été frappée par son père.

Corey connaissait ce genre de famille, où la mère et les gosses s'enfuyaient comme des souris apeurées devant un père qui ne parlait qu'avec ses poings. Souvent, elle avait écouté les coups et les cris qui ébranlaient la maison pendant la nuit, en se demandant pourquoi personne ne réagissait jamais pour se défendre. Elle savait bien, elle, en tout cas, que si quelqu'un osait la frapper, elle répondrait du tac au tac, et en donnerait autant qu'elle en recevrait.

Cependant, elle comprenait à présent qu'il valait mieux qu'elle quitte cette famille avant qu'il ne lui arrive quelque chose de vraiment terrible. Elle était trop futée pour penser que quelqu'un l'adopterait pour toujours, mais elle savait qu'il était temps d'en finir avec les Zimmer. Alors, tout à coup, elle regretta sa robe froissée et ses cheveux en désordre qui lui donnaient l'air négligé.

*
* *

— Je n'aime pas ces gens, dit Millicent en passant un doigt sur le rebord graisseux de l'évier. Tu trouves ça correct, toi, de nous faire attendre dans la cuisine ?

— Sans même nous offrir une tasse de café, renchérit Jack. Ils sont vraiment pas de notre genre, Millie.

Millicent regarda Jack secouer la tête de dépit. Son mari avait toujours accordé beaucoup d'importance à ces signes d'hospitalité.

— Tu as raison. Nous allons parler un petit moment à la fillette, pour ne pas être malpolis, puis je dirai que j'ai une de mes migraines, et nous les quitterons aussitôt.

Jack tourna les yeux vers la porte comme un prisonnier assoiffé de liberté.

— J'aimerais mieux m'en aller tout de suite, dit-il en faisant tinter les clés de la voiture dans sa poche.

Tout à coup, la porte de la cuisine s'ouvrit et Mme Zimmer passa la tête dans l'entrebâillement. Son sourire était aussi faux que la couleur des cheveux de Millicent.

— 'M'excuse de vous avoir fait attendre, mais la gosse était pas prête.

Millicent resta de marbre.

— Nous aimerions rencontrer l'enfant, dit-elle d'un ton égal.

Mme Zimmer sourit de plus belle, dévoilant une rangée de dents gâtées, puis referma la porte sur elle. Millicent fit la grimace. La cuisine empestait la viande pourrie et les égouts. Cette femme n'avait-elle donc jamais entendu parler de Monsieur Propre ? Millicent, elle, n'aurait pas élevé un chat dans une telle maison — et encore moins une petite fille.

— Viens ici ! entendit-elle crier d'une voix menaçante. Je t'interdis d'aller dans la cour. C'est pas tous les jours que t'as l'occasion de voyager…

Seigneur ! se dit Millicent avec effroi. Quel genre de vie cette pauvre petite menait-elle donc ici ? Son cœur se mit à battre la chamade. « Va-t'en, Millicent ! songea-t-elle. Tu ne veux pas rester ici, alors tourne les talons et pars ! Tout ce que tu as à faire, c'est ouvrir cette porte. Personne ne pourra t'en empêcher. »

Millicent avait toujours rêvé d'avoir un bébé, un petit être doux et tendre qui sentirait le talc et le lait maternisé — pas une fille de six ans, au visage couvert de cicatrices, qui avait pris un bien mauvais départ dans la vie.

Jack et elle étaient heureux. Ils avaient réussi à se construire une vie agréable — malgré leur manque d'enfant. Peut-être le moment était-il venu d'accepter enfin cet état de fait, et de cesser d'espérer l'impossible.

— Millie ? demanda Jack d'un ton anxieux. Tu es blanche comme un linge.

— Allons-nous-en, dit-elle en lui prenant la main.

— Nous n'avons pas vu la petite.

— Je ne veux pas la voir. Je veux partir d'ici, balbutia-t-elle en se tournant vers la porte. Nous n'aurions pas dû venir, Jack. Ce n'est pas bien de faire croire à cette petite fille que nous allons l'adopter.

Ses yeux s'emplirent de larmes.

— Nous n'aurions pas dû écouter le révérend Evans.

— Assieds-toi, Millie, protesta Jack. Tu as l'air tout près de t'évanouir.

Millicent secoua tristement la tête. Jack ne comprenait pas ce qui était en train de se passer. Le destin les avait poussés dans une situation terriblement dangereuse, et s'ils ne sortaient pas de cette maison tout de suite, ils se retrouveraient avec une montagne d'ennuis sur les épaules. Millicent compatissait à toutes les douleurs, tous les malheurs, toutes les histoires de malchance. Mais elle considérait que des parents ne devaient pas prendre leurs enfants en pitié. Ils devaient les aimer, simplement. Un enfant méritait mieux que de la compassion, or c'était exactement le sentiment que Millicent éprouvait à cet instant.

— Reste ici si tu veux, dit-elle à Jack. Je t'attends dans la voiture.

Elle fit un pas en direction de la porte, puis un autre, et un autre encore. Ses doigts se refermèrent sur la clenche, elle ouvrit toute grande la porte — et c'est à cet instant que le destin la prit irrémédiablement dans ses filets.

Là, sur la première marche, était assise une petite fille dotée des plus beaux yeux que Millicent eût jamais vus. Des yeux bleu foncé — « couleur de saphir », songea-t-elle en contemplant les épais cils courbes qui les bordaient. L'enfant avait la peau crémeuse, avec une touche de rose pâle sur chaque pommette. Millicent balaya d'un regard vif les cicatrices de la fillette, et les effaça mentalement, sans même y réfléchir. Celle-ci avait le nez droit, un petit menton de chat et une mâchoire aux lignes étonnamment fermes. Toute sa personne irradiait la souffrance aussi sûrement que si le bon Dieu l'avait choisie pour martyre. Pourtant, par quelque miracle incompréhensible, Millicent comprit très vite que cette petite ferait sa vie avec Jack et elle.

« Mon enfant », songea-t-elle, le cœur chaviré.

— Tu t'appelles Corey, c'est bien cela ? demanda-t-elle en se penchant vers la fillette.

— T'es qui, toi ?

Millicent se tourna vers son mari, croisant son regard. Il hocha doucement la tête.

— Je m'appelle Millicent, répondit-elle d'une voix vibrante d'émotion. Je suis ta nouvelle maman.

— Ouais, répliqua l'enfant. Des nouvelles mamans, j'en ai eu des tas.

Ce n'était pas de cette façon que ce genre de rencontre se déroulait dans les séries télévisées que Millicent affectionnait tant. Elle déglutit et plaqua un sourire sur ses lèvres.

— Peut-être, ma chérie, dit-elle gentiment, mais moi je suis la dernière maman que tu auras jamais. Car nous voudrions t'adopter.

— Qu'est-ce que tu en sais ? rétorqua Corey d'un ton beaucoup trop mûr pour ses six petites années d'existence. Peut-être que tu vas me détester. Le plus souvent, les gens ne m'aiment pas parce que je suis horrible.

— Je t'aime, dit Millicent avec une sincérité qui l'étonna elle-même. Tu es la fille que j'attends depuis toujours.

L'enfant leva les yeux vers Jack, qui se tenait sur le pas de la porte, les bras croisés sur la poitrine.

— Et si lui il ne m'aime pas ?

— C'est ton papa, déclara Millicent avec fierté. Il t'aimera autant que moi.

La petite fille les dévisagea tour à tour, l'air songeur, pendant un moment qui parut interminable à Millicent.

— Peut-être, dit-elle enfin. Mais je ne parierais rien là-dessus.

Jack se racla la gorge, mais Millicent le prit de vitesse :

— Va chercher tes affaires, Corey.

L'enfant hocha la tête, puis entra dans la maison et disparut.

— Je ne peux pas la laisser ici, Jack, expliqua Millicent comme pour se justifier. Je sais que ça paraît insensé, mais j'ai eu le sentiment que c'était la meilleure chose à faire.

Jack passa une main tremblante dans ses cheveux clairsemés.

— J'espère que nous n'aurons pas à le regretter. Cette petite fille a des besoins que nous ne pourrons peut-être jamais combler.

De l'index, il imita sur sa propre joue les cicatrices de Corey.

— Pour commencer, elle a besoin de parents qui pourront lui payer un bon médecin.

— C'est d'amour qu'elle a besoin, répondit Millicent avec ferveur, pas d'un médecin. Il n'y a rien que l'affection d'une famille ne puisse guérir.

— Elle est en guerre contre le monde entier, protesta Jack. Elle va nous donner du fil à retordre.

— Donne-lui un peu de temps. Quand elle se rendra compte qu'elle a une vraie famille, elle posera les armes.

Et si Corey ne trouvait pas la paix par elle-même, Millicent redoublerait de vigueur pour l'aider à y parvenir. N'était-elle pas certaine d'avoir dans le cœur assez d'amour pour deux ?

7.

Cincinnati, 1973

— Nous ne savons plus quoi faire, madame Banning, se lamenta Mme Lucas. C'est la troisième fois que nous surprenons Catherine en train de voler une de ses camarades de classe.

Millicent s'efforça de soutenir le regard de la directrice de l'école élémentaire Hillerman, assise en face d'elle derrière un large bureau de bois sombre.

— Je comprends, répondit-elle d'un ton assuré, mais je pense qu'il s'agit d'une méprise.

— Une méprise ? répliqua Mme Lucas avec un petit rire narquois. Elle a été surprise la main dans la poche d'un manteau accroché au vestiaire. Croyez-moi, il n'y a pas de méprise possible.

Millicent soupira. Elle savait, au fond, que son interlocutrice avait raison — comme toujours quand il s'agissait des bêtises commises par Corey.

— Ma fille sera punie en conséquence, assura-t-elle.

Mme Lucas hocha lentement la tête. Ses yeux gris et froids trahissaient un manque total de compassion à l'égard de Corey.

— C'est une sage décision, madame Banning, mais cela ne change rien au fait. Nous ne pouvons garder un élément perturbateur dans notre établissement.

Millicent sentit son cœur cogner dans sa poitrine. Si Corey était encore une fois renvoyée de l'école, cela provoquerait un vrai drame à la maison. Jack entrerait dans une rage folle. Et, pendant des jours et des jours, il aurait de nouveau sur le visage cette expression terrible qui semblait dire : « Je t'avais prévenue, Millie. Cette petite nous attire plus d'ennuis que nous ne pouvons en supporter. »

Cependant, Millicent redressa le menton. Elle se rappelait très bien comment Vanessa, dans *A la vie, à l'amour*, avait fait face lorsque sa fille Barbara avait eu des problèmes avec son professeur.

— D'accord, répliqua-t-elle. Quelle solution avez-vous à me proposer ?

La directrice se renversa contre le dossier de son fauteuil.

— Un renvoi provisoire.

— Non ! s'écria Millicent. Surtout pas !

— Vous avez une meilleure idée ?

— Je vais interdire les sorties à Corey. Je lui donnerai des devoirs supplémentaires.

Toutes solutions que Millicent et Jack avaient déjà essayées — sans obtenir le moindre résultat positif. Mais cela, il était préférable que Mme Lucas l'ignore.

— Je crois que Corey a besoin de changer d'environnement scolaire, déclara la directrice. Il lui faut un établissement plus… autoritaire.

A sa plus grande stupeur, Millicent se sentit brusquement fondre en larmes. Elle savait que la directrice faisait allusion à l'institut spécialisé situé en dehors de la ville.

— Je vous en prie, ne la renvoyez pas, implora-t-elle. Nous ne pouvons pas nous permettre de payer une école privée. Vous êtes notre seul espoir.

L'expression de Mme Lucas se radoucit. Elle poussa une boîte de mouchoirs en papier à travers la table.

— Corey est une fillette intelligente, madame Banning. Et il y a du bon en elle. Mais à cause de son physique, elle a de réels problèmes psychologiques. Elle ne parvient pas à s'entendre avec les autres élèves, ce qui la rend encore plus caractérielle.

Millicent fit la moue. Corey était aussi belle de corps que d'esprit. Si les gens étaient trop aveugles pour s'en rendre compte, tant pis pour eux !

— Ses cicatrices ne lui posent aucun problème, dit-elle. Pourquoi devraient-elles déranger ceux qui la côtoient ?

— A cet âge, les enfants sont terriblement cruels, continua Mme Lucas comme si elle n'avait pas entendu. Ils n'acceptent pas aisément la différence.

— Nous n'avons pas les moyens de lui payer une opération de chirurgie esthétique, si c'est ce que vous suggérez.

— De toute façon, madame Banning, une opération ne réglerait pas tout. Il faut aider Corey à changer de comportement. Pour le moment, la colère qui la dévore retient les autres enfants de nouer des relations d'amitié avec elle.

— Tant pis pour eux, rétorqua Millicent. S'ils ne sont pas capables de voir plus loin que le bout de leur nez, ce n'est pas la faute de ma fille.

— Ce coup-ci, Corey, tu vas vraiment dérouiller ! lança Rosemary Hogan en désignant la porte du bureau de la directrice. Elles vont te passer un sacré savon.

— Oh, la ferme !

Corey froissa une feuille de papier et la jeta férocement sur la fillette assise sur le banc d'en face.

— C'est pas parce qu'on nous a attrapées qu'on va nous punir, grogna-t-elle.

— Que tu crois, protesta Rosemary, ses grosses lèvres s'étirant en un sourire mauvais. Je parie qu'on va t'envoyer en prison !

— Les enfants vont pas en prison, rétorqua Corey avec hargne.

— Oh, si, tu peux me croire ! Mon frère Donnie a été mis derrière les barreaux à treize ans. Quand il est ressorti, il en avait vingt et un.

Corey sentit la peur lui glacer les sangs, mais elle refusa de laisser paraître la moindre émotion sur son visage. A présent, elle regrettait vraiment de n'avoir pas réfléchi davantage à la punition qu'elle risquait en volant dans les vestiaires.

— Si je vais en prison, toi aussi tu iras, dit-elle d'une voix aussi ferme que possible. Tu es autant coupable que moi, idiote !

— Je leur dirai que c'est toi qui m'as forcée à le faire.

Corey sourit, l'air triomphant.

— Et moi, je dirai que le vestiaire, c'était ton idée.

Rosemary pâlit sous ses taches de rousseur.

— Ils te croiront pas. Tout le monde sait que t'es une sale menteuse.

— J'ai encore le mot que tu m'as donné.

Poussant un cri outragé, Rosemary se leva d'un bond.

— Rends-le-moi !

— Viens le chercher, si t'es cap' !

Rosemary se jeta en avant, mais Corey se déporta sur la gauche pour l'esquiver. La petite rouquine se cogna la tête contre le mur et se mit aussitôt à hurler de douleur. L'instant d'après, Mme Lucas et Millicent surgissaient du bureau de la directrice.

— Catherine ! s'exclamèrent les deux femmes à l'unisson.

Corey frissonna. Personne ne l'appelait jamais Catherine, sauf pour l'enguirlander. Elle oubliait même parfois que c'était là le nom que les infirmières lui avaient donné à sa naissance.

— C'est elle qu'a commencé, dit Corey en pointant un index accusateur vers la fillette en larmes. Elle a essayé de me frapper.

— Ramenez-la à la maison, dit Mme Lucas à Millicent. Je la renvoie de l'école jusqu'à la fin de la semaine.

L'expression implacable de la directrice laissa Corey un peu tremblante. Et la grimace de désespoir sur le visage de Millicent ne manqua pas de l'étonner.

— Madame Lucas, je vous en prie…

— Non. Je crois qu'il vaut mieux pour tout le monde que vous la rameniez chez vous immédiatement. Je reviendrai peut-être sur ma décision quand je me sentirai d'humeur plus charitable.

Avant qu'elle ait pu comprendre ce qui lui arrivait, Corey se retrouva assise à l'avant du break familial. Millicent claqua la portière sur elle, fit le tour de la voiture et prit place derrière le volant. La violence avec laquelle elle ferma sa propre portière fit sursauter Corey.

Jamais elle n'avait vu sa mère adoptive dans une telle colère : ses mains tremblaient au point qu'elle dut s'y reprendre à trois fois pour enfoncer la clé de contact ! D'habitude, quand Corey commettait une bêtise, elle était assurée du soutien inconditionnel de Millicent. Cette fois, visiblement, elle allait devoir se débrouiller seule.

— Maman ?

Le moteur se mit à vrombir.

— On peut aller au McDonald's, maman ?

Millicent engagea la marche arrière et recula sur le parking. Elle ne conduisait pas très bien, et Corey grinça des dents en la voyant manquer d'emboutir une voiture garée derrière elle.

— Nous rentrons à la maison, ma petite demoiselle !

— Mais je n'ai pas déjeuné.

— Et tu ne dîneras pas non plus. Attends un peu que ton père apprenne ce que tu as fait.

— Je n'ai rien fait ! protesta Corey. C'est Rosemary Hogan, c'est elle qu'a commencé.

— Ne mens pas, Corey. Celle de vous deux qui a commencé est assise en ce moment même à côté de moi.

— Tu ne vas pas croire cette vieille chouette de Lucas, tout de même ? Elle raconterait n'importe quoi pour me virer de son école débile.

— Elle a mille fois raison !

— C'est pas juste ! s'écria Corey, médusée.

Millicent rangea la voiture au bord de la route. Son corps tout entier tremblait sous l'effet de la colère et, à la plus complète surprise de Corey, de grosses larmes se mirent à rouler sur ses joues.

— Pourquoi es-tu si malheureuse, ma chérie ? demanda sa mère d'une voix brisée. Qu'est-ce que nous t'avons donc fait, pour que tu veuilles nous causer tant de chagrin ?

Corey eut l'impression de recevoir un coup en pleine poitrine.

— Mais… je… je ne veux pas vous causer du chagrin, balbutia-t-elle.

— C'est pourtant ce qui se passe, ma chérie. Chaque fois que tu agis de cette façon, tu nous brises le cœur, à ton papa et à moi.

Corey ne parvenait pas à prononcer une seule parole. Elle aurait voulu avouer à Millicent qu'elle était horriblement désolée de leur faire de la peine, mais les mots restaient bloqués au plus profond d'elle-même et, en dépit de ses efforts, elle ne réussissait pas à les libérer. Elle tourna la tête vers la vitre et regarda les voitures défiler sur la route.

— Tu n'as rien à me dire ? demanda Millicent au bout de quelques instants.

Corey haussa les épaules.

— Tu me croirais pas.

— Non, acquiesça Millicent avec dépit. A présent, il me semble que je ne pourrais plus jamais te croire.

Ce fut encore pire que Corey ne l'avait imaginé. Jack ne se mit pas à hurler comme il le faisait parfois quand elle se montrait insolente envers lui. Là, il lui lança un regard fugitif, le plus triste qu'elle ait jamais vu, puis il dit simplement qu'il avait trop de chagrin pour parler. Et, quand il la renvoya dans sa chambre sans qu'elle ait dîné, Millicent n'essaya même pas de l'en dissuader. Elle s'assit seulement près de la fenêtre, son tricot sur les genoux, fixant le jardin d'un air désespéré.

Allongée sur le dos en travers de son lit, Corey contemplait le plafond. De grandes écailles de plâtre pendouillaient au-dessus de sa tête ; elle se demandait certains jours si celles-ci n'allaient pas lui tomber dessus pendant son sommeil pour l'écraser comme un insecte. Cette perspective, qui la plongeait d'ordinaire dans un terrible effroi, l'aurait presque soulagée ce soir. Depuis quatre ans qu'elle vivait chez les Banning, elle ne leur avait valu que des ennuis. Elle se doutait qu'ils finiraient bientôt par en tirer les conséquences.

En fait, elle ne comprenait pas très bien pourquoi ils mettaient si longtemps à se décider à la chasser de leur maison. La plupart des autres familles l'avaient rejetée au bout d'un an maximum, expliquant à l'assistante sociale qu'elles n'arrivaient plus à faire face. Corey se retrouvait alors de nouveau dans l'engrenage de l'adoption, jusqu'à ce qu'une nouvelle famille tente sa chance avec elle.

Mais les Banning, eux, avaient tenu bon. Quoi qu'elle fasse, ils trouvaient toujours le moyen de lui pardonner. Même quand elle avait mis le feu à la remise à outils des voisins, Jack avait dit un truc bizarre — qu'il fallait bien que « jeunesse se passe » —, puis il avait simplement remboursé les dégâts. Bien sûr, il s'était mis en colère, et Corey avait même essuyé de sévères reproches, mais la mauvaise humeur de Jack s'était évanouie comme une averse d'été, et tout avait été vite oublié.

Millicent et Jack affirmaient qu'ils l'aimaient, mais Corey ne voyait aucune raison de les croire. Si elle avait réellement mérité d'être aimée, sa vraie mère ne l'aurait pas abandonnée comme un vieux baluchon à des inconnus. Corey savait très bien que si les Banning avaient eu la chance d'avoir un enfant à eux, Dieu lui-même n'aurait pas pu le leur arracher. Même les Hogan avaient gardé leur fille, cette débile de Rosemary, qui avait les cheveux couleur de carotte et le nez en patate ; cela signifiait forcément qu'ils avaient découvert en elle quelque chose d'aimable, qui valait la peine de continuer à l'élever.

Tout cela prouvait que le problème venait de Corey elle-même. Elle était trop horrible et trop méchante pour être aimée. Tôt ou tard, les Banning déclareraient forfait, et ils la renverraient d'où elle venait.

Toutes ces pensées, surtout celles qui concernaient sa vraie mère, plongèrent Corey dans une insoutenable tristesse. Elle enfouit son visage dans les oreillers pour refouler les larmes brûlantes qui commençaient à lui piquer les yeux. Elle ne voulait pas pleurer. Seuls les bébés pleuraient quand ils avaient de la peine, et Corey, elle, n'était plus un bébé.

Elle avait d'autant plus de chagrin que, la nuit précédente, elle avait fait un rêve, terrible et merveilleux à la fois — et si intense qu'à son réveil, elle avait cru pour de bon, l'espace d'une minute, que sa mère naturelle était revenue la chercher.

— Andouille ! murmura-t-elle en enfonçant ses ongles dans ses paumes pour réprimer une nouvelle vague de larmes.

C'était un rêve idiot, qui ne se réaliserait jamais. Elle aurait beau prier de toutes ses forces, sa maman ne reviendrait pas. D'ailleurs, comment aurait-elle pu se douter que sa fille habitait aujourd'hui à Cincinnati ?

Corey renifla. Elle aurait pourtant tellement aimé savoir quelque chose au sujet de cette femme qui l'avait portée dans son ventre pendant de si longs mois ! Etait-ce elle qui lui avait transmis ses grands yeux bleus et ses cheveux bruns ? Il arrivait aussi à Corey, parfois, de s'interroger sur son père, mais c'était surtout sa mère, cette sombre, mystérieuse et belle inconnue, qui hantait ses rêves. Pourquoi avait-elle abandonné son bébé juste après sa naissance ? Est-ce qu'elle se demandait parfois ce qu'était devenue sa fille, même si elle préférait ne plus la revoir ? Savait-elle qu'elle était défigurée ? Est-ce qu'elle pensait à elle ? Est-ce qu'elle… l'aimait ?

La voix de Millicent l'arracha soudain à ses réflexions :

— Corey, ma chérie, je t'ai monté à manger.

— Va-t'en ! J'ai pas faim.

Corey se couvrit le visage avec un oreiller.

— De la bonne soupe de tomate et des crackers, dit Millicent en s'avançant dans la chambre. Et un grand verre de lait.

— Je déteste le lait.

— Ah, tiens. Première nouvelle.

— Et je te déteste, toi aussi !

Corey entendit Millicent poser le plateau sur la table de chevet, puis elle sentit le lit s'affaisser sous le poids de sa mère adoptive. « Et maintenant, songea-t-elle, elle va prétendre que je dis des bêtises, que les gentilles filles ne parlent pas de la sorte à leurs parents. »

Cependant, Millicent la surprit complètement.

— Je regrette que tu penses cela, murmura-t-elle.

« Mais je ne le pense pas vraiment ! » songea Corey avec désespoir. Pourquoi disait-elle et faisait-elle des choses aussi affreuses ? Chaque fois, elle s'en mordait les doigts pendant des jours et des jours. C'était à croire qu'elle cherchait vraiment à pousser les Banning à bout. Ils finiraient par se débarrasser d'elle et, de ce jour-là, elle n'aurait plus jamais la chance de se dire qu'elle avait enfin trouvé une famille pour toute la vie.

Millicent glissa une main sous l'oreiller et lui caressa les cheveux.

— Tu n'es pas très heureuse, n'est-ce pas, ma chérie ?

— Si, je suis heureuse.

— Les enfants heureux n'agissent pas comme tu le fais.

Corey retint une grimace. Les horribles larmes revenaient, inondant ses joues, mouillant la taie d'oreiller.

— Jack et moi, nous t'aimons, Corey…

La voix de Millicent se brisa. Elle se racla bruyamment la gorge.

— Nous t'aimons, reprit-elle, mais nous ne voulons pas que tu restes avec nous si tu es à ce point malheureuse.

Un long frisson parcourut le corps de la petite fille. Voilà. C'était dit. Millicent avait prononcé ces horribles paroles que Corey savait incontournables.

— Alors renvoyez-moi ! répliqua-t-elle en se redressant sur le lit. Je m'en fiche pas mal !

Millicent lui saisit une main et l'étreignit.

— Mais moi, je ne m'en fiche pas.

— Alors pourquoi tu veux que je m'en aille ?

— Parce que aimer une personne, c'est placer l'intérêt de cette personne avant le sien propre. Et si tu penses que tu mèneras une vie plus heureuse ailleurs, il faut que je le sache.

— Je ne comprends pas.

Millicent sourit tristement.

— Je sais que tu ne comprends pas, ma chérie. C'est bien là le problème. Du moins une partie du problème.

— Pourquoi m'avoir adoptée, si maintenant vous êtes prêts à me voir repartir ?

— Nous t'avons adoptée parce que nous voulions former une famille avec toi, répondit Millicent en lui tapotant la main. Mais jusqu'à présent, cette idée n'a pas eu trop l'air de te plaire.

Corey baissa les yeux. Une part d'elle-même avait envie de répliquer que cette idée de former une famille était idiote. Elle voulait aussi que Millicent lui lâche la main. Pourtant, elle ne dit rien. Tout compte fait, elle trouvait drôlement réconfortant et agréable de sentir l'affection de Millicent — et de croire que les Banning étaient vraiment ses parents. C'était bon d'avoir l'impression d'être une petite fille comme Rosemary Hogan et toutes les autres bécasses de l'école, qui ne comprenaient pas la chance qu'elles avaient.

— Pourquoi mon autre maman m'a abandonnée ? demanda-t-elle.

— Pour te permettre d'avoir une vie meilleure, ma chérie.

— Qu'est-ce que tu en sais ?

— Pour quelle autre raison t'aurait-elle confiée à des parents adoptifs ?

— Peut-être qu'elle m'a abandonnée parce que je la gênais.

— Je ne vois pas comment tu pourrais gêner quiconque.

— Ou parce que je suis horrible.

— Horrible ? s'exclama Millicent d'un ton sincèrement outré. Mais tu es magnifique, ma chérie !

— Je suis horrible, répéta Corey. Tout le monde le dit.

— Donne-moi le nom d'une seule personne qui ait proféré une bêtise pareille, et j'irai lui passer un savon qu'elle n'oubliera pas de sitôt.

— La mère de Rosemary Hogan prétend que c'est un péché que j'aie pas été opérée quand j'étais bébé, et que maintenant, je serai jamais normale.

— Bess Hogan est une mégère stupide qui n'a pas mis les pieds à l'église depuis vingt ans. Ça lui va bien de parler de péché !

— C'est quand même pour cette raison que ma mère m'a abandonnée, insista Corey. J'en suis sûre ! Mais je lui en veux pas. J'étais horrible et répugnante, et personne ne voulait de moi.

— Ce n'est pas vrai, ma chérie. Il y a quelqu'un qui désirait très fort vivre avec toi.

— Qui ? demanda Corey, confuse. Personne n'a jamais voulu de moi. « A part toi et Jack », ajouta-t-elle silencieusement.

— Attends-moi ici, ordonna Millicent en se levant. Je vais te montrer quelque chose.

Elle sortit de la chambre et revint une minute plus tard avec un article de journal glissé dans une chemise de plastique transparent. Se rasseyant au bord du lit, elle tendit le papier à Corey

— C'est quoi ? demanda Corey d'un air méfiant.

— Je crois que tu trouveras là des réponses à certaines des questions que tu te poses.

Corey lut l'article :

Tennessee Intelligencer-Sentinel,
16 mars 1963, page 6

UN COUPLE TROUVE LA MORT
DANS UN ACCIDENT DE VOITURE
LEUR FILLE NOUVEAU-NÉE EST GRIÈVEMENT BLESSÉE

« Raleigh, Caroline du Nord — M. et Mme Blake Dumas, résidents de Nashville, ont été tués hier soir dans un accident survenu aux environs de Raleigh, en Caroline du Nord. Leur voiture a été percutée à un carrefour par un camion fou dont le chauffeur, M. Lucas Dunwoodie, âgé de soixante-dix-sept ans, aurait été victime d'une crise cardiaque quelques secondes avant le drame. M. Dunwoodie est décédé deux heures plus tard à l'hôpital. M. et Mme Dumas sont morts sur le coup. La fillette nouveau-née qui se trouvait avec eux dans la voiture a été grièvement blessée, surtout au visage.

» “C’est un miracle que cette petite ait survécu, estime un témoin de l’accident qui a tenu à garder l’anonymat. Je n’ai jamais vu tant de sang de ma vie.”

» Selon Mme Marjorie Spencer, un autre témoin, “le bébé a été éjecté à travers la lunette arrière. C’était horrible. Ça me donne envie de filer à la maison pour serrer mes petits dans mes bras.”

» M. Dumas possédait une chaîne de magasins dans la région de Nashville. Sa femme participait à de nombreuses associations caritatives et collaborait à diverses fondations. Au moment de l’accident, ils revenaient d’un voyage à Atlanta.

» A la demande de la famille Dumas, l’hôpital a refusé de faire le moindre commentaire sur l’état de santé du bébé. »

Les larmes ruisselaient si fort sur le visage de Corey qu’elle eut peine à déchiffrer la dernière phrase de l’article.

— Mes… parents, bredouilla-t-elle d’un ton émerveillé. C’étaient presque mes parents !

Elle n’en revenait pas. Autrefois, à l’époque de sa naissance, elle avait été une petite fille magnifique, sans cicatrice, avec une famille qui l’aimait — comme n’importe quel enfant.

— Ces gens voulaient devenir tes parents, répondit doucement Millicent. Ils étaient sur le point de t’adopter, mais l’accident…

Sa voix se perdit dans un murmure. Corey relut rapidement l’article.

— A-t-on retrouvé ma vraie famille ? Est-ce qu’on a dit à ma vraie mère ce qui s’était passé ?

Les yeux de Millicent s’emplirent de larmes, et Corey sentit ses derniers espoirs s’évanouir.

— Le nom inscrit sur ton certificat de naissance était faux, ma chérie. On n’a jamais pu retrouver ta maman.

— Ils auraient dû chercher mieux ! s’écria Corey d’une voix aiguë. Ils n’ont pas essayé comme il fallait…

Millicent la prit dans ses bras et l’étreignit — si fort que Corey en eut le souffle coupé.

— Peut-être que ta maman ne voulait pas qu'on puisse la retrouver, ma chérie. Peut-être qu'elle a pris cette décision parce qu'elle pensait que c'était la meilleure solution pour toi, pour ton avenir. Elle avait trouvé une famille merveilleuse pour te recueillir, sans prévoir que ce terrible accident se produirait. Mais je suis certaine qu'elle pense à toi très souvent, et qu'elle t'aime autant que si les choses s'étaient passées différemment pour vous deux.

Corey hocha faiblement la tête, mais elle ne croyait pas un mot de ces boniments. Au fond d'elle-même, elle avait encore la certitude que sa vraie maman était là-bas, quelque part, et qu'elle ne pensait jamais à elle.

LIVRE 3

L'épouse

8.

Las Vegas, 1976

Meg Cormier retira ses talons hauts et se mit à se masser les pieds. Dans la loge, deux autres girls s'affalaient dans leurs fauteuils en soupirant. Ce soir, toutes avaient donné le meilleur d'elles-mêmes, et le spectacle avait eu un succès fou.

— Alors, Lilly, quand est-ce que tu vas arrêter de le torturer, ce pauvre homme ? demanda-t-elle. Il te fait de l'œil depuis presque une semaine, et toi, tu ne lui as même pas adressé un sourire.

Lilly Ann arracha les boutons-pressions de son costume à paillettes, le retira, puis enfila un peignoir en tissu-éponge par-dessus sa culotte et ses bas résille. Les baleines du costume lui avaient laissé de vilaines marques rouges sur la poitrine ; la simple idée d'enfiler un soutien-gorge la faisait grimacer.

— Tu ne m'écoutes pas, Lilly, se plaignit Meg en réprimant un bâillement. Si je n'étais pas si crevée, je me mettrais en rogne.

— Mais si, je t'écoute. C'est juste que je n'ai rien à te répondre.

— Je suis une femme mariée, avec deux gosses sur les bras, déclara Meg avec ironie. Si je ne peux pas vivre une folle aventure par procuration de temps en temps, je n'ai plus qu'à me tirer une balle dans la tête.

Lilly Ann sortit une cigarette du paquet posé sur la table de maquillage, l'alluma, puis s'assit en face de Meg en poussant un soupir de soulagement.

— Seigneur ! Ça fait un bien fou de s'arrêter.

Elle se renversa contre le dossier du fauteuil et laissa la riche fumée du tabac envahir ses poumons.

— Ce type est dingue de toi, insista Meg. Tu pourrais au moins accepter de dîner avec lui.

Ces paroles firent naître un frisson d'excitation dans le dos de Lilly Ann, mais elle le réprima résolument. Elle refusait de se laisser impressionner. N'avait-elle pas compris depuis bien longtemps que la sexualité et le bonheur étaient deux choses bien distinctes ?

— Je n'en ai pas envie, déclara-t-elle.

— Toutes les filles essaient d'attirer son attention, mais il n'a d'yeux que pour toi. Penses-y un peu !

Lilly Ann s'efforça de dissimuler son émotion.

— Il est séduisant, admit-elle d'un ton désinvolte. Mais ce n'est pas mon genre.

— Pour ma part, je l'épouserais dans la minute, s'il me le demandait. Il est tellement beau…

Lilly Ann rejeta la tête en arrière et éclata de rire.

— Rappelle-toi que tu as déjà ce qu'il te faut, Meg.

Tony Cormier était un macho de la pire espèce, mais un bon mari — et il était fou amoureux de sa femme.

— Tu as raison, dit Meg, avant de retirer une carte de visite de son décolleté. Tiens, ton beau chevalier m'a demandé de te donner ça.

Lilly Ann haussa un sourcil.

— Pourquoi n'est-il pas venu me la donner lui-même ?

— Disons qu'il avait besoin d'une main secourable, répondit Meg avec un large sourire.

— Ne joue pas les entremetteuses, je te préviens ! Tu sais très bien que je ne suis pas à la recherche d'un homme. J'en ai eu plus que ma part, et je préfère rester célibataire.

— Peut-être, mais celui qui te fait la cour est un des types les plus riches du pays, alors tu pourrais y réfléchir à deux fois.

Un étrange fourmillement envahit le bras de Lilly Ann tandis qu'elle saisissait la carte de visite — comme si, à cause de ce geste, sa vie allait prendre un tournant majeur. Le nom de l'homme — Carter

Spaulding II — était inscrit en gras dans le coin supérieur gauche du petit rectangle blanc. Lilly Ann connaissait ce nom, bien entendu. Quelle Américaine pouvait encore l'ignorer ? Il possédait et dirigeait l'une des plus grosses compagnies de cosmétiques du pays. Les médias lui accordaient presque autant d'attention qu'à Jacky Onassis.

Qu'est-ce que tu attends, ma fille ? Ce genre d'occasion ne se présente pas tous les jours.

Elle effleura du bout des doigts le nom de son admirateur.

— Avoue que tu es impressionnée, la taquina Meg.

— C'est une jolie carte de visite, je le reconnais.

— « Une jolie carte de visite », répéta Meg d'un ton narquois. N'importe quelle femme sensée accepterait de coucher avec lui.

— Je ne suis pas n'importe quelle femme.

— Ça, je l'avais compris ! dit Meg en roulant des yeux. Tu es sûrement la fille la plus cachottière de cette ville. On travaille ensemble depuis des lustres, et je ne sais quasiment rien de ta vie.

— Il n'y a rien de particulier à savoir, Meg.

Si ce n'est qu'autrefois j'avais une adorable petite fille.

— Je vais bientôt avoir trente ans…, poursuivit-elle.

J'en avais dix-sept quand elle est née.

— Et je n'ai jamais été mariée, conclut-elle.

Pas de foyer, pas de famille, pas d'amis.

Meg se mit à parler de ses enfants, expliquant par le menu comment, chaque matin, elle devait les réveiller et les accompagner à l'école. Lilly Ann sourit poliment tout en songeant en son for intérieur que l'existence de Meg était atroce. Elle ne pouvait s'imaginer pour sa part rentrant au foyer conjugal après le second spectacle au casino, puis se réveillant trois heures plus tard pour s'occuper de sa petite famille. Les rêves qu'elle nourrissait dépassaient largement ce cadre routinier. Si un jour elle se mariait, elle cesserait aussitôt de travailler. Elle resterait à la maison, consacrerait tout son temps, toute son attention à son époux et à ses enfants. Elle serait une épouse modèle doublée d'une mère idéale.

Comme elle aurait pu le faire autrefois, si…

Lilly Ann baissa de nouveau les yeux sur la carte de visite de Carter Spaulding. Ce n'était pas la première fois qu'un homme fortuné la poursuivait de ses assiduités. Ce genre de pratique faisait partie du mode de vie de Las Vegas, surtout dans les casinos du Strip, l'avenue principale de la ville. Les millionnaires inondaient les girls de cadeaux luxueux allant du bracelet en diamants à l'appartement meublé. Lilly Ann elle-même avait reçu sa part de présents, principalement des bijoux, qu'elle gardait au fond de son tiroir à lingerie en prévision des jours où sa poitrine serait affaissée et ses cuisses moins gracieuses qu'aujourd'hui.

Elle avait entendu les plus beaux compliments qu'un homme puisse faire à une femme, elle avait accepté de superbes dîners copieusement arrosés, elle avait eu des amants, mais jusque-là, jamais on ne lui avait proposé de l'épouser. D'ordinaire, les hommes qui fréquentaient Las Vegas considéraient les girls comme des objets sexuels, rien de plus. L'alliance en or, ils la gardaient pour la fille de sang noble un peu maigrichonne qui leur donnerait deux ou trois gamins sans défaut et porterait avec distinction leur prestigieux patronyme.

Las Vegas, par bien des aspects, ressemblait énormément à Euless. Il y avait le côté des nantis… et l'autre. Et, comme toujours, Lilly Ann savait où se trouvait sa place.

Carter Spaulding fit envoyer des fleurs à Lilly Ann le lendemain soir, puis du champagne le surlendemain. Le troisième jour, il l'accosta dans les coulisses à l'issue de la seconde représentation.

— Je ne veux pas de vos cadeaux, dit-elle avec fermeté. Il faut que vous arrêtiez.

— Continuez, répliqua-t-il avec un petit sourire triomphant. Je prends vos protestations pour des encouragements.

Lilly Ann pointa un index vers une danseuse, à l'autre bout du couloir.

— Voilà le genre de fille qui aime recevoir des fleurs et du champagne.

— Ce n'est pas cette fille qui m'intéresse, mais *vous*, répliqua-t-il d'une voix sourde qui fit naître un curieux frisson chez la jeune femme.

— Bonne nuit, monsieur Spaulding, le congédia-t-elle. Et merci encore pour les roses.

Il inclina respectueusement le buste, puis tourna les talons et s'éloigna à grandes enjambées souples et puissantes. Lilly Ann sentit une étrange bouffée de chaleur lui envahir le corps. Elle s'intima aussitôt l'ordre de se ressaisir. Pourquoi diable Carter Spaulding avait-il un tel effet sur elle ? Ce n'était qu'un homme, grands dieux !

Meg lui répétait inlassablement qu'elle devait coucher avec lui, que cela ne pouvait lui faire aucun mal, et tout le tralala. En un sens, elle avait raison. Lilly Ann ne risquait pas grand-chose à accepter les avances de Carter Spaulding. D'autant que, si l'on en croyait les pages mondaines des magazines, il n'était pas marié. Elle ne se retrouverait donc pas embarquée dans un vaudeville dont elle sortirait forcément perdante.

En fait, le problème était ailleurs : Lilly Ann considérait le sexe pour le sexe comme un effort superflu, un enchaînement de contorsions qui ne menait à rien — et en tout cas pas au plaisir. Alors pourquoi s'en donner la peine ? En outre, la vie lui avait brutalement appris à ne plus attendre la venue du prince charmant. Elle n'avait aucun espoir qu'un homme tel que M. Spaulding l'emmène à son château sur un beau cheval blanc.

Néanmoins, Carter Spaulding ne se laissait pas facilement dissuader. Au cours de la semaine suivante, il lui envoya de gigantesques gerbes de roses, de gardénias et de lilas multicolores. Lilly Ann avait beau en donner des bouquets entiers à Meg et aux autres filles, la loge prenait de plus en plus des allures de boutique de fleurs. Spaulding lui faisait également livrer des confiseries, surtout de ces luxueux chocolats noirs de Belgique, doux comme la soie, qui étaient de véritables péchés de gourmandise, ainsi que des magnums de champagne si lourds que Lilly Ann pouvait à peine en soulever un à deux mains.

— Tu as mieux à faire que de sortir avec lui ? lui demanda Meg un soir. Tu préfères attendre Paul Newman, peut-être ?

— Oh, ça va ! rétorqua Lilly Ann. Mêle-toi de tes affaires. Ce type ne m'intéresse pas !

Elle avait beau dire, cependant, le déluge d'attentions que lui prodiguait Carter Spaulding la troublait profondément. Elle sentait peu à peu ses résistances faiblir. Au fil des jours, le plaisir qu'elle éprouvait à recevoir ses présents devint de plus en plus intense. Et, bien qu'elle préférât ne pas y attacher trop d'importance, elle dut reconnaître que les manières chevaleresques de son séduisant admirateur avaient touché son cœur.

Puis, tout à coup, les fleurs, le champagne et les confiseries cessèrent de pleuvoir, et Carter Spaulding disparut. Dans la salle, une riche cliente de San Francisco occupait désormais la table à laquelle il s'asseyait d'habitude.

— Tout ce temps sans nouvelles de lui, ça me brise le cœur, déclara Meg au bout de cinq jours, à l'issue de la seconde représentation. Si j'osais, je le retrouverais et je me jetterais dans son lit à ta place.

Lilly Ann essaya de s'esclaffer comme elle le faisait toujours devant les remarques salaces de Meg, mais son rire se brisa dans sa gorge. Bien qu'elle s'interdît de l'avouer à son amie, elle était terriblement déçue que Carter Spaulding eût baissé les bras. « Vous êtes un lâche, monsieur le Charmeur, songea-t-elle en prenant sa place habituelle dans la loge. Un soir de plus, et j'aurais fini par accepter. »

Lilly Ann fixa un instant son reflet dans la glace, puis haussa les épaules. Bah ! A quoi bon se tourmenter avec de telles pensées ? Carter Spaulding avait sans doute fait une autre conquête dans une autre ville. Lilly Ann, elle, restait à Las Vegas et continuait de mener une existence un peu amère. L'affaire était close.

Elle retira ses faux cils, se passa de la lotion démaquillante sur les paupières, puis se pencha en avant vers le miroir. Quand ses yeux n'étaient pas maquillés, elle avait l'air plus jeune. Pourtant, un entrelacs de minuscules rides commençait à les étoiler. Le même phénomène se devinait aussi à la commissure de ses lèvres.

Se renversant contre le dossier du fauteuil, Lilly Ann songea avec une pointe de dépit que le lent déclin de sa beauté était entamé, que ses meilleures années se trouvaient désormais derrière elle.

Dans quelques jours, elle aurait trente ans. A son actif, deux réalisations majeures : une poignée d'examens réussis à l'université de Las Vegas, et une certaine maturité qui consistait à accepter que l'existence ne se déroulât pas comme on l'imaginait.

Lilly Ann avait voulu son indépendance, et l'avait acquise. Elle possédait un appartement agréable, une petite réserve d'argent à la banque, et elle n'obéissait qu'à elle-même. Le décès de Mamie Hattie, survenu six ans plus tôt, avait rompu le dernier lien qui l'unissait encore à sa ville natale. Même les Franklin, qui avaient emménagé à Houston dès la fin des années soixante, n'étaient plus qu'un mauvais souvenir.

Cependant, comme chaque fois qu'elle repensait à Euless, Lilly Ann se sentit mélancolique. Qu'étaient devenus tous les beaux rêves qu'elle avait nourris durant son enfance ? Où étaient passées ses grandes espérances ? Avait-elle renoncé à son droit à une vie meilleure en même temps qu'elle abandonnait sa fille ?

Des années plus tôt, elle avait cru que son mariage avec Clifford et la naissance de leur enfant exauceraient toutes ses prières. Son avenir lui semblait alors tout tracé. Mais le décès du jeune Franklin, puis l'attitude implacable de Maisie avaient réduit sa vie en miettes, la contraignant à prendre son destin en main.

« Petite prétentieuse, disait Mamie Hattie. Tu ne vaux pas mieux que nous tous. »

Pourtant… Lilly Ann avait toujours le sentiment que la vie lui réservait un sort spécial, qu'une magnifique surprise lui tomberait dessus au moment où elle s'y attendrait le moins. Même si l'existence qu'elle menait à Las Vegas n'en donnait guère la preuve, Lilly Ann considérait qu'elle valait mieux que sa grand-mère, que les Franklin et que toutes les mauvaises langues de Euless. Cela, elle le savait depuis l'enfance — lorsque, petite fille, elle s'asseyait sur les marches de la véranda et rêvait à tous les endroits où elle se rendrait quand elle serait grande, à tous les gens merveilleux qu'elle rencontrerait quand elle serait riche et célèbre. Et, même si elle n'avait jamais vraiment réfléchi au moyen d'y parvenir, elle avait encore la conviction profonde que tout cela pouvait arriver.

La voix joyeuse de Meg l'arracha soudain à ses réflexions :

— Je file. A demain !

— Meg, attends ! s'écria Lilly Ann en se tournant vers son amie. Je… je me demandais si ça te dirait de prendre un café avant de rentrer. Tes gosses n'ont pas classe demain, et…

— J'aimerais bien, ma jolie, l'interrompit doucement Meg, mais Tony Junior a une réunion de scout tôt demain matin, et devine qui doit le conduire ?

Elle lui fit adieu avec la main.

— La semaine prochaine, peut-être.

Lilly Ann eut un sourire désabusé en regardant la porte se refermer sur son amie. Meg préparait des cookies pour ses chérubins, emmenait son fils chez les scouts et cousait des costumes de princesse pour sa fille à l'occasion de la fête de Halloween — comme toutes les mères de famille américaines. D'une certaine façon, Lilly Ann enviait un peu ce cliché. Pourtant, au fond, elle avait beau essayer, elle ne pouvait s'imaginer menant indéfiniment une telle existence.

Cette attitude expliquait-elle son propre parcours ?

Les premières années où elle avait vécu en célibataire avaient été terribles. En s'installant à New York, elle avait vendu des cigarettes dans une boîte de nuit, et eu l'impression d'atterrir sur une planète étrangère — une planète bruyante et agressive où elle avait peu à peu senti qu'elle perdait pied. Ainsi, quand une collègue lui avait parlé de certaines opportunités à Las Vegas, elle avait saisi sa chance et filé plein ouest. Rien ne pouvait être pire que Manhattan.

Si elle songeait souvent qu'elle avait commis un certain nombre d'erreurs, elle ne se reprochait cependant jamais d'avoir abandonné son bébé. Elle considérait qu'elle avait fait le bon choix. A New York, elle avait eu toutes les peines du monde à subvenir à ses propres besoins.

Si l'enfant avait été avec elle, eh bien… Rien que d'y penser, elle en avait froid dans le dos.

Elle n'aurait jamais eu les moyens d'engager une baby-sitter pour assurer à sa fille l'attention et les soins dont elle avait besoin vingt-quatre heures sur vingt-quatre. En outre, si elle avait dû avouer à ses employeurs qu'elle était mère, elle se serait fait renvoyer illico. Les vendeuses de cigarettes vendaient plus que du tabac : elles offraient la promesse *glamour* de filles séduisantes et disponibles. La maternité ne concordait guère avec cette image. Lilly Ann se serait retrouvée sans travail, dépendante des aides sociales, et les jours auraient passé, mornes et identiques, jusqu'à ce qu'elle soit trop lasse et trop amère pour y accorder la moindre importance. Cette seule pensée suffisait à lui donner des sueurs froides.

Tu es mauvaise, Lilly Ann. Une vraie mère penserait d'abord à son enfant, pas à elle-même. Une vraie mère n'aurait jamais abandonné sa petite fille chérie…

Lilly Ann ferma les yeux et essaya d'imaginer le visage de sa fille. A sa naissance, les infirmières avaient poussé des ah ! et des oh ! extasiés devant ses grands yeux bleus et ses cheveux noirs, doux comme la soie. Aujourd'hui, à treize ans, elle s'était probablement métamorphosée en une adorable adolescente. Blake, son père adoptif, devait tenir à elle plus qu'à la prunelle de ses yeux, l'aimant comme sa propre fille, la dorlotant, la couvrant de cadeaux. Et Candy, sa mère, l'adorait tout autant et chantait ses louanges chaque fois qu'elle prenait le thé avec ses riches amies au Country Club. Lilly Ann ne se souvenait pas bien de leurs visages, mais elle n'avait pas oublié qu'ils étaient très fortunés.

Sa fille chérie avait sans doute, à l'heure qu'il était, un large lit à colonnes où elle pouvait se lover confortablement au milieu d'une montagne de coussins en dentelle, pour noter ses secrets les plus intimes dans un journal à couverture de velours. Ses parents avaient ouvert un compte d'épargne spécial pour financer ses études à l'université, et un autre, encore plus spécial, en vue de son mariage. Elle avait tout ce qu'une adolescente pouvait désirer : une belle maison, un papa et une maman qui la couvraient de tendresse — et un avenir prometteur.

Lilly Ann regarda de nouveau son reflet dans le miroir et soupira. Son avenir à elle s'annonçait nettement moins radieux. Mamie Hattie lui avait souvent reproché de vouloir quitter Euless et d'être trop présomptueuse, l'accusant de ressembler à sa propre mère. Peut-être... Mais l'ambition n'était pas un crime, après tout ! Le fait de vouloir réussir sa vie n'avait rien d'illégal. A quoi bon se contenter d'une existence misérable, si l'on estimait mériter mieux ? Souvent, Lilly Ann rêvait de retourner à Euless dans une superbe limousine, pour rabattre leur caquet à tous ces gens mesquins qui l'avaient raillée — mais, au fond, elle savait qu'elle ne voudrait jamais remettre les pieds dans cette ville. La page de sa jeunesse malheureuse était tournée, et il n'y avait pas à revenir dessus.

Elle ôta les épingles qui maintenaient en place la coiffure sophistiquée de mise au Caesar's Palace. Un soupir de soulagement lui échappa tandis que ses cheveux retombaient librement autour de ses épaules. Elle finit de se nettoyer le visage, avant de se passer une crème émolliente.

Comme elle rangeait ses affaires dans son placard, elle s'esclaffa. La société de Carter Spaulding fabriquait tous les cosmétiques — crèmes, mascara, rouges à lèvres et fards à joues — qu'elle utilisait dans son métier. Finalement, Meg avait raison : elle aurait dû accepter de dîner avec Carter Spaulding et jouer finement : elle s'en serait tirée avec une réserve de produits de beauté pour un an !

Lilly Ann gloussait encore lorsqu'elle longea le couloir qui reliait les loges à l'entrée de service.

— Eh, Lilly, ça fait plaisir de te voir sourire, pour une fois ! s'exclama Buzz, le gardien de nuit, en surgissant de sa petite guérite. Tu es trop jeune et trop jolie pour avoir l'air si sérieuse.

Lilly Ann lui pinça affectueusement la joue, puis sortit dans la nuit fraîche. Buzz n'avait pas tort : elle devenait trop sérieuse. Elle ne se souvenait même plus à quand remontait la dernière fois où elle avait pris du bon temps. Un mois ? Un an ? Etait-ce dans une autre vie ? Si elle continuait sur cette pente, elle risquait de découvrir un beau matin qu'elle était vieille et n'avait plus rien d'autre à attendre que de mourir dans la solitude. Cette idée la glaçait.

La lourde porte d'acier se referma derrière son dos avec un claquement sonore, puis le silence retomba alentour. Lilly Ann s'immobilisa et rejeta la tête en arrière, savourant la douceur de la nuit. Dans cette atmosphère, elle avait l'impression que tout était possible, que ses rêves, inaccessibles durant la journée, allaient enfin se réaliser. Elle étira les bras au-dessus de sa tête et sourit en songeant qu'elle parvenait presque à décrocher la lune.

La Grande Ourse scintillait juste au-dessus de sa tête. Lilly Ann choisit une des étoiles qui la composaient et fit un vœu. Un vœu très personnel, très égoïste, qui n'avait aucune chance de se concrétiser, mais elle le pensa quand même très fort.

Elle entendit un bruit de pas se rapprocher derrière elle.

— Moi aussi, j'ai fait un vœu, dit une voix d'homme à la fois douce et profonde.

Lilly Ann connaissait cette voix. Elle avait même l'impression de la connaître depuis toujours. Des voyelles riches et mélodieuses ; des consonnes au fil du rasoir ; une intonation qui avait le goût du champagne.

L'homme s'immobilisa juste derrière Lilly Ann. Une senteur fraîche et vivifiante, mais également suave et virile, émanait de lui. Le cœur de la jeune femme se mit à battre la chamade.

— Voulez-vous entendre mon vœu ? demanda-t-il.

— Ne dites rien, répondit-elle dans un souffle. Sinon, il ne se réalisera pas.

Carter Spaulding lui saisit la main.

— J'en prends le risque, murmura-t-il. J'ai fait le vœu de passer la nuit avec vous.

Le contact des doigts de Carter lui fit l'effet d'une décharge électrique. Une vague de chaleur déferla sur elle, enflammant des régions de son corps dont elle n'avait plus soupçonné l'existence depuis des années.

— Etes-vous attendue à votre domicile ? demanda-t-il.

— Non, répondit-elle dans un souffle rauque. Et vous, êtes-vous attendu ?

— Par mon comptable seulement.

Elle se tourna vers lui et rit doucement.

— Il attendra ?

— Aussi longtemps que je continuerai de le payer, répondit Carter avec un large sourire.

Il l'entraîna en direction d'une élégante Jaguar noire garée au bord du trottoir.

— Je vous voyais plutôt avec une limousine, dit-elle en faisant glisser son index sur la surface laquée du capot.

— Pas ce soir.

Cette discrète évocation de l'univers de richesses dans lequel baignait Carter Spaulding fit tinter une sonnette d'alarme dans l'esprit de Lilly Ann. Au fil des ans, au fil des épreuves de la vie, elle avait appris à ne plus croire aux chimères. Accepter l'invitation de cet homme, cela signifiait encaisser une terrible désillusion par la suite. Après la magie des quelques heures passées avec lui, le retour à la réalité serait forcément difficile. Elle avait encore une chance de rompre le charme auquel elle était en train de succomber, une chance de tourner le dos à tout cela et de retrouver la sécurité de sa routine.

Mais elle choisit de rester, de tenter l'aventure. Depuis le jour où Carter Spaulding avait commencé à lui faire la cour, elle avait longuement réfléchi à l'existence qu'elle menait, et comprenait qu'elle ne pouvait se permettre de laisser passer sa chance. Désormais, pour rien au monde elle ne voulait refuser de vivre ce que cet homme lui proposait avec tant de distinction. Elle atteignait la trentaine, la beauté dont la nature l'avait dotée ne durerait pas éternellement, la vie lui filait entre les doigts — il ne lui restait plus beaucoup de temps pour savourer le plaisir d'être ainsi courtisée. Elle voulait se jeter la tête la première dans cette affaire, avant qu'il ne soit trop tard.

« Une nuit, songea-t-elle tandis qu'ils roulaient en direction du lac Mead. Une nuit dans les bras de cet homme puissant et superbe. »

Lilly Ann n'avait couché avec personne depuis longtemps : elle s'apercevait à présent qu'elle mourait d'envie de s'abandonner à l'étreinte d'un amant.

Tandis qu'ils s'éloignaient des lumières et du tintamarre de Las Vegas, ce fut surtout Carter qui parla. Il lui expliqua qu'il ne jouait guère dans les casinos, aimant trop gagner pour se laisser prendre par le virus des jeux de hasard. Renoncer à ce qu'il convoitait lui paraissait inadmissible, ajouta-t-il. Lilly Ann comprit parfaitement le double sens de ces paroles.

Ils se garèrent près de la marina, puis marchèrent pieds nus sur la plage, juste au bord de l'eau. Lilly Ann raconta alors son métier de girl, faisant rire Carter aux éclats en lui expliquant comment il fallait s'y prendre pour descendre un escalier avec une statue de la Liberté miniature en équilibre sur la tête. Leur conversation coulait avec aisance et naturel, et chaque fois que Lilly Ann croisait le beau regard vert de Carter, un frisson presque électrique lui traversait le corps.

Lilly Ann aurait voulu que la nuit ne finît jamais. De temps en temps, Carter tendait la main vers elle et ramenait en arrière une mèche de cheveux que la brise lui avait jetée sur le front. Ses doigts s'attardaient alors sur sa joue, un langoureux sourire se dessinait sur ses lèvres, puis il nouait quelques instants leurs doigts ensemble, murmurant un compliment qui lui donnait l'impression d'être la femme la plus importante au monde.

Et quand il l'attira dans ses bras pour unir leurs lèvres, elle s'offrit à lui de toute son âme, scellant à jamais leurs destins.

Carter Spaulding deuxième du nom et Lilly Ann Barnett se marièrent trois jours plus tard à la Chapelle des Rêves, en face du Caesar's Palace, sur le Strip. Meg Cormier et le comptable de Carter firent office de témoins. Ce fut une cérémonie simple et rapide, mais elle émut Lilly Ann jusqu'aux larmes.

— Tu n'auras jamais à regretter de m'avoir épousée, assura-t-elle à Carter tandis qu'ils essuyaient une joyeuse tempête de grains de riz en sortant de la chapelle. Avec moi, tu seras le plus heureux des hommes.

Ils n'avaient pas encore fait l'amour — à la demande de Carter lui-même. Il n'aurait pu trouver mieux pour achever de conquérir le cœur de Lilly Ann. Elle sentait que cette situation le frustrait et l'enchantait à la fois, mais peu importait : ils auraient désormais tout le loisir de combler ce manque. Son mari se montrait galant, patient, infiniment tendre ; il lui offrait tout ce qu'elle attendait d'un homme.

Si elle tomba éperdument amoureuse de lui, ce ne fut cependant pas au point d'oublier qu'elle avait un problème sur la conscience. Carter pensait tout savoir à son sujet — sa vie à Euless, puis à New York, ses rêves de grandeur, ses aspirations secrètes. Mais il ignorait le plus important. Il ignorait qu'elle avait donné naissance à une fille.

Bien entendu, il faudrait qu'elle se confie à lui un jour ou l'autre. Entre époux, on ne se cachait pas de telles choses, même dans le monde de Carter Spaulding. Tôt ou tard, elle devrait lui parler de Cliff et de son accident, ainsi que du bébé qu'elle avait confié à Candy et à Blake. Mais pas tout de suite. Pas encore. D'abord, elle voulait savourer son bonheur, aussi longtemps que possible.

Tandis que les quelques amis rassemblés pour la cérémonie les applaudissaient, Lilly Ann baissa les yeux sur sa main gauche. Un anneau de platine incrusté de diamants et d'émeraudes ornait son annulaire. Elle secoua la tête, croyant difficilement à la réalité de ce qui lui arrivait.

Carter lui prit la main, la porta à ses lèvres et embrassa tendrement sa paume.

— Je te dois une bague de fiançailles, dit-il.

— Tu ne me dois rien. J'ai tout ce dont je puis rêver.

Il lui murmura des paroles excitantes, inavouables à l'oreille, et Lilly Ann, ivre de bonheur, sentit son cœur palpiter de plus belle.

*
**

— Ma tendre épouse ! Si jeune, si timide…

La voix de Carter semblait aussi douce que la brise océane qui s'infiltrait dans la pièce par la baie vitrée grande ouverte.

— … et si belle, conclut-il. Un vrai festin pour les yeux.

Lilly Ann hésita un instant sur le seuil de la chambre. Elle avait passé trop longtemps dans la salle de bains. Le pauvre homme allait finir par se demander s'il n'avait pas épousé une vierge effarouchée. Le moment de leur nuit de noces était arrivé. Lilly Ann ne devait plus reculer.

Carter sortit la bouteille de champagne du seau à glace, puis en fit sauter le bouchon. Lilly Ann éclata de rire tandis que le vin jaillissait du goulot en éclaboussant les mains de son mari. Elle saisit prestement deux flûtes en cristal et les lui tendit.

— A nous deux, dit Carter lorsqu'ils trinquèrent. A la vie heureuse que nous allons mener ensemble.

Lilly Ann contempla un instant le fascinant visage de Carter, dont l'intense clair de lune soulignait la perfection, puis admira son torse musculeux. A quarante-cinq ans, il entretenait son vigoureux corps d'un mètre quatre-vingts par un entraînement quotidien sur le court de tennis et en salle de gym. Ses cheveux brun foncé grisonnaient légèrement aux tempes, mais, comme chez la plupart des hommes, ce détail rehaussait son charme. Cet homme dégageait en outre une extraordinaire impression d'assurance et de puissance.

Elle sirota lentement son verre de champagne en écoutant son mari aborder le sujet de l'appartement de New York où ils habiteraient à leur retour d'Hawaii. Le nom du gratte-ciel et celui du quartier huppé de Manhattan où il se trouvait n'évoquèrent pas grand-chose à Lilly Ann. Carter aurait tout aussi bien pu lui parler de vivre sur la planète Mars, car le New York qu'elle avait connu n'avait aucun rapport avec son univers.

— L'appartement possède une terrasse au sommet de la tour, expliqua-t-il. Et c'est un duplex, bien entendu.

Il remplit de nouveau la flûte de Lilly Ann, puis la sienne, et remit la bouteille dans le seau à glace.

— Tu trouveras peut-être la décoration un peu trop masculine, reprit-il. Mais tu changeras tout ce que tu voudras.

— Je suis certaine que ça me plaira.

— La cuisinière, la gouvernante et le chauffeur seront à tes ordres. Et tu seras responsable du fonctionnement de la maisonnée.

— Oh… Formidable, répondit-elle, un peu abasourdie par toutes ces révélations.

Lilly Ann se demanda vaguement s'il existait une école où l'on pouvait apprendre en un clin d'œil à vivre comme les gens riches, mais elle jugea inutile de se faire trop de souci de ce côté-là. Le champagne lui tournait agréablement la tête, c'était tout ce qui comptait pour le moment.

Ils contemplèrent un moment les lumières d'Honolulu qui scintillaient à la surface de l'océan, puis, quand ils eurent fini leurs verres, Carter prit la flûte de Lilly Ann et la posa sur la table de chevet à côté de la sienne.

— Je veux te faire l'amour, dit-il d'une voix sourde.

Lilly Ann hocha faiblement la tête, trop émue pour prononcer un seul mot. D'un geste lent et délibéré, Carter fit glisser l'une des bretelles de sa chemise de nuit sur son épaule, lui caressa tendrement le cou… Une poussée de désir jaillit en elle. Il répéta son mouvement avec l'autre bretelle, et le vêtement de soie descendit doucement jusqu'à la taille de Lilly Ann, dévoilant sa poitrine.

La jeune femme se figea. Son souffle se bloqua dans sa gorge. La façon dont Carter dévorait son corps du regard lui procura un violent et délicieux frisson. Elle avait toujours considéré sa beauté comme un don de la nature — comme d'autres ont du talent pour le piano ou la peinture —, et elle n'avait jamais hésité à l'utiliser, sachant qu'un physique tel que le sien ouvrait pas mal de portes. Sa beauté faisait partie de sa personne, autant que son intelligence ou ses sentiments.

Mais là, il se passait quelque chose de spécial, d'extraordinaire. En voyant son propre reflet dans les yeux de Carter, elle comprit ce qu'il éprouvait : un désir furieux de faire l'amour, de l'admiration, et… une pointe d'appréhension. Ce mélange d'émotions lui procura un intense sentiment de triomphe.

Carter pencha la tête vers sa poitrine, et, de sa langue, se mit à tracer des cercles brûlants autour de ses mamelons. Lilly Ann cambra les reins pour mieux s'abandonner à ses baisers. Des tourbillons de chaleur lui envahissaient le ventre. Elle noua ses doigts dans les cheveux de Carter, puis gémit doucement tandis qu'il prenait la pointe d'un sein entre ses lèvres.

Les jambes ramollies, elle s'abandonna entre les bras de son amant. « C'est parfait, songea-t-elle. Je n'ai pas besoin d'en ressentir davantage. » Peu importait si le plaisir suprême lui restait inaccessible, puisque ses rêves les plus fous étaient réalisés.

9.

— On ne peut pas faire ça ! chuchota Lilly Ann en plaquant les mains sur la poitrine de son mari pour essayer de le repousser.

Carter la retint et tira le verrou. Ils étaient maintenant enfermés, serrés l'un contre l'autre, dans le petit cabinet de toilette du Boeing 747 qui les ramenait à New York.

— Mais si, on peut.

— Et si quelqu'un nous voit ?

— Qui pourrait nous voir ?

— L'hôtesse sait que nous sommes ici.

— Elle ne dira rien.

— Comment peux-tu en être si sûr ?

— J'en suis sûr. Fais-moi confiance, ma chérie.

Lilly Ann soutint le regard de Carter. Lui faire confiance ? La confiance qu'elle plaçait en lui était absolue. Elle aurait remis sa vie entre les mains de cet homme. Sinon, elle n'aurait jamais envisagé une seule seconde de faire l'amour dans le minuscule cabinet de toilette d'un long-courrier, à dix mille mètres d'altitude !

Carter glissa une main sous sa jupe et arracha sa culotte d'un geste vif. Lilly Ann eut l'impression que le bruit de la dentelle qui craquait résonnait dans tout l'avion.

— Il n'y a pas assez de place, ici, protesta-t-elle en gloussant.

Il la saisit par la taille, la souleva et l'assit sur le lavabo. Le rebord en acier lui glaça les cuisses et les fesses. Elle gigota en pouffant comme une adolescente. Carter lui prit la main et la guida jusqu'à son sexe.

Un langoureux frisson la saisit. A présent, elle avait follement envie de le sentir en elle.

— Tu es un véritable obsédé, murmura-t-elle avec délices en défaisant la braguette de son mari. Tu finiras dans les flammes de l'enfer.

Carter eut un large sourire.

— C'est justement là que je vais plonger. Un enfer de bonheur.

Il se glissa en elle, imprimant à leurs bassins un mouvement de va-et-vient à la fois rapide et puissant. Lilly Ann laissa bientôt échapper des gémissements de plaisir, tandis qu'il prenait possession de ses lèvres pour étouffer ses cris. Elle noua les jambes autour des hanches de Carter, brûlant de l'attirer plus profondément en elle. A son tour, il émit un long grognement rauque. Alors, elle rejeta la tête en arrière et rit, émerveillée de constater encore une fois le pouvoir qu'elle exerçait sur lui.

Puis, soudain, il se retira, laissant son sexe contre l'intimité de Lilly Ann. Leurs regards se rivèrent l'un sur l'autre, et la jeune femme fronça les sourcils. Une expression étrange s'était peinte sur le visage de son mari. Elle avait brusquement le sentiment de se trouver face à un inconnu… Carter était pourtant l'homme qui lui apportait tout ce dont elle avait toujours rêvé, qui exauçait toutes les aspirations auxquelles elle avait cru devoir renoncer ! C'était absurde.

— Cette fois, tu vas jouir avec moi, Lilly, déclara-t-il d'un ton sans conteste.

Elle écarquilla les yeux.

— Quoi ? marmonna-t-elle.

— Tu m'as très bien entendu. Cette fois, tu vas jouir, dit-il en se glissant de nouveau en elle. Jusqu'à présent, tu as fait semblant d'avoir du plaisir. Je ne veux plus de ça. Avec moi, pas de simulation.

— Mais je n'ai pas… enfin, je veux dire…

Au comble de la gêne, Lilly Ann sentit le sang affluer à ses joues. Elle aurait voulu se cacher, s'enfuir loin de Carter. Un tremblement violent la secoua tandis qu'il la pénétrait de nouveau.

— Comment… comment as-tu deviné ? balbutia-t-elle.

Il bougea le bassin de plus en plus vite.

— Tu fais partie de moi, répondit-il avec la fermeté d'un homme sûr de son fait. Tu ne peux rien me cacher.

Lilly Ann se figea, songeant à l'enfant dont elle ne lui avait pas encore parlé, mais il continua de bouger en elle, lui imposant de suivre ses mouvements. Peu à peu, sous la force de ses tendres assauts, elle sentit de curieux et délicieux frémissements lui envahir le ventre. Elle comprit alors que le miracle que Carter exigeait allait se produire… si elle se l'autorisait. Elle gémit de plaisir, implorant son mari de l'emmener jusqu'à ce pinacle qu'elle n'avait encore jamais atteint.

— Viens avec moi, murmura Carter en agitant frénétiquement les hanches. Viens avec moi, ma chérie… Viens !

Elle poussa soudain un cri aigu tandis que des vagues de plaisir violentes, extatiques, fusaient en elle. C'était à la fois le plus intense des bonheurs et la pire des douleurs, et Lilly Ann voulut se laisser submerger par ce déferlement jusqu'à l'épuisement total.

Quelques heures plus tard, la limousine s'arrêta paisiblement devant le numéro 1040 de la Cinquième Avenue. Lilly Ann saisit son poudrier pour jeter un œil à son maquillage, mais Carter le lui arracha des mains en riant.

— Tu es assez belle comme ça, déclara-t-il d'un ton goguenard. Tu as l'air d'une fille qui s'est bien envoyée en l'air.

Lilly Ann éprouva une divine sensation de chaleur au bas-ventre, tandis que les images de leur interlude charnel dans les toilettes de l'avion lui revenaient à l'esprit.

— Chut ! fit-elle en désignant le chauffeur. Il risque de t'entendre.

— Et alors ? répliqua Carter en riant de plus belle. C'est mon employé. Qu'est-ce que ça peut faire qu'il nous entende ?

Lilly Ann ne sut que répondre à cela. Carter envisageait ses rapports aux choses et aux gens d'une façon radicalement différente de la sienne, et elle avait encore peine à le comprendre. Elle percevait vaguement, cependant, que l'attitude de son mari découlait du fait qu'il possédait une immense, une incroyable, une scandaleuse fortune. En outre, leurs quelques jours de voyage de noces lui en avaient déjà beaucoup appris sur sa personnalité. Si un problème se présentait, Carter exigeait une solution. Si un obstacle surgissait devant lui, il voulait le voir disparaître. Rien ni personne ne devait se mettre en travers de son chemin. Il se considérait comme irréprochable, n'éprouvait jamais le moindre embarras en aucune situation — et il en attendait autant de la part de sa femme.

Lilly Ann ne jetait pas le même regard sur le monde. Pas encore, du moins. Et elle doutait que cela devînt jamais le cas. Quand elle avait surpris le sourire entendu de l'hôtesse de l'air, après qu'ils étaient sortis des toilettes, elle avait eu envie de disparaître sous terre. Carter, lui, s'était comporté comme si de rien n'était.

Au cours de ses études à l'université de Las Vegas, elle avait lu dans l'un des ouvrages du romancier Francis Scott Fitzgerald que les gens riches étaient *différents* des autres. Sur le moment, elle avait trouvé cette affirmation saugrenue. Bien sûr qu'ils étaient différents, puisqu'ils avaient plus d'argent ! avait-elle alors songé. Mais aujourd'hui, elle comprenait mieux la pensée de l'écrivain : ce qu'il voulait dire, en réalité, c'était que les gens riches vivaient selon des règles différentes de celles du commun des mortels et, surtout, que cet état de fait ne leur posait pas le moindre problème.

— Ce soir, nous dînerons en tête à tête, annonça Carter tandis que le chauffeur leur ouvrait la portière. Tu commenceras demain à rencontrer du monde. C'est bien assez tôt.

La simple idée de faire la connaissance des amis de son mari donnait le vertige à Lilly Ann. Elle ne s'imaginait absolument pas entrant dans l'univers qu'on évoquait dans les pages mondaines des magazines. Pour cette raison, elle regrettait d'autant plus que Carter ne l'ait pas emmenée plus longtemps en voyage de noces — pendant six ou sept mois, par exemple, le temps qu'elle apprenne à mieux connaître le mode de vie de son époux.

Les quelques jours qui venaient de s'écouler avaient été tellement magiques, dans leur petit coin de paradis hawaïïen, que Lilly Ann avait oublié le monde réel. Un monde où ils devaient pourtant forcément revenir tôt ou tard, et qui risquait de ne pas se montrer aussi tendre envers elle qu'elle l'espérait.

Elle avait également sur la conscience le poids de son terrible secret. « Il faut que tu lui parles du bébé, songea-t-elle tandis qu'ils entraient dans l'un des ascenseurs privés du gratte-ciel. Sinon, il va finir par le découvrir seul, et il te fichera à la porte. »

La cabine s'éleva à une vitesse vertigineuse jusqu'au soixante-quatrième étage. Lilly Ann décida qu'elle se confierait le soir même à Carter. Après le dîner, lorsqu'ils dériveraient plaisamment dans les brumes du champagne. Ou bien après avoir fait l'amour, quand Carter serait encore en elle, repu et heureux. En tout cas, cela se ferait ce soir, coûte que coûte.

Les portes de l'ascenseur s'écartèrent sur une entrée aussi vaste que le hall du cinéma de Euless. Lilly Ann contempla d'un regard émerveillé la luxueuse décoration de la pièce : l'épaisse moquette ivoire, les tentures de soie aux tons pastel, la table en merisier surmontée d'un miroir de style baroque.

— Ils vont monter nos valises par l'ascenseur de service, dit Carter en l'entraînant dans l'entrée. Et Mimi s'occupera de ranger tes affaires.

— Mimi ?

— La gouvernante. Pour les cuisines et les tâches ménagères générales, c'est à Gretchen que tu devras t'adresser.

— *Les* cuisines ? Tu as plusieurs cuisines ?

— Une à chaque étage.

Il s'immobilisa, poussa une porte, puis prit la jeune femme dans ses bras.

— Ne te fais aucun souci, ma chérie. Tu vas t'habituer à tout ça. Je te le promets.

Lilly Ann laissa échapper un sursaut de stupeur en découvrant, par-dessus l'épaule de Carter, ce qui semblait être le salon de l'appartement. Une gigantesque baie vitrée d'un seul tenant occupait tout le mur du fond, dominant Central Park et, plus loin, le fleuve Hudson.

— Oh, Carter ! s'exclama-t-elle d'une voix émue. C'est tellement magnifique. Jamais je n'aurais…

Elle s'interrompit. La silhouette dégingandée d'un adolescent venait de se lever d'un canapé de cuir disposé devant la baie vitrée. Il était plus grand encore que Carter, et ses cheveux blonds bouclés, qui encadraient son visage superbe, brillaient sous les rayons du soleil.

— Surpris ? demanda-t-il.

Sa voix, qui avait commencé à muer, hésitait entre deux tonalités, mais c'était bien le seul détail de sa personne qui fût moins que parfait.

— Très, répondit Carter avec froideur.

Lilly Ann fronça les sourcils, étonnée par la réaction peu coutumière de son mari.

— Qu'est-ce que tu fais ici ? reprit Carter.

— C'est les vacances de Pâques, répondit l'adolescent en posant un œil curieux sur Lilly Ann. Mais ne t'inquiète pas. Je repars ce soir.

— Reste un jour de plus, dit Carter d'un air peu enthousiaste. Nous pourrons passer un peu de temps ensemble.

Le jeune homme eut un petit rire désabusé.

— Passer du temps ensemble ? J'ai attendu que tu viennes me chercher à l'école. Au bout de trois jours, j'ai fini par me dire que tu étais mort, ou bien que…

Il toisa Lilly Ann des pieds à la tête.

— Ou bien que tu avais mieux à faire, conclut-il.

— Comment es-tu rentré ? demanda Carter.

— En stop, répondit l'adolescent avec un haussement d'épaules.

Le visage de Carter se crispa.

— Je t'ai interdit de faire du stop !

— Ouais. Tu avais aussi promis de venir me chercher à l'école.

— Je n'avais pas l'intention de manquer ce rendez-vous, Grant. J'ai été retenu par… certaines circonstances.

L'adolescent s'avança d'un pas nonchalant vers Lilly Ann.

— A votre place, je ne me donnerais même pas la peine de défaire mes valises, déclara-t-il d'un ton narquois. Vous ne resterez pas longtemps ici. Comme toutes les autres petites amies de mon père.

— Demande pardon à ma *femme* ! rétorqua Carter, acerbe.

Une expression à la fois stupéfaite et chagrinée se peignit sur le visage de Grant. Lilly Ann éprouva de la peine pour lui. Elle-même se sentait plutôt mal à l'aise.

— Ta femme ? répéta-t-il d'une voix rauque.

Carter obligea Lilly Ann à lever la main gauche. Gênée par ce geste grandiloquent, elle essaya de replier les doigts, mais son époux la retint : les diamants et les émeraudes de son alliance brillèrent de mille feux sous les rayons du soleil.

— Ma femme, acquiesça Carter avec fermeté.

L'adolescent les dévisagea tour à tour, puis il éclata de rire, comme s'il trouvait cette nouvelle d'une drôlerie extrême. En réalité, une immense douleur se lisait au fond de son regard, et Lilly Ann comprit qu'il riait pour masquer son trouble.

— Lilly, je te présente mes excuses, dit Carter. J'ai bien peur que mon fils ignore les règles de la bienséance.

— Ton fils ? demanda-t-elle avec stupeur.

Jamais Carter ne lui avait laissé entendre qu'il avait un enfant !

— Visiblement, il ne vous avait pas du tout parlé de moi, dit Grant d'un ton railleur. C'est normal. Pourquoi se donner la peine de parler de quelqu'un qu'on ne voit jamais ?

— Va dans ta chambre, Grant, ordonna Carter. Nous réglerons cette affaire plus tard.

— Non, intervint Lilly Ann. Peut-être devrions-nous la régler tout de suite, au contraire.

Elle trouvait déjà regrettable que Grant et elle se rencontrent dans de telles conditions. Si Carter congédiait son fils maintenant, elle n'aurait plus aucun espoir de nouer une relation normale avec lui.

— Economisez votre énergie, répondit Grant. De toute façon, j'étais sur le point de partir. Le paternel de Jake nous ramène à l'école en voiture.

Lilly Ann lui posa doucement une main sur le bras.

— S'il te plaît, dit-elle. J'aimerais que tu restes encore un peu.

Un silence tendu tomba sur la pièce. Lilly Ann avait l'impression d'avoir commis une terrible erreur, mais elle ne regrettait pas ses paroles. Cet adolescent avait quelque chose de… spécial. Elle comprit soudain qu'il avait déjà profondément touché son cœur.

— Vous… tu… enfin… tu veux rire, non ? balbutia Grant, manifestement stupéfait. C'est une blague !

« Il est solitaire, songea-t-elle. Aussi solitaire que je l'étais autrefois. » Elle secoua la tête.

— Nous formons une famille, désormais, dit-elle avec sincérité. Je crois que nous devrions apprendre à nous connaître.

L'adolescent tourna les yeux vers son père. Celui-ci se força à sourire.

— Si c'est ce que pense Lilly, je le pense aussi.

Lilly Ann attendit un mouvement de révolte de la part de l'adolescent. Mais au bout d'un instant d'hésitation, il déclara calmement :

— D'accord, je reste une nuit de plus. Mais demain je dois retourner à l'école.

— Va prévenir ton copain que tu restes ici, ordonna Carter sur un ton sec.

Grant sortit du salon, et Carter s'assit lourdement dans un fauteuil de cuir, face à la baie vitrée. Lilly Ann prit une profonde inspiration. « Ainsi, je n'étais pas la seule à avoir un secret sur la conscience », songea-t-elle.

— Sers-moi à boire, s'il te plaît, Lilly, dit-il en désignant le bar au fond de la pièce.

Elle remplit un verre de whisky et le lui apporta.

— J'espère que c'est ce que tu veux.

Il regarda le verre, puis sourit en levant vers elle des yeux langoureux.

— Tu sais bien ce que je veux, répondit-il d'une voix suave.

Lilly Ann sentit une bouffée de chaleur se répandre à travers son corps, mais elle s'efforça de l'ignorer. Elle voulait avoir toute sa raison pour discuter avec Carter.

— Combien d'enfants as-tu ? demanda-t-elle en s'approchant de la vitre. Vais-je avoir la surprise d'en découvrir cinq ou six autres dans les jours qui viennent ?

— Non, je n'en ai qu'un.

Elle se tourna vers lui.

— Tu aurais dû m'en parler, Carter.

— Cela aurait-il changé quelque chose ?

Lilly Ann hésita. Elle avait épousé Carter Spaulding sur une impulsion subite. Si un élément aussi concret et aussi important qu'un enfant avait surgi entre eux dès le début, elle n'aurait probablement jamais franchi le pas. Cendrillon redoutait d'entendre sonner les douze coups de minuit, mais elle n'avait jamais eu à craindre de devenir la belle-mère des enfants du prince charmant.

— C'est bien ce que je pensais, dit Carter d'un ton las. Voilà pourquoi je ne t'avais pas parlé de Grant. Je ne voulais pas risquer de te perdre.

— J'avais pourtant le droit de savoir que je devrais aussi assumer le rôle de belle-mère.

Il rejeta sa remarque d'un geste de la main.

— Grant est en pension. Tu ne le verras quasiment jamais.

Lilly Ann fronça les sourcils. Elle avait la certitude que, sous cette attitude désinvolte, presque méprisante à l'égard de son fils, Carter masquait des sentiments profonds. Il aimait Grant bien plus qu'il n'était prêt à l'admettre.

— Tu as vu comme il me dévisageait ? insista-t-elle. Tu as vu comme il avait l'air dépité de découvrir mon existence ? Comment as-tu pu lui imposer une telle surprise ?

— Cela ne s'est pas passé comme je l'avais prévu, Lilly. Je ne pensais pas trouver Grant ici. Il était censé être à l'école.

Il soupira. Une petite veine battait furieusement contre sa tempe.

— Je voulais t'emmener à son école, dans le New Hampshire, le week-end prochain, pour te présenter à lui, ajouta-t-il.

— Et moi ? Quand comptais-tu m'annoncer la nouvelle de son existence ? Jamais je n'aurais soupçonné que tu avais un fils, Carter.

Il posa son verre par terre, à côté du fauteuil, et se leva.

— Ces derniers jours, nous avions d'autres occupations, répondit-il avec un sourire.

— Je sais, mais…

— Je ne suis pas parti à Las Vegas dans l'idée d'en revenir marié, l'interrompit-il.

Il parlait sur un ton léger, presque enjoué, mais Lilly Ann percevait sous les mots quelque émotion sombre et inquiétante. Une émotion qu'elle préférait ne pas examiner de trop près pour le moment.

— Tu le sais aussi bien que moi, conclut-il.

Lilly Ann hocha faiblement la tête. Carter la prit dans ses bras, lui plaquant le dos contre la baie vitrée. Elle fut prise d'un léger vertige en prenant conscience que, derrière elle, il y avait soixante-quatre étages de vide.

— Tout s'est passé très vite, Lilly, murmura-t-il. Nous n'avons pas beaucoup eu le temps de réfléchir.

Il glissa les mains sous les fesses de la jeune femme, pétrissant sa chair à travers le tissu léger de la jupe. Elle essaya vainement de refouler le frisson de désir qui naissait au cœur de son être, songeant qu'un des domestiques, le fils de Carter ou n'importe qui d'autre pouvait surgir dans le salon à tout instant.

— Carter, nous ne devrions pas…

Il lui prit la main gauche, inclina la tête et embrassa la bague ornée de diamants et d'émeraudes qui brillait à son annulaire.

— Si. J'en ai envie, et je vais le faire.

Il pressa ses lèvres contre la paume de Lilly Ann. Elle se sentit fondre entre ses bras.

— Appuie-toi contre la vitre, dit-il en relevant sa jupe sur ses cuisses.

Soudain sans force, Lilly Ann cambra le dos, offrant son ventre aux caresses de son époux.

— Ouvre-toi pour moi, Lilly, murmura-t-il.

— Carter, je…

— Ouvre-toi.

A cause de la baie vitrée et du soleil qui inondait le salon, Lilly Ann avait l'impression troublante d'être exposée à la vue de tous. Cependant, elle obéit et écarta les jambes. En quelques gestes rapides, Carter défit sa braguette, libéra son sexe, puis vint en elle en remuant les hanches sans autre souci apparent que son propre plaisir. Lilly Ann sentit la colère l'envahir. L'espace d'un instant, elle se demanda comment il réagirait si elle le frappait à l'aine. Alors, comme s'il lisait dans ses pensées, il ralentit le rythme de ses mouvements, devint tout à coup plus doux, plus attentionné, au point que la colère de la jeune femme se mua de nouveau en désir. Peu après, ils atteignaient ensemble la jouissance dans de bruyants soupirs.

— Tu es la femme qu'il me faut, déclara-t-il tandis qu'elle remettait sa jupe en place. Avec toi, j'ai l'impression d'être un homme neuf.

« Et c'est réciproque, se dit-elle en regardant son mari remonter la braguette de son pantalon italien bien coupé. Car moi non plus, je ne reconnais pas la femme que je suis devenue. »

Grant ne se présenta pas pour le dîner. D'abord très furieux contre lui, Carter parut très vite se réjouir de passer la soirée seul avec Lilly Ann. Ainsi qu'il le lui avait clairement expliqué à plusieurs reprises, il n'avait pas l'intention de la partager avec quiconque.

— Tu es à moi, aimait-il à répéter. Tu m'appartiens. Tu n'es à personne d'autre.

Ils refirent l'amour un peu plus tard, puis Carter, épuisé par le décalage horaire, s'endormit profondément. Lilly Ann, tout aussi fatiguée, était perturbée par son nouvel environnement, ce qui l'empêchait de se détendre et de trouver le sommeil. Elle déambula à travers le vaste appartement, examinant les vases de Chine inestimables, les somptueux tapis d'Orient, les antiquités transmises de génération en génération au sein de la famille de Carter. Si quelqu'un lui avait affirmé qu'elle venait d'atterrir sur une planète inconnue, elle aurait été tout à fait prête à le croire, car rien, dans toute son existence, ne l'avait préparée à ce brusque changement de mode de vie.

Autrefois, au cinéma Rialto de Euless, elle était littéralement fascinée par les superbes vêtements et les maisons fastueuses que l'on voyait dans les films de Doris Day. L'actrice se comportait toujours comme s'il était naturel de vivre dans un univers de moquette moelleuse, de lits à baldaquin et de tenues hors de prix. Mais Lilly Ann commençait aujourd'hui à comprendre que l'existence des gens riches était beaucoup plus complexe que cela.

Elle venait de s'installer dans un fauteuil du salon pour contempler Central Park par la baie vitrée, lorsque Grant entra.

— Viens t'asseoir à côté de moi, suggéra-t-elle en lui souriant. La vue est magnifique.

L'adolescent s'immobilisa sur le seuil du salon, les mains enfoncées dans les poches de son pantalon kaki. Lilly Ann sentit son cœur se serrer devant son expression pleine de méfiance et de circonspection. Elle avait l'impression de voir en lui une doublure plus jeune et plus vulnérable de Carter. Grant ne devait pas avoir plus de quatorze ou quinze ans, mais il semblait beaucoup plus mûr que son âge, et sous son masque d'ange pointaient parfois un profond désenchantement, une terrible tristesse.

— Central Park, dit-il avec un haussement d'épaules. Tu parles d'un spectacle !

— Peut-être que ce spectacle te laisse indifférent, mais, pour moi, il est merveilleux, répondit-elle gentiment. Jamais je n'avais rien vu de tel.

Elle se tourna de nouveau vers la baie vitrée.

— Regarde, là-bas, toutes ces lumières scintillantes. As-tu idée de ce que c'est ?

Comme elle s'y était attendue, Grant ne répondit rien. Elle ne se laissa pas décourager pour autant.

— On dirait une illumination de Noël, reprit-elle. Ce ne serait pas le zoo, par hasard ?

— Ce n'est pas le zoo, dit-il en s'approchant de la baie vitrée. C'est un restaurant qui s'appelle Tavern on the Green.

Il appuya une épaule contre la paroi de verre, arborant un air faussement désinvolte. « Tu es seul, songea Lilly Ann. Tu es seul et tu n'as personne à qui parler. Je connais bien ce sentiment. »

— Et ça, qu'est-ce que c'est ? demanda-t-elle en désignant un gratte-ciel illuminé.

— Le Plaza.

Ils partagèrent quelques instants de silence contemplatif, puis Lilly Ann se hasarda à relancer la conversation :

— Je crois que nous avons tous les deux reçu un choc, cet après-midi.

Il poussa un petit grognement.

— S'il ne t'avait pas parlé de moi, c'est sûrement qu'il avait oublié mon existence. Ce serait bien dans son style.

— Non. Je crois que tu te trompes, s'empressa de rectifier Lilly Ann. Ton père ne savait pas comment j'allais réagir à l'idée de devenir ta belle-mère, alors…

— Alors il a menti.

— Il n'a pas menti, répliqua-t-elle prudemment, mais… il n'a pas dit toute la vérité non plus.

— Tu lui en veux ?

— Je lui en ai voulu sur le coup. Mais plus maintenant.

— J'imagine que je serais déshérité si je me mettais en colère contre lui.

— A présent, je suis contente qu'il ne me l'ait pas dit plus tôt, reprit Lilly Ann en suivant le cours de sa pensée. Sinon, j'aurais peut-être refusé de l'épouser, ce qui aurait été la plus grosse bêtise de ma vie.

— Ça aurait mieux valu pour toi. Mon père n'est pas un très bon mari.

— Je crois qu'avec moi, ce sera différent.

— Tu parles ! rétorqua Grant d'un ton railleur.

Lilly Ann refusa de se laisser démonter.

— Aie confiance en moi. Je crois que tu seras agréablement surpris.

— Il va te faire du mal, déclara l'adolescent. Il fait du mal à tout le monde.

Lilly Ann sentit des larmes lui monter aux yeux. Ce garçon lui faisait de la peine. Il était bien trop jeune pour porter dans son cœur tant de colère et de ressentiment. Mais elle ne comprenait pas encore pour quelle raison il était si malheureux.

— Il t'a fait du mal, à toi ? demanda-t-elle.

Grant déglutit et détourna les yeux un instant.

— Il ne peut pas me faire de mal. Sa vie, je m'en fiche intégralement.

Sur le point de prononcer des paroles réconfortantes, Lilly Ann se retint. Carter était indiscutablement un homme difficile ; elle le savait, même si elle ne le connaissait que depuis deux semaines. Cependant, elle ne pouvait ni mentir à Grant en prétendant le contraire, ni tenter de modifier le jugement qu'il portait sur son père. Ce n'était pas son rôle. Tout ce qu'elle devait faire, c'était lui offrir son amitié et espérer qu'il l'accepterait.

— Je regrette que Carter et toi ne soyez pas en meilleurs termes, Grant, mais j'espère que cela ne nous empêchera pas d'être amis.

L'adolescent écarquilla les yeux.

— Amis ?

— Oui. Je crois que le moment est bien choisi pour commencer, non ?

— Les autres femmes de mon père voulaient que j'aille au diable. Pourquoi réagis-tu différemment ?

— Je ne suis pas comme ses autres femmes, répliqua-t-elle gentiment. Et je ne veux pas que tu ailles au diable.

— Tu finiras par changer d'avis.

Une bouffée de sentiments tout maternels envahit le cœur de Lilly Ann. Elle eut de la peine à ne pas se lever pour prendre Grant dans ses bras.

— Nous formons une famille, désormais, et je voudrais que toi et moi, nous apprenions à nous connaître.

Grant la fixa quelques instants d'un regard pensif, puis hocha les épaules.

— Peut-être, dit-il. D'accord. Enfin… si tu es encore là la prochaine fois que je reviendrai de l'école.

— Je serai encore ici, assura-t-elle. A partir de maintenant, tu peux compter sur mon soutien.

10.

Lorsque Lilly Ann se réveilla le lendemain matin, Carter était parti. Elle enfila une robe de coton bleue et des chaussures plates, puis se rendit sur la terrasse, où Grant était en train de terminer son petit déjeuner.

— Tu bois du café ? demanda-t-elle en fronçant les sourcils. Tu ne ferais pas mieux de boire du lait chocolaté ?

Il eut un petit rire charmant.

— Je ne suis plus un gosse, tu sais.

Elle se servit à son tour une tasse de café et s'assit en face de l'adolescent. A cette heure de la journée, la vue sur Central Park était encore plus magnifique que le soir.

— En dessous de trente ans, on est encore un gosse, répliqua-t-elle doucement.

— Quel âge as-tu ?

Lilly Ann se réjouit que Grant manifeste enfin un peu de curiosité à son égard.

— Trente ans, répondit-elle avec humour.

— Vraiment ? Alors tu as le droit de boire du café.

Ils rirent de bon cœur.

— Tu fais plus jeune, reprit Grant.

— Hmm, possible. Je ne me sens pas tellement différente de la fille que j'étais à ton âge.

L'adolescent la dévisagea quelques secondes.

— Carter est beaucoup plus vieux que toi.

— Tu appelles ton père par son prénom ?

— Ouais. Comment voudrais-tu que je l'appelle ?

— Peu importe. La question, pour le moment, c'est de savoir comment tu vas m'appeler, moi.

Grant sourit, et Lilly Ann sentit son cœur battre plus fort. « Tu pourrais être mon enfant », songea-t-elle avec émotion. Cet adolescent n'avait qu'un ou deux ans de plus que sa petite fille. Ce magnifique garçon à la chevelure d'ange aurait pu être le bébé auquel elle avait donné naissance.

— Je t'appellerai comme tu voudras, répondit-il en haussant les épaules.

— Que penses-tu de Lilly ?

Il réfléchit un instant.

— Ouais, d'accord. Lilly, ça me convient.

« Oui, c'est bien, songea-t-elle. Pour le moment. »

Grant vida sa tasse d'un trait, puis se leva.

— Je dois partir. Mon train est à 10 heures et demie.

— Je vais t'accompagner à la gare.

— J'y vais seul depuis l'âge de huit ans, répliqua-t-il sans animosité. Je me débrouillerai.

— Je suis contente que tu aies passé la nuit ici, Grant.

— Ouais, acquiesça-t-il. Moi aussi.

— As-tu assez d'argent pour le voyage ?

Il baissa les yeux, l'air un peu gêné.

— J'en ai assez pour le train, mais…

— Attends une seconde !

Lilly Ann se leva d'un bond et courut jusqu'à la chambre. Carter lui avait laissé des liasses entières de billets, ainsi que tout un chapelet de cartes de crédit. Elle prit deux cents dollars et retourna auprès de Grant.

— Tiens, dit-elle. En cas de besoin.

Grant parut hésiter.

— Prends cet argent, insista-t-elle. On ne sait jamais ce qui peut arriver.

— Tu es super, Lilly ! s'exclama-t-il.

Il lui plaqua un baiser sur la joue.

— Vraiment super !

— Toi aussi, tu es super, répondit-elle avec sincérité.

Il l'embrassa sur l'autre joue.

— Peut-être que ton idée de former une famille va aboutir à quelque chose, après tout.

— Oui, répondit-elle d'un ton enthousiaste. J'en suis sûre.

Grant n'en revenait toujours pas. Jamais il n'avait réussi à empocher une telle somme aussi facilement. Quand Lilly lui avait donné ces billets, il s'était attendu à cinquante dollars tout au plus. A la vue des deux cents dollars, il avait failli tomber à la renverse.

Cette fois, son paternel avait vraiment fait le bon choix, se dit-il tandis que le portier de l'immeuble lui hélait un taxi. Les deux précédentes épouses de son père étaient de vraies garces, pédantes et stupides. Non seulement cette nouvelle femme était belle à mourir, mais elle avait un faible pour lui. Ce genre de comportement, toute cette affection débordante, ça changeait de la routine. Et dire que pour la mettre dans sa poche, il n'avait eu qu'à prendre un petit air misérable et affligé, comme un ado en mal d'amour. C'était vraiment peinard.

Le portier lui ouvrit le taxi.

— Ravi de vous avoir revu parmi nous, monsieur Spaulding, dit-il tandis que Grant grimpait sur la banquette.

— Ouais. Moi de même.

Grant tira la portière sur lui. Si ce type espérait recevoir un pourboire, il se fourrait le doigt dans l'œil. Grant Spaulding n'avait pas pour habitude de distribuer son argent aux loqueteux. Il préférait le consacrer à des choses plus sérieuses — le hasch, par exemple. S'il s'y prenait bien avec belle-maman-nouveau-style, il pourrait peut-être même s'offrir un joli paquet de blanche de Colombie cet été, histoire de planer à quatre milles et d'avoir l'impression de dominer le monde.

Il ouvrit son sac, en sortit une flasque, dévissa le bouchon, puis but une longue gorgée de bourbon.

— A votre santé, papa et maman !

Enfin, les choses prenaient meilleure tournure sous le toit familial.

— Carter a fait *quoi* ? brailla Whitman Paley. C'est une blague !

— Pas du tout, Whit, répondit Elaine, son assistante, le plus sérieusement du monde. Carter s'est bel et bien remarié.

Whit abattit son poing sur son bureau.

— Nom de Dieu, qu'est-ce qui lui est encore passé par la tête ?

— C'est facile à deviner, je crois. La nouvelle Mme Spaulding est une girl de Las Vegas.

— Je lui ai répété cent mille fois que ses appétits sexuels le mèneraient à sa ruine ! grommela Whit. J'espère que cet imbécile a pris des précautions avec le contrat de mariage.

— Au risque de vous décevoir, railla Elaine, je pense plutôt que c'était le dernier de ses soucis.

Whit se renfrogna. Elaine pouvait bien plaisanter, ce n'était pas elle qui devrait encore une fois se charger de réparer les bêtises de son copain. Du fait de leur longue amitié et de sa position au sein de la société, Whit écopait toujours de la tâche consistant à sortir Carter de ses intrigues sentimentales, et ce au moindre coût personnel et professionnel. Depuis plus d'un an, Carter s'était tenu à carreau — c'était trop beau pour durer !

— La dernière fois ne lui a pas servi de leçon, visiblement, marmonna Whit en enfilant sa veste. Il m'avait pourtant juré qu'il ne se remarierait jamais.

— On ne peut pas non plus le tenir en laisse, protesta Elaine d'un ton blasé.

— Je file chez lui voir de quoi a l'air cette Mme Spaulding numéro quatre.

Les bureaux directoriaux de Mayfair se trouvaient au croisement de Park Avenue et de la 58e Rue, soit à quelques minutes de marche de l'appartement de Carter. Tandis qu'il longeait le trottoir à grandes enjambées, Whit tenta de modérer sa colère. Il valait tout de même mieux éviter d'effrayer la nouvelle épouse de Carter.

Alors qu'il arrivait à hauteur du gratte-ciel, un taxi démarrait sous le regard noir du portier. Whit crut reconnaître le visage de l'adolescent assis à l'arrière de la voiture.

— C'était bien qui je crois ? demanda-t-il à Jimmy, le portier.

— Le fils de M. Spaulding, en effet. Il retourne à l'école. Ce n'est pas trop tôt.

Whit se félicita d'avoir évité Grant. Il savait que son père lui menait la vie dure, il savait aussi qu'un garçon privé de sa mère pouvait devenir difficile, mais il ne réussissait pas à surmonter l'antipathie que lui inspirait cet adolescent. Malgré son visage d'enfant de chœur, Whit percevait en lui quelque chose de sinistre et de foncièrement méchant.

Aujourd'hui, cependant, le problème ne venait pas du fils, mais du père. Et de la fille qu'il avait épousée de façon si inconsidérée.

Tandis que l'ascenseur s'élevait en douceur vers le soixante-quatrième étage, Whit essaya de se représenter la nouvelle Mme Spaulding. Une chevelure de poupée Barbie défraîchie. Un maquillage tarte à la crème. Des ongles pareils à des couteaux, peints en rouge vif. Le genre de femme qui amusait les vaillants chercheurs d'or au siècle dernier. « Carter, tu es un crétin ! songea Whit avec dépit. Pourquoi es-tu encore allé te fourrer dans un guêpier pareil ? »

Les portes de l'ascenseur s'écartèrent. Whit s'avança dans le hall et tomba nez à nez avec une femme grande, aux cheveux bruns, dotée des plus beaux yeux qu'il eût jamais vus, avec des cils épais et délicatement recourbés. Des yeux d'un bleu foncé et profond, presque couleur de saphir. Et son visage… Seigneur, quel visage ! Un ovale parfait, avec de hautes pommettes, un menton harmonieux, un petit nez droit et une bouche dessinée pour les plaisirs sensuels les plus fous. Elle arborait une robe bleue toute simple et des chaussures plates, ne portait aucun maquillage, et pourtant elle aurait pu faire honte à n'importe quel mannequin de mode.

— Bonjour, dit-elle d'une voix douce, teintée d'une pointe d'accent du Sud. Vous désirez ?

— Je désire voir Mme Spaulding.

— C'est moi.

— Non ! s'exclama Whit malgré lui. Impossible !

Il savait exactement à quoi devait ressembler la nouvelle Mme Spaulding. Et cette créature de rêve ne correspondait pas du tout à l'image qu'il avait en tête.

— Impossible ? Je sais pourtant bien qui je suis ! rétorqua-t-elle. A qui ai-je l'honneur, je vous prie ?

— Whit Paley.

Son nom laissa de marbre l'adorable visage de la présumée Mme Spaulding.

— Vous êtes un représentant ? demanda-t-elle d'un ton radouci.

— Carter ne vous a pas parlé de moi ?

— Il aurait dû ?

— Je pense que oui, répondit Whit en tendant la main. Nous sommes de vieux amis.

La petite main — souple et énergique — de la jeune femme disparut au creux de la sienne.

— J'ai entendu dire que ce vieux fou s'était marié, et je voulais voir l'élue de mes propres yeux, expliqua-t-il.

Elle releva le menton.

— Alors, je vous semble à la hauteur ? demanda-t-elle avec une pointe de défiance que Whit ne put s'empêcher d'admirer.

— Carter est mon plus ancien ami, répondit-il en guise d'excuse. Ne m'en voulez pas d'être curieux.

— Eh bien, entrez donc, dit-elle.

Whit réprima un sourire. Pas de doute, cette femme était originaire d'un Etat du Sud. Une New Yorkaise l'aurait mis à la porte sans ménagement.

— Carter est sorti, mais vous pouvez l'attendre, si vous le désirez.

— Je ne voudrais pas interrompre vos activités.

— Interrompre mes activités ? répéta-t-elle en s'esclaffant. Vous êtes sûr de vraiment connaître Carter ? Ici, nous avons des domestiques pour tout faire, sauf peut-être pour dormir à notre place.

Whit cilla. Non seulement cette femme était divinement belle, mais elle se plaignait aussi d'avoir trop de serviteurs à sa disposition ? Décidément, Carter avait trouvé une vraie perle !

— Vous m'offrez un café ? demanda-t-il.

— Entendu. A condition que nous remettions tout en place dans la cuisine avant le retour de Gretchen.

Elle fit semblant de frissonner de frayeur.

— Cette femme me terrifie !

— Vous n'avez aucune raison d'avoir peur d'elle, dit-il en la suivant à travers l'appartement. C'est vous la patronne.

Elle lui jeta un regard par-dessus son épaule.

— Dites-le-lui vous-même, monsieur Paley. Je pense qu'elle ne me croirait pas.

— Vous n'avez jamais eu de serviteurs ?

— J'ai servi, dit-elle sans la moindre gêne. Mais je n'ai jamais eu de serviteurs, non.

Tandis qu'elle préparait le café, Whit songea avec étonnement qu'il appréciait déjà cette femme. Qu'il l'appréciait même *énormément.*

Elle posa deux tasses de café sur la table, un charmant sourire sur les lèvres.

— Vous savez où Gretchen dissimule le sucrier ? demanda-t-elle.

— Essayez le placard près du téléphone.

Elle se dressa sur la pointe des pieds pour atteindre le sucrier. Whit put alors admirer à loisir son fessier à l'arrondi superbe, d'où s'élançait une paire de longues jambes gracieuses. A cela s'ajoutaient une poitrine ferme, aux courbes sensuelles, et un visage raphaélique. Cette femme était l'incarnation de la Beauté, et Whit eut peine à refréner le désir qui lui tiraillait soudain l'aine.

« Pas de ça, mon vieux, se dit-il pour se calmer. N'oublie pas qu'elle est mariée à Carter et que l'amitié, c'est sacré. »

Elle s'assit finalement en face de lui, posant le sucrier sur la table.

— Depuis combien de temps connaissez-vous mon mari ? demanda-t-elle avec un adorable battement de cils.

— Quel âge avez-vous ? répliqua-t-il.

— Trente ans.

Whit déglutit, réprimant une envie folle de crier toute l'admiration qu'il portait à cette magnifique jeune femme.

— Je le connais depuis plus de trente ans. Nous étions à l'école élémentaire ensemble.

— Vous l'avez connu enfant ? s'exclama-t-elle d'un air ravi. Fantastique ! Comment était-il, dans sa jeunesse ?

— Impulsif, répondit Whit avec sérieux. Courageux. Exigeant.

— Il n'a donc pas beaucoup changé ?

— Il est juste un peu plus grand… et beaucoup plus vieux.

Ils s'esclaffèrent comme s'ils avaient depuis longtemps l'habitude de plaisanter ensemble.

— Vous êtes très différent de lui, si je ne me trompe, dit-elle. Vous semblez plus facile à vivre, plus coulant que Carter.

— C'est probablement ce qui explique notre longue amitié.

Elle but une gorgée de café. Whit l'imita, profitant de cet instant de silence pour contempler encore son visage parfait.

— Je corresponds à vos attentes ? demanda-t-elle.

— Très franchement, pas du tout.

Whit savait qu'il ne fallait pas se fier aux apparences, mais en l'occurrence, il avait la certitude de ne pas se tromper. Non seulement cette femme avait réussi à toucher son cœur et à stimuler sa libido en un temps record, mais il percevait aussi en elle une intelligence aiguë.

— Puis-je vous demander comment étaient ses autres femmes ? reprit-elle.

— Denise, la première, était une femme tendre, très douce. C'est injuste qu'elle soit morte si jeune.

— De quoi est-elle morte ?

— Un jour, alors qu'ils étaient en vacances sur la côte Ouest, Carter et elle ont été avertis que Grant venait de tomber assez sérieusement malade. Carter ne voulait pas qu'elle parte, il affirmait que le gosse était entre de bonnes mains, mais Denise se faisait trop de souci. Ils se sont disputés, et elle est quand même repartie pour New York.

Whit s'éclaircit la gorge.

— Son avion s'est écrasé peu après le décollage. Il n'y a eu aucun survivant.

Les grands yeux bleus de la jeune femme s'emplirent de larmes.

— C'est affreux. Pauvre Carter. Et pauvre Grant.

— Pauvre Grant, comme vous dites, renchérit Whit. D'un seul coup, il a perdu et sa mère, et son père.

— Comment cela ?

— Après ce drame, Carter a quasiment oublié l'existence de son fils.

— Il ne pouvait pourtant pas reprocher la mort de sa femme à son enfant.

— C'est ce qui s'est passé, malheureusement. Quand il a fini par recouvrer ses esprits, il était déjà trop tard. Ils se détestaient presque. Je doute que Carter se réconcilie jamais avec Grant.

— Et ses autres femmes ?

— Ses deux autres épouses…

Whit hésita.

— Répondez-moi, s'il vous plaît, insista-t-elle. Carter refuse d'évoquer la question, et je ne connais personne d'autre que vous pour m'en parler.

Whit hocha la tête, priant pour qu'elle n'interprète pas son explication comme un avertissement personnel.

— Avec ses deux autres femmes… Carter n'était pas un très bon mari. C'est une des choses que nous avons en commun, lui et moi.

— Il trompait ses épouses ?

Whit pouffa. La nouvelle Mme Spaulding ne tournait pas autour du pot.

— Disons que sa capacité à aimer sur le long terme est notoirement réduite.

— Ça va changer, Whit, assura-t-elle. Je comprends très bien ce que vous dites, et je vous promets que je suis la dernière épouse que Carter aura jamais.

« Elle croit vraiment ce qu'elle dit, songea Whit avec stupéfaction. Elle a la tête farcie de contes de fées, de fleurs multicolores et de rêves de bonheur, et elle y croit vraiment ! » Il essaya de trouver une réplique, mais la seule idée qui lui traversa l'esprit concernant cette femme si désirable lui aurait probablement valu une paire de claques.

Ils entendirent soudain un bruit de pas dans le couloir. Elle se leva d'un bond.

— Oh, non ! C'est Gretchen ! dit-elle en saisissant les tasses. Elle va m'assassiner !

Whit s'apprêtait à la rassurer, lorsque Carter entra dans la cuisine Si la jeune femme lui avait paru belle jusqu'alors, il la trouva tout à coup princière.

— Oh, je suis si contente que tu sois rentré ! s'exclama-t-elle en se jetant entre les bras de Carter.

Whit croisa le regard de son vieux copain. Celui-ci avait l'air triomphant, et franchement amoureux. « Maudit sois-tu, Spaulding, songea-t-il. Maudit sois-tu d'avoir trouvé cette femme le premier. »

Lilly Ann ne mit pas bien longtemps à se rendre compte que toute sa personne était en complet décalage avec l'univers dans lequel elle évoluait désormais. Son maquillage évoquait trop le style tape-à-l'œil de Las Vegas. Ses goûts vestimentaires manquaient de sophistication. Ses cheveux longs, pas assez apprêtés, lui donnaient l'air d'une gamine. Systématiquement, quand elle marchait dans la rue, des ouvriers en bâtiment la sifflaient et l'applaudissaient bruyamment. Un mois plus tôt, elle aurait pris cela comme un compliment. Mais un mois plus tôt, elle n'était pas encore mariée à Carter Spaulding, propriétaire de la société de cosmétiques Mayfair.

Pour s'habiller comme les riches, il fallait pratiquer l'art de l'allusion, ainsi que celui de la sobriété discrète et raffinée. Lilly maîtrisait malheureusement encore mal ces concepts. Le jour où elle déjeuna pour la première fois au Tavern on the Green, elle ne manqua pas de surprendre les regards que s'échangeaient les épouses des dirigeants de Mayfair à son sujet. Pour l'occasion, elle avait pourtant pris soin de sa toilette, nouant savamment ses cheveux derrière sa nuque et laissant ses faux cils à la maison. Hélas, elle commit une erreur fatale en choisissant une courte robe turquoise à dos nu — vêtement qui aurait convenu pour un déjeuner partout dans le monde, sauf dans la haute société de Manhattan.

Carter prétendait que ces femmes l'avaient invitée pour l'introduire au sein de leur groupe, mais Lilly Ann n'était pas dupe. Elles voulaient simplement voir de quoi avait l'air la girl de Las Vegas qui avait réussi à mettre le grappin sur le big boss.

Ce déjeuner parut à Lilly Ann aussi agréable qu'un repas avec des martiens. Au début, les bonnes épouses de Mayfair la dévisagèrent, bouche bée, comme si elles n'en croyaient pas leurs yeux. Si elle n'avait été paralysée de frayeur, Lilly aurait presque pu trouver cela drôle. D'autant qu'elle-même portait un jugement plutôt sévère sur ces femmes. Non contentes d'employer un langage codé abscons et ronflant, elles arboraient toutes le même type de vêtement : des robes portefeuille de soie ou des tailleurs étriqués avec des vestes à boutons qui leur descendaient à peine jusqu'à la taille. Et cela, dans des couleurs ternes et des tissus nécessairement hors de prix. Lilly les trouvait tristes comme un jour de pluie. Mais qu'en savait-elle, après tout, elle qui ne faisait partie du clan des riches femmes de Manhattan que depuis trois semaines ?

Tandis qu'elle rentrait à pied du Tavern on the Green, elle réfléchit à ces questions. A première vue, ces femmes ne s'habillaient pas pour séduire les hommes, mais pour se plaire les unes aux autres. Lilly ne voyait rien de plus barbant ou de plus inutile que cela. Cependant, qui prétendait que les gens fortunés devaient se montrer amusants et logiques ? Pas elle, en tout cas.

Elle décida d'aborder la question avec Carter.

— En comparaison des épouses de tes amis, je m'habille comme une traînée, lui annonça-t-elle le soir même, lorsqu'ils furent couchés.

— Ah ? J'aime ta façon de t'habiller, moi.

— Parce que tu es un homme. Tu serais probablement aussi content si tu me voyais me balader en costume de girl avec mes bas résille.

Il lui tapota gentiment le postérieur.

— Ça me plairait bien de te voir dans cette tenue tout de suite.

Elle gloussa, gigotant sur le lit pour s'écarter de son mari, et baissa le variateur de la lampe de chevet afin qu'une lumière tamisée et intime baigne la chambre.

— Je suis sérieuse. Ecoute-moi, protesta-t-elle. Ces femmes ne porteraient jamais de bas résille.

— Qui le leur demande ?

— Je porte des jupes trop courtes, je me maquille de façon trop voyante, je suis…

— Bandante, l'interrompit Carter.

— Quoi ?

— Tu es merveilleusement, éminemment bandante, dit-il en l'attirant de nouveau contre lui. Et toutes ces femmes sont jalouses de toi.

— Ce n'est pas aussi simple, Carter.

— Mais si, c'est simple comme bonjour.

Elle posa les yeux sur l'entrejambe de Carter et eut un petit rire.

— Encore ? Nous avons fait l'amour il n'y a pas une heure. Tu es incroyable.

Il caressa doucement l'intimité moite de Lilly, avant de remonter les doigts vers ses lèvres entrouvertes.

— Voilà ce que nous formons ensemble, murmura-t-il d'une voix rauque. Toi et moi.

Un goût musqué et suave envahit le palais de Lilly. Son désir, qu'elle croyait déjà rassasié, se réveilla avec force. Carter lui embrassa alors voluptueusement la poitrine, puis traça un sillon brûlant sur sa peau avec la pointe de sa langue, descendant jusqu'à son aine.

— Je ne veux te partager avec personne, chuchota-t-il entre deux baisers. Personne !

Il parcourut des lèvres son mont de Vénus, excitant son point le plus sensible jusqu'au frisson précédant l'extase. Lilly crut qu'elle allait exploser sous le déluge de sensations qui secouaient son corps. Carter la buvait, il la savourait, il la dévorait, et elle s'offrait tout entière à son ardeur.

— Oh, Carter…

Sa voix n'était plus qu'un murmure plaintif. Elle éprouvait à présent un plaisir qui confinait à la souffrance, perdant conscience de la réalité qui l'entourait. Elle souleva les hanches pour qu'il vienne en elle, pour que leurs deux corps soient unis pour une étreinte sublime…

Mais soudain, il s'écarta et tendit le bras vers la table de nuit.

— Carter ? Que se passe… ?

Il poussa le variateur de la lampe de chevet au maximum. Une cascade de lumière froide déferla sur le lit, sur leurs corps. Lilly saisit le drap pour se couvrir, mais Carter la retint.

— Je veux te voir, dit-il.

— Me voir ? balbutia-t-elle. Tu me connais déjà.

— Je veux voir quelque chose.

Il inclina la tête comme pour l'embrasser de nouveau entre les jambes, puis effleura du bout des doigts la cicatrice de l'épisiotomie.

« Non, pas ça, songea-t-elle avec désespoir. Non ! »

Lilly savait qu'elle aurait dû inventer quelque geste follement sensuel pour détourner l'attention de Carter, mais elle fut soudain incapable de bouger. Pendant des années, elle avait couru, couru aussi vite qu'elle le pouvait, mais là, elle n'eut plus ni la force ni la volonté de fuir. Elle ferma les yeux pour refouler ses larmes.

— Tu as une cicatrice comme les femmes qui ont accouché, déclara Carter d'un ton neutre.

— Je… je voulais t'en parler, marmonna-t-elle, mais j'avais peur.

Il la regarda fixement, le visage impénétrable.

— Alors explique-toi maintenant.

Au début, Lilly fut incapable de trouver les bons mots. Elle bafouilla lamentablement en essayant de lui raconter son histoire : le garçon dont elle était tombée amoureuse, le mariage arrangé à la hâte, l'accident de Cliff, puis sa vie avec Maisie et Eileen Fontaine.

Plus elle parlait, plus le fossé semblait se creuser entre eux. On aurait dit que ses paroles étaient des repoussoirs invisibles qui les éloignaient l'un de l'autre. Jamais elle n'avait prétendu être vierge, bien sûr. Jamais elle n'avait prétendu n'avoir aucun passé. Mais si Carter ne pouvait surmonter le fait qu'elle avait connu d'autres hommes et qu'elle était un jour tombée enceinte, ils n'avaient pas d'avenir ensemble.

Elle s'apprêtait à lui expliquer cela lorsqu'elle devina tout à coup la véritable nature du problème : Carter se fichait de sa relation avec Clifford ; il se moquait tout autant qu'elle ait porté un enfant dans son ventre. Ce qui le troublait, c'était l'existence même du bébé.

Alors, elle comprit son mari comme on comprenait rarement un autre être humain. « Il a peur, songea-t-elle. Peur que je ne donne mon amour en priorité à quelqu'un d'autre que lui. Peur que ma petite fille m'arrache à lui, comme Grant lui a arraché Denise. »

Mais ne voyait-il pas qu'il n'avait rien à craindre ? Cette histoire était si ancienne que, parfois, Lilly avait l'impression que ce n'était pas la sienne. La douleur infinie de l'accouchement ; le bonheur d'entendre le premier cri du bébé ; le dernier regard qu'elle avait posé sur son petit visage parfait — tout cela lui paraissait presque n'avoir jamais eu lieu.

— Et le bébé ? demanda-t-il d'une voix glaciale. Qu'est devenue ta fille ?

Lilly n'avait qu'une seule solution, une seule réponse possible — une seule façon de préserver les rêves de bonheur qu'elle avait toujours nourris, et qui se concrétisaient enfin grâce à son mariage. Elle devait rompre définitivement avec son passé.

— Morte, murmura-t-elle. Ma petite fille est morte.

11.

Lycée privé Franklin-Daye

Grant tendit la main pour s'agripper au rebord de la croisée. Il fallait qu'il se dépêche. Les surveillants le tenaient déjà à l'œil comme des vautours. S'ils le surprenaient en train d'escalader le mur du bâtiment, il se retrouverait plongé dans les ennuis jusqu'au cou.

Au-dessus de lui, penché à la fenêtre, Chandler Moore Davenport troisième du nom agitait les bras en grimaçant.

— Nom de Dieu, Spaulding, tu aimes vraiment prendre des risques stupides ! maugréa-t-il.

— Ferme-la et aide-moi, tu veux ! grogna Grant. Le lierre va craquer !

— Tu es cinglé ! protesta Chandler en lui agrippant les poignets. L'extinction des feux, c'était il y a *deux* heures ! Une fois de plus, je risque ma peau pour te couvrir. Dorénavant…

— Tais-toi !

Grant se hissa dans l'embrasure de la fenêtre, sauta sur le parquet de la chambre, puis frotta ses vêtements couverts de neige.

— Ferme la vitre. Il fait un froid polaire, dans cette turne.

Chan était un trouillard, mais il présentait deux avantages qui compensaient ce défaut et faisaient de lui un excellent camarade de chambre : il était riche et il obéissait le plus souvent aux ordres sans rouspéter. Grant sourit en entendant la fenêtre claquer derrière lui.

— Et verrouille-la bien, ajouta-t-il. Faudrait pas que les ploucs de cette ville tarée essaient de s'infiltrer ici.

— Salaud, marmonna Chan en se jetant sur son lit. Un de ces jours, on te bottera les fesses.

— Tu n'as qu'à essayer toi-même, mon pote, répliqua Grant. Tu ne me fais pas peur.

— Je sais, dit Chan d'un air dépité. Je ne fais peur à personne. C'est là le grand problème de ma vie.

Grant s'assit au bord de son lit, leva une jambe et pointa un index vers sa santiag.

— Hé, donne-moi un coup de main pour retirer ça…

— Tu peux toujours courir !

Grant éclata de rire.

— Crétin. On verra bien si tu fais encore le malin quand tu verras ce que j'ai rapporté de Boston.

— T'as de la dope ? demanda Chan en se redressant sur un coude. Mieux que du hasch ?

— Tellement mieux que ta petite tête va exploser comme une bombe atomique.

— Montre.

— Amène-toi pour retirer mes bottes, et je t'offre de quoi planer un bon coup.

Grant avait fait la connaissance de Chan dès son arrivée au lycée. Avant la fin du premier semestre, il l'avait déjà mis sous sa coupe — sans même avoir eu recours à la violence physique. Non pas qu'il eût quoi que ce soit contre une bonne bastonnade, histoire de montrer qui est le chef, mais il possédait d'autres armes : il avait appris depuis longtemps que le meilleur moyen de manipuler une personne, c'était de découvrir à quoi elle tenait le plus, la seule chose pour laquelle elle serait prête à vendre père et mère, et de la lui fournir. Avec une telle technique, on pouvait dominer presque n'importe qui.

Pour sa part, Grant contrôlait jusque-là les trois quarts des élèves et une part non négligeable des membres du corps enseignant. Autant qu'il pût en juger, il régnerait sur le lycée tout entier avant même les vacances de Pâques.

Malheureusement, dans deux semaines, les congés de Noël devaient interrompre ses activités. Il aurait pu faire un malheur avec son petit commerce de stupéfiants. Cependant, tout n'était pas perdu. Ses anciens copains de Manhattan n'avaient pas encore pris le pli de la poudre blanche au pouvoir magique. Pendant son séjour là-bas, il jouerait peut-être bien au Père Noël en distribuant quelques échantillons gratuits, afin de lancer le business. Pour toucher des dividendes, il fallait toujours donner un peu de soi-même, et Grant était plus que prêt à prendre le pari de sa propre réussite.

Si le peuple avait ce qu'il voulait, le peuple vous mangeait dans la main. Pour le moment, le peuple désirait de la cocaïne — et la chambre de Grant Spaulding, au troisième étage du lycée Franklin-Daye, était le meilleur repaire de tous les amateurs de dope du coin.

New York

— Reconnais-le, Carter ! s'exclama Lilly avec enthousiasme. C'est le plus bel arbre de tout Manhattan.

Son mari examina avec attention le gigantesque sapin qui occupait la place d'honneur devant la baie vitrée du salon. Une kyrielle de loupiotes blanches scintillait sur ses branches, parmi les innombrables figurines autrichiennes de verre et les guirlandes multicolores.

— Un tel arbre devrait se trouver dans l'entrée, ma chérie. Il nous bloque la vue sur le parc.

— Devant l'ascenseur ? protesta Lilly en faisant la moue. A quoi bon acquérir un si beau sapin si nous ne pouvons pas en profiter ? Nous avons toute l'année pour regarder le parc, mais Noël n'a lieu qu'une fois par an.

Elle se retint d'ajouter que, dans sa ville natale, on mettait les arbres de Noël au milieu des living-rooms, à l'intention des invités qui passaient à la maison, et que c'était sans doute là un des rares détails de sa jeunesse dont elle gardait un souvenir positif.

— Tu es extraordinaire, Lilly, dit Carter en saisissant son verre sur la table basse. Je n'y aurais pas pensé tout seul.

— C'est bien là ton problème, Carter. Tu ne sais plus comment t'amuser.

Carter vida son whisky d'un trait, puis reposa le verre.

— C'est pour cela que je t'ai épousée, dit-il d'une voix sourde en la prenant dans ses bras. Pour m'amuser.

Il resserra l'étreinte autour de sa taille, et un frisson de désir teinté d'angoisse parcourut le corps de Lilly. Carter était un homme fascinant, mais il dégageait parfois quelque chose de profondément mystérieux et inquiétant. En ce qui concernait son mari, Lilly ne savait jamais vraiment à quoi s'en tenir. Elle n'avait aucune certitude. Parfois il la regardait comme si elle était pour lui le centre de l'univers ; à d'autres moments, il semblait ne pas même remarquer sa présence. Si Lilly avait cru autrefois que le mariage avec un homme riche et plus âgé serait une aventure confortable et sécurisante, elle devait bien admettre aujourd'hui que c'était tout le contraire qui s'était produit. D'une certaine façon, cependant, elle appréciait le léger déséquilibre de leur relation, cette pointe d'indétermination qui mettait du piquant dans presque tous les aspects de leur vie.

Elle lui enlaça le cou et le regarda droit dans les yeux.

— J'ai accordé leur soirée aux domestiques.

— Tu aurais dû leur accorder la semaine.

Lilly sentait la dure chaleur de Carter contre son aine, à travers leurs vêtements. Il avait manifestement — et divinement — envie d'elle.

— Nous donnons une réception demain soir, dit-elle tandis qu'il plaquait les mains sur ses fesses. Comment ferions-nous, sans domestiques ?

— Annule cette réception, lui murmura-t-il à l'oreille. J'appelle l'aéroport, nous serons à Aruba demain matin, et nous ferons l'amour au soleil, sur une plage déserte.

— Impossible, murmura-t-elle. Grant doit arriver demain, et…

— Qu'il reste à l'école !

— N'oublie pas que c'est Noël.

— Il n'a qu'à aller chez un copain.

— Grant est ton fils, Carter ! Sa place est ici, avec nous.

— Sa place est où je décide qu'elle est.

Elle s'écarta brusquement de lui.

— J'aimerais que tu cesses de dire ce genre de choses.

— Tu deviens trop sentimentale envers ce gosse, Lilly. Depuis le jour de sa naissance, il ne fait que m'attirer des ennuis.

Lilly soupira. D'instinct, elle prit la défense du garçon.

— Ça t'étonne ? répliqua-t-elle. Je ne te reproche rien, Carter, mais il faut que tu te rendes compte que, depuis la mort de sa mère, Grant n'a guère eu de vie de famille.

Carter passa une main dans les boucles épaisses de ses cheveux argentés.

— Tu ne vois que ce que tu veux bien voir, rétorqua-t-il. Et tu ne connais pas tous les détails de cette histoire.

— Alors raconte-la-moi, dit-elle avec fermeté. Je suis sa belle-mère. Comment puis-je l'aider, si je ne sais pas ce dont il a besoin ?

— Il a besoin de discipline.

— Il a besoin d'une famille.

— Il en a une, de famille !

Lilly posa une main apaisante sur le bras de Carter.

— Pourquoi ne pas cesser de l'envoyer en pension ? Nous pourrions lui proposer de vivre ici, avec nous. Il y a des écoles partout dans le quartier, et Dieu sait si l'appartement est assez vaste pour nous trois. Je pense…

— Ne pense pas, l'interrompit-il. Et finissons ce que nous avons commencé.

Il tenta de la prendre dans ses bras, mais Lilly recula d'un pas.

— Vraiment, Carter, tu devrais y réfléchir. Nous avons largement assez de place pour Grant, ici. Rends-toi compte que les vraies familles vivent ensemble. Elles n'abandonnent pas leurs enfants…

Elle se tut brusquement. Ces paroles évoquaient un souvenir personnel trop douloureux pour qu'elle puisse continuer d'accabler Carter de la sorte.

— Je me contente bien de toi en guise de famille, murmura-t-il en se rapprochant d'elle.

Une idée envahit tout à coup l'esprit de Lilly. Une idée à la fois folle, dangereuse et fantastique, que la jeune femme nourrissait depuis quelque temps, mais qu'elle n'avait encore jamais osé exprimer.

— Fais-moi un bébé, Carter, chuchota-t-elle. Fais-moi l'amour pour que nous ayons un bébé ensemble.

Comment son époux pourrait-il résister à l'envie d'avoir un enfant qui n'appartiendrait qu'à eux deux ? Quand le fruit de leur amour naîtrait, elle saurait bien montrer à Carter à quel point cela pouvait être merveilleux de former une famille unie.

— Non. Pas de bébé, répondit-il en l'embrassant dans le cou.

Il glissa ses longs doigts magiques sous sa jupe, titillant les points les plus sensibles de son corps, réveillant son désir.

— Un bel enfant, insista-t-elle. Un enfant qui serait notre famille à nous.

— Non, Lilly.

— Pas forcément maintenant, s'empressa-t-elle d'ajouter. Laissons passer les fêtes. Après le nouvel an, peut-être.

— Nous n'aurons jamais de bébé, Lilly.

Il parlait lentement, en détachant chaque syllabe, comme s'il s'adressait à une personne qui ne parlait pas la même langue que lui.

— Ni maintenant, ni après les fêtes, reprit-il.

— Tu es trop attaché à notre vie de jeunes mariés, plaisanta-t-elle.

Lilly força sur ses lèvres un sourire courageux, mais elle devinait que quelque chose clochait. Cela se voyait dans le regard de Carter. Il avait l'air grave d'un homme qui s'apprête à révéler un secret terrible et irrévocable. Elle sentit son ventre se nouer de frayeur.

— Lilly…

— Nous ne sommes pas obligés d'en parler tout de suite, l'interrompit-elle. Ne dis rien, mon chéri.

Elle se serra contre lui. Elle allait lui faire oublier cette horrible conversation, et tout redeviendrait normal.

— Je suis encore jeune, ajouta-t-elle. Nous avons bien le temps d'avoir des enfants.

Il soutint son regard. Et le couperet de la révélation tomba sur l'existence de Lilly.

— Cela ne sera jamais possible, murmura-t-il, parce que j'ai subi une vasectomie.

Pendant des jours et des jours, Lilly éprouva un chagrin plus grand encore que celui qui l'avait dévastée quand elle avait abandonné son enfant. Avec ces quelques mots tragiques — « J'ai subi une vasectomie » —, Carter l'avait privée du rêve qui lui avait permis de tenir le coup durant quatorze ans, le rêve d'une nouvelle grossesse, d'une autre chance de bonheur maternel.

Tu croyais que tu serais la championne du monde, hein, ma fille ?

La voix moqueuse de Mamie Hattie la hantait presque en permanence.

Tu aurais pourtant dû comprendre que le Seigneur a toujours le dernier mot.

Peut-être sa grand-mère avait-elle raison, après tout. En cédant sa fille nouveau-née à des inconnus, Lilly avait commis un péché affreux, et aujourd'hui elle en payait le prix.

Tu ne sais pas te contenter de ce que tu as, Lilly Ann. Il t'en a toujours fallu plus que ta part.

Elle avait un mari riche et puissant qui la considérait comme la femme la plus sexy de l'univers. Elle n'avait qu'à claquer des doigts pour que n'importe laquelle de ses envies se concrétise, comme par magie. Mais tout l'argent du monde ne pourrait lui donner la seule et unique chose qu'elle désirait par-dessus tout, et qui aurait pu la rendre totalement heureuse : un enfant.

*
* *

Lilly se consacra activement aux préparatifs de Noël, mais elle avait constamment l'esprit ailleurs. Pour les cadeaux elle dépensa plus d'argent qu'elle n'en avait gagné de toute sa vie. Elle consacra deux pleins après-midi à écrire des cartes de vœux, par respect des convenances, à des personnes qui ne signifiaient rien à ses yeux. Et, pendant la semaine précédant Noël, elle se rendit à deux ou trois réceptions par jour — des cérémonies élégantes et formelles où rien d'aussi trivial qu'un sapin de Noël ne gâchait le décorum prétentieux.

C'est bien ça que tu voulais, non ? la raillait Mamie Hattie tandis qu'elle conversait poliment avec les amis et les collègues de son mari. *Tu voulais être riche, tu voulais ne plus avoir à t'en faire. Et en plus, tu voudrais aussi fonder une famille à toi ?*

Lilly n'avait jamais nié vouloir mener une existence aisée et insouciante. Quelle femme serait assez folle pour souhaiter se demander sans cesse si elle aurait assez d'argent pour se nourrir, ou si elle aurait encore un toit au-dessus de la tête le lendemain ? Mais ses rêves de vie facile ne signifiaient pas pour autant qu'elle avait perdu le sens des réalités.

D'ailleurs, elle croyait aujourd'hui comprendre pourquoi Carter avait pris la décision de faire pratiquer une vasectomie des années avant de la rencontrer — à une époque où il couchait avec de nombreuses femmes et considérait fermement que jamais plus il ne se remarierait. Une nouvelle paternité lui semblant exclue, la vasectomie lui offrait le moyen idéal de se prémunir contre une naissance non désirée et, éventuellement, contre de ruineux procès de la part de ses maîtresses.

Lilly ne pouvait s'empêcher de penser que tout aurait été différent s'ils s'étaient connus plus tôt. Carter n'aurait pas éprouvé le besoin de se faire opérer. Quoique…

Si tu veux mon avis, ce gars-là n'est pas trop fait pour être père. J'ai plutôt l'impression qu'il a fait le bon choix en refusant d'avoir d'autres gosses.

Carter et Grant semblaient s'entendre comme chien et chat, mais au fond, ils se ressemblaient beaucoup. Lilly pressentait que c'était d'ailleurs là la cause majeure de leur mésentente. Alors que Grant s'efforçait de manifester un profond mépris envers la compagnie fondée par son grand-père, Lilly l'avait un jour surpris en train d'examiner les résultats boursiers de Mayfair. Quant à Carter, qui semblait s'échiner à ne remarquer que les défauts de son fils, Lilly avait la ferme intention de lui faire reconnaître les qualités de Grant.

Elle s'était éprise de l'adolescent dès qu'elle avait posé les yeux sur lui pour la première fois. Grant avait touché son cœur d'une façon qu'elle n'aurait jamais cru possible, et elle voulait développer et savourer pleinement le lien qui les unissait à présent. La naissance de sa fille avait éveillé en elle des sentiments d'amour et de fierté, mais à cette époque, elle était trop jeune et trop naïve pour les apprécier à leur juste valeur. Aujourd'hui, avec la maturité, elle avait compris que le bonheur était par nature évanescent, qu'il filait entre les doigts — et que, lorsqu'on le trouvait, il fallait s'y accrocher comme si sa propre vie en dépendait. Et si le bonheur qu'elle avait découvert avec Carter et Grant n'était pas exactement celui de ses plus beaux rêves, elle se rendait compte maintenant qu'il surpassait mille fois celui qu'elle avait espéré trouver jadis à Euless.

Grant devait arriver à la maison le 23. Lilly avait veillé à ce que Gretchen remplisse les placards des cuisines de ses aliments et ses boissons préférés. Elle profita du jour de congé de la cuisinière pour préparer un grand plat de gâteaux de Noël. Bien que Grant fût probablement trop blindé pour apprécier un geste aussi sentimental que celui-là, Lilly eut ainsi l'impression de former une vraie famille avec l'adolescent et son père — et c'était exactement ce dont elle avait besoin en ce moment.

Elle venait de saupoudrer de cannelle ses bonshommes de pain d'épice lorsque Carter entra dans la cuisine. Il remarqua aussitôt les biscuits étalés sur le comptoir.

— C'est toi qui les as faits ? demanda-t-il en fronçant les sourcils.

D'un revers de main, Lilly chassa une mèche de cheveux de son front.

— Ça a l'air de t'étonner.

— Parbleu ! J'ignorais que tu savais cuisiner.

— Je ne suis pas une très bonne cuisinière, répondit-elle avec franchise. Mais je sais préparer d'excellents gâteaux.

Il rompit la jambe d'un bonhomme de pain d'épice et la goûta.

— Hmm. C'est délicieux.

— Merci. Je suis contente que ça te plaise.

— Tu me manques, Lilly, déclara Carter tout à trac.

Lilly s'efforça de masquer son trouble en rangeant les plats dans le lave-vaisselle.

— Je ne vois pas pourquoi, dit-elle d'un ton faussement désinvolte. Je suis ici tout le temps.

— Tu as de nombreux talents, ma belle et tendre épouse, mais tu ne sais pas bien mentir.

Lilly soupira. Son mari avait raison : elle avait peine à cacher ses sentiments.

— Tu es devenue lointaine, insista Carter.

— J'imagine que c'est l'impression que je donne, en effet.

— Comment puis-je te convaincre de revenir ?

Lilly sentit ses yeux s'emplir de larmes.

— Tu n'as pas à me convaincre de revenir, Carter, puisque je ne suis pas partie. Je suis toujours la même femme.

Cela, en revanche, était faux. Et ils le savaient tous les deux. Au fond, elle était quand même une fieffée menteuse.

Le 23 décembre, Grant arriva devant l'immeuble de son père en limousine, juste avant 20 h 30. A contrecœur, il extirpa de sa poche deux billets de un dollar et les tendit au chauffeur en grimaçant. Non seulement ce type sans amour-propre conduisait une voiture pour gagner sa vie, se dit-il avec dédain, mais il devait en plus espérer un pourboire.

— M. Spaulding m'a déjà réglé, dit le chauffeur en refusant les billets d'un geste de la main. Merci quand même et joyeux Noël.

Grant haussa les épaules et fourra l'argent dans sa poche.

— Ouais, marmonna-t-il. A vous de même.

« Joyeux Noël, tu parles ! songea-t-il. Je me fiche pas mal de cette fête imbécile. » La veille, il avait appelé son paternel pour essayer d'échapper à l'atroce réunion familiale à laquelle il était convié, mais Carter avait refusé tout net, promettant de lui passer un savon s'il n'était pas à l'appartement à 20 h 30 précises.

Grant n'en revenait pas. Noël ne signifiait pourtant pas grand-chose, chez eux. Généralement, un des domestiques posait un horrible sapin artificiel sur une table du hall d'entrée, pour faire croire aux gens de passage que les fêtes, chez les Spaulding, étaient l'occasion de grandes réjouissances familiales. Quelle blague ! Chaque année, en réalité, Carter décampait dès le 26 pour aller skier à Vail, laissant son fils seul à l'appartement avec la gouvernante.

Grant se demandait bien comment Lilly avait décidé d'aborder cette vaste plaisanterie qu'on appelait Noël. La précédente épouse de son père n'avait pas manifesté beaucoup d'attirance pour ce genre d'exercice, sauf quand il s'agissait de récolter une moisson de cadeaux. Lilly, les deux fois qu'il l'avait rencontrée, s'était montrée gentille et douce, ce qui changeait un peu de la routine. Elle lui avait aussi refilé quelques gros billets. Mais tout cela ne lui donnait pas forcément envie de passer Noël en sa compagnie.

— Joyeux Noël, monsieur Spaulding, dit le portier en soulevant son chapeau. Vous avez l'air en forme.

— Ouais, marmonna Grant. Vous aussi.

Il échangea les mêmes propos avec le garçon d'ascenseur tout en pouffant intérieurement. Ces mecs croyaient-ils sincèrement qu'il se souciait de leur santé ?

Tandis que la cabine s'élevait, il consulta sa montre. Trois minutes d'avance.

La première chose qu'il remarqua en s'avançant dans le hall d'entrée de l'appartement, ce fut l'absence de sapin. « Bravo, Carter, songea-t-il en retirant sa parka. Cette année, Noël dans la Maison du Bonheur sera peut-être un peu moins crétin que d'habitude. »

Il traversa le hall en réprimant un soupir. Cette histoire lui tapait vraiment sur le système. Au lieu de s'enquiquiner à Manhattan, il aurait pu accompagner Chandler à Greenwich, ou bien aller à Boston pour conclure un deal avec ses fournisseurs. Si son paternel espérait le garder enfermé ici jusqu'au nouvel an, il se fourrait le doigt dans l'œil. Il prévoyait de patienter seulement jusqu'au lendemain de Noël et, dès que Carter et Mme l'épouse décamperaient pour Vail, il mettrait les voiles à son tour.

La voix douce et suave de sa belle-mère interrompit ses réflexions :

— Grant ! Je me disais bien que je t'avais entendu arriver.

Grant la regarda fixement. Quelque chose clochait. Elle avait l'air sincèrement heureuse de le voir.

— Ouais, dit-il. Et je suis juste à l'heure, en plus.

Elle fronça un peu les sourcils, comme déconcertée par la réponse.

— Bien sûr que tu es à l'heure, répondit-elle en souriant. Nous avions hâte que tu te joignes à nous, tu sais !

Grant en resta un instant interdit. La première explication qui lui vint à l'esprit au sujet de Lilly fut qu'elle avait fumé trop de hasch. Sinon, elle en avait encore un sacré bout à apprendre sur la vie de famille chez les Spaulding.

N'empêche, lorsque Lilly glissa son bras sous le sien, une bizarre sensation de chaleur lui envahit la poitrine. Jamais personne n'avait pris son parti comme elle le faisait. C'était une impression plutôt agréable, à vrai dire.

— Viens, murmura-t-elle d'un air complice. Ton père est dans le salon. Nous t'avons attendu pour dîner.

— Tu veux rire ?

Son paternel n'avait même pas attendu qu'il vienne au monde ! Sa grand-mère ne lui avait-elle pas raconté que, le jour de sa naissance, Carter était parti jouer au golf, laissant sa mère seule à l'hôpital ?

Lilly sourit largement tandis qu'ils atteignaient le seuil du salon.

— Juges-en par toi-même.

Un immense sapin de Noël bloquait la vue sur Central Park. Pas un vulgaire truc en plastique, mais un vrai arbre, avec un vrai tronc et de vraies branches. Une odeur de sève emplit les narines de Grant, lui arrachant un sourire. Des décorations superbes, ainsi qu'un millier de lumières blanches scintillantes, ornaient le sapin. Grant n'avait pas vu de guirlandes depuis qu'il était gosse. Pas plus qu'une montagne de cadeaux enveloppés dans des papiers multicolores et disposés au pied de l'arbre. C'était si impressionnant que Grant aurait presque pu croire qu'une véritable famille habitait dans cet appartement.

« Mazette, songea-t-il en regardant Lilly. Ça ne me tuera pas de faire semblant, pour une fois. »

LIVRE 4

La fille

12.

Cincinnati, 1980

Corey se pencha en avant pour contempler son reflet dans le miroir. « Dix-sept ans que je vis avec ce faciès, songea-t-elle, désabusée. Et dix-sept ans que je me fais du mal à me regarder dans la glace. » Elle inclina l'abat-jour de sa lampe de bureau, de façon que la lumière caresse uniquement le côté droit de son visage.

— Oohh ! murmura-t-elle, enchantée.

Elle déplaça encore l'abat-jour, tourna la tête un soupçon vers la gauche, puis baissa un peu le menton comme le faisait le mannequin Patti Hansen sur la dernière couverture de *Vogue*. Ainsi, le mauvais côté de son visage se trouvait caché par les ombres, et on aurait presque pu croire que les cicatrices qui le défiguraient n'existaient pas vraiment.

L'image renvoyée par le miroir était rudement jolie. Plus que jolie, même. La jeune femme que voyait Corey aurait pu poser dans *Seventeen* ou dans *Glamour*, avec ce sourire charmeur, cette bouche magnifique, ces traits fins et réguliers, ces grands yeux couleur de saphir, cette superbe cascade de cheveux bruns soyeux. Cette fille-là aurait pu avoir tous les garçons qu'elle voulait, rien qu'en claquant des doigts.

Malheureusement, elle n'existait pas vraiment.

Corey refoula des larmes de frustration en se renversant contre le dossier de sa chaise. Rien n'avait changé, à quoi bon prétendre le contraire ? Les cicatrices n'avaient pas disparu ; elles continuaient de sillonner atrocement tout le côté gauche de son visage, tirant sur le coin de sa bouche comme des ficelles de marionnette. Et toutes les prières du monde ne les feraient pas disparaître. Parfois, elle se demandait même pourquoi elle se donnait la peine de se rendre chez le coiffeur et de se maquiller. Aucune laque, aucun mascara au monde ne pourrait jamais la métamorphoser, faire d'elle cette autre fille qu'elle rêvait d'être.

Elle éteignit la lampe de bureau et resta assise dans le noir. Jack et Millicent devaient être complètement fous pour ne pas remarquer sa laideur, ce que toute autre personne voyait à l'instant où elle posait les yeux sur son visage. A moins que ce ne fût de la bêtise ? Ou encore de l'aveuglement ? Ils lui répétaient à qui mieux mieux qu'elle était intelligente et adorable. Ces immondes cicatrices rouges qui effrayaient les petits enfants, Jack et Millicent ne les distinguaient tout simplement pas ! C'était à croire qu'une fée stupide leur avait brouillé la vue.

De ce fait, ils ne pouvaient pas comprendre ce qu'elle éprouvait chaque fois qu'elle faisait la connaissance de quelqu'un, ce qu'elle endurait quand ses interlocuteurs fixaient ses cicatrices. L'invention de la chirurgie esthétique ne datait pourtant pas d'hier ! Si les Banning l'aimaient autant qu'ils le prétendaient, pourquoi ne faisaient-ils rien pour l'aider dans ce domaine ?

Corey ne demandait même pas à être jolie. Tout ce qu'elle voulait, c'était aimer l'image qu'elle verrait dans le miroir. Etait-ce là un désir extravagant ? Les autres jeunes gens de son âge, eux, réclamaient bien des voitures flambant neuves et des invitations à toutes sortes de soirées ! Pourquoi n'avait-elle pas le droit d'avoir un visage simplement *normal* ? Parfois, quand elle songeait à toutes ces questions, l'angoisse et le désespoir qui la saisissaient étaient si intenses qu'elle en arrivait à se dire qu'elle méritait peut-être ce visage-là, parce qu'elle était le mouton noir du troupeau, parce que Dieu l'avait désignée pour expier quelque faute impardonnable.

Durant les premiers mois qu'elle avait passés chez les Banning, elle s'était souvent plantée derrière le portillon du jardin pour observer les autres fillettes du quartier qui se dirigeaient en bandes vers le lac. Quand elles passaient devant la maison, elles tournaient la tête pour la regarder, et elle retenait son souffle en priant d'être invitée à se joindre à leur groupe. Mais ce miracle ne s'était jamais produit. Pas une seule fois ces gamines ne lui avaient proposé de les accompagner. Et Corey sentait encore leurs petits gloussements moqueurs lui déchirer le cœur tandis qu'elles disparaissaient au coin de la rue, serrées les unes contre les autres, voguant avec aisance dans un univers qui n'appartenait qu'à elles.

Pour s'évader, Corey s'adonnait à la lecture. Elle dévorait aussi bien Kafka que *Vogue*, Dostoïevski que *Glamour*. Elle était capable d'énumérer toute la table des éléments de Mendeleïev, ainsi que les noms des mannequins des douze dernières couvertures de *Harper's Bazaar*.

Mais si la lecture comblait certaines de ses attentes, elle ne remplissait pas le vide de sa vie sentimentale. Ce dont Corey rêvait par-dessus tout, c'était qu'un garçon la prenne dans ses bras, danse avec elle au clair de lune, pose ses lèvres sur les siennes et…

Son souffle se bloqua dans sa gorge tandis qu'elle remontait les mains sur son ventre, glissant doucement, avec sensualité, vers l'arrondi de sa poitrine. Elle avait tellement envie d'être touchée, de sentir le corps d'un garçon pressé contre le sien, que son désir l'empêchait parfois de dormir. Allongée dans le noir sur son lit, elle pensait à des choses qui l'effrayaient autant qu'elles la tentaient, des choses qu'elle ne pourrait jamais confier à quiconque — des choses sombres, inavouables… et inaccessibles.

Que deviendrait-elle, si aucun garçon ne l'aimait jamais ? si sa vie s'écoulait sans qu'elle connaisse l'union magique entre un homme et une femme ? Une telle éventualité était malheureusement plausible. Chaque jour que Dieu faisait, des gens mouraient seuls, sans avoir jamais reçu d'amour et de tendresse.

Ces derniers temps, tandis qu'elle étudiait en compagnie de Peter, le voisin d'à côté, il lui arrivait de plus en plus souvent de se sentir envahie par une étrange et déroutante sensation de chaleur. La simple présence de Peter suffisait à stimuler son désir. Il lui fallait alors déployer de gros efforts de volonté pour se concentrer sur leur travail.

Et, pour tout dire, elle hésitait depuis quelques semaines à commettre un acte fou — si dangereux et si excitant à la fois que le simple fait de l'envisager lui mettait le feu aux joues.

Peter et elle étaient amis depuis la première année de lycée. Footballeur acharné, Peter ne brillait pas par ses résultats scolaires. Or, pour être autorisé à continuer de jouer dans l'équipe de l'école, il avait impérativement besoin que ses notes restent satisfaisantes. A la demande de M. Forsythe, leur professeur d'anglais, Corey, qui ne savait pas dire non, s'était alors mise à aider le jeune homme à travailler la littérature, la grammaire et l'histoire.

— N'en parle à personne, s'il te plaît, lui avait demandé Peter le premier jour, en lui décochant un de ses sourires de crooner un peu niais qui faisaient fondre les autres filles. Je ne veux pas qu'on me prenne pour un idiot.

Ainsi, depuis trois ans, Corey l'aidait à apprendre ses cours d'histoire, écrivait la plus grande partie de ses dissertations — et n'avait jamais révélé à quiconque que le grand Peter Macmillan n'était pas aussi génial que le croyaient la plupart des gens.

Peter se montrait toujours gentil envers elle. Il ne faisait pas semblant de ne pas la connaître quand elle passait près de lui à la cafétéria, il ne détournait pas la tête quand elle le croisait dans un couloir en compagnie d'une bande de copains. Au contraire, il la saluait très gentiment, et n'oubliait jamais de lui offrir une boîte de chocolats à Noël.

Corey savait, comme tout le monde, que Peter n'avait pas eu de petite amie depuis que, trois semaines plus tôt, Cheryl Kurkowski l'avait plaqué pour Steve Waverly. Trois semaines, pour un jeune homme de dix-sept ans, cela faisait une sacrée période d'abstinence. Et Corey songeait que, au bout d'un tel laps de temps, même une fille comme elle pourrait faire l'affaire.

*
* *

Millicent venait de prendre place sous l'un des gros casques du salon de coiffure Pam's Hair Palace lorsque Francine Glass, assise à côté d'elle, lui tapota doucement le bras.

— Vous, Millicent, on peut dire que vous avez de la chance, déclara-t-elle avec un sourire pincé.

— De la chance ?

Francine eut un petit rire enfantin.

— Oui, à cause de votre petite Corey. Elle est si bonne élève ! Toujours à étudier, à potasser… Comme ça, au moins, vous savez où elle passe ses samedis soir. Ma fille Annette a tant de petits amis que je ne cherche même plus à retenir leurs prénoms !

Elle continua sur sa lancée un moment, expliquant avec force détails les aventures sentimentales de sa fille. Exaspérée par ces rodomontades, Millicent se sentit taraudée par l'envie aussi absurde que perverse de régler le casque de séchage de Francine sur une position qui lui grillerait les cheveux.

— Au fait, conclut celle-ci, est-ce que Corey se rend au bal de fin d'année ?

Millicent eut l'impression de recevoir un coup de poignard en plein cœur.

— Non, répondit-elle d'un ton égal. Corey a bien trop de travail pour penser à ce genre de choses.

Francine plissa les lèvres.

— Vous devez être vraiment très fière d'elle.

Millicent était fière de Corey, en effet, mais elle éprouvait aussi d'autres sentiments à l'égard de sa fille. Des sentiments qu'une femme comme Francine ne pourrait jamais comprendre.

— Notre fille a obtenu une bourse pour l'université, annonça-t-elle d'un ton faussement modeste, pour clouer le bec à sa voisine.

Elle omit de préciser qu'il ne s'agissait pas d'une bourse complète. Ce détail ne regardait nullement Francine, et de toute façon, c'était déjà formidable que Corey ait décroché une telle récompense. Trois ans plus tôt, les Banning ne pensaient même pas que leur fille atteindrait la dernière année de lycée.

A la plus grande joie de Millicent, Francine verdit de jalousie. Sa fille Annette, elle, était tellement stupide qu'elle ne risquait pas d'obtenir la moindre bourse d'études. Francine regarda un instant droit devant elle, puis fit semblant de se replonger dans la lecture du dernier numéro de *Good Housekeeping*, le mensuel de la parfaite maîtresse de maison. Tant mieux, songea Millicent, elle en avait assez d'écouter ses fanfaronnades au sujet de sa fille.

Si fière fût-elle des résultats scolaires de la sienne, Millicent les aurait volontiers jetés au panier pour voir un seul sourire illuminer le visage de Corey. Elle ne se rappelait même plus à quand remontait la dernière fois où Corey avait eu l'air véritablement, complètement, sincèrement heureuse. Désormais, la jeune fille menait une vie réglée comme du papier à musique. Elle travaillait trois après-midi par semaine à l'épicerie du quartier, étudiait tous les vendredis avec le gentil garçon d'à côté, accompagnait Jack de temps à autre à la pêche — et, le reste du temps, bossait, bossait et bossait encore. Or Millicent savait que l'existence d'une jeune fille ne pouvait se limiter à un chapelet de bonnes notes.

Elle soupira, repensant aux piles de magazines qu'elle avait découvertes par hasard sous le sommier de Corey, un jour qu'elle voulait retourner le matelas pour l'aérer. Tandis qu'elle écartait le lit du mur, elle avait aperçu le coin de la couverture d'un *Vogue*. Elle s'était accroupie en grommelant pour le récupérer, et avait alors trouvé des dizaines d'autres journaux. *Harper's Bazaar. Glamour. Mademoiselle.* Des pages et des pages de photographies en couleurs où l'on voyait des filles magnifiques, vêtues avec élégance et raffinement, évoluer dans un univers parfaitement irréel.

Au début, Millicent avait ri. « Telle mère, telle fille », avait-elle songé avec humour. Elle-même avait ses magazines de prédilection : *Femme d'intérieur, People, Vie de famille* et tutti quanti. Elle savait à quoi ressemblait la maison de Cher, elle connaissait les menus préférés d'Elizabeth Taylor, elle suivait les coiffures de Jacky Onassis. Elle se disait bien de temps en temps que tout cela était un peu factice, qu'une femme adulte n'avait aucune raison de fouiner ainsi dans la vie de gens qu'elle n'avait jamais rencontrés, mais la curiosité l'emportait toujours sur le raisonnement.

Elle commençait à remettre les magazines de Corey à leur place sous le lit lorsque, tout à coup, elle avait remarqué que, dans certains d'entre eux, plusieurs pages étaient cornées avec soin. Intriguée, elle avait feuilleté un exemplaire de *Harper's Bazaar.*

Les marges de ces pages étaient remplies de notes rédigées de la main précise et nerveuse de Corey, qui avaient toutes trait à l'apparence physique. Comment trouver la coiffure idéale ? Comment avoir l'air plus mince ? Comment faire paraître ses yeux plus larges, ses lèvres plus charnues, ses pommettes plus saillantes ? Comment être belle quand on se trouvait laide, repoussante et mal aimée ? Comment transformer une jeune fille triste en une jeune fille comme les autres ?

Etait-ce là, simplement, ce que Corey souhaitait par-dessus tout : être belle ? être normale ?

Cette découverte avait brisé le cœur de Millicent. D'une certaine façon, c'était pire que si elle avait lu le journal intime de sa fille. Elle s'était assise à même le sol, et avait passé chaque magazine en revue, en se répétant une seule et unique question avec un désespoir croissant : comment avait-elle pu être aveugle au point de ne pas remarquer la souffrance de Corey ?

Comme la plupart des gens, qui ne voient que ce qu'ils veulent bien voir, Jack et elle avaient été si bêtement fiers de leur fille qu'ils ne s'étaient pas donné la peine de regarder au-delà de ses bons résultats scolaires. Ils n'avaient pas compris ce qu'elle désirait vraiment.

Dieu sait pourtant comme elle avait été difficile dans sa petite enfance. Mais, au fil des années, Millicent s'était autorisée à croire que tout allait pour le mieux dans le meilleur des mondes. Elle-même étant heureuse, elle avait cru que Corey l'était aussi.

La voix chaude de Pam, la coiffeuse, l'arracha soudain à ses réflexions :

— Comment ça va, Millicent ? demanda-t-elle en tapotant le casque.

— Je boirais volontiers quelque chose, Pammy. Il fait chaud comme dans un four, là-dessous.

Pam sourit et s'éloigna pour aller lui remplir un verre de citronnade bien fraîche.

— Sans sucre, demanda Millicent, qui souffrait de diabète.

Tournant la tête en direction de Francine, qui avait encore le nez plongé dans son magazine, elle fixa quelques instants son goitre. D'après Bette Mullen, une voisine du quartier, Francine était allée consulter un médecin à Chicago pour une opération de chirurgie esthétique, mais Millicent n'y croyait pas. Qui serait assez fou pour souhaiter endurer une intervention à l'hôpital si ce n'était pas pour une question de vie ou de mort ?

Corey, elle, ne rêve que de cela. La petite voix qui répondit, dans son esprit, était si claire et si péremptoire que Millicent sursauta dans le fauteuil. Quelques années plus tôt, Corey leur avait parlé, à Jack et à elle, d'un médecin célèbre qui faisait des miracles pour les accidentés de la route. Millicent n'y avait guère prêté attention. Elle se souvenait bien qu'ils avaient discuté chaudement et que Jack avait même fini par s'énerver un peu, mais elle avait cru sur le moment qu'il s'agissait juste d'une phase difficile dans la croissance de Corey. La plupart des adolescentes se plaignaient de leur visage et de leur silhouette, et Corey ne faisait pas exception à cette règle.

Millicent soupira puis, mue par une impulsion subite, tendit le bras vers la gauche et saisit un exemplaire de *People* sur le guéridon voisin du fauteuil. En couverture, il y avait une photographie de John Travolta. Il était vêtu d'un jean moulant et d'une veste de cuir : un vrai cauchemar pour toutes les mères américaines. Millicent avait pourtant beaucoup aimé ce jeune homme quand il portait son joli costume blanc dans cette comédie musicale dont elle avait oublié le titre. Ouvrant le magazine, elle dépassa le courrier des lecteurs, le sommaire et les critiques de cinéma, comme si ses doigts cherchaient d'eux-mêmes un article intéressant. Elle ne s'arrêta même pas pour lire la double page concernant la charmante Olivia Newton-John, qui venait d'ouvrir une boutique à Hollywood, et continua de tourner les pages avec frénésie, jusqu'à atteindre l'avant-dernier article.

Le nabab et la danseuse !
Une idylle qui dure, contre toute attente !

« Le week-end dernier, Carter Spaulding, propriétaire de la compagnie de cosmétiques Mayfair, et son épouse Lili ont emmené deux cents de leurs meilleurs amis au Caesar's Palace de Las Vegas pour célébrer quatre pleines années de bonheur conjugal.

» "Ma rencontre avec Lili est la meilleure chose qui me soit jamais arrivée. Il était temps de lui offrir la cérémonie de mariage qu'elle mérite vraiment", a déclaré Carter Spaulding, quarante-neuf ans, après que les époux eurent renouvelé leurs vœux à la Chapelle des Rêves. Lili Spaulding, aujourd'hui âgée de trente-quatre ans, portait une robe en argent dessinée par Calvin Klein. "La robe de Mme Spaulding contient plus de trente mille copeaux d'argent, tous cousus à la main", a précisé un porte-parole de Klein. Lili Spaulding est célèbre pour… »

C'était exactement le genre d'histoire qui enthousiasmait Millicent. Des avions privés, des personnages beaux et riches, des vêtements de haute couture, des réceptions luxueuses — et, suprême cerise sur le gâteau, une histoire d'amour heureuse. C'était encore mieux que Cendrillon, car cela existait pour de vrai. Quatre ans plus tôt, Lili Spaulding était une fille pauvre et inconnue. Elle travaillait comme girl la nuit au Caesar's Palace et suivait des cours à l'université de Las Vegas le jour. Et puis, un beau matin, Carter Spaulding lui avait fait la cour, et bingo ! — elle était subitement devenue l'épouse d'un milliardaire et s'était mise à fréquenter les présidents, les stars de cinéma, et même le prince de Galles. Millicent poussa un soupir enchanté.

Elle ne désirait rien d'autre qu'être la femme de Jack et la mère de Corey, elle aimait la vie qu'elle menait aussi fort qu'elle aimait Dieu et ne l'échangerait pour rien au monde, mais fichtre, elle adorait lire des histoires dans le genre de celle des Spaulding !

Elle regrettait presque de ne pas avoir sa loupe dans son sac à main. Elle aurait pu étudier en détail les photographies de Lili Spaulding. Avec ses cheveux bruns soyeux et ses grands yeux bleus, cette jeune femme était aussi belle qu'une princesse. Pas étonnant que Carter Spaulding soit tombé amoureux d'elle !

Pam lui tendit un gobelet en plastique rouge.

— Voilà votre citronnade, Millie.

— Merci, Pammy.

Pam glissa la main à l'intérieur du casque et toucha la chevelure de Millicent.

— Je crois que c'est bon. Allons voir devant la glace ce que ça donne…

Millicent ramassa son sac à main et, au moment de reposer l'exemplaire de *People*, elle se ravisa. Réflexion faite, elle lirait volontiers les articles sur Olivia Newton-John et John Travolta ce soir, après le dîner.

Millicent rentra à la maison vers 18 heures. Elle mit aussitôt des pommes de terre à bouillir. Généralement, le vendredi, elle préparait des spaghettis bolognaise, mais son rendez-vous chez le coiffeur avait duré plus longtemps que prévu, et elle avait trouvé porte close au supermarché. Bah ! Avec une bonne purée et deux tranches de viande froide, elle saurait bien contenter Jack.

La soirée se présentait plutôt bien. Millicent songea qu'elle pouvait prendre cinq ou dix minutes pour finir son magazine dans le salon. L'article sur John Travolta promettait quelques nouvelles juteuses. Il sortait à présent avec la rousse de *Taxi*, mais Millicent avait la conviction que cela ne durerait pas. Ces filles modernes, un peu olé olé, n'avaient toujours pas compris que, pour garder un homme, les anciennes coutumes sont parfois les meilleures.

En passant devant la salle à manger, Millicent aperçut Corey et Peter penchés sur leur travail. Elle s'arrêta un instant dans l'embrasure de la porte pour les regarder. Elle espérait de tout son cœur que leur amitié se transformerait en amourette, mais jusqu'à présent, cela n'avait pas l'air d'en prendre le chemin.

Les années de lycée comptaient pourtant parmi les plus importantes de la vie. C'était à cette période qu'on se créait des souvenirs inoubliables. Millicent regrettait vraiment que Corey ne pût connaître, elle aussi, les moments rares auxquels prétendaient toutes les adolescentes.

Elle fixa les yeux sur sa fille adorée. De l'angle où elle la contemplait à présent, le visage de Corey lui semblait rien moins que parfait. Ses cheveux tombaient sur sa joue comme un rideau de soie. Ses longs cils courbés jetaient une ombre délicate sur sa peau. Elle était si belle qu'elle aurait pu poser dans un magazine, comme tous ces mannequins qu'elle admirait tant. Comme cette Lili Spaulding…

Millicent eut soudain l'impression que son cœur s'arrêtait de battre. Saisie par une violente sensation de vertige, elle prit appui des deux mains contre le mur. « Non ! Non ! songea-t-elle. C'est complètement absurde. Tu ne dois pas penser des choses pareilles ! »

Pourtant, elle tira le magazine de la poche de son tablier et l'ouvrit sur l'article concernant Carter Spaulding et sa femme, l'ancienne girl de Las Vegas. Son regard fit des allers-retours entre le visage de la jeune épouse et celui de Corey. Le même nez droit. Le même menton de chat. Le même bleu de saphir dans les iris…

Millicent ferma le magazine d'un geste furieux et le fourra dans sa poche. Elle se comportait vraiment comme une écervelée.

Imaginer que Corey puisse être la fille de Mme Carter Spaulding ! Là, c'était le pompon ! D'autant que l'article précisait que Lili ne pouvait pas avoir d'enfant. « Quelle idiote tu fais, Millicent », songea-t-elle avec irritation. Elle entendait déjà la réponse que Jack lui ferait si jamais elle lui confiait cette idée saugrenue : « Tu devrais écrire des romans, Millie, dirait-il en partant d'un rire tonitruant. Avec ton imagination, on serait millionnaires. »

« Si seulement…, se dit Millicent en soupirant intérieurement. Si seulement nous étions millionnaires, nous pourrions offrir le monde entier à Corey. » En tout cas, avec les moyens dont ils disposaient, ils étaient incapables de lui apporter ce qu'il fallait pour la rendre heureuse.

13.

Depuis toujours, Millicent avait rendez-vous le vendredi après-midi dans le salon de coiffure Pam's Hair Palace. Cela signifiait qu'entre 13 heures et 17 h 30, la maison Banning était vide. Corey avait donc le temps et le lieu nécessaires pour mettre son plan à exécution. Ce qu'il lui fallait maintenant, c'était trouver le courage d'agir.

Car il y avait un monde de l'idée à l'acte. Corey aurait certainement été moins terrifiée si Peter avait lui-même cherché à la séduire. Chaque fois qu'elle se voyait abordant le sujet avec lui, sa bouche devenait sèche, ses mains se mettaient à trembler. En un sens, elle regrettait de n'être pas de confession catholique : cela lui aurait permis de prendre le voile et de tirer un trait sur tous ces harassants problèmes.

Pour se rassurer, elle se répétait que la pire réaction que Peter pourrait avoir serait de refuser sa proposition. Un simple *non* ne la tuerait pas. Enfin… *a priori* ! Mais elle avait beau se raisonner, l'angoisse restait la plus forte.

En outre, le temps commençait à lui manquer. Le mois d'avril touchait à sa fin. Dans huit semaines, l'année scolaire serait terminée, et les vendredis après-midi studieux en compagnie de Peter passeraient au rang des souvenirs.

Le jour de la décision arriva. Ce fut un vendredi. La matinée se terminait par un cours de littérature anglaise, que Corey devait manquer pour avoir le temps de se préparer. Son professeur, M. Forsythe, l'aimait bien. C'était lui qui avait le premier détecté son talent pour les études, et l'avait poussée à viser l'obtention d'une bourse.

A ce sujet, Corey s'en voulait énormément d'avoir perdu son temps en début d'année. En raison des notes moyennes qu'elle avait eues au premier trimestre, elle n'avait eu droit qu'à une bourse partielle, qu'elle allait devoir compléter en effectuant de petits boulots.

Ses parents l'assuraient de leur aide, mais ils n'en avaient guère les moyens. Jack venait d'être licencié de son usine, et il travaillait désormais de façon épisodique. Millicent elle-même commençait à parcourir les petites annonces d'emploi dans le journal du dimanche.

Quoique désolée de mentir à M. Forsythe, Corey demanda à manquer le cours sous prétexte qu'elle avait un exposé à rendre la semaine suivante. Son mentor lui répondit, un large sourire aux lèvres, qu'il lui faisait entièrement confiance et qu'elle pouvait disposer.

Elle courut jusqu'à la maison, se déshabilla à la hâte, et sauta dans le bac à douche. Après s'être débarbouillée avec un savon parfumé, elle se passa une crème sur les bras et les jambes, puis se talqua le corps. Une goutte de parfum raffiné, du genre Chanel N° 5 ou Shalimar, eût été parfaite, mais Corey n'avait à sa disposition que son flacon ordinaire d'eau de Cologne Jean Naté. Tant pis, il fallait faire avec les moyens du bord.

Peter allait arriver d'une minute à l'autre. Elle enfila rapidement ses sous-vêtements, puis une robe de coton simple assortie au bleu profond de ses yeux. Elle portait d'ordinaire un jean large et un sweat-shirt qui estompaient ses formes. Cette robe, qui caressait doucement ses jambes nues, lui donnait l'impression d'être livrée au regard des autres. Elle se contempla dans le miroir, et — comme toujours — ses cicatrices lui arrachèrent une grimace. Sa queue-de-cheval ne convenait pas ; aujourd'hui, il fallait une coiffure plus aguichante. Elle libéra ses cheveux et les lissa de part et d'autre de son visage, de sorte à dissimuler son mauvais profil.

C'est alors que la sonnette de l'entrée retentit.

Le cœur battant, Corey descendit ouvrir la porte. Sa main tremblait.

— Tu sais quoi, Corey, dit Peter en se dirigeant tout droit vers la salle à manger. Ce Shakespeare, c'est un bel enquiquineur !

Corey n'arrivait pas à détacher ses yeux de Peter. Il était si… *beau*, avec son jean moulant, sa chemise à carreaux et ses épais cheveux bruns qui descendaient jusqu'à la base de sa nuque, qu'elle sentit son souffle se bloquer dans sa gorge. Malgré sa peur, elle eut envie de lui caresser le visage, de sentir son corps contre le sien. Elle avait le cœur chaviré, comme devant un magnifique coucher de soleil ou un ciel étoilé.

Elle se racla la gorge.

— Tu veux manger quelque chose, Peter ?

— Ah, bonne idée ! Il étala ses affaires sur la table. Visiblement, il n'avait que leur après-midi de travail en tête.

Corey demeura quelques instants figée sur le seuil de la pièce, incapable de faire le moindre geste. Peter semblait merveilleusement à l'aise dans son corps, apparemment inconscient de sa propre perfection — ou alors indifférent à ses atouts. Corey ne parvenait même pas à se représenter une telle harmonie avec soi-même.

Elle se balança d'un pied sur l'autre, indécise. Elle avait espéré que sa manière de regarder Peter le renseignerait sur ses intentions, mais il ne parut même pas remarquer qu'elle portait une robe sexy au lieu de son vieux jean ordinaire ! Bon, il devait peut-être manquer de perspicacité, ou d'expérience, avec les femmes. Elle allait lui tendre une perche.

— Peter…, commença-t-elle d'une voix qui évoquait plus Minnie Mouse qu'une femme fatale en herbe. J'ai à te parler.

Un large sourire se dessina sur les lèvres de l'adolescent.

— Je sais ! Je n'ai pas oublié, Corey. J'aurai terminé la bibliographie dès ce soir. Promis, juré, craché.

Elle agita nerveusement la main.

— C'est… c'est personnel.

Le regard de Peter s'assombrit, et le cœur de Corey tangua dangereusement.

— Quelque chose de personnel ? répéta-t-il.

Elle hocha la tête, veillant à ce que ses cheveux masquent le mauvais côté de son visage.

— Ma mère ne rentre pas avant 6 heures, tu sais.

— Hmm, acquiesça-t-il. C'est son jour de coiffeur.

Elle hocha de nouveau la tête.

— Et mon père travaille jusqu'à ce soir à la station-service.

Peter ne répondit rien. Il se contentait de la fixer d'un regard vide. Corey fit un pas en avant. Le bas de la robe voleta doucement autour de ses jambes.

— Je… hmm, je me disais que nous pourrions travailler plus tard sur l'exposé.

— Plus tard ? Nous n'avons pas beaucoup de temps, Corey. Nous…

— Peter, l'interrompit-elle calmement, nous sommes *seuls* dans la maison.

Elle se tut, priant pour qu'il déchiffre lui-même l'allusion, sans qu'elle ait besoin de mettre les points sur les i.

— Tu n'as pas l'air en forme, dit-il, fronçant les sourcils. Tu devrais peut-être t'asseoir un moment.

— Oh, Seigneur !

Corey réprima un éclat de rire hystérique.

— Tu ne comprends pas ce que je veux dire, Peter ? Nous sommes *seuls* !

Il écarquilla les yeux, et deux taches rouge vif apparurent sur ses pommettes anguleuses.

— C'est une blague, non ?

— Non, ce n'est pas une blague.

Elle s'approcha encore de lui. Manifestement, elle devait se montrer encore plus directe.

— Je prends la pilule. Tu n'auras pas à mettre de capote.

Le regard de Peter dériva irrésistiblement vers sa poitrine moulée par le tissu de sa robe, puis vers la fenêtre. Il finit par baisser les yeux.

— Tu veux qu'on… qu'on le fasse ? Toi et moi ?

— Oui. Moi et toi.

Elle voulait qu'il l'embrasse et la serre dans ses bras. Elle voulait éprouver les mêmes sensations que les gens normaux.

Le silence de Peter devenait assourdissant. Corey vit son refus enfler dans sa gorge, derrière sa pomme d'Adam. Finalement, il répondit :

— Je t'aime beaucoup, Corey, mais… je ne suis pas amoureux de toi.

Et je n'ai pas envie de toi, l'entendit-elle ajouter en pensée.

— Moi non plus, je ne suis pas amoureuse de toi.

Elle le fixa droit dans les yeux. Elle refusait de lui laisser voir à quel point son hésitation l'avait blessée.

— Oublions cela, reprit-elle d'une voix ferme, comme si toute cette affaire importait peu, comme si sa fierté n'avait pas été horriblement bafouée. Ce n'était qu'une idée en l'air. Mettons-nous au travail.

— Hmm… Non… Attends un peu !

Corey retint son souffle. Ses yeux se posèrent par mégarde sur la braguette de Peter, et elle faillit suffoquer.

— Tout compte fait, je trouve que c'est plutôt une bonne idée, reprit-il.

Elle sentit une lueur de triomphe monter dans son propre regard, et baissa vivement la tête.

— Je ne veux pas te forcer à faire une chose que tu regretterais, Peter.

— Tu es sûre que tu prends la pilule ?

— Fais-moi confiance, répondit-elle d'un ton un peu trop sec. Je n'ai aucune intention de tomber enceinte.

Peter l'ignorait, bien sûr, mais Corey s'était bien juré de ne jamais commettre la même erreur que sa mère naturelle. Quand elle aurait un enfant — si elle en avait jamais —, ce serait sous certaines conditions, et au moment qu'elle aurait choisi.

— Bon. Et maintenant ? demanda-t-il.

— Eh bien… on va le faire.

— Ici ?

Elle n'avait pas vraiment réfléchi à l'endroit où le grand événement se produirait.

— Dans ma chambre, répondit-elle.

Il lui décocha un sourire charmeur.

— Montre-moi le chemin.

Tandis qu'ils montaient à l'étage, ils n'échangèrent pas un seul mot. Ils ne se tinrent pas non plus par la main, pourquoi l'auraient-ils fait ?

Un radieux soleil d'avril filtrait dans sa chambre par la fenêtre ouverte, inondant le lit d'une lumière crue. Curieusement, Corey avait toujours pensé que la première fois se passerait pour elle dans l'obscurité. Comment allait-elle ôter ses vêtements comme ça, en plein jour ? Personne ne l'avait jamais vue toute nue, en tout cas pas depuis sa petite enfance !

Elle s'en voulut un peu de ne pas avoir réfléchi à ce problème. Devait-elle se déshabiller elle-même, ou attendre que Peter lui ôte lentement ses vêtements, l'un après l'autre, avec des gestes sensuels, comme les acteurs au cinéma ? Une horrible pensée lui traversa soudain l'esprit : et s'il exigeait qu'elle lui défasse sa braguette ? Eh bien, il devrait attendre un sacré bout de temps, car elle ne serait jamais capable de le toucher. C'était trop dégoûtant.

A présent, elle regrettait amèrement toute cette aventure. Elle s'apprêtait à le dire à Peter lorsque celui-ci, sans préambule, la prit dans ses bras, la renversa sur le lit et glissa une main sous sa jupe. Le contact de ses doigts sur sa peau nue fit à Corey l'effet d'une horrible décharge électrique.

— Peter ! s'écria-t-elle en essayant de le repousser. Tu fais quoi, là ?

— Ben, qu'est-ce que tu crois ?

Il ne semblait plus tout à fait lui-même. Sa voix était devenue plus rauque, plus perçante. Corey eut la nette impression qu'il ne se rendait même plus compte de ce qu'il faisait.

N'aurait-il pas dû l'embrasser ? Corey s'était imaginé qu'ils échangeraient de longs baisers passionnés et humides qui lui donneraient des frissons de la tête aux pieds. Mais Peter plongea le visage au creux de son cou, et tout ce qu'elle sentit, ce fut son souffle tiède contre sa peau.

Il insinua les doigts sous sa culotte. Effleura son mont de Vénus. Elle poussa un cri de frayeur aigu, mais Peter dut le prendre pour un encouragement, car il la pénétra sans ménagement avec son index.

Elle gigota pour se libérer de son étreinte, mais il la tenait ferme. *Tu lui as demandé de le faire. C'est ce que tu voulais...* Certes, mais pas de cette façon ! Elle voulait de la chaleur et de la tendresse, pas cette brutale invasion de son intimité. Pour quelques instants, elle voulait se sentir désirée, chérie, comme la fille la plus importante au monde. Comme la plus belle...

— Touche-moi, ordonna-t-il. Aide-moi à la mettre.

L'aider à la mettre ? Il devait avoir perdu la tête. Si un doigt pouvait la faire souffrir autant, qu'est-ce que cela serait quand... Non ! Elle ne voulait même pas y penser. Et encore moins le faire.

Mais il continuait de la caresser, de plus en plus fort, au point que la douleur finit par s'estomper. Corey éprouva alors une étrange sensation de chaleur, et sa peur s'évanouit lentement.

C'est alors que Peter lui retira sa culotte. Ou plutôt, il la fit glisser sur ses jambes, jusqu'à ses chevilles. Ses gestes secs et mécaniques donnaient à Corey l'impression d'être une poupée gonflable. Il semblait avoir définitivement oublié qu'il se trouvait en compagnie d'une jeune fille de chair et de sang.

Elle décida d'agir. Cela ne se passerait pas ainsi. Surtout pas la première fois. Elle devait absolument tenter quelque chose pour faire comprendre à Peter que c'était Corey Banning qu'il tenait dans ses bras. Corey Banning, et non un objet sexuel ou une fille quelconque draguée au cours d'une soirée.

— Attends ! cria-t-elle en le repoussant de toutes ses forces. Pas comme ça !

— Mais... mais...

Elle se redressa, glissa les mains derrière sa robe et en baissa la fermeture Eclair, frissonnant sous l'air printanier. « Ne perds pas courage, Corey ! songea-t-elle. Va jusqu'au bout ! » Elle retira ses chaussures, sa culotte, puis sa robe et son soutien-gorge, et se tint nue devant Peter. « Regarde-moi, maintenant, pensa-t-elle. Oublie mon visage et regarde-moi vraiment. »

Le grognement d'admiration de Peter retentit comme une musique divine à ses oreilles. En un instant, elle éprouva un incroyable sentiment de puissance. Il la voyait — il la voyait enfin comme elle méritait d'être contemplée ! Nue, elle était aussi belle que n'importe quelle fille. Nue, elle était magnifique. Corey s'en rendait compte à la façon dont les yeux de son compagnon dévoraient sa poitrine, son ventre, ses cuisses.

C'était comme sa laideur, songea-t-elle. Enfant, elle avait remarqué que son apparence lui donnait un pouvoir immense sur les gens. Dès qu'elle apparaissait dans une pièce, les conversations cessaient instantanément. Les sourires se figeaient. Tous les yeux se fixaient sur elle. Les jolies petites filles aux boucles blondes et aux bouches en cerise étaient littéralement évincées par son apparition. Elle détestait être différente des autres, et pourtant ces instants difficiles lui avaient permis de mesurer l'étendue d'un pouvoir dont elle n'avait jamais hésité à tirer profit.

Cette fois encore, à la seconde où elle avait retiré sa robe, le balancier avait basculé en sa faveur. Tout le pouvoir qu'elle avait confié à Peter en lui offrant son corps lui était revenu, l'emplissant de force et d'assurance.

Il l'invita à s'allonger sur le lit, puis se déshabilla rapidement et la couvrit de son corps. Corey ferma les yeux lorsqu'elle sentit le membre viril effleurer son mont de Vénus. Elle se mit à trembler, mais il l'apaisa en la caressant et en lui murmurant des mots qui la firent bientôt frissonner de tout son être.

Tout le monde disait que la première fois, on n'éprouvait que de la douleur, et pas du tout de plaisir, mais Corey s'en fichait. Aujourd'hui, enfin, un garçon la désirait. Pour cela, la souffrance physique était un bien petit prix à payer.

14.

Millicent avait beau se répéter qu'elle était folle de s'imaginer que Lili Spaulding pût être la mère naturelle de Corey, elle n'arrivait pas à se sortir cette idée de la tête. A dire vrai, plus les semaines passaient, plus la ressemblance entre cette femme et sa fille la troublait. Pour vérifier son hypothèse, elle avait donc décidé de rassembler autant de photographies de Mme Spaulding qu'elle pourrait en trouver, à commencer par celles de l'article du magazine *People*, et de les cacher au fond du tiroir de sa table de nuit.

Un après-midi de mai, tandis que Corey se trouvait à l'école et que Jack était parti chercher du travail, elle sortit les vieux albums-photos du placard de l'entrée et étala tous les clichés de Corey en éventail sur la moquette du salon. Puis elle disposa ses coupures de journaux à côté pour comparer les deux visages.

La ressemblance était indiscutable. Hormis les cicatrices, les traits de Corey reprenaient de façon remarquable ceux de Lili. Suffisamment, en tout cas, pour que Millicent décide de passer la matinée du lendemain à la bibliothèque municipale, au département des périodiques, pour entamer des recherches sérieuses au sujet de Mme Spaulding.

Elle eut la satisfaction de trouver un nombre impressionnant de photographies et une bonne poignée d'articles. D'après les médias, Lili aujourd'hui ne pouvait pas avoir d'enfant, mais cela ne signifiait pas qu'elle n'avait pas donné naissance dix-sept ans plus tôt à une petite fille. Les renseignements les plus précis concernaient les quatre dernières années, comme si la vie de Lili n'avait réellement commencé qu'à partir du jour où elle était tombée amoureuse du président de Mayfair et avait déboulé comme une tornade dans la grande bourgeoisie new-yorkaise.

Millicent se souvenait encore que Jack et elle s'étaient attendus, en adoptant Corey, à essuyer un déluge de questions sur ses parents naturels et la raison pour laquelle sa mère l'avait abandonnée. Mais Corey n'avait jamais rien demandé, si bien qu'un jour, Millicent avait décidé d'aborder elle-même le sujet : Corey avait simplement haussé les épaules, avant de sortir de la maison pour aller grimper sur la plus haute branche de son arbre préféré, au fond du jardin.

— Remercions le Seigneur de n'avoir à la partager avec personne, avait dit Jack en contemplant leur petite fille sur son perchoir.

Peut-être… mais Millicent, elle, ne pouvait s'empêcher de s'interroger au sujet de la femme qui avait donné naissance à cette enfant. Songeait-elle parfois à Corey ? Avait-elle eu connaissance de l'accident de voiture, ou croyait-elle toujours que sa fille vivait au sein d'une riche famille de Memphis ?

Aujourd'hui, en tout cas, Millicent regrettait de toute son âme de n'avoir pas cherché à en savoir plus sur cette femme dès les premiers mois de l'adoption. A l'époque, une crainte superstitieuse l'en avait dissuadée : Jack et elle n'avaient nulle envie que l'un ou l'autre des parents naturels de Corey vienne un jour frapper à leur porte pour leur reprendre leur fille adorée.

Ces derniers temps, Millicent se faisait un sang d'encre pour Corey. Quelque chose clochait dans la vie de sa fille. Cela dépassait le cadre habituel de sa hargne contre le monde et de ses propos cinglants à l'égard de tout un chacun. Ses résultats scolaires étaient en chute libre, elle avait toujours l'air de rêvasser, et elle s'était mise tout à coup à participer aux soirées de ses camarades de classe et à rentrer à des heures impossibles. Et puis, il y avait tous ces garçons — rien que d'y penser, Millicent en avait des sueurs froides — qui n'arrêtaient pas de l'appeler à la maison ! Dieu seul sait ce qui se passait entre eux quand elle partait les retrouver.

Deux ans plus tôt, le Dr DeSimone avait donné la pilule à Corey pour l'aider à régler ses menstruations. Millicent avait fait de son mieux pour ne pas trop penser à l'autre avantage, évident, de cette mesure médicale, priant pour que Corey n'y songe pas non plus. Sa fille n'ayant jamais manifesté le moindre intérêt pour les garçons, Millicent se sentait rassurée. Quoi qu'on racontât aujourd'hui, une adolescente de dix-sept ans était bien trop jeune pour avoir des relations sexuelles.

« Tu n'as pas besoin de faire ça pour plaire, ma chérie, songeait parfois Millicent. Tu vaux mieux que tous ces garçons. » Mais elle savait que Corey ne serait pas convaincue par de tels propos. Pas tant qu'elle continuerait de voir ses cicatrices dans le miroir chaque matin en se réveillant.

Millicent avait longuement réfléchi, ces derniers temps, à la possibilité de consulter un spécialiste en chirurgie plastique pour Corey. Ces dernières années, on avait accompli des bonds de géant dans ce domaine, avec tous ces lasers et ces appareils sophistiqués inventés par la science moderne. Les magazines faisaient part de véritables miracles sur les accidentés de la route. Les cicatrices, même très graves, n'étaient plus irrémédiables.

Un plan avait alors germé dans l'esprit de Millicent : dès la fin de l'année scolaire, Corey subirait l'opération de chirurgie esthétique, de sorte à être remise sur pied pour la rentrée universitaire qui avait lieu début septembre. Une visite chez un chirurgien la semaine précédente l'avait convaincue de la nécessité d'une opération.

— C'est absolument indispensable, avait déclaré ce dernier sans la moindre hésitation, en regardant les photos de Corey. C'est vraiment dommage que vous ayez attendu si longtemps pour venir me voir.

Le chirurgien avait alors décrit l'intervention qu'il comptait effectuer, et le résultat qu'il avait toutes les chances d'obtenir. Le cœur de Millicent s'était gonflé de joie.

Puis il lui avait communiqué le coût de l'opération.

En sortant du cabinet médical, Millicent était restée plus d'une heure dans sa voiture à pleurer. Son assurance maladie ne couvrirait pas la moitié des honoraires du médecin. Quant aux frais d'hôpital, elle n'osait même pas y penser.

Ainsi, la solution aux années de souffrance de sa fille surgissait devant ses yeux, et elle ne pouvait strictement rien faire pour la concrétiser. Si seulement elle avait songé des années plus tôt à mettre de l'argent de côté ! Comment avait-elle pu être aveugle au point de ne pas se rendre compte de la nécessité d'aider Corey ? Son propre bonheur de mère avait éclipsé tout le reste, y compris la douleur de sa petite fille.

Corey était drôle, intelligente, ambitieuse, mais aussi longtemps qu'elle vivrait avec ces terribles cicatrices, ses capacités resteraient bridées. Peu de gens étaient capables de voir au-delà des apparences, sous la surface de la peau. Même si Corey avait assez de matière grise pour conquérir le monde, ce dont Millicent ne doutait pas, elle avait besoin de la chirurgie esthétique pour percer.

— Ouais… comme ça, ma jolie… ça y est.

L'adolescent donna un coup de reins, puis un autre, et retomba sur elle comme un poids mort. Une grimace échappa à Corey, tandis que la poignée de la portière s'enfonçait entre ses omoplates.

— Je dois rentrer, dit-elle au bout de quelques instants.

Elle tapota l'épaule de l'adolescent.

— Keith ? Mes parents croient que je suis encore au travail.

Il marmonna quelques paroles incompréhensibles.

— Ne t'endors pas, je te préviens ! s'exclama-t-elle en lui donnant une secousse. Je veux rentrer chez moi.

Il se redressa avec un grognement, et s'assit à côté d'elle.

— Bon, d'accord.

Corey reboutonna son gilet, puis remit l'élastique de sa queue-de-cheval en place. Une fois de plus, elle se sentait affreusement déçue. Keith ne l'avait ni embrassée avec tendresse, ni serrée dans ses bras, ni caressée. Il ne soupçonnait même pas ses attentes.

« Ne pleure pas, Corey, songea-t-elle. Si tu pleures, il comprendra à quel point tu attaches de l'importance à tout ça. »

Keith tourna la clé de contact et fit rugir le moteur.

— Demain soir ? demanda-t-il tandis que la voiture accélérait sur le petit chemin forestier.

Corey hésita un instant. Peut-être Keith se comporterait-il différemment demain ?

— D'accord.

Elle garda le silence pendant le trajet de retour. De toute façon, ils n'avaient pas grand-chose à se dire. Elle savait pertinemment qu'il ne viendrait jamais à l'esprit de Keith de lui proposer de s'arrêter quelque part pour manger un morceau ou de l'emmener rendre visite à ses copains. Le rôle qu'elle tenait dans la vie des garçons qu'elle fréquentait désormais était clairement défini — comme Peter le lui avait bien fait comprendre cet après-midi fatidique d'avril où elle s'était donnée à lui…

Peter avait commencé à rassembler ses affaires, dans l'intention évidente de partir. Ils s'étaient déjà rhabillés depuis longtemps, étaient redescendus dans la salle à manger et venaient de réussir le tour de force de détailler le plan d'une dissertation complexe — et il était à peine 16 heures ! Corey avait imaginé cent conclusions à sa « première fois », sauf celle-là.

— Tu t'en vas déjà ? demanda-t-elle.

— Oui.

Il glissa plusieurs feuilles dans une enveloppe, qu'il plaça ensuite dans une chemise en carton.

— Mon père a besoin de moi pour tondre la pelouse, reprit-il. J'ai promis de lui donner un coup de main avant le dîner.

— Tu ne m'en avais pas parlé.

— J'avais oublié, répondit-il en lui décochant son sourire le plus charmeur. C'est pas bien grave, hein ?

Corey réprima une grimace. Peter regardait droit à travers elle, jusqu'à la porte d'entrée, comme si elle lui était de nouveau complètement invisible. Là-haut, dans sa chambre, elle était devenue le centre de son univers pendant quelques minutes, mais maintenant, il n'avait plus qu'une seule idée en tête : décamper.

— C'est pas bien grave, répéta-t-elle d'un ton égal.

Sa première relation sexuelle lui avait causé une intense douleur physique, mais ce n'était rien en comparaison de la souffrance qu'elle éprouvait à se tenir devant un garçon qui avait été en elle une heure plus tôt et n'était même plus capable de soutenir son regard.

— On se voit lundi à l'école, dit-il en posant la main sur la clenche de la porte.

— Attends !

Corey soupira intérieurement. Elle devait s'exprimer avec fermeté, surtout ne pas se montrer mièvre ou implorante.

— Je… hmm, je voulais te parler de la soirée de fin d'année, reprit-elle.

— Oui ?

Visiblement, Peter n'avait pas la moindre idée de ce qu'elle entendait par là. Corey songea avec ironie que c'était presque une chance pour son amour-propre. Il n'en restait pas moins que l'indifférence de son premier amant la blessait profondément.

— Eh bien… je… je me demandais si tu accepterais d'y aller avec moi, répondit-elle sur un ton désinvolte.

Il se mit à rire. Poliment, tout d'abord, puis de plus en plus bruyamment, au point qu'il dut prendre appui contre le chambranle de la porte, ses larges épaules secouées par la force de ses gloussements.

— Tu m'as fichu une de ces trouilles, Corey ! Pendant un instant, j'ai failli croire que tu parlais sérieusement.

Il ne lui aurait pas fait plus mal s'il l'avait poignardée en plein cœur, mais Corey préférait mourir plutôt que de manifester la moindre émotion devant lui.

— Sérieuse ? s'exclama-t-elle d'une voix aiguë, vibrante de chagrin. Tu rigoles !

Le sourire de Peter s'évanouit subitement.

— Tu plaisantais vraiment, hein ?

L'espace d'une seconde, Corey se le représenta mort, écrabouillé sous le poids de la haine qu'elle lui vouait. Elle soutint durement son regard.

— Je ne fréquente pas ce genre de soirée. Tu le sais bien, non ?

— Hmm… ouais, c'est bien ce que je pensais, mais…

Il se tut et devint rouge pivoine.

— Là, vraiment, reprit-il, tu m'as fichu les jetons, Corey.

« Il pense vraiment ce qu'il dit », songea-t-elle avec horreur. Pour coucher avec elle, il était partant. Mais l'emmener en soirée, cela devenait une tout autre histoire. Corey s'efforça de garder le contrôle d'elle-même, de ne pas laisser exploser sa fureur.

— Tu y vas avec qui ? demanda-t-elle.

— Je crois qu'il y a de bonnes chances pour que Viv Conway plaque Trace Wendell. Et en ce cas, je fonce !

Corey hocha vivement la tête, comme si elle trouvait cette idée formidable.

— Et si elle ne le plaque pas ?

— Je resterai chez moi, je pense.

A présent qu'il ne se sentait plus menacé, il redevenait lui-même.

— Eh… ! Ça me donne une idée, ajouta-t-il. Si tu n'y vas pas non plus, on pourrait trouver un coin pour…

Sa voix se perdit dans un murmure lourd de sens, que Corey déchiffra sans difficulté : ils pourraient trouver un coin sombre et désert pour tirer un coup sans que personne sache que le grand Peter Macmillan se tapait une fille aussi horrible que Corey Banning.

Corey arriva à la maison peu après minuit. Elle referma avec précaution la porte sur elle, priant pour que ses parents soient profondément endormis. Ils acceptaient de plus en plus mal les explications qu'elle leur fournissait pour justifier ses sorties nocturnes. Elle se dirigeait sur la pointe des pieds vers l'escalier quand, soudain, la voix de Millicent fendit les ténèbres :

— Comment ça s'est passé au travail, ma chérie ?

— Maman ? s'exclama Corey, le cœur battant, en se tournant vers le salon. Tu n'es pas couchée ?

Sa mère pressa l'interrupteur du lampadaire, près du canapé. Corey grimaça, éblouie par la lumière.

— Où étais-tu ? demanda Millicent.

— Je…

Corey hésita, songeant à ses vêtements en désordre, aux odeurs qui lui collaient à la peau.

— La livraison est arrivée très tard au magasin. J'ai dû rester pour donner un coup de main.

— Viens t'asseoir avec moi, dit sa mère en tapotant le coussin du canapé à côté d'elle.

Corey secoua la tête.

— Je suis vidée, protesta-t-elle en simulant un bâillement. Je vais prendre une douche et me coucher illico.

— Rien qu'une minute, ma chérie. Je veux juste te dire un mot.

Corey s'assit à contrecœur au bord du canapé. Quand elle allait retrouver un garçon, elle veillait à rester le plus discrète possible. Théoriquement, sa mère n'avait aucun moyen de savoir comment elle avait passé sa soirée.

— Tout va bien ? demanda Corey.

— Je ne sais pas, ma chérie. C'est à toi de me le dire, il me semble.

— Tu fais allusion à mes résultats à l'école, c'est ça ? s'empressa de répondre Corey. Je sais que je suis en baisse, mais je vais corriger le tir. Promis. J'ai dû me laisser un peu aller quand j'ai appris que j'avais obtenu la bourse. Pourtant, je suis toujours dans les meilleurs de la classe, si ça peut te rassurer.

— Ne joue pas les innocentes, répliqua Millicent, l'air grave. C'est pour toi que je m'inquiète, pas pour tes résultats scolaires.

Corey plaqua un sourire rassurant sur ses lèvres.

— Pour moi ? Ne t'inquiète donc pas, maman. Je vais très bien.

— Non, Corey, je ne crois pas.

— Je n'ai pas eu le moindre rhume ni la plus petite carie depuis des années !

Elle se tapota le dessus de la tête avec le poing.

— Tu vois ? reprit-elle. Je suis solide comme un roc.

— Je n'ai pas parlé de tout ça à ton père, dit lentement Millicent. Je voulais en discuter avec toi d'abord.

Corey baissa les yeux. La conversation prenait une tournure de plus en plus menaçante.

— Bon. Il est tard, maman. Tu devrais aller te coucher.

— Tu n'as pas à accepter ce genre de choses, ma chérie.

— Quelles choses ? répliqua Corey, mal à l'aise. De quoi parles-tu ?

— Ces garçons avec qui tu sors, ils ne méritent même pas de cirer tes chaussures. Quand vas-tu t'en rendre compte ?

— Tu te fais des idées, maman. Tu sais très bien que je n'ai pas de petit ami. Qui voudrait sortir avec une fille comme moi ?

— Les gens parlent, ma chérie. Il y a des rumeurs terribles qui courent à ton sujet.

— Je ne te crois pas.

— Francine t'a vue près de la rivière avec Joe Boyle.

« Oh, mon Dieu, pas ça ! » songea Corey. Elle ne voulait surtout pas faire de la peine à ses parents.

— Elle a dû me confondre avec une autre fille…

Millicent leva une main pour l'interrompre, et soupira.

— Ne mens pas. Pas maintenant.

— Mais, maman, je…

— Ecoute-moi !

Les yeux de Millicent s'emplirent de larmes.

— Ces garçons ne t'aiment pas. Ils se servent de toi, ma chérie.

— Je m'en fiche.

— Je suis sûre du contraire. Tu vaux mieux que tous ces garçons réunis, et il est grand temps que tu le comprennes !

*
* *

Millicent regarda sa fille — sa fille si belle, si intelligente — s'enfuir du salon en sanglotant et disparaître dans l'escalier. Un instant plus tard, la porte de sa chambre claquait derrière elle. Millicent en eut le cœur déchiré. Dieu soit loué, Jack avait pris un de ces somnifères que le médecin lui avait prescrits. Tant qu'elle vivrait, elle ferait tout pour épargner ces tracas à son mari bien-aimé.

Jack avait déjà bien assez de soucis comme ça. Il avait perdu son emploi, sa tension ne cessait de grimper, et il avait des douleurs horribles dans la poitrine. Il valait mieux qu'il ignore que sa fille couchait avec tous les garçons qui le lui demandaient.

Le monde avait bien changé, depuis leur jeunesse, et Millicent avait de plus en plus de mal à le comprendre. Les adolescents d'aujourd'hui se comportaient d'une manière que Jack et elle n'osaient même pas imaginer. Les premières amours et les relations sexuelles semblaient aller de pair. Peut-être Millicent aurait-elle pu concevoir cela, avec un peu d'effort, mais le problème, c'était que sa fille n'avait pas d'amoureux. Aucun garçon ne sonnait à la porte pour l'emmener au cinéma et dîner en ville, ou pour l'inviter à des soirées entre amis. Corey n'avait même pas de copine avec qui papoter au téléphone ou faire du lèche-vitrine le samedi après-midi.

Corey ne prenait jamais part à la vie des jeunes gens de son âge ; elle restait spectatrice d'un univers auquel elle n'arrivait pas à s'intégrer, tout comme autrefois, lorsqu'elle était ballottée de maison d'accueil en maison d'accueil, dans l'attente d'une famille aimante. Cette pensée manquait parfois de briser le cœur de Millicent. Le drame, c'était que, les années passant, les souffrances de la petite enfance étaient masquées par d'autres préoccupations, au point qu'on finissait par ne plus savoir où on en était.

La semaine précédente, le Dr Joyce Brothers avait expliqué à la télévision, lors du *Mike Douglas Show*, que le principal problème des adolescents était leur manque de confiance en eux-mêmes. Ces paroles avaient fait vibrer une corde dans le cœur de Millicent. Corey avait si peu d'indulgence pour elle-même qu'elle cachait à tous ceux qui l'approchaient sa valeur véritable.

Sa mère, elle, aurait pu lui montrer ce qu'elle valait. Mais quelle adolescente de dix-sept ans était capable d'écouter sérieusement sa mère ? Dans ces conditions, le drame de Corey semblait insoluble. Elle ne serait jamais heureuse tant qu'elle n'apprendrait pas à s'aimer — ce qui ne se produirait pas tant qu'elle n'apprécierait pas son propre reflet dans le miroir.

On disait que l'argent ne faisait pas le bonheur. Peut-être, mais quand on en manquait et qu'on n'était pas capable d'aider les siens, on regrettait vraiment de ne pas en avoir un peu plus.

Millicent avait grignoté sur l'argent des commissions et déposé le bracelet de sa mère chez un usurier, constituant ainsi une petite somme qui lui avait permis de charger un détective privé de fouiller dans le passé de Lili Spaulding et, si possible, de trouver un lien entre l'ex-Lilly Ann Barnett et Corey. La plupart des gens qui avaient connu Lilly Ann étaient morts ou avaient déménagé, mais ceux qui restaient avaient tous le même souvenir à son sujet : elle était enceinte quand elle avait quitté Euless à la fin de l'année 1962.

Millicent éprouvait de la peine pour cette pauvre adolescente sans le sou qui, alors qu'elle portait l'enfant de son petit ami décédé, avait été rejetée par sa belle-famille. Lilly Ann avait dû horriblement souffrir, là-bas, à Atlanta, au moment de l'accouchement. Sans argent, sans personne pour l'aider, fallait-il s'étonner qu'elle eût abandonné son bébé pour lui offrir une chance de mener une vie meilleure ?

Quelles qu'aient été les motivations de Lilly Ann, cependant, Millicent avait la conviction intime qu'aucune femme ne pouvait oublier son enfant. Le soir, dans sa belle maison luxueuse, Lili Spaulding repensait très certainement à sa petite fille, se demandant sans doute ce qu'elle était devenue, brûlant de savoir si tout allait bien, si elle n'avait pas besoin d'aide…

Millicent demeura un long moment sur le canapé à réfléchir. Un plan commençait à prendre forme dans son esprit — un plan insensé, mais qui lui redonnait un peu d'espoir. Elle se leva finalement, alla dans la cuisine et se prépara une tasse de thé au lait qu'elle avala d'un trait. Ensuite, ayant pris son bloc de papier à lettres et un stylo dans le secrétaire de l'entrée, elle s'assit à la table de la cuisine.

Les mots déboulaient dans son esprit plus vite qu'elle ne pouvait les écrire. Elle noircit ainsi plusieurs pages, la pointe du stylo crissant sur le papier, et ne se donna même pas la peine de relire sa lettre. Elle n'en avait pas le courage. Si elle la relisait, elle aurait peut-être trop peur de l'envoyer. Car elle se rendait bien compte que son geste était l'ultime effort d'une mère pour sauver sa fille du désespoir.

15.

Corey, qui devait partir pour l'université à la fin du mois d'août, était terrifiée à l'idée de quitter la maison familiale. Et, pour comble de malheur, Millicent et Jack avaient l'intention de l'accompagner en voiture jusqu'au campus ! Elle redoutait de craquer au dernier moment et de se jeter dans les bras de sa mère en sanglotant comme une gamine.

Un soir, pendant qu'ils discutaient des préparatifs de son départ, elle essaya de les dissuader de leur projet.

— Le bus peut me déposer juste devant la fac. Pourquoi vous donner la peine de faire ce voyage ?

— La peine ? répliqua son père d'un air choqué. Tu es notre fille, Corey. Ce n'est pas une peine, c'est un plaisir !

Une semaine plus tard, tandis que leur vieille voiture roulait en direction de Columbus, Corey se reprochait encore d'avoir causé du chagrin à son père. Une fois de plus, elle n'avait pensé qu'à son propre intérêt, sans comprendre que ses parents seraient merveilleusement contents de l'installer à l'université.

Ces derniers mois, elle avait fait tant de bêtises qu'elle avait parfois envie de mourir. A présent, il lui semblait qu'elle n'avait plus qu'une seule solution : s'éloigner le plus possible de Cincinnati et se poser dans un endroit où elle essaierait de tirer un trait sur toutes ses frasques. En ce sens, son départ pour Columbus était bienvenu. Elle y réussirait peut-être à oublier les voix des garçons qu'elle avait fréquentés.

Fais pas ta mijaurée, Corey… c'est pas la première fois que tu couches avec un type…

Elle s'était promis qu'à l'université, elle se montrerait beaucoup plus prudente. Il le fallait impérativement. Mieux valait être solitaire que de se laisser utiliser par les gens.

Allez, quoi ! Qu'est-ce qui t'arrive ? Tous les copains racontent que t'es un bon coup...

Corey n'avait guère songé à sa réputation pendant qu'elle se donnait à tous ces garçons. Comme elle avait passé la plus grande partie de sa vie en solitaire, sans s'intégrer à la société des gens de son âge, il était presque normal qu'elle n'ait pas entendu les rumeurs qui couraient sur son compte en ville. Lorsque Millicent avait essayé de la prévenir, Corey avait tout d'abord cru que celle-ci s'inquiétait par excès d'amour maternel.

T'as dit oui aux autres ! Tu vas pas te mettre à faire ta chochotte !

Puis, tout à coup, Corey s'était aperçue avec horreur que Millicent avait raison. Elle avait pris conscience des regards que les gens lui jetaient dans les magasins, des clins d'œil coquins des garçons dans les couloirs du lycée. Chacun des adolescents avec qui elle avait couché, chaque détail de sa vie intime était connu de tout le monde. Elle n'aurait pas mieux réussi à se rendre célèbre si elle avait passé une annonce dans le journal local.

A l'avant de la voiture, Jack et Millicent se chamaillaient gentiment au sujet de la station de radio à sélectionner. Corey ferma les yeux et appuya le front contre la vitre. Ses parents s'aimaient si fort que, par moments, elle oubliait qu'ils étaient deux êtres distincts. Enfant, déjà, elle s'était rendu compte qu'ils formaient un couple à part — et au début, par réaction, elle s'était encore plus enfermée dans sa solitude. Elle ne méritait pas l'amour qu'ils lui prodiguaient. Elle leur avait déjà causé tant de soucis ! Et Dieu seul sait quels malheurs elle attirerait encore sur la famille avant d'être financièrement indépendante.

Pourtant, elle avait peur de les quitter. Elle s'était répété maintes fois qu'elle ne se comporterait pas comme une mauviette, mais ils avaient à peine parcouru cinquante kilomètres que des larmes d'angoisse lui montaient déjà aux yeux. Une partie d'elle-même voulait rester avec

Jack et Millicent, s'emmitoufler sous les couvertures de son lit, et ne jamais perdre la sécurité familière de sa chambre.

Millicent ne l'aurait avoué à personne, mais elle vivait l'un des plus beaux jours de sa vie. Quand ils avaient mis les valises de Corey dans le coffre, ce matin, elle avait eu l'impression d'y jeter en même temps tous les problèmes de sa fille. Corey avait besoin d'un nouveau départ. Il fallait qu'elle prenne ses distances avec la maison, qu'elle s'installe ailleurs, où elle pourrait oublier le passé et tout recommencer à zéro. L'université lui offrirait certainement l'occasion de s'affirmer, de développer ses multiples talents.

Ils s'arrêtèrent pour déjeuner dans un petit snack au bord de la route. Tandis que Jack allait acheter de la limonade, Millicent essaya de trouver les mots pour exprimer son émotion à Corey.

— Tu es la première de la famille à entrer à l'université, tu sais. Nous sommes vraiment fiers de toi.

Corey ne répondit rien. Elle se contenta de baisser la tête, au point que sa longue cascade de cheveux bruns lui masqua le visage. Lorsque Millicent tendit la main pour en caresser une mèche, sa fille sursauta comme si un insecte l'avait piquée. « T'ai-je déjà perdue, ma chérie ? » se demanda-t-elle. Le lien qui les unissait était-il si fragile que ce départ pour l'université suffise à le rompre définitivement ? A cette pensée, Millicent se sentit le cœur brisé. Pourtant, elle devait assumer la situation si elle voulait que Corey ait une chance de s'épanouir et de mener la vie des jeunes de son âge.

Le campus ressemblait exactement à l'image que Millicent se faisait d'une université américaine : d'immenses pelouses entrecoupées de grands arbres pleins de vigueur, et des centaines d'étudiants souriants qui déambulaient nonchalamment, livres et cahiers serrés contre la poitrine. Devant un tel spectacle, elle eut la certitude que, là, sa fille serait heureuse.

Millicent saisit une valise tandis que Corey prenait un carton bourré de livres, et elles se dirigèrent d'un bon pas vers la résidence universitaire. Un jeune homme aux cheveux roux fut sollicité par Jack pour porter les autres bagages.

La porte de la chambre 312 était entrouverte. Millicent poussa doucement le battant.

— Bonjour, dit-elle. Excusez-moi de…

— Tiens ! Bonjour, madame !

Une jolie fille blonde se leva du lit situé près de la fenêtre et s'approcha, le sourire aux lèvres.

— Je m'appelle Sarah Bennett, annonça-t-elle. Ravie de vous rencontrer.

— Je suis Mme Banning et…

Millicent fit signe à Corey d'entrer.

— Voici ma fille Catherine. Mais tout le monde l'appelle Corey.

Les yeux de Sarah se plissèrent un peu quand elle avisa les cicatrices de Corey, mais cela ne dura qu'un instant, et son expression demeura joviale et accueillante. Millicent songea que la mère de cette jeune fille aurait été vraiment fière d'une telle réaction.

— Moi, je suis Sarah tout court, dit-elle à Corey. Etant donné que j'ai trois sœurs, j'ai l'habitude de partager ma chambre. Je suis sûre que nous allons bien nous entendre.

Sarah continua de parler un moment, précisant qu'elle était originaire de Charleston. Dotée d'une personnalité amicale, elle fit de son mieux pour attirer Corey dans la conversation. Mais, à la grande honte de Millicent, sa fille refusa de se montrer coopérative.

— Comme tout le monde ne raffole pas forcément de musique country, poursuivit joyeusement Sarah en désignant un lecteur de cassettes dans le coin de la pièce, j'essaierai de me modérer. Tu peux passer tout ce que tu veux, Corey, à condition que ce ne soit pas de l'opéra.

— T'inquiète pas, répondit Corey d'un air revêche. J'aime pas l'opéra.

« Ne te fais pas ce mal, ma chérie, l'implora Millicent en silence. Les premières impressions que tu donnes de toi-même sont déterminantes. » D'ailleurs, le sourire de Sarah se teintait déjà d'une profonde déception. Corey aurait un long, un très long chemin à parcourir si elle voulait nouer des relations normales avec les étudiants qu'elle s'apprêtait à côtoyer.

— Nous allons manger une pizza quelque part, annonça Millicent lorsque toutes les affaires de Corey furent rassemblées dans la chambre. Tu veux venir avec nous, Sarah ?

— Non !

Millicent et la jeune fille de Charleston regardèrent fixement Corey, qui détourna les yeux en rougissant.

— C'est que..., balbutia-t-elle, Sarah a sûrement mieux à faire.

Cette dernière regarda tour à tour Millicent, puis Jack, puis Corey, et secoua finalement la tête.

— Je vous remercie, madame Banning, mais Corey a raison. J'ai autre chose à faire.

Elle les salua et quitta aussitôt la chambre.

— Pourquoi as-tu réagi ainsi, ma chérie ? demanda Millicent à sa fille. Tu vas vivre dans cette chambre avec Sarah. Tu pourrais t'efforcer d'être polie.

— Je ne suis pas ici pour être polie, répliqua Corey. Je suis ici pour faire mes études.

Millicent eut un pincement au cœur. Jack prétendait qu'il était grand temps que Corey vole de ses propres ailes. Mais Millicent se demandait si les ailes de sa fille n'étaient pas trop abîmées pour qu'elle puisse prendre son envol.

— Tes parents sont vraiment sympa, dit Sarah. Ils ont l'air de beaucoup t'aimer.

Corey quitta des yeux les livres qu'elle était en train de disposer sur l'étagère au-dessus de son lit, et regarda la jeune fille : son expression était tout à fait plaisante, mais Corey crut percevoir une pointe d'étonnement dans sa voix.

— Ils ont du mérite, en effet, si c'est ce que tu veux dire, répondit-elle d'un ton désinvolte en glissant *L'Attrape-Cœur* à côté d'un Fitzgerald.

Sarah s'assit en tailleur sur le rebord de la fenêtre, entre une canette de soda et un paquet de chips entamé. Avec ses boucles blondes, sa bouche en cœur et sa tenue décontractée, elle aurait pu poser pour une publicité vantant la vie universitaire en Amérique. Corey en fut tellement jalouse qu'elle ressentit des palpitations brûlantes dans la poitrine.

— Tu ne m'aimes pas beaucoup, j'ai l'impression, marmonna Sarah.

Corey saisit *Autant en emporte le vent* et le hissa sur l'étagère.

— Je ne te connais pas.

— Disons que tu n'aimes pas beaucoup ce que tu connais pour le moment.

— Et alors ? rétorqua Corey. Ça ne va pas t'empêcher de dormir, je pense.

Sarah fronça les sourcils, puis se détourna en haussant les épaules. Corey aurait voulu lui dire qu'elle était désolée, que sa peur et sa nervosité lui faisaient perdre la raison, mais les mots refusaient de sortir de sa bouche. Jamais elle n'avait partagé sa chambre avec une autre fille de son âge. Elle qui avait passé toute sa vie à l'écart de ses semblables, elle avait l'impression d'être brusquement tombée de l'autre côté du miroir, et elle ne savait pas comment affronter cette situation nouvelle.

Sarah était tout ce que Corey n'était pas et qu'elle rêvait désespérément de devenir. Ses jolis cheveux blonds tombaient sur ses épaules comme des rubans de satin. Son teint de pêche faisait divinement ressortir ses grands yeux bleus et lumineux. Les minuscules boucles d'oreilles en diamant qui ornaient ses lobes soulignaient les traits parfaits de son visage lisse. Elle avait une silhouette mince, mais solide, et elle portait son short et son T-shirt avec l'assurance altière d'une femme en tailleur Chanel. En sa présence, Corey avait l'impression d'être le monstre de Frankenstein, un être trop laid et trop repoussant pour se mêler au reste de l'humanité.

Les semaines suivantes confortèrent Corey dans son opinion. Elle s'aperçut que Sarah ne manquait pas d'amis, et qu'elle se passait très bien de son affection. Tout le monde, sur le campus, adorait la petite Sarah de Charleston. Et c'était Corey, qui passait le plus clair de son temps libre dans sa chambre, qu'on chargeait de transmettre les messages. *Dis à Sarah qu'on va manger une pizza chez Kong et qu'on file ensuite au ciné. Préviens-la que nous allons en boîte samedi. Dis-lui…*

Sceptique, Corey écoutait les autres étudiants lui assurer aussi qu'ils seraient enchantés de faire sa connaissance et qu'ils allaient tous devenir supercopains. Elle savait que c'était de la blague. Jamais ils ne lui proposaient de se joindre à eux pour partager une pizza ou pour aller au cinéma. En fait, jamais ils ne lui demandaient rien. Les jolis yeux bien maquillés des filles qu'elle croisait ici ou là se braquaient vers le mauvais côté de son visage, détaillant les horribles sillons de ses cicatrices, mesurant l'étendue de son imperfection. Alors, leurs sourires se muaient en une grimace gênée, et Corey sentait que, sitôt hors de portée, elles se mettraient à plaindre la pauvre Sarah qui avait un monstre pour compagne de chambre.

Jusqu'au mois de novembre, Millicent ne vit guère le temps passer. L'absence de Corey lui pesait, mais elle était soulagée de constater que sa fille n'était plus au centre des ragots de la ville. Même les pires commères s'étaient trouvé de nouvelles proies, accablant d'autres malheureux de leurs sarcasmes.

Elle écrivait à Corey, deux fois par semaine, de longues lettres bavardes où elle parlait de son jardin, du projet qu'avait conçu Jack de bâtir une remise à outils au fond de la cour, des changements survenus en ville, etc. Corey ne répondait pas très souvent, et jamais très longuement. Son courrier marquait en outre une certaine froideur, un peu comme si elle s'adressait à des inconnus. Millicent se répétait qu'il n'y avait pas là matière à s'inquiéter : une jeune étudiante débordée n'avait pas le temps de penser à ses parents, et il était normal qu'elle manifestât à leur égard un certain détachement. Mais, malgré tous les raisonnements qu'elle se tenait, elle ressentait cruellement l'absence de sa fille.

Chaque fois qu'elle s'asseyait à la table de cuisine avec son stylo et son bloc pour faire son courrier, elle repensait à ce triste soir où elle avait écrit à Lili Spaulding. Trois mois s'étaient écoulés depuis qu'elle avait posté cette lettre, et elle n'avait toujours pas de réponse. Le facteur passait à 9 h 30 tapantes. Millicent arrivait bien souvent à la boîte aux lettres avant même qu'il ait eu le temps d'y glisser le courrier. Et chaque jour, elle devait ravaler sa déception.

— Qu'est-ce qui se passe, Millie ? lui demanda Jack un matin. A te voir courir à la boîte comme ça depuis des semaines, on dirait que t'attends un tendre courrier.

Millicent remplit une tasse de café décaféiné pour Jack, puis saisit une tranche de pain de mie. Elle fit une moue qu'elle espérait espiègle.

— Ça te regarde ? répliqua-t-elle d'un ton léger.

— Sois sérieuse, Millie, insista Jack en glissant deux morceaux de sucre dans sa tasse. Tu n'es pas obligée de me cacher les factures. Mon vieux cœur peut encore encaisser les coups.

— Je te promets que je ne te cache pas les factures, mon chéri.

Millicent étala une épaisse couche de beurre sur sa tranche de pain.

— C'est juste que j'ai commandé quelque chose de spécial dans le catalogue, pour Noël, reprit-elle. Et tu me connais : dans ces cas-là je suis pire qu'une gamine.

Jack la regarda d'un air soucieux.

— Ne t'avise pas de me commander un cadeau coûteux. Cette année, il faut se serrer la ceinture.

— Ne t'inquiète pas, répondit-elle, ivre de culpabilité. Je ne fais jamais de folie, tu sais bien.

Comment pouvait-elle mentir si effrontément ? songea Millicent. Elle avait commis une bêtise tellement grave qu'elle avait parfois peine à y croire. Ecrire cette lettre à Lili Spaulding avait été un acte insensé et stupide. Elle ne comprenait toujours pas ce qui lui était passé par la tête.

Avait-elle été assez bête pour espérer une réponse... Elle n'avait même pas su où adresser la lettre ! Mayfair avait des bureaux partout dans le monde : New York, Londres, Paris, Milan, et Dieu seul sait où. Quant à la famille Spaulding, elle semblait posséder des maisons et des appartements dans chacune de ces villes. Pour finir, Millicent avait décidé d'envoyer la lettre à New York, puis de croiser les doigts en priant que la chance la fasse parvenir à sa destinataire.

A présent, elle imaginait tout à fait l'air hilare de la secrétaire, chez Mayfair, devant son enveloppe bon marché et son écriture maladroite. Elle avait écrit « Privé » sur l'enveloppe, mais ce mot ne signifiait plus grand-chose. Sa lettre avait probablement été lue par tout un bataillon de gens — et n'était peut-être même pas parvenue à Lili Spaulding.

« Il fallait quand même que je le fasse », songea-t-elle en sirotant son café, tandis que Jack lisait la rubrique sports du journal de la veille. Il y avait une chance sur un million pour que Lili soit la mère de Corey, mais c'était assez pour tenter le coup.

Ils entendirent soudain le ronron familier de la camionnette postale.

— Tiens, ta musique préférée, dit Jack sur un ton malicieux.

Millicent se leva d'un bond, le cœur battant.

— Reste ici. Je reviens de suite !

Si Jack apprenait ce qu'elle avait fait, il exigerait certainement le divorce. La simple idée que sa femme eût demandé la charité à une inconnue lui briserait le cœur. A ses yeux, un tel acte revenait à passer dans le journal local une annonce où Jack Banning reconnaîtrait ne pas avoir les moyens de subvenir aux besoins de sa famille.

— Il n'y a pas grand-chose, aujourd'hui, madame Banning, annonça Billy, le facteur.

Il tendit à Millicent la facture d'eau et le dernier exemplaire de *Good Housekeeping*. Elle sourit, refoulant une pointe de déception.

— Hmm, la routine, acquiesça-t-elle. N'oubliez pas de faire une bise à votre petit dernier.

Elle demeura un moment sur le trottoir, à regarder la camionnette du facteur disparaître au coin de la rue. « Il faut que ça cesse, songea-t-elle. Tu ne peux pas continuer à attendre de la sorte. C'est absurde. » Jamais elle ne recevrait de réponse de Lili Spaulding, ni dans ce monde-ci, ni dans l'autre. Les riches ne prêtaient aucune attention aux familles comme la sienne.

En outre, Millicent avait l'intime conviction que, s'il y avait eu la plus petite chance pour que Corey soit la fille de Lili Spaulding, celle-ci aurait immédiatement répondu. Elle aurait même remué ciel et terre pour aider son enfant.

C'était tout naturel de la part d'une mère. Ne l'aurait-elle pas fait elle-même, dans une situation semblable ?

L'affaire était donc réglée. Tous les indices qu'elle avait patiemment rassemblés ne devaient être qu'une série de coïncidences qui ne menaient nulle part. Millicent se retrouvait à la case départ. Lili Spaulding ne l'aiderait pas ; la loterie ne lui offrirait pas un gros chèque — et la poule aux œufs d'or demeurerait une légende.

— Je trouverai un autre moyen, murmura-t-elle en retournant vers la maison, le courrier glissé sous le bras.

Même si elle devait y consacrer jusqu'à son dernier souffle, elle ferait tout pour que sa fille obtienne ce qu'elle méritait, et plus encore.

LIVRE 5

La femme

16.

New York, 1980

Indifférent aux mauvaises langues, Whit Paley considérait que le Russian Tea Room avait toujours son lustre d'antan, et il ne se lassait pas de fréquenter ce vieux restaurant dont le décor fastueux évoquait les tsars du siècle dernier, avec ses serveurs en uniforme de cosaque rouge vif qui préparaient le thé dans d'étincelants samovars. Cependant, ce qu'il y appréciait par-dessus tout, c'était la clientèle, composée de célébrités venues de New York ou d'ailleurs.

Ce jour-là, il avait déjà repéré deux sénateurs, le maire de la ville, et Nancy, la frêle épouse de Ronald Reagan. La nouvelle Première Dame d'Amérique, accompagnée de Betsy Bloomingdale, était entrée dans la salle en arborant un sourire triomphant et légèrement hautain. L'élection présidentielle venait de s'achever, et Whit éprouvait un étrange soulagement à l'idée de voir Jimmy Carter quitter bientôt la Maison Blanche.

Quelques années plus tôt, l'idée qu'un républicain dirige le pays l'aurait mis en colère. Mais sa sensibilité d'homme de gauche commençait sérieusement à s'éroder, car il avait l'impression que l'Amérique avait perdu sa rage de vaincre. En outre, la croyance populaire voulait que les républicains au pouvoir favorisent le monde des affaires : or, il était grand temps que le business redécolle si l'on tenait à ce que Mayfair vive de florissantes années quatre-vingt. A l'heure actuelle, Whit estimait les chances de survie de la compagnie à cinquante pour cent — pas plus. Son serveur préféré posa un verre sur la table.

— Votre Martini, monsieur Paley.
— Merci, Albert.
— Désirez-vous passer commande maintenant ?
Whit consulta rapidement sa montre.
— Non, je vais attendre encore un peu.
— Comme il vous plaira, monsieur Paley.

Whit éprouvait une légère inquiétude. Lili n'avait pas l'habitude d'être en retard. Si elle n'arrivait pas d'ici à dix minutes, il allait téléphoner aux quatre coins de la ville pour retrouver sa trace. Elle avait trop tendance à considérer Manhattan comme son jardin privé et à croire qu'elle n'y risquait rien. Il lui avait souvent conseillé de louer les services d'un garde du corps, mais chaque fois, elle s'esclaffait en le traitant de vieux fou. Cette femme ne semblait avoir peur de rien. Tant mieux pour elle, en un sens, se répétait Whit, désabusé — car pour vivre avec Carter Spaulding, il ne fallait pas manquer de courage.

Le Martini était parfait. Ces temps-ci, avec la mode du vin qui déferlait sur New York, il devenait de plus en plus difficile de trouver un barman capable de préparer un cocktail digne de ce nom. Whit, lui, continuait pourtant d'apprécier le Martini, les havanes… et les belles femmes.

Il s'esclaffa doucement. Belles ou laides, les femmes se faisaient de plus en plus rares dans sa vie. Il mettait parfois cela sur le compte de l'âge, mais ce n'était qu'une fausse excuse. A cinquante ans, on était encore jeune. Et Whit aimait à se dire qu'il n'avait atteint que la moitié de son existence, qu'il lui restait de belles années devant lui. D'autant qu'il se maintenait en excellente forme physique grâce à la pratique régulière du squash et de l'athlétisme.

Il fit signe à Albert de lui apporter un second verre. Bien sûr, il s'autorisait de temps en temps une petite aventure sexuelle, quand le lieu et l'humeur s'y prêtaient. Mais s'il en tirait une agréable satisfaction sur le moment, il n'en gardait jamais un souvenir mémorable. Son second mariage avec une de ses maîtresses, une jeune et jolie représentante de la haute société de Boston qui n'était pas sans lui rappeler Emmaline, sa première épouse, avait tourné court six mois plus tard. Il avait alors compris l'inutilité de convoler avec des femmes qu'il n'aimait pas réellement.

A dire vrai, son cœur était déjà pris. Cinq ans plus tôt, il avait reçu un choc violent en faisant la connaissance d'une femme divine, et il ne s'en était toujours pas remis. Depuis, toutes ses affaires sentimentales semblaient vouées à l'échec.

La voix de Lili Spaulding, douce et énergique à la fois, l'arracha subitement à ses réflexions :

— Je t'ai fait attendre ?

Whit se leva pour l'embrasser sur la joue, inspirant avec ravissement son odeur familière.

— Je m'apprêtais à lancer la garde nationale à ta recherche.

— Tu te fais trop de souci pour moi, Whit.

Elle s'assit dans un délicieux mouvement de hanches.

— Tu as besoin de distraction, mon ami, reprit-elle. Cela t'éviterait de te tracasser bêtement.

« C'est de toi que j'ai besoin, Lili », songea Whit. Mais, bien sûr, il ne pouvait se permettre d'adresser ces mots-là à l'épouse de son meilleur ami.

Lili trouvait Whit un peu distant. Elle essaya de l'amuser en lui racontant son dernier dîner avec les épouses des hauts responsables de Mayfair, toutes ennuyeuses à mourir, mais il se contenta de répondre par des hochements de tête distraits.

Finalement, elle alluma une cigarette, se renversa contre le dossier de la chaise, et attendit qu'il se rende compte qu'elle avait cessé de parler.

— Lil ?

— Ah ! Enfin, tu m'accordes un peu d'attention.

Il eut l'élégance de paraître embarrassé, mais Lili n'en attendait pas moins de sa part. Whit Paley commettait rarement une erreur de bienséance.

— Excuse-moi, dit-il en inclinant poliment la tête. Je me suis laissé emporter par mes pensées.

Lili tira une longue bouffée de sa cigarette. Elle ne voulait pas lui donner à croire qu'elle éprouvait du ressentiment contre lui.

— Merveilleux, murmura-t-elle en exhalant la fumée. Les Américains se privent d'un grand plaisir, en diabolisant le tabac.

— Tu devrais cesser de fumer, dit Whit, le regard sombre.

Elle désigna son verre de Martini.

— Tu devrais cesser de boire.

— Le ministère de la Santé n'a jamais dit qu'un Martini provoquait le cancer.

— Il devrait peut-être y songer, répliqua-t-elle. Tu bois beaucoup, ces temps-ci, Whit. Cela m'inquiète.

— C'est ce genre de discussion qui a précipité notre divorce, à Emmaline et moi.

— Non. Vous avez divorcé parce qu'elle a décidé d'épouser Sid Zuckerman.

— Merci de me le rappeler, répliqua Whit d'un ton grinçant.

— Je ne te dis pas ça pour te faire de la peine. Je suis ton amie et je m'inquiète pour toi, c'est tout.

— Tu ne devrais pas. Je ne suis qu'un alcoolique mondain.

— Tant mieux.

Lili le dévisagea. Des cernes noirs lui marquaient les yeux. « Tu vieillis, Whit, songea-t-elle avec dépit. Moi aussi, d'ailleurs. Pourquoi l'âge mûr nous tombe-t-il dessus tout à coup, sans prévenir ? »

Les quatre années écoulées depuis son mariage avec Carter avaient filé à une vitesse vertigineuse. Par moments, Lili avait même de la peine à se rappeler sa vie d'avant. Quant à Whit, elle ne saurait jamais assez le remercier pour tout ce qu'il avait fait pour elle. Grâce à lui, la girl de Las Vegas avait pu se transformer en pilier de la haute société new-yorkaise. C'était Whit qui lui avait appris à faire la différence entre une fourchette à viande et une fourchette à crustacés ; Whit qui l'avait initiée aux rites vestimentaires de Manhattan ; Whit encore qui l'avait prise sous son aile, la protégeant des murmures sournois et des rires cruels d'un milieu qui aurait bien voulu la renvoyer d'où elle venait.

Dès les premières semaines, il l'avait emmenée au Plaza prendre le thé. Là, au lieu de discuter, il l'avait engagée à écouter attentivement les intonations et les codes de langage des femmes riches, à enregistrer aussi les noms des gens et des endroits qu'il fallait impérativement connaître pour évoluer dans ce monde. De même, Whit lui avait fait franchir le seuil de la bibliothèque de New York, l'encourageant à accroître ses connaissances.

Ses jours avaient été très vite réglés comme du papier à musique. Chaque matin, elle prenait le petit déjeuner avec Carter, puis revêtait l'un de ses splendides tailleurs Chanel pour se rendre à la bibliothèque, où elle s'entourait de livres, de thèses et de journaux, accumulant les informations avec une avidité incroyable. Elle avait fini par s'inscrire à l'université de New York pour y suivre des cours de sociologie et de commerce. En développant son savoir, elle avait acquis une certaine confiance en elle-même et, au bout de trois ans, elle avait enfin eu le sentiment d'avoir trouvé sa place dans l'univers de Carter.

Whit restait son meilleur ami. Sans lui, elle n'aurait pu jeter les bases d'une vie de famille heureuse avec Carter et Grant. Elle savait qu'elle avait envers lui une dette inestimable.

— Il faut que nous parlions, Lil, déclara-t-il soudain d'un ton soucieux.

— Nous sommes en train de parler, répondit-elle avec désinvolture. Je n'arrête pas de babiller depuis que je suis assise.

— Tu sais très bien ce que je veux dire, répliqua-t-il sans humour.

Elle tira une bouffée de sa cigarette. En effet, elle savait très bien à quoi il faisait allusion.

— Je t'écoute, Whit.

— Carter est têtu comme une mule. Mayfair est en train de couler, et il refuse de prendre les mesures qui pourraient inverser la tendance.

— Des mesures visant à réorienter la gamme en fonction du nouveau rôle que jouent les femmes dans la population active. Je me trompe ?

Une lueur d'approbation apparut dans le regard de Whit.

— Tu es dans le comité consultatif, Lil. Tu devrais parler à Carter. Explique-lui ce qu'il faut faire.

— Il connaît tous nos arguments, Whit. Mais il refuse de voir les choses de cette façon.

— S'il ne change pas son fusil d'épaule, la concurrence nous dévorera tout crus avant peu.

Avec une terreur croissante, Lili écouta Whit égrener une liste de scénarios catastrophes qui s'achevaient tous par la ruine de Mayfair. Elle s'accorda quelques instants de réflexion avant de répondre. Une idée commençait à prendre forme dans son esprit.

— Nous ne sommes plus à la fin de la Seconde Guerre mondiale, où la plupart des soldats avaient repris leur ancien emploi sitôt revenus au bercail, déclara-t-elle. Les femmes sont désormais de vraies professionnelles. Et Mayfair semble être la dernière compagnie à s'en rendre compte. Aujourd'hui, la femme active ne peut plus se permettre de passer une heure à se maquiller. Elle doit être sur le pied de guerre en un temps record chaque matin, et avoir l'air à la fois apprêtée, hyperprofessionnelle… et belle comme un cœur.

Whit se pencha en avant, l'air enthousiaste.

— Tu peux me mettre par écrit ce que tu viens de dire ?

Elle fronça les sourcils.

— Je ne suis même pas capable de rédiger une lettre correcte, Whit. Tu le sais parfaitement.

— Alors, que dirais-tu de présenter tes idées devant le département Recherche et Développement, cet après-midi ?

— Tu crois vraiment qu'elles valent la peine d'être creusées ?

— Oui, Lil. J'en ai la certitude, répondit-il avec ferveur. Tu as l'intuition qu'il nous manque dans cette compagnie.

Lili sentit son pouls s'accélérer. L'enthousiasme de Whit était contagieux.

— Tu te souviens de Island Dreams ? reprit-il. Quand tu as mis le doigt sur l'erreur de conception qui risquait de tout ficher en l'air ?

— Oui, acquiesça-t-elle. Je trouvais insensé que la charnière du poudrier soit si résistante. Les femmes n'ont aucune envie de se casser les ongles pour se maquiller.

— Et pourtant, ce « détail » avait échappé à nos meilleurs créatifs.

Ils échangèrent un long regard, puis se sourirent.

— Regardons la situation en face, Lil, poursuivit Whit. Tu comprends d'instinct comment notre industrie doit fonctionner. Tu es une véritable ressource naturelle ! Pourquoi ne pas utiliser tes compétences ?

L'idée séduisait beaucoup Lili, mais il fallait la considérer sous tous ses aspects.

— Carter ne sera pas forcément d'accord.

— Dans la mesure où il s'agit de la survie de Mayfair, je me contrefiche de l'avis de Carter.

Lili finit par acquiescer. Whit se leva aussitôt pour passer un coup de fil à Lew Paxton, le directeur du département Recherche et Développement. Cet après-midi même, si tout se passait bien, Lili présenterait ses idées devant les plus hautes instances de Mayfair. Mme Carter Spaulding ne pouvait se permettre de montrer sa joie, mais en son for intérieur, Lili en était toute retournée.

Sans oser l'admettre devant personne, elle commençait à abhorrer les obligations mondaines inhérentes à la haute société. Elle en avait assez de tous ces interminables déjeuners de charité, dîners d'affaires, galas, réceptions pompeuses et autres week-ends à la campagne entre amis de circonstance. Au début, bien sûr, tout cela lui avait donné le vertige. La petite Lilly Ann Barnett, originaire d'un trou perdu de Floride, frayer avec les Rockefeller, les Kennedy et les Forbes ? Il y avait de quoi se sentir le maître du monde.

Le plus curieux, cependant, c'était que très vite ce tourbillon de folie lui était apparu comme une routine insupportable. Elle s'était rendu compte que toutes ces mondanités n'étaient le plus souvent que des façades destinées à masquer un manque total d'émotions.

Lorsque Lili en avait pris conscience, tout ce petit monde avait perdu de son lustre et de son *glamour*. Elle avait alors découvert qu'il lui fallait se motiver pour se lever le matin. Pendant les premières années, c'était Carter qui avait comblé cette attente. Leur vie sexuelle, par le temps qu'ils y consacraient, par sa régularité et par sa fougue, avait été un rêve permanent. Entre les bras de cet homme, Lili avait découvert en elle-même une sensualité insoupçonnée. Plus d'une fois, elle avait eu l'impression d'être Dorothy, dans *le Magicien d'Oz*, quittant son Kansas noir et blanc pour entrer dans le monde en Technicolor de la cité d'Emeraude.

Cependant, leur vie sexuelle elle-même avait fini par s'apaiser. Carter travaillait presque jour et nuit, rentrant tard le soir, quittant la maison tôt le matin. Lili comprenait son acharnement à faire évoluer la compagnie bâtie par son père, mais elle percevait dans cette boulimie de labeur une sorte d'angoisse : Carter semblait avoir perdu sa flamme d'antan, et son génie de capitaine d'entreprise se tarissait.

Au début, elle avait attribué ce phénomène à une crise de l'âge mûr — le genre de symptôme dont les pseudopsychologues faisaient leurs choux gras à la télévision —, mais elle avait vite compris que cela n'expliquait pas tout. Et, bien qu'elle n'eût aucun élément tangible à l'appui de son intuition, elle continuait de penser que la situation se dégradait de façon insidieuse, et qu'elle conduirait fatalement à la catastrophe.

Avoir un enfant, Lili en avait la conviction, leur aurait changé la vie. Mais chaque fois qu'elle abordait la question de l'adoption avec Carter, il lui rétorquait qu'il préférait ne voir rien ni personne s'immiscer dans leur couple. Pourtant, cet argument sonnait faux. Entre le travail et leurs multiples obligations sociales, bien des choses s'étaient glissées entre eux. Et, contrairement à ce qu'il croyait, un enfant les aurait rapprochés.

Pour illustrer son point de vue, Carter désignait toujours son propre fils Grant comme une source d'ennuis continuels, martelant à longueur de discussion qu'il ne fallait pas répéter une telle erreur. Mais Lili refusait de l'écouter. Selon elle, un enfant ne pouvait causer aucun mal — seule la *perte* d'un enfant avait la capacité de vous briser le cœur. En outre, elle s'était éprise de Grant dès leur première rencontre, et rien n'avait pu la faire changer d'avis depuis. Ce garçon avait un énorme besoin d'attention et d'affection qu'elle était plus qu'heureuse de lui offrir. D'autant qu'elle avait ainsi le sentiment de compenser l'indifférence de Carter à l'égard de son fils.

Elle se répétait, pour excuser son mari, qu'il avait énormément souffert de la mort de sa première épouse et que Grant lui rappelait cet amour perdu, mais cette explication ne la satisfaisait pas tout à fait. Quoi qu'il en soit, se disait-elle, cet enfant avait besoin d'un parent pour le guider, de quelqu'un qui l'aimât comme un fils méritait d'être aimé — et c'était à elle que ce rôle avait échu.

Grant était l'une de ses plus grandes joies dans l'existence. Tout ce que le garçon souhaitait obtenir, Lili se faisait un bonheur de le lui fournir. S'il désirait des billets pour voir jouer l'équipe des Giants, elle lui en trouvait deux aux meilleures places. S'il avait besoin d'une réservation au restaurant Le Cirque, elle savait quelles ficelles tirer pour en obtenir immédiatement.

Grant avait aujourd'hui dix-huit ans. Carter l'avait averti qu'il attendait beaucoup de lui et qu'il devrait bientôt faire ses preuves. Il lui avait aussi conseillé de rester irréprochable au regard de la loi, faute de quoi il lui refuserait tout emploi dans la compagnie à la fin de ses études. Lili jugeait cette attitude trop sévère. Au cours des quatre dernières années, Grant avait bien eu quelques petits problèmes avec la police, pour de banales affaires de haschich, mais la preuve de son innocence avait été donnée chaque fois. Et s'il recevait plus que sa part d'attentions féminines, on ne pouvait guère lui en tenir rigueur : l'adolescent que Lili avait rencontré en arrivant à Manhattan s'était métamorphosé en un jeune homme d'une beauté époustouflante. Et le nom de Spaulding allié à son physique composait un cocktail explosif.

Un an plus tôt, une jeune femme ambitieuse avait eu le culot de porter plainte contre lui pour tentative de viol. Au grand soulagement de Lili, l'affaire avait été réglée avant d'arriver jusqu'aux tribunaux. Lili avait voulu engager une contre-procédure pour diffamation, mais son avocat personnel, Patrick DeRossier, l'avait convaincue que cela ne ferait qu'aggraver le cas. N'empêche, elle détestait les injustices, et elle ne supportait pas l'idée qu'une petite impudente puisse jouer ainsi avec la réputation d'autrui sans aucune preuve concrète. Son sang se figeait encore à l'idée que le brillant avenir de Grant avait manqué d'être compromis par une accusation ignoble et sans fondement.

— Devrais-je me montrer jaloux ? lui avait demandé Carter un jour, le regard sombre. Je commence à me demander si tu ne m'as pas épousé pour mon fils.

Lili avait ri et rétorqué qu'elle ignorait l'existence de Grant quand elle l'avait épousé, mais elle ne pouvait nier qu'elle se sentait unie à Grant de façon indéfectible. Pour lui, elle agissait comme une lionne protégeant son lionceau. Tout l'amour qu'elle aurait prodigué à son propre enfant appartenait maintenant à Grant, et elle ne reculait devant rien pour lui offrir ce qu'il méritait.

Tout cela rendait la question de l'avenir de Mayfair encore plus douloureuse. Les capacités de gestionnaire de Carter semblaient moins évidentes que par le passé. Lili savait qu'un vent de désapprobation avait suivi certaines décisions prises récemment par son mari. On chuchotait aussi qu'il se droguait. Un jour, Whit lui avait même demandé, à elle sa femme, s'ils avaient des problèmes de couple susceptibles d'avoir un impact sur le travail de Carter. Lili aurait giflé toute autre personne osant proférer une telle hypothèse, mais elle savait que Whit n'avait d'autre motivation que le bien-être de son ami, ainsi que son propre avenir chez Mayfair.

Bien sûr, elle n'avait rien répondu. Elle adorait Whit, mais il ne faisait pas partie de la famille. Lili considérait que certains secrets ne devaient pas être révélés, pas même à un ami très intime. Peut-être était-ce là un reliquat de son éducation à Euless, mais qui pouvait nier qu'il valait mieux laver son linge sale en famille ? Contre vents et marées, il fallait protéger son clan. En outre, Lili avait la conviction que Carter recouvrerait tôt ou tard son sens des affaires, faisant taire les rumeurs et les conjectures. D'ici là, cependant, elle ferait le nécessaire pour assurer l'avenir de Mayfair. La compagnie constituait l'héritage de Grant, et tant qu'elle vivrait, elle la défendrait bec et ongles en son nom.

Ainsi que Whit l'avait prédit, Lili fut sublime. Sa beauté aurait suffi à lui valoir l'attention de tous, mais ce qu'il n'avait pas envisagé, c'était qu'elle ferait preuve d'un authentique talent d'orateur. Elle avait du style et s'exprimait avec élégance et fermeté, en ajoutant à son discours une pointe d'émotion appréciable.

En une petite heure, et apparemment sans le moindre effort, elle parvint à convaincre toute l'équipe du département Recherche et Développement. Elle parla avec passion de Mayfair, de sa dévotion pour Carter, des erreurs commises par la compagnie, et tout cela du point de vue d'une femme dont la pensée n'était pas paralysée par les mécanismes tortueux et rigides du monde des affaires. Elle était souvent drôle, parfois ironique, et ses opinions tapaient toujours dans le mille.

— Les années cinquante, c'est terminé, déclara-t-elle avec emphase à son public médusé. Aujourd'hui, les femmes ne restent plus sagement à la maison à préparer des cookies. Elles apportent leur salaire au couple — quand elles vivent en couple —, et elles n'ont nullement l'intention d'abandonner la vie active. Il faut en tenir compte. Les campagnes publicitaires de Mayfair s'adressent à une femme qui n'existe plus, une femme qui n'a plus le temps ni l'envie de consacrer des heures à des rituels de beauté complètement dépassés.

Les gros cerveaux formés dans les prestigieuses universités telles que Wharton ou Harvard essayèrent de l'impressionner par des arguments théoriques, mais Lili leur cloua le bec. Elle savait de quoi elle parlait, parce qu'elle-même avait fait partie de la population active, et que cette expérience lui permettait de porter un regard sur la société qu'aucun diplôme n'aurait pu surpasser.

Whit avait chargé son assistante Elaine de prévenir Carter que sa femme était en train de faire un malheur en salle de conférences. Celui-ci, au téléphone, avait répondu qu'il passerait la voir dès que possible.

— C'est pas juste ! murmura Elaine pendant l'exposé de Lili. En plus d'être belle comme un cœur, elle est brillante. Je la déteste.

Whit aurait aimé pouvoir en dire autant. S'il avait réussi à haïr Lili, sa vie aurait été beaucoup plus facile. Il aurait pu, par exemple, profiter librement de ces jolies créatures d'une vingtaine d'années qui flirtaient avec lui au bar des hôtels et aux réceptions mondaines. Mais l'évidence de ses sentiments était telle que la seule attitude qu'il eut en cet instant fut de rester dans un coin de la salle de conférences à observer la femme qu'il aimait, en se disant qu'une carrière fracassante s'annonçait pour elle, l'éloignant encore un peu plus de lui.

17.

L'exposé impromptu devant les membres du département Recherche et Développement fut aussitôt suivi d'un autre devant les responsables du marketing, puis d'un troisième devant les publicitaires. Lili remporta un vrai triomphe. Elle ne cachait pas sa joie. Il y avait si longtemps qu'on ne l'avait applaudie avec tant d'enthousiasme qu'elle avait l'impression d'avoir donné la représentation de sa vie devant un parterre d'adorateurs. Si, au fil des ans, elle s'était habituée à être l'épouse lunaire du soleil Carter Spaulding, elle appréciait profondément de briller enfin par elle-même. Et pour son propre profit.

A l'issue de son dernier discours, tous ses auditeurs s'approchèrent pour la féliciter personnellement.

— Carter a manqué quelque chose ! s'exclama Ron Von Heemstra, un des meilleurs créatifs de la compagnie.

— Et comment ! renchérit Frederick Stadtler, un membre du conseil administratif. C'est criminel de sa part de vous avoir laissée perdre votre temps à des déjeuners de charité alors que vous auriez pu travailler avec nous ! Il aurait dû venir voir de quoi vous êtes capable.

Lili refoula la peine que ces derniers mots éveillaient en elle et continua d'arborer son plus beau sourire. En fait, Carter était bel et bien passé la voir, vers la fin de son second exposé. Alors qu'elle tournait le dos à la porte, elle avait senti sa présence à la minute où il avait franchi le seuil de la pièce. Son mari dégageait une sorte de champ magnétique auquel elle réagissait immanquablement.

Elle avait fait volte-face, persuadée de voir sur son visage une expression d'immense fierté, et la déception qu'elle avait alors éprouvée l'avait presque paralysée. Carter paraissait complètement indifférent à ce qu'elle disait. Ses yeux avaient balayé nerveusement l'auditoire, comme s'il cherchait quelque chose ou quelqu'un, puis il avait tourné les talons en haussant les épaules, et quitté la salle. Par miracle, Lili avait réussi à recouvrer son assurance. Mais elle avait compris à ce moment-là qu'une petite partie de son cœur venait de mourir.

Elle écouta avec plaisir les compliments des employés de Mayfair, puis la salle de conférences se vida dans un brouhaha de commentaires admiratifs.

Il était alors près de 18 heures.

— La limousine t'attend dehors, Lil, l'avertit Whit.

— Merci, répondit-elle. Préviens le chauffeur que j'arrive dans une minute.

— Entendu.

Lili fronça les sourcils. Une lueur sombre brillait dans le regard de son ami.

— Ça ne va pas, Whit ?

— Tu plaisantes ? répliqua-t-il d'un ton enjoué. Je viens de te voir accomplir un miracle. Comment veux-tu que ça n'aille pas ?

Elle lui étreignit affectueusement le bras.

— Je ne sais pas, reconnut-elle. Pendant une seconde, tu as eu l'air terriblement triste.

— Fatigué, rectifia-t-il. Je deviens vieux.

— Vieux ? Oh, pas toi, Whit ! Ce sont sûrement tes folles nuits d'amour qui t'épuisent.

— Mes folles nuits d'amour ne sont que légendes, Lil.

Elle plaqua les mains contre ses oreilles en riant.

— Je t'en prie ! Ne m'ôte pas toutes mes illusions. Je veux continuer à penser qu'il reste un homme, un vrai, disponible dans cette ville.

— Loin de moi l'envie de te priver de tes illusions, Lil, répondit Whit en faisant la révérence. Va retrouver ton époux. Je vais dire à Fleming que tu es retenue.

Lili regarda son ami s'éloigner dans le couloir. Par bien des aspects, Carter et lui étaient taillés dans le même moule. Ils avaient de la prestance, ils étaient riches, et ils possédaient une aura, un charisme qui leur valait l'admiration inconditionnelle de beaucoup de gens. Cependant, tandis que Carter considérait la vie comme un combat à remporter à tout prix, Whit envisageait sa propre existence comme une interminable partie de plaisir dont il fallait profiter au maximum.

Elle pressa le bouton de l'ascenseur privé qui la mènerait à la suite de Carter, au quarante-cinquième étage du gratte-ciel de Mayfair. « Pauvre Whit, songea-t-elle, il ne mérite pas de passer le reste de ses jours en solitaire. » Elle lui souhaitait vraiment de trouver quelqu'un avec qui il se sentirait bien. Emmaline, sa première épouse, que Lili avait rencontrée plusieurs fois par le passé, était une femme sympathique et intelligente, qui semblait tout à fait lui convenir. Quand ils avaient divorcé, Lili en avait été profondément surprise — même si, selon Carter, leur union était condamnée depuis toujours.

Qui pouvait dire, en définitive, ce qui faisait fonctionner un mariage — ou le détruisait irrémédiablement ? Le mariage était un vaste puzzle d'une complexité inouïe. Au moment où l'on pensait y mettre la dernière pièce et pouvoir enfin jouir d'une vue d'ensemble, un événement impromptu venait tout chambouler, et l'on se retrouvait à la case départ, priant désespérément pour se souvenir de l'ordre dans lequel il fallait replacer les morceaux.

L'après-midi qui venait de s'écouler constituait un parfait exemple de ce phénomène. Du point de vue de Lili, tout s'était passé à merveille. Carter n'avait aucune raison de ne pas être content de sa prestation. L'enthousiasme que les cadres dirigeants de Mayfair avaient manifesté pour ses idées, autant que pour sa personne, n'était pas feint. Qui aurait pu croire qu'une simple démonstration de bon sens rencontrerait une telle adhésion ? Lili n'avait essayé ni de s'inventer un rôle, ni de devenir quelqu'un qu'elle ne pouvait être. Le titre de Mme Carter Spaulding lui convenait tout à fait. Mais une femme ne devait-elle pas prêter main-forte à son mari en cas de besoin ? La même logique voulait qu'une épouse de commerçant tienne la caisse pour alléger la charge de travail de son mari. Et pourtant, Carter avait eu l'air mécontent de la voir parler devant ses employés ! C'était à en perdre la tête.

Les portes de l'ascenseur s'écartèrent, et Lili s'avança dans le hall. Au centre de la pièce, un magnifique tapis d'Orient aux tons pastel contrastait fortement avec l'épaisse moquette bleu nuit. Les murs étaient couverts de tentures de soie ivoire à fleur de lis, un motif que l'arrière-grand-père de Carter avait choisi comme emblème familial au tournant du siècle. Le miroir rococo suspendu au-dessus de la table en acajou, sur le mur de gauche, avait appartenu à Claire, l'aïeule, qui l'avait rapporté d'Angleterre quand elle était entrée dans la famille Spaulding.

Où que l'œil de Lili se posât, il rencontrait les preuves matérielles de l'éducation privilégiée de Carter. Au début de son mariage, elle s'était souvent demandé si les gens riches se donnaient jamais la peine d'acquérir eux-mêmes meubles et bibelots. Tout ce qu'ils possédaient semblait provenir des générations précédentes ; chaque objet paraissait intimement lié à l'histoire de la famille.

Il en allait de même au domicile des Spaulding. Les nappes, les assiettes, les verres, même les cendriers de la bibliothèque, la moindre babiole de l'appartement dataient d'avant la naissance de Lili. Parfois, elle essayait d'imaginer l'un des illustres ancêtres de Carter faisant un saut dans un grand magasin pendant la semaine du blanc, pour constater avec philosophie que cette idée ne collait pas du tout avec le mode de vie des Spaulding.

Les premiers jours de leur union, Carter l'avait interrogée au sujet de Euless, de Mamie Hattie et de sa mère, qui l'avait abandonnée dans sa petite enfance. Elle avait essayé de lui décrire la vie dans les marécages nauséabonds des Everglades, et d'expliquer comment elle avait eu le sentiment constant d'être piégée dans un univers sans rapport avec ses aspirations profondes. Elle lui avait parlé des coupons de réduction pour l'épicerie, des bouteilles de verre qu'elle ramassait sur le bord de la route pour récupérer la consigne, des robes taillées dans des nappes usées que Mamie Hattie achetait pour trois sous aux ventes de charité de l'église, et de dizaines d'autres détails de ce genre.

Carter l'avait écoutée poliment — sans l'entendre vraiment. Lili s'en était bien rendu compte, mais elle ne lui en avait pas voulu. Elle avait deviné qu'il laissait ses pensées dériver vers des scènes de vie plus familières, plus confortables. Pourtant, elle regrettait toujours que les événements qui avaient forgé sa personnalité restent si incompréhensibles à son mari.

Les bureaux qui cernaient le hall étaient silencieux comme des tombes. La réceptionniste et la secrétaire de Carter étaient rentrées chez elles. Par la porte entrebâillée du sacro-saint bureau de son mari, Lili aperçut une langue de lumière jaune pâle qui s'étirait sur la moquette sombre.

Elle s'avança dans cette direction.

— Chéri ? dit-elle en prenant la voix grave que Carter affectionnait tant. La voiture est en bas. Nous pourrions peut-être rentrer ensemble…

Elle poussa le battant et entra dans la pièce.

— Carter ?

La lampe du bureau en merisier était allumée. Un filet de musique s'élevait de la chaîne haute-fidélité que Lili lui avait offerte pour leur quatrième anniversaire de mariage. Le directorial fauteuil de cuir était repoussé en arrière comme si Carter s'était absenté momentanément. Son stylo-plume, un Mont-Blanc, reposait au bord de son sous-main, sans son capuchon.

Carter était un homme méticuleux. Quand il quittait le bureau le soir, il rangeait sa table, remettait le fauteuil en place, glissait son stylo dans son attaché-case. Lili avait appris depuis bien longtemps qu'il exigeait que leur domicile soit tenu de cette manière-là. Elle avait mis quelques mois à atteindre le degré de perfection souhaité par son mari — mais c'était un prix dérisoire pour avoir le bonheur de partager sa vie.

C'était d'ailleurs grâce à ce genre de défi qu'elle s'était découvert plus de force, plus d'intelligence et plus de capacité d'adaptation qu'elle ne s'en serait crue capable. Comment expliquer, sinon, que Lilly Ann Barnett ait pu passer l'après-midi à expliquer leur boulot à des hommes d'affaires millionnaires ?

Tu te crois importante, ma fille. Mais tout ça ne va pas durer.

Lili fit la grimace. Tiens, tiens ! Qui l'aurait cru ? Voilà que, tout à coup, la voix de Mamie Hattie, claire comme de l'eau de roche, s'élevait pour ternir sa joie.

— La paix ! marmonna Lili en jetant un coup d'œil par-dessus son épaule, comme si la vieille femme la fusillait du regard de l'autre côté de la pièce. Tu ne sais rien de la vie que je mène !

Elle se mit à faire les cent pas dans le bureau. Où donc était passé Carter ? Elle avait envisagé une balade en amoureux dans la limousine. Peut-être même auraient-ils pu rouler jusqu'au New Jersey pour dîner dans un de ces magnifiques restaurants avec vue sur les gratte-ciel de Manhattan. Il y avait des lustres que Carter et elle ne s'étaient pas offert un tête-à-tête romantique. Lili s'apercevait que les jours d'insouciance qu'ils avaient connus autrefois lui manquaient plus qu'elle n'était prête à le reconnaître.

La sonnerie du téléphone retentit. Elle décrocha aussitôt, persuadée que l'appel provenait de Carter.

— Rentre chez toi, Lil, déclara Whit sans préambule. Il y a un problème à l'usine principale. Carter va passer presque toute la soirée là-bas.

— Quand est-il parti ?

— Dominguez m'a prévenu qu'il avait quitté son bureau il y a deux heures, avec plusieurs ingénieurs.

— Préviens Fleming que je descends tout de suite, dit-elle avant de raccrocher.

Carter était parti deux heures plus tôt. Cela expliquait peut-être son air soucieux et détaché, ainsi que son départ soudain de la salle de conférences.

Lili s'apprêtait à quitter le bureau lorsque son regard se posa sur la pile de courrier entassée sur la table de Carter. Elle n'aimait pas fouiner — Dieu sait que jamais elle n'aurait ouvert le courrier de Carter !

—, mais, de temps en temps, elle ne résistait pas à l'envie de jeter un petit coup d'œil sur le pan professionnel de la vie de son mari. Et quel meilleur moyen, pour cela, que de regarder le genre de missives qui lui étaient adressées ces temps derniers ? Lili examina la pile. Il y avait deux magnifiques magazines d'affaires qu'elle ne connaissait pas ; des lettres de plusieurs associations, lesquelles réclamaient probablement de l'argent ou le soutien de la compagnie ; des contrats à signer... ou à refuser. Tout cela était contenu dans des enveloppes coûteuses gravées du sigle de l'expéditeur en italiques dorés.

Enfin... presque tout. Car la dernière lettre, sous la pile, était complètement différente. Lili tira entre le pouce et l'index une enveloppe épaisse, taillée dans un papier bon marché comme celui qu'elle utilisait autrefois à Euless. Pas de logo de société, pas de fioritures. Rien de bien intéressant, probablement. Elle allait la reposer lorsqu'elle s'aperçut que la missive était adressée à « Mme Carter Spaulding ».

Intriguée, elle examina attentivement l'écriture un peu gauche, presque enfantine, de l'expéditeur. L'encre bleu électrique du stylo à bille avait coulé sur le « u » de Spaulding, renforçant l'effet un peu pathétique de cette lettre. Le service courrier l'avait sans doute donnée à Carter pour qu'il la lui transmette.

Lili retourna l'enveloppe, soudain saisie par un étrange sentiment de frayeur. Dans le coin supérieur gauche était notée l'adresse de l'expéditeur :

Mme Jack Banning
26 Patterson Place
Cincinnati, Ohio

Banning. Lili eut beau fouiller dans sa mémoire, elle ne put retrouver personne de ce nom parmi ses connaissances. Dans le cercle des relations de Carter, en tout cas, personne n'aurait choisi un papier à lettres si vulgaire. Etait-il possible qu'une de ses anciennes amies de classe se fût mariée et installée dans l'Ohio, puis eût décidé tout à coup de lui écrire ?

Elle ouvrit l'enveloppe et en sortit trois feuilles de papier couvertes d'une écriture aussi énergique que maladroite. Lili frissonna. Que diable lui arrivait-il ? Sa vision se brouillait. Elle avait peine à déchiffrer les premières lignes de la lettre. A trente-quatre ans, c'était surprenant, presque anormal.

Prenant une profonde inspiration, elle concentra son regard sur la curieuse missive de cette Mme Banning :

« Chère madame Spaulding,

» Si je vous écris, c'est parce que ma fille a besoin d'aide, et que j'espère que vous pourrez répondre à nos prières… »

18.

Le chauffeur de Lili consulta sa montre pour la troisième fois.

— Vous êtes certain qu'elle a promis de descendre tout de suite ?

Whit hocha la tête.

— C'est ce qu'elle m'a dit.

— Ça fait déjà un quart d'heure.

Whit regarda sa montre à son tour. Un gros quart d'heure, en effet. Une douzaine d'hypothèses jaillirent dans son esprit pour expliquer le retard de Lili, parmi lesquelles figuraient l'assassinat, le kidnapping ou le lynchage.

— Restez ici, dit-il au chauffeur. Je vais monter voir ce qui la retient.

Le service de gardiennage du gratte-ciel était très soigné, mais la perfection n'existait pas. Et, pour la énième fois, Whit s'inquiéta pour la sécurité de Lili. Elle avait beau se croire protégée par l'aura de son mari, elle n'était pas à l'écart de tout danger.

Il appuya sur le bouton d'appel des ascenseurs, attendit quelques secondes, appuya de nouveau. Pourquoi diable ces machines mettaient-elles si longtemps à s'ouvrir ? Ce fichu immeuble était quasiment vide depuis une heure ; il n'y avait aucune raison pour que les ascenseurs soient occupés. Et si Lili gisait là-haut dans une mare de sang, assassinée par un forcené ?

Un ascenseur finit par arriver au rez-de-chaussée, et un moment plus tard, Whit jaillit de la cabine dans le hall de la suite directoriale. La senteur délicate du parfum de Lili embaumait l'air.

— Lil ? appela-t-il en courant vers le bureau de Carter. Où es-tu ?

— Ici, Whit.

Il s'immobilisa sur le seuil de la pièce. Lili se tenait dans la pénombre, près de la fenêtre.

— Oh, j'étais si inquiet, Lil !

Un sourire mélancolique passa brièvement sur l'adorable visage de Lili. Whit éprouva une soudaine poussée d'angoisse. Et si elle l'interrogeait au sujet de la dernière maîtresse de Carter ? Whit avait toujours considéré que, pour préserver un mariage, il valait mieux cacher certaines vérités. Mais Lili n'était pas n'importe qui ; elle n'accepterait pas les mensonges. En outre, Whit avait des raisons toutes personnelles de lui dévoiler les penchants adultères de son mari.

Comme elle se tournait vers lui, il avisa des larmes naissantes dans ses yeux. « Moi, jamais je ne te ferais pleurer, Lil », songea-t-il avec tristesse. Voir Lili dans un tel état de détresse le plongeait lui-même dans le désespoir. Mais à quoi bon en rajouter ? Ne savait-il pas déjà que son avenir resterait à jamais solitaire, privé de la seule femme qu'il désirait vraiment ?

— Dis-moi ce qui se passe, murmura-t-il en s'approchant de Lili.

Elle secoua la tête, une expression douloureuse sur le visage. Elle lui rappelait tout à coup la jeune femme qu'il avait rencontrée quelques années plus tôt, celle qui croyait aux histoires d'amour éternelles.

— Pas cette fois, répondit-elle d'une voix tremblante. Même toi, Whit, tu n'y peux rien.

— Ne sous-estime pas le grand chef Whitman Paley, répondit-il d'un ton qu'il espérait léger. J'ai travaillé trois ans dans le corps diplomatique.

Elle semblait hésitante. Ses longs doigts gracieux tripotaient une épaisse enveloppe rose.

— Je viens de… de trouver cette lettre, murmura-t-elle.

— Mauvaises nouvelles ?

— Je ne sais pas.

— Tu ne sais pas ? Fais voir.

— C'est personnel, Whit.

— Tu as un prêtre à qui te confesser ?

Elle eut un petit rire amer.

— Je suis ton ami, Lil, insista-t-il. Sers-toi de moi.

Il soupira intérieurement. Il avait l'impression de se comporter comme un adolescent suppliant la plus belle fille de l'école de sortir avec lui.

— Après avoir lu cela, tu ne seras peut-être plus mon ami, dit-elle en lui tendant la lettre.

Whit regarda l'adresse de l'expéditeur.

— Cincinnati ? Tu connais quelqu'un là-bas ?

— Lis, Whit.

« Chère madame Spaulding,

» Si je vous écris, c'est parce que ma fille a besoin d'aide, et que j'espère que vous pourrez répondre à nos prières. Ma fille Catherine a un gros problème et je ne sais plus quoi faire pour l'aider. Je me doute bien que vous n'avez pas idée de ce que je veux dire, en tout cas pas pour le moment, mais voilà : j'ai lu un article sur vous et votre mari dans *People Magazine*, il y a trois ans de ça, et, depuis, j'ai une idée étrange, que je n'arrive plus à me sortir de la tête.

» Vous allez croire que je suis folle, madame Spaulding, mais chaque fois que je regarde ma fille, c'est vous que je vois et… »

— Bon, et alors ? s'exclama Whit d'un ton désinvolte. Cette femme est dingue. Tu as déjà reçu des tas de lettres dans ce genre. Ça fait partie des aléas de la célébrité.

— Lis jusqu'au bout ! insista Lili.

Whit fronça les sourcils. Elle n'avait pas l'air de plaisanter. Il haussa les épaules et se replongea dans la lettre.

Le supplément littérature du *New York Times* aurait condamné le style de cette femme, mais Whit lui-même devait admettre que sa prose avait quelque chose de proprement bouleversant. Mme Banning racontait comment sa fille adoptive avait été autrefois défigurée dans un accident automobile, et comment aujourd'hui, à dix-sept ans, elle avait absolument besoin d'une opération de chirurgie esthétique que ses parents ne pouvaient lui offrir. Whit essaya d'imaginer les adorables visages de ses deux petites filles couverts de cicatrices, et se représenta aisément l'angoisse qu'il aurait éprouvée s'il n'avait pas été en mesure de les faire soigner. Cette lettre de doléances n'était pas d'un genre commun. Elle livrait au lecteur l'intimité de la famille Banning avec une émotion troublante. Cette femme ouvrait son cœur sans retenue, en oubliant son amour-propre, et avec un courage presque effrayant.

— Et ensuite, Lil ? demanda Whit. Tu ne peux pas prendre en charge les problèmes de toutes les pauvres âmes qui t'écrivent. Carter offre chaque année des sommes considérables aux organisations caritatives. Tu peux avoir la conscience tranquille. Il y aura toujours des Mme Banning, de toute façon, avec des histoires tout aussi atroces…

— Tu n'as pas terminé la lettre, l'interrompit-elle doucement.

— Non, mais…

— Elle pense que sa fille est mon enfant.

— Quoi ? Répète un peu ça ?

— Elle pense que je suis la mère naturelle de sa fille. Elle a engagé un détective qui a retrouvé ma trace jusqu'en Floride, et…

La voix de Lili se perdit dans un murmure. Elle agita une main en signe d'impuissance. Whit éclata de rire : il n'éprouvait plus la moindre compassion à l'égard de Mme Banning.

— Et alors ? Ça prouve juste qu'elle est bonne à enfermer ! s'exclama-t-il en remettant la lettre dans l'enveloppe. Tu n'as rien à craindre, Lil. Que tu sois née en Floride sous le nom de Lilly Ann Barnett, tout le monde le sait. Ça ne change rien au fait que tu n'as jamais…

Soudain les mots se bloquèrent dans sa gorge. Une expression d'insondable tristesse s'était peinte sur le visage de Lili. Whit sentit un frisson glacial lui parcourir le corps.

— C'est une blague, murmura-t-il, médusé. Tu n'as pas…

— Si, Whit, répondit-elle d'une voix brisée par l'émotion. Il y a dix-sept ans, j'ai eu un bébé.

Whit eut l'impression de recevoir un coup de poing en pleine poitrine.

— Carter le sait-il ?

— Oui. Mais je lui ai dit que l'enfant était morte.

— C'est la vérité ?

De grosses larmes roulèrent sur les joues de Lili. Elle n'essaya même pas d'endiguer le flot de ses pleurs ou de masquer sa détresse. Whit songea que jamais il ne l'aimerait plus qu'en cet instant.

— Je ne sais pas, répondit-elle.

— Mais… la fille adoptive de cette Mme Banning pourrait-elle être ta fille ?

— Non ! Mon bébé a été adopté par une riche famille du Tennessee.

Lili se mordit la lèvre, prit une profonde inspiration, puis poursuivit :

— Il y a quelques années, j'ai engagé un détective. Je ne voulais pas perturber la vie de ma fille, mais j'avais envie de m'assurer que j'avais pris la bonne décision après l'accouchement. Le détective n'a pas réussi à retrouver sa trace, parce que mon nom ne se trouve pas sur les registres de naissance d'Atlanta. Mais ma fille est là-bas, j'en suis certaine, quelque part au Tennessee, avec Candy et Blake !

Whit lui étreignit les mains et l'encouragea à lui raconter toute son histoire. Elle lui parla de sa vie chez les Franklin, de sa rencontre avec Eileen Fontaine. Elle lui expliqua le sentiment d'angoisse et de confusion qu'elle avait éprouvé quand, à peine sortie de l'enfance, elle avait accouché de cette petite fille à qui elle ne pouvait offrir aucun avenir.

— Elle était magnifique, conclut-elle en séchant ses larmes d'un revers de main. Je ne vois pas pour quelle raison elle aurait besoin de chirurgie esthétique. C'était un bébé superbe, avec de grands yeux bleus et des cheveux presque noirs. Elle était parfaite !

Whit se rappelait que, pour expliquer les cicatrices qui défiguraient sa fille, Mme Banning n'évoquait pas une anomalie congénitale, mais les conséquences d'un très grave accident.

— Il se passe beaucoup de choses, dans une vie, murmura-t-il d'un ton apaisant. On n'est jamais à l'abri d'une catastrophe. Tu te rends certainement compte que le destin de ton enfant n'était pas forcément tout tracé. Tu dis toi-même que ça fait dix-sept ans que…

— Tu ne comprends pas ! s'exclama-t-elle avec désespoir. Je voulais que ma fille ait une chance de mener une existence meilleure que la mienne. Les amis de Eileen étaient beaux, riches et charmants. Je savais qu'ils lui apporteraient toutes les choses que je ne pourrais jamais lui offrir.

Whit hocha lentement la tête. Il comprenait très bien, au contraire. Les leçons de piano, les cours de poney, les jolies robes à col de dentelle… — tout ce qu'une petite fille méritait. Tout ce qu'il avait lui-même apporté à ses enfants de façon si naturelle, sans même y réfléchir.

— Ma fille ne peut pas avoir échoué dans la famille Banning, reprit Lili. Je ne connais peut-être pas grand-chose de la vie, mais ça, j'en suis certaine.

Son accent de la haute société, cultivé avec soin au fil des ans, s'effaçait peu à peu, laissant place aux intonations languissantes de Euless, rappelant la jeune fille fruste qu'elle avait été vingt ans plus tôt. Une fille que Whit découvrait pour la première fois.

Elle n'essaya pas de lui résister lorsqu'il la prit dans ses bras pour la consoler. Tandis qu'il l'étreignait, elle posa la tête contre son épaule et sanglota longuement, comme si son cœur allait se briser. Whit se laissa griser par la délicieuse senteur de sa chevelure. Le corps de Lili, souple et moelleux, blotti contre le sien, éveilla en lui des sensations interdites. Et soudain, les années d'émotion réprimées se déchaînèrent et eurent raison de sa retenue habituelle.

— Lil.

Elle leva vers lui des yeux emplis de larmes. Il prit son visage entre ses mains. Contre ses doigts fermes, la peau de Lili était soyeuse comme celle d'un ange. La ligne fière de son menton, ses pommettes princières, sa bouche sensuelle… Il capta cette image et la figea dans son esprit pour la chérir au cours des années à venir, quand Lili l'aurait répudié après le geste de folie qu'il s'apprêtait à faire.

Elle entrouvrit les lèvres pour parler, mais avant qu'un seul son fût sorti de sa bouche, il céda à l'envie qui l'avait harcelé depuis l'instant où il l'avait vue pour la première fois. Ses lèvres effleurèrent celles de Lili : doucement, d'abord, puis avec de plus en plus d'insistance, jusqu'à ce qu'il l'embrasse comme il en avait toujours rêvé, avec une fougue presque désespérée, savourant sa féminité jusqu'au plus profond de lui-même.

Jamais, depuis l'adolescence, Whit n'avait éprouvé désir si fort et si brutal. Il se sentait plein d'une ardeur proprement stupéfiante. Lili poussa un petit gémissement surpris lorsqu'il la serra davantage contre son aine, mais elle n'essaya pas de le repousser. Au contraire, elle noua ses longs bras gracieux autour de son cou et s'abandonna complètement à leur baiser. Alors, Whit dériva sur un océan de bonheur, bercé par la symphonie de leurs respirations haletantes et les battements de tonnerre de son propre cœur.

Elle avait un goût mêlé de vin et de chocolat. Sa bouche, chaude et humide, se faisait si érotique que Whit eut peine à se retenir de prendre Lili là, tout de suite, sans préambule, sans un mot d'excuse. Il voulait voir ses yeux s'écarquiller tandis qu'il unirait leurs corps, il voulait qu'elle noue ses jambes autour de sa taille et l'accueille avec passion.

Leurs langues se trouvèrent, s'offrirent de longues et voluptueuses caresses qui l'excitèrent follement — mais sans le satisfaire. Whit en désirait plus. Il souhaitait que Lili se donne à lui totalement, sans condition, qu'elle lui voue un amour absolu, jusqu'à la mort. Ne se rendait-elle pas compte qu'ils étaient faits l'un pour l'autre ? Qu'elle accepte ou non de l'admettre, elle menait une existence par bien des aspects solitaire, et elle était extrêmement vulnérable.

Hélas, elle demeurait l'épouse de Carter. En de pareils moments, Whit regrettait d'accorder encore de l'importance à ce genre de considérations. Pourtant, il n'était pas question qu'il brise le mariage de son ami.

Mettre fin à leur baiser fut l'épreuve la plus difficile de toute son existence.

— Je te présente mes excuses, murmura-t-il dans un souffle rauque. J'ai… j'ai dépassé les bornes.

Les joues de Lili étaient délicieusement colorées. Whit osa espérer qu'elle aussi avait éprouvé quelque émotion pendant leur étreinte.

— J'étais bouleversée, répondit-elle en passant une main tremblante dans ses cheveux. Tu as juste voulu me réconforter.

— Il y avait plus que cela, Lil.

— Tu es mon ami. Tu m'as aidée.

— Je t'aime.

Elle tressaillit comme s'il l'avait giflée.

— Ne dis pas ça, Whit.

— Je t'aime, répéta-t-il. Je t'aime depuis longtemps, Lil. « Depuis le premier jour, le premier instant », ajouta-t-il en silence.

Elle détourna la tête.

— J'aurais mieux fait de continuer à te le cacher, reprit-il, mais…

Whit se tut. A quoi bon lui ouvrir son cœur, puisque les désirs qui le tenaillaient ne pourraient jamais être assouvis ?

— En effet, tu n'aurais rien dû dire, murmura Lili. Il ne fallait pas que je l'apprenne. Nous aurions pu continuer comme avant… pour toujours.

— Pas moi, Lil.

Elle fixa de nouveau les yeux sur lui, une lueur interrogative dans le regard.

— Je vais prendre un congé sabbatique, déclara-t-il.

— Quoi ? murmura-t-elle d'une voix chevrotante. Mais… Carter le sait-il ?

— Tu es la première à l'apprendre.

Lili renifla.

— Tu n'es pas obligé de partir à cause de… de ce qui s'est passé, dit-elle avec un geste gracieux de la main. C'est déjà oublié.

Sa voix reprenait les intonations raffinées du grand monde. Morceau par morceau, elle endossait de nouveau l'armure des femmes de la haute société de Manhattan. Comme si leur interlude passionné n'avait pas eu lieu. Comme si le fait que Whit lui ait offert son cœur sur un plateau n'importait guère.

— Pour cette lettre…, dit-elle au bout de quelques instants.

— Oui, la lettre…

Whit déglutit douloureusement. Lili recouvrait toute sa contenance, mais pour lui, c'était une autre affaire.

— Nous pouvons découvrir ce qu'est devenue ta fille, Lil, reprit-il. Nous allons mettre nos propres détectives privés au travail. Tu auras les réponses que tu désires.

— Tu te méprends, Whit, répliqua-t-elle avec emphase. Je ne peux pas faire ça. Carter pense que mon enfant est morte.

— Dis-lui la vérité.

— Tu le connais ! Il refuse même de me partager avec Grant. Si je retrouve ma fille, je perdrai mon mari. Je ne suis pas prête pour un tel sacrifice.

Elle soutint son regard. Ses yeux brillaient d'un éclat résolu, implacable.

— Tu en es certaine ?

— Absolument. Mme Banning peut aller au diable. Tu sais que ce n'est pas mon genre de pleurnicher.

— Sa lettre t'a pourtant troublée.

— Bien sûr ! Ce doit être horrible de ne pas pouvoir venir en aide à son enfant. Je la plains… dans une certaine mesure.

Elle se sécha les yeux avec un mouchoir, puis tira sur ses manches de tailleur pour les remettre en place.

— Que me conseilles-tu, pour en finir avec Mme Banning ?

— En finir avec Mme Banning ? répéta-t-il, stupéfait.

« Tu vas trop vite, Lil, songea-t-il. Imagine un peu que cette fille soit vraiment ton enfant… » Lili devait pourtant connaître mieux que personne les tournants — parfois brutaux — qu'une vie pouvait prendre. Le fait qu'elle ait remis son enfant nouveau-née à une riche famille du Tennessee ne signifiait pas forcément que c'était là que le bébé avait grandi.

— Ce n'est pas mon enfant, déclara-t-elle avec fermeté, comme si elle avait lu dans ses pensées. Je ne peux rien pour elle. J'ai suffisamment de responsabilités envers Carter et Grant.

Son expression se durcit.

— Rien — ni *personne* — ne viendra gâcher la vie que j'ai mis si longtemps à construire.

— Pas même ton propre enfant ?

— Je préfère oublier ce que tu viens de dire, Whit, répliqua-t-elle d'un ton sans appel.

Whit soupira.

— Si tu tiens à ne plus entendre parler de Mme Banning, une lettre à en-tête d'un avocat suffit généralement à dissuader ce genre de sollicitations.

— Bonne idée. Je vais en parler à Patrick DeRossier. Il saura régler cette affaire.

— Nous avons trois douzaines d'excellents avocats dans notre compagnie, qui seront tous prêts à s'en charger.

— Non. Ce problème ne regarde que moi. Je pense qu'il vaut mieux que je fasse appel à mon propre avocat.

Whit hocha la tête, désabusé. Il comprenait que Lili veuille éviter que la lettre ne parvienne entre les mains de Carter. Elle ne prendrait aucune mesure susceptible d'ébranler l'existence de conte de fées qu'elle menait avec le magicien Spaulding.

— Cette histoire doit rester entre nous, Whit, poursuivit-elle. Il n'y a aucune raison d'ennuyer Carter avec de telles inepties.

— Pour le moment, ce n'est pas pour Carter que je me fais du souci, mais pour toi.

— Je vais tout à fait bien, rassure-toi. Où que soit ma fille, je suis sûre qu'elle est heureuse. J'ai pris une décision à son sujet il y a des années, et je compte m'y tenir.

— Si je pensais comme toi, je serais encore marié à Emmaline.

— Remarque tout à fait hors de propos, comme toujours, dit-elle doucement en lui caressant la joue. Voilà bien le Whit que je connais et que j'aime. Que deviendrais-je, sans toi ?

Whit saisit une bouteille de whisky dans le minibar de Carter et s'en servit une large rasade.

— Je ne sais pas, Lil, répondit-il en forçant un sourire.

« Mais un jour, il faudra bien que tu le découvres », ajouta-t-il en silence.

19.

Lili descendit avec Whit jusqu'à la limousine.

— La journée a été longue, dit-elle en l'embrassant sur la joue. Nous reparlerons de tout cela.

— Bien sûr. Prends soin de toi. C'est le plus important.

Le ton désabusé de son ami inquiéta Lili.

— Qu'y a-t-il, Whit ? Tu ne vas pas commettre de folie, j'espère ?

— Tout va bien, répondit-il d'un air peu convaincant. Ne te fais aucun souci.

— Tu me le promets ?

— Rentre retrouver ton mari, Lil.

Il tourna les talons et se dirigea vers l'entrée du gratte-ciel.

— Whit, attends, s'il te plaît… !

Elle s'interrompit net. Fleming, qui venait de lui ouvrir la portière de la Rolls, la regardait fixement. Plusieurs passants s'étaient arrêtés aussi et la dévisageaient avec curiosité. « Pas d'esclandre maintenant », songea-t-elle. Un journaliste ou un photographe pouvait surgir à tout moment d'une voiture rangée au bord du trottoir et lui assurer une bonne place en première page d'un magazine à scandales.

— Madame Spaulding ?

Lili prit une profonde inspiration.

— Désolée de vous avoir fait attendre, Fleming.

— Aucune importance, répondit-il tandis qu'elle s'installait dans la voiture. Et félicitations.

— Félicitations ?

— Votre discours d'aujourd'hui. Tout le monde en parle, expliqua Fleming avant de refermer la portière.

Lili hocha la tête en souriant. Ce qui venait de se passer dans le bureau de Carter avait occulté dans son esprit le triomphe remporté devant les instances dirigeantes de Mayfair.

Fleming fit le tour de la voiture et s'installa au volant.

— Le minibar est plein, madame Spaulding, dit-il par l'Interphone. Et la circulation est assez fluide. Nous devrions arriver à Greenwich dans une petite heure.

Greenwich. Encore une chose qu'elle avait oubliée. Les travaux de rénovation de leur domicile de Manhattan avaient commencé ce matin, et dureraient jusqu'après le nouvel an. Lili avait peine à imaginer Noël ailleurs que dans cet appartement qu'elle adorait. D'autant que Grant avait reçu une invitation pour passer les fêtes à Aspen, et que la perspective d'une semaine de vacances en famille dans la bucolique maison de Greenwich ne l'enthousiasmerait sûrement pas beaucoup.

— Merci, Fleming, dit-elle. Si j'ai besoin de quoi que ce soit, je vous appellerai.

L'Interphone grésilla et se tut. Lili retira ses chaussures en lézard cousues main, puis se blottit sur la banquette, les jambes repliées sous elle. Que disait Mamie Hattie, autrefois ? *Tiens-toi droite, ma fille ! Ne va pas t'affaler comme une traînée, la jupe remontée sur les cuisses !*

Mais aujourd'hui, Mamie Hattie ne régissait plus son existence. Lili Spaulding n'attendait plus au coin de Main Street le vieux bus brinquebalant qui l'emmènerait en ville pour faire des courses. Lili Spaulding possédait une Rolls avec chauffeur et une jolie petite Mercedes 450 pour les jours où l'envie lui prenait d'aller chiner chez les antiquaires du Connecticut ou du New Jersey. Sans compter la Land Rover de leur cottage d'Amagansett, ni les deux Jaguar de Carter, ni même le bijou qui faisait la fierté de Grant : une Maserati presque aussi belle que lui.

Lili Spaulding possédait tout ce dont Lilly Ann Barnett avait toujours rêvé : des bijoux, des voitures, des vêtements haute couture

— et un homme qui l'aimait. Dommage que cet homme ne fût pas son mari.

Je t'aime. La voix de Whit résonnait encore à ses oreilles, lui procurant des fourmillements étranges dans tout le corps. Que n'aurait-elle donné pour entendre son époux prononcer de telles paroles ! Carter disait qu'il l'adorait, qu'il la désirait, et parfois même qu'il avait besoin d'elle. Mais un simple « Je t'aime »... ça, il ne le disait jamais.

Lili ferma les yeux et reposa la nuque contre l'appuie-tête de cuir moelleux. *Je t'aime.* Etait-ce vraiment si difficile à prononcer ? Whit, qui n'avait aucune raison de lui faire une telle déclaration, n'avait pu se refréner plus longtemps. Carter, lui, en avait le droit absolu, et l'idée ne lui traversait jamais l'esprit.

Jamais...

Lili savait depuis longtemps que Carter avait des maîtresses. Il s'évertuait à dissimuler ses liaisons, bien sûr, mais un mari pouvait-il cacher de telles choses à une femme qui l'aimait encore éperdument ? Car Lili adorait Carter, il n'y avait aucun doute là-dessus. La passion sexuelle de leurs premières années de mariage avaient débouché sur des sentiments plus mûrs, plus profonds, plus durables. Lili aimait Carter pour sa force et sa détermination, mais aussi pour ses inquiétudes et ses faiblesses. Elle l'aimait pour tout ce qu'il était, et même pour ce qu'il ne serait jamais.

Carter était son univers, il était le centre de son existence. Même sans leur appartement de Manhattan et leurs autres propriétés, sans les bijoux et les avions privés, Lili resterait Mme Carter Spaulding. Elle serait toujours la belle-mère de Grant. Elle demeurerait le pivot d'une famille qui donnait tout son sens à sa vie, et pour laquelle elle se battrait bec et ongles.

Elle fermait les yeux sur les frasques extraconjugales de Carter, elle réparait les petits accidents de Grant avec la justice, elle organisait des réceptions pour des gens qu'elle détestait, mais ces désagréments importaient peu. Tout ce qu'elle faisait, elle le faisait pour le bien de l'homme qu'elle aimait, ainsi que pour sa famille.

Jamais elle n'aurait cru que la plus grande menace qui pût planer au-dessus de son bonheur surgirait de son propre passé.

Tu essaies encore de fuir, hein, ma fille ? Mais cette fois, tu n'arrives pas à courir assez vite. Ah, ah, ah !

Lili ouvrit les yeux et alluma la lampe de courtoisie au-dessus de sa tête. Sous le cône de lumière jaune, elle ouvrit son sac à main et en sortit la lettre de Mme Banning. Cette femme ne méritait aucun respect de sa part. Non, vraiment aucun. Cette femme n'avait manifestement pas une trace d'amour-propre. Sinon, comment expliquer qu'elle ose réclamer de l'argent à quelqu'un qu'elle ne connaissait pas ? En outre, elle ne manquait pas de culot : prétendre que sa fille Catherine puisse être l'enfant de Lili Spaulding, c'était absurde ! L'hypothèse ne méritait pas qu'on perde une seule seconde à y réfléchir.

Alors pourquoi s'est-elle adressée à toi, mademoiselle Je-sais-tout ? Il y a des tas d'autres femmes riches à qui elle aurait pu écrire.

— Je ne sais pas pourquoi, et je m'en fiche ! marmonna Lili en fourrant la lettre dans son sac à main d'un geste rageur.

Les gens connus étaient souvent l'objet de sollicitations extravagantes : on leur demandait des photographies dédicacées, des maisons sur la Côte d'Azur, des voitures, des rendez-vous, des emplois — bref, tout et n'importe quoi. Mais en un sens, cela faisait partie du jeu de la célébrité.

Lili avait déjà reçu plus que sa part de requêtes. Au début, elle avait voulu venir en aide à tous ceux qui lui écrivaient. Elle avait accusé Carter, qui se moquait d'elle, de manquer de compassion elle lui avait reproché de vivre dans une tour d'ivoire et de manifester un détachement insupportable envers les gens pauvres. Mais au fil des ans, elle avait fini par accepter la réalité de son nouveau statut.

Et puis, tout à coup, voilà que la lettre bouleversante de Mme Banning surgissait du néant, effaçant toutes les certitudes que Lili croyait avoir sur la nature humaine, en une vague de terreur. Car elle avait beau dire, les révélations de la femme de Cincinnati lui donnaient des sueurs froides.

Lili n'avait pas honte de ses origines, mais elle rechignait à évoquer la vie qu'elle avait menée à Euless. D'autant qu'elle avait presque l'impression que son passé appartenait à une autre personne, une personne sans rapport avec la femme qu'elle était devenue.

Que serait-il arrivé si Carter avait vu la lettre ? Lili en avait la nausée, rien que d'y songer. S'il n'avait été subitement appelé à l'extérieur, il aurait peut-être trouvé l'enveloppe rose dans sa pile de courrier. Que la lettre fût adressée à son épouse ne l'aurait pas empêché de la lire. Carter était le genre d'homme pour qui la famille était un bien acquis au même titre que sa compagnie, considérant donc que ni l'une ni l'autre ne devaient avoir de secrets pour lui. Dans le monde de Carter, il n'y avait pas de place pour le sentimentalisme et les atermoiements.

Ni de place pour l'enfant que Lili avait abandonnée autrefois.

Peu importe ce que pense ton mari, puisque tu prétends que la petite Banning n'est pas ta fille.

Bien sûr que Catherine Banning n'était pas sa fille !

Lili se sentait stupide et même folle d'avoir envisagé cette hypothèse ne serait-ce qu'un instant. Mais elle connaissait trop Carter pour ne pas craindre sa réaction si jamais il découvrait la lettre. Ils n'avaient jamais reparlé de l'enfant depuis cette nuit fatidique, plus de quatre ans plus tôt, où il avait remarqué la cicatrice de l'épisiotomie. Que le spectre de son passé se dresse aujourd'hui entre eux, et…

« Il me faut un remontant », songea Lili en se servant un grand verre de whisky. Décidément, elle perdait la tête. Aujourd'hui, il était arrivé trop de choses, trop d'incidents disparates qui refusaient de constituer un tout cohérent.

Son succès vertigineux à Mayfair.

La lettre troublante de Mme Banning.

Whit.

Elle savait qu'il lui faudrait bien réfléchir, tôt ou tard, à ce qui s'était passé avec Whit. Elle aurait voulu pouvoir se convaincre que son « Je t'aime » n'était qu'une déclaration d'amitié, mais elle savait au plus profond de son cœur que les sentiments de Whit étaient tout autres.

Ce qui la terrifiait surtout, c'était la manière dont elle avait répondu à son ardeur quand il l'avait embrassée. Elle n'en avait pourtant pas eu l'intention. Embrasser Whit était bien la dernière chose qu'elle avait en tête à ce moment-là. Mais il lui avait donné une telle impression de solidité et de puissance, qu'elle n'avait pu lui résister. Et elle s'apercevait avec effroi que la passion de Whit comblait un besoin qui la tiraillait souvent — un besoin qu'elle savait inassouvi.

Lili but une gorgée de whisky. Whit parlait de prendre un congé sabbatique, mais il n'était sûrement pas sérieux. Il en avait sans doute par-dessus la tête des problèmes de Mayfair. Ce qu'il lui fallait, c'était une semaine de Margaritas et de farniente à Las Brisas pour se remettre à flot. Lili décida d'en parler à Carter dès son arrivée à Greenwich.

Elle réprima un frisson. Elle se sentait à peu près dans le même état qu'après la mort de Clifford Earle Franklin, quand elle s'était retrouvée seule, enceinte, sans argent et sans soutien.

Elle but une autre rasade d'alcool. Pourtant, en définitive, tout cela ne manquait pas d'ironie. Whit l'aimait, mais pas Carter. Cela sentait la comédie hollywoodienne ou le vaudeville. Mais pourquoi ne riait-elle pas, dans ce cas ? Pourquoi avait-elle le sentiment qu'en l'espace d'une journée, une tornade avait chamboulé sa vie, et qu'elle n'y pouvait absolument rien ?

Tu n'y peux rien ? Allons, du cran, ma fille ! La richesse t'a donc ramollie à ce point ?

Autrefois, à l'université de Las Vegas, elle avait suivi des cours où l'on apprenait à gérer la crise. On lui avait enseigné comment dresser une liste des priorités. Bon, en l'occurrence, commencer par Mme Banning. Il fallait s'assurer qu'aucune lettre de cette femme ne surgirait plus sur le bureau de Carter. Une bonne leçon dissuaderait cette inconnue de l'importuner de nouveau.

Elle appuya sur le bouton de l'Interphone.

— Oui, madame Spaulding ? répondit Fleming.

— Le téléphone portable est-il réparé ?

— Oui. Il fonctionne à merveille.

Lili poussa un soupir de soulagement

— Arrêtez la voiture, Fleming. Il va peut-être y avoir un changement de programme.

Il était minuit passé lorsque Lili arriva finalement à Greenwich. La voiture quitta la route pour s'engager sur le sentier en lacet qui montait jusqu'à la maison, au sommet de la colline. Ce chemin d'accès était à lui seul plus long que la rue principale de Euless.

Lili somnolait à l'arrière de la Rolls, apaisée par les effets conjugués du whisky et de son entrevue avec Patrick DeRossier. Elle pouvait compter sur son avocat pour s'assurer que Mme Banning ne l'ennuierait plus. A vrai dire, à réception de la lettre de M^e DeRossier, cette femme ne dérangerait probablement plus jamais personne. L'homme de loi était un fauve, totalement dévoué à son client : il saurait se montrer menaçant. Plus menaçant que les juristes de Mayfair, que Whit préférait, mais qui se seraient trop souciés de préserver l'image de la compagnie.

La voiture s'arrêta bientôt.

— Vous voilà chez vous, madame Spaulding, dit Fleming en lui ouvrant la portière.

Elle réprima un bâillement et sortit de la Rolls.

— Merci, Fleming. Votre journée a été longue. Reposez-vous donc demain.

— Avec plaisir, madame Spaulding. Et merci !

Lili lui souhaita bonne nuit et pénétra dans la maison. Le hall était plongé dans les ténèbres, mais un rai de lumière filtrait sous la porte de la bibliothèque. Carter était rentré. Elle ôta ses chaussures, posa son manteau à cheval sur la rampe, puis se dirigea tranquillement vers la bibliothèque.

— Carter ? dit-elle en ouvrant la porte. Je suis désolée de ce retard, mais…

Elle se figea, les yeux écarquillés d'horreur. Son mari était penché sur son bureau, un index pressé sur la narine gauche, la tête légèrement inclinée, devant une petite ligne de poudre blanche. Il sniffait de la cocaïne !

— Oh, mon Dieu…

Carter inspira la drogue, en chassa le résidu d'un revers de main, puis se redressa, le sourire aux lèvres. C'était un sourire charmeur, comme Lili n'en avait plus vu depuis des mois, sinon des années.

— Viens ! Joins-toi à moi, dit-il. Avec la coke, on s'éclate au lit comme un ado.

Prise de dégoût, elle eut un mouvement involontaire de recul.

— Je préfère faire l'amour comme une adulte, répliqua-t-elle.

— Essaie un coup, Lili ! s'exclama-t-il en se levant. Tu vas partir pour un trip incroyable.

— Depuis combien de temps te drogues-tu, Carter ?

— Depuis Noël.

— Noël ? répéta-t-elle, médusée. Ça… ça fait presque un an.

Et depuis presque un an, ils n'avaient pas couché ensemble une seule fois…

— Avec la coke, j'oublie que je vieillis, Lili. Et je me contente de trois heures de sommeil par nuit.

— La drogue est interdite par la loi, Carter.

— Tu vas appeler la police ? rétorqua-t-il d'un ton railleur.

— Les rumeurs vont vite. Imagine qu'un domestique soit entré ici à ma place ?

— Les domestiques sont payés pour tenir leur langue.

— Et si quelqu'un les payait encore mieux pour la délier ?

Il s'approcha à grands pas, lui saisit les poignets et l'attira contre lui.

— J'ai envie de toi, gronda-t-il. Je me sens déjà excité comme un taureau.

— Tant mieux pour toi, répliqua-t-elle en essayant de se libérer de son étreinte.

Carter l'empoigna par le col et écarta furieusement les pans de sa veste. Le tissu se déchira en craquant, tandis que les boutons de perle fusaient à travers la pièce.

— Carter, au nom du ciel, c'est un Chanel ! Arrête…

Ses protestations avaient quelque chose d'un peu ridicule, mais ce n'était pas le plus grave. Carter ne l'écoutait pas. Lili eut même l'impression qu'il ne la voyait plus. Il lui déchira son chemisier et se mit à la tripoter avidement, la poitrine, le ventre, les cuisses, partout où ses mains fébriles réussissaient à se glisser. Lili en resta quelques instants paralysée de stupeur. Elle se sentait vulnérable et fragile ; la brutalité soudaine de son mari lui semblait incompréhensible.

— Touche-toi ! ordonna-t-il d'une voix rauque.

— Va au diable !

— Obéis-moi !

Le ton de Carter lui procura une vive angoisse. Il paraissait prêt à la frapper si elle n'obtempérait pas. Les larmes aux yeux, elle posa les mains sur ses seins et les massa doucement.

— Gentille fille, murmura-t-il, une lueur lubrique dans le regard.

— Carter, je…

Il lui plaqua le pouce contre la bouche.

— Suce !

Il se mit à faire glisser son pouce sur ses lèvres, de plus en plus fort, au point qu'elle finit par entrouvrir la bouche. Il introduisit deux doigts en elle. Alors, devant son expression à la fois concupiscente et agressive, Lili se ressaisit, et elle le repoussa brusquement.

— Je ne veux pas de ça, Carter.

— Tant pis, Lili, dit-il en lui agrippant de nouveau les poignets. Moi, je veux quand même !

Il se fichait qu'elle fût terrifiée. Il se fichait qu'elle n'eût aucune envie de faire l'amour. Qu'elle le veuille ou non, il avait l'intention de la posséder. Ils avaient parfois pratiqué divers jeux sexuels un peu exotiques, mais dans ces cas-là, Lili avait toujours, *toujours* été une partenaire consentante. C'était entre eux un accord tacite. Le fait que Carter ne tînt plus compte de son avis éveilla soudain en elle une rage sourde. Elle le gifla brutalement au visage.

— Salope ! s'écria-t-il en la lâchant pour se masser la joue.

— Tu l'as mérité, répliqua-t-elle calmement, et elle tourna les talons pour quitter la pièce.

Lili était allongée, immobile, dans le lit qu'elle partageait d'ordinaire avec Carter, lorsqu'elle entendit la porte d'entrée claquer derrière son mari.

C'est toi qui devrais t'en aller, ma fille, après ce qu'il t'a fait.

Elle roula sur le côté, serrant un oreiller contre sa poitrine. Depuis quelque temps déjà, elle soupçonnait que Carter se droguait, mais elle avait réussi à se persuader que ce qu'elle ignorait ne pouvait lui faire de mal. Les doses croissantes d'alcool et de somnifères que consommait Carter, ses sautes d'humeur imprévisibles qui lui valaient de la part de ses collaborateurs le diagnostic de maniaco-dépressif, et même schizophrène, tout cela aurait pourtant dû la mettre en alerte.

Lili n'ignorait pas que nombre de chefs d'entreprise, parmi le jet-set de Manhattan, s'éclipsaient lors des réceptions mondaines ou dans les restaurants chic pour sniffer une ligne de cocaïne. Ces hommes avaient des responsabilités énormes : ils prenaient de gros risques, vivaient en permanence sur la corde raide — et cette infraction à la loi devait les stimuler, les galvaniser.

Si elle n'approuvait pas ce genre de comportement, Lili du moins le comprenait. Mais elle avait la conviction que Carter ne se droguait pas pour les mêmes raisons que ces hommes. Lui, il utilisait la coke comme il vivait sa sexualité : pour combler le vide qu'il éprouvait et que personne, pas même Lili, n'avait su remplir.

Maudite soit cette Mme Banning ! Sans cette lettre pathétique, elle aurait été à la maison au retour de Carter, et rien de tout cela ne serait arrivé. Peut-être son mari ne l'aimait-il pas de la façon dont elle rêvait d'être aimée autrefois, quand elle vivait à Euless, mais il avait besoin d'elle, et, par bien des aspects, c'était encore plus important.

Aujourd'hui, les dieux avaient été cléments. Si Carter avait lu cette lettre, elle n'aurait eu d'autre solution que de lui parler de l'enfant. Et cet aveu, à cause du mensonge qu'elle lui avait présenté au début de leur mariage, aurait ouvert des plaies difficiles à cicatriser. Carter lui faisait confiance comme à personne en ce bas monde, et Lili était prête, si nécessaire, à vendre son âme pour qu'il en soit toujours ainsi.

Elle tendit le bras et saisit un paquet de cigarettes et un briquet sur sa table de nuit. Si Carter détestait qu'elle fume au lit, il n'était pas là ce soir pour se plaindre. Elle inspira profondément la riche fumée de tabac, dans l'espoir d'apaiser ses nerfs. Carter avait un séminaire à Londres pendant la première semaine de décembre, et il faudrait sans doute qu'elle l'accompagne. Elle avait bien eu l'intention de le laisser partir seul pour se consacrer aux achats de Noël, mais elle songeait sérieusement à reconsidérer cette décision.

Mayfair possédait un pied-à-terre à Kensington Palace, un appartement charmant où Carter et elle avaient connu des moments idylliques. Elle se souvenait encore de leurs longues nuits de passion. A l'époque, ils n'en avaient jamais assez l'un de l'autre. Carter se montrait insatiable, aussi exigeant et puissant au lit qu'il l'était en affaires. Et à l'époque, Lili se demandait ce qu'elle avait fait pour mériter un bonheur aussi intense.

Elle écrasa sa cigarette, tira la couette sur ses épaules et ferma les yeux tandis qu'une vague d'épuisement déferlait sur elle. Dormir... Elle avait besoin d'une bonne nuit de sommeil. Et au matin, elle serait plus armée pour comprendre comment son couple avait dérapé, et ce qu'elle pouvait tenter pour rétablir la relation.

Elle y parviendrait sans doute. A Londres. A moins d'une grossière erreur de jugement, cette ville semblait l'endroit idéal pour un nouveau départ.

— Maman ! Maman !

Les hurlements de l'enfant déchiraient la nuit tranquille.

— Au secours, maman !

Lili s'immobilisa au bord du lac. Les appels de sa petite fille semblaient ricocher à la surface de l'eau. Les mains en porte-voix, elle cria :

— Où es-tu ?

— Aide-moi, maman ! hurla l'enfant de plus belle. J'arrive plus à nager. J'y arrive plus…

Lili plongea dans le lac. Son visage était déformé par une grimace de frayeur tandis que les flots noirs et glacials semblaient vouloir attirer son corps vers le fond.

— Parle-moi encore ! cria-t-elle. Parle, que je puisse savoir où tu es !

— J'ai mal aux bras ! J'en peux plus !

Lili n'était pas très bonne nageuse. Sa brasse manquait de puissance, et elle ne parvenait pas à s'éloigner assez du rivage pour rejoindre sa fille. Elle ne savait même pas dans quelle direction nager !

— Aide-moi, maman ! Je t'en prie…

Les hurlements terrifiés de sa petite fille venaient de partout : devant, derrière, à gauche et à droite.

Tout à coup, des vagues semblables à des crêtes immenses soulevèrent Lili à des hauteurs vertigineuses, avant de la laisser retomber au milieu des eaux saumâtres du lac comme un pantin désarticulé. Elle faillit s'étouffer plusieurs fois, essaya de reprendre son souffle, ce qui déclencha dans sa gorge une sensation de brûlure insoutenable. Et pendant ce temps, les cris de son enfant retentissaient partout autour d'elle, croissant en intensité, en désespoir. Lili comprit avec horreur qu'elle ne pourrait pas lui venir en aide. De l'air… ! Elle avait besoin d'air. Si elle restait une seconde de plus dans l'eau, elle mourrait noyée. Dieu, pitié, elle ne voulait pas mourir…

— Je suis désolée, murmura-t-elle en revenant vers le rivage. Je suis affreusement désolée, ma petite fille adorée…

Lili se réveilla en sursaut. De grosses gouttes de sueur ruisselaient sur son front et dans son dos. Son cœur battait la chamade. Les mains tremblantes, elle tâtonna sur la table de nuit, à la recherche des cigarettes et du briquet. Il lui fallut s'y prendre à trois fois pour en allumer une.

Pas besoin de Sigmund Freud pour déchiffrer ce rêve. Il avait été si réaliste que Lili entendait encore les cris de l'enfant. Elle sentait même l'eau glaciale lui envelopper le corps…

Frissonnante, elle tira une bouffée de sa cigarette, puis l'écrasa dans le cendrier de cristal. Tout cela ne rimait à rien. C'était même ridicule. Elle n'avait aucune raison de se sentir coupable parce que la fille Banning avait besoin de chirurgie esthétique et que sa famille ne pouvait la lui offrir. Tant pis, après tout. Cette adolescente n'avait qu'à accepter son sort. Et sa mère était folle de se confier à des inconnus, si riches fussent-ils !

Pourtant, Lili se demandait à présent si elle n'avait pas agi précipitamment en appelant son avocat à la rescousse. Le désespoir de cette femme n'était pas un crime. Dieu sait dans quel désespoir la vie l'avait elle-même jetée bon nombre de fois. Mais il était trop tard pour revenir sur sa décision. Elle avait remis l'affaire entre les mains de Patrick DeRossier. Si elle changeait d'avis maintenant, elle perdrait la face.

Elle alluma une autre cigarette. Que diable lui arrivait-il ? Son mariage se trouvait au bord de l'effondrement, et elle se laissait obséder par une femme qu'elle ne connaissait pas, par une enfant qu'elle ne rencontrerait jamais. Elle devait plutôt penser à sa propre famille… à son mari, qui n'était toujours pas rentré à la maison.

Et s'il décidait de divorcer ? Lili essaya d'imaginer la vie sans Carter. En vain. Cette idée la terrifiait trop pour qu'elle pût y réfléchir longtemps. Elle éprouvait aussi une franche horreur à l'idée de perdre Grant. Ce garçon était son enfant aussi sûrement que si elle lui avait donné la vie. Il n'était pas du même sang qu'elle, mais sa force et son ambition lui venaient de Lili Spaulding. Le lien qui les unissait transcendait la chair ; c'était un lien spirituel merveilleux, indéfectible et tout-puissant.

Soudain, elle sentit le souffle lui manquer. Millicent Banning avait-elle les mêmes sentiments pour sa fille adoptive ? Ce sentiment profond, presque religieux, que c'était un miracle qui avait amené son enfant dans sa vie ? Millicent Banning était prête à mendier pour Catherine, Lili prête à tuer pour Grant. Au fond, leurs vies si différentes se rejoignaient par certains aspects, comme si cette femme et elle étaient sœurs d'esprit.

Lili avait autrefois vécu ce que Millicent Banning endurait aujourd'hui. Elle savait ce que signifiait prier pour un prodige qui ne se produirait pas. Les quelques jours qui avaient suivi la naissance de son enfant étaient restés les pires de toute son existence.

De cette époque à laquelle elle s'efforçait de ne jamais repenser, la lettre de Millicent Banning avait tout fait resurgir : l'angoisse, le désespoir, la culpabilité, et l'horrible sentiment de soulagement qui l'avait submergée quand elle avait pris place dans ce bus en partance pour New York, laissant sa fille derrière elle.

— Tu as eu une vie satisfaisante, jusqu'à maintenant, murmura-t-elle. Tu as eu tout ce que tu désirais.

Elle avait toujours imaginé que, quelque part dans le pays, sa fille menait la même existence que Grant, faite de privilèges et d'opportunités.

Mais il lui était peut-être arrivé… Lili chassa cette pensée, sans doute dictée par une culpabilité déplacée. Elle n'avait aucune raison de se sentir coupable. Si elle avait cru, ne fût-ce qu'un instant, que sa fille risquait de connaître des conditions de vie difficiles, elle aurait remué ciel et terre pour l'aider. Mais elle avait la certitude que ce n'était pas le cas. Quand Grant avait des ennuis, elle le savait d'instinct : une douleur aiguë lui tiraillait le ventre comme un signal d'arme. Pourquoi n'en irait-il pas de même avec son enfant naturel ?

Lili posa la cigarette sur le bord du cendrier, puis tritura la bague en or incrustée de diamants qu'elle portait à la main gauche. Elle possédait plus de bagues qu'il n'y avait de jours dans le mois, plus de bracelets et de colliers qu'il n'y avait de jours dans l'année. Carter l'avait inondée de signes extérieurs d'affection et de richesse. Toutes choses qu'une femme comme Millicent Banning ne pouvait même pas imaginer…

Un profond soupir lui échappa. Décidément, la vie n'était pas une aventure aisée. Qui aurait cru qu'une femme ayant réalisé tous ses rêves, bâti une existence solide, verrait le destin la déstabiliser et la plonger dans des affres d'incertitude ?

20.

Cincinnati

Millicent se sentait au comble du désespoir. Son mari bien-aimé fixait la lettre qui venait d'arriver par la poste comme s'il s'agissait d'un requin pris à l'hameçon de sa canne à pêche. Il avait l'air à la fois ivre de rage et terrifié. En près de quarante ans de mariage, jamais elle ne l'avait vu dans un tel état.

— Mais fichtre de Dieu ! explosa-t-il. Qu'est-ce qui t'est donc passé par la tête, Millie ?

— C'était juste une lettre, dit-elle d'un ton apaisant. Je pensais que peut-être…

— Tu as perdu la tête ! C'est de la folie furieuse !

Les yeux hagards, il lui brandit sous le nez la réponse de l'avocat de Lili Spaulding.

— Pourquoi, Millie ? demanda-t-il d'une voix brisée par l'émotion. Pourquoi ?

Bouleversée par la détresse de son époux, Millicent ne put retenir ses larmes plus longtemps.

— Pour Corey, murmura-t-elle. Je savais qu'il y avait une chance sur un million, mais il fallait que j'essaie quand même.

— Tu croyais vraiment que cette Lili Spaulding était la mère de Corey ? C'est ce que tu lui as raconté ?

Millicent tourna un instant son regard vers la lettre posée sur la table, que l'avocat de Lili Spaulding avait renvoyée, bien repliée dans son enveloppe rose, avec sa réponse.

— Oui, répondit-elle d'un ton gémissant. Plus je regardais les photos de Mme Spaulding, plus j'étais sûre de voir le sosie de Corey.

— C'est de la folie ! cria Jack en agitant frénétiquement les bras. Pourquoi diable une femme aussi riche aurait abandonné sa gamine ?

— Elle n'a pas toujours été riche. Quand Carter Spaulding l'a épousée, elle était danseuse à Las Vegas.

— Ça ne veut pas dire que c'est la mère de Corey.

— Je sais que ça paraît fou, Jack, mais un jour, alors que je regardais notre fille faire ses devoirs, j'ai trouvé qu'elle ressemblait tant à Mme Spaulding que je...

Millicent se tut. Comment pouvait-elle expliquer à Jack un sentiment qu'elle ne comprenait pas elle-même ? Tout ce qu'elle savait, c'était que cette ressemblance lui avait semblé une chance d'aider Corey, et qu'elle avait voulu la saisir coûte que coûte, sans réfléchir aux conséquences. Aujourd'hui, elle payait le prix de cette bêtise monstrueuse.

— C'est pour Corey que j'ai fait ça, conclut-elle dans un sanglot.

— Mais imagine un peu, Millie, que cette femme soit vraiment la mère de notre fille ? Qu'est-ce qu'on deviendrait, nous ?

Jack tremblait tellement fort, sous l'effet de la colère et du chagrin, qu'il dut prendre appui sur le dossier d'une chaise.

— Et si Lili Spaulding nous prenait notre enfant ? insista-t-il. Hein ?

Il fondit en larmes. Millicent eut l'impression que son cœur se brisait.

— Oh, mon chéri !

Elle se précipita vers lui et le prit dans ses bras. Seigneur ! Seigneur... Dire qu'elle avait juste voulu aider Corey !

— On ne va pas nous la reprendre, Jack. Il n'y a aucune raison de s'inquiéter.

— Ne les laisse pas faire ça, Millie, murmura-t-il d'une voix suppliante.

Son front était couvert de sueur, et ses lèvres prenaient une teinte d'une pâleur étrange.

— Jure-moi que tu ne les laisseras pas faire, insista-t-il.

— Faire quoi, mon chéri ? Je ne vois pas ce que tu veux dire.

— Ce qu'ils vont faire ! cria-t-il en brandissant la lettre à bout de bras. Tu as lu ça ? Ils vont essayer de nous la prendre, ils vont nous voler notre fille…

Millicent le saisit par les épaules et le secoua vigoureusement.

— Non, Jack ! Personne ne va nous prendre Corey. Cet avocat veut juste que nous fichions la paix à Mme Spaulding.

Millicent tenait à rassurer Jack, mais au fond, elle n'était pas très sûre de son propre jugement. Elle avait affreusement peur que les Spaulding ne portent plainte contre eux. Elle craignait que sa lettre stupide, écrite dans un moment de folie, ne leur fasse perdre tout ce à quoi ils avaient travaillé si dur au cours de leur vie. Et surtout, elle était terrifiée à l'idée d'avoir vu juste au sujet de Lili Spaulding…

— Et… et s'ils continuent de nous menacer ? bredouilla Jack d'une voix de plus en plus chevrotante. Jure-moi qu'ils ne nous prendront pas notre petite fille !

Sa respiration devenait sifflante, comme s'il avait trop couru ou grimpé un escalier trop vite.

— Mais non, ils ne vont pas nous prendre notre fille ! Mme Spaulding n'est pas sa mère. Elle n'a pas le droit de faire ça.

Millicent sentit sa gorge se nouer de frayeur. Que diable se passait-il dans la tête de Jack ? Pourquoi avait-il soudain l'air si mal en point ? Et pourquoi n'était-il pas plus confiant ? La lettre de l'avocat semblait pourtant claire :

« Mme Spaulding déclare sans équivoque que Catherine Banning n'est pas sa fille naturelle. Toute autre tentative de votre part visant à prétendre le contraire ou à entrer en contact avec Mme Spaulding au sujet de cette enfant sera traitée par les recours légaux adéquats. »

— C'est ma famille ! hurla Jack. Je donnerais ma vie pour ma famille. Personne ne me prendra Corey.

— Je t'en prie, Jack ! Calme-toi, mon chéri. Ne parle pas comme ça.

A présent, Millicent était moins effrayée par la lettre que par le comportement de Jack.

— Ecoute-moi ! insista-t-elle avec fermeté. Ces gens n'ont pas l'intention de nous prendre Corey. Ils veulent juste qu'on leur fiche la paix.

Au pire, on essaierait peut-être de les faire chasser de leur maison ou de les accabler de dettes, mais Corey, elle, ne risquait rien. Pourquoi Jack s'inquiétait-il à ce point ?

— Ne les laisse pas faire ça, Millie !

Les veines de ses tempes saillaient furieusement sous sa peau.

— Jure-le-moi ! Tu ne les laisseras pas prendre notre fille !

— Ils ne feront jamais ça, dit-elle, les joues inondées de larmes. Je te promets…

Jack lui agrippa brusquement l'épaule. Millicent vit avec horreur ses yeux rouler dans leurs orbites. Il fit un pas en avant, chancelant sur ses jambes…

— Qu'est-ce qui se passe ? Jack !

… et s'écroula devant la cuisinière.

— Oh, Seigneur ! Jack, mon chéri !

Millicent s'agenouilla et lui prit la tête entre les mains.

— Qu'est-ce qui se passe, Jack ? Réponds-moi, je t'en prie !

Il fallait appeler les secours. Le pauvre cœur de Jack avait fini par céder. Et tout ça, par sa faute à elle. Elle était coupable. Elle avait commis un acte stupide, et maintenant elle allait devoir payer !

Elle se leva, décrocha le téléphone mural et appela l'hôpital. Puis, revenue vers son mari, elle s'accroupit et lui étreignit affectueusement les mains.

— Millicent…, murmura-t-il.

Il ouvrit les yeux. Dans son regard, Millicent lut une profonde angoisse, mais aussi un amour infini. Et, dans un terrible éclair de lucidité, elle comprit qu'elle allait le perdre.

— Je…

— Ne dis rien, l'interrompit-elle. Garde tes forces !

— Je… t'aime, Millie.

— L'ambulance arrive, mon chéri. Tout va bien se passer. Tu vas guérir, mon amour…

« Oh, mon Dieu, ne m'enlevez pas mon Jack », pria-t-elle en silence tandis que le gémissement plaintif d'une sirène retentissait au loin. Son mari était le seul homme qu'elle eût jamais aimé, son meilleur ami au monde. Il leur restait encore bien des années de bonheur à partager…

« Il devrait pleuvoir », songea tristement Corey tandis que le cortège funèbre se dirigeait avec une lenteur d'escargot vers le cimetière situé à l'orée de la ville. Cet éclatant soleil, ce ciel bleu de cobalt avaient quelque chose d'obscène. C'était à croire que Dieu lui-même se fichait de la mort de Jack Banning.

A côté de Corey, Millicent pleurait doucement, presque discrètement. Depuis plusieurs jours, elle sanglotait ainsi, et plus d'une fois, Corey avait failli la saisir par les épaules pour la pousser à libérer son chagrin sans retenue. La mort n'avait rien de discret ou de poli, rien de tendre. Pourquoi Millicent ne se frappait pas la poitrine, en maudissant même Dieu de ne pas lui avoir laissé son mari, au lieu de rester recroquevillée dans un coin de la limousine noire, comme si elle voulait disparaître aux yeux de tous ?

« Je voudrais pouvoir pleurer pour toi, papa », songea Corey en prenant la main de Millicent dans la sienne. Elle aurait voulu ressentir quelque chose, mais elle avait l'impression d'être vide de toute émotion. On aurait dit qu'une partie d'elle-même était morte en même temps que Jack.

Elle ferma les yeux. Les quatre jours qui venaient de s'écouler surgirent dans son esprit en un douloureux souvenir. Le moment où on était venu dans sa chambre universitaire la prévenir que M. Clift, son tuteur, l'attendait dans son bureau.

Elle avait enfilé un jean et un sweat-shirt pour se rendre dans le bâtiment administratif. Le bureau de M. Clift se trouvait au rez-de-chaussée. D'ordinaire, une dizaine d'étudiants faisaient la queue en permanence devant sa porte pour lui parler. Mais ce jour-là, il n'y avait personne, et M. Clift se tenait sur le seuil de la pièce. A la seconde où elle avait vu l'expression grave de son visage, elle avait su.

— Qui ? avait-elle demandé en s'efforçant de garder une voix ferme. Ma mère ?

Son tuteur avait secoué la tête.

— Votre père, Corey. Je vous présente mes plus sincères condoléances.

Elle n'avait pas pleuré. Il lui avait proposé de s'asseoir un moment et lui avait tendu une boîte de mouchoirs en papier, mais elle avait refusé tout net. Elle n'avait pas pleuré non plus en retrouvant sa mère à la maison. Millicent lui avait alors paru si petite, si écrasée de chagrin, qu'elle n'avait pas osé ajouter à son tourment. Et, pendant les trois jours suivants, elle s'était occupée d'organiser les obsèques comme un somnambule, s'efforçant de ne jamais se laisser dominer par la douleur.

Tout le monde admirait sa force. Et tout le monde se trompait. Si elle semblait bien encaisser le décès de son père, ce n'était pas parce qu'elle avait de la force, mais parce qu'un nouveau mur venait de s'ériger autour de son cœur.

— Je remercie chaque jour le Seigneur que Millicent t'ait auprès d'elle, lui avait dit le révérend Evans la veille. A présent, tu es tout pour elle.

Tu es tout pour elle. Cette pensée terrifiait Corey. Comment pouvait-elle être tout pour sa mère, alors qu'elle-même n'était qu'une ombre, le fantôme d'une jeune femme ? Dans presque tous les domaines importants de la vie, elle essuyait échec sur échec. Elle n'avait aucun ami. Elle avait fichu sa réputation en l'air. Elle avait séché des dizaines et des dizaines de cours à l'université parce que le simple fait d'entrer dans une salle remplie d'inconnus lui était insupportable. Elle était plus intelligente et plus douée que la plupart des meilleurs étudiants, mais que lui apportait son talent si elle n'avait pas le cran de s'en servir ?

Toute sa vie, elle l'avait passée à l'écart du monde, comme une spectatrice, les gens et les choses restant hors de sa portée. Comment avait-elle pu croire un seul instant que sa situation changerait à l'université ? Elle demeurait une paria, meurtrie dans sa chair et dans son âme par le départ de sa mère naturelle.

Millicent lui tapota doucement la main. Ce simple geste d'amour bouleversa Corey. Des larmes lui picotèrent les yeux, et elle lutta pour les retenir.

« Tu me manques déjà, papa », songea-t-elle. Elle regrettait la force tranquille de son père, son amour sans condition, sa foi inébranlable selon laquelle Corey pouvait réussir tout ce qu'elle voulait à condition qu'elle le décide. Qui croirait jamais de nouveau en elle de cette façon ? Quel autre homme verrait au-delà de son visage abîmé, l'aimerait en dépit de son cœur dévasté par la souffrance ?

Thanksgiving passa sans que Millicent y prête attention. Corey avait préparé une petite dinde en sauce, dressé la table dans la cuisine avec les plus jolies assiettes, et même allumé des bougies, mais Millicent n'avala qu'une ou deux bouchées de tout le repas.

Comment aurait-elle pu manger et sourire alors que l'homme qu'elle aimait se trouvait maintenant dans la tombe ? Bien sûr, elle aurait dû se mettre à genoux et remercier Dieu de lui avoir envoyé une fille comme Corey. Mais avec la mort de Jack, Millicent avait perdu son cœur, et même sa fille chérie était impuissante à le lui rendre.

Le matin était le moment de la journée que Millicent détestait le plus — surtout l'instant, terrible, où elle ouvrait les yeux, prenant aussitôt conscience que Jack n'était plus là.

— Debout, flemmard, disait-elle naguère en bâillant. Encore une belle journée qui nous tend les bras !

Elle attendait alors une seconde ou deux, les yeux fermés, puis se glissait vers Jack pour l'embrasser.

Mais tout cela était terminé. Le côté du lit où dormait Jack était vide et froid, et les couvertures bien en place, comme la veille. Elle ouvrait tout grands les yeux, et l'horreur de sa nouvelle situation lui faisait l'effet d'un coup de massue.

« Il est mort, vieille imbécile. Ne peux-tu pas te rentrer ça dans le crâne ? »

Non, elle n'y parvenait pas. Absolument pas. Peut-être tout cela n'était-il qu'un affreux cauchemar. Peut-être avait-elle de la fièvre, ou une étrange maladie qui lui donnait des hallucinations. Car elle espérait encore que Jack allait entrer dans la chambre d'un instant à l'autre, le sourire aux lèvres…

— Désolé d'être en retard, Millie. Tu ne t'es pas fait de mouron, j'espère ?

Alors, elle se lèverait d'un bond et se jetterait dans les bras de son mari. Et elle ne ferait plus jamais quoi que ce soit qui pût le contrarier.

Corey préférait faire les courses en fin d'après-midi, quand la plupart des femmes du quartier étaient à la maison en train de préparer le dîner pour leur famille. Elle aimait pousser le Caddie dans les allées désertes, examinant le prix des boîtes de conserve et des légumes, songeant à des repas sophistiqués qu'elle n'oserait jamais préparer, de peur de les rater.

Les commissions lui permettaient aussi de prendre un peu l'air, ce qui était appréciable. Le chagrin de sa mère emplissait chaque recoin de la maison, aspirait tout l'oxygène, au point que Corey y étouffait. Elle faisait les courses, le ménage, les repas, mais sa mère ne s'intéressait pas le moins du monde à tout cela. Elle tapotait parfois gentiment la main de Corey, puis replongeait aussitôt dans un monde de rêveries où rien de mauvais n'arrivait jamais, en tout cas pas à son mari bien-aimé.

Corey souffrait de la voir dans cet état, l'air si perdu, si fragile, si solitaire ; elle aurait donné n'importe quoi pour alléger la peine de sa mère. Mais à moins de ressusciter Jack, que pouvait-elle faire ?

Un jour qu'elle errait dans les allées du supermarché, Pammy, la coiffeuse, l'apostropha au rayon des produits frais.

— Corey ! Comment va notre chère Millicent ?

— Bien, bien, répondit Corey d'un ton las.

Elle regrettait d'avoir traîné dans le magasin. A l'heure qu'il était, elle aurait déjà dû avoir réglé ses commissions et être en chemin pour la maison.

Pammy regarda le contenu du Caddie de Corey, puis releva les yeux en souriant.

— Dis à ta mère que je garde son rendez-vous du vendredi après-midi aussi longtemps qu'il faudra.

— D'accord, répondit Corey en s'éloignant.

— C'est valable pour toi aussi ! Tu es la bienvenue quand tu veux. Je suis certaine que Cynthia pourrait faire des merveilles pour toi… avec une permanente, par exemple.

Si la proposition de Pammy partait d'un bon sentiment, elle n'en blessa pas moins Corey. Nulle permanente ne pourrait compenser ses défauts physiques. Et elle n'envisageait pas de miracle dans sa vie. En ce sens, son bref séjour à l'université n'avait pas été une perte de temps absolue : il lui avait au moins appris que le cours de sa vie était figé comme un roc. Rien ne la sauverait jamais.

Il neigea dès la première semaine de décembre, une de ces chutes de neige légères qui couvrent le sol comme un nappage de sucre glace sur un gâteau de mariage. Le mercredi matin, Millicent se réveilla à l'aube. Elle repoussa les couvertures, puis s'assit au bord du lit en cherchant du bout des pieds les chaussons que Jack lui avait offerts deux Noël plus tôt, avant qu'il ne perde son emploi. Elle avait poussé des « Oh ! » et des « Ah ! » admiratifs en découvrant son cadeau, dont elle avait fait glisser la douce fourrure contre sa joue. Jack avait ri, avant de s'exclamer en plaisantant qu'il ne voulait pas voir sa réaction le jour où il lui offrirait des diamants.

— Je n'ai pas besoin de diamants, mon chéri, avait-elle répondu, puisque je t'ai, toi.

Curieusement, ce souvenir ne la plongea pas dans un abîme de tristesse, comme cela avait été le cas les jours précédents. D'une certaine façon, elle eut même l'impression d'être plus proche de Jack, un peu comme si son mari se trouvait dans la pièce voisine à regarder la télévision. Elle demeura assise un moment au bord du lit, attendant de sentir, à l'instar des matins précédents, l'horrible douleur de son chagrin lui écraser la poitrine, mais le phénomène ne se produisit pas. La souffrance du deuil et l'affreux sentiment de solitude étaient encore là mais, quelque part au fond d'elle-même, les germes de l'acceptation commençaient à pousser.

Elle descendit dans la cuisine préparer du thé. Ses gestes étaient maladroits. Elle éprouvait un léger vertige, comme une convalescente au sortir d'une longue et violente grippe. Le fait de préparer une tasse de thé au lieu de deux, puis de s'asseoir seule à la table, lui procura une sensation étrange.

En réalité, si Jack avait autrefois mal vécu son licenciement, Millicent, elle, avait été contente de l'avoir à la maison, même si elle ne l'avait jamais avoué. Elle adorait mettre la table dans la cuisine, avec deux sets, deux bols de soupe, et deux verres de lait frais acheté chez Krauszer, de l'autre côté de la ville. Comme Jack n'était pas un grand bavard, ils écoutaient le plus souvent la radio en commentant les nouvelles du jour.

Leurs derniers mois de vie commune avaient été merveilleux, et Millicent ne les aurait cédés pour rien au monde. Mais à présent, il était temps qu'elle affronte sa nouvelle situation. Elle avait eu jusque-là la présence d'esprit de cacher les factures à Corey en les glissant à son insu dans une grande enveloppe de papier kraft. Sa fille n'avait pas à s'occuper de ses problèmes d'argent.

Millicent eut un petit rire désabusé. De l'argent, ils n'en avaient guère, de toute façon. La pension de retraite de Jack était dérisoire, et son assurance avait à peine couvert les frais des obsèques. Quant aux deux hypothèques placées sur la maison, elle ignorait comment elle s'y prendrait pour les payer. Et Corey… qu'allait-il lui arriver ? Millicent s'était bien rendu compte que la mort de Jack avait affecté sa fille, qui se renfermait sur elle-même comme une tortue dans sa carapace. Mais que faire pour l'aider ?

« On ne court pas avant d'avoir appris à marcher », songea-t-elle. La sagesse populaire disait aussi qu'on pouvait manger tout un éléphant si on s'y prenait petit bout par petit bout. Peut-être trouverait-elle des solutions à tous ses problèmes, si elle s'y attaquait petit bout par petit bout ?

Ce regain d'espoir lui occupa l'esprit toute la journée, et le jour d'après. Elle appela la banque pour s'entretenir avec le directeur. Ce dernier lui exprima ses plus sincères condoléances et lui proposa un plan de remboursement qui allégerait un peu ses comptes pendant les six prochains mois. La compagnie d'électricité se montra tout aussi compréhensive, ce qui compensa le refus catégorique de la compagnie de téléphone de prendre ses malheurs en considération. Bah ! Elle avait réussi à gagner un peu de temps. C'était déjà ça.

« Petit bout par petit bout, se répétait-elle. C'est la seule façon de surmonter les problèmes. »

Elle passait encore ses journées dans une espèce de langueur douloureuse, mais il lui semblait qu'elle reprenait peu à peu des forces, qu'elle recouvrait confiance en elle-même. Elle regrettait affreusement, en revanche, de ne pouvoir en dire autant pour Corey.

Le 20 décembre, M. Goodwill, le chiffonnier du quartier, devait passer prendre dans l'après-midi les vêtements que Millicent lui avait promis une semaine avant la mort de Jack. Aussi, lorsqu'elle se réveilla ce matin-là, la tâche de les collecter s'imposa-t-elle comme une priorité.

Elle commença par le placard de Jack.

Millicent ne l'avait pas approché depuis le décès de son mari. D'une main tremblante, elle saisit la clenche et ouvrit la porte. L'odeur de tabac et de lotion capillaire de Jack lui envahit les narines. Elle réprima un cri d'angoisse. Tout était là, un pan entier de la vie de son époux : ses pantalons gris de grosse toile… le pull rouge qu'elle lui avait offert à Noël… ses chaussons préférés, ceux avec le dessus de cuir…

« Tu seras toujours avec moi, mon chéri », songea-t-elle en sortant les vêtements du placard. Elle n'avait pas besoin de conserver ses pantalons pour faire vivre sa mémoire. Les habits étaient conçus pour être portés, pas pour être gardés comme des reliques. Elle préférait se dire que les pulls et les vestes de son mari bien-aimé serviraient à réchauffer quelqu'un pendant l'hiver.

Elle vidait le tiroir à chaussettes, lorsque sa main frôla une grande enveloppe qu'elle n'avait jamais vue. Jack avait toujours tenu à s'occuper lui-même de ses affaires personnelles. Elle avait donc l'habitude de poser son linge propre sur le lit, pour qu'il le range lui-même comme il l'entendait. Ainsi, elle ne connaissait pas les secrets que renfermait son placard.

Saisissant l'enveloppe, elle l'examina. Son prénom y était inscrit au milieu, de l'écriture un peu gauche de Jack. Intriguée, elle ouvrit le rabat, et en sortit un document à en-tête d'une compagnie d'assurances.

Millicent se dit tout d'abord qu'elle rêvait. Car si ce qu'elle venait de découvrir était réel, il s'agissait purement et simplement d'un don du ciel. Oui, c'était bien cela : un don du ciel !

Jack avait souscrit une police d'assurance dont elle ignorait l'existence. Une merveilleuse, une extraordinaire police d'assurance dont le montant lui donnait le vertige. Elle prit plusieurs inspirations pour se ressaisir, s'efforçant de calmer les battements effrénés de son cœur. Cet argent suffirait à éponger ses dettes, et même à lui assurer une vieillesse tranquille…

Ou encore à réaliser un miracle.

Jack avait toujours affirmé que chaque fois que Dieu fermait une fenêtre, Il ouvrait une porte. Sans doute, mais cette fois, c'était son mari bien-aimé qui avait ouvert la porte — et en grand !

— Oh, mon chéri, murmura-t-elle, les yeux emplis de larmes. Oh, mon amour… Notre fille est sauvée !

LIVRE 6

La famille

21.

New York, mars 1995

— Vous feriez mieux de laisser votre manteau dans la voiture, dit Ed en indiquant l'entrée du restaurant Le Cirque. Des cinglés ont décidé de manifester.

Alarmée par le ton grave de son chauffeur, Lili jeta un regard à travers la vitre teintée de la Rolls, et un soupir de colère lui échappa. Comme si la neige ne suffisait pas à gâcher cette journée de début de printemps, une douzaine de personnes faisaient le piquet sur le trottoir en brandissant des pancartes aux slogans incendiaires : *Protégeons les animaux ! Une vraie femme ne porte pas de fourrure !*

— Ils n'ont pas tant de scrupule quand il s'agit de s'empiffrer de hamburgers, marmonna Lili.

Ed s'esclaffa.

— Je suis bien d'accord, madame Spaulding. N'empêche qu'à votre place, j'enlèverais mon manteau. Ces gens-là ne plaisantent pas.

— Je ne vais pas me laisser intimider par une bande de fous furieux, rétorqua-t-elle en serrant les pans de son vison sur sa poitrine. Ces mêmes femmes qui hurlent comme des damnées n'hésiteraient pas à porter des manteaux de fourrure si elles pouvaient se le permettre.

Elle en avait assez de toutes ces jérémiades ! Aujourd'hui, une femme était presque contrainte de protéger son image chaque fois qu'elle sortait de chez elle. Porter de la fourrure était strictement *verboten*. Fumer équivalait à commettre un génocide. A écouter les activistes de tout poil, une femme mériterait bientôt la prison pour avoir utilisé du rouge à lèvres ou du mascara.

Ed fit le tour de la Rolls pour lui ouvrir sa portière, et elle sortit de la voiture pour se diriger à grands pas vers l'entrée du restaurant. Mais une jeune femme vêtue d'un jean et d'un imperméable noir vint se planter en travers de son chemin.

— Madame Spaulding ?

— Je vous connais ? répliqua Lili avec un sourire peu engageant.

— Je fais partie du Comité des amis des animaux. Vous rendez-vous compte que votre compagnie viole les principes élémentaires du respect de la nature, et que… ?

— Je suis attendue, l'interrompit Lili. Veuillez m'excuser…

La femme lui agrippa le bras.

— Pas si vite, madame Spaulding ! Nous sommes fatigués de nous faire rembarrer par vos chargés de communication. Les méthodes employées par votre compagnie pour tester les produits sur les animaux sont barbares. Si vous ne…

— Cette personne vous importune-t-elle, madame Spaulding ?

Le portier du restaurant s'interposa entre Lili et les manifestants.

— Merci, George, répondit-elle d'un ton calme et posé. A présent, si vous voulez bien m'excuser…

Elle fonça vers le restaurant, ignorant les cris de protestation de la femme qui l'avait interpellée et les hurlements outragés de ses congénères. Ces gens semblaient prêts à la lyncher sans autre forme de procès. Lili serra le pistolet dans son sac à main. Réflexion faite, elle ne regrettait pas d'avoir cédé aux pressions de ses amis, qui lui conseillaient de porter une arme.

Le directeur du Cirque l'accueillit dans l'entrée.

— Je vous présente toutes nos excuses pour cet incident, madame Spaulding. Hier, ces manifestants ont aspergé de peinture aérosol le manteau de fourrure d'Angela Bourdette, alors qu'elle montait dans sa voiture.

— Ils sont fous, murmura Lili. Ils nous cassent les pieds depuis des semaines !

Elle sourit, recouvrant très vite toute sa contenance.

— Quel plaisir de vous revoir parmi nous, Nicholas ! Cela fait… hmm… ?

— Presque quatre ans, répondit-il d'un ton plaisant.

— Je suis enchantée que vous repreniez la direction du Cirque, en tout cas. Mais comment se fait-il que vous ayez déjà quitté Paris… ?

— Manhattan me manquait, je l'avoue.

Puis, une expression solennelle sur le visage, il ajouta :

— J'ai été affreusement désolé d'apprendre le décès de M. Spaulding.

— Merci, répondit Lili d'une voix rauque.

Elle détourna un instant les yeux. Carter était mort depuis trois ans déjà, et elle avait encore de la peine à évoquer sa disparition. Les médecins avaient conclu à une crise cardiaque, accident aussi imprévisible et fatal que la foudre par une belle journée d'été, mais c'était un mensonge. Carter s'était tué avec la drogue. Tous ceux qui l'avaient côtoyé ces dernières années le savaient. Petit à petit, irrésistiblement, il avait lui-même creusé sa tombe, et Lili n'avait rien pu faire pour l'en empêcher.

Ce n'était pourtant pas faute d'avoir essayé. Elle avait jeté, dans les toilettes du monde entier, pour des centaines de milliers de dollars de poudre blanche. Elle avait menacé, cajolé, imploré, grondé Carter, avait essayé tous les modes d'intervention possibles. Elle avait même cru la partie gagnée lorsqu'il avait enfin accepté de suivre une cure de désintoxication au Betty Ford Center. Hélas, à la dernière minute, il avait ordonné à son pilote de faire route sur San Francisco — où, pendant deux semaines, il avait plongé dans la cocaïne tête baissée, frisant à la fois la surdose et l'emprisonnement.

En voyant l'homme qu'elle aimait se détruire de façon aussi systématique, Lili s'était endurcie comme jamais — plus encore que lorsqu'elle avait abandonné son bébé. Elle pressentait le moment où elle devrait de nouveau, comme autrefois, veiller sur son propre avenir, et elle était devenue plus prudente, plus méfiante à l'égard des gens.

Elle reporta son regard sur Nicholas. Avec un tact dont elle lui fut gré, il détourna la conversation et se mit à lui raconter une anecdote parisienne tout en l'accompagnant jusqu'à sa table préférée.

— René va vous apporter du vin, dit-il en la saluant d'un air aimable.

Elle lui sourit avec reconnaissance, espérant que toutes ces émotions n'étaient pas de mauvais augure pour le reste de la journée. Elle attendait Grant, et souhaitait que rien ne vînt gâcher leur déjeuner. Ce petit tête-à-tête hebdomadaire avec son beau-fils lui procurait toujours un immense plaisir. Elle avait vraiment hâte qu'il arrive.

Un serveur posa un verre sur sa table et s'éclipsa. Tout en sirotant son vin, Lili observa les clients qui emplissaient peu à peu le restaurant. Par chance, Le Cirque attirait une clientèle éclectique, et Lili fut ravie de voir autour d'elle d'autres visages que ceux des épouses fortunées de Manhattan. Nababs du cinéma, chefs d'entreprise, directeurs littéraires, tous se plaisaient au Cirque. C'était l'un des endroits les plus élégants de la ville.

Caroline Kennedy Schlossberg, assise à trois tables de Lili, discutait avec sa cousine Maria Shriver. Lili ne put s'empêcher de contempler discrètement ces deux femmes du clan Kennedy. Etrange, songea-t-elle, comme certaines familles étaient empreintes d'un vernis quasi mystique, que ne dénaturaient même pas les feux brutaux et déformants de la couverture médiatique dont elles étaient l'objet. Jacky Onassis semblait un exemple parfait de ce système. Lili l'avait souvent croisée avant sa mort, comme bon nombre de personnes de la haute société new-yorkaise, mais elle n'avait jamais eu le courage de lui parler. De même qu'elle n'osait pas aujourd'hui se lever pour se présenter à Caroline — même Lili Spaulding n'avait pas ce cran-là.

A l'époque de l'assassinat du président Kennedy, Lili, alors Lilly Ann, travaillait au vestiaire du Copa. Elle se souvenait du chagrin qu'elle avait éprouvé en suivant les obsèques sur le minuscule écran de sa télévision, sans personne avec qui partager sa peine. La dignité et l'élégance avec laquelle Jacky affrontait ces jours sombres lui avaient fait une très forte impression. Et elle avait rêvé de capter un peu de cette majesté pour son propre profit. C'était quelque trente-deux ans plus tôt…

Elle se força à détourner les yeux. Caroline Kennedy Schlossberg était une fille illégitime de John Fitzgerald Kennedy. Qu'éprouvait-elle, lorsqu'elle sentait sur elle ces regards insistants qui lui rappelaient la faute dont elle était la conséquence visible ? Après tout, elle n'était pas responsable des aventures extraconjugales de son père ! Chaque mois ou presque, de nouvelles révélations sur la vie sexuelle de l'ancien président envahissaient les médias : les allégations infamantes de Judith Exner, les conjectures au sujet de Marilyn Monroe, et d'autres encore. Comment le temps pouvait-il accomplir son œuvre de guérison si les uns et les autres s'acharnaient sans cesse à rouvrir la plaie ?

Dieu soit loué, Grant n'avait pas à affronter la situation de Caroline Kennedy. Carter avait toujours veillé à agir en toute discrétion. Ni ses abus de cocaïne, ni ses frasques adultères n'avaient transparu dans les médias. Pour cette prudence, Lili lui gardait une immense reconnaissance. Somme toute, elle n'avait pas connu avec lui que des désillusions.

En fait, lorsque Carter était mort, elle avait même voulu le rejoindre dans la tombe. Elle demeurait éveillée des nuits entières, allongée dans l'immense lit qu'ils avaient partagé des années durant, espérant entendre de nouveau le bruit de ses pas dans le hall. Elle aurait voulu lui demander : « Dis-moi ce que je dois faire pour te plaire. Dis-moi qui tu veux que je sois, et je le deviendrai. »

En même temps, avec le recul, Lili prenait conscience qu'elle s'était découvert un but personnel le jour où elle avait exposé son point de vue sur Mayfair devant les cadres dirigeants de l'entreprise. Pour la première fois de sa vie, elle avait eu le sentiment de trouver sa place, et elle aurait souhaité de toute son âme que Carter partage son enthousiasme, même si elle était consciente que le succès fulgurant qu'elle avait connu n'était pas dû à son génie, mais à un concours de circonstances. Elle avait tout simplement été là au bon endroit, et au bon moment, apportant à Mayfair la touche de glamour qui pouvait faire oublier aux médias le mauvais bilan de l'entreprise. Et, en tant qu'épouse du patron, elle était tout indiquée pour ce rôle — même si le patron en question n'acceptait pas cette solution. En fait, elle comprenait même que, ce jour-là, son mariage avec Carter avait pris un tournant décisif.

Ce dernier s'était montré doux comme un agneau après l'horrible scène qu'il lui avait infligée dans la bibliothèque, à son retour de Mayfair. Il s'était généreusement excusé de son attitude inqualifiable, puis, voyant que Lili refusait de lui pardonner, il avait décoré leur maison d'innombrables bouquets de lilas. C'était l'un de ces gestes chevaleresques dont il avait le secret, et qui avait eu raison, cette fois encore, de la colère de Lili.

Ils s'étaient réconciliés, avaient fait l'amour, et tout était rentré dans l'ordre. En apparence, en tout cas.

— L'autre jour, tu as eu ta petite heure de gloire, lui avait-il dit un soir, au lit. Maintenant, redeviens simplement ma femme.

Mais Lili n'avait pu s'y résoudre. Elle avait enduré assez de malheurs pour savoir que, dans les moments difficiles, il ne faut pas tourner le dos à la solution qui se présente — surtout lorsque cette solution vient de soi-même.

Elle avait alors entamé un cycle de voyages d'affaires à travers tout le pays et, d'interview aux médias en discours devant les consommatrices, elle avait su charmer le public. On disait d'elle qu'elle possédait un talent inné, qu'elle était l'Estée Lauder des années quatre-vingt. Elle passait trois semaines par mois loin de

New York, et elle s'aperçut bientôt que son mari ne remarquait même plus son absence.

« C'est pour toi que je fais ça, Carter, avait-elle songé au début. Pour toi et pour l'avenir de Grant. » Puis, à sa plus grande surprise, elle s'était aperçue qu'elle agissait en fait pour elle-même. Parce que le défi qu'elle s'était lancé lui plaisait.

Personne ne semblait se rendre compte qu'elle apprenait son métier sur le tas, substituant l'ambition à la peur, le culot aux compétences réelles. Il fallait reconnaître qu'elle tenait un atout majeur — incompréhensible et inaccessible pour la plupart des décideurs de Mayfair : elle comprenait l'univers de la femme active moyenne, car elle en avait fait elle-même partie autrefois.

« Oubliez les diplômes de Harvard ! avait clamé le magazine *Vanity Fair* en 1984. Lili Spaulding prend le pouls des Américaines avec un flair infaillible, et elle est en train de ressusciter le géant des cosmétiques Mayfair. »

Lili. Elle ne se rappelait plus à quand exactement remontait ce changement d'orthographe de son nom. Ce devait être peu après son mariage. Le prénom Lilly Ann évoquait trop les odeurs marécageuses de son enfance à Euless ; or, de son point de vue, cette ville-là avait totalement cessé d'exister.

La corporation avait elle aussi changé de nom, deux ans plus tôt. De Mayfair, elle s'était transformée en *Lili ! International*, ce qui lui permettait de prendre d'assaut le marché mondial sans être ralentie par l'image passéiste de Mayfair.

Lili adorait le pouvoir qu'elle exerçait sur son entreprise. Le pouvoir était enivrant ; ceux qui niaient cette évidence n'étaient que de fieffés menteurs. Lili adorait entrer dans une salle de conférences en sachant qu'elle tenait entre ses mains l'avenir des hommes et des femmes auxquels elle allait s'adresser. Ses longues années d'études à l'université de Las Vegas, puis à la bibliothèque de New York, avaient porté leurs fruits au centuple. Peut-être Lili n'avait-elle pas trouvé le bonheur, en quarante-neuf ans d'existence, mais elle avait découvert le pouvoir, une expérience que peu de femmes pouvaient se vanter d'avoir connue, au terme de leur vie.

Lili termina son verre de vin, s'interdisant de consulter sa montre. Grant n'était pas célèbre pour sa ponctualité. Il finit d'ailleurs par arriver, avec quinze minutes de retard — ce qui, pour lui, revenait presque à être en avance. Le regard de Lili fut attiré vers son beau-fils à la seconde où il entra dans le restaurant, et ce fut le cas de toutes les autres femmes qui se trouvaient dans la salle. A trente-trois ans, Grant Spaulding semblait béni des dieux. L'adolescent qu'elle avait rencontré des années plus tôt s'était métamorphosé en un homme grand, viril, dont la beauté n'avait fait que croître avec l'âge.

« Du charisme, songea-t-elle tandis qu'il venait à sa rencontre. Aucun mot ne définit mieux ce qui émane de Grant. » Il irradiait comme un soleil ; sa simple présence lui valait le respect et l'attention de tous. Et c'était là certainement son meilleur atout.

— Toujours aussi belle, dit-il en faisant la bise à Lili.

— Tu as besoin de passer chez le coiffeur, mon chéri. Ces boucles hirsutes, derrière ta nuque, sont passées de mode.

— Tu as raison. J'irai chez Ambrose après le repas.

Au lieu de prendre place de l'autre côté de la table, il vint s'asseoir près d'elle.

— Tu es charmant lorsque tu écoutes mes conseils, approuva-t-elle en lui tapotant la main. Je ne perds pas espoir de faire quelque chose de toi.

Grant héla le serveur d'un geste désinvolte qui fit chavirer le cœur de Lili. C'était le même geste, à la fois discret et impérieux, qu'avait Carter autrefois.

Tandis que Lili optait pour un autre verre de vin blanc, Grant commanda un Martini.

— Un Martini ? demanda-t-elle en haussant un sourcil. Je croyais que tu t'en tenais à la bière et à la tequila.

— J'ai décidé de t'écouter.

— Au sujet du Martini ?

— Au sujet de la vie, douce belle-maman.

Il lui prit la main et la porta à ses lèvres.

— J'ai décidé de grandir, ajouta-t-il.

— Dans quel but ? demanda Lili, charmée par l'affection que lui manifestait son beau-fils.

— Dans le but de faire carrière.

— Tu vas donc cesser de fréquenter Felicia Weatherly, dit-elle avec soulagement.

Felicia était l'enfant unique de M. et Mme Paul Weatherly, de Newport. Elle était douce, jolie et gentille, mais elle ne convenait pas du tout à son fils chéri.

— En fait, j'envisage de l'épouser, répliqua-t-il.

Lili le regarda fixement un instant, puis éclata de rire.

— Avec toi, Felicia ne survivrait pas un an, mon cher enfant ! Tu lui briserais les reins.

Une étincelle espiègle passa dans le regard bleu de Grant.

— Felicia m'aide à soigner mes défauts.

— Moi, je n'ai eu qu'un succès limité dans cette entreprise. Cette pauvre fille n'a pas la moindre chance.

— Au contraire, je crois que nous allons bien ensemble.

Le soulagement de Lili se dissipa tout à coup. Grant avait l'air diablement sérieux.

— Elle ne te convient pas, mon chéri, rétorqua-t-elle. Il te faut quelqu'un de plus combatif.

Il lui fallait surtout une femme de tête, qui saurait le tenir en laisse.

— Elle est enceinte, dit-il en soutenant son regard.

— Oh, mon Dieu…

Lili eut l'impression d'avoir été frappée en pleine poitrine. Mais l'expression de Grant demeurait impassible : il ne plaisantait pas, hélas.

— Bon, déclara-t-elle en se reprenant. Ce n'est pas le bout du monde. Tu as commis une bêtise. Nous allons arranger cela.

— Elle refuse d'avorter.

— Personne ne lui demande d'avorter.

Lili songea qu'elle devait mener cette discussion avec tact. Se pouvait-il que Grant soit *réellement* amoureux de cette fille ?

— Il y a d'autres solutions, poursuivit-elle.

— Non.

— Ecoute-moi, avant de te braquer…

— Non, l'interrompit-il. C'est toi qui vas m'écouter. Je veux épouser Felicia.

— C'est ridicule. Tu ne sais pas ce que tu veux.

— C'est là que tu te trompes, ma chère Lili. J'ai toujours su exactement ce que je voulais.

— Tu parles ! La plus grande partie de ce que tu as voulu ces dernières années était illégal, je te le rappelle. Si c'est de cette façon que se manifeste ta volonté, cela ne m'intéresse pas.

Lili adorait Grant, mais elle n'en était pas moins consciente de ses faiblesses. Enfin, grâce à Dieu, Grant avait abandonné la drogue peu après la fin de ses études. Lili aurait remué ciel et terre pour s'assurer qu'il ne finirait pas comme son père.

— Tout ça, c'est du passé, répliqua-t-il.

— Peut-être. Malheureusement, le passé a parfois tendance à te revenir à la figure au moment où tu t'y attends le moins. Crois-moi.

— Regarde Ted Kennedy, rétorqua Grant. Ses problèmes ne l'ont pas freiné longtemps.

— Mauvais exemple.

— Tu parles ! Ce type est l'exemple même de la résurrection maîtrisée !

Lili alluma une cigarette.

— Il est temps que tu songes à changer de modèle, mon chéri. Ted Kennedy est peut-être un homme charmant, mais je ne te recommande pas de suivre son exemple.

Grant se renversa contre le dossier de son siège et fit signe au serveur de lui apporter un autre Martini.

— Ses erreurs vont me servir de leçon, jolie belle-maman.

— Prions Dieu pour que tu ne commettes jamais d'erreurs aussi graves que les siennes.

— Pour tout dire, je prévois de ne pas commettre la moindre erreur.

— Ah tiens ? Et comment appelles-tu le fait d'avoir engrossé Felicia Weatherly ?

Un sourire enjôleur se dessina sur les lèvres de Grant.

— J'appelle ça l'étape numéro un.

Pendant les deux heures qui suivirent, tandis qu'ils déjeunaient, Grant détailla à sa belle-mère le plan de carrière qu'il avait conçu.

Il lui rappela tout d'abord qu'il n'était pas fait pour les affaires, ce qu'ils savaient tous deux pertinemment. Il lui fallait plus d'excitation que ne lui en donnerait l'entreprise. Il avait besoin de marcher sur la corde raide jour après jour — et, pour combler cette attente, il ne voyait pas de meilleur moyen que de se jeter dans l'arène politique et d'y tenter sa chance.

— N'es-tu pas trop jeune pour te présenter ? demanda Lili.

— Non. J'ai trente-trois ans. Dans quelques mois, j'aurai même l'âge requis pour me présenter à la présidentielle.

— Seigneur ! fit Lili en levant les yeux au plafond. Je ne souhaiterais pas un tel boulot à mon pire ennemi.

— Ne t'inquiète pas. Je suis prêt à commencer par une fonction plus modeste. Un siège à la Chambre des représentants me conviendrait bien, pour démarrer. Felicia et moi allons acheter une maison à Welchester, nous y établir, et préparer les élections de 1996. C'est là-bas que je me présenterai.

Avec un plan d'attaque bien préparé et une campagne de communication solide, personne ne remarquerait les ombres de son passé douteux derrière la nouvelle façade d'homme respectable qu'il se bâtirait. Au fil des ans, il avait appris à parer les coups et à ne laisser aucune trace derrière lui. Ni ses errances avec la cocaïne, ni ses frasques sexuelles ne risqueraient de troubler ses projets.

— Que comptes-tu faire en ce qui concerne la compagnie ? demanda Lili.

— Je resterai à mon poste jusqu'aux élections.

Les électeurs exigeaient beaucoup de la part des enfants de milliardaires qui se lançaient dans la politique, allant même, les imbéciles, jusqu'à considérer qu'ils devaient travailler. Mais cela ne posait aucun problème. Grant avait tout prévu, tout planifié — y compris les questions sociales « politiquement correctes » qu'il inclurait à son programme.

— Je t'en prie, ne t'acoquine pas avec les associations de protection des animaux, marmonna Lili.

— Au risque de faire capoter la compagnie ? Sûrement pas ! Ces gens sont cinglés. Il faut les ménager, peut-être, mais surtout pas leur obéir.

Grant fit signe au serveur de leur apporter de nouveau à boire.

— Ils se contentent surtout de nous menacer, continua-t-il. Ils ont bien tenté d'investir notre usine principale, mais sans commettre de dégâts importants. De toute façon, nous avons accru la sécurité aux usines de Somerset et de Holbrook. Je pense que la situation va se calmer. Et quand nous aurons l'accord des autorités sanitaires pour Night-Way, tout sera terminé.

— A ce propos, je voulais te dire une ou deux choses, répondit Lili.

Tandis qu'elle se lançait dans la description détaillée — et passablement barbante — du processus de développement de leur nouvelle crème de nuit, Grant laissa ses pensées dériver.

Epouser Lili était bien la meilleure décision que son paternel ait jamais prise. Sans cette femme, la compagnie n'aurait pas survécu. C'était elle qui lui avait donné un second souffle et qui leur avait permis de s'enrichir davantage.

Mourir était la seconde meilleure action de son paternel, en tout cas en ce qui concernait l'avenir de Grant. Dès le lendemain des obsèques, il avait demandé à Lili l'occasion de faire ses preuves : elle lui avait aussitôt confié la direction du département Recherche et Développement.

Dans l'ensemble, ce service fonctionnait de lui-même, ce qui lui convenait parfaitement. Il avait vite compris que la devise des champions du cosmétique consistait en une alternative : « Marche ou crève. » Question travail, ces types n'en avaient jamais assez. Une série d'essais satisfaisants ne leur suffisait pas, par exemple. Ils avaient toujours envie d'effectuer d'autres essais, pour « confirmer leurs résultats ». Les imbéciles ! S'ils cherchaient bien, tant qu'ils y étaient, ils pourraient probablement trouver une anomalie dans le lait maternel. Bref, Grant veillait désormais à ce que les procédures d'essais fussent conformes aux règlements des autorités sanitaires, mais sans plus. Pas question de gaspiller le capital de la compagnie en vérifications inutiles.

Les campagnes électorales revenaient très cher, et il comptait bien engranger une grosse part des bénéfices de *Lili ! International* pour lui-même avant que la compagnie ne soit admise en Bourse et que la SEC[1] ne fourre son nez gluant dans leurs affaires. Il était l'héritier, après tout ! Quoi de plus normal que de disposer de son argent comme il l'entendait ?

En tout cas, il n'avait pas à craindre qu'un autre gamin Spaulding surgisse du néant pour réclamer une part du gâteau. Carter n'avait jamais réussi à mettre Lili enceinte, et autant que Grant le sache, il n'avait jamais engrossé aucune autre femme. Or, le fait d'être enfant unique présentait des avantages indéniables…

Le ton de Lili changea tout à coup, arrachant Grant à ses réflexions.

— Mon chéri, dit-elle soudain avec un large sourire, assez parlé de la compagnie. Maintenant, nous devons réfléchir à quelque chose de très important.

— Hmm ? Quoi donc ?

— Eh bien, nous devons organiser ton mariage.

Grant fronça les sourcils. Lili avait pourtant clairement manifesté ses réserves à l'égard de Felicia.

1. L'équivalent américain de la COB française.

— Tu soutiens la décision que j'ai prise ? demanda-t-il.

— Tu croyais que je m'y opposerais, mon chéri ? Je t'ai promis, il y a des années, que tu pourrais toujours compter sur mon soutien. Et je n'ai pas changé d'avis.

Grant leva son verre pour trinquer.

— A la meilleure belle-mère qu'aucun homme ait jamais eue, déclara-t-il, un sourire triomphant aux lèvres.

En effet, que pouvait-on souhaiter de mieux qu'une belle-mère richissime, fidèle, et… stérile ?

22.

Le premier samedi du mois d'avril 1995, Lili maria son beau-fils Grant Landon Spaulding à Felicia Weatherly. La cérémonie religieuse fut conduite par le révérend Terhune, à l'église épiscopale Saint-James, puis le jeune couple, leur famille et cinq cent trente de leurs meilleurs amis se rendirent à l'hôtel Waldorf-Astoria pour une réception dont Lili entendait bien qu'elle fût l'événement mondain le plus époustouflant de la décennie.

Les Weatherly avaient manifesté le désir de voir le mariage se dérouler à Newport, mais Lili avait refusé tout net. Manhattan était le centre de l'univers — le centre du seul univers qui importât à ses yeux, en tout cas —, et il n'était pas question que les noces de son fils chéri eussent lieu ailleurs.

Si Lili avait de prime abord peu apprécié que Grant épouse une femme qu'elle n'avait pas choisie pour lui, elle convenait à présent qu'il était plutôt bien tombé. Felicia était une jolie petite créature. Dans sa robe de mariée achetée chez Priscilla of Boston, dont la coupe ample masquait les rondeurs naissantes de sa grossesse, elle arborait un air angélique qui ne manquait pas de charme.

Elle ferait en outre une épouse modèle. Premièrement — Lili en avait eu confirmation grâce à une enquête discrètement menée —, l'enfant qu'elle portait était à coup sûr celui de Grant. Deuxièmement, sa vie n'était entachée d'aucun secret inavouable, susceptible de surgir du néant pour briser un jour la carrière de son mari. Felicia était le genre de femme à se contenter de vivre dans l'ombre de son mari, en lui vouant un amour sans condition et en élevant ses enfants, tandis qu'il gravirait les échelons de la politique. Et peu importait s'il se révélait qu'elle n'avait pas la force de caractère nécessaire pour l'encourager et le maintenir dans la ligne droite : Lili ne demanderait pas mieux que de remplir cette mission à sa place.

En définitive, Lili se sentait extrêmement soulagée. Un an plus tôt, Grant courait droit au désastre. Son mode de vie relâché l'entraînait de scandale en scandale ; sa réputation était à ce point menacée qu'aucune somme d'argent n'aurait pu la repêcher. Sans la respectabilité apportée par une épouse et une famille, il serait aujourd'hui considéré comme un sale gosse de riche. Et Lili n'aurait pas admis que son fils adoré connaisse un tel sort.

Heureusement, la fête qui battait son plein au Waldorf-Astoria marquait un tournant radical dans l'existence de Grant. Lili suivit des yeux son beau-fils, qui évoluait gracieusement au bras de Felicia sur la piste de danse. Un joyeux brouhaha où se mêlaient musique et rires emplissait la salle de réception. « Et je suis assise toute seule à la place d'honneur, se dit-elle avec une pointe de tristesse. Carter est mort, Grant entame une vie nouvelle, Whit se prélasse au soleil des Caraïbes. Et moi, je me contente d'être la mère du marié et de payer l'addition. Je n'ai même pas de chevalier servant pour me distraire. »

Grant croisa son regard à ce moment précis. Elle leva son verre en souriant. Il murmura alors quelque chose à l'oreille de Felicia, puis vint dans sa direction à grandes enjambées puissantes. Lili aimait le voir marcher ainsi. Il semblait mordre la vie à pleines dents, occupant plus d'espace que beaucoup d'hommes, au propre comme au figuré. En somme, il donnait l'impression — fascinante — de se diriger tambour battant vers une destinée flamboyante.

— M'accorderais-tu cette danse, mère ? demanda-t-il avec un large sourire.

Plus ravie qu'elle n'aurait su l'exprimer, Lili lui tendit la main et le suivit jusqu'à la piste de danse.

— Tu es magnifique, ce soir, déclara-t-il en l'entraînant dans la valse.

— Je tenais à ce que tu sois fier de moi.

— Je suis toujours fier de toi, Lili.

Elle toucha affectueusement la joue de Grant. Tout à coup, les souvenirs heureux de ses premiers mois de mariage avec Carter, près de vingt ans plus tôt, lui revinrent à l'esprit.

— Tu as le sourire de ton père, mon chéri, murmura-t-elle.

Depuis le décès de son époux, le temps avait estompé une grande partie de l'amertume et des déceptions qu'elle avait connues au cours de leurs dernières années de vie commune.

— Je regrette qu'il ne soit pas là pour partager cette journée avec nous, ajouta-t-elle.

— Le père de Felicia n'arrête pas de t'observer, sais-tu ? Je crois qu'il a du mal à se faire à l'idée que la mère du marié ait financé intégralement la cérémonie.

Lili réprima un soupir. Comme chaque fois que la conversation concernait son père, Grant changeait de sujet sans la moindre gêne.

— Méfie-toi de Paul Weatherly, répliqua-t-elle fermement. Derrière sa façade policée, il y a un homme décidé à te tenir à l'œil. Ne commets pas d'impair vis-à-vis de sa fille.

— Ai-je l'habitude de commettre des impairs ?

Lili ne put s'empêcher d'éclater de rire.

— Oh, le mois dernier encore, si je me souviens bien…

— Tu penses à Sylvie Rothman ? Cela ne se produira plus.

— Il ne faut surtout pas que ça se reproduise, insista-t-elle. Si tu veux réussir ta carrière, tu dois dorénavant avoir un comportement exemplaire.

— Tu t'inquiètes beaucoup trop, Lili chérie, répondit-il en la faisant joyeusement tournoyer sur la piste de danse. Rassure-toi, rien ne peut plus m'arrêter. Je te promets que j'irai désormais sans accroc jusqu'à la plus haute marche.

*
* *

Depuis l'entrée de la salle de bal, Whitman Paley suivait le déroulement du fastueux mariage de Grant Spaulding. Le choix du champagne, la répartition des invités, la couleur des bougies disposées sur les tables — tout, jusqu'aux moindres détails, avait été conçu par les plus grands organisateurs de réceptions. Whit éprouvait presque de la pitié envers Mme Weatherly : la mère de la mariée faisait si pâle figure face à cette force de la nature qu'était Lili Spaulding.

Le regard de Whit se porta justement sur Lili, qui discutait en riant avec Dayton Fox, un directeur financier de Mayfair. Quelque part, sous son masque impeccable de dame rompue aux relations mondaines, était enfouie la jeune femme fragile et un peu maladroite que Whit avait rencontrée dix-neuf ans plus tôt. Aujourd'hui, il était sans doute le seul à se souvenir de Lilly Ann, l'ancienne girl de Las Vegas que Carter Spaulding avait épousée sur un coup de tête. « Tant mieux pour elle, songea-t-il, un peu déprimé. Et tant pis pour moi si je n'ai pas cherché à la séduire quand elle ne m'était pas encore inaccessible. »

Un serveur s'approcha, un plateau à la main.

— Monsieur ?

Whit prit une coupe de champagne et remercia d'un hochement de tête. Les Weatherly étaient une vieille et honorable famille de Newport, ce qui signifiait qu'ils possédaient un pedigree prestigieux, et pas un sou en banque. Non seulement Lili avait orchestré tout le mariage de son fils, mais elle en avait sans aucun doute assumé tous les frais. Whit savait depuis longtemps qu'elle ne pouvait rien refuser à Grant, ce qui ne laissait d'ailleurs pas de le troubler, d'un point de vue aussi bien professionnel que personnel.

Du vivant de Carter, Grant avait dû répondre le plus souvent de ses actes. Le père, qui n'était lui-même pas un saint, exigeait que son fils ait un tant soit peu conscience de ses erreurs et de ses écarts de conduite. Depuis sa mort, malheureusement, chaque mot que prononçait ce petit salopard était parole d'Evangile, chacun de ses actes touchait au divin, et à moins qu'il ne commette un génocide, Lili était prête à lui pardonner n'importe quoi.

Saluant de la main une vieille connaissance dont il avait oublié le nom, Whit se fraya un chemin à travers les danseurs, pour se rapprocher de Lili. Elle se trouvait maintenant entre les bras d'un dirigeant de Revlon à qui elle offrait son sourire le plus charmeur. Whit savait qu'elle avait l'intention d'engager cet homme chez *Lili ! International* et, à en juger par la façon dont ce dernier buvait ses paroles, elle lui aurait fait signer un contrat d'exclusivité avant même que la mariée ait coupé le gâteau.

Whit tapota doucement l'épaule du futur transfuge.

— Vous permettez ?

— Whit ! s'exclama Lili en lâchant aussitôt son cavalier, qui s'éclipsa discrètement. Je ne pensais pas avoir le plaisir de te voir aujourd'hui.

Il l'enlaça par la taille en réprimant un soupir de ravissement.

— J'ai pris la décision de venir à la dernière minute.

— Il faut améliorer ton sens de l'à-propos, le taquina-t-elle à mi-voix. Aronson était sur le point de dire adieu à Revlon.

Elle l'embrassa sur la joue — ce qui suffit à le remplir d'aise.

— Je suis très heureuse de te revoir, murmura-t-elle.

— Moi aussi.

Whit se serra contre elle. Avec ses courbes sensuelles et sa musculature ferme, Lili était aussi paradoxale dans son physique que dans sa personnalité.

Ils se mirent à danser — à contretemps.

— Désolée, pouffa Lili. Je crois que nous sommes un peu rouillés.

— Ça fait un bail, en effet, répondit-il en l'aidant à retrouver la juste cadence.

— Tu m'as manqué, Whit, murmura-t-elle.

Il la regarda droit dans les yeux.

— Sincèrement, Lil ?

— Quelle question ! s'exclama-t-elle d'un air étonné. Bien sûr que tu m'as manqué !

— Je n'étais même pas certain que tu avais remarqué mon absence.

— Tu cherches à te faire plaindre ? Ça ne te ressemble pas.

— Je suis parti il y a plus de six mois, Lil. C'est humain de vouloir être rassuré sur l'affection de ses proches.

— Tu as bu trop de champagne, plaisanta-t-elle. Ce ton geignard, ce n'est pas ton style.

Whit força un sourire sur son visage.

— Ta cérémonie est très réussie, dit-il d'un ton plein d'ironie. Et je suis certain que Grant fera un mari exemplaire.

— Si tu as l'intention de critiquer mon fils, je ne t'écoute plus.

— Pourquoi voudrais-je le critiquer ? répliqua Whit avec cynisme. Grant est un parangon de vertu, c'est bien connu.

— Au nom du ciel… !

Lili essaya de s'écarter de lui, mais il la retint fermement par la taille.

— Si tu n'es pas capable d'être content pour mon fils, tu n'as rien à faire ici, déclara-t-elle.

— Je ne suis pas venu pour féliciter ce couple modèle, rétorqua-t-il. C'est toi que je voulais voir.

Elle écarquilla les yeux.

— Ne me dis pas que ça t'étonne, Lil.

— Bien sûr que si ! D'autant que je n'ai pas eu de tes nouvelles depuis que tu m'as annoncé ta décision de prendre un nouveau congé sabbatique.

— Avant de partir, je t'ai dit tout ce qu'il y avait à dire, Lil.

— Je ne m'en souviens pas, fit-elle d'une voix teintée de colère.

— Je t'ai demandé de m'épouser, Lil, et tu as refusé.

— Tu sais aussi bien que moi que ce n'était pas une proposition acceptable.

— Je suis trop vieux pour mettre un genou à terre, si c'est ce que tu suggères, mais ma proposition était parfaitement acceptable. Ne prétends pas le contraire.

Le visage de Lili se durcit.

— Je portais le deuil de Carter. Je ne pouvais pas me remarier.

— C'est ce que tu m'as répondu sur le moment, en effet.

— Qu'entends-tu par là ?

— Ne fais pas l'innocente, Lil. Nous savons tous deux que, depuis des lustres, Carter et toi n'étiez plus mari et femme que devant la loi.

— Cette conversation n'a aucun sens. Je suis ici pour fêter les noces de mon fils.

Whit inclina la tête. Il valait mieux en rester là, en effet. Les invités qui dansaient autour d'eux commençaient à leur jeter des regards intrigués. Un scandale serait fort malvenu en pareille circonstance.

— Comme tu voudras, murmura-t-il.

— Je ne te comprends pas, Whit, dit-elle tandis qu'ils applaudissaient l'orchestre. Tu te comportes d'une façon qui ne te ressemble pas du tout.

— C'est le miracle du congé sabbatique. Je tolère de moins en moins le mensonge et l'hypocrisie.

Lili croisa son regard et, à la grande surprise de Whit, éclata de rire. Il y avait bien longtemps qu'il ne l'avait vue d'humeur aussi joviale.

— Nous reprendrons cette conversation plus tard, dit-elle en souriant au maire de New York, qui s'avançait à leur rencontre. Après la réception.

— Comme tu voudras, murmura-t-il. Je suis dans la suite présidentielle de l'hôtel. Je t'y attendrai.

« Comme je t'attends depuis dix-neuf ans », songea-t-il avec dépit en saisissant sur le plateau d'un serveur une belle coupe de champagne.

Grant se sentait pleinement satisfait. Sa jeune épouse s'activait consciencieusement d'un bout à l'autre de la salle de réception, embrassant les vieilles tantes, flattant les vieux tontons, s'assurant que chaque invité se trouvait à son aise. Avec cette fille-là, il avait vraiment fait le bon choix. Non seulement Felicia lui apportait la respectabilité qui manquait à sa vie, mais elle possédait un sens quasi aristocratique de la bienséance qui ferait d'elle un atout inestimable pour la carrière politique qu'il entendait mener. Les électeurs n'appréciaient pas que leurs dirigeants sortent de la plèbe — les présidences exécrables de Jimmy Carter et de Gerald Ford en avaient fourni la preuve définitive. Au plus profond de l'inconscient collectif, les masses admettaient leur incapacité foncière à prendre la moindre décision, et elles s'en remettaient servilement à l'élite pour les guider, leur montrer le droit chemin. Une attitude qui constituait, de l'opinion de Grant, une tradition admirable.

Felicia lui rappelait Jacqueline Kennedy Onassis dans sa jeunesse. Elle ne possédait certes pas la beauté léonine de l'épouse du président, mais les deux femmes avaient en commun cette mystérieuse sérénité princière qui leur valait l'adhésion du plus grand nombre.

Et puis, elle était fertile.

Oui, décidément, il avait manœuvré avec brio. L'année prochaine à la même époque, il serait considéré comme un père de famille irréprochable, avec une maison à Welchester, une épouse bon teint, et un enfant qui le relierait aux générations futures.

Son plan fonctionnait comme sur des roulettes. Et s'il n'avait eu, dans un recoin de son esprit, cette désagréable impression que quelque drame le guettait sournoisement, menaçant de faire basculer sa vie, tout aurait été parfait.

D'où lui venait ce sentiment ? Etait-ce à cause des révélations que Frank DeVito, un biologiste du département Recherche et Développement, lui avait faites l'autre jour ? Selon ce dernier, la CG-47, la molécule clé de Night-Way — la nouvelle crème de nuit de *Lili ! International* — risquait de provoquer des dégâts chromosomiques irréversibles chez les embryons humains.

Grant lui avait rétorqué que les essais en laboratoire n'avaient rien révélé dans ce domaine, que les autorités sanitaires donneraient le feu vert à la compagnie avant la fin de l'année pour le lancement du nouveau produit, et qu'il n'était pas question de reconsidérer un projet où l'on avait investi tant d'argent. Puis il avait congédié

DeVito en lui faisant comprendre qu'il espérait bien ne plus jamais le revoir dans son bureau.

Bah ! Il n'avait aucune raison de se tracasser pour cette histoire. Juste après le départ du biologiste, il avait appelé Dan Jarreau, son conseiller en communication politique, et lui avait raconté toute l'affaire. Jarreau l'avait aussitôt rassuré en mettant au point une stratégie subtile.

Night-Way ne serait lancée qu'après les élections. S'il se révélait que cette crème de nuit présentait réellement un danger pour les femmes et leurs enfants, Grant en tirerait un énorme avantage politique. Tel un chevalier sans peur et sans reproche, il ordonnerait avec force publicité l'arrêt immédiat de la production, se posant en défenseur des intérêts des consommatrices et en pourfendeur des capitalistes machiavéliques. C'était un plan magnifique — qui lui donnait presque envie que DeVito ait raison.

Grant sentit soudain qu'on lui tapotait doucement l'épaule. Il pivota sur ses talons et se retrouva face au visage souriant de Nina, une demoiselle d'honneur de Felicia. Cela faisait déjà plusieurs mois qu'ils flirtaient ensemble, et Grant avait la certitude que leur petit jeu se terminerait un jour par une superbe partie de jambes en l'air.

— Lili m'envoie te dire que les serveurs apporteront le gâteau dans quinze minutes exactement, expliqua-t-elle.

Le décolleté pigeonnant de sa robe dévoilait d'appétissantes rondeurs. Le sang de Grant ne fit qu'un tour.

— Quinze minutes, ce n'est pas bien long, répondit-il.

Nina le toisa de la tête aux pieds.

— C'est suffisant, si on s'y prend bien.

Il lui fit discrètement signe de le suivre, puis s'éloigna d'un pas nonchalant vers une des sorties situées au fond de la salle. De là, un couloir les mena à l'arrière des cuisines du Waldorf, où ils s'enfermèrent dans un petit débarras.

— Il fait affreusement sombre, ici, gloussa Nina. Je te vois à peine.

Grant se serra contre elle en lui triturant les fesses à travers sa robe en satin.

— Tu n'as pas besoin de me voir, Nina. Il te suffit de me sentir.

Elle gloussa de nouveau, ce qui étonna Grant. Généralement, les blondes dans son genre savaient garder leur sang-froid presque aussi bien que lui-même.

— Je n'arrive pas à croire que nous allons le faire, murmura-t-elle en baissant de ses petits doigts avides la braguette de Grant. Je ne voudrais surtout pas donner du chagrin à Felicia.

Grant ne répondit rien. Si elle se souciait à ce point des sentiments de son amie, pourquoi plongeait-elle les mains dans son froc ?

Il lui plaqua le dos contre le mur et l'embrassa. Les lèvres de la jeune femme s'écartèrent avidement. Un peu trop à son goût. Il préférait d'ordinaire qu'on lui résiste un peu, histoire de donner du piquant au baiser. Cette fois, visiblement, le facteur risque de leur étreinte devrait suffire à le porter jusqu'à la jouissance.

La bouche de Nina avait un goût de champagne. Grant en caressa l'intérieur avec sa langue, savourant son contact humide et soyeux. Il aurait bien aimé enfouir le visage entre ses jambes, mais il n'avait pas le temps pour ce genre de préliminaires. Sa tendre épouse avait besoin de lui dans moins de dix minutes pour couper le gâteau ; il ne voulait pas la décevoir.

Il souleva la jupe de Nina et remonta les mains sur ses cuisses. Autre source de déception : elle ne portait pas de culotte. Le bruit de la dentelle qui se déchirait avait toujours sur lui un effet aphrodisiaque garanti.

Néanmoins, Nina avait un atout qui compensait ce désagrément. Si, d'habitude, les blondes à peau claire ne possédaient qu'un petit bouquet adolescent de poils courts sur le mont de Vénus, les boucles de Nina, elles, étaient aussi épaisses, douces et profondes qu'un coussin en plume. Grant les caressa un moment, puis glissa un doigt en elle. La jeune femme était étroite, humide, prête à le recevoir. Parfait.

Il mit fin à leur baiser torride.

— Allez, ma jolie, murmura-t-il. Ouvre-toi en grand pour moi.

Il l'agrippa par la taille pour la soulever contre le mur, et elle noua ses longues jambes autour de ses hanches en se laissant descendre sur lui. Dans la pénombre, Grant la vit rejeter la tête en arrière, les yeux mi-clos, une expression extatique sur le visage. De son côté, il laissa échapper un grognement sourd tandis qu'elle se contractait autour de son membre, lui procurant des flambées de sensations intenses. Il eut bientôt l'impression que le haut de son crâne était près d'exploser sous la force de son plaisir. Manifestement, la meilleure amie de Felicia avait eu de très bons professeurs d'éducation sexuelle.

Tout à coup, elle se figea.

— Tu entends ? murmura-t-elle.

Il lui agrippa plus fermement les fesses et donna un coup de reins.

— Grant ! chuchota-t-elle en plaquant les mains sur sa poitrine. J'entends quelqu'un !

— Pas moi.

— Ecoute !

Grant tendit l'oreille. En effet, une femme parlait, juste de l'autre côté de la porte du débarras.

— … et vous devez servir le café à 9 heures et quart très précises…

— C'est ta mère ! s'exclama Nina en gesticulant. Oh, mon Dieu ! Et si elle nous voyait ?

Grant s'imagina Lili l'observant tandis qu'il allait et venait dans le corps nerveux de la meilleure amie de son épouse. Mais cette pensée ne l'excita guère. Il préférait se souvenir du jour où il avait vu Lili à quatre pattes en train de gâter son paternel. Cette idée-là l'émoustillait davantage… mais ne suffisait toujours pas.

— … je suis sûre qu'il va revenir d'un instant à l'autre, madame Spaulding. Grant ne me décevra pas.

Aah ! Divine musique que la voix de sa tendre femme ! Felicia se trouvait à moins de cinq mètres de l'endroit où il était en train de sauter sa meilleure amie, et elle n'en savait rien.

Il n'en fallut pas plus à Grant. Nina laissa échapper un halètement rauque tandis qu'il accélérait le rythme de ses coups de boutoir, avant de se libérer en elle dans un spasme violent.

Décidément, sa nuit de noces commençait bien.

23.

Il était près de minuit lorsque les derniers invités quittèrent la salle de réception.

Lili, assise dans la pénombre, posa sa flûte de champagne vide sur la table. Elle avait déjà bu trois verres de trop, mais après tout, elle pouvait bien se permettre un petit excès d'alcool à l'occasion du mariage de son beau-fils.

Grant et Felicia s'étaient envolés vers une île antillaise pour leur voyage de noces. Ils avaient quitté le Waldorf-Astoria sous une avalanche de grains de riz, de pétales de rose et de vœux vibrants. Devant cet émouvant spectacle, Lili avait failli fondre en larmes.

Les mariages avaient une fâcheuse tendance à vous faire faire le bilan de votre propre vie, et Lili découvrait qu'elle n'échappait pas à cette règle. Au cours de la journée, elle s'était plus d'une fois surprise à songer avec mélancolie à Mamie Hattie, aux Franklin, à tous les gens de Euless qui lui promettaient un avenir morose, à sa jeunesse malheureuse à Manhattan… En regard de ces souvenirs, même sa carrière brillante et sa vie plutôt réussie n'avaient pas fait le poids, n'étaient pas parvenues à la réconforter. Aujourd'hui, elle avait l'impression d'avoir encore perdu une petite partie de son cœur.

Cinq cent trente amis « intimes », et pas une seule âme à son côté au moment d'éteindre la lumière. Elle avait quarante-neuf ans. Dans quelques mois, elle atteindrait la cinquantaine. La moitié de sa vie — en comptant large. Cette idée la terrifiait. Lili avait désespérément envie que quelqu'un l'étreigne, la rassure, lui dise que tout allait bien se passer.

Whit…

L'étincelle qu'elle avait lue dans le regard de son ami ne laissait aucun doute. Il la désirait. Depuis des années, il lui faisait une cour assidue à laquelle elle n'était pas insensible, mais ils n'avaient jamais réussi à vivre leur attirance mutuelle. Etait-il possible que le moment de leur union fût enfin venu ?

Elle saisit une flûte de champagne à moitié pleine sur la table et la vida d'un trait avant d'avoir eu le temps de se demander qui avait posé ses lèvres dessus. Elle avait besoin d'un stimulant pour rassembler son courage. Et elle priait pour que Whit ne la rejette pas. Car si son meilleur ami ne voulait plus d'elle, elle ne saurait plus du tout auprès de qui trouver du réconfort.

Quelques instants plus tard, Lili frappait à la porte de Whit. Il vint presque aussitôt lui ouvrir.

— Lil… ? murmura Whit, l'air étonné.

Il portait un épais peignoir en éponge qui lui descendait à mi-cuisses. Ses cheveux poivre et sel étaient mouillés et tirés en arrière sur son front.

Lili se força à sourire en réprimant un frisson d'inquiétude.

— Tu es déçu de me voir ?

— Surpris. J'attendais un serveur de l'hôtel.

— Je peux entrer ?

Il recula d'un pas et ouvrit la porte en grand.

— Bien sûr ! Excuse-moi…, bredouilla-t-il. Viens, je t'en prie.

Lili hésita un instant, avant de se ressaisir. De quoi diable avait-elle peur ? L'homme à qui elle faisait face n'était que Whit Paley, après tout ! Whit Paley, son ami de vingt ans…

Elle entra dans le salon, tenant au bout des doigts ses talons hauts, qu'elle avait retirés dans l'ascenseur.

— Pas de musique ? demanda-t-elle d'un ton enjoué. Je pensais que nous allions danser.

Il ferma la porte, puis se dirigea vers la fenêtre.

— Tu sens divinement bon, murmura-t-elle, un large sourire aux lèvres. Qu'est-ce que c'est ?

— Un produit révolutionnaire, Lil, répondit-il, le regard perdu dans le lointain. Ça s'appelle le savon.

Elle s'esclaffa.

— En ce moment, nous cherchons un nouveau parfum pour homme. Peut-être pourrions-nous te mettre en bouteille, mon chéri.

Il lui retourna un sourire poli, puis se servit à boire.

— Tu veux quelque chose, Lil ? demanda-t-il.

— Tu as du champagne ?

— Du whisky, de la vodka ou du rhum. Choisis.

« Toi, songea-t-elle. C'est toi que je choisis. »

— Donne-moi ce qui se marie le mieux avec le mousseux.

— De l'eau, répondit-il en saisissant une bouteille de Perrier. C'est ce qu'il te faut. Je crois que tu as assez bu.

« Lili, prends garde à ce que tu vas dire, songea-t-elle. Ne joue pas avec lui. » Lili Spaulding n'était plus Lilly Ann Barnett, et Whit n'était pas Carter. Whit la connaissait mieux que personne — il était même le seul à savoir la vérité au sujet de l'enfant qu'elle avait abandonnée jadis. Elle n'avait pas besoin de l'impressionner. Ne lui avait-il pas dit et répété qu'il l'aimait déjà ? Six mois sur une plage des Caraïbes ne pouvaient l'avoir changé à ce point !

Whit lui tendit un verre d'eau gazeuse. Elle en but une gorgée, puis fit la grimace.

— Pas très excitant, comme boisson.

— Ce n'est pas le but.

Elle se laissa choir dans un fauteuil et croisa les jambes. Avec les années, certaines parties de son corps avaient perdu un peu de leur souplesse, mais ses jambes de girl valaient encore le coup d'être exhibées.

— Qu'avais-tu commandé au service d'étage ? demanda-t-elle.

Whit ne répondit rien. Il avait de nouveau tourné les yeux vers la fenêtre ; il paraissait un peu mal à l'aise. Soudain, une terrible pensée surgit à l'esprit de Lili. Elle jeta un coup d'œil vers la porte de la chambre : fermée.

— Oh, mon Dieu, murmura-t-elle. Je… je t'ai dérangé, peut-être ?

— Pourquoi es-tu venue, Lil ? demanda-t-il sur un ton lugubre.

Lili repensa tout à coup avec horreur à cette fameuse scène, à la fin de *Autant en emporte le vent*, où Rhett Butler déclare à Scarlett qu'il est trop tard.

— Si je ne me trompe, répondit-elle, tu m'as toi-même demandé de monter te voir.

— Ce n'est pas ce que je veux dire.

Elle but une autre gorgée de cette eau détestable.

— Je sais, murmura-t-elle.

Un silence pesant tomba entre eux. Lili avait envie de confier à Whit que sa solitude la rendait parfois profondément malheureuse, mais sa fierté l'en retint. « Ne sais-tu pas pourquoi je suis ici, Whit ? songea-t-elle. Après toutes ces années, faut-il vraiment que je te le dise ? »

Ce fut Whit qui reprit la parole le premier :

— Le mariage est terminé ?

— Tout est fini. Il ne reste plus qu'à régler les factures.

— Ça ne devrait pas te poser de problème.

— En effet. Grâce à Dieu, ça ne me pose aucun problème.

— Es-tu heureuse à l'idée d'être bientôt grand-mère ?

— Tu es au courant, pour Felicia ?

Whit la fixa un instant d'un air surpris, avant de s'esclaffer.

— Tout le monde est au courant, Lil. Parfois, tu fais preuve d'une naïveté touchante.

Lili haussa les épaules.

— Peu importe. De toute façon, ça ne choque plus personne. La moitié des mariées de ce pays sont enceintes le jour de leurs noces.

— Grant avait l'air content de lui, je crois.

— Il est très amoureux, déclara-t-elle sur un ton péremptoire qui mettait son ami au défi de la contredire. Je suis certaine qu'il est aux anges.

Whit vida son whisky d'un trait, puis s'en versa un autre.

— Sans doute. Et maintenant ?

Lili baissa les yeux. Leur entrevue ne se passait pas du tout comme elle l'avait imaginé.

— Maintenant, ils vont vivre une merveilleuse lune de miel.

— Je ne parle pas de ça, Lil.

— J'avais compris.

Elle poussa un soupir — un long soupir qui consuma ce qui lui restait d'énergie nerveuse.

— Je… je crois qu'il vaut mieux que je m'en aille, bredouilla-t-elle.

Elle se pencha en avant, enfila une chaussure et essaya d'en attacher la boucle. Mais ses mains tremblaient trop. Et de terribles larmes de désespoir lui montaient aux yeux.

— Zut ! murmura-t-elle, incapable de retenir ses pleurs. Zut ! C'est trop bête…

Whit s'approcha d'elle, posa un genou à terre et lui prit doucement le pied droit entre les mains. Aussitôt, un frisson langoureux fusa en Lili. Elle noua ses doigts dans les cheveux humides et souples de son ami. Il lui semblait que son esprit se vidait de toute pensée pour laisser le champ libre à un déluge de sensations à la fois merveilleuses et terrifiantes. Il y avait si longtemps que personne ne l'avait ainsi caressée ! Carter et elle avaient définitivement cessé de coucher ensemble cinq ans avant sa mort, et jamais elle ne l'avait trompé : la sensualité avait presque fini par disparaître de son existence.

Whit posa les lèvres sur son pied et l'embrassa avec une infinie tendresse, faisant courir des petits picotements de plaisir sur sa peau. Puis, le long de sa jambe, il excita du bout de la langue les points les plus sensibles. Lili retint à grand-peine un cri de bonheur et d'appréhension mêlés. Et, quand Whit glissa une main sous sa jupe, que ses doigts jouèrent avec le haut de son bas et les attaches de son porte-jarretelles, elle pria pour qu'il ne parle pas. Les mots risquaient de rompre la magie de ces instants. Or, elle éprouvait un besoin presque douloureux de s'abandonner à la magie d'une étreinte amoureuse, elle avait faim de ce contact physique dont elle avait presque fini, à cause des années d'abstinence, par oublier l'importance. Elle se figea, craignant qu'un seul mouvement, si léger fût-il, ne rompe le charme. Elle en aurait eu le cœur brisé. Une femme ne connaissait, dans toute sa vie, que quelques rares moments de perfection comme celui-là, et Lili ne voulait le perdre pour rien au monde.

Whit la caressa avec une retenue follement sensuelle, éveillant lentement son désir, sans la déshabiller tout de suite, sans rien lui demander en retour. Tremblante, prise de vertige, elle le laissa finalement prendre sa main et la guider jusqu'à la chambre.

Elle fondit en larmes lorsqu'il lui fit face et commença à la dévêtir. Il lui ôta lentement sa robe et ses sous-vêtements, puis recula d'un pas comme pour mieux contempler sa nudité. A cet instant, Lili ressentit comme une blessure à l'âme. Elle avait perdu son corps de jeune femme. Les courbes splendides, les galbes fermes portaient désormais la marque du temps. Pour Whit comme pour elle-même, elle regrettait amèrement toutes les années qui leur avaient glissé entre les doigts tandis qu'elle portait le deuil de son mari.

Whit retira son peignoir et se tint nu devant elle.

— Je suis désolée de ne pas être plus jeune, murmura Lili en se blottissant contre lui. J'aurais tant voulu t'offrir celle que j'étais autrefois.

Whit ne la couvrit pas de louanges. Il n'essaya pas de la convaincre qu'elle était belle. Il la prit simplement dans ses bras et la porta jusqu'au lit. Son corps viril bien proportionné dégageait une merveilleuse impression de puissance. Il avait un peu grossi au niveau du ventre et des hanches, mais il était encore magnifique. Lili éprouva un indicible bonheur à le caresser, à laisser courir ses mains sur ses épaules musculeuses. A la fleur de l'âge, Whit avait dû être un homme superbe. Et, tandis qu'elle passait doucement la paume sur le duvet gris de sa poitrine, elle se rendit compte qu'elle avait furieusement envie de lui.

Enivrée par son odeur suave et masculine, elle lui embrassa le ventre, puis fit glisser sa joue contre la toison de son aine. Elle avait envie de le sentir vibrer sous ses caresses, trembler d'un bonheur aussi grand que celui qu'il lui avait procuré. Mais Whit lui saisit les épaules et l'invita à s'allonger sur le dos.

— Je n'avais pas terminé, murmura-t-elle d'un ton espiègle, tandis qu'il la couvrait de son corps.

— Si tu avais continué une minute de plus, moi, j'en aurais déjà terminé.

Elle ferma les yeux lorsqu'il vint en elle, saisie par un sentiment de pur émerveillement. Pour la première fois depuis des années et des années, elle n'était plus seule au monde. Elle avait Whit.

Peu d'expériences humaines sont à la hauteur des espoirs qu'on y place. Pour Whit, cependant, faire l'amour avec Lili releva de la perfection absolue. La texture de sa peau, son odeur, ses gémissements, la souplesse de son corps superbe… Lili lui avait donné plus de bonheur qu'il n'aurait jamais osé en rêver. Près de vingt années s'étaient écoulées depuis qu'il l'avait vue pour la première fois dans sa robe de coton bleue, elle avait perdu la fraîcheur candide et l'éblouissante silhouette qui la caractérisaient à l'époque — pourtant, elle lui paraissait encore plus belle, encore plus femme, encore plus digne d'être aimée, chérie, adorée… et elle semblait enfin prête à construire une relation solide avec lui.

Ils n'avaient pas réinventé les gestes de la passion charnelle, ni découvert de nouveaux jeux érotiques ; ils s'étaient tous deux montrés quelque peu maladroits, parfois trop hâtifs — mais ils n'avaient jamais perdu de vue le miracle que constituait leur union. Leur étreinte avait été un acte de suprême félicité, un de ces événements capables de réorienter une vie et, bien qu'il eût dépassé la soixantaine, Whit avait l'impression que l'avenir lui tendait les bras comme lorsqu'il avait vingt ans.

Lili murmura quelque chose dans son sommeil et enfouit le visage au creux de son épaule. Il lui remonta les couvertures sur la poitrine en la serrant plus fort entre ses bras. Des femmes, il en avait connu un certain nombre dans sa vie. Mais aucune, pas même sa première épouse Emmaline, ne lui avait procuré un choc aussi fort que Lili cette nuit.

Et, à présent qu'il veillait sur son sommeil, son corps moelleux pressé contre le sien, l'émotion qui l'étreignait était encore plus grande que celle qu'il avait éprouvée pendant qu'ils faisaient l'amour. Dans le feu de la passion charnelle, ses sentiments avaient été masqués par la découverte de nouvelles odeurs, de nouveaux bruits, de nouvelles sensations — d'un nouveau corps. Mais maintenant que leur ardeur était rassasiée et que Lili dormait, lovée contre lui, Whit se rendait compte qu'il avait découvert avec cette femme quelque chose de vraiment différent. Il se sentait tout simplement le plus heureux des hommes.

Quelques heures plus tôt, pourtant, il avait cru que tout était fini entre eux. Il avait même appelé une compagnie aérienne afin de réserver un vol pour la Barbade. Lili s'était montrée distante et agressive dans la salle de réception, et visiblement plus occupée à débaucher un cadre supérieur de la concurrence qu'à faire bon accueil à un vieil ami. Whit, qui la connaissait bien, se rendait parfaitement compte qu'elle était désormais lancée à toute vitesse, que la machine Lili Spaulding ne pouvait plus s'arrêter. Il était venu lui dire de poser les armes ; après tout, elle avait littéralement redonné vie à Mayfair, offrant à la compagnie toutes les chances de repartir vers un avenir brillant. Mais elle ne lui avait pas laissé l'occasion de s'exprimer sur le sujet.

Et puis tout avait de nouveau basculé. Femme de paradoxe, Lili avait finalement décidé de se livrer à lui. Et, en frappant à la porte de sa suite, elle avait changé son existence pour toujours.

Lili se réveilla plus heureuse qu'elle ne l'avait été depuis très longtemps. Faire l'amour avec Whit avait été l'une des expériences les plus merveilleuses de sa vie. Elle avait adoré s'endormir entre ses bras en songeant que, désormais, rien ne pourrait plus les séparer. Whit revenait s'installer à New York. Ils allaient travailler ensemble, faire l'amour, se donner toute l'affection et la tendresse dont ils avaient besoin l'un comme l'autre. Et, qui sait, peut-être qu'un jour ils décideraient de franchir un pas de plus en songeant au mariage…

Ils commandèrent un copieux petit déjeuner qu'ils prirent au lit. Ils n'échangèrent que peu de mots, mais Lili sentait que Whit était aussi enchanté qu'elle par leur nuit d'amour. Ils n'étaient plus des enfants : ils n'avaient pas besoin de beaucoup se parler pour se dire à quel point ils tenaient l'un à l'autre.

Quand Lili alla prendre sa douche, elle décida qu'elle allait laisser Whit en paix avec lui-même pour la journée. Ils avaient tous deux besoin d'un peu de temps pour réfléchir au tournant que leurs deux vies venaient de prendre. Il valait mieux qu'elle rentre chez elle.

Elle s'habilla, se maquilla, et ressortit fin prête de la salle de bains. Whit se trouvait encore au lit, les mains relevées derrière la nuque, un sourire rêveur sur les lèvres.

Une expression intriguée se peignit sur son visage quand il la vit saisir son sac à main.

— Qu'est-ce que tu fais ? demanda-t-il. Tu t'en vas ?

Elle s'approcha du lit et lui caressa tendrement le front.

— Je crois qu'il vaut mieux que je rentre.

Il lui saisit le poignet et l'attira contre sa poitrine, les sourcils froncés.

— Mais pourquoi ? Nous ne sommes pas pressés ! Nous pouvons bien passer la journée ensemble. Reviens te coucher.

— J'aimerais bien, Whit, mais j'ai des obligations.

Lili se maudit de s'exprimer sur un ton aussi formel, mais elle avait pris la décision de partir ; il n'était plus question de changer d'avis. Elle se dégagea de son étreinte et se leva.

Whit se redressa sur un coude.

— Personne ne t'attend chez toi, Lil. Tu n'as pas à t'enfuir de cette façon.

— J'ai… du travail. Une réunion à préparer…

— Un dimanche ? l'interrompit-il d'un ton grave.

— Whit, je…

— Epouse-moi, Lil.

Lili ferma les yeux et déglutit.

— Je t'en prie, murmura-t-elle. Ne dis pas ce genre de choses.

— Epouse-moi, répéta-t-il. C'est écrit, Lil. Pourquoi attendre plus longtemps ?

— Seigneur ! Tu ne crois pas que tu vas un peu vite ?

— Il y a dix-neuf ans que je t'attends. Aujourd'hui, rien ne nous empêche de faire nos bagages pour nous installer à titre permanent à la Barbade.

— A la Barbade ?

Elle se mit à arpenter la chambre d'un pas nerveux.

— Nous installer sur une île ? Tu veux rire ! s'écria-t-elle, incrédule.

— Je suis très sérieux, répliqua-t-il en la fixant d'un regard triste. Là-bas, le monde est différent, Lil. J'ai une villa au bord d'une des plus belles plages de sable blanc de la planète.

— Ce doit être un endroit merveilleux pour les vacances.

— Pas seulement pour les vacances. Nous pourrions y passer le reste de notre vie… toi et moi.

Lili prit une profonde inspiration.

— J'ai déjà une vie, mon chéri. Ici, à Manhattan.

— Quitte-la. Elle ne t'apporte plus rien.

— Tu deviens ridicule. D'ailleurs, tu ne penses pas ce que tu dis.

— Tu sais très bien que si.

Il s'assit au bord du lit en tirant le drap sur ses hanches. Lili trouva ce geste d'une pudeur attendrissante.

— Il est temps que nous commencions une nouvelle phase de notre existence, Lil. Vends tes parts de la compagnie et refais ta vie avec moi.

— C'est une idée charmante, Whit, mais impossible. Tu es au courant des changements qui vont affecter l'entreprise l'année prochaine. L'entrée en Bourse, le lancement de Night-Way, et mille autres bouleversements. Comment pourrais-je tourner le dos à tout ça ?

— En le décidant, tout simplement. Comme moi.

Lili s'immobilisa devant Whit.

— J'espérais que ton congé sabbatique touchait à sa fin, dit-elle d'une voix mal assurée. Je t'avoue que j'ai trouvé les six derniers mois difficiles, sans ta présence.

— Il touche à sa fin, en effet. Je te donnerai ma démission dès lundi matin.

Elle croisa les bras sur sa poitrine.

— Je n'aime pas ce type de menace.

— Ce n'est pas une menace, Lil, répondit-il d'un ton las. C'est une décision que j'ai longuement mûrie.

Lili sentit la peur lui nouer le ventre.

— Tu ne peux pas nous quitter, Whit.

— Je le dois.

— New York est ta ville. Tu y es à ta place. N'importe où ailleurs, tu seras malheureux.

— Tu te trompes, Lil.

— Et si je refuse ta démission ? Cette compagnie m'appartient. Je peux te mettre des bâtons dans les roues, tu sais.

— Je partirai quand même.

— Tu es sérieux ?

— Très.

— Reste pour moi, alors. J'ai besoin de toi ici, avec moi.

— Dans ton lit, ou dans ta vie ?

— Je ne répondrai pas à une remarque aussi stupide.

Lili savait qu'elle ne devait pas jouer de la sorte avec les sentiments de Whit, mais si elle ne lui tenait pas tête, elle risquait de fondre en larmes et de se jeter bêtement à ses pieds. Comment pouvait-elle lui avouer que ce qu'elle avait découvert entre ses bras cette nuit l'effrayait à en mourir ? Comment lui dire que, depuis qu'ils avaient fait l'amour, elle se sentait plus vulnérable qu'à aucun autre moment de sa vie ?

— Je pars cet après-midi, déclara-t-il. Viens, je t'en prie.

— Je ne peux pas, mon chéri, murmura-t-elle avec désespoir. Tu m'en demandes trop. J'ai des responsabilités envers cette compagnie.

— Ne te mens pas à toi-même, Lil, répliqua-t-il d'un ton brusque qu'elle ne lui connaissait pas. Et ne me prends pas pour un imbécile.

Blessée, elle redressa le menton.

— Tu devrais savoir mieux que personne ce que cela signifie de diriger cette compagnie, déclara-t-elle fièrement. Je ne peux tout simplement pas lui tourner le dos.

— Dis plutôt que tu ne le veux pas.

— J'ai des responsabilités, ici.

— Envers Grant ?

— Surtout, oui.

Whit s'esclaffa.

— C'est un petit salopard, Lil. Tu es la seule à ne pas t'en rendre compte.

— Ça suffit ! Grant est mon fils. Je t'interdis de l'insulter.

— Grant est le fils de ton ancien mari.

— Je ne fais pas la différence.

— C'est pourtant une différence de taille. Grant ne manifeste aucune loyauté envers toi, Lil. Et de la même façon qu'il ne respectait pas son père, il ne respecte pas la compagnie. Il te mène en bateau et tu es trop aveugle pour le voir.

— Je refuse d'entendre plus longtemps ces sornettes. Tu n'as pas le droit d'injurier ma famille, Whit !

— Mais Grant n'est pas ta famille, bon sang ! Quand finiras-tu par entendre raison à son sujet ?

— Grant est mon fils, même si je ne lui ai pas donné la vie, rétorqua-t-elle. Et je t'interdis de l'accabler de ces sarcasmes stupides.

— Je ne parlais pas des liens du sang, Lil, mais d'honneur et d'intégrité. Grant se fiche éperdument de toi et de la compagnie, et il ne changera jamais.

— Assez ! Appelle-moi quand tu seras capable de me parler d'une manière plus civilisée.

Elle se tourna vers la porte.

— Je ne t'appellerai pas, déclara Whit d'un ton qui figea Lili sur place.

Elle fit volte-face et dévisagea son amant. Son expression était à la fois grave, triste et déterminée.

— Bien sûr que tu m'appelleras, rétorqua-t-elle en haussant les épaules. Demain, nous discuterons plus calmement de tout ça.

— Non, Lil.

— Nous avons tous les deux besoin de réfléchir, je crois. Ce qui s'est passé nous a pris tous les deux par surprise.

— Si c'est ce que tu penses, Lil, notre histoire était condamnée d'avance.

Il se leva en soupirant.

— Tu recevras ma démission lundi matin.

Ces quelques mots la blessèrent profondément, mais elle s'efforça de garder un visage impassible. Après tout, si Whit éprouvait si peu de responsabilité envers la compagnie, eh bien, bon débarras !

— Parfait, dit-elle en lissant sa jupe avec la paume. Comme tu voudras.

Lili Spaulding n'avait besoin de personne, pas même de Whit Paley, pour apprendre à gérer sa propre vie. Aujourd'hui, c'était elle qui donnait les ordres. Il était temps que tout le monde en prenne bonne note.

— Le directeur des Ressources humaines te contactera pour régler ton départ, ajouta-t-elle sur son ton le plus professionnel.

Elle tourna les talons et se dirigea vers la porte.

— Je te souhaite une vie heureuse, Lil, murmura Whit.

— Je n'y manquerai pas, répliqua-t-elle avec conviction, sans même ralentir le pas. Crois-tu pouvoir en dire autant ?

Elle sortit de la chambre sans attendre la réponse de Whit. Elle la connaissait déjà, et cela lui brisait le cœur.

24.

Cincinnati, fin septembre 1995

Corey gara sa voiture de location le long du trottoir, devant la maison de Millicent. L'allée du garage était encombrée par un énorme camion de déménagement rouge et blanc. A l'intérieur se trouvaient déjà une bonne partie des meubles et des affaires de sa mère, lesquels seraient acheminés dès cet après-midi vers son nouveau domicile.

« C'est la fin d'une époque », songea-t-elle. Difficile d'imaginer que la petite maison de bois de ses parents appartiendrait bientôt à une autre famille. Demain à la même heure, pourtant, Millicent serait installée à la maison de retraite de grand standing que Corey avait sélectionnée pour elle, dans un charmant bungalow privé avec vue sur le fleuve.

— C'est la meilleure chose à faire, murmura Corey pour elle-même en ouvrant la portière de la voiture. Tu n'avais pas le choix.

Trois ans plus tôt, la santé de Millicent avait commencé à se dégrader ; il était devenu évident pour tout le monde, sauf peut-être pour l'intéressée elle-même, qu'elle ne pouvait continuer de vivre seule. Depuis qu'elle s'était fracturé le col du fémur, en 1989, elle avait de plus en plus de peine à marcher, et le diabète dont elle souffrait depuis des années avait considérablement affaibli sa vision déjà défaillante.

En dépit de ces problèmes, cependant, Millicent avait toujours refusé qu'on s'occupe d'elle. Elle ne voulait pas d'aide ménagère ; elle cachait ses factures pour que Corey ne puisse les régler à sa place ; lorsque sa fille essayait de lui faire entendre raison, elle répliquait invariablement qu'elle avait beau être vieille, elle n'en était pas sénile pour autant, et qu'elle se sentait encore parfaitement capable de prendre soin d'elle-même.

Corey avait tenté de la convaincre d'emménager à Boston, afin d'être plus à même de prendre soin d'elle, mais Millicent avait rétorqué qu'il n'en était pas question.

— Ma place est ici, dans cette maison, affirmait-elle d'un ton qui n'admettait pas de réplique. Quand je la quitterai, ce sera dans un cercueil.

Il avait fallu un avis d'expulsion de la mairie pour que Millicent accepte l'idée d'un déménagement. En découvrant la lettre des autorités, Corey s'était aussitôt plainte auprès du directeur de la banque de sa mère. Elle avait toujours pensé que la maison appartenait intégralement à ses parents et qu'il ne restait aucune traite à payer, d'autant que l'assurance vie de son père leur avait fourni une manne inespérée, et que Millicent ne se plaignait jamais du manque d'argent.

Le banquier lui avait expliqué, documents officiels à l'appui, que l'emprunt contracté pour la maison n'était pas soldé et que sa mère n'avait pas payé ses impôts depuis près de quatre ans. Après le décès de Jack, les dettes s'étaient accumulées à mesure que baissaient les revenus de Millicent. La banque, affirma son directeur, avait tout fait pour alléger les charges de Mme Banning, mais aujourd'hui, la situation devenait intenable, il ne voyait aucune issue à ses problèmes financiers — bref, la maison devait être saisie.

Corey gagnait très bien sa vie chez Baker, Boxford & Deane Advertising, mais pas au point d'éponger l'emprunt de la maison et quatre années d'arriérés d'impôts alourdis de pénalités. Elle n'avait donc eu d'autre solution que d'accepter la décision des autorités légales, profitant de l'occasion pour obliger Millicent à s'installer dans un logement plus sécurisant dont elle assumerait la charge financière. Elle était bien décidée à faire tout ce qui était en son pouvoir pour assurer une fin de vie paisible à sa mère.

« Agis-tu ainsi parce que tu te sens coupable envers elle ? » se demandait-elle parfois. Les quelques années qu'elle venait de passer à

Boston s'étaient révélées les plus passionnantes de sa vie — à cause de tous les bouleversements qu'elle y avait connus —, et Corey avait honte de devoir admettre qu'il lui était arrivé, à certaines périodes, de ne pas penser du tout à Millicent pendant des jours entiers. A chacune de ces occasions, elle finissait par éprouver un tel remords qu'elle envoyait un beau bouquet de fleurs à sa mère, avant de lui téléphoner longuement en s'excusant de son silence.

Par quelque miracle, pourtant, Millicent ne lui avait jamais fait le moindre reproche. Elle semblait même la comprendre, l'assurant de son plaisir à la voir mener désormais une existence qui n'appartenait qu'à elle. C'était vrai : elle avait un travail fabuleux, un magnifique appartement, et si sa vie sociale n'était pas des plus mirifiques, elle la satisfaisait pleinement.

Corey avait également compris qu'elle avait encore de grands progrès à faire en ce qui concernait les hommes — son mariage avec le Pr Henry Prescott, avorté au bout de trois mois seulement, le lui avait prouvé de façon définitive. Henry était un homme bon et intègre, doublé d'un excellent enseignant, même si lui-même reconnaissait n'avoir guère de talent comme mari. Corey se rendait compte aujourd'hui qu'elle l'avait épousé pour une raison très simple : elle avait été fascinée de s'apercevoir que quelqu'un la désirait suffisamment pour vouloir vivre avec elle.

Toute personne a une faiblesse susceptible de lui causer d'énormes souffrances. Celle de Corey, c'était son énorme et insatiable besoin d'amour. Elle avait eu envie de fonder une famille, d'avoir un foyer. Elle avait souhaité connaître le confort d'une vie quotidienne, savoir qu'à son réveil, chaque matin, le même visage familier lui sourirait sur l'oreiller. Elle avait voulu donner naissance à un enfant pour savourer le bonheur d'être tout pour un petit être qui n'appartiendrait qu'à elle. Mais ces rêves ne s'étaient pas réalisés avec Henry Prescott et, au fil des ans, Corey avait commencé à douter qu'ils se concrétisent jamais.

Si son mariage n'avait pas fonctionné, sa carrière, elle, filait comme un météore. Corey investissait toute son énergie et toute son intelligence dans son travail, ce qui lui valait une généreuse contrepartie financière de la part de BB&D. Peut-être son métier ne comblait-il pas le vide de sa vie affective, mais elle n'en attendait pas tant. Ce vide faisait partie de sa personnalité : sans lui, elle n'aurait peut-être plus été Corey Prescott.

Elle saisit son sac à main et son attaché-case sur la banquette arrière, puis descendit de voiture. Ces derniers jours, Millicent avait refusé de lui parler au téléphone. Corey savait qu'elle allait entrer dans l'œil du cyclone. Une nouvelle fois, elle refit dans sa tête l'inventaire des arguments destinés à convaincre sa mère de la nécessité d'un déménagement : la maison avait été saisie, le voisinage n'était plus aussi sûr qu'autrefois (il y avait eu trois cambriolages dans cette seule rue en moins de six mois), et puis il y avait aussi ce petit incendie que Millicent avait déclenché par mégarde dans la cuisine en oubliant une casserole sur le feu, un incident annonciateur d'autres catastrophes similaires. En cas de besoin, Corey implorerait sa mère de faire preuve d'un peu de bon sens ; et, si tout cela échouait, elle taperait des pieds et se mettrait à pleurer. Quoi qu'il arrive, en tout cas, Millicent dormirait ce soir dans sa nouvelle maison.

L'un des déménageurs, un grand type baraqué aux cheveux blonds, était en train de charger une caisse dans le camion.

— Comment ça se passe ? demanda-t-elle.

— On en a encore pour deux ou trois heures, à peu près.

— Parfait. Merci.

Corey se dirigea vers la porte de la maison.

— Hé, attendez un peu ! l'interpella le déménageur. Vous êtes la fille de Mme Banning ?

— Oui. Pourquoi ?

Il émit un sifflement admiratif. La lueur concupiscente qui brillait dans ses yeux ne laissait aucun doute sur ses sentiments.

— Z'êtes encore plus belle que sur les photos. Ça vous dirait, de prendre une bière quand on aura terminé avec le chargement ?

Corey se retint de pouffer. Les cols bleus se montraient décidément beaucoup plus francs que leurs collègues en col blanc.

— Merci, répondit-elle timidement, mais je… hmm, je n'aurai pas le temps. Je suis venue pour voir ma mère.

Corey soupira intérieurement. Elle était diplômée de Harvard et de l'université de l'Ohio. Comment diable n'avait-elle pas appris, pendant ses études, à recevoir un compliment masculin avec un peu plus d'élégance ?

Il la toisa de la tête aux pieds, puis la gratifia d'un large sourire.

— Y a pas de mal à proposer, dit-il.

— En effet, répondit-elle en souriant à son tour.

Elle se dirigea à petits pas vers la maison, saisie par un frisson de plaisir presque douloureux. C'était chaque fois la même chose. A Boston, les hommes l'abordaient devant les distributeurs de billets, dans les boutiques, depuis leur voiture dans les embouteillages — n'importe où et n'importe quand. Si ses collègues féminines, chez BB&D, se plaignaient avec force du « harcèlement sexuel de la rue », comme elles disaient, Corey, elle, en savourait chaque instant avec délectation. Pour ces femmes, le comportement « politiquement incorrect » des hommes qui essayaient de les draguer était un drame. Pour elle, c'était un plaisir chaque fois renouvelé.

Difficile de croire que près de quinze ans s'étaient écoulés depuis que sa mère lui avait fait l'immense surprise de lui offrir la chirurgie esthétique dont elle avait besoin pour renaître avec un nouveau visage. Millicent avait expliqué avec enthousiasme que Jack avait souscrit une assurance vie dont elle ignorait l'existence, et qu'elle tenait à utiliser cette manne financière pour aider sa fille chérie.

Corey, qui avait pourtant prié toute sa vie pour obtenir la grâce de se faire opérer, avait tout d'abord éprouvé une terreur sans bornes. Et si la chirurgie échouait, causant à son visage des dégâts encore plus grands ? Et si le médecin déclarait qu'il ne pouvait rien pour elle ? Ou, pire que tout, si tout se passait à merveille au niveau médical sans que cela change rien à son existence ? Et si elle continuait de vivre en marge du monde, marquée à jamais par un destin implacable ?

Pendant près de six mois, Corey avait résisté obstinément à l'idée d'une intervention chirurgicale, puis elle avait fini par céder aux injonctions de sa mère. Millicent l'avait alors traînée de spécialiste en spécialiste — qui tous avaient répondu avec un grand sourire : « Je peux réaliser le miracle que vous attendez. » Pour appuyer cette affirmation, ils lui avaient montré des clichés, avant et après opération, de patients dont le visage avait été plus atrocement défiguré que le sien. Des visages désormais si normaux qu'ils pouvaient se fondre dans la foule sans que personne y prête attention. Au début, bien sûr, Corey n'avait pas réussi à y croire : une telle métamorphose lui semblait hors de portée.

Puis elle avait osé. Et, après trois années et plusieurs opérations, le Dr Mario Coscia avait finalement accompli le miracle tant attendu.

— Je n'ai rien changé à votre visage, avait-il dit à Corey. Je n'ai fait que lui rendre sa beauté originelle.

Les premiers jours qui avaient suivi l'ultime intervention avaient compté parmi les plus difficiles de sa vie. Chaque fois qu'elle se tenait devant le miroir, c'était une inconnue qui la fixait. Le médecin l'avait mise en garde contre ce phénomène psychologique — il faudrait un certain temps pour qu'elle fasse le deuil de son « ancien » visage —, mais elle n'avait pas envisagé que cela serait aussi atrocement douloureux. Elle connaissait si bien ce faciès couvert de cicatrices, qui avait en quelque sorte défini sa personnalité, que, sans lui, elle se sentait aussi fragile et vulnérable qu'une nouveau-née.

— Ne perdez pas courage, soyez patiente, répétait le Dr Coscia lors de chaque consultation postopératoire, tandis qu'elle pleurait devant lui toutes les larmes de son corps. Vous êtes la même femme qu'autrefois, Corey. Seule l'enveloppe a changé.

Mais le chirurgien se trompait. Cette nouvelle « enveloppe » avait créé une personne entièrement différente, que Corey ne reconnaissait en aucune façon et à laquelle elle avait mis très longtemps à s'habituer. Sa vie était brusquement devenue beaucoup plus facile. Ses journées ne constituaient plus des parcours semés de peine et d'embûches. Désormais, personne ne se retournait sur son passage avec une mine attristée. Les regards qu'elle attirait, au contraire, étaient emplis d'admiration. Un sentiment de confiance la gagnait, comme si elle avait reçu à doses régulières une décharge d'adrénaline bienfaisante. Elle s'était alors réinscrite à l'université et s'était replongée dans les études, déterminée à rattraper les vingt années d'existence qu'elle tenait pour gaspillées.

Corey s'immobilisa sur le seuil de la maison, embrassant le petit hall d'entrée d'un regard circulaire. Tout semblait tellement vide, sans la tablette du téléphone près de la rampe d'escalier, sans la vieille patère fixée au mur depuis toujours. Elle fronça le nez. Même l'odeur avait changé, comme si les souvenirs olfactifs des dîners de Noël, des bonshommes en pain d'épice et des milliers de tartes aux pommes préparées par Millicent avaient été chargés dans le camion avec les meubles.

Corey ferma les yeux, essayant de se remémorer la voix tonitruante de son père lorsqu'il rentrait à la maison après le travail. « Où sont mes femmes chéries ? » criait-il tout en accrochant son manteau et son chapeau à la patère. Corey et Millicent accouraient alors de la cuisine pour lui souhaiter la bienvenue. Quels parents avaient jamais aimé leur enfant comme Jack et Millicent l'avaient adorée, elle ?

Son enfance avec les Banning lui laissait en définitive un souvenir heureux. Si seulement elle n'avait pas été, à l'époque, si pleine de colère et de hargne contre le monde entier ! Si seulement elle avait été un peu plus capable d'accepter l'amour qui lui était offert ! Elle avait passé tant d'heures à songer à sa mère naturelle, à attendre que quelque créature divine surgisse dans sa vie et règle tous ses problèmes, qu'elle ne s'était pas rendu compte que, par bien des aspects, sa vie était riche et heureuse. Millicent et Jack lui avaient offert, sur le plateau d'argent de leur bonté infinie, un amour sans condition. Dommage qu'elle ait tant manqué de discernement…

— Pardon, madame.

Deux déménageurs sortirent de la cuisine avec la lourde table en pin des Banning. Corey s'écarta en détournant la tête. Voir tous ces objets si familiers quitter la maison lui déchirait le cœur.

— Maman ! appela-t-elle du pied de l'escalier.

Elle attendit un instant, puis, n'obtenant aucune réponse, elle monta les marches. Consciente que sa mère demeurait hostile au déménagement, Corey se doutait qu'elle se trouvait dans sa chambre, refusant de lever le petit doigt pour participer à ce terrible événement. Elle était probablement assise dans son rocking-chair, près de la fenêtre, à contempler le jardin dont Jack avait été autrefois si fier.

A cette pensée, Corey éprouva un sentiment de culpabilité mêlé de regret. Elle aurait dû contraindre Millicent à déménager bien plus tôt. Dans cette maison, sa mère restait prisonnière de ses souvenirs. Cela lui ferait du bien de s'installer dans un lieu qui n'était pas hanté par l'esprit de Jack.

Comme Corey s'y attendait, Millicent se trouvait dans sa chambre. Ce qu'elle n'avait pas prévu, cependant, c'était de la trouver au lit, emmitouflée sous les couvertures.

— Maman ? murmura Corey, le cœur battant. Tu dors ?

Le visage de sa mère était d'une pâleur inquiétante. Corey lui posa doucement une main sur le front.

— Maman ?

Millicent s'agita un instant sous les draps, puis ouvrit les yeux en cillant. Une expression étrange se peignit sur son visage. Elle avait l'air de revenir de très, très loin… Un frisson glacial se répandit dans la poitrine de Corey.

— Je suis contente de te voir, dit Millicent d'une voix claire.

— Moi aussi, répondit Corey d'un ton qu'elle espérait enjoué. Maintenant, tu ferais bien de te lever et de t'habiller, sinon les déménageurs vont te mettre dans le camion en même temps que le lit.

Millicent soutint son regard.

— Je ne pars pas.

— Nous avons déjà discuté cent fois de ça, maman. Tu n'as pas le choix. A partir de demain, la maison appartient à la banque.

— C'est ma maison, et j'y reste.

Le ton résolu de la vieille femme effraya Corey.

— Non, c'est celle de la banque, répliqua-t-elle. Désormais, tu habites à Riverview Knolls.

— Ma chérie, je sais que tes intentions sont bonnes, mais je ne quitterai pas cette maison.

— Cesse de parler ainsi. C'est complètement ridicule.

Elle saisit la robe de Millicent sur le dossier du rocking-chair.

— Habille-toi, s'il te plaît, avant que les déménageurs ne te voient en chemise de nuit.

— Assieds-toi là, Catherine, murmura Millicent en tapotant le bord du lit.

— Catherine ? répéta Corey d'une voix vibrante. Je dois m'attendre à de gros ennuis, si tu m'appelles par ce prénom-là.

Millicent esquissa un sourire et tapota de nouveau le lit. A contrecœur, Corey lui obéit.

— Maman, nous n'avons vraiment pas le temps de discuter maintenant, déclara-t-elle. Ce que tu as à me dire ne peut-il pas attendre que tu sois installée dans ta nouvelle maison ?

— Je t'aime, ma chérie.

Corey tressaillit.

— Quoi ?

— Je t'aime, répéta Millicent.

— Bien sûr que tu m'aimes, marmonna Corey d'un ton faussement désinvolte. Je suis une personne tout à fait digne d'être aimée.

Millicent tendit la main et lui caressa la joue. Un sourire ravi se dessina sur ses lèvres. Sa mère avait l'air si heureuse, tout à coup, que Corey en eut les larmes aux yeux.

— Le même visage, murmura Millicent comme si elle se parlait à elle-même. Les mêmes traits… vous vous ressemblez tant…

— De qui parles-tu ? demanda Corey.

— Ah, ma chérie… j'ai tant de choses à te dire…

La voix de la vieille femme se perdit dans un murmure. Ses paupières papillotèrent. Un instant plus tard, elle s'endormait.

On frappa à la porte de la chambre. Corey se leva en sursaut.

— Est-ce qu'on peut commencer à vider cette pièce ? demanda le déménageur blond en la couvant d'un regard brûlant.

— Très bientôt, répondit Corey. Promis.

Il hésita un instant, puis parut remarquer la présence de Millicent et tourna aussitôt les talons en marmonnant quelque mot d'excuse.

Corey se rassit au bord du lit et étreignit la main de sa mère en essayant de refouler son angoisse. Personne ne pouvait décider de se coucher, comme ça, un beau matin, avec l'intention de mourir. C'était impossible ! En outre, le médecin avait confirmé la semaine précédente que Millicent était en forme. Son diabète et ses autres petits problèmes de santé ne semblaient pas l'incommoder outre mesure.

Corey balaya la chambre d'un regard circulaire. Le papier peint rose à motifs, le couvre-lit chenille, le rocking-chair… Depuis vingt-cinq ans, rien n'avait changé. Corey essaya de puiser du réconfort dans ce spectacle, mais en vain : elle avait la certitude croissante que sa mère avait pris une décision irrévocable, et qu'elle, Corey, ne pouvait strictement rien pour la faire changer d'avis.

Plongée dans ses pensées, Corey ne se rendit guère compte du temps qui s'écoula : mais soudain, Millicent ouvrit les yeux en battant des paupières et sourit faiblement.

— Ne sois pas triste, murmura-t-elle d'un ton presque joyeux. Je vais rejoindre ton papa. C'est une bonne chose.

— Bien sûr que tu vas rejoindre papa, répliqua Corey d'une voix chevrotante. Mais pas maintenant.

Millicent lui tapota la main.

— Tu te débrouilles bien, maintenant, ma chérie. Je ne m'inquiète plus pour toi.

« Mais non ! voulut répondre Corey. J'ai peur, maman. Je suis tellement seule ! Qu'est-ce que je deviendrais, sans toi ? »

— Je vais appeler le médecin, dit-elle. Tu fais peut-être une réaction aux médicaments qu'il t'a prescrits. Il va te remettre sur pied en un clin d'œil.

— Dans ma table de nuit, dit Millicent. Les papiers nécessaires…

— Nous avons déjà tout mis dans les cartons, maman. Tu n'oublieras rien, rassure-toi.

Corey préférait jouer celle qui n'avait pas compris à quoi sa mère faisait allusion. Ces papiers, elle les avait déjà vus : ils concernaient l'entreprise de pompes funèbres que Millicent avait choisie pour ses propres obsèques. Toutes choses dont Corey ne voulait pas entendre parler.

— Sous le lit, chuchota la vieille femme. Il y a un carton…

Corey s'agenouilla devant le sommier en soulevant le bord du couvre-lit. Elle aperçut un grand carton blanc fermé par une ficelle noire, sur lequel Millicent avait écrit « Pour Corey » au marqueur noir.

— Qu'est-ce que c'est ? Ta robe de mariée ? demanda Corey en se forçant à sourire. Je sais que tu as été déçue de me voir épouser Henry, mais je te promets qu'un jour je…

Ses mots se bloquèrent dans sa gorge. Millicent avait de nouveau fermé les yeux. Son visage était livide. Corey lui saisit le poignet et trouva son pouls.

— Merci, Seigneur, murmura-t-elle dans un soupir bruyant.

Le cœur de sa mère battait encore — faiblement, mais il battait. Elle décrocha le téléphone sur la table de nuit. Pas de tonalité. La ligne était déjà coupée… Des sueurs froides lui coulèrent dans le dos. Elle courut jusqu'à la fenêtre et apostropha les déménageurs :

— Hé ! Ma mère est malade ! Appelez une ambulance, s'il vous plaît !

Elle se précipita de nouveau au chevet de Millicent et lui étreignit tendrement les mains.

— Je t'en prie, maman, murmura-t-elle avec désespoir. Je t'en prie… tiens bon, reste avec moi…

« Je sais que je n'ai pas été la fille que tu méritais, ajouta-t-elle en pensée, mais je vais essayer de rattraper le temps perdu, si tu m'en donnes la possibilité. »

Millicent s'agita doucement dans le lit.

— J'ai appelé une ambulance, annonça Corey, ivre de désespoir. Il suffira probablement de modifier le dosage de tes médicaments. Et si tu tiens à ce point à rester dans cette maison, je…

— Ch… chut, l'interrompit soudain la vieille femme.

Sa voix était si faible que Corey dut se pencher en avant pour l'entendre.

— Tu… es… fille… adorée…

Corey ne put retenir les larmes qui envahissaient ses yeux. « Je t'en prie, ne t'en va pas, maman. J'ai si peur de me retrouver seule. »

— Je m'en souviendrai à Noël, murmura-t-elle pour essayer de faire sourire Millicent. Et j'espère bien que ma chaussette sera bourrée de jolis cadeaux.

Millicent sourit, en effet — mais de façon étrange, comme si elle se trouvait déjà bien loin de ces préoccupations terrestres. Comme si elle avait déjà découvert le lieu de sa prochaine résidence.

— Tu es si belle… comme elle.

— Comme qui, maman ?

Millicent poussa un petit gémissement. Au loin, Corey entendit le hurlement d'une sirène d'ambulance. « Vite ! pria-t-elle en silence. Vite ! »

— Maman ! dit-elle en agrippant les épaules de la vieille femme. Ne me quitte pas, maman !

— Va… chercher…

La voix de Millicent devenait quasiment inaudible.

— Chercher quoi ? demanda Corey, les joues inondées de larmes.

— Lil… Lili…

— Lili ? Que veux-tu dire, maman ? Tu veux des… des lilas ? C'est ça, des lilas ? Réponds, maman, je t'en prie !

Millicent expira. Ses lèvres se figèrent en esquissant un sourire tendre et, sur son front, les rides de son grand âge s'évanouirent comme par magie.

— Oh, Seigneur ! cria Corey. Non !

Tout à coup, elle eut l'impression de redevenir la petite fille dont personne ne voulait, la petite fille qui rêvait de trouver enfin une famille qui l'aimerait vraiment. La petite fille qui avait eu la chance d'être adoptée par Millicent Banning.

Elle prit sa mère entre ses bras et la serra contre sa poitrine en la berçant, comme celle-ci l'avait fait avec elle autrefois, en priant de toute son âme que les mots d'amour qui l'étouffaient parvinssent à Millicent, où qu'elle fût.

25.

Boston

Le jour où elle revint au travail après les obsèques de Millicent, Corey fut accueillie dans l'entrée des bureaux de BB&D par Charles Boxford en personne.

— Au nom de toute l'agence, je tiens à vous présenter nos condoléances pour le décès de votre mère, dit-il.

Corey se sentit flattée : Boxford manifestait rarement ce genre d'attentions envers ses employés.

— Merci. Ç'a été une épreuve terrible, je dois dire.

— Si vous avez besoin de plus de temps pour régler la succession de votre mère, n'hésitez pas à venir m'en parler. Nous comprenons que ce doit être une période très difficile pour vous.

Corey le remercia de nouveau. Ainsi qu'elle l'avait pressenti, le retour à la vie quotidienne se révélait presque pire que le moment du décès de sa mère. N'empêche, elle préférait encore s'oublier dans le travail que de se languir chez elle, le cœur écrasé sous le poids du chagrin. Elle n'avait aucune envie de passer des heures à ressasser ses souvenirs, ses remords et sa culpabilité. Pendant ces quelques jours, à Cincinnati, elle avait enduré assez d'émotions pour toute une vie, surtout quand elle s'était mis en tête de trier les affaires de Millicent. Comme elle n'avait eu ni le temps ni la force de terminer, d'ailleurs, elle s'était fait expédier à Boston trois cartons de papiers et de babioles qu'elle examinerait plus tard, quand elle se sentirait en meilleure forme.

Ce dont elle avait besoin, à présent, c'était de se jeter tête baissée dans le travail, et d'entamer le long et douloureux processus du deuil de sa mère.

Linda, la responsable du personnel, l'attendait à la porte de son bureau.

— Je suis désolée, pour ta maman, dit-elle en lui tendant une enveloppe. Nous avons fait une quête dans le service. Tu pourras offrir cette somme à l'association caritative préférée de ta mère, t'en servir pour payer ses factures, ou tout ce que tu voudras.

Corey marmonna quelques mots de remerciement, s'efforçant de refouler les larmes qui lui montaient aux yeux. Ces jours-ci, un rien suffisait à la faire pleurer, même les publicités qu'elle regardait d'un œil distrait à la télévision.

— J'ai déposé ton courrier sur ton bureau, reprit Linda. Tous tes clients t'ont envoyé des fleurs. Suivant tes ordres, nous les avons données à l'hôpital, mais les cartes qui les accompagnaient sont à côté du courrier.

— Merci beaucoup, Linda.

Corey ne pouvait plus supporter de voir des fleurs. Après s'être longuement interrogée sur le sujet, elle avait décidé que Millicent, avant de mourir, lui avait réclamé des lilas pour ses obsèques. Elle avait donc veillé à ce que la sépulture fût couverte de lilas de toutes les variétés possibles. Si les paroles de sa mère avaient un autre sens, elle en avait emporté le secret dans sa tombe.

Linda s'éloigna dans le couloir. Corey ferma la porte de son bureau, puis se laissa choir dans son fauteuil de cuir en soupirant. Une impressionnante pile de courrier reposait sur sa table. Elle ouvrit d'abord les lettres de condoléances. Tous ses clients, depuis le restaurant français de Cambridge jusqu'à Estée Lauder, en passant par AT&T, lui manifestaient leur sympathie, affirmant que Millicent avait certainement été fière de la réussite professionnelle de sa fille.

« Et vous avez raison », songea Corey. Millicent avait même été *extrêmement* fière de sa fille. En un peu plus de cinq ans passés chez BB&D, Corey s'était élevée du poste de chargée de clientèle à celui de responsable au niveau national, puis à celui de directrice. Après avoir assuré l'organisation de campagnes spécifiques pour tel ou tel client, elle en était venue à définir l'image tout entière des compagnies qu'elle représentait. Conseil en stratégie d'entreprise de formation, elle s'était spécialisée dans la « communication de crise », cet art si particulier qui consiste à sauver l'image d'une entreprise aux yeux des consommateurs en cas d'accident ou de scandale. Corey avait gagné ses lettres de noblesse dans ce domaine dès la fin de ses études à Harvard, au cours d'un stage dans une puissante société pharmaceutique. Celle-ci souffrait d'une baisse de crédibilité auprès de sa clientèle après qu'une erreur s'était glissée dans la fabrication d'un analgésique célèbre, provoquant chez les utilisateurs des effets secondaires déplaisants. Corey avait si bien « communiqué » sur cet incident qu'elle était parvenue à effacer l'image négative de la compagnie et à la présenter comme une entreprise attentive et prudente, qui souhaitait protéger ses consommateurs plutôt que de préserver ses propres bénéfices. Et, grâce à ce succès, Corey avait gagné son ticket d'entrée chez BB&D.

Elle s'entendait plutôt bien avec ses collègues, mais ne prenait quasiment jamais part à leurs activités sociales. En dépit de tous ses efforts, elle ne réussissait pas à oublier suffisamment ses vieux réflexes de défense pour s'intégrer à leur groupe. L'ancienne Corey n'était finalement pas bien loin de la surface, prête à surgir au premier signal pour montrer son visage — son *vrai* visage, celui que le scalpel du médecin lui-même n'avait pu effacer.

Celui que personne ne pourrait jamais aimer.

En rentrant chez elle ce soir-là, Corey apprit par le concierge de l'immeuble que les cartons qu'elle s'était fait envoyer de Cincinnati venaient d'être livrés. Il accepta volontiers de les lui monter à son appartement. Parmi ces boîtes, il y avait celle, marquée « Pour Corey » en grosses lettres noires, que sa mère lui avait désignée juste avant de mourir. Saisie par un étrange pressentiment, Corey décida d'en examiner le contenu sur-le-champ. Elle ôta son tailleur, enfila un jean et un T-shirt, et apporta le gros carton blanc dans le salon après avoir coupé la ficelle qui le retenait.

Elle devinait que cette tâche lui serait plus pénible que ne l'avait été l'empaquetage des vêtements de Millicent destinés aux organismes de charité. Afin de se donner du courage, elle se servit une grande rasade de whisky. Puis elle alluma la télévision et s'assit à même le plancher, le carton posé entre les jambes.

A l'écran, un présentateur parlait de la situation au Moyen-Orient depuis l'assassinat de Rabin. Dans le carton, Corey découvrit tout d'abord ses vieux bulletins scolaires et des dessins d'enfance. « C'est presque toute ma vie qui se trouve là-dedans, songea-t-elle avec tristesse. Mes espoirs et mes rêves, mes petits succès et mes grands échecs. » Sous les dessins, il y avait plusieurs photographies d'elle à différents âges de son existence. Corey but une longue gorgée de whisky en refoulant la souffrance qui menaçait de lui envahir le cœur. Elle détestait revoir la petite fille défigurée de jadis… car ces images lui rappelaient qu'au fond, rien n'avait vraiment changé depuis lors.

Le Dr Coscia avait eu malheureusement raison. Bien que l'enveloppe fût différente, bien que Corey eût acquis un certain vernis social au fil des ans, la petite fille d'autrefois l'habitait toujours. Elle restait méfiante et sauvage à l'égard de tous ; elle ne parvenait pas à surmonter la peur qui la saisissait immanquablement à l'idée que quelqu'un s'aperçoive qu'elle était fragile et imparfaite…

— Au diable tout ça, marmonna Corey en posant un paquet de photographies à l'envers sur le sol.

Rien ne l'obligeait à regarder ces clichés, après tout ! Si sa mère y avait attaché une grande valeur sentimentale, c'était son problème. Corey n'en voulait rien savoir.

Elle plongea de nouveau les mains dans le carton. Cette fois, elle y trouva des lettres datant de la Seconde Guerre mondiale. Des lettres d'amour déchirantes que Millicent et Jack s'étaient échangées pendant que ce dernier se battait en Europe. En les lisant l'une après l'autre, Corey pleura sans retenue. Ses parents s'étaient aimés profondément, éprouvant une confiance totale l'un envers l'autre, plaçant dans leur mariage une foi inébranlable qui ne les avait jamais quittés de toute leur vie. Si Corey les avait vus vivre leur amour, elle n'en fut pas moins bouleversée par la beauté de leur correspondance. Les paragraphes concernant les enfants qu'ils désiraient avoir ensemble faillirent lui briser le cœur. Jack et Millicent demandaient si peu de chose à la vie : un toit au-dessus de leur tête, la santé, des enfants à aimer. Pourquoi Dieu avait-il choisi de leur refuser le bonheur d'une naissance ?

Jamais pourtant elle ne les avait entendus se plaindre à ce sujet. Dès l'instant où elle avait fait leur connaissance, ils l'avaient traitée comme leur enfant naturelle. Ils l'avaient accueillie dans leur maison, dans leur famille, dans leur cœur, avec un dévouement total. Et s'il était arrivé qu'ils regrettent leur choix, ils ne l'avaient jamais exprimé en sa présence. Corey leur en avait pourtant donné plus d'une fois l'occasion ! Aujourd'hui encore, des années et des années plus tard, elle entendait les propos blessants et pleins de rancœur qu'elle leur jetait régulièrement au visage. En retour, ils ne lui avaient rendu que de l'amour, un merveilleux débordement de tendresse et d'affection qui semblait intarissable…

Le pire, dans tout ça, c'était qu'elle n'avait toujours pas trouvé la paix intérieure. La rage qui la consumait ne l'avait pas quittée. Elle avait lutté en vain pour étouffer sa colère en même temps qu'elle essayait d'enfouir le souvenir des cicatrices qui avaient si longtemps marqué sa vie. Oui, en vain.

— Je n'en peux plus, murmura-t-elle, et elle vida son whisky d'un trait.

Les blessures étaient trop vives, sa culpabilité à fleur de peau. Corey préférait attendre un autre jour pour examiner le reste du carton. Elle ramassa les lettres et photographies qui traînaient sur le sol, et s'apprêtait à les ranger lorsque son regard fut attiré par le coin d'un grand album qui dépassait sous un exemplaire du magazine *Life* datant de l'assassinat du président Kennedy.

Corey n'avait jamais vu de photographies du mariage de Jack et Millicent. Si sa mère lui avait confié ses lettres d'amour, peut-être avait-elle aussi placé des photos de jeunesse dans cet album ? Corey le sortit du carton et l'ouvrit courageusement, prête à affronter les images pleines d'optimisme de ses parents à l'aube de leur vie conjugale.

Mais c'était tout autre chose qui l'attendait dans cet album.

— Qu'est-ce que… ? murmura-t-elle.

Sur la page de gauche, il y avait sa photo de terminale, celle où le photographe avait joué avec le cadrage et la lumière, de sorte à masquer presque complètement ses cicatrices. A côté, Millicent avait collé une coupure de journal qui reproduisait le portrait en pied d'une femme magnifique, vêtue d'une robe superbement élégante. Son visage, comme celui de Corey, était légèrement tourné vers la gauche. On aurait presque pu croire qu'il s'agissait d'une seule et même femme photographiée à vingt ans d'intervalle.

La légende de la page de journal disait : « Lili Spaulding danse avec le maire de New York. »

Lili… Le dernier mot que Millicent avait prononcé avant de mourir. Etait-ce donc à cette femme qu'elle faisait allusion ? Non, c'était absurde. Corey ramena ses genoux contre sa poitrine, les entoura de ses bras, et prit une profonde inspiration pour se ressaisir. « C'est le whisky, songea-t-elle. L'alcool m'a tourné la tête. » Voilà ce qui arrivait quand on buvait de l'alcool à jeun. Bientôt, elle verrait sans doute une parade d'éléphants roses défiler dans le salon. Mais elle eut beau secouer la tête et cligner des yeux, elle ne vit pas disparaître la photographie de Lili Spaulding à côté de la sienne.

Au bout de quelques instants d'hésitation, elle soupira profondément, puis commença à feuilleter l'album. Il contenait des dizaines et des dizaines de photographies découpées dans des magazines, qui avaient toutes pour sujet Lili Spaulding — Lili à des galas de charité, Lili à son bureau de *Lili ! International*, Lili au bras de son mari, Lili au mariage de son beau-fils quelques mois plus tôt… Corey se souvenait encore d'avoir vu les clichés de la cérémonie du Waldorf-Astoria en couverture du magazine *People*.

Lili.

Millicent avait manifestement suivi la carrière de cette femme avec beaucoup d'intérêt… et pendant fort longtemps. Corey ne réussissait pas à s'expliquer ce mystère. Si sa mère appréciait les stars de cinéma et les célébrités de la télévision, jamais elle n'avait semblé manifester le moindre intérêt pour les nababs des cosmétiques. Surtout les coriaces dans le genre de Lili Spaulding. Corey connaissait un certain nombre de publicitaires ayant travaillé pour elle. Tous avaient failli en perdre la raison. Cette femme avait un bloc de pierre à la place du cœur, et elle exigeait des résultats inimaginables de la part de ses collaborateurs. En outre, tout le monde savait que rien au monde ne comptait plus à ses yeux que Grant Spaulding, le fils de son défunt mari.

Pourquoi diable Millicent avait-elle conservé cet album bourré de photographies de Lili Spaulding ? Entre la dernière page et la couverture, Corey avisa une épaisse enveloppe en papier kraft. Probablement remplie de coupures que sa mère n'avait pas eu le temps de classer, se dit-elle avec dépit. Elle glissa un doigt sous le rabat et ouvrit l'enveloppe. Celle-ci ne contenait pas d'articles de presse, mais une liasse de documents, ainsi qu'une plus petite enveloppe de couleur blanche. Une enveloppe estampillée « Cabinet Patrick DeRossier » en lettres dorées dans le coin supérieur gauche, qui portait l'adresse de Millicent. Le cachet de la poste datait du 2 novembre 1980. Corey fronça les sourcils. Son père était mort trois jours plus tard. Ce n'était probablement qu'une simple coïncidence, mais… La jeune femme sentit une boule d'angoisse se former dans sa gorge.

— Oh, Seigneur…

A l'intérieur de l'enveloppe blanche se trouvaient deux lettres, l'une de l'avocat Patrick DeRossier, l'autre de Millicent elle-même. Cette dernière était datée du 14 août 1980, ce terrible été où Corey s'était offerte à tous les garçons du lycée sans discernement.

Tandis qu'elle déchiffrait l'écriture un peu gauche de sa mère, un bourdonnement sourd se mit à résonner dans sa tête. Millicent — qui avait eu trop d'amour-propre pour accepter l'aide de quiconque dans ses vieux jours — avait trouvé le courage de supplier une inconnue de lui venir en aide pour faire opérer sa fille ! Sa fille qui n'avait jamais su exprimer tout l'amour qu'elle lui portait.

Ayant terminé la lettre de sa mère, Corey lut la réponse de l'avocat de Lili Spaulding. Un sentiment de pur effroi lui noua le ventre. La menace adressée aux Banning était rédigée en termes polis, mais douloureusement limpides. *Faites marche arrière,* disait-elle, *ou il vous en coûtera.*

« Mme Spaulding déclare sans équivoque que Catherine Banning n'est pas sa fille naturelle.Toute autre tentative de votre part visant à prétendre le contraire ou à entrer en contact avec Mme Spaulding au sujet de cette enfant sera traitée par les recours légaux adéquats. »

Corey connaissait fort bien ce type de lettre. Les personnes célèbres envoyaient régulièrement de telles missives. Corey elle-même avait rédigé de ces phrases bien senties pour dissuader les quémandeurs de certains de ses clients. Mais cela ne changeait rien à la honte qu'elle éprouvait à présent. Que n'aurait-elle donné pour épargner cette humiliation à sa mère ! Et, peut-être, pour sauver la vie de son père... Car elle avait tout à coup l'atroce certitude que Jack avait lu la lettre de l'avocat — et qu'il en était mort. Le geste désespéré de Millicent avait tué l'homme qu'elle aimait, et malgré cela, elle avait porté ce fardeau sans se plaindre...

Corey s'efforça de refouler son chagrin. Elle voulait à présent comprendre toute l'affaire. Elle examina de nouveau les deux lettres. Où diable Millicent avait-elle pêché cette idée absurde selon laquelle Lili Spaulding était sa mère naturelle ? Pourquoi elle, entre toutes les femmes du monde ? C'était incompréhensible. Bien sûr, la ressemblance entre le visage de Lili et le sien était très nette, mais cela ne signifiait pas pour autant qu'elles fussent mère et fille.

Tremblante, Corey passa en revue les autres documents qu'elle avait sortis de l'enveloppe en papier kraft. Elle trouva d'abord plusieurs rapports dactylographiés d'un détective privé de Cincinnati nommé Glen Leeson. Les pages de chaque rapport, agrafées ensemble, portaient des dates allant de la fin de l'été au début de l'automne 1980. Chacune avait été facturée entre deux et trois cents dollars — des millions, dans l'univers de Jack et Millicent.

La première page détaillait les résultats d'une enquête concernant une certaine Lilly Ann Barnett.

Nom du sujet : Lilly Ann Barnett
Née le : 15 octobre 1946
à : Euless, Floride
Famille : Aucun parent vivant
Le sujet passe son enfance chez sa grand-mère, Hattie Barnett. S'installe, après la mort de son fiancé Clifford Earle Franklin Jr, dans la famille Franklin. Vue pour la dernière fois à Euless fin décembre 1962. Parmi vingt personnes interrogées, quinze pensent que Lilly Ann Barnett portait l'enfant de Clifford Franklin et qu'elle fut envoyée à Atlanta pour accoucher. Grand-mère décédée en 1968. Père et mère décédés. La famille Franklin s'installe au Texas en 1963.

Aucune mention de l'accouchement de Lilly Ann Barnett dans les registres de naissance d'Atlanta pour les années 62 et 63. Mère et fille probablement inscrites sous un faux nom. Enfant confiée à des parents adoptifs par le biais d'une tierce personne. Sujet aujourd'hui connu sous le nom de Lili Spaulding.

Corey laissa tomber les documents sur le parquet. C'était de la folie pure. Lili Spaulding et elle n'avaient strictement rien à voir l'une avec l'autre.

Pourtant, tu es bel et bien née à Atlanta…

Cela ne prouvait rien. Ce n'était qu'une coïncidence.

Millicent ne t'avait-elle pas dit que le nom de ta mère, inscrit sur le certificat de naissance, était faux ?

La belle affaire ! Bien sûr que le nom était faux ! Trente ans plus tôt, une fille mère était contrainte de mentir sur son identité pour protéger sa réputation. Lilly Ann Barnett, elle, avait confié son enfant à une famille d'adoption. Si le rapport du détective était exact, cela signifiait que, des années plus tard, cette jeune fille, devenue Lili Spaulding, avait de nouveau tourné le dos à son enfant quand Millicent lui avait écrit.

Lili. Rappelle-toi le dernier mot de Millicent. Lili…

Corey imagina Jack dans son cercueil. Son existence tranquille avait été brisée par la lettre de l'avocat de Lili. Corey revit aussi Millicent, noyée dans un océan de factures impayées, trop fière pour demander à sa fille de l'aider. Millicent qui, au contraire, avait renoncé à éponger dettes et emprunts pour que son enfant puisse profiter de l'argent de l'assurance et avoir une vie meilleure.

Corey ressentait un chagrin si violent qu'elle crut mourir. Qu'elle *voulut* mourir. Elle pria pour que son cœur s'arrête de battre et qu'elle n'ait pas à affronter une seconde de plus les révélations atroces qui venaient de surgir dans son existence. Après toutes ces années passées à s'interroger sur sa mère naturelle, à rêver d'une femme aimante qui n'avait d'autre désir qu'assurer le bonheur de son enfant, les réponses qu'elle obtenait tout à coup semblaient abominables, inacceptables…

Un jet de bile lui remonta dans la bouche. Corey se précipita vers les toilettes. Elle se laissa tomber à genoux devant la cuvette et vomit jusqu'à épuisement. Puis elle s'assit sur le carrelage glacé, le visage inondé de larmes, les ongles enfoncés dans les paumes.

Peu à peu, ses sanglots s'apaisèrent, elle réussit à se calmer… et un plan commença à se former dans son esprit.

Millicent lui avait laissé tous ces documents parce que, jusqu'au bout, elle avait eu le cœur gonflé d'espoir. C'était son ultime cadeau à Corey. Elle avait voulu que sa fille sache qu'elle n'était pas seule au monde, que la femme qui lui avait donné naissance vivait encore, menait même une existence aisée à New York.

Millicent croyait aux fins heureuses, à la poule aux œufs d'or, aux contes de fées ; Millicent avait souhaité que sa fille rencontre Lili Spaulding.

Corey allait donc le faire — pour Millicent. Elle se rendrait à New York et entrerait dans la vie de cette femme.

Ensuite, elle accomplirait quelque chose pour elle-même : elle trouverait le moyen de briser la vie de Lili Spaulding.

26.

New York, 20 novembre 1995

— C'est incompréhensible ! s'exclama Lili.

Elle jeta la lettre de démission de Blake Morrow sur sa table et se renversa contre le dossier de son fauteuil.

— Il est devenu fou ! Pourquoi nous abandonne-t-il à un moment aussi critique ?

— Tout est là, noir sur blanc, répondit Devon, son assistante, d'un ton blasé. Morrow ne veut tout simplement plus bosser pour vous.

— Il travaillait ici depuis près de vingt ans. Et pour un salaire plus que généreux, par-dessus le marché ! Qu'est-ce qui a bien pu le décider à nous plaquer ?

— Peut-être qu'il a eu une meilleure proposition chez BB&D ?

Lili se servit un verre d'eau minérale.

— C'est insensé ! Il a cinquante-six ans. Il n'est plus au top de ses possibilités. Il sait qu'il ne pourra plus jamais espérer monter plus haut. C'est complètement absurde !

— Peut-être qu'il considère que vous non plus, vous n'êtes plus au top de vos possibilités.

— Je n'accepte pas cet esprit d'insubordination, Devon.

Son assistante planta les mains sur ses larges hanches.

— C'est-à-dire ?

— Ouvrez le dictionnaire, ma chère. L'insubordination est une faute grave.

— Dans l'armée, peut-être. Mais autant que je sache, nous sommes en démocratie. J'ai le droit de donner mon opinion.

— D'accord, mais pas à tout bout de champ, répliqua Lili. Et maintenant, laissez-moi. J'ai besoin d'être au calme pour réfléchir.

Devon tourna les talons et sortit du bureau. Lili soupira. Décidément, le monde ne tournait plus rond. Une telle attitude de la part d'une employée était inexplicable — et inacceptable. Pourtant, Lili ne se sentait pas vraiment fâchée, car elle-même devait admettre que Devon, outre le fait qu'elle effectuait un travail irréprochable, remplissait une tâche unique et essentielle : par ses réflexions piquantes et son esprit rebelle, elle aidait Lili à garder les pieds sur terre et à mieux appréhender la réalité dans l'univers mythique de *Lili ! International.*

Lili détestait être prise au dépourvu, or c'était exactement le sentiment que lui donnait la démission de Blake Morrow. Etant donné les ennuis qu'ils avaient en ce moment avec les groupes de protection des animaux, elle n'appréciait guère que son directeur des Relations publiques quitte le navire de façon si inattendue. Leurs concurrents ne manqueraient pas de se frotter les mains dès qu'ils apprendraient la nouvelle. Cela affecterait peut-être même le cours des actions au moment où la compagnie entrerait en Bourse après le nouvel an. Et le temps filait trop vite, malheureusement ! Thanksgiving approchait, un mois après ce serait Noël, et ensuite…

Lili prit une profonde inspiration pour se détendre. Finalement, elle ne voyait guère l'utilité de ressasser toutes ces pensées. Elle regrettait seulement de n'avoir pas perçu les signes avant-coureurs de l'acte de Blake Morrow. Peut-être aurait-elle réussi à le convaincre de rester. Il avait beau ne plus avoir trente ans, il lui restait encore quelques bonnes années avant que son talent ne soit dépassé par la génération montante. De bonnes années qui auraient pu servir les intérêts de *Lili ! International.*

— Zut ! C'est trop bête ! s'exclama-t-elle en jetant furieusement un stylo à travers la pièce.

Elle était en colère. Or, la colère ne menait à rien de positif. Que lui avait donc dit son masseur, la semaine dernière, pendant qu'il pétrissait les nœuds de tension qui lui endolorissaient le dos ? Qu'elle devait entrer en contact avec l'enfant qui était en elle, ou bien harmoniser ses chakras… Des imbécillités, tout ça ! Elle n'avait nullement l'intention de replonger dans son enfance. En revanche, il fallait qu'elle recouvre son calme si elle ne voulait pas commettre un acte qu'elle risquait de regretter.

Peut-être Morrow lui avait-il rendu service, après tout, en la plaquant aussi abruptement. Cela la poussait à aiguiser ses armes.

Elle décrocha le téléphone.

— Trouvez-moi la responsable des RH, ordonna-t-elle à Devon. Qu'elle laisse tout en plan et rapplique ici, ou elle perd sa place.

— *Heil, Führer !* railla Devon.

Lili raccrocha. Avant la fin de la semaine, elle aurait engagé un nouveau directeur des Relations publiques apte à gérer la crise dans une entreprise. Sinon, ça risquait de barder.

Grant ne partageait pas la colère de Lili en ce qui concernait la démission de Blake Morrow. Ces dircom pseudo-magiciens se valaient tous, autant qu'ils étaient. Et lui s'en moquait éperdument. Du moment que la situation ne modifiait pas ses projets politiques, Mickey lui-même pouvait prendre en charge les relations publiques de Lili International…

— Tu as du temps pour tout le monde, sauf pour moi, s'était lamentée Felicia l'autre soir, quand il lui avait annoncé qu'il était « contraint » d'annuler leur dîner en tête à tête.

Il avait retenu une grimace en regardant le ventre de sa femme, gonflé comme une outre, puis il l'avait embrassée sur le front. Elle le dégoûtait tant qu'il doutait d'avoir jamais de nouveau la force d'accomplir son devoir conjugal.

— Tu me remercieras plus tard, avait-il répondu d'une voix suave. Tout ce que je fais, je le fais pour notre avenir. Pour que tu sois fière de moi.

Même au niveau de la Chambre des représentants, les campagnes commençaient bien longtemps avant le dépôt des candidatures. Dan Jarreau, son conseiller politique, un homme bien implanté dans le milieu, lui avait déjà ouvert des portes qui auraient pu rester fermées si Grant avait essayé de les pousser lui-même. En outre, la tactique de Jarreau consistant à ignorer les avertissements de Frank DeVito au sujet des risques pris par Night-Way avait porté ses fruits : les autorités sanitaires venaient d'autoriser la fabrication du produit, et la mise sur le marché aurait lieu dès la fin de l'été prochain.

Voilà exactement pourquoi Grant tenait fermement, pour assurer sa réussite personnelle, à s'entourer des meilleurs spécialistes possible. Déléguer son autorité ne lui posait aucun problème. A quoi bon perdre du temps à essayer de tout apprendre et de tout comprendre sur l'ensemble des questions susceptibles de surgir dans sa carrière ? Il trouverait toujours quelqu'un qui possédât les réponses appropriées, et ce au moment exact où il en aurait besoin.

Ce qui était très difficile à trouver, en revanche, c'était un homme comme lui, Grant Landon Spaulding. Son éducation, son physique, son charisme lui permettraient sans aucun doute de faire un tabac sur la scène politique. Avec le soutien de *Lili ! International*, il était quasi certain d'obtenir un siège à la Chambre.

Grant préféra esquiver la réunion organisée par Lili avec l'équipe des sous-dircom de Blake Morrow. Il ne se sentait pas d'humeur à entendre un nouveau rapport alarmiste de la situation. Après tout, le monde ne manquait pas de bons responsables des relations publiques, et l'un d'eux échouerait forcément chez *Lili !*

Corey se sentait légèrement coupable d'avoir perturbé l'existence professionnelle de Blake Morrow, mais elle se rassurait à l'idée que le pactole qu'elle avait elle-même négocié pour lui avec les chasseurs de têtes amortirait agréablement le choc de la transition. Bien que M. Morrow l'ignorât encore, il allait très bientôt se voir offrir l'ancien poste de Corey Prescott chez BB&D, et s'il était aussi intelligent qu'on le disait, il ne laisserait pas passer cette chance unique. Elle, en tout cas, commençait désormais une nouvelle carrière chez *Lili !*

Le lendemain de Thanksgiving, Corey sortit de l'ascenseur au vingt-troisième étage de l'immeuble directorial de *Lili ! International*. Le hall d'accueil, très vaste, tout en marbre d'un blanc rosé, était orné d'un mélange raffiné de meubles antiques, d'œuvres d'art moderne et de fleurs.

En la voyant s'approcher, la réceptionniste poussa un sifflement admiratif.

— Vous êtes mannequin ? Ah, peut-être la nouvelle dircom, c'est ça ? demanda-t-elle.

— Je suis Corey Prescott. J'ai rendez-vous à 10 heures avec Mme Spaulding.

— La dircom, donc, acquiesça la femme. Prenez un siège. Je préviens le boss de votre arrivée.

Corey se sentait bien trop nerveuse pour s'asseoir. Elle fit semblant de consulter son agenda tout en s'efforçant de calmer les battements effrénés de son cœur. Depuis qu'elle savait que Lili Spaulding était sa mère, tous ses rêves d'enfant avaient resurgi dans sa mémoire en cascade. Elle se rappelait à quel point elle avait désiré voir un visage qui ressemblât au sien, entendre une voix qui évoquât la sienne et, surtout, sentir les bras de sa vraie mère l'entourer et l'étreindre… Et toutes ces émotions la bouleversaient encore maintenant, alors qu'elle allait rencontrer cette femme dans quelques secondes seulement.

La nuit écoulée avait été la plus longue de sa vie. Outre la tristesse qu'elle avait éprouvée à l'idée de passer pour la première fois Thanskgiving sans Millicent, Corey avait commencé de ressentir dès la soirée une terreur sans nom à la perspective de se trouver enfin face à Lili Spaulding. Ses sentiments s'apparentaient tous à un besoin de vengeance quasi religieux. Heureusement, ces heures de bouillonnement émotionnel et de réflexion intense, centrées sur la rage et la rancœur, avaient eu quelque chose de purifiant, de libérateur. Sinon, Dieu sait de quoi elle aurait été capable pour détruire Lili Spaulding.

« Es-tu sûre que c'est la colère qui te pousse ? lui demandait parfois une petite voix intérieure. Peut-être désires-tu une fin heureuse à votre histoire, au fond… »

Hypothèse ridicule, bien entendu. Une fin heureuse avec Lili Spaulding ? C'était bien la dernière issue que Corey souhaitait ! La simple pensée de retrouvailles affectueuses avec sa mère lui donnait envie de rire aux éclats.

Quoi qu'il en soit, Corey devait bien tirer son chapeau au chef d'entreprise qu'était Lili : *Lili ! International* était une société de grande classe. Dès son embauche, on lui avait provisoirement procuré un appartement, en attendant qu'elle en eût loué un. Ainsi, elle avait pu s'installer en quelques heures à New York, commander un dîner chinois et passer tranquillement toute la soirée à étudier les documents qu'elle avait amassés au sujet de la femme qui lui avait donné naissance.

Corey connaissait par cœur l'histoire de Lili. Son enfance dans les marais putrides de Floride, suivie d'une ascension fulgurante dans la haute société new-yorkaise… C'était le genre d'histoire qui faisait le bonheur de Hollywood, et Corey l'avait étudiée en détail : la carrière de girl à Las Vegas, le mariage inespéré avec un riche et beau prince charmant — et les difficultés qu'elle avait éprouvées à s'adapter à l'univers de son époux. Les hommes fortunés exigeaient beaucoup de leurs femmes. Ils attendaient qu'elles soient à la fois épouse, maîtresse, nurse, chargée des relations publiques, châtelaine et associée. Lili Spaulding avait non seulement réussi à remplir tous ces rôles, mais elle avait aussi trouvé le temps de devenir une impératrice des cosmétiques.

Corey, qui avait lu et relu tout ce qui avait été écrit au sujet de cette femme, s'étonnait encore de n'avoir jamais trouvé la moindre référence au bébé qu'elle avait abandonné sans remords. C'était comme si Corey n'existait pas. Comme si Lili avait voulu cacher sa naissance à tout prix…

La voix de la réceptionniste l'interrompit dans ses réflexions :

— Madame Prescott ? Elle va vous recevoir tout de suite.

Corey se laissa guider avec une étrange sensation de vertige. Elle avait soudain l'impression que chacun de ses actes, chacune de ses décisions convergeait vers ce lieu et ce moment, comme si son destin avait été depuis longtemps tracé pour elle par quelque force surnaturelle. « Je fais ça pour Millicent », songea-t-elle pour se donner du courage.

La réceptionniste frappa à la porte de Lili, puis poussa le battant.

— Madame Spaulding ? Voici Corey Prescott, la nouvelle dircom.

Toute sa vie, Corey se rappellerait la première fois qu'elle vit sa mère. Elle ne s'était pas attendue au tourbillon d'émotions qui la saisit lorsqu'elle prit conscience que, pour la première fois depuis sa naissance, Lili et elle se trouvaient dans la même pièce, respiraient le même air, voyaient les mêmes choses. « As-tu jamais pensé à moi, ne serait-ce qu'une seule fois ? songea-t-elle en s'avançant dans le bureau. T'es-tu jamais demandé si j'étais encore en vie ? »

Corey avait la certitude du contraire. Le front de Lili était aussi lisse que celui d'une jeune fille. Sur son visage parfait, on ne lisait nulle culpabilité, nulle inquiétude. Ses cheveux bruns étaient tirés en arrière et retenus par un ruban de velours noir. Elle portait un tailleur Chanel couleur framboise, et trois rangs de perles autour du cou. A quarante-neuf ans, elle arborait l'expression sereine d'une femme à laquelle le temps n'avait fait subir aucun outrage. Au même âge, Millicent était déjà vieille, et son visage marqué par chaque seconde d'amour et d'inquiétude qu'elle avait vécue.

Lili Spaulding leva les yeux et lui offrit un sourire dans lequel Corey vit ce que sa mère adoptive aurait pu devenir si la vie s'était montrée plus clémente envers elle. Pendant un instant, elle éprouva alors un chagrin si profond pour Millicent qu'elle faillit se mettre à pleurer.

« Tu ne te doutes vraiment de rien, songea-t-elle tandis que Lili Spaulding lui faisait signe de prendre place dans un fauteuil face à elle. Je suis ta fille. L'enfant que tu as abandonnée sans la moindre arrière-pensée. »

— … ravie d'engager une étoile filante telle que vous, glosait Lili. C'est une chance pour notre compagnie.

Corey se força à sourire.

— Je me plaisais chez BB&D, je l'avoue, mais je ne pouvais laisser passer une telle opportunité.

Les yeux saphir de Lili pétillèrent de satisfaction. Dans ce regard vaguement familier, Corey détecta une profonde intelligence et une volonté de fer, mais elle n'y lut aucune tendresse. Elle avait cru que la Rose d'acier, comme on la surnommait, aurait appris à simuler l'émotion, mais apparemment Lili Spaulding n'était pas bonne actrice à ce point.

« Ce n'est pas d'un dircom spécialisé en gestion de crise que tu as besoin, songea Corey, mais d'un voyage au pays des sentiments réels. »

— Cette année, les associations de protection des animaux nous ont posé d'innombrables problèmes, déclara Lili. Nous devons donc soigner notre image, d'autant que l'année prochaine nous lançons un nouveau produit phare.

— Night-Way, acquiesça Corey. Toute l'industrie en parle.

Lili se tapota le menton du bout des doigts en gardant les yeux rivés sur elle.

— Je suppose que vous connaissez aussi notre molécule miracle ?

— La CG-47 ? Tout le monde connaît son nom, mais personne n'en connaît la formule.

— Dieu merci ! s'exclama Lili. Je compte sur vous non seulement pour assurer notre communication, mais aussi pour garder nos secrets. Savez-vous tenir un secret, madame Prescott ?

— Mieux que vous pouvez l'imaginer.

Une voix de velours interrompit soudain leur discussion :

— Je vous dérange ?

Lili tourna son regard vers l'entrée du bureau et se leva aussitôt de son siège, une expression de pur bonheur sur le visage.

— Bien sûr que non, mon chéri ! Entre donc, que je te présente Corey Prescott, notre nouvelle directrice des Relations publiques.

Corey pivota le buste et vit un apollon blond de haute stature, à la carrure puissante, s'avancer à leur rencontre : Grant Landon Spaulding, l'héritier de *Lili ! International.*

— Tu es en beauté, mère, dit-il.

Il embrassa Lili sur les deux joues, puis jeta un sourire dévastateur en direction de Corey.

— Bonjour, madame Prescott. Bienvenue à bord.

Corey se leva, serra la main qu'il lui tendait… et manqua défaillir. Le simple fait de toucher les doigts de cet homme constituait une expérience presque érotique.

— Merci, répondit-elle d'une voix qu'elle espérait ferme.

Sa réponse n'était pas bien originale, mais elle avait le mérite de ne rien trahir. D'instinct, Corey sut qu'il valait bien mieux qu'elle garde ses distances avec Grant Spaulding.

— BB&D ont perdu un atout inestimable, déclara-t-il avec enthousiasme. Nous, nous saurons vous retenir.

Son expression demeurait impassible, mais le sous-entendu sexuel de sa réplique ne laissait aucun doute sur ses intentions. Corey avait déjà entendu dire qu'il était un coureur de jupons invétéré.

Lili, cependant, semblait ignorer la tension qui montait entre eux. Elle concentrait toute son attention sur Grant.

— Je suis heureuse de vous annoncer, déclara-t-elle tout à trac, que mon fils va proposer sa candidature à la Chambre des représentants juste après le nouvel an !

— Intéressant, répondit poliment Corey.

La jeune femme sentit son ventre se nouer en voyant une étincelle de fierté toute maternelle illuminer le regard de Lili. « Je suis diplômée de Harvard, Lili, songea-t-elle avec dépit, et je n'ai pas eu besoin du nom de Spaulding pour faire mon trou. »

— Plus qu'intéressant, répliqua la Rose d'acier. D'ici à l'élection, nous ne pouvons nous permettre le moindre faux pas. Cette compagnie constitue l'héritage de mon fils. La réussite de nos projets rejaillit sur nous tous, mais particulièrement sur Grant. D'ici à novembre prochain, il nous faut une image positive dans les médias, ainsi qu'une marge bénéficiaire plus que satisfaisante. Nous ne pouvons nous permettre moins.

— Je peux vous garantir le succès du côté des médias, répondit Corey. Mais la marge bénéficiaire ne dépend que de vous.

— Chez nous, il faut s'impliquer totalement, intervint Grant d'un ton plaisant. N'espérez plus avoir de vie privée. Désormais, vous nous appartenez corps et âme.

— Je comprends. Ce n'est pas un problème.

Le regard de Grant prit un éclat étrange. Corey fit involontairement un pas en arrière.

— Avez-vous déjà travaillé sur une campagne politique ? demanda-t-il.

— Grant ! s'exclama Lili d'un air outré.

Elle se reprit aussitôt et ajouta sur un ton radouci :

— Je pense que Mme Prescott aura suffisamment à faire chez nous pour ne pas demander un surcroît de travail.

— Ce n'était qu'une idée en l'air, dit Grant en lançant un clin d'œil à Corey. Je n'ai pas l'intention de te voler ton étoile filante, mère.

Lili sourit affablement.

— Mes ressources sont aussi les tiennes, mon chéri. Tu le sais très bien.

Corey ne put résister à l'envie de contrarier sa mère :

— Je suis tout à fait prête à vous aider, monsieur Spaulding, si vous avez besoin de moi.

D'ailleurs, une collaboration avec Grant Spaulding lui permettrait d'entrer dans les petits secrets de la famille, ce qui lui offrirait un excellent point de départ pour déstabiliser Lili.

Un sourire radieux se peignit sur les lèvres de Grant. Corey songea qu'il avait un côté prédateur particulièrement irritant.

— Il se peut que je vous prenne au mot, dit-il.

— Je l'espère bien, répliqua Corey avec aplomb. La politique me passionne.

Lili pressa un bouton sur la console téléphonique de son bureau.

— Oui, madame Spaulding ? répondit une voix de femme.

— Venez ici, Devon, s'il vous plaît. Mme Prescott désire voir son bureau.

— Entendu.

Corey cilla. A quoi rimait cette histoire de bureau ? Ni Lili ni elle n'en avaient encore parlé.

Lili sourit. « Je vous préviens : tenez-vous à l'écart de Grant, disait son regard. Je sais protéger mon clan. »

— Nous vous installons au cinquième étage, avec le département Recherche et Développement. Juste le temps de repeindre et de remeubler le bureau de Blake Morrow. J'espère que ça ne vous ennuie pas ?

— Pas le moins du monde, répondit Corey en lui rendant son sourire.

Elle savait pertinemment que Lili venait de la punir. « Tu ne m'as pas protégée, moi, songea-t-elle avec amertume. Tu te fichais bien de savoir ce que je devenais. »

— Alors, mon chéri, dit Lili en se tournant vers Grant. Donne-moi un peu des nouvelles de ton épouse, Felicia.

Le message était clair : l'entrevue touchait à sa fin. Réprimant une grimace, Corey saisit son sac à main et son attaché-case, et se leva. Elle avait l'impression d'être redevenue aussi maladroite que dans son enfance, lorsqu'elle se trouvait dans une pièce pleine d'inconnus. Lili la salua à peine quand elle quitta le bureau. Elle était complètement absorbée dans sa conversation avec Grant.

« Pour lui, tu serais prête à tout, songea Corey. Tu ferais toutes les choses que tu n'as jamais faites pour moi. »

Devon l'attendait derrière la porte.

— Ne prenez pas son attitude comme une attaque personnelle, expliqua-t-elle. Quand le fils bien-aimé est là, elle a le cerveau au point mort.

— C'est ce que j'ai cru comprendre, répondit Corey en essayant de masquer sa colère. Elle a complètement oublié ma présence. Nous étions en train de parler affaires et, tout à coup, elle s'est mise à lui parler de sa femme.

— Faut vous y faire, dit Devon. Pour Lili Spaulding, Grant passe avant Dieu. Et suivez bien ce conseil : si vous voulez vous entendre avec elle, ne vous mettez jamais en tête de contredire son petit fiston adoré.

27.

— C'est l'avant-dernier bureau à droite, annonça Devon en indiquant le fond du couloir. Allez-y. Moi, je pars de l'autre côté chercher les documents que vous devez signer avant de prendre vos fonctions.

Le cinquième étage grouillait d'activité. Des chimistes en blouse blanche s'affairaient d'un laboratoire à l'autre, les bras chargés d'éprouvettes et de Béchers, tandis qu'un défilé d'ingénieurs sillonnait sans cesse les couloirs. Corey savait pertinemment qu'elle aurait dû être logée au vingtième étage, avec les autres cadres dirigeants de la compagnie. Mais visiblement, Lili semblait déterminée à lui montrer dès le premier jour qui était le chef ; il fallait mater la petite nouvelle en la laissant mariner quelque temps dans un service sans rapport avec son poste ou ses compétences. Et tant mieux si cela permettait, au passage, de la tenir à l'écart de Grant Spaulding.

Dans son bureau « temporaire », elle trouva une table et un fauteuil, un ordinateur, une console téléphonique… et une petite fille. Corey s'immobilisa sur le seuil, les sourcils froncés. Devon avait-elle oublié de préciser qu'elle devrait partager son espace de travail avec une gamine ? Celle-ci, âgée tout au plus de cinq ou six ans, était assise en tailleur, un bouquet de crayons de couleur à la main. Elle paraissait concentrée sur une feuille de papier où l'on distinguait les contours plus ou moins réguliers d'une maison rudimentaire.

— Bonjour, dit Corey.

La petite fille leva les yeux et la fixa avec méfiance.

— Bonjour, marmonna-t-elle.

— Il est rudement joli, ton dessin.

L'enfant regarda de nouveau la feuille, la tête penchée sur le côté.

— Je sais, répondit-elle avec une moue satisfaite.

— C'est ta maison ?

— C'est la maison de ma maman.

Corey entra dans la pièce et posa ses affaires sur la table.

— Je m'appelle Corey. Et toi ?

— Jessie.

— Tu es ma nouvelle assistante ?

Jessie gloussa. Corey s'accroupit devant elle, le sourire aux lèvres.

— Je parie que tu ferais une superassistante.

— Je peux te faire un dessin, si tu veux.

— Oh, oui. Un chat, ça me plairait bien.

Jessie hocha la tête, saisit une feuille de papier blanc à côté d'elle, puis se plongea dans sa nouvelle œuvre. Corey se leva et sortit dans le couloir.

— Excusez-moi, demanda-t-elle à un laborantin qui passait par là. Vous ne sauriez pas si quelqu'un d'ici a perdu une petite fille, par hasard ?

— Essayez chez Steve Gold. Je crois qu'il a un gosse.

— Où puis-je le trouver ?

— Le bureau d'à côté. Mais il me semble qu'il vient de s'absenter, répondit son interlocuteur avant de s'éloigner dans le couloir.

— Super, marmonna Corey.

Son premier jour de boulot chez *Lili !* augurait bien de la suite. Non seulement elle se retrouvait reléguée à l'étage des labos, mais elle avait de surcroît une gamine sur les bras.

Elle retourna dans le bureau. Jessie était absorbée dans son dessin. Si son père lui manquait, elle le cachait bien.

« Puisque tu ne t'inquiètes pas, je ne m'inquiète pas », songea la jeune femme en s'asseyant dans le fauteuil de cuir. Elle sortit quelques objets personnels de son attaché-case, puis alluma l'ordinateur. Jessie leva les yeux en entendant l'appareil carillonner, sourit, puis se remit aussitôt au travail. Corey la contempla un moment. Jessie avait un joli petit minois : des pommettes vigoureuses, un nez mutin, une bouche en cerise et un grand front résolu, le tout empreint d'une douceur touchante. Et les bouclettes brunes qui encadraient son visage lui donnaient l'air d'un ange.

— Tu es venue travailler avec ton papa ? demanda Corey.

— Hmm, acquiesça distraitement Jessie.

Tout en se mordant la lèvre inférieure, elle commença à colorier le pelage du chat — une version très « art moderne » du félin.

— Et tu sais où se trouve ton papa, en ce moment ?

La petite fille lui jeta un regard torve.

— Je ne dois pas parler aux gens que je ne connais pas.

— Bien dit, approuva Corey. Mais tu comprends, je me fais un peu de souci, parce que je ne sais pas du tout où est ton papa.

La lèvre inférieure de la petite fille se mit à trembler. Son visage devint soudain tout rouge, et elle éclata en sanglots.

— Je veux mon papa ! gémit-elle. Papa !

Corey se précipita vers elle, persuadée que ses cris allaient ameuter tout le personnel de la compagnie. Elle avait soudain l'impression d'être un véritable bourreau d'enfant.

— Ne pleure pas, Jessie ! implora-t-elle en s'agenouillant devant elle. Je ne voulais pas te faire de peine. Je suis désolée.

Les larmes de Jessie se tarirent aussi subitement qu'elles étaient apparues.

— Je voudrais du lait, déclara-t-elle en reniflant.

— Du lait ?

— Mon papa est parti me chercher du lait.

— Quand ?

Jessie fronça les sourcils, l'air songeur.

— Il y a longtemps.

Corey réprima un sourire.

— Alors je suis sûre qu'il va revenir d'un instant à l'autre, ma chérie. Et si tu me montrais comment on dessine un chat, en attendant ?

*
* *

— Zut ! Où est-elle passée ?

Stephen Gold posa le carton de lait sur la table et balaya son bureau du regard. Jessie avait disparu. Ses crayons de couleur aussi. Ainsi que les feuilles blanches qu'il lui avait données pour dessiner. Il décrocha son téléphone et appela Drake, son assistant, officier de réserve dans les marines.

— Tu n'as pas vu ma fille ?

— Négatif, répondit Drake. Tu veux que je parte en reconnaissance ?

— Pas la peine. Elle ne doit pas être bien loin.

Lili ! International était connu pour ne pas faciliter la vie des salariés célibataires qui avaient charge de famille. La baby-sitter de Jessie étant malade, Stephen s'était en l'occurrence trouvé devant une alternative : rester chez lui, ou venir au travail avec sa fille. Mais en réalité, il n'avait pas vraiment eu le choix : si Lili Spaulding n'appréciait pas particulièrement les enfants, elle détestait encore plus l'absentéisme.

Stephen se demanda où il serait parti s'il avait été dans la peau d'une petite fille de cinq ans curieuse et un peu téméraire. Connaissant Jessie, il n'aurait pas été étonné de la retrouver en train de bavarder avec la Rose d'acier en personne.

Soudain, dans le bureau d'à côté, une femme s'exclama avec enthousiasme :

— C'est un très beau chat, Jessie ! Et ça, c'est un Indien ?

— Mais non, que t'es bête ! répliqua la voix flûtée de sa fille. C'est un tigre !

Stephen se précipita jusqu'au bureau voisin. Les crayons de couleur et les feuilles de papier jonchaient le sol d'un bout à l'autre de la pièce. Au milieu de ce chaos trônait Jessie, flanquée d'une femme aux cheveux bruns, aux grands yeux couleur de saphir… et vêtue d'une jupe très, très courte.

— Qu'est-ce que tu fais ici, Jess ? demanda-t-il en se renfrognant. Je t'avais dit de m'attendre bien sagement à côté.

— C'est mon bureau, répondit Jessie avec aplomb. Corey a dit que je pouvais rester.

La jolie jeune femme haussa les épaules en lui offrant un sourire complice.

— Jessie a accepté de partager son bureau avec moi.

Stephen aima d'emblée son sourire. A vrai dire, il apprécia bien d'autres aspects de sa personne.

— Je croyais que ce bureau était inoccupé.

— Je suis là à titre temporaire seulement, répondit-elle. En attendant que le bureau de Blake Morrow soit repeint.

— Vous êtes la nouvelle dircom ?

Elle hocha la tête et se leva. Stephen déglutit. Le simple fait de voir sa jupe caresser ses jambes le plongeait dans un état proche de l'exaltation.

— Je m'appelle Corey Prescott, dit-elle en lui tendant la main. Et vous êtes… ?

Sa poignée de main témoignait d'une personnalité vive et déterminée.

— Stephen Gold. Ma fille vous a dérangée ?

— Pas le moins du monde. Vous l'amenez souvent avec vous au travail ?

— Pour risquer ma place tous les jours ? Je ne suis pas aventurier à ce point, vous savez. Ma femme de ménage, qui garde généralement Jessie quand elle n'a pas classe, est tombée malade. Et comme j'élève ma fille seul…

— Vous n'aviez d'autre solution que de l'amener, conclut Corey Prescott. C'est tout à fait compréhensible. Ce qui n'est pas normal, en revanche, c'est que l'entreprise ne mette pas une crèche à la disposition de ses employés, pendant les heures de bureau.

— Essayez de faire entendre ça à la Rose d'acier.

— Peu importe l'opinion de la Rose d'acier. Il faudra aborder cette question sans tarder avec les Ressources humaines. Je ne comprends pas qu'une entreprise aussi importante ne facilite pas la tâche aux parents dans votre situation.

— Chez *Lili !* on apprend à perdre ses illusions. Plus vite vous comprendrez ça, plus vite vous serez tranquille.

— Perdre ses illusions dans une entreprise de cosmétiques ? Ce n'est pas un peu paradoxal ?

— Peut-être. En tout cas, c'est plus prudent.

Corey Prescott fronça les sourcils.

— On dirait que vous cherchez à me mettre en garde contre quelque chose. Quoi donc ?

— Eh bien… je ne sais pas… Méfiez-vous du Prince Aryen, par exemple.

Devant la mine interloquée de la jeune femme, Stephen regretta aussitôt ses paroles. Pourquoi diable avait-il laissé échapper une bêtise pareille ? Après tout, il se fichait éperdument de ce qui risquait de se passer entre Grant Spaulding et Corey Prescott !

— Vous voulez bien préciser votre pensée ? demanda-t-elle.

— Vaut mieux pas.

— On ne largue pas une bombe pareille sans en assumer la responsabilité.

— Ecoutez… j'aurais dû garder ça pour moi. N'y pensez plus.

— Si. J'aimerais savoir de quoi il s'agit.

— Zut !

Avec un soupir, Stephen se passa une main dans les cheveux. Il songea avec ironie que, s'il les laissait pousser davantage, il devrait bientôt les attacher en queue-de-cheval, comme un de ces héros musclés qu'on voyait dans les films d'action. Quel superpapa il ferait alors !

— Vous êtes une femme séduisante, reprit-il. Grant Spaulding aime les femmes séduisantes. Certaines femmes séduisantes se retrouvent au chômage. Vous voyez le topo ?

— Je vois, répliqua-t-elle. Et je n'aime pas ce que vous insinuez.

— Eh ! C'est vous qui avez insisté pour que je m'explique.

— Grant Spaulding est un homme charmant, mais il est marié. Qu'est-ce qui vous fait croire que je pourrais avoir une relation avec lui ?

— Je disais cela au hasard, répondit Stephen avec un haussement d'épaules.

— Ne me sous-estimez pas, Gold. Il faut plus qu'un beau faciès pour me conquérir.

Leurs regards se rivèrent l'un à l'autre quelques instants. Corey détourna les yeux la première. Stephen songea que sa sœur Lynn n'aurait pas manqué de trouver un sens à l'attitude de la jeune femme. Lui, il jugea qu'il était grand temps de partir...

Il se tourna vers sa fille.

— Maintenant, Jessie, on dit au revoir à Corey et on retourne au travail.

Il craignait de prononcer des paroles qu'il regretterait vraiment. Des mots comme : « Que faudrait-il donc pour vous conquérir ? »

Corey observa avec émotion Stephen Gold tandis qu'il aidait Jessie à rassembler ses dessins et ses crayons de couleur, avant de l'entraîner gentiment en direction de son bureau. C'était touchant de voir cet homme séduisant, un peu gauche aussi, s'éloigner main dans la main avec sa petite fille. Il avait un visage tout en angles, débordant d'énergie, mais il faisait preuve envers son enfant d'une tendresse infinie.

Cela rappelait à Corey l'époque où Jack l'emmenait pêcher sur le lac, dans sa petite barque, avec la boîte à chaussures remplie de fruits secs et de sandwichs préparés par Millicent pour leur permettre de tenir le coup jusqu'au dîner. Corey avait alors connu de vrais moments de bonheur avec son père adoptif. Jack était toujours si doux, si compréhensif, si patient avec elle. Aujourd'hui, elle prenait le même plaisir à reconnaître en Stephen Gold le genre d'homme dont la paternité tirait le meilleur...

Ce qui réjouissait également Corey, c'était de voir que son nouveau collègue avait, lui aussi, démasqué Grant Spaulding. Mais elle préférait jusqu'à nouvel ordre lui cacher son manque d'affection envers ses nouveaux employeurs. Avant de se liguer avec telle ou telle faction, elle avait besoin de prendre le pouls de la compagnie. Elle ne pourrait pas terrasser Lili Spaulding, si elle ne découvrait pas son talon d'Achille — et cela ne se ferait pas en une journée.

Après avoir signé toute une série de documents administratifs, Corey se rendit en salle de réunion pour y rencontrer sa nouvelle équipe, des chargés de relations publiques déjà en poste. Après quoi, elle sortit déjeuner. Elle consacra l'après-midi à découvrir les arcanes du réseau informatique, qui lui permettait d'entrer en relation avec n'importe lequel des salariés de *Lili ! International* à travers le monde.

Finalement, elle se renversa dans son fauteuil en poussant un soupir de lassitude. Elle avait passé tant d'heures à fixer l'écran de l'ordinateur qu'elle éprouvait des picotements dans les yeux. Elle ferma un instant les paupières, le temps d'imaginer avec délices le long bain chaud qui l'attendait à son retour… La voix de Grant Spaulding brisa le silence :

— Vous êtes fatiguée ?

— Monsieur Spaulding… ? marmonna Corey en se redressant vivement sur le siège.

— Grant, je vous en prie. Pas de formalisme entre nous.

Où diable ce type avait-il appris à sourire de cette façon, comme s'il se jugeait capable de séduire le monde entier ? Corey se demanda si cela faisait partie des atouts de naissance réservés aux gens riches, ou si Grant l'avait appris sur les genoux de sa mère. « De *ma* mère », rectifia-t-elle avec amertume.

— Je ne vous ai pas entendu frapper, observa-t-elle avec une pointe de défi dans la voix.

— En effet, répondit-il d'un ton désinvolte.

Il s'assit devant elle, juste au bord de la table, réussissant le tour de force de paraître tout à la fois décontracté, élégant et suprêmement dominateur. Il se trouvait assez près d'elle pour la mettre très mal à l'aise, mais pas au point qu'elle s'en offense. Elle ne pouvait donc pas reculer son siège sans risquer de se voir traiter de paranoïaque.

— Que puis-je pour vous ? demanda-t-elle.

— Comment s'est passée votre première journée ?

— Très bien. J'ai rencontré l'équipe de Morrow, et je crois que nous allons bien nous entendre.

— Parfait. N'hésitez pas à leur montrer que vous êtes la patronne et qu'ils doivent vous écouter.

Corey fit la grimace. Grant Spaulding venait de mettre en doute ses compétences et son professionnalisme, ce qu'elle ne pouvait tolérer.

— Je connais mon métier, répliqua-t-elle, et je…

— Je vous invite à dîner, l'interrompit Grant.

Corey était rarement prise au dépourvu. Mais là, elle ne put réprimer un petit cri de stupeur. Elle se ressaisit rapidement.

— Je trouve que c'est une merveilleuse idée, mentit-elle, mais je crains d'avoir d'autres projets pour ce soir.

— Annulez-les.

— Désolée, c'est impossible.

Grant décrocha le combiné et le lui tendit.

— Je vous invite pour parler affaires, insista-t-il. Celui qui vous attend ce soir comprendra, j'en suis sûr.

Pour sa soirée, Corey n'avait rien prévu d'autre que de prendre un bon bain, puis d'avaler un bol de soupe en regardant la télévision. Mais tant mieux, après tout, si Grant Spaulding croyait qu'elle menait un train d'enfer. Elle raccrocha le téléphone.

— J'apprécie votre invitation. Mais je suis obligée de la décliner.

— Mère ne tolère pas qu'on lui refuse quoi que ce soit. Ne me forcez pas à la décevoir.

Corey soutint froidement le regard de Grant. Ainsi, c'était Lili qui avait manigancé l'affaire. Cela changeait tout. L'idée de passer deux heures à regarder sa mère se pâmer devant son beau-fils ennuyait Corey plus qu'elle n'osait l'envisager, mais elle savait que c'était une occasion à ne pas manquer.

Grant Spaulding n'appréciait rien tant qu'un beau combat, mené contre un adversaire de taille. Corey Prescott appartenait à cette race de femmes opiniâtres et volontaires qui émoustillaient sa libido.

Corey l'intriguait aussi pour une autre raison. Ce matin, quand ils avaient fait connaissance dans le bureau de Lili, c'était elle qui avait rompu leur poignée de main — un soupçon trop tôt pour la bienséance. Grant avait cru au début qu'elle réagissait ainsi à cause de l'attirance manifeste qu'ils éprouvaient l'un pour l'autre, puis il s'était rendu compte qu'il commettait une erreur de jugement : Corey, en fait, n'avait d'yeux que pour Lili. D'ordinaire, les nouveaux employés de sa belle-mère la craignaient, ils buvaient chacune de ses paroles, ils semblaient tous prêts à lui lécher les bottes pour monter en grade. Mais l'intérêt que Corey manifestait envers Lili n'avait rien d'obséquieux, et ne relevait absolument pas d'un quelconque sentiment d'idolâtrie. Il s'agissait d'une émotion différente, encore plus intense… qui pouvait presque s'apparenter à de la jalousie. C'était étrange…

Il entra dans le bureau de sa belle-mère sans se faire annoncer.

— Nous sommes convenus de nous retrouver à 6 heures dans le hall, déclara-t-il. Notre jolie dircom a quelque peu rechigné, mais je lui ai fait comprendre qu'il valait mieux pour elle qu'elle change d'avis.

Enfoncée dans son fauteuil directorial, Lili tendait la main gauche à sa manucure, qui lui peignait les ongles en rouge.

— Elle avait autre chose de prévu ?

— Il paraît, répondit Grant avec un haussement d'épaules.

Il se laissa choir sur le canapé près de la fenêtre et fixa la manucure d'un regard concupiscent. Elle portait le tailleur bleu marine à boutons de cuivre qui était devenu la tenue emblématique de *Lili ! International* à travers le monde entier. Il fallait bien reconnaître qu'elle le remplissait bien mieux que beaucoup d'autres femmes. Et ses seins ne ressemblaient pas à des pastèques comme ceux de Felicia, qui devait maintenant accoucher d'un jour à l'autre.

— Je crois que Corey Prescott mentait en prétendant avoir des projets pour ce soir, reprit Grant.

— Aurais-tu soudain acquis le don de perspicacité, mon chéri ? demanda Lili avec ironie.

— J'en ai bien l'impression, répondit-il en inclinant la tête pour mieux admirer les cuisses de la manucure.

— Margherita, susurra Lili, voulez-vous nous excuser cinq minutes ? Mon fils et moi-même devons avoir une brève discussion de famille.

Margherita referma le flacon de vernis, puis quitta la pièce sans un mot. Grant en profita pour admirer longuement son joli fessier arrondi.

— Cette fille, tu ne dois pas y toucher, mon chéri.

Il pouffa.

— Allons, mère ! Pourquoi ne pas laisser Margherita décider pour elle-même ?

Lili agita une main en signe d'impatience.

— Je me fiche de Margherita. Je te parle de Corey Prescott.

— Tu m'offenses, maman chérie ! répliqua-t-il d'un ton faussement outré. Souviens-toi que je suis un homme marié, et heureux en ménage.

Lili se leva et s'avança vers lui à grands pas. Une expression de colère se peignit soudain sur son visage.

— L'année prochaine, Grant Spaulding, tu vas te lancer dans le combat de ta vie. Les temps ont changé, et il ne suffit plus d'être un gosse de riche pour que les portes du Congrès s'ouvrent en grand. Les médias vont te tenir à l'œil comme ils l'ont fait pour Gary Hart. Si tu crois que je vais investir les ressources de *Lili ! International* dans un projet condamné d'avance, tu me connais mal !

Elle se planta devant lui. Grant sourit. Son joli corps de girl tenait encore plutôt bien la route, malgré ses cinquante ans.

— Je te préviens ! reprit-elle. A partir de maintenant, soit tu tiens ta braguette fermée, soit je mets un terme à ta campagne.

Grant lui saisit la main et l'embrassa affectueusement.

— Tu as raison, mère, murmura-t-il d'un air attendri. Comme toujours. Qu'est-ce que je deviendrais, sans toi ?

Lili poussa un soupir exaspéré.

— Je ne sais pas. Et je prie pour que tu n'aies jamais à le découvrir.

*
* *

Jessie se mit tout à coup à sautiller sur le trottoir.

— Papa, regarde ! s'exclama-t-elle.

Stephen s'escrimait à fourrer une poupée Barbie et son partenaire masculin dans son attaché-case pour ne pas avoir à les porter de manière ostentatoire jusqu'à l'appartement. Il leva brièvement les yeux. Sa fille lui désignait un groupe de trois personnes qui sortaient du gratte-ciel de la compagnie.

— Regarde quoi, ma jolie ?

Jessie le tira par la manche avec enthousiasme.

— Là-bas, il y a Corey et sa maman ! Viens !

— Non, Jess, dit-il avec lassitude. C'est impossible.

— Mais si, papa ! protesta la fillette d'une voix de plus en plus haut perchée. C'est Corey et sa maman ! Regarde ! Regarde !

Il leva de nouveau les yeux. Corey Prescott s'avançait vers une limousine noire en compagnie de Lili Spaulding et du prince héritier, Grant-le-Magnifique.

— Ce n'est pas sa maman, Jess. C'est ma patronne.

Stephen se renfrogna. Visiblement, la nouvelle dircom n'avait pas perdu son temps pour entrer dans les bonnes grâces des hautes instances de *Lili !* C'était un peu décevant. Corey lui avait donné meilleure impression que cela. Mais après tout, il n'avait aucune raison de se soucier des agissements de cette femme.

— Mais on dirait la maman de Corey, insista Jessie.

Alors Stephen observa le trio plus attentivement. Corey et Lili étaient toutes deux magnifiques, avec leurs cheveux bruns et leurs grands yeux bleus, mais on ne pouvait guère dire qu'elles se ressemblaient. Lili paraissait aussi dure et sèche qu'un os, alors que Corey possédait une souplesse de félin.

— Viens, Jess. On rentre à la maison.

— Non. Je veux montrer quelque chose à Corey.

— Il est temps de rentrer, je te dis.

— J'ai fait un dessin pour Corey ! C'est toi qui l'as !

— Je le lui donnerai lundi.

— Non, je veux lui donner moi-même !

— Prends-moi la main, Jessie, ordonna Stephen, qui pressentait une catastrophe. Tout de suite !

Mais sa fille avait déjà démarré comme une fusée.

— Petite filoute, marmonna-t-il en se lançant à sa poursuite.

— Corey, j'ai un autre dessin pour toi ! s'écria Jessie.

La jeune femme fit volte-face en entendant la voix de la fillette. Lili Spaulding et le Prince l'imitèrent. Dans l'esprit de Stephen, cette rencontre venait en deuxième position sur la liste des pires moments de son existence.

— Salut, ma chérie ! répondit Corey avec un grand sourire en lui caressant les cheveux. Tu as un autre dessin pour moi ? Oh, ça me fait drôlement plaisir.

Stephen venait de les rejoindre.

— C'est papa qui l'a, expliqua Jessie.

— C'est une Barbie ? demanda Corey avec malice en désignant les mèches blondes qui dépassaient de l'attaché-case de Stephen. Moi aussi, j'ai toujours rêvé d'en avoir une… quand j'étais petite.

Stephen se renfrogna, au grand amusement de Corey.

— J'ai laissé les dessins là-haut, dans mon bureau, Jess, expliqua-t-il à sa fille. Je te promets que je les donnerai à Corey lundi.

Heureusement, Jessie n'eut pas la mauvaise idée de pleurer. Stephen eut un imperceptible soupir de soulagement… avant de comprendre pourquoi sa fille ne réagissait pas : elle était trop occupée à dévorer Grant Spaulding des yeux, avec cette expression rêveuse qu'arborait la majeure partie des femmes en sa présence.

Corey sembla s'en apercevoir, elle aussi, car elle se pencha et lui murmura à l'oreille :

— Elle est jeune. Elle ne risque pas de se laisser avoir.

« Peut-être, songea Stephen avec dépit. Mais vous, Corey ? Mais vous… ? »

*
* *

Pendant le dîner au Tavern on the Green, Grant se montra charmant, attentionné, et parfois distrayant — c'était en tout cas ce que semblait penser Lili Spaulding. Plus d'une fois, Corey grinça des dents en voyant sa mère déverser tant d'affection sur un homme qui manquait de substance au point que c'en était pitoyable. Bien qu'elle ne connût Grant que depuis quelques heures, Corey avait déjà le sentiment d'avoir fait entièrement le tour du personnage — et de n'y avoir strictement rien trouvé d'aimable.

Au milieu du repas, Lili s'excusa pour aller parler à une vieille amie qu'elle avait aperçue au fond du restaurant.

Grant servit du vin à Corey, remplit son propre verre, puis arbora un sourire charmeur.

— Je loue en permanence une suite au Waldorf, murmura-t-il d'un air de connivence. Personne ne saurait rien.

Corey faillit avaler son vin de travers. Le culot de cet homme, son manque de délicatesse forçaient presque l'admiration. Involontairement, elle jeta un regard en direction de Lili, qui bavardait déjà avec son amie. Au même instant, sa mère tourna les yeux vers elle. Son expression trahissait de l'inquiétude. Pour tout dire, elle semblait épier ce qui se passait entre son beau-fils et la jeune femme qu'elle venait de recruter.

— Votre mère nous observe, déclara-t-elle. Pourriez-vous me dire pourquoi elle a l'air si soucieuse ?

— C'est parce qu'elle m'aime, répondit-il comme s'il s'agissait d'une évidence. Et elle ne pense plus qu'à la réussite de ma carrière politique.

Corey but une gorgée de vin en dévisageant Grant.

— Peut-être devriez-vous y songer, vous aussi. Une image de père de famille respectable ne vous nuirait pas.

— Je veille à me bâtir cette image-là. Faites-moi confiance.

Elle s'apprêtait à lui répliquer quelques mots bien choisis, lorsque Lili quitta son amie et vint les rejoindre.

— Vous semblez vous entendre à merveille, tous les deux, dit-elle en reprenant sa place à côté de Grant.

Derrière son expression plaisante, Corey sentait la colère sourdre. Grant sourit et s'éclipsa aux toilettes. « Trouillard, songea la jeune femme. Me laisser seule pour défendre votre honneur, c'est vraiment lâche. »

— Oui, nous nous entendons bien, répondit-elle en soutenant le regard de Lili. Votre fils est un homme remarquable.

— Mon fils est un homme *marié*, rétorqua sa mère. Un homme marié qui se lance dans la politique.

Cela, Corey ne le savait que trop : Lili et Grant n'avaient guère parlé d'autre chose que de sa « carrière » pendant tout le repas.

— Je le sais, madame Spaulding. Mais je ne comprends pas votre inquiétude.

— Je vais être très franche, déclara Lili. Si vous avez des vues sur Grant, tirez un trait dessus. Il ne doit rien se passer entre vous.

— J'aimerais sincèrement que vous répétiez ces paroles à l'intention de votre fils.

— Il connaît déjà mes sentiments sur le sujet.

— Peut-être a-t-il besoin de les entendre de nouveau.

— Faites votre travail, Corey, et laissez-moi régler les questions concernant ma famille. Si vous suivez cette règle, nous nous entendrons à merveille.

Corey baissa les yeux. Ces derniers mots blessaient profondément la petite fille qui, aujourd'hui encore, habitait son cœur. La petite fille qui avait passé la plus grande partie de son existence à se demander pourquoi sa mère l'avait abandonnée.

28.

— *Maman ! Maman ! Aide-moi…*

Son enfant ! Il fallait qu'elle rejoigne sa petite fille chérie. Sinon, il serait trop tard…

Lili se redressa en sursaut dans son lit. Elle avait le corps en sueur ; son pyjama de soie collait à sa peau. Seigneur ! Quand avait-elle fait ce cauchemar pour la dernière fois ? Un an plus tôt ? Davantage ?

Elle s'efforça de reprendre son souffle et de lutter contre les tremblements nerveux qui la secouaient. Après le décès de Carter, ce rêve l'avait hantée chaque nuit, pendant des mois et des mois. Pour en finir, elle était allée consulter un hypnothérapeute qui lui avait appris à maîtriser une technique de relaxation censée éliminer le cauchemar.

Et voilà que tout à coup, sans le moindre signe avant-coureur, elle se retrouvait de nouveau plongée dans les eaux glaciales et tourmentées, incapable de sauver sa fille de la noyade.

Retirant son pyjama, elle gagna la salle de bains. Devant le reflet de son corps nu dans le miroir, elle éprouva un sentiment mitigé de fierté et de désarroi. Elle possédait encore une silhouette mince et élancée, mais elle n'était décidément plus la jeune femme d'antan. « Je peux m'estimer heureuse d'avoir encore la poitrine ferme, songea-t-elle avec dépit. Ça ne durera plus bien longtemps. »

Elle ouvrit en grand les robinets de la baignoire en marbre, avant d'y verser une généreuse dose du tout nouveau bain moussant de *Lili !*— un prototype ! Une douce senteur de lilas imprégna aussitôt la pièce. Lili mouilla une serviette sous le jet d'eau, puis se la passa doucement sur la poitrine et le ventre.

Son ventre… La partie de son corps qui avait porté son enfant… cette petite fille qui hantait encore ses nuits. Pourtant, elle ne se rappelait pas ce qu'elle avait éprouvé pendant sa grossesse. Plus de trente années s'étaient écoulées depuis l'époque où elle se réveillait le matin avec la nausée, où ses seins ressemblaient à des ballons de baudruche. Même le souvenir des souffrances de l'accouchement s'était estompé dans sa mémoire… comme on le lui avait alors prédit.

Mais s'il en était ainsi, puisque ce passé lui paraissait sans rapport avec la femme qu'elle était devenue, pourquoi ne réussissait-elle pas à oublier sa fille ? A quoi rimait la torture qu'elle s'infligeait la nuit ? L'enfant merveilleuse qu'elle avait mise au monde était aujourd'hui une adulte ; peut-être même avait-elle eu à son tour des bébés. En outre, Lili ne regrettait plus, comme du temps de Las Vegas, d'être privée de sa fille. Elle considérait Grant comme son propre fils. Vingt ans plus tôt, il avait comblé toutes ses attentes. Elle ne l'aurait pas aimé davantage si elle l'avait porté dans son ventre pendant neuf mois.

Lili saisit un paquet de cigarettes sur une étagère. Elle n'avait nullement l'intention de cesser de fumer, comme son médecin l'y exhortait. Et tant pis si la cigarette était considérée par la société comme « politiquement incorrecte ». Lili se fichait bien de l'opinion de ses contemporains. La vie consistait à faire des choix — certains bons, d'autres mauvais —, qu'il fallait assumer en toute conscience.

Bien qu'elle eût appris cette leçon à la dure, elle avait fini par en comprendre aussi bien le sens profond que la nécessité. Jadis, elle était parvenue une première fois à accepter d'avoir abandonné son enfant. Puis elle avait de nouveau revécu ce deuil psychologique des années plus tard, en recevant l'abominable lettre de la mère adoptive de Cincinnati. Alors pourquoi diable son cauchemar revenait-il la bouleverser aujourd'hui ? C'était incompréhensible !

Lili se remémora les événements de la journée écoulée, essayant d'y déceler une raison de ce retour en force du rêve. Il ne s'agissait certainement pas de la petite fille de Stephen Gold. Lili n'avait guère prêté attention à cette enfant, avant le moment où elle s'était jetée dans les bras de Corey Prescott.

Elle tira une longue bouffée de sa cigarette. *Corey Prescott.* Voilà quelqu'un, en revanche, qui risquait de lui poser un sérieux problème. Pendant le repas au Tavern on the Green, Lili avait songé à la licencier sans même y mettre les formes. Puis elle s'était ravisée. Prescott possédait manifestement une intelligence aiguë et une combativité redoutable, deux armes qu'elle saurait sans aucun doute retourner contre l'empire Spaulding si on essayait de se débarrasser d'elle après une seule journée à son nouveau poste. Or, la simple idée de voir Prescott saboter l'image de la compagnie dans les médias suffisait à faire frémir Lili.

En outre, elle ne pouvait se permettre de perdre du temps à rechercher un autre dircom aussi compétent que Corey Prescott. Cette jeune femme avait un curriculum vitæ inimaginable, et Lili refusait de laisser ses sentiments personnels empiéter sur une décision d'affaires aussi stratégique que logique. D'autant qu'elle devait bien reconnaître qu'elle aimait le style de Corey. Elle appréciait par-dessus tout que celle-ci ne parût pas le moins du monde effrayée ou même impressionnée par elle.

Lili tira une autre bouffée de la cigarette en arpentant la salle de bains. N'empêche, Corey lui donnait une impression étrange… presque inquiétante. Cette femme n'avait pas l'ambition pour unique motivation. Il y avait autre chose… un secret qui la poussait à réussir sa carrière. D'ailleurs, derrière son masque endurci de professionnelle, Lili percevait une grande tristesse, un tourbillon de sentiments malheureux…

Poussant un profond soupir, elle se demanda pourquoi les gens n'étaient pas simplement ce qu'ils semblaient être. Pourquoi étaient-ils si compliqués ? La vie serait tellement plus simple, si les hommes se fixaient pour règle de ne jamais cacher la vérité sur eux-mêmes.

Par association d'idées, Lili en vint à réfléchir sur le problème majeur auquel Grant devrait bientôt s'attaquer : celui de son image auprès de ses futurs électeurs. Certains médias avaient déjà brossé de lui un portrait peu flatteur, et il allait falloir beaucoup de temps et d'argent pour effacer cette impression négative dans l'esprit du public. Son physique était si proprement époustouflant que ses qualités intellectuelles et morales s'en trouvaient reléguées au second plan, au point que nombre de gens le considéraient comme un bellâtre sans envergure. Lili ne comprenait que trop bien la frustration et la colère qu'il éprouvait à ce sujet. Elle-même avait connu des moments où son intelligence avait été bafouée parce qu'elle avait eu la chance de naître belle. Mais peu importe ! Si elle avait réussi à faire taire les mauvaises langues, Grant y parviendrait tout aussi bien.

Pour remporter le succès, cependant, il devait à tout prix éviter les scandales sexuels. Lili savait que la vie maritale ne le satisfaisait guère, mais elle n'éprouvait aucune pitié pour lui. Il avait lui-même choisi de s'engager dans la carrière politique : il devrait donc se battre pour tenir le cap. Et, afin de l'encourager, elle avait l'intention de le prévenir de toute tentation dangereuse — notamment en lui évitant de fréquenter la jolie Corey Prescott.

Corey consacra presque tout son samedi à lire des pages et des pages pour se familiariser avec l'univers de *Lili ! International*.

Etant donné qu'elle agissait dans le domaine des relations publiques, une partie non négligeable de ces renseignements concernaient directement la famille Spaulding, à commencer par le mariage de Lili avec Carter, en 1976.

Au cours de sa carrière, Corey avait souvent côtoyé des hommes tels que Carter Spaulding. Elle s'était plus d'une fois félicitée de n'avoir pas à partager leur vie. Ces chefs d'entreprise se montraient aussi autoritaires et exigeants vis-à-vis de leur famille qu'au travail. La plupart des dames de la bonne société payaient cher leurs jolies robes et leur train de vie dispendieux. Etait-il arrivé à Lili de regretter son mariage avec Carter ? Avait-elle été malheureuse avec lui ?

— Corey, tu es une idiote, marmonna-t-elle en fermant un fichier sur son ordinateur. Tu perds la tête !

Lili Spaulding ne méritait aucune compassion de sa part. N'avait-elle pas délibérément choisi d'abandonner sa fille après son accouchement ?

N'avait-elle pas tourné le dos une seconde fois à son enfant lorsque Millicent lui avait écrit ? Quelle qu'ait été sa vie affective et sentimentale au cours des trente dernières années, elle l'avait bien cherché.

Vers 3 heures de l'après-midi, Corey se rendit compte qu'elle n'avait rien avalé depuis la veille au soir. En fouillant dans les placards de la cuisine, elle trouva une boîte de biscuits salés, deux paquets de sucre et du café instantané. Pas de quoi faire un banquet.

Elle enfila son manteau, puis descendit braver le vent glacial qui, venant de l'East River, s'engouffrait entre les gratte-ciel. L'hiver approchait à grands pas. « L'hiver, et mon premier Noël sans Millicent », songea Corey avec tristesse. Peut-être réussirait-elle à se soûler au point de sombrer dans le coma jusqu'au matin du 2 janvier, où elle devait reprendre le travail ? L'idée ne manquait pas d'attrait. Passer Thanksgiving sans sa mère adoptive avait été une véritable épreuve. L'idée d'affronter Noël dans la solitude la désespérait plus qu'elle n'osait se l'avouer.

Elle s'arrêta au kiosque à journaux pour acheter le *New York Times.* Le vendeur lui indiqua une petite épicerie tenue par une famille coréenne, au coin de la Deuxième Avenue et de la 62e Rue. Là, elle fourra dans son panier une laitue, quelques tomates, une bouteille de lait écrémé, un pot de mayonnaise, deux boîtes de thon et un pain. Quand le caissier lui annonça le montant de l'addition pour ces maigres achats, elle laissa échapper un petit cri de stupeur.

— Faut vous y faire, dit une voix familière juste derrière son épaule. New York n'est pas aussi bon marché que Boston.

Faisant volte-face, elle se retrouva nez à nez avec Stephen Gold, qui faisait la queue derrière elle, les bras chargés de commissions.

— Quelle surprise ! s'exclama-t-elle en souriant. Ça me fait plaisir de vous rencontrer.

Il lui rendit son sourire. Des petites rides charmantes se dessinèrent au coin de ses yeux noisette, soulignant la douceur de son beau visage.

— Moi aussi, je suis content de vous voir.

Corey regarda autour d'elle.

— Jessie n'est pas avec vous ?

— Elle est à son cours de claquettes, répondit Stephen en posant ses courses sur le comptoir. Vous habitez dans le quartier ?

— A trois pâtés de maisons, vers la droite. Et vous ?

Il pointa un index vers la gauche.

— A trois pâtés de maisons, aussi.

Corey ramassa sa monnaie, puis saisit son panier.

— Bon, eh bien… à bientôt. On se recroisera peut-être…

— Vous êtes pressée ?

Elle hésita.

Va-t'en, Corey. Un homme avec une gamine, ce n'est vraiment pas ce qu'il te faut.

— Hmm, pas vraiment, répondit-elle.

— Jess serait ravie de vous revoir, vous savez.

Tu perds la tête, ou quoi ? Ramasse tes affaires et fiche le camp.

— Eh bien…

— Attendez-moi donc, poursuivit Stephen. Allons la chercher ensemble à son cours, et nous vous raccompagnerons chez vous.

Corey ne put s'empêcher de sourire.

— Personne ne m'a jamais raccompagnée chez moi, répondit-elle d'un ton plaisant.

— Hmm, laissez-moi deviner. Vous étiez probablement la reine de l'école, et tous les garçons voulaient vous raccompagner.

Corey hocha la tête, jugeant inutile de lui expliquer qu'il avait compris sa remarque de travers. Et, tandis qu'elle attendait qu'il règle ses courses, elle se demanda comment il réagirait s'il apprenait la vérité à son sujet.

Tandis qu'ils se rendaient à pied jusqu'à l'école de danse Pavlova, en face du magasin Bloomingdale, ils discutèrent à bâtons rompus. Stephen lui parla de son métier, de sa famille, de sa vie à New York. Il avait un sens de l'humour, à la fois un peu désabusé et plein d'autodérision, que Corey trouvait très séduisant. C'était tellement agréable de marcher dans la rue avec un homme qui la faisait rire ainsi…

— Corey ! s'exclama Jessie avec ravissement en les voyant entrer dans sa salle de cours. J'ai fait un nouveau dessin pour toi, tu sais !

Elle portait un justaucorps rose, un petit tutu blanc, et des claquettes rouge vif. Jamais Corey n'avait vu petite fille plus charmante.

Stephen désigna les chaussures de Jessie.

— Tu as oublié quelque chose, Jess.

— Oh, s'il te plaît, papa ! répondit l'enfant en jetant un regard implorant à son père. Je voudrais les garder jusqu'à la maison.

— Non, Jess. Tu mets tes baskets à la place.

— Papa…

— Tu connais le règlement.

A contrecœur, Jessie sortit une paire de baskets d'un sac de grosse toile, puis s'assit par terre. Stephen s'accroupit devant elle pour dénouer les lacets de ses claquettes, et l'aida à enfiler ses chaussures de sport.

— C'est moi qui fais les lacets, déclara-t-elle.

— D'accord. Montre à Corey comment tu t'y prends.

Corey, qui sentait des larmes ridicules lui monter aux yeux, observa les doigts de la petite fille triturer les lacets pour y nouer deux boucles un peu maladroites.

— Regarde ! s'écria finalement Jessie en bondissant sur ses pieds. J'ai réussi ! J'ai réussi !

— Supergénial, la félicita Stephen, un large sourire aux lèvres.

— Je suis très impressionnée, dit Corey avec sincérité. Je parie que tu es la meilleure noueuse de lacets de la ville.

— Oh oui, pas vrai, papa ? approuva Jessie en hochant vigoureusement la tête.

Stephen ébouriffa d'une main les cheveux de sa fille.

— Va chercher ton manteau, Jess. Nous allons raccompagner Corey chez elle.

Jessie revint un instant plus tard avec un anorak bleu électrique, le visage rayonnant de bonheur. Stephen voulut l'aider à l'enfiler, mais elle secoua fermement la tête.

— Non. C'est Corey qui m'aide !

Tandis qu'elle tenait l'anorak ouvert et que la petite y glissait les bras, Corey se revit au même âge — repoussant Millicent à deux mains, le visage défiguré, malheureuse… Jessie, elle, savait se montrer enthousiaste, amicale, confiante — une attitude que Corey adoptait encore avec quelque difficulté chaque jour de sa vie.

Dans la rue, Jessie leur offrit un petit spectacle impromptu de claquettes. Elle se lança dans des pirouettes, se déhancha et bondit, pour le plus grand plaisir de son père et de Corey. Ils l'applaudirent gaiement, puis Stephen lui conseilla de se calmer un peu et de s'efforcer de marcher simplement.

— Vous avez de la chance d'avoir une petite fille si merveilleuse, dit Corey tandis que Jessie, ignorant l'avis de son père, courait en tous sens sur le trottoir.

— Elle m'apporte beaucoup de bonheur, je dois le reconnaître. Jess est tout le bien qui soit ressorti de mon mariage minable.

— J'ai cru comprendre que c'est vous qui aviez sa garde.

— Hillary a le droit de la voir autant de week-ends qu'elle le veut.. mais elle ne le veut pas très souvent.

— Comment Jessie vit-elle cette situation ?

— Elle a l'air de bien l'accepter, répondit Stephen en soupirant. Mais qui sait ce qu'elle en pensera dans dix ans ? Un enfant a besoin de sa maman, vous ne pensez pas ?

Corey acquiesça en silence, préférant ne pas s'étendre sur la question. Ils arrivèrent bientôt en vue de son immeuble.

— Je suppose que vous avez des occupations prévues pour toute la journée, dit-elle.

— Pas vraiment. J'ignore ce que nous allons faire, à vrai dire.

— Ecoutez, je ne sais pas si des sandwichs au thon vous tentent, mais…

« Grave erreur », songea Stephen en regardant sa fille sécher une feuille de laitue avec du Sopalin, selon les conseils attentifs de Corey. Il ne pouvait se permettre de s'embarquer dans une histoire qui risquerait de faire souffrir Jessie. Or, le courant qu'il sentait passer entre Corey et lui tirait une sonnette d'alarme dans sa tête.

— Bravo, dit Corey en lui faisant un clin d'œil. Maintenant, Jessie, tu mets deux feuilles de salade sur chaque tranche de pain.

— Deux ? s'étonna la petite.

— Comme ça, le sandwich sera plus croustillant.

— C'est ta maman qui t'a appris à faire ça ?

Corey hésita un instant avant de répondre :

— Oui, c'est ma maman qui me l'a appris.

— Est-ce que ta maman habite avec toi ?

Encore une seconde d'hésitation.

— Non, Jessie. Elle n'habite pas avec moi.

— Eh, dis donc, Jess, intervint Stephen. J'ai laissé les chips dans le salon. Tu veux bien aller les chercher, s'il te plaît ?

Sa fille hocha la tête et quitta la cuisine comme un bolide.

— Elle a touché une corde sensible, j'ai l'impression ? demanda-t-il à Corey. Votre mère…

— Elle est morte en septembre. J'ai encore du mal à l'accepter.

Des larmes brillaient sur ses jolis cils. Stephen dut faire un terrible effort de volonté pour se retenir de la serrer dans ses bras. Ici, Corey n'était pas la même femme qu'au bureau. Sans l'armure protectrice de son maquillage et de son tailleur de cadre supérieur, elle avait l'air plus jeune et, si une telle chose était possible, encore plus belle.

— Ça vous ferait du bien d'en parler ? demanda-t-il.

Elle secoua la tête.

— J'ai tellement de chagrin, parfois…

La voix de Corey se perdit dans un murmure.

— Ma mère est morte l'année dernière, dit-il. Il m'arrive encore de tendre la main vers le téléphone pour lui raconter telle ou telle anecdote au sujet de Jessie.

— Mais la douleur disparaît avec le temps, n'est-ce pas ?

— Elle change. Mais je ne dirais pas qu'elle disparaît.

— Dommage, chuchota Corey avec une moue dépitée. J'espérais m'entendre dire que la douleur allait s'éteindre complètement.

Leurs regards se rivèrent l'un à l'autre. Un besoin presque irrésistible de l'étreindre envahit Stephen. Il aurait voulu lui murmurer à l'oreille que tout irait bien, qu'il l'aiderait à oublier son chagrin… « Ne fais pas l'imbécile, Stephen, songea-t-il. Tu as déjà vécu ce genre de choses, et tu sais très bien où ça t'a mené. »

Cela débutait toujours de cette façon-là — elle a l'air vulnérable, vous vous sentez l'âme d'un protecteur. Et la danse sempiternelle de la séduction recommence.

Pour lutter contre son envie, Stephen se répéta que Corey gagnait sa vie en tant que spécialiste de la gestion de crise — elle avait donc l'habitude de masquer la vérité pour atteindre ses objectifs, et de changer d'avis comme une girouette.

Celle qui entrerait dans leur vie, à Jessie et lui, devrait avoir fermement le désir de s'établir avec eux. Jessie n'avait que trop souffert du départ de sa mère, et lui aussi. Lorsque Hillary les avait quittés, il s'était juré que plus aucune femme ne causerait de chagrin à sa fille. Il avait bien l'intention de tenir cette promesse.

Jessie surgit dans la cuisine.

— Je trouve pas les chips, papa ! J'ai regardé partout.

— Viens, ma jolie, dit-il tandis que Corey se penchait de nouveau sur les sandwichs. Le spécialiste va te montrer où chercher.

« Il était moins une ! » songea Corey tandis que Stephen et sa fille sortaient de la cuisine.

Elle avait failli fondre en larmes devant lui. Et s'il y avait bien une chose dont elle avait horreur, c'était de larmoyer devant un homme. Surtout si cet homme était aussi un collègue de bureau.

Une cuisine pouvait décidément se révéler un endroit très dangereux. Il était difficile de prendre un air détaché et de garder un visage impassible quand on était en train de préparer des sandwichs au thon. Corey, qui consacrait toute son énergie à son travail, avait pour règle de ne jamais laisser paraître ses émotions. Elle était horrifiée de constater qu'elle avait livré une si grande part d'elle-même devant Stephen… et si vite.

— A table ! cria-t-elle joyeusement. Les sandwichs sont prêts !

Pendant le repas, par bonheur, ils n'abordèrent aucun sujet troublant. Chaque fois que la conversation prenait un tour sérieux, Jessie leur offrait, de sa petite voix aiguë, une plaisanterie enfantine ou une remarque pleine de malice. Corey eut le sentiment que Stephen était aussi soulagé qu'elle. « Tant mieux, songea-t-elle. Nous sommes au moins d'accord là-dessus. » La situation semblait claire. Ils ne désiraient ni l'un ni l'autre que leur relation dépasse le stade de l'amitié.

Après avoir englouti leurs sandwichs, fait un sort au paquet de chips et vidé une bouteille de soda, ils s'installèrent sur le canapé du salon avec trois verres de lait et des cookies. Jessie but une gorgée de lait et grignota un petit bout de biscuit, puis elle s'endormit profondément.

— Il faut que nous partions, dit Stephen. Il est bientôt l'heure de dormir, pour elle.

— Restez encore un peu, insista Corey. Je vais faire du café.

S'ils partaient maintenant, elle risquait de passer le reste de la soirée à penser à Lili. Et puis, elle devait bien admettre qu'elle se sentait merveilleusement bien en compagnie de Stephen et de Jessie.

Quelques minutes plus tard, elle apporta deux tasses de café bien chaud, et se rassit à côté de Stephen sur le canapé.

— Mes parents avaient l'habitude de prendre le café ensemble tous les soirs, expliqua-t-elle. Ils allaient faire un tour à pied après le repas, ensuite ils s'asseyaient dans la cuisine avec leur café, et ils bavardaient.

— Avec ma femme, nous nous asseyions dans la cuisine devant nos cafés, et nous nous disputions comme des chiens enragés.

Corey pouffa.

— Cela explique qu'elle soit désormais votre ex-femme.

— Cela, acquiesça Stephen sur un ton ironique, et aussi le type avec qui elle s'envoyait en l'air tous les après-midi pendant que je bossais.

— Je suis désolée.

— Je l'étais aussi, à l'époque. Et vous ? Mariée ? Célibataire ?

— Divorcée. Lui et moi, nous n'avions aucune raison valable de nous marier. Dieu merci, nous l'avons compris avant de nous faire du mal mutuellement.

Quand ils s'étaient rencontrés, Henry sortait à peine d'une aventure sentimentale malheureuse, et Corey s'échinait encore à comprendre qui était la « nouvelle Corey Banning ». Le mariage lui avait semblé une sorte de port d'attache, à partir duquel elle pourrait affronter les tempêtes de l'existence.

— Quelqu'un à l'horizon ? demanda Stephen.

— Je n'ai pas le temps pour ça, répondit-elle. Et maintenant que je suis chez *Lili !* je n'aurai peut-être plus jamais le temps.

— Ne baissez pas les bras trop vite. Parfois, les meilleures choses surgissent quand on s'y attend le moins.

— Je ne crois pas qu'un tel miracle puisse se produire dans mon cas, Stephen. Du reste, j'ai d'autres projets.

29.

Le mardi qui suivit Thanksgiving, Lili reçut un appel de Grant à son bureau. Il lui téléphonait de l'hôpital Mount-Sinaï pour lui annoncer un heureux événement : Felicia venait de donner naissance à un beau garçon de trois kilos cinq.

— C'est merveilleux, mon chéri ! s'exclama-t-elle. Je suis ravie. Transmets mes meilleurs compliments à Felicia. Je viendrai dès demain matin faire la connaissance de mon petit-fils. On n'est pas grand-mère tous les jours !

Lili reposa le combiné en grimaçant. Grand-mère. Ce mot lui donnait la chair de poule. Bigre ! Elle ne se sentait vraiment pas l'âme d'une mamie. Pour tout dire, elle n'avait même pas l'impression d'avoir quarante-neuf ans. Il lui semblait, par bien des aspects, qu'elle avait encore dix-sept ans et la vie devant elle.

Elle appela Devon par l'Interphone.

— Faites envoyer des fleurs à Felicia au Mount-Sinaï, ordonna-t-elle.

— Fille ou garçon ?

Fille… Lili éprouva un curieux pincement au cœur. Les images de son propre accouchement lui revinrent subitement à la mémoire. Ah, c'était donc ça qui la rendait malheureuse… La naissance du fils de Grant réveillait les douleurs de son propre passé. Elle se ressaisit.

— Garçon, répondit-elle d'un ton tranchant.

— Ce petit homme a-t-il un prénom ?

— Je n'ai pas posé la question.

— Il vaudrait mieux le savoir, grand-maman. La presse ne manquera pas de le demander.

Lili se tapota le menton.

— Peu importe son prénom. Je viens d'avoir une idée. Convoquez immédiatement Corey Prescott dans mon bureau.

Sa nouvelle responsable des relations publiques se présenta cinq minutes plus tard.

— De quoi s'agit-il ? demanda-t-elle en prenant place en face d'elle.

Lili se carra dans son fauteuil et soutint le regard de Corey.

— Il nous faut une crèche.

— Pardon ?

— Nous allons ouvrir une crèche pour les enfants des employés. Ici même, dans l'immeuble.

Une expression choquée se peignit sur le visage de Corey.

— Vous dites ça comme si vous en aviez eu l'idée vous-même, alors que je vous ai envoyé hier un mémo à ce sujet !

— Votre prose reflétait exactement mes sentiments. J'envisageais depuis longtemps d'ouvrir cette crèche.

La jeune femme pinça les lèvres.

— Hmm, je vois, marmonna-t-elle d'un ton plein de colère.

Lili la fixa des yeux quelques instants, pour lui laisser le temps de se reprendre.

— Vous avez de la personnalité, observa-t-elle. Mais vous devez apprendre à maîtriser vos sentiments.

— J'ai toujours eu horreur de l'injustice, répliqua Corey.

— Relisez votre contrat d'embauche, ma chère, et portez une attention toute particulière aux clauses qui concernent la propriété intellectuelle. Vous comprendrez aisément que vous n'avez aucune raison de vous mettre dans cet état.

Corey inspira bruyamment, mais ne répondit rien. Lili sourit.

— Nous annoncerons la création de cette crèche demain matin, à l'hôpital Mount-Sinaï.

— Pourquoi pas ici ?

— L'épouse de mon fils vient d'avoir un garçon. Demain matin, nous convoquerons les médias à l'hôpital et nous leur révélerons la bonne nouvelle en famille. Je suis si heureuse d'être grand-mère !

Corey baissa les yeux. Une expression étrange s'abattit sur son visage. Elle avait l'air… désemparé, chagriné. D'ordinaire, Lili éprouvait un agréable sentiment de triomphe quand elle dominait ses interlocuteurs. Mais en l'occurrence, la réaction de sa jeune dircom l'inquiéta quelque peu.

— Ce que je viens de vous dire vous pose-t-il un problème ? demanda-t-elle.

Corey se leva et sourit. En un clin d'œil, elle avait remis en place son impeccable masque de professionnelle, comme si elle refusait de laisser paraître ses émotions. Lili songea que, sur ce point, cette jeune femme et elle se ressemblaient indiscutablement.

— Pas le moins du monde, répondit Corey. Je vais appeler l'hôpital afin de réserver une salle de conférences pour 11 heures, puis j'avertirai les médias.

— Prévenez aussi les groupes de pression féminins. Surtout ceux qui s'occupent des femmes actives.

— Entendu.

Corey Prescott avait encore beaucoup à apprendre sur le fonctionnement de *Lili ! International*, mais Lili n'était pas mécontente des efforts qu'elle produisait en faveur de la compagnie. Corey avait déjà magnifiquement évalué la situation en ce qui concernait les associations de défense des animaux, suggérant d'organiser — dans un premier temps — un gala de charité au cours duquel l'entreprise offrirait un gros chèque à plusieurs associations. Par ailleurs, Lili avait été convaincue par l'idée de payer des équipements de recherche au service pédiatrique de l'hôpital Mount-Sinaï, afin de montrer que *Lili ! International* veillait aussi bien sur la santé des enfants que sur la beauté de leurs mamans — idée dont on pourrait tirer profit dès maintenant, à l'occasion de la naissance du fils de Grant. Oui, décidément, la nouvelle dircom semblait partie pour faire des miracles.

Et pourtant, Lili se sentait un peu troublée. Corey Prescott lui donnait une impression bizarre, comme si elle cachait une menace quelconque — comme s'il y avait un aspect personnel à leur relation…

Lili eut soudain envie d'entendre la voix de Whit. Elle avait besoin d'être réconfortée par quelqu'un de solide, qui connaissait tous ses secrets.

Dans son répertoire, elle trouva son numéro à la Barbade, puis décrocha le combiné.

— Allô ? répondit une femme au bout de six sonneries.

— Je voudrais parler à Whitman Paley, je vous prie.

— Qui le demande ?

La femme avait un accent britannique. Et Lili détestait les accents britanniques.

— Une amie, répondit-elle froidement.

— Whit ne peut prendre le téléphone pour le moment, déclara calmement la femme. Si vous voulez bien le rappeler dans une heure…

« Sûrement pas, songea Lili en reposant le combiné. La prochaine fois, c'est lui qui essaiera de m'appeler. »

— … *Lili ! International* s'engage à protéger le bien-être des générations futures, tout comme je m'engage à protéger celui de mon petit-fils, John Carter Spaulding.

Dépitée, Corey regarda Lili embrasser le front du nouveau-né, puis toiser son auditoire avec des airs de madone. Elle semblait presque défier quiconque de contester ses allégations.

— Ainsi, poursuivit sa mère, la généreuse donation faite au service pédiatrique de l'hôpital sera effectuée au nom de John Carter Spaulding.

Corey souffrait tant de voir Lili Spaulding tenir son petit-fils entre ses bras qu'elle crut en mourir. Lili n'avait pas le droit de connaître un tel bonheur — d'autant que celui-ci était fondé sur le malheur d'une autre personne. C'est Millicent qui, à cette heure, aurait dû serrer un nourrisson contre sa poitrine et vivre sereinement avec son mari bien-aimé. C'est Millicent qui aurait dû féliciter sa fille adoptive d'avoir eu un si bel enfant.

Figée au fond de la salle, Corey regardait les photographes mitrailler la grand-mère la plus glamour du monde. Ses mains tremblaient convulsivement sous la force de la colère et du chagrin, et elle enfonça ses ongles dans ses paumes pour se maîtriser.

Lorsque Lili lui avait annoncé son intention de donner une conférence de presse au Mount-Sinaï, Corey avait tout d'abord eu peine à en croire ses oreilles. Profiter de la naissance de son petit-fils pour mettre son entreprise en valeur — elle ne manquait pas de culot ! Puis Corey s'était rendu compte que c'était justement cette faculté de tirer le maximum des événements de sa vie privée qui avait permis à Lili de mener une brillante carrière. En cela, sa mère et elle se ressemblaient. Corey n'avait-elle pas elle-même choisi la profession qu'elle exerçait à cause des blessures de son existence ? Son passé n'était-il pas le moteur de sa réussite ? Ce point commun la plongeait en même temps dans des abîmes de perplexité. Corey avait toujours préféré se dire que Lili et elle ne partageaient rien d'autre qu'une poignée de gènes et un physique avenant. Se pouvait-il qu'elle se fût trompée ?

La veille, Corey avait également pris conscience d'un autre fait important. Pour sa mère, *Lili ! International* n'était désormais qu'un outil, et non une fin en soi. La crèche, la conférence de presse, le raout photographique, tout cela n'avait qu'un seul objectif : aider Grant Spaulding à se faire élire. Corey mesurait à présent à sa juste valeur la relation presque passionnelle qui existait entre Lili et son beau-fils, et dont tous ses collègues lui avaient parlé.

— Ma propre belle-mère me casse déjà les pieds, lui avait confié Devon la veille, à la cafétéria. Alors, imaginez la Rose d'acier qui surgirait derrière votre épaule chaque fois que vous vous disputez avec le fils chéri. Quand son gamin sera né, Felicia ferait bien d'engager un goûteur pour ses repas, parce que ses jours à elle seront comptés.

Corey avait ri sur le moment, mais elle ne trouvait plus du tout cela drôle. Et pour cause : dans sa vie, dans son cœur, Lili n'avait de place pour personne d'autre que Grant Spaulding.

Voyant que Lili tournait ostensiblement les yeux vers la pendule murale, Corey traversa la salle de conférences et monta sur le podium.

— Mesdames, messieurs, nous vous remercions de votre attention, déclara-t-elle. Si vous désirez obtenir d'autres informations, n'hésitez pas à me joindre à mon bureau.

Elle avait à peine fini de parler que les portes s'ouvrirent sur Grant, qui entra d'un pas vigoureux dans la salle, tel un conquérant revenant auprès de sa famille après la bataille. Il posa un baiser sur la joue de Lili, puis il prit son fils dans ses bras, et tous trois posèrent encore un moment pour les photographes. Corey faillit partir d'un rire hystérique. Ne venait-il à l'idée de personne qu'il manquait quelqu'un dans ce tableau du bonheur familial ? Devon avait malheureusement vu juste : Felicia Weatherly Spaulding avait rempli sa part du contrat ; elle pouvait se faire oublier jusqu'au prochain heureux événement.

Le directeur de l'hôpital s'avança vers Corey, l'air très agité.

— Madame Prescott, nous avons immédiatement besoin de la salle pour la conférence de presse suivante.

— Oh ! Je suis désolée de ce contretemps, monsieur Sweeney. Je vais remédier à ce problème.

Cinq minutes plus tard, Corey se faisait happer par Lili et Grant dans le couloir.

— De quel droit osez-vous nous interrompre ? s'emporta Lili, furieuse. Dix minutes de plus, était-ce trop vous demander ?

— Oui, répliqua Corey avec fermeté. La Société américaine de lutte contre le cancer avait une conférence prévue à 11 heures. Quel genre de couverture médiatique espériez-vous obtenir, si vous les aviez retardés davantage ?

Lili haussa les épaules, puis tourna les talons et s'éloigna dans le couloir.

— Ne vous inquiétez pas, intervint Grant en posant une main sur l'épaule de Corey. Elle réagit toujours comme ça, quand elle sait qu'elle a tort.

La jeune femme saisit la main de Grant et l'obligea à la lâcher.

— J'aurais préféré qu'elle me présente ses excuses.

— Là, j'ai bien peur que vous en demandiez trop. Mais rassurez-vous, Corey : Lili sait que vous êtes la meilleure. Votre position dans notre compagnie est sauve.

« Fais preuve d'un peu de gratitude, songea Corey. Manifeste de l'humilité. Ça pourrait te servir par la suite. »

— Merci, répondit-elle du ton le plus sincère dont elle fût capable. Le poste que j'occupe chez *Lili !* compte beaucoup pour moi.

Grant se balança d'un pied sur l'autre. Une expression presque embarrassée se peignit sur son visage.

— Je suis heureux de vous l'entendre dire. Comme ça, je vais être moins gêné pour vous demander un service…

Corey fronça les sourcils. Grant Spaulding n'était pas le genre d'homme à manifester de la gêne devant quiconque. Il mijotait certainement quelque chose.

— Que voulez-vous me demander ?

— De… d'accepter un déjeuner en tête à tête.

— Allez donc déjeuner en tête à tête avec votre épouse, répliqua-t-elle. Vous vous souvenez d'elle ? La femme qui vient de donner naissance à votre fils.

— Oh ! lala ! s'exclama-t-il d'un air innocent. Vous tirez bien vite des conclusions.

Dégoûtée par tant d'hypocrisie, Corey voulut se diriger vers la sortie de l'hôpital. Mais Grant lui barra le passage.

— Si je vous invite, c'est juste pour parler affaires, déclara-t-il. J'ai besoin de vous pour organiser ma campagne.

— Je n'apprécie pas qu'on se fiche de moi.

Corey le contourna, poussa la porte du couloir et sortit dans l'atmosphère glaciale de cette journée d'hiver. Malheureusement, Grant lui emboîta le pas.

— Je suis désolé. Je me suis mal fait comprendre, insista-t-il en souriant.

Deux infirmières passèrent devant eux en leur jetant un regard étonné.

— Je vous dis que c'est uniquement pour affaires, reprit-il à voix basse.

Corey s'immobilisa et se retourna pour lui faire face. Elle s'apprêtait à se débarrasser de lui, lorsqu'elle aperçut Lili qui les observait à travers la porte vitrée du couloir, une expression mauvaise sur le visage. « Ne faites pas ça, semblait-elle dire. Tenez-vous à l'écart de mon fils. »

Corey changea immédiatement son fusil d'épaule : elle répondit à Grant par un éclatant sourire qui, se dit-elle avec espoir, ne manquerait pas de piquer au vif Lili Spaulding.

Lili sentit son ventre se nouer en regardant Grant et Corey Prescott s'éloigner ensemble dans la rue. Jadis, Carter avait eu tort de prétendre qu'elle ne voyait pas les défauts de Grant : elle ne les connaissait que trop bien. En revanche, si Carter considérait son fils comme irrécupérable, elle avait toujours eu la conviction qu'un jour il se distinguerait, à leur grande fierté.

Elle avait eu raison. Depuis quelques mois, Grant avait beaucoup changé. Il s'était transformé en honnête père de famille, au meilleur sens du terme. Pendant la grossesse de sa femme, il s'était montré extrêmement dévoué envers Felicia, accédant à ses moindres désirs — allant même jusqu'à l'accompagner à Rhode Island pour rendre visite à son abominable famille. Et personne ne pouvait nier la joie qui l'habitait depuis la naissance de son fils John Carter.

Par ailleurs, Lili avait de merveilleuses nouvelles à annoncer à Grant. Des nouvelles qui donneraient un coup de pouce à sa carrière politique : les autorités sanitaires avaient signé leur accord pour le développement de Night-Way, leur nouvelle crème de nuit. Lili ne voyait aucune raison de ne pas lancer le produit dès que possible.

Elle avait donc ordonné — en grand secret — à ses ingénieurs de l'usine de Somerset de sortir un lot d'essai très rapidement, afin de lancer la machine médiatique dès les prochaines fêtes. Si tout se passait comme prévu, Lili prévoyait de faire coïncider le lancement définitif de Night-Way avec les primaires de Grant. Le matraquage publicitaire l'aiderait sans aucun doute à obtenir la nomination aux primaires dans sa circonscription.

Lili inspira profondément pour se ressaisir. Grant n'était pas assez stupide pour compromettre son avenir politique en s'acoquinant avec la nouvelle dircom. Même un homme aveuglé par ses hormones savait identifier les dangers qui le menaçaient — et en tenir compte. Corey Prescott, en outre, ne manquait pas de jugeote ; elle avait probablement saisi les intentions de Grant dès leur première entrevue, et elle saurait certainement l'éloigner d'elle si les circonstances l'exigeaient.

Enfin… il fallait l'espérer…

Lili se détourna de la porte vitrée. Soudain, elle sentait tout le poids de ses quarante-neuf années lui peser sur les épaules.

Corey avala une bouchée de blinis au caviar.

— Avouez, déclara Grant, que je ne suis pas aussi mauvais garçon que vous le pensiez.

Elle lui retourna un sourire prudent.

— Vous ne pouviez être aussi mauvais que je l'envisageais, en effet.

— Je suis franc. Ce que je veux, je n'hésite pas à le demander.

— Moi aussi je suis franche, répliqua-t-elle. Et je n'ai pas changé d'avis. Je refuse de coucher avec vous.

— Pour le moment… Mais vous faiblissez.

Devant cette déclaration outrancière, Corey ne put s'empêcher de rire. « Et s'il interprète ma réaction comme de l'intérêt envers lui, songea-t-elle, eh bien tant mieux pour moi. »

— Quelqu'un vous a-t-il déjà fait remarquer que vous aviez un ego démesuré ?

Grant lui jeta un de ces regards ravageurs dont il avait le secret.

— Je suis un battant. Je gagne toujours. J'ai confiance en moi-même. Ça vous étonne ?

— Je dirais plutôt que ça m'agace.

— Vous ne mâchez pas vos mots. J'aime.

— Je me fiche pas mal que vous aimiez ou non. Les hommes arrogants ne m'intéressent pas.

Les yeux de Grant pétillèrent.

— Quel est votre genre d'homme, alors ?

Corey songea à Stephen Gold, et à la façon dont son visage taillé à la serpe s'adoucissait quand il regardait sa fille. « J'aime les hommes tendres, songea-t-elle en buvant une gorgée de thé. Mais ça, c'est un concept que vous ne comprendrez jamais. »

— J'aime les hommes qui savent ce qu'ils veulent, mentit-elle, et qui font ce qu'il faut pour l'obtenir.

— Je vous veux, déclara-t-il sans ambages, et je compte bien vous avoir.

Quand ils se séparèrent finalement devant la porte du Russian Tea Room, Corey avait compris une chose assez amusante : à part un déjeuner avec Grant Spaulding, le pire désagrément qui pût lui arriver, c'était un *dîner* en sa compagnie. Elle méritait un oscar pour avoir réussi à lui faire croire qu'il avait ses chances auprès d'elle.

— Vous retournez à l'hôpital ? demanda-t-elle avec malice en détournant la tête pour éviter qu'il ne lui fasse la bise.

Il la fixa un instant d'un air absent, puis se ressaisit.

— Absolument ! La naissance de John Carter est le plus bel événement de ma vie.

« Tu parles ! songea-t-elle en s'éloignant. Tout ce qui t'intéresse, c'est de poser avec lui devant les photographes. »

Il était un peu plus de 14 h 30 lorsqu'elle sortit de l'ascenseur au cinquième étage du siège de *Lili ! International*. La porte du bureau de Stephen Gold était entrouverte. A l'intérieur, on entendait le crissement d'un stylo sur une feuille de papier. Corey s'immobilisa. Elle avait décidé que sa vie serait beaucoup plus simple si elle évitait désormais de fréquenter Stephen et Jessie. Ni le père ni la fille n'avaient besoin des tracas qu'elle apporterait inévitablement dans leur existence s'ils continuaient à se voir. Le hic, c'était qu'elle-même éprouvait une envie presque douloureuse de passer du temps avec eux.

« Alors qu'est-ce que tu vas faire, ma petite ? se demanda-t-elle. Entrer dans son bureau et lui dire adieu pour toujours ? » Ce pauvre homme prendrait ses jambes à son cou, s'il découvrait à quel point elle pouvait se montrer pathétique. Non, décidément, il valait bien mieux qu'elle continue de jouer la fille désinvolte et joyeuse. Ainsi, il ne verrait pas à quel point l'existence qu'elle menait était triste et misérable.

Elle frappa à la porte de Stephen, puis, n'obtenant aucune réponse, poussa le battant. Son collègue était penché sur un volumineux dossier. Il ne réagit même pas lorsqu'elle s'assit tout près de lui, au bord de la table.

— Désolée de ne pas être arrivée à l'heure pour le café, ce matin. J'ai été retenue à l'hôpital.

— Pas grave, marmonna-t-il sans relever les yeux.

— Comment va Jessie ?

Il fit pivoter sa chaise face à l'écran de son ordinateur, de telle façon qu'il lui tournait à présent le dos.

— Très bien.

— Très bien ? C'est tout ?

— Je suis débordé, Prescott. On peut remettre ce bla-bla à plus tard ?

Corey haussa un sourcil. Manifestement, M. Gold était de mauvaise humeur.

— J'essayais juste de vous faire la conversation, dit-elle d'un ton désinvolte.

— Gardez-la pour votre copain Spaulding.

— Pardon ? Répétez un peu ça !

Stephen fit de nouveau pivoter la chaise et soutint son regard.

— Vous avez très bien entendu. J'ai dit : « Gardez ça pour Spaulding. »

— Qu'est-ce que vous voulez dire ?

— Vous le savez très bien, Corey. Vous avez pactisé avec l'ennemi.

Elle émit un sifflement stupéfait.

— Eh bien ! Je suis très impressionnée. Le téléphone arabe fonctionne parfaitement bien, dans cette maison.

— Un conseil : si vous voulez jouer la carte de l'anonymat, n'allez pas au Russian Tea Room.

— Vous y étiez aussi ? Je ne vous ai pas vu.

— J'étais dans la librairie en face. Je vous ai vue y entrer avec votre chevalier.

— Ce n'est pas ce que vous croyez, Stephen.

— Vous ne savez pas ce que je crois.

— Je ne couche pas avec lui.

— Pas encore.

— Cessez de m'insulter.

— Vous êtes appâtée. Encore un déjeuner, peut-être un dîner, et hop !

— Allez vous faire voir ! répliqua-t-elle avec colère en se dirigeant vers la porte.

Calme-toi, Corey. N'est-ce pas exactement ce que tu veux que tout le monde croie ? N'as-tu pas toi-même choisi de te montrer en public avec Spaulding ?

— Eh ! Attendez ! s'écria Stephen.

Elle s'immobilisa sur le seuil, puis se tourna lentement vers lui.

— Je suis désolé, reprit-il. Cette histoire ne me regarde pas, après tout.

— Vous avez toutes les raisons d'être désolé, en effet.

— C'est juste que… ce type me sort par les trous de nez.

— J'avais cru le comprendre, répondit-elle dans un demi-sourire. Enfin ! Je voulais vous proposer d'aller à la patinoire samedi avec Jessie, mais je crois que j'ai changé d'avis.

— Je suppose que Grant sera obligé de passer la journée avec sa femme et son gosse, répliqua Stephen d'un ton ironique.

Leurs regards se rivèrent l'un sur l'autre. Corey soupira.

— Bien que ça ne vous regarde pas, Grant Spaulding se présente à la Chambre des représentants l'année prochaine, et il voulait me proposer de l'aider à organiser sa campagne.

« En temps qu'experte en communication, et non en tant que maîtresse », faillit-elle ajouter.

— Qu'avez-vous répondu ? demanda-t-il.

— Que j'y réfléchirais.

Stephen leva les yeux au plafond.

— Ce crétin serait bien capable de se faire élire !

— Vous vous trompez. Il est loin d'être stupide.

— Combien de vodkas avez-vous bues, Corey ? Grant Spaulding a le cerveau au point mort.

— Désolée de vous décevoir, mais il n'est pas idiot.

— Il ne lui a pas fallu bien longtemps pour vous mettre dans sa poche.

— Sous-estimez-le si vous voulez, mais à vos risques et périls, Stephen. Moi, je préfère ne pas avoir cet homme comme ennemi.

— Et comme amant ?

— Que croyez-vous ?

— Je crois que vous valez mille fois mieux que lui, Corey, et que vous devriez cesser ce jeu pendant qu'il est encore temps.

Curieusement, cette remarque teintée de sollicitude réjouit beaucoup Corey. Son cœur se mit à battre plus fort, et elle sentit ses joues s'empourprer.

— Ne vous inquiétez pas, murmura-t-elle. Je ne ferai rien d'inconsidéré.

Stephen hocha la tête, comme s'il lui témoignait ainsi sa confiance. Corey sourit. Elle le connaissait à peine, et pourtant elle avait le sentiment d'avoir compris tout ce qu'il y avait d'important à savoir à son sujet.

— Et cette invitation à la patinoire ? demanda-t-il. Ça tient toujours ?

Corey sentit son cœur bondir dans sa poitrine.

— Pour Jessie, oui, répondit-elle d'un air taquin.

— Jessie et moi formons un duo. On ne peut avoir l'un sans l'autre.

— Alors je suppose que je devrai tolérer votre présence.

Il sourit.

— Samedi matin ?

— Entendu.

— Vous vous rendez compte que cette sortie vous mettra en deuxième place, après Barbie, dans le cœur de Jess ?

— Elle aussi, elle est en bonne place dans mon cœur, répondit-elle.

Corey sortit aussitôt du bureau de Stephen — avant d'ajouter qu'il en allait de même pour lui.

Grant fut de retour à son bureau à 4 heures. Un déjeuner au Russian Tea Room avait invariablement de bons résultats. Il y rencontrait toujours au moins quelques membres de la vieille garde, des hommes et des femmes qui conservaient un souvenir affectueux de Carter et qui soutiendraient probablement la candidature du fils par loyauté. Grant ne comprenait guère ce concept, mais il n'hésitait pas à l'exploiter quand l'occasion s'en présentait.

Et puis, il y avait Corey Prescott. Ce genre de femme, il le connaissait par cœur. Elle jouerait la difficile jusqu'à ce qu'elle ait besoin de son aide en quelque domaine, et alors les tables tourneraient. Grant ne voyait aucun inconvénient à patienter sur ce mode de relation. D'une façon ou d'une autre, il coucherait avec elle. Cela prendrait peut-être un moment, mais il avait la conviction qu'elle valait le coup d'attendre. Ce petit corps nerveux et ce visage de poupée auraient mérité un poster dans *Playboy*, une de ces images bien léchées qui inspiraient plus d'un rêve érotique aux adolescents. Quant à sa bouche… hmm, elle donnait envie à Grant de…

Sa bouche ! Voilà ce qui l'intriguait depuis le début ! Corey était une femme magnifique, il n'y avait pas à revenir là-dessus, mais dans son visage, il y avait quelque chose qui clochait — un petit détail que Grant n'avait pas réussi à identifier jusqu'à ce jour : sa bouche était très légèrement déséquilibrée, comme si un fil invisible en tirait le coin gauche vers le haut. A présent, il se rappelait aussi qu'à un moment donné, alors qu'elle repoussait ses cheveux en arrière, il avait eu l'impression d'apercevoir la trace d'une cicatrice de scalpel juste au-dessous de son oreille. Corey était trop jeune pour un lifting, mais qui sait ? Aujourd'hui, les femmes ne reculaient devant rien pour plaire ; elles allaient même jusqu'à se faire gonfler les seins et amincir les cuisses. Quelques coups de ciseaux dans le visage ne devaient étonner personne !

« Peu importe, songea Grant en se renversant contre le dossier de son fauteuil. Je tirerai bientôt ça au clair. » Du moment que Corey servait correctement les intérêts de la famille Spaulding, il se fichait bien qu'elle se soit entièrement fait redessiner la frimousse.

— Monsieur Spaulding ? J'aurais besoin de vous parler quelques minutes, si vous permettez.

Grant leva les yeux vers la porte. Frank DeVito, le chimiste responsable du projet Night-Way, se tenait sur le seuil de son bureau, vêtu d'une blouse blanche. Il arborait son expression habituelle de chien battu.

Avec un soupir intérieur, Grant lui fit signe d'entrer. DeVito referma la porte derrière lui, puis traversa la pièce à grands pas. « Ah, ah, songea Grant en lui décochant un sourire amical. Monsieur veut montrer qu'il a de la détermination à revendre ? On va voir combien de temps ça peut durer, ce beau courage. »

— Je suis content de vous revoir, Frank, dit-il d'un ton plaisant en lui désignant une chaise. Qu'est-ce que je peux faire pour vous ?

— Je veux relancer une série d'essais sur la CG-47, déclara Frank sans préambule. Je suis plus convaincu que jamais que cette molécule va nous mener à la catastrophe.

Encore cette histoire à la noix ! Grant réprima quelques injures bien senties. Il ne devait surtout pas se mettre en colère. D'ailleurs, s'il voulait décrocher son siège à la Chambre des représentants, il fallait absolument qu'il apprenne à maîtriser ses réactions.

— Nous avons déjà eu cette discussion, Frank, répliqua-t-il poliment, mais avec fermeté. La CG-47 a satisfait à tous les critères des essais en labo.

— Ça ne suffit pas.

— Ça ne suffit pas ?

Grant haussa un sourcil aristocratique. Il savait que c'était un sourcil aristocratique, parce que son conseiller en communication le lui avait dit.

— Les autorités sanitaires, elles, pensent que ça suffit amplement, au contraire.

— Aujourd'hui, les procédures conventionnelles sont dépassées. Etant donné les dernières découvertes en génie génétique, je pense qu'il est nécessaire de retarder le projet et d'engager une nouvelle série d'essais.

— Nous nous sommes conformés à chacune des règles imposées par les autorités sanitaires. Je ne vois aucune raison de remettre cette question sur le tapis.

Ils avaient déjà dépensé bien assez d'argent pour la recherche et le développement de Night-Way. Grant refusait d'y allouer un sou de plus. D'autant que sa campagne approchait et qu'il aurait bientôt besoin de liquidités.

Frank posa brusquement une liasse de documents sur la table et les poussa vers Grant.

— Lisez ceci, et vous trouverez peut-être la raison qui vous manque.

Grant savait que DeVito avait perdu l'un de ses enfants à la naissance, à cause d'une malformation génétique. Il soutint le regard du chimiste.

— Ne croyez-vous pas que vous laissez vos sentiments personnels altérer votre jugement ? demanda-t-il posément.

DeVito s'empourpra.

— Votre fils est en bonne santé, monsieur Spaulding. Vous pouvez être heureux.

« Touché », songea Grant avec plaisir. DeVito s'effondrait sous ses yeux comme un pantin désarticulé.

— Laissez tomber cette histoire, répliqua-t-il d'un ton péremptoire. Je vous conseille de vous atteler à votre prochain projet, sinon je trouverai quelqu'un pour poursuivre le boulot à votre place.

— C'est très important ! s'exclama DeVito en se levant. Vous n'avez pas le droit de vous foutre de moi de cette façon !

Grant se leva à son tour, dominant d'une bonne tête l'homme vieillissant qui lui faisait face.

— Un scientifique tel que vous devrait s'exprimer de façon plus prudente, me semble-t-il. Je ne me fous pas de vous, DeVito. Je vous dis simplement de vous en tenir au programme tel qu'il a été établi, ou de trouver un nouvel employeur.

DeVito tourna les talons et sortit du bureau comme une furie.

— Bon débarras, marmonna Grant pour lui-même.

Il décrocha aussitôt le téléphone pour appeler Dan Jarreau.

— La tempête approche, dit-il dès qu'ils furent en ligne. Une grosse tempête.

— Après la pluie, le beau temps, répondit Jarreau lorsque Grant lui eut raconté son entrevue avec DeVito. Ne vous faites pas de souci. Je vais régler cette affaire proprement.

30.

— Vous savez ce que je viens d'apprendre, chef ? demanda Devon en faisant irruption dans le bureau de Lili. On raconte que la nouvelle dircom et votre fils déjeunent ensemble.

Lili posa d'un geste brutal sa tasse de thé sur la soucoupe.

— Quoi ?

— C'est la vérité. Il paraît même qu'ils ont l'air de drôlement se plaire.

Lili soupira.

— Les gens n'ont-ils rien de mieux à faire que de colporter des ragots ?

— Ne vous mettez pas en rogne, chef. J'ai pensé qu'il valait mieux vous tenir au courant des rumeurs du jour.

— Je ne suis pas en rogne, répliqua Lili. Je suis simplement révoltée.

— Bah ! Vous vous en remettrez.

Devon se pencha légèrement en avant, et reprit à voix basse :

— Alors, dites-moi tout. Ils sont ensemble, ou pas ?

Lili eut un rire nerveux.

— Primo, Corey Prescott est notre nouvelle dircom, pas une midinette lancée à la poursuite de mon fils. Secundo, Grant et Felicia sont suprêmement heureux. Avec ça, tout est dit.

Devon fit la moue.

— Après dix-huit ans, personne n'est jamais suprêmement heureux, chef.

— Mon fils et son épouse, si ! Ils ont un magnifique bébé, une superbe maison, et ils s'aiment comme des tourtereaux. Transmettez ça à toutes les commères de la compagnie, la prochaine fois que vous descendrez à la cafétéria.

Lili congédia son assistante d'un geste de la main. Cette discussion l'avait exaspérée. Devon avait évoqué *la* chose dont elle ne voulait pas entendre parler. Grant fricotait donc avec Corey Prescott ? Ah, c'était insupportable ! Grant était bien le fils de son père. Plus Corey lui résisterait — à supposer qu'elle eût effectivement refusé ses avances —, plus Grant mettrait d'énergie à la faire changer d'avis. Cette énergie, pourtant, il devait absolument la consacrer à des objectifs plus importants.

Elle se leva, s'approcha de la fenêtre et observa un moment la circulation dans l'avenue. Le cours de gestion de crise qu'elle avait suivi autrefois à l'université de Las Vegas n'avait jamais manqué de l'aider à trouver une solution à ses problèmes. Mais cette fois, elle ne voyait aucun moyen de se sortir du pétrin. Grant venait tout juste de devenir père. Elle ne pouvait se permettre de brandir sa baguette magique pour l'envoyer en Europe ou au Japon. Et puis, s'il disparaissait maintenant de la scène publique, tous leurs projets politiques tomberaient à l'eau.

En revanche, rien ne s'opposait à ce que Corey Prescott quitte la ville…

Oui, c'était une excellente idée ! Depuis quelques années, Lili accomplissait un long voyage avant les fêtes de Noël pour visiter toutes les succursales de la compagnie. Elle en profitait pour prononcer quelques discours bien sentis, distribuer en main propre les primes de fin d'année à ses employés, et, d'une façon générale, mettre du baume au cœur de ses troupes.

Elle retourna s'asseoir à sa table de travail et consulta son agenda. La tournée commençait le lundi 4 décembre. D'abord Chicago, puis Miami, etc.

Un sourire triomphant étira ses lèvres. Sa décision était prise. Entre le 4 et le 22 décembre, le voyage comptait au moins dix-huit étapes dans dix-huit villes. Ensuite, tous les employés de *Lili ! International* se trouvaient en congé jusqu'après le nouvel an.

Proximité et tentation allaient de pair. En ordonnant à Corey Prescott de l'accompagner en voyage, elle empêcherait Grant de poursuivre la jeune femme de ses assiduités. C'était la solution idéale. En plus, les associations de défense des animaux lui avaient posé cette année pas mal de problèmes : il serait utile que sa nouvelle dircom se trouve à son côté pour arrondir les angles en cas de pépin.

L'idée de passer tant de temps en compagnie de Lili était insupportable à Corey. Elle aurait voulu s'opposer à ce projet, prétextant que sa charge de travail considérable lui imposait de rester à Manhattan, mais elle eut tôt fait de se rendre compte que sa mère avait pris une décision irrévocable. Or, pour le moment, il valait mieux ne pas entrer en conflit avec elle.

« La limousine passera vous chercher à votre appartement lundi matin à 7 heures, disait la note de Lili. Faites vos bagages pour deux nuits seulement, car nous repasserons à New York mercredi. »

Chicago. Miami. Indianapolis. Minneapolis. Et ça n'était qu'un début ! Le programme de leur voyage était plus lourd que celui du débarquement en Normandie.

Dans la soirée de vendredi, Corey travailla jusqu'à minuit passé à son bureau. Elle songea vaguement à annuler son rendez-vous avec Stephen et Jessie, puis décida qu'en dépit de sa fatigue, elle tenait à aller avec eux à la patinoire. Elle avait très envie de ce moment de détente en leur compagnie.

Samedi matin, donc, elle se vêtit d'un jean et d'un pull large, puis descendit dans le hall de l'immeuble, ses patins à glace sur son épaule, l'air désinvolte, comme si elle attendait tous les jours de la semaine qu'on vienne l'emmener à la patinoire

— Corey !

Jessie se précipita vers elle comme une fusée et s'accrocha à sa jambe de ses petits bras, la serrant très fort.

— Salut, ma jolie, dit Corey en lui tapotant maladroitement l'épaule. Je suis bien contente de te revoir.

— Papa prétend que je dois porter une parka, dit Jessie. Mais les vrais patineurs ne portent pas de parka, hein ?

— Ton père a raison, affirma Corey. Sur la glace, il fait très froid. Tu ne regretteras pas d'avoir ta parka, crois-moi.

Ce vêtement lui servirait en outre d'amortisseur en cas de chute.

— Vous avez vos propres patins ? demanda Stephen d'un air un peu inquiet.

— Pas vous ?

Stephen sourit à sa fille.

— Je crois qu'on est dans la mouise, Jess.

La fillette fronça les sourcils.

— Qu'est-ce que ça veut dire ?

— Ton papa a peur que je lui en fasse voir de toutes les couleurs sur la glace, expliqua Corey en riant.

Lorsqu'ils arrivèrent à la patinoire en plein air, une multitude d'enfants et d'adultes sillonnaient déjà la piste en y effectuant des tracés plus ou moins savants. Aux rires se mêlaient la musique de Noël diffusée par les haut-parleurs et le bruit des Klaxon des voitures. Cette ambiance typiquement urbaine faisait à Corey l'effet d'une décharge d'adrénaline.

— J'adore cet endroit, annonça-t-elle tandis qu'ils faisaient la queue pour louer des patins. Je n'arrive pas à croire que vous ne soyez jamais venu patiner avec Jessie.

— Je vais vous révéler un grand secret, répondit Stephen. Je n'ai jamais emmené Jessie patiner nulle part.

— Vous voulez dire que vous ne savez vraiment pas patiner ?

Stephen jeta un coup d'œil vers sa fille, qui était en train de se choisir une paire de patins rose électrique.

— Exactement.

Il éclata de rire.

— Eh ! s'exclama-t-il. Vous me regardez comme si j'arrivais droit de la planète Mars.

— Là d'où je viens, seuls les martiens ne savent pas patiner.

— Et où est-ce que ça se trouve, cet endroit ?

— A Cincinnati. Et vous, d'où venez-vous ?

— De New York. J'y suis né, j'y ai grandi, j'y vis. La totale.

— J'ai du mal à imaginer qu'on puisse être né à New York.

Stephen rit de nouveau, avant d'expliquer à Corey le parcours obligé de tous les gosses de cette ville : les matchs de base-ball au Yankee Stadium, les attractions de Coney Island, le défilé de Thanksgiving, les cinémas — toutes sortes de plaisirs auxquels elle-même n'avait pas eu droit parce qu'elle vivait en marge des enfants de son âge.

— Corey, vous me regardez de nouveau comme un martien, observa-t-il finalement.

— Sauf que cette fois, c'est moi le martien, répondit-elle. Mon enfance a été… bien différente.

Jessie tira tout à coup sur sa manche. Son visage rayonnait de bonheur et d'enthousiasme. Corey doutait d'avoir jamais, de toute sa vie, regardé quiconque avec tant de confiance et de joie dans le regard.

La fillette avait maintenant un million de questions à lui poser au sujet de la patinoire, des patineurs, et tout le tralala. Corey lui répondit volontiers, mais finit par caler quand il fallut décrire le fonctionnement de la machine qui servait à entretenir la glace.

— A l'aide, Stephen ! murmura-t-elle. C'est vous le parent, ici.

— Là, je n'y peux rien. Même les parents sont parfois à court de réponse.

Leurs regards se croisèrent par-dessus la tête de Jessie et, pendant quelques instants, Corey eut l'impression d'entrevoir un avenir heureux. Malheureusement, c'était un avenir qui lui était d'avance interdit, même si elle voulait y croire de toutes ses forces.

Jessie posa avec maladresse un pied sur la glace, puis l'autre, en se retenant à la rambarde. Et tout à coup, à la plus complète surprise de Stephen, elle se mit à patiner. Pas très gracieusement, ni très vite, mais elle se tenait bien droit, avançait — et il se sentit si fier d'elle qu'il eut envie de crier sa joie au monde entier. Sa fille abordait le patinage comme elle abordait la vie en général : sans frein ni complexe.

Pour sa part, eh bien… il agrippait la barrière de toutes ses forces et n'avait nullement l'intention de la lâcher.

Au bout de quelques minutes, Corey arriva en souplesse jusqu'à lui.

— Où est Jess ? demanda-t-il en essayant de prendre une position désinvolte contre la rambarde.

— Elle patine avec un des moniteurs.

Corey exécuta une charmante pirouette.

— Je crois qu'elle est amoureuse, ajouta-t-elle.

— Super, marmonna Stephen. Peut-être qu'il lui paiera ses études à la fac.

— Vous comptez rester accroché là toute la journée ?

— Hmm… peut-être bien.

Elle lui tendit la main.

— Venez. C'est aussi facile que de marcher.

— Je ne suis pas né d'hier. Pas la peine d'essayer de me convaincre avec des arguments loufoques.

Corey désigna Jessie, qui filait maintenant à toute allure sur la glace en compagnie du moniteur.

— Votre fille de six ans s'en sort à merveille… elle !

— C'est parce qu'elle ne risque pas de tomber d'aussi haut que moi. D'où je suis, la vue est beaucoup plus effrayante.

— Trouillard, le taquina Corey.

— Vous auriez de gros ennuis, jeune femme, si je pouvais vous attraper.

— Vous pourriez m'attraper, si vous n'étiez pas si trouillard.

Stephen songea qu'il ne pouvait se laisser ainsi piquer au vif dans son amour-propre.

— D'accord. Vous l'aurez voulu !

Il lâcha la rambarde. Et ne tomba pas. Peut-être les miracles existaient-ils, après tout…

— Vous voyez ? ironisa-t-elle. Ce n'est pas si difficile.

— Pour le moment, je ne fais que tenir debout. Je n'ai pas encore essayé de me déplacer.

— Souvenez-vous de ce que j'ai expliqué à Jessie : un pied devant l'autre, le nargua Corey.

— Pour vous, c'est facile à dire. Vous êtes née avec ces trucs aux pieds.

— Je crois que si vous avez réussi à soutenir une thèse universitaire, vous pouvez réussir à patiner.

Stephen haussa les épaules et tenta de faire un pas en direction de Corey. Son pied droit se déroba sous lui : il tomba brutalement sur les fesses.

— Ma thèse m'a semblé moins difficile ! pesta-t-il en essayant de se remettre debout. Comment je fais, maintenant ?

— Donnez-moi la main. Je vais vous aider.

Un instant plus tard, Stephen était étendu de tout son long sur le dos, la poitrine délicieusement comprimée sous le poids de Corey, qui avait chuté à son tour. Son parfum épicé et fleuri lui submergea les sens. Peut-être l'apprentissage du patinage n'était-il pas une si mauvaise idée, après tout…

— Vous n'y mettez pas du vôtre, murmura-t-elle, une moue espiègle sur les lèvres.

Son souffle sentait la menthe.

— Mais si ! Je me défonce…

— Pour me faire tomber, l'interrompit-elle en lui plantant un doigt dans les côtes.

Stephen gloussa.

— D'accord. Je l'avoue. Je vous ai peut-être fait tomber.

L'expression de Corey devint plus tendre.

— Peut-être ? C'est tout ?

Sa chevelure soyeuse effleurait à présent la joue de Stephen. Il leva une main et lui caressa les lèvres du bout des doigts. Elle écarquilla les yeux, mais n'esquissa pas un geste pour l'en empêcher.

Il se perdit dans la contemplation de son beau visage. Et tout à coup, il se rendit compte qu'il éprouvait une envie folle de l'embrasser.

— Stephen, chuchota-t-elle d'une voix douce, comme si elle devinait ses pensées. Laissez-moi me relever avant que nous nous fassions écraser.

Il cligna des yeux, prenant soudain conscience de ce qui l'entourait. Des lames d'acier semblaient fuser de toutes parts autour de lui — tout près de son visage.

Corey se leva avec grâce et souplesse, tandis qu'il rampait jusqu'à la rambarde comme un crabe handicapé. Il se remit debout péniblement.

— Restez ici, ordonna-t-elle. Je vais voir ce que devient Jessie.

— Ne vous tracassez pas. Je ne risque pas de disparaître.

Il s'adossa à la rambarde d'un air nonchalant — en fait, il s'agrippait de toutes ses forces à la paroi métallique.

Elle s'éloigna et rattrapa Jessie à l'autre bout de la patinoire. Stephen sourit. Sa fille était l'image même du bonheur. Et finalement, il se fichait bien d'avoir eu l'air ridicule. Sa fille paraissait si heureuse avec Corey.

Corey, qu'il avait failli embrasser tout à l'heure...

« Il y a un truc qui m'échappe », songea-t-il en secouant la tête. Il avait vu Corey jeter des regards brûlants à Grant Spaulding, il l'avait vue s'adresser à Lili Spaulding comme personne n'osait d'ordinaire parler devant la Rose d'acier. Au travail, Corey changeait de personnalité ; elle était plus froide, plus calculatrice, plus dirigiste. Et tout cela le troublait profondément. Hillary, son ex-femme, avait elle aussi cette capacité à se « compartimenter », et il n'avait jamais été très sûr de savoir à quelle femme il avait affaire à tel ou tel moment.

Stephen aurait aimé se dire que Corey, la femme qui patinait devant lui, les joues rougies de plaisir et le sourire aux lèvres, était bien celle qu'elle paraissait être. Mais un fond de cynisme lui soufflait que les gens étaient rarement ce dont ils avaient l'air. Dommage, à ce titre, que Jessie ne s'en rende pas compte. Car l'expression qui illuminait le visage de sa fille confirmait ses pires craintes : la petite adorait Corey.

Enfin… elle n'était pas la seule. Cette femme avait réussi à le séduire, lui, en un temps record, et il ne savait vraiment pas comment faire pour protéger son cœur et celui de sa fille.

Corey regrettait presque de n'avoir pas laissé Stephen l'embrasser. Leur baiser non ébauché s'était révélé plus troublant, plus provocateur, plus excitant qu'aucun baiser réel n'aurait pu l'être.

Ce qui, bien entendu, le rendait infiniment plus dangereux.

La matinée s'écoula dans une sorte de brume des sens douce, paisible. Corey avait l'impression que sa vie avait pris un détour imprévu et bienfaisant. Et elle savourait d'autant mieux ces moments qu'elle les savait condamnés à ne pas durer.

Vers midi, ils allèrent déjeuner au Serendipity, un restaurant familial. Le genre d'endroit que Corey n'avait jamais fréquenté. Elle avait l'impression d'être une extraterrestre tout juste débarquée sur une planète merveilleuse et étrange dont elle n'avait jamais soupçonné l'existence.

— Votre fille adorera notre chocolat chaud, lui annonça la serveuse. Dedans, il y a des tas de marshmallows.

Corey s'empourpra.

— Ce… ce n'est pas ma fille, balbutia-t-elle. C'est ma… copine

— Peu importe, renchérit la serveuse en haussant les épaules. Le chocolat chaud est quand même super.

Corey hocha faiblement la tête. Percevant son trouble, Stephen prit l'initiative d'en commander trois tasses, avec tout plein de marshmallows.

Corey plongea le nez dans le menu. *Tu crois vraiment que tu pourras vaincre Lili Spaulding, alors que tu n'es même pas capable de tenir le coup dans une situation pareille ?* En fait, elle n'était plus sûre de rien. Elle avait depuis quelque temps l'impression de vivre sur les nerfs. Il arrivait que ses émotions échappent complètement à son contrôle.

Il n'y avait qu'à voir, par exemple, sa réaction stupide devant la serveuse. Quelle importance, après tout, si on la prenait pour la mère de Jessie ? On l'avait déjà confondue cent fois avec des épouses, des amies et des sœurs. Jamais, d'ordinaire, cette erreur ne lui faisait battre le cœur à tout rompre et rougir comme une pivoine.

Corey n'avait nullement l'intention d'avoir un bébé. L'intense désir de maternité qu'éprouvaient tant de femmes aujourd'hui ne l'avait jamais titillée. La raison en était d'une triste simplicité : l'enfant parfait que tout le monde adorait risquait de devenir un jour ou l'autre un enfant imparfait dont personne ne voudrait plus.

Il n'empêchait qu'elle s'était déjà prise d'affection pour la petite Jessie. Cette fillette avait quelque chose de spécial qui l'émouvait profondément. Toutes deux avaient été abandonnées par leurs mères, et Corey comprenait mieux que quiconque la solitude, le désarroi et la tristesse qu'avait dû connaître Jessie. Elle ne doutait pas que Stephen fût un père formidable, mais tout l'amour paternel du monde ne comblerait jamais, dans le cœur de Jessie, le vide qu'avait laissé l'absence de sa mère.

Corey, elle, avait passé la plus grande partie de sa vie à essayer de remplir ce vide. Et elle avait lamentablement échoué. Ses frasques sentimentales, en ce printemps fatidique qui avait précédé son entrée à l'université, n'avaient été que le début d'une longue chaîne de bêtises dont son mariage malheureux avec Henry Prescott s'était révélé le point culminant. En outre, elle avait confondu tant de fois le sexe et l'amour qu'elle avait fini par renoncer aux deux.

N'empêche, il y avait encore des moments, comme ce matin, où elle regrettait de ne plus croire aux histoires qui se terminent bien.

Quand la serveuse eut apporté leurs chocolats chauds, ils commandèrent des hamburgers. Corey s'apprêtait à évoquer le plaisir qu'elle avait éprouvé à la patinoire, lorsque Jessie, pointant un doigt vers son visage, lui demanda :

— Pourquoi tu fais ça ?

— Pourquoi je fais quoi, ma chérie ?

— Pourquoi tu souris comme ça ?

Jessie tordit un peu la bouche du côté droit, produisant ainsi une imitation frappante du sourire de Corey.

— On dirait que quelqu'un tire sur le bout de tes lèvres, reprit Jessie, et…

— Arrête, Jess ! l'interrompit Stephen d'un ton ferme. Qu'est-ce que je t'ai déjà dit, à propos de ce genre de questions ?

— Mais, papa…

— Ce n'est pas grave, Stephen, intervint Corey en tournant son regard vers Jessie. Il y a très longtemps, j'ai eu un accident, ma chérie. Les médecins m'ont raccommodée, mais le coin droit de ma bouche ne fonctionne pas tout à fait comme l'autre.

Jessie hocha doctement la tête.

— La grand-mère de Maria Cangelosi a des nouvelles dents, expliqua-t-elle. Et maintenant, elle arrive à parler sans faire des bruits horribles comme avant.

Elle reporta son attention sur son chocolat chaud aux marshmallows.

— Ne lui en voulez pas, dit Corey à Stephen. C'est normal qu'elle pose des questions.

— Un jour, elle a demandé à notre femme de ménage si elle mettait des coussins autour de ses hanches.

Corey éclata de rire.

— Je crois que c'est ce qu'on appelle la merveilleuse franchise des enfants.

— Ouais. Une franchise qui peut attirer de sacrés ennuis à leurs parents.

Il tourna sa cuiller dans sa tasse, baissant les yeux.

— J'aime bien votre sourire, moi.

— Il est loin d'être parfait.

« Et il me rappelle trop souvent les vieilles angoisses qui refusent de me quitter », ajouta-t-elle en pensée.

— Peut-être qu'il n'est pas parfait, renchérit Stephen, mais c'est le vôtre et je l'aime quand même.

Corey ne sut que répondre à ce compliment. Jamais elle n'avait envisagé que quiconque, à part Millicent et Jack, puisse l'aimer en dépit de ses imperfections. Cette idée la terrifiait autant qu'elle la charmait, et ce mélange d'émotions lui donnait le tournis. Elle éprouvait aussi une immense joie. Son cœur semblait soudain battre sur un rythme nouveau, plus profond, plus intense, plus *vivant*, comme si les mots de Stephen y résonnaient indéfiniment.

Marche arrière, Corey ! Tu ne le mérites pas.

Jessie en connaissait plus sur l'amour et les rapports familiaux que Corey n'en avait appris de toute son existence. Harvard lui avait enseigné comment gravir les échelons de la réussite sociale, mais pas comment aimer. Et, tout à coup, Corey en éprouva une honte terrible.

L'espace d'un instant, Stephen crut qu'il avait réussi à ouvrir une brèche dans le mur qui cernait le cœur de Corey Prescott. Mais il se trompait : l'éclair de vulnérabilité qu'il avait distingué derrière la façade sophistiquée de la jeune femme eut tôt fait de disparaître. Finalement, il en vint à se demander s'il n'avait pas rêvé. Peut-être était-ce son pauvre cœur brisé qui lui jouait des tours.

A la fin du repas, juste après avoir goûté la glace au caramel, Jessie demanda à son père si elle pouvait poser la tête sur ses genoux, et s'endormit aussitôt.

— Elle est épuisée, observa Corey.

— Elle a passé une journée formidable, acquiesça-t-il. Vous savez comme elle vous adore.

Corey soutint son regard en souriant.

— Hmm… J'avais cru le deviner.

— Je dois vous avouer que je ne sais quoi en penser, ni quoi faire.

— Que pourriez-vous faire, de toute façon ?

Corey baissa un instant les yeux sur Jessie.
— Moi aussi, j'aime beaucoup votre fille, reprit-elle.
— D'accord, mais je ne veux pas qu'elle souffre.
— Je comprends.
— Malheureusement, si vous prenez de la place dans sa vie, elle finira nécessairement par souffrir.
Corey fit la moue.
— Vous ne croyez pas que vous dramatisez ? Nous ne nous connaissons que depuis huit jours.
— Mais Jessie vous a plus vue depuis huit jours qu'elle n'a vu sa mère au cours des deux années passées.
Corey sourit.
— S'il s'agit d'une proposition, monsieur Gold, je ne suis pas du tout prête à passer devant le prêtre.
Stephen haussa les épaules, la mine renfrognée.
— S'il ne s'agissait que de nous, je ne vous parlerais pas de tout ça. Mais pour Jessie, je considère que je lui dois mieux qu'un défilé de mamans temporaires. En ce moment, elle a énormément besoin d'une mère, et c'est sur vous qu'elle a jeté son dévolu.
— Personne ne vous a dit que vous aviez tendance à noircir le tableau ?
— Ne vous fatiguez pas. J'entends ça tout le temps.
— Je ne veux rien de permanent, Stephen, déclara Corey. Je n'ai pas la tête à ce genre de relation.
— Je sais. C'est pourquoi il vaut probablement mieux que Jessie ne vous revoie plus.
— Et vous ? Est-ce que cela vaut mieux aussi pour vous ?
Stephen soupira intérieurement. Il aurait voulu répondre, mais les mots refusaient de sortir de sa bouche.
— C'est bien ce que je pensais, murmura-t-elle en se levant de table. Terminez tranquillement votre dessert, je m'occupe de l'addition.
— Corey, je…
— C'est moi qui invite, lança-t-elle par-dessus son épaule en se dirigeant vers la caisse. On se verra au bureau, monsieur Gold.

Tandis qu'il la regardait s'éloigner, Stephen se demanda avec désespoir si, en essayant de protéger Jessie, il n'avait pas fait la plus grosse bêtise de sa vie.

Grant tressaillit comme si Dan Jarreau lui avait décoché un coup de poing en plein ventre. Son souffle se bloqua dans sa gorge. Il fut saisi d'une envie presque irrésistible d'éventrer la fenêtre pour que la bise de décembre s'engouffre dans son bureau et chasse cette impression d'irréalité qui le paralysait.

— Dites-moi que c'est une blague, ordonna-t-il à son conseiller d'un ton furieux. Dites-moi que tout ça, c'est une vaste plaisanterie !

Jarreau secoua la tête. Grant abattit son poing sur sa table de travail.

— Saloperie ! hurla-t-il. Comment un truc pareil a-t-il pu se produire ?

— Peu importe comment ça s'est produit. Tout ce qui compte, c'est de savoir comment vous allez gérer cette crise.

— DeVito avait donc raison, marmonna Grant en se laissant choir dans son fauteuil. Il savait que la CG-47 était une bombe. Pourquoi personne d'autre ne s'en est-il rendu compte ?

— Les autorités sanitaires ne se sont pas inquiétées non plus, expliqua Jarreau d'une voix apaisante.

Grant le vit noter « Frank DeVito » sur un morceau de papier, qu'il fourra ensuite dans sa poche.

— Et vous, comment l'avez-vous découvert ? demanda-t-il.

— J'ai des relations, répondit son conseiller avec un petit sourire entendu. Je connais des gens qui connaissent des gens qui peuvent m'apporter des réponses dans presque n'importe quel domaine.

Grant baissa les yeux sur le rapport que lui avait apporté Jarreau. Sa colère se raviva.

— Déficiences congénitales, accidents chromosomiques… Zut ! Cette foutue crème de nuit a-t-elle une seule vertu ?

— Oui. Elle fonctionne. *Lili ! International* a créé une crème antirides qui réussit à inverser le cours du temps.

Grant partit d'un rire nerveux.

— Elle fonctionne ! Quelle blague ! Nous réussissons enfin à mettre notre bonne vieille fontaine de jouvence en pot, et elle se révèle aussi mortelle qu'un accident nucléaire.

— Tout ça n'est pas aussi grave qu'il y paraît, répliqua Jarreau. Si vous réglez bien l'affaire, vous en sortirez quand même blanc comme neige.

— Trouvez le moyen de me sauver de cette embrouille, et j'augmente vos honoraires de cinquante pour cent.

Son conseiller soutint son regard.

— Je vous prends au mot.

— Qu'avez-vous à proposer ?

Grant l'écouta alors exposer un scénario propre à transformer un chef d'entreprise véreux et vénal en héros populaire.

— Vous voulez dire qu'il suffit de faire la politique de l'autruche jusqu'aux primaires, puis de fermer l'usine juste avant de lancer la fabrication du lot d'essai ?

— Et bingo ! acquiesça Jarreau.

— Financièrement, ça va faire une énorme saignée.

Stimuler une usine en vue du lancement d'un nouveau produit coûtait un maximum d'argent. Ecraser la pédale de frein pour tout arrêter coûtait encore plus cher.

— Ça va saigner de toute façon, Spaulding, insista Jarreau. Pourquoi ne pas en profiter pour vous donner un coup de pouce au moment opportun — juste avant que les électeurs ne passent dans l'isoloir ?

Jarreau désigna de la main un gros titre imaginaire dans un journal.

— Je vois déjà ça, reprit-il. « Un homme d'affaires américain sacrifie ses bénéfices pour sauver des milliers d'enfants. » Admettez que ça ne manque pas de style.

Grant sourit. L'idée avait de quoi séduire, en effet. Une fois de plus, son conseiller témoignait d'un sacré talent de manipulateur.

— Et DeVito ? demanda Grant. Il pourrait parler et tout fiche par terre.

— Ne vous tracassez pas pour lui. Je connais ce genre de type. Trop de factures impayées, pas assez de liquidités en banque. Nous lui offrirons de quoi l'inciter à la fermer.

— Et s'il refuse de la fermer ?

— Il acceptera, affirma Jarreau. D'une façon ou d'une autre, il se taira.

31.

Dimanche 10 décembre

Lili venait de sortir de la douche, et elle commençait à se sécher le corps avec une serviette-éponge, lorsque la sonnerie du téléphone retentit. Qui diable pouvait bien l'appeler chez elle un dimanche à 11 heures du soir ? « Seigneur ! songea-t-elle. Pourvu qu'il ne soit rien arrivé à Grant ou au bébé ! »

Elle se précipita jusqu'à sa chambre et décrocha le combiné.

— Félicitations, grand-mère.

Le cœur de Lili fit un bond.

— Whit ! s'exclama-t-elle, émue.

— Quand prévoyais-tu de m'annoncer la bonne nouvelle ? demanda-t-il.

— Quand vas-tu te décider à revenir à New York, là où est ta place ? répliqua-t-elle.

Whit eut un petit rire désabusé.

— Ne recommençons pas tout de suite, Lil. A quoi ressemble le nouveau-né ?

Lili prit une profonde inspiration pour se ressaisir. Elle aurait tant aimé retrouver leur amitié de jadis. Tout était tellement plus simple, alors !

— John Carter Spaulding est un bébé magnifique, et nous le destinons à un grand avenir. Comment as-tu appris sa naissance ?

— La vie coule lentement à la Barbade, mais tôt ou tard, les nouvelles finissent par arriver. Avais-tu l'intention de me l'annoncer toi-même, Lil, ou bien as-tu déjà tiré un trait définitif sur nous ?

Elle crispa la main sur le combiné. Les propos de Whit lui fendaient le cœur. Mais larmoyer n'était pas dans ses habitudes.

— Lil ? insista-t-il. Avais-tu, oui ou non, l'intention de me téléphoner ?

— Je n'étais pas certaine que tu t'en réjouirais.

— Nous en sommes donc là ?

— Je ne sais pas, Whit. A toi de me le dire.

— Ce n'est pas moi qui ai refusé de refaire ma vie avec toi, Lil.

Elle soupira.

— C'est de l'histoire ancienne. Faut-il vraiment que nous ressassions toujours les mêmes choses ?

— Rien n'a changé, donc, trancha-t-il d'un ton sec.

— Qu'espérais-tu, Whit ? Je suis toujours responsable de la compagnie et de ma famille.

— Et tes aspirations, qu'en fais-tu ?

Lili émit un petit rire forcé.

— Mes aspirations ? Seigneur ! Quel grand mot, Whit ! Mes aspirations sont pleinement satisfaites, si tu veux savoir.

— C'est faux, et tu le sais très bien.

— C'est vrai ! rétorqua-t-elle. Cite-moi un seul but que je n'aurais pas atteint !

— Le bonheur, répondit-il sans la moindre hésitation.

Lili déglutit douloureusement, refoulant les larmes qui lui montaient aux yeux.

— Mais… mais… je suis parfaitement heureuse !

— Tu parles !

— Et toi, es-tu heureux ?

— Pas sans toi, Lil.

— Je préférerais que tu ne me parles pas de ça.

— Je préférerais ne pas être obligé de le dire.

— Cette conversation ne nous mène nulle part.

— Elle nous mènerait quelque part, si tu le choisissais.

— Whit, je t'en prie…

— Viens me rejoindre, Lil. Nous pouvons encore refaire notre vie ensemble.

— Ma vie est ici, à Manhattan.

— La vie est là où on se la construit.

Lili réprima le pincement de désespoir qui la tenaillait. S'ils continuaient à se parler de la sorte, elle éclaterait bientôt en sanglots.

— C'est ta nouvelle compagne qui t'a mis ces idées dans la tête ? demanda-t-elle d'une voix tremblante.

— Nouvelle compagne ? Qu'est-ce que tu racontes ?

— La semaine dernière, je t'ai appelé. C'est une femme qui a répondu.

— Ah, je vois. C'était probablement Chantelle.

— Chantelle, répéta-t-elle avec ironie. Quel nom charmant.

Whit poussa un bruyant soupir.

— Chantelle est ma bonne, si tu veux savoir.

Lili ne répondit rien. Elle avait soudain trop honte pour prononcer un seul mot.

— Tu es jalouse ? s'étonna Whit en pouffant. Je n'aurais jamais cru ça de ta part, Lil.

— Ecoute, Whit, déclara-t-elle d'un ton qu'elle espérait ferme. Je ne peux pas partir à la Barbade. Tu me demandes l'impossible. Reviens à New York, et nous parlerons de tout cela calmement.

— Non. Pas cette fois.

— Whit, mon chéri, murmura-t-elle, nous sommes donc condamnés à jouer au chat et à la souris indéfiniment ?

— Le problème n'est pas là. Ce qui bloque, c'est que tu refuses de franchir le pas qui pourrait nous rendre heureux.

Lili chassa d'un revers de main une larme qui roulait sur sa joue.

— Il faut que j'y aille, Whit. J'entame la tournée des visites de Noël demain matin.

— Oh, désolé de t'avoir dérangée dans tes préparatifs, répliqua-t-il d'une voix cassante.

— Ce n'est pas ce que je veux dire. C'est juste que… cette conversation ne nous mène nulle part.

— Tu as raison.

— Viens me retrouver pour Noël. Dans le Connecticut. Nous discuterons et…

— Tu refuses de comprendre, n'est-ce pas, Lil ?

— Whit, je…

— Je t'aime, Lil. Mes sentiments envers toi ne changeront jamais, mais contrairement à ce que tu sembles croire, je suis trop vieux pour jouer au chat et à la souris. Si tu veux me revoir, tu sais où me trouver.

« Huit mille mètres d'altitude, ça ne fait pas une chute aussi terrible que ça, songea Corey en regardant les nuages défiler derrière le hublot du jet privé de *Lili ! International.* Si seulement ce coucou pouvait s'écraser avant d'arriver à Chicago, cela réglerait bien des choses. »

Elle jeta un coup d'œil de l'autre côté de la cabine. Lili fixait le ciel d'un regard vide, plongée dans ses pensées. Depuis que Corey était montée ce matin à 7 heures tapantes dans la limousine, elles n'avaient pas échangé trois mots. Lili l'avait saluée d'un hochement de tête, puis s'était replongée dans la lecture du *Wall Street Journal*, laissant Corey ronger son frein en silence.

Oui, vraiment, une chute en piqué de huit kilomètres aurait presque mieux valu que cet horrible silence.

Corey se racla la gorge.

— Madame Spaulding ?

Pas de réponse.

— Madame Spaulding, répéta Corey en élevant la voix.

Lili sursauta, se détourna du hublot et la regarda.

— Oui ?

L'espace d'un instant, Corey fut désarçonnée par l'expression vulnérable et malheureuse qu'elle lut sur le visage de sa mère. Elle prit une profonde inspiration, endossant l'attitude la plus professionnelle comme une armure.

— Si j'ai fait quelque chose qui vous déplaît, j'aimerais que vous m'en parliez, déclara-t-elle.

Lili fronça les sourcils.

— J'ai peur de ne pas comprendre où vous voulez en venir, ma chère.

— Depuis que nous avons décollé, vous ne m'avez pas adressé la parole, expliqua Corey. J'ignore ce que j'ai fait pour mériter un tel traitement, mais vous pourriez avoir la courtoisie de m'éclairer sur le sujet.

Lili soupira.

— Je suis désolée. Mon intention n'était pas de vous mettre mal à l'aise.

Corey resta coite. Se pouvait-il que, derrière le masque sophistiqué, Lili Spaulding eût de vrais sentiments — qu'elle fût capable de s'excuser auprès d'une simple salariée ?

— Quelque chose ne va pas ? demanda-t-elle.

Lili alluma une cigarette, en tira une longue bouffée, puis l'écrasa aussitôt dans le cendrier de son accoudoir.

— En effet. Quelque chose qui me poursuit depuis déjà pas mal d'années.

— Si cela concerne la compagnie, je pourrais peut-être vous aider…

— Si cela concernait la compagnie, ce serait réglé depuis longtemps, trancha Lili avec un petit rire désabusé. Non, c'est malheureusement un problème d'ordre personnel.

Corey réfléchit un instant. Lili devait faire allusion à Grant — le seul être au monde qui parût lui importer.

— N'hésitez pas à m'en parler, si ça peut vous soulager, proposa-t-elle.

Lili la dévisagea, un léger sourire aux lèvres.

— Dites-moi, ma chère, avez-vous déjà été mariée ?

— Oui, répondit Corey, qui ne voyait pas l'objet de cette question. Très brièvement.

— Vous connaissez donc la dynamique du mariage.

— Pas très bien. Nous étions meilleurs amis qu'amants. Malheureusement, c'est une chose que j'ai comprise trop tard.

Lili hocha la tête d'un air pensif. Corey s'aperçut alors avec effroi qu'une petite fissure était apparue dans le rempart de colère et de haine qu'elle avait dressé contre sa mère. « Elle comprend, songea-t-elle. Et elle a, elle aussi, des problèmes sentimentaux. Elle souffre ! »

— Vous êtes amoureuse ? demanda-t-elle tout à trac.

Sa mère haussa un sourcil.

— C'est une question très personnelle.

— En effet. Vous n'êtes pas obligée d'y répondre.

Lili esquissa un sourire empreint de tristesse.

— Je... je ne peux pas imaginer ma vie sans lui, mais nous n'arrivons pas à nous rapprocher, expliqua-t-elle avec une sincérité touchante.

— Vous l'aimez ?

— Oui. Pourtant, l'amour ne suffit pas à effacer tous les obstacles, n'est-ce pas ?

Corey hocha la tête.

— Je le pense aussi.

— Il m'attend depuis près de vingt ans, poursuivit Lili en appuyant sa nuque contre le dossier du fauteuil. Aujourd'hui, il est à bout de patience. C'est à croire que notre histoire est vouée à l'échec.

Elle ferma les yeux.

— Je suppose que cela fait partie des tours du destin, conclut-elle d'un ton amer.

« Les tours du destin, songea Corey en regardant Lili s'assoupir. Cette ironie qui brise des existences, interdit le bonheur et plonge les hommes dans des abîmes de souffrance. »

Ainsi, comme Corey l'avait soupçonné, Lili Spaulding était aussi désespérément solitaire qu'elle-même, que la petite fille qu'elle avait abandonnée autrefois.

Cette brève discussion fut le dernier moment de répit et de tranquillité qu'elles partagèrent au cours de leur voyage. A partir de l'instant où l'avion se posa à Chicago, Corey eut l'impression de ne plus s'arrêter pour souffler. Lili l'entraînait dans un tourbillon d'activités plus épuisantes les unes que les autres. Pour ne pas flancher, la jeune femme buvait des litres de café ; et elle s'armait de courage en se répétant que rien ne durait éternellement, pas même le chaos absolu.

Lili, elle, paraissait au contraire s'épanouir. Elle répétait à qui voulait l'entendre que cette tournée lui faisait un bien fou. Bouleversant le programme initial du voyage, qui devait les ramener à New York pour une halte de deux jours, elle décida d'effectuer deux visites impromptues à Montréal et à Toronto, avant de passer aux autres étapes. Et plus les cernes de Corey se creusaient, plus le visage de Lili s'illuminait.

Elles se retrouvaient chaque matin dans la chambre d'hôtel de Lili pour étudier le programme de la journée. Les sentiments de Corey à l'égard de sa mère oscillaient constamment entre l'admiration et la haine. Cette dernière lui aboyait parfois ses ordres comme à une esclave. Jamais, *jamais* elle ne la traitait avec gentillesse. Ses rares moments d'attendrissement étaient réservés exclusivement à Grant Spaulding.

Régulièrement, Corey songeait à gribouiller une lettre de démission sur le papier à en-tête d'un hôtel, puis à prendre ses cliques et ses claques pour retourner à Boston. Plus elle côtoyait Lili, moins ses motivations lui semblaient claires ; les doutes l'assaillaient sans cesse. Elle finissait par se dire qu'elle avait été folle d'abandonner sa carrière chez BB&D dans le seul but de se venger de sa mère. Après tout, aucun de ses actes ne redonnerait la vie à Millicent. Rien n'effacerait les années de solitude et de souffrance qu'elle avait elle-même endurées. Son enfance malheureuse avait forgé la personnalité de la femme adulte qu'elle était devenue, et on n'y pouvait rien changer.

Pourtant, chaque fois que Corey était tentée de partir, Lili faisait ou disait quelque chose qui la retenait. Une nouvelle brèche s'ouvrait dans les barrières qui protégeaient son cœur, et elle décidait de rester pour voir où tout cela la mènerait.

Lili avait promis qu'elles seraient de retour à Manhattan le vendredi 22 décembre, pour que tout le monde puisse fêter Noël en famille.

Grant organisait une réception gigantesque pour les hommes d'affaires qui soutenaient sa campagne électorale ; Lili ne voulait manquer cela pour rien au monde.

Ce qui était bien normal, se disait Corey avec dépit. Lili Spaulding avait une famille avec qui passer les fêtes. Corey, elle, n'avait strictement personne.

Dimanche 17 décembre

Stephen préparait un dîner léger tandis que Jess, assise à la table de la cuisine, s'amusait avec ses crayons de couleur. Ils avaient passé la journée dans le Bronx pour fêter Hanoukka en famille et, étant donné le copieux repas qu'ils avaient pris là-bas, une soupe leur suffirait amplement jusqu'au petit déjeuner.

Le commentateur d'une station de radio vilipendait la stratégie des New York Jets lors de leur dernier match. Stephen ne partageait pas du tout son avis. Il s'apprêtait à déclarer à voix haute que Boomer Esiason jouait bien mieux qu'on le prétendait, lorsque Jessie leva la tête et lança une bombe sur leur tranquille scène familiale :

— Dis, papa, elle nous aime plus, Corey ?

Stephen se força à sourire.

— Mais si, elle nous aime. Pourquoi tu poses cette question ?

— Elle a dit qu'on était amis, mais elle est pas revenue nous voir.

Stephen soupira intérieurement. Sa fille se comportait exactement comme il l'avait craint.

— Corey est très occupée, ma chérie. Elle est partie en voyage d'affaires avec sa patronne.

Jessie fronça les sourcils.

— La dame qui ressemble à sa maman ?

— Elle-même.

— Mais elle est pas venue nous dire au revoir.

— Elle m'avait chargé de te dire au revoir, mais j'ai oublié.

— C'est vrai, papa ?

— Vrai de vrai.

Jessie eut l'air si heureuse que Stephen se maudit doublement de lui avoir menti. S'il ne voulait pas qu'elle fonde de faux espoirs sur Corey, il devait absolument changer de tactique. En vérité, la jeune femme lui avait juste laissé un Post-it sur l'écran de son ordinateur pour lui annoncer qu'elle partait en voyage jusqu'à Noël. Pas de mot gentil. Pas de coucou à Jessie.

De l'information brute, et point à la ligne. Stephen savait qu'il n'avait plus rien à attendre de cette femme — surtout depuis leur conversation au Serendipity la semaine précédente, où il avait clairement exprimé son opinion sur leur relation. Pourtant, au fond, il ne pouvait s'empêcher de souhaiter un miracle.

Il aurait dû savoir que les miracles n'existent pas.

— On allume les bougies de Hanoukka ce soir, papa ?

Stephen jeta un coup d'œil vers la menora posée sur le rebord de la fenêtre, puis sourit à sa fille.

— D'accord, Jess.

Le visage de la petite s'illumina. Pour elle, heureusement, les miracles existaient encore bel et bien.

Stephen coucha Jessie vers 21 heures. Elle était encore si excitée par sa journée qu'il fallut six versions de *Cendrillon* pour l'endormir. « Elle aura fini par se lasser », songea-t-il en fermant la porte de sa chambre. Raconter des histoires n'était pas le fort de Stephen Gold. Surtout lorsque celles-ci se terminaient bien.

Il alluma la télévision du salon et zappa quelques minutes. Rien de bien intéressant. Il éteignit le poste. Comment diable allait-il terminer sa journée ? Il détestait les dimanches soir — ces heures sombres qui vous rappelaient aussi bien les distractions que vous aviez manquées le samedi que la masse de boulot qui vous attendait au bureau le lundi matin.

La solution, comme toujours, consistait à se mettre au travail — potasser quelques dossiers jusqu'à une heure assez avancée de la nuit, avant de pouvoir sombrer dans un sommeil réparateur.

Il alluma l'ordinateur et se dirigea vers la cuisine pour se préparer du café.

— Trouillarde ! marmonna Corey contre elle-même en raccrochant le combiné.

Trois fois elle avait composé le numéro de Stephen, et trois fois elle avait perdu courage juste avant la sonnerie. Et dire que dans son travail elle appelait régulièrement les maires des plus grandes villes américaines, les stars de cinéma et toute une flopée de gens célèbres ! Pourquoi avait-elle tant de mal à téléphoner à un père célibataire de Manhattan ?

Ne joue pas les innocentes, Corey. Le moins que tu puisses faire, c'est d'être honnête avec toi-même.

— Il me manque, dit-elle à voix haute. Il me manque, c'est plus fort que moi, et j'ai peur de sa réaction. Voilà !

Personne ne lui répondit, bien sûr. Corey se prit la tête à deux mains. Curieusement, bien qu'elle connût Stephen depuis moins d'un mois, elle avait le sentiment de le comprendre déjà mieux qu'elle n'avait jamais compris son mari. Dès l'instant où ses yeux s'étaient posés sur lui, quand elle avait vu comment il se comportait avec Jessie, elle avait senti qu'il était tout à fait le genre d'homme dont elle pouvait tomber amoureuse.

La réciproque était pourtant loin d'être évidente. Stephen avait exprimé ses sentiments sans détour, le jour où ils avaient patiné au Rockefeller Center. Jessie comptait plus que tout à ses yeux, et il était prêt à sacrifier son propre bonheur pour assurer celui de sa fille. Corey voyait d'ailleurs dans son attitude une ressemblance touchante avec cette mystérieuse et inconditionnelle proximité qui transcendait les liens du sang, dont Millicent et Jack avaient fait preuve avec elle, leur fille adoptive, toute leur vie durant.

Corey prit une profonde inspiration, puis décrocha de nouveau le téléphone. Même si leur histoire n'avait aucune chance d'aboutir, il n'y avait aucune raison pour qu'ils ne restent pas bons amis. Et elle avait autant besoin de l'humour caustique de Stephen que de son amitié. En outre, elle était partie en voyage avec Lili dès le lundi suivant leur conversation tendue au Serendipity, et ils n'avaient pas eu l'occasion d'arrondir les angles.

Elle pressa la touche bis du téléphone et patienta.

La sonnerie du téléphone retentit alors que Stephen lâchait un morceau de sucre dans sa tasse de café.

— Joyeux Hanoukka, Stephen ! annonça une voix de femme qu'il reconnut aussitôt.

C'était une voix profonde et veloutée, sensuelle… et peut-être bien teintée d'une pointe d'anxiété.

— Merci, Corey, dit-il. Comment ça se passe, ce voyage ?

Corey soupira, puis répondit avec un petit rire :

— C'est long. Horriblement long.

Il s'adossa au comptoir de la cuisine et avala une gorgée de café.

— Où êtes-vous en ce moment ?

— A Fort Worth. Lili a fait trois discours aujourd'hui, devant trois congrégations religieuses différentes.

— Des congrégations religieuses ? s'exclama-t-il, stupéfait.

— Moi aussi, au début, je n'en revenais pas. Ne me demandez pas comment, mais elle a réussi à trouver un rapport entre les cosmétiques et la religion.

— La Rose d'acier serait capable d'en trouver un entre les cosmétiques et la fusion nucléaire.

Stephen but une autre gorgée de café. Il aurait préféré avoir un verre de whisky à la main, pour se donner du courage.

— Quand rentrez-vous à New York ?

— Vendredi. Enfin, c'est ce qu'elle m'a promis ! Si elle en avait la possibilité, elle grimperait sur le traîneau du Père Noël pour aller déposer des échantillons de ses produits à Taiwan.

Stephen éclata de rire. Mais avait-il vraiment besoin de se souvenir qu'en plus d'être belle, Corey savait aussi faire preuve d'humour ?

— Je compatis, Corey, assura-t-il gaiement. Ce doit être terrible d'accompagner un monstre d'énergie pareil.

— C'est épuisant. Et je pèse mes mots.

— Rien ne peut s'interposer entre Lili Spaulding et ses affaires.

Corey marmonna quelques mots inaudibles.

— Pardon ? fit-il. Qu'est-ce que vous dites ?

— Je disais que Grant Spaulding, lui, passe avant tout aux yeux de Lili.

Stephen fronça les sourcils. Le ton de Corey, curieusement, était empreint d'amertume. Avait-elle des sentiments personnels à l'égard de la famille Spaulding ? Bah ! A force de côtoyer Lili, elle finissait sûrement par ne plus la supporter. Il avait tout bêtement pris son irritation pour de la mélancolie.

En outre, une question bien plus essentielle lui occupait l'esprit : pourquoi Corey lui téléphonait-elle ce soir ?

Elle commença alors à lui raconter son voyage en détail, en y mettant tant d'humour qu'il finit par se tordre de rire.

— Vous devriez monter un spectacle comique, Corey ! s'exclama-t-il avec enthousiasme. Vous feriez un malheur.

— Je ne crois pas que je sois taillée pour le rôle. La vie désordonnée des artistes, ça laisse beaucoup de désirs inassouvis.

Un silence un peu gêné tomba entre eux. Après quelques secondes d'hésitation, Stephen se lança :

— Je... je voulais vous dire que je suis désolé pour l'autre jour.

— Non, non ! C'est moi qui suis désolée...

— Je me suis comporté comme un idiot.

— Pas du tout. Je suis trop susceptible. Vous aviez toutes les raisons de...

— C'est à cause de Jessie, vous comprenez, l'interrompit-il. Toutes mes actions peuvent avoir un impact sur sa vie, et…

— Je comprends, murmura-t-elle. Et je vous admire d'agir comme vous le faites.

— Vous m'admirez ? répéta-t-il d'un ton étonné. Je ne fais pourtant rien d'extraordinaire.

Que diable s'était-il passé dans la vie de Corey pour qu'elle en vienne à « admirer » un père qui prenait simplement soin de son enfant ?

— Si, insista-t-elle. Et je vous admire aussi d'avoir joué cartes sur table avec moi.

— Ne dites pas cela. Je me suis comporté comme un crétin.

Corey rit doucement.

— Peut-être. Mais maintenant, au moins, nous savons à quoi nous en tenir en ce qui concerne notre relation.

Soudain, Stephen n'en fut plus du tout sûr, au contraire. L'idée de perdre Corey le terrifiait. Cette femme possédait une grandeur d'âme éblouissante. Cela se voyait dans sa façon de traiter Jessie, ou dans les larmes qui emplissaient ses yeux quand elle parlait de sa mère défunte. Et à la patinoire, quand ils étaient tombés à la renverse l'un sur l'autre, n'avaient-ils pas eu le sentiment d'être le seul homme et la seule femme au monde à connaître la vraie nature du bonheur ?

— Stephen ? chuchota Corey.

— Je suis là.

— Nous savons à quoi nous en tenir, non ?

Il se racla la gorge.

— Heu, oui… Nous sommes amis, c'est bien ça ?

Un silence.

— Amis. C'est ça. Nous sommes amis.

« Amis », songea Corey lorsqu'elle raccrocha le téléphone une demi-heure plus tard. En composant le numéro de Stephen, elle n'avait rien désiré de plus que son amitié. Maintenant qu'elle l'avait, elle se sentait plus solitaire que jamais.

Il l'avait fait rire aux éclats en lui racontant la journée qu'il avait passée chez sa sœur pour fêter Hanoukka. Bien que sa femme les eût quittés, Jessie et lui, il avait encore une famille aimante vers laquelle se tourner en cas de pépin.

— Zut ! s'exclama-t-elle.

Pourquoi ne s'étaient-ils pas rencontrés un an plus tôt, avant la mort de Millicent, avant que Corey n'apprenne la vérité au sujet de Lili Spaulding ? Si le destin avait cherché à lui gâcher la vie, il avait bien réussi son coup. Corey avait la conviction que Stephen et elle méritaient de fonder quelque chose ensemble — avec Jessie. Malheureusement, elle ne pourrait jamais entrer dans la vie de ces deux êtres qu'elle chérissait. Elle n'en aurait jamais la force.

Et c'était à Lili Spaulding qu'elle devait cette pitoyable situation.

Le téléphone résonna chez Stephen deux minutes à peine après la fin de sa conversation avec Corey. Deux minutes qu'il avait passées à se maudire d'avoir oublié de lui demander dans quel hôtel elle descendrait le lendemain.

Il sourit en décrochant le combiné.

— Les grands esprits se rencontrent. Donnez-moi le nom de votre hôtel, et…

La voix qui l'interrompit n'était malheureusement pas celle de Corey :

— Désolé de vous appeler si tard, dit Frank DeVito, mais nous avons un gros problème…

Le lendemain matin, Stephen retrouva Frank dans un café, non loin des bureaux de *Lili ! International*. La journée s'annonçait lugubre. De gros nuages sombres avaient envahi le ciel la veille au soir, et une bise glaciale s'engouffrait entre les gratte-ciel de Manhattan. La neige ne tarderait sûrement pas à tomber sur la ville.

— Vous avez mauvaise mine, observa Stephen en s'asseyant en face de DeVito. Depuis quand ne vous êtes-vous pas reposé ?

Frank poussa un grognement désabusé, avant de poser une grosse enveloppe en papier kraft sur la table.

— Lisez ça. Cela vous donnera des raisons d'être déprimé.

Stephen réprima un soupir. Frank DeVito avait si souvent crié au loup durant les années passées que personne ne l'écoutait plus. Après avoir perdu un enfant à cause d'une anomalie génétique, il s'était investi dans son travail avec l'énergie du désespoir, menant ses recherches avec un zèle de missionnaire. Mais jusqu'à aujourd'hui, en dépit de ses angoisses, tous les produits de la compagnie s'étaient révélés parfaitement sains.

Cette fois, cependant, Frank avait une lueur inhabituelle dans le regard. Stephen ouvrit l'enveloppe et en sortit une liasse de documents.

— Ne me demandez pas de lire tout ça maintenant, Frank. Je suis déjà en retard.

— Il faut que vous les lisiez, insista DeVito.

Stephen parcourut rapidement les premiers feuillets, qui contenaient des colonnes de chiffres et des graphiques.

— C'est grave à ce point ?

Frank soupira, puis lui exposa la situation en quelques phrases. Stephen pâlit en l'entendant décrire les risques de malformations génétiques du fœtus liées à la molécule CG-47.

— Vous avez la preuve absolue de ce que vous avancez ? demanda-t-il finalement.

— Pas encore. J'en ai parlé à Spaulding il y a quelques semaines. Je lui ai demandé de prévoir une nouvelle série d'essais pour confirmer mon hypothèse, mais il m'a envoyé paître.

— Est-ce qu'il a bien compris les conséquences potentielles du problème ?

— Ce type ne comprend même pas comment il fait pour lacer ses chaussures ! répliqua DeVito. La seule chose qui l'intéresse, c'est d'économiser l'argent de la compagnie. J'ai aussi envoyé un courrier électronique à Mme Spaulding, mais sans obtenir de réponse.

— Vous avez fait ce qu'il fallait, approuva Stephen. Malheureusement, vous ne pouvez pas les obliger à vous écouter.

— Ils envisagent de sortir le lot d'essai de Night-Way au printemps ! Vous vous rendez compte que les femmes enceintes qui utiliseront cette cochonnerie risquent de…

Frank se tut brusquement. Il avait les larmes aux yeux. Stephen comprenait ce qu'il éprouvait. Ils étaient pères tous les deux ; ils appréciaient l'un comme l'autre le miracle d'avoir un enfant sain.

« Mais cette histoire t'échappe complètement », songea-t-il. Il avait quitté l'équipe chargée du développement de Night-Way depuis plus de trois ans. Avant d'être en mesure de saisir parfaitement les documents de DeVito, il lui faudrait se replonger dans ses propres notes et se familiariser avec les arcanes du projet.

Or, il n'en avait pas le temps actuellement. Sa propre équipe devait abattre un boulot monstre en laboratoire avant les fêtes de Noël. La seule solution, c'était qu'il grappille quelques heures sur ses vacances pour étudier le problème Night-Way au calme, chez lui. Cela devrait suffire. Le lot d'essai ne sortirait pas de l'usine avant avril : ils avaient donc quatre mois pour agir.

— Je ferai tout mon possible, promit-il à Frank. Mais n'espérez pas un miracle.

Frank eut un petit rire amer.

— Croyez-moi, Gold : quitte à dévoiler moi-même le pot aux roses, je ne laisserai pas une telle catastrophe se produire. D'ailleurs, j'envisage déjà d'aller à l'usine de Somerset pour mener l'enquête.

— Prenez garde à vous. Spaulding vous tient sûrement à l'œil. Si vous l'ennuyez, vous vous retrouverez à la rue.

— Vous savez quoi ? répliqua Frank d'un ton morose. Ce serait peut-être la meilleure chose qui me soit jamais arrivée.

*
**

Corey s'était promis qu'elle ne rappellerait plus Stephen. Le lendemain de leur première conversation, cependant, elle ne put s'empêcher de composer son numéro.

— J'espère que je n'ai pas réveillé Jessie ? demanda-t-elle.

— Elle roupille depuis plus d'une heure. Ce soir, il n'a fallu que trois versions de *Cendrillon.*

Corey sourit. La voix puissante de Stephen, si masculine, lui procurait un agréable frisson dans la poitrine.

— Je croyais qu'il n'existait qu'une seule version de ce conte, le taquina-t-elle. Celle qui se termine bien.

— Où êtes-vous, ce soir ? demanda-t-il.

— A Denver.

Il poussa un sifflement stupéfait.

— On peut dire que vous voyez du pays.

— Nous devions aller vers l'est, mais la tempête…

— Vous avez été surprises par une tempête ? l'interrompit-il d'un ton inquiet.

— Non. Mais les chutes de neige qui ont déjà touché Chicago atteindront New York dès demain. Le pilote de Lili pense qu'il est préférable de ne pas revenir dans l'Est avant un ou deux jours.

— Aucun risque pour que cette tempête vous empêche de rentrer ?

Corey cilla, puis s'efforça de dissimuler sa déception.

— Merci, Stephen, répliqua-t-elle sur un ton faussement désinvolte. Mais ne vous inquiétez pas, je promets de ne pas débarquer chez vous dès mon retour à New York.

— Ce n'est pas du tout ce que je voulais dire, Corey.

— Ah bon ?

Elle attendit qu'il s'explique, mais il ne reprit pas la parole.

— Parfait, dit-elle. Pas la peine de vous justifier. Croyez-le si vous voulez, je sais lire entre les lignes. Ça m'a fait vraiment plaisir de vous parler, Stephen, mais…

— Non, Corey, vous m'avez mal compris. Je tiens beaucoup à ce que vous rentriez le plus vite possible. Je suis désolé.

Elle cilla.

— Sincèrement ?

— J'ai eu une sale journée, rien de plus. Vous avez dû le sentir à ma voix.

— Une sale journée ? demanda-t-elle en saisissant le verre de cognac qu'elle s'était servi pour se donner du courage. Si vous voulez m'en parler, n'hésitez pas.

— Vous connaissez Frank DeVito ?

— Recherche et Développement ? Un grand type très concentré…

— C'est lui. Il dit que la CG-47 pose un grave problème.

Corey but une gorgée d'alcool, les sourcils froncés.

— Grave ? A quel point ?

— S'il a raison, ça pourrait faire capoter tout le projet NightWay.

— Et vous pensez qu'il a raison ?

— A mon avis, il a flairé une piste qui vaut le coup d'être examinée. Je ne peux en dire plus pour le moment.

— Quand aurez-vous des résultats précis ?

— Je vais étudier la question pendant les vacances de Noël.

— Et si DeVito a raison ? Aurez-vous le temps de stopper la production ?

— Pour stopper la production, il suffit d'un mot de Lili.

Corey sentit un frisson d'appréhension lui hérisser les poils de la nuque.

— A condition que vous puissiez lui prouver avant le lancement du produit qu'il y a un problème, dit-elle.

— Pour ça, nous ne manquons pas de temps.

— Hmm, sans doute, acquiesça Corey. Quels sont les risques qu'un problème pareil ait échappé aux contrôles des autorités sanitaires ?

— Une chance sur un million. Et étant donné le passé de DeVito, ce n'est peut-être qu'un canular.

— Le passé de DeVito ? Comment ça ?

Stephen lui raconta l'horrible histoire de l'enfant mort-né de Frank DeVito.

— Vous pensez que ça pourrait le pousser à falsifier ses analyses ? demanda-t-elle.

— J'espère que non. Mais c'est une possibilité que je vais devoir envisager.

Corey eut soudain plus envie que jamais de revoir Stephen.

— Je regrette de ne pas être à Manhattan, murmura-t-elle.

— Moi aussi, je regrette que vous ne soyez pas là.

— Sincèrement ? demanda-t-elle, le cœur battant.

— Ouais, sincèrement.

Elle pressa le combiné contre son oreille.

— Nous déjeunons à Philadelphie vendredi midi. Je serai chez moi dans la soirée.

— Je vous appellerai à ce moment-là.

— Vraiment ?

— J'ai dit que je le ferai, Corey. Vous pouvez avoir confiance.

Corey hocha la tête en silence. Elle avait confiance comme jamais. Et ce sentiment nouveau la terrifiait autant qu'il la charmait.

32.

Mardi 19 décembre

— Papa ! Il a neigé ! Il a neigé !

Jessie surgit dans la chambre et se jeta sur Stephen en gloussant.

— Il a neigé, t'as vu ! On peut faire un bonhomme de neige, s'te plaît ? Hein, dis ?

Stephen serra sa fille dans ses bras en posant un bisou sur son front.

— Et l'école, Jess ?

— Y a trop de neige, répondit-elle. T'as qu'à regarder dehors !

Stephen repoussa gentiment son enfant, se leva du lit et s'approcha de la fenêtre. La rue, les voitures, les conteneurs à ordures, tout ce qu'il voyait d'ordinaire le matin disparaissait complètement sous un épais manteau de neige. Il émit un sifflement impressionné.

— C'est la mégatempête, Jess. Pour l'école, tu as sûrement raison.

— Hourra ! s'exclama la fillette avec ravissement. On va jouer dans la neige, alors ?

— *Tu* vas jouer dans la neige, rectifia Stephen. Moi, je suis quand même obligé d'aller au boulot.

Jessie fit une moue de protestation.

— Non, t'y vas pas.

— J'ai pas le choix, Jess.

— Si ! Reste à la maison avec moi.

— Si je reste à la maison, on n'aura bientôt plus de maison où habiter. J'ai des responsabilités envers nous deux. Tu piges ?

— Ouais.

Elle avait l'air si fragile, et tellement déçue, que Stephen sentit son cœur fondre.

— Bon, écoute... Si tu t'habilles en quatrième vitesse, je parie qu'on pourra faire un bonhomme de neige avant que je parte au bureau.

Les yeux de Jessie pétillèrent de plaisir.

— C'est vrai ?

— Ouais. Va enfiler ta combinaison de ski. Le dernier qui sort de la maison est un nul.

Rien n'est plus difficile que d'aider une petite fille de six ans survoltée à retirer sa combinaison de ski. Surtout quand on doit partir de toute urgence au travail et que l'on commence à perdre patience parce que la baby-sitter n'est pas arrivée à l'heure prévue. Lorsque Stephen quitta enfin l'appartement, il était près de 10 heures. Et, pour comble de malheur, à cause de la tempête de neige, il lui fallut près d'une demi-heure, au lieu des dix minutes habituelles, pour atteindre le siège de *Lili ! International.* Pour éviter de s'énerver, il concentra ses pensées sur le problème qui l'avait tenu éveillé la plus grande partie de la nuit.

Frank DeVito n'était pas le genre d'homme à produire du scandale par simple esprit de provocation. Il avait certainement de bonnes raisons de tirer la sonnette d'alarme pour Night-Way. Malheureusement, étant donné son passé et sa manie de réclamer toujours plus d'essais sur les nouveaux produits, il risquait de ne pas être écouté.

« Mais toi, Stephen, on t'écouterait... »

Cette pensée le troublait profondément, car elle l'obligeait à une introspection douloureuse. Autrefois, Stephen Gold n'avait pas manqué d'idéaux. Mais au fil des ans, il avait appris la dure réalité de la vie, et compris qu'il ne pouvait pas grand-chose pour réformer le monde.

Quand il avait commencé à travailler chez *Lili ! International*, il avait été profondément choqué par les procédures d'essai des produits en phase de développement. Pour tenter d'améliorer le système, il avait compilé des centaines de pages de rapports sur les substances chimiques à risques, allant même jusqu'à assiéger le bureau de Grant Spaulding. Mais ce fumier avait fait la sourde oreille à toutes ses recommandations ; il avait même menacé de le virer.

Quand on avait une petite fille à charge, c'était un argument de poids...

Stephen n'avait donc plus l'intention de sauver le monde. Mais il estimait qu'il devait quand même faire quelque chose pour en sauver la partie qui concernerait bientôt sa fille.

La veille, il avait perçu une inquiétude sincère dans la voix de Corey. Quand il lui avait exposé la théorie de DeVito, la jeune femme lui avait posé une série de questions touchant aux femmes et aux enfants dont les vies risquaient d'être brisées par la CG-47, si celle-ci venait à se révéler dangereuse. Stephen avait rencontré suffisamment de dircom spécialisés dans la gestion de crise pour savoir que, d'ordinaire, ces gens-là se souciaient rarement du coût humain dans le règlement du problème qu'ils avaient à gérer. Les sentiments étaient aussi étrangers à leur mode de pensée que la haute finance au sien.

Avec Corey, cependant, il en allait différemment. Elle portait un réel intérêt aux questions humaines, elle comprenait les peines et les joies des êtres qui entraient dans sa vie. Toutes choses qui touchaient profondément Stephen et lui faisaient regretter les paroles trop radicales qu'il avait prononcées devant elle.

Il avait déclaré qu'il ne voulait pas voir Corey entrer dans la vie de Jessie, prétextant que le cœur de sa fille avait déjà été brisé une fois et qu'il fallait à tout prix éviter un nouveau déchirement... Mais peut-être s'était-il menti à lui-même. Peut-être était-ce son propre cœur qu'il essayait de protéger. Peut-être avait-il trop peur d'une nouvelle relation, et d'un nouvel échec...

Stephen soupira et donna un coup de pied dans une motte de neige au milieu du trottoir. Fichtre ! Il ne savait vraiment pas comment il allait faire pour se sortir de tous ses problèmes.

Le mercredi soir, Corey appela Stephen de sa chambre d'hôtel de La Nouvelle-Orléans.

Lili, après une séance de travail avec un groupe de cadres dirigeants de *Lili ! International*, avait décidé de sortir dîner avec eux.

— Joignez-vous donc à nous, ma chère, avait-elle suggéré à Corey. Francesca connaît les meilleurs clubs de jazz du quartier français.

— J'aimerais beaucoup, avait menti Corey, mais je préfère m'abstenir. J'ai une affreuse migraine.

Lili l'avait toisée d'un regard intrigué.

— Vous avez pourtant une mine superbe.

— C'est à *Lili !* que je dois ce miracle ! avait-elle répondu d'un ton enjoué en brandissant son tube de rouge à lèvres — un article maison, bien entendu.

Son bon mot avait causé l'hilarité de ses collaborateurs, et Lili n'avait pas insisté davantage. Tant mieux ! Corey n'en pouvait plus de parler affaires matin, midi et soir. Elle en avait assez de sauter d'hôtel en hôtel chaque jour. Et, pire que tout, elle en avait par-dessus la tête de Lili Spaulding.

S'enfermer dans sa chambre d'hôtel, prendre un bon bain chaud, puis se glisser sous la couette avec le téléphone : voilà la merveilleuse soirée dont elle rêvait.

— Vous m'avez manqué, hier soir, se plaignit Stephen. Pourquoi ne m'avez-vous pas appelé ?

— Nous étions à Los Angeles. J'ai pensé que vous n'apprécieriez pas d'être tiré du lit à 4 heures du matin.

— Vous ne m'auriez pas dérangé. Je ne dormais pas. Dommage que je n'aie pas eu votre numéro. Où êtes-vous, aujourd'hui ?

— A La Nouvelle-Orléans.

— La Nouvelle-Orléans ! répéta-t-il avec enthousiasme. Vous vous rapprochez de la maison, Corey.

Une délicieuse sensation se répandit dans le cœur de la jeune femme. Mais peut-être valait-il mieux éviter les sujets trop personnels.

— Alors, comment est la météo à New York ? demanda-t-elle. Vous avez assez de neige ?

Il partit d'un rire enjoué qui bouleversa Corey.

— Jessie est ravie !

Le sourire aux lèvres, elle écouta Stephen lui raconter la joyeuse bataille de boules de neige qu'ils s'étaient livrée dans Central Park avant le dîner.

Puis le ton de Stephen se fit plus sérieux :

— A propos, Jessie m'a demandé de vos nouvelles. Vous lui manquez beaucoup.

Corey sentit sa gorge se nouer.

— Que lui avez-vous dit ?

— Que vous étiez en voyage d'affaires. Du coup, elle a peur que le Père Noël ne sache pas où vous trouver.

Corey fronça les sourcils.

— Elle croit au Père Noël ?

— Sa mère est catholique, expliqua Stephen. Chez les Gold, on ne fait pas de prosélytisme.

— Dites à Jessie que je serai de retour avant Noël. Le Père Noël saura bien où me trouver.

Après un instant de silence, Stephen murmura :

— J'en suis ravi, Corey.

— Moi aussi.

« Ça ne peut plus durer comme ça, songea-t-elle un peu plus tard, après qu'ils se furent souhaité bonne nuit. Souviens-toi, Corey : tu ne veux pas d'une aventure sentimentale. Tu as juste besoin de quelqu'un à qui te confier. Quelqu'un qui pense à toi de temps en temps. Mais pas d'un homme capable de te rendre follement amoureuse. »

Corey soupira et tira la couette sous son menton. Malheureusement, il était déjà trop tard pour effacer les sentiments qui naissaient dans son cœur.

Antoinette était un club de jazz enfumé où régnait un vacarme inimaginable. Lili se demandait bien comment les clients des deux petits hôtels adjacents réussissaient à trouver le sommeil. Elle remerciait Dieu et son voyagiste que les établissements où Corey Prescott et elle-même descendaient leur offrent un cadre paisible, luxueux, où l'on pouvait se reposer à l'écart des foules en délire. Ici, les vibrations de la musique faisaient trembler les murs et lui secouaient le corps de façon horripilante. Au bout d'une demi-heure de ce traitement, elle n'en pouvait déjà plus.

Francesca, la responsable du marketing de *Lili !* pour La Nouvelle-Orléans et sa région, se pencha en travers de la table.

— N'est-ce pas merveilleux, madame Spaulding ? hurla-t-elle par-dessus le tintamarre rythmique des percussions. C'est le meilleur club de jazz de la ville !

Lili hocha poliment la tête et alluma une cigarette. Cet endroit avait un avantage, un seul : personne ne lui jetait des regards assassins en la voyant fumer. La Nouvelle-Orléans était célèbre pour encourager toutes les formes de vices. Lili ne voyait aucun problème à cela, mais elle aurait simplement préféré se vautrer dans le péché à un niveau de décibels moins élevé.

Après avoir écrasé son mégot, elle repoussa sa chaise et se leva.

— Vous nous quittez, madame Spaulding ? demanda Francesca, les sourcils froncés. On dit que Wynton Marsalis va peut-être…

— Je vais au petit coin, l'interrompit Lili. Je reviens.

— Je vous accompagne…

— C'est inutile, ma chère, répliqua Lili avec un large sourire. Je sais me débrouiller seule.

Elle tourna les talons et se fraya un chemin à travers la foule des spectateurs. Des élancements terribles lui labouraient le crâne. Elle avait absolument besoin d'un moment de répit.

Les toilettes se révélèrent beaucoup plus accueillantes qu'elle ne l'aurait cru : propres, bien éclairées et, surtout, merveilleusement tranquilles. Lili se laissa choir en soupirant sur un petit banc plaqué au mur, en face des lavabos. Elle se demandait combien de temps il lui faudrait encore rester dans ce club abominable pour ne pas blesser ses employés, lorsque la porte s'ouvrit sur une femme blonde entre deux âges.

— Je sais pas ce que vous en pensez, déclara cette dernière en sortant un rouge à lèvres de son sac à main, mais moi, le jazz ça me tape sur le système.

Lili sourit poliment. La femme se pencha vers le miroir et se peignit consciencieusement la bouche en rouge.

— Le jazz, on peut pas le chanter, se plaignit-elle. C'est ça qui est dommage !

Lili faillit se lever pour lui essuyer les lèvres avec un Kleenex et lui donner un cours impromptu de maquillage. Depuis qu'elle avait quitté Euless, jamais elle n'avait vu personne utiliser un produit cosmétique de façon aussi criminelle.

— J'avoue, reprit la femme, que le jazz est une musique un peu trop noire à mon goût…

Elle croisa le regard de Lili dans le miroir.

— Non pas que j'aie des préjugés raciaux, évidemment !

— Evidemment, acquiesça Lili en sortant son poudrier en or de son sac à main.

— Oooh ! s'exclama la femme d'un air ébahi. Qu'est-ce que c'est beau !

Elle fit volte-face et fixa intensément le poudrier. Une étrange appréhension saisit Lili.

— Merci, répondit-elle.

— Jamais j'en avais vu de pareil !

— Normal. C'est une pièce unique.

— Eh ben !

La femme contempla Lili quelques instants, la mine songeuse.

— Vous savez quoi ? C'est bizarre... et je vous promets que je suis pas cinglée... mais j'ai l'impression de vous avoir déjà vue quelque part...

— Je suppose que c'est possible, répondit Lili en lorgnant la porte des toilettes.

— Lilly..., murmura la femme blonde. Lilly Ann !

Lili eut l'impression que le sang refluait de son crâne. Elle lança à son interlocutrice un regard médusé.

— Mais... comment... ?

La femme blonde se mit à glousser.

— Lilly Ann ! Eh ben, tu me reconnais pas ? C'est moi, Teena Marie Franklin... enfin, Mme Teena Dixon, maintenant. Ça alors ! C'est une sacrée surprise, de te rencontrer là, tout d'un coup !

Lili faillit s'évanouir. Son cœur battait si fort qu'elle le crut sur le point d'exploser dans sa poitrine. Teena Marie ? L'adolescente vigoureuse qui s'asseyait autrefois en face d'elle à la table des Franklin était donc devenue cette blonde décolorée, mal fagotée, au regard infiniment las ?

L'air impassible, Lili lui tendit la main.

— Bonsoir, Teena. Tu as bonne mine.

— Oh, pas de manières entre nous, Lilly Ann !

Teena se jeta à son cou et l'enlaça.

— On est de la même famille, toi et moi ! s'exclama-t-elle avec enthousiasme.

L'odeur lourde d'un parfum bon marché envahit les narines de Lili. Sentant la nausée l'envahir, elle se dégagea de l'étreinte de Teena.

— La même famille ? rétorqua-t-elle. Ça m'étonnerait.

— Heu, je veux dire... *presque* la même famille ! Tu te rappelles, Clifford et toi, vous deviez vous marier ?

— Je me souviens que ta famille ne voyait pas ce mariage d'un très bon œil, répliqua Lili d'un ton amer.

Teena eut un sourire gêné.

— Bah ! C'est de l'histoire ancienne, non ?

— J'ai eu grand plaisir à te rencontrer, Teena, mentit Lili en se levant. J'espère que tu diras à tes parents que tu m'as rencontrée.

« Et qu'ils pourrissent en enfer pour l'éternité », ajouta-t-elle en pensée.

— Maman est morte il y a deux ans. Mais papa est encore avec nous, Dieu soit loué.

Teena plissa les lèvres.

— Dis-moi, au fait, c'était un garçon ou une fille ?

Trop outrée pour répondre, Lili la fusilla du regard. Teena lui tapota le bras comme si elle s'adressait à une vieille amie.

— J'étais là, Lilly Ann. Je me souviens de ton gros ventre comme si c'était hier. Alors, garçon ou fille ?

— Fille, répondit Lili dans un murmure.

Elle haïssait Teena d'avoir posé la question, mais elle se haïssait encore plus de lui avoir répondu. Teena soupira.

— Vu comment Clifford et toi vous étiez beaux, je parie que c'est une femme splendide, aujourd'hui.

« Ça suffit ! » songea Lili avec rage. Trente-trois ans plus tôt, elle aurait vendu son âme pour que les Franklin lui accordent quelque attention. Mais il était trop tard. Beaucoup trop tard.

— Au fait, j'y pense ! s'exclama Teena. Et si tu venais faire connaissance avec mon homme ? Il est là, dans la salle. On pourrait prendre un verre ensemble et parler du bon vieux temps.

— Non.

Lili avait tout à coup l'impression d'avoir de nouveau dix-sept ans. Elle était enceinte, solitaire, pauvre… et terrifiée à l'idée que ses rêves de vie meilleure partent en fumée. Elle prit une profonde inspiration.

— Je suis ici avec des gens, ajouta-t-elle.

— On serait ravis de rencontrer tes amis, si tu…

— Teena, l'interrompit-elle en réprimant un soupir, ce ne sont pas des amis, mais des employés. Je suis ici pour affaires.

« Ne vois-tu pas à qui tu parles, Teena Marie ? songea-t-elle avec colère. Je ne suis plus Lilly Ann Barnett, mais Lili Spaulding. Et je n'ai plus besoin de ta famille haineuse. »

L'attitude de Teena changea du tout au tout. Son sourire s'évanouit en même temps que s'effaçait de son visage toute expression amicale. Un rictus mauvais tordit ses traits.

— Autrefois, déjà, t'étais qu'une petite prétentieuse ! Et maintenant que t'es riche, tu crois que tu peux dominer le monde.

— Non, Teena, je ne pense pas que je puisse dominer le monde, mais je suis relativement certaine de pouvoir en acheter la plus grande partie. Si tu veux bien m'excuser…

Lili ouvrit la porte et sortit des toilettes. « Pourquoi aujourd'hui ? se demanda-t-elle. Après toutes ces années, pourquoi fallait-il que je fasse une telle rencontre ? » Elle devait à tout prix quitter cet endroit avant de se mettre à vomir les souvenirs de sa jeunesse malheureuse — Euless, Clifford, son bébé…

Elle retourna rapidement auprès de ses employés.

— Ça va bien, madame Spaulding ? demanda Francesca. Vous êtes toute pâle.

Lili réprima un frisson.

— J'ai une migraine atroce, répondit-elle. Je crois que je vais rentrer à l'hôtel.

Francesca se leva.

— Vous ne pouvez pas rentrer seule. Je vais vous accompagner.

— Non, merci ! Je prendrai un taxi. Amusez-vous bien.

Le trajet en taxi fut terrible. Bien qu'elle se répétât qu'elle ne risquait pas grand-chose, Lili avait affreusement peur. Comme si sa rencontre avec Teena Marie l'avait privée de ses forces, la projetant dans un puits d'angoisse insondable.

Lorsqu'elle verrouilla enfin la porte de sa chambre d'hôtel derrière elle, un profond soupir de soulagement lui échappa. Les battements de son cœur s'apaisaient. Elle se déshabilla, enfila une robe de chambre de soie et se servit un grand verre de whisky.

Dans la chambre voisine, Corey Prescott savourait sans doute une soirée paisible, à l'abri des mauvaises rencontres. Lili songea à l'appeler pour retravailler le discours qu'elle devait prononcer vendredi à

Philadelphie, puis se ravisa : les employés n'appréciaient guère d'être dérangés pendant leur temps libre.

Elle se mit alors à faire les cent pas à travers la pièce. Teena avait eu un sacré culot de l'interroger au sujet de son enfant ! Lili regrettait maintenant de ne pas lui avoir retourné la question : *Et ton fils, Teena Marie, où est-il ? Comment va-t-il ?*

Bien sûr, Teena n'aurait rien pu lui répondre. Quand on confiait son enfant à des parents adoptifs, on abandonnait tous ses droits pour lui permettre de devenir partie intégrante d'une nouvelle famille, avec tous les liens psychologiques que cela supposait. Comme la fille Franklin, Lili avait complètement perdu de vue son bébé. Jamais elle n'avait eu de nouvelle d'elle, et jamais elle n'en aurait.

Menteuse ! tonna soudain la voix de Mamie Hattie. *Tu sais très bien où se trouve ton enfant, au contraire !*

Avec un soupir, Lili but une gorgée de whisky. Après Teena Marie en chair et en os, voilà que le fantôme de sa grand-mère resurgissait dans son esprit ! Elle l'avait pourtant crue disparue pour de bon.

Tu continues à te voiler la face, ma petite. Mais tu sais très bien où vit ton enfant, depuis que tu as reçu cette lettre.

Lili secoua la tête, s'efforçant de refouler ces horribles pensées de son esprit. « J'ai besoin de faire le vide, songea-t-elle. Je dois dormir pour oublier toutes ces absurdités. » Pourquoi diable fallait-il toujours en revenir à cette lettre pathétique, envoyée par une femme dont elle ne se rappelait même plus le nom ?

Banning. Millicent Banning. Souviens-toi ! Sa fille s'appelle Catherine…

Elle vida son verre d'un trait.

— Je refuse d'entendre ce genre de choses, pesta-t-elle à voix haute. Je ne suis plus Lilly Ann Barnett. Cette fille-là est morte ! Aussi morte que Clifford, que Maisie et que Mamie Hattie. Je suis Lili Spaulding.

Elle était Lili Spaulding, et elle avait une famille : Grant. Carter était mort, Whit lui avait tourné le dos, mais elle avait encore Grant pour la soutenir. Elle aurait *toujours* Grant.

Elle se resservit une rasade de whisky, puis décrocha le téléphone.

*
* *

New York

— Grant ! s'exclama Felicia avec colère. Tu n'as pas écouté un mot de ce que j'ai dit !

Grant changea de position sur la banquette de la limousine, le regard tourné vers la vitre. Depuis qu'ils avaient quitté la réception de Noël donnée par Donald Trump au Plaza, Felicia n'arrêtait pas de lui casser les pieds. Décidément, le mariage provoquait des métamorphoses stupéfiantes : avant leurs noces, jamais la douce Felicia n'aurait osé le sermonner de la sorte. Ces temps-ci, Grant avait de plus en plus de mal à prévoir ses sautes humeurs.

— Mais si, ma chérie, je t'ai écoutée, répondit-il d'un ton égal. Mon attitude te déplaît. C'est bien ce que tu as dit ?

— Tu m'as fait honte, Grant, geignit-elle. Tu n'avais aucune raison de passer tant de temps avec Deirdre.

— Felicia, voyons ! Deirdre Simms et son époux compteront parmi les principaux actionnaires de *Lili ! International*. Sans parler de la subvention qu'ils vont apporter à ma campagne. J'avais au contraire toutes les raisons du monde de passer du temps avec elle.

Il fixa sur elle un regard grave, arborant un air profondément déçu.

— Si tu avais accordé quelques minutes à Barry Simms, reprit-il, il aurait pu rester assez longtemps à la réception pour que j'aie l'occasion de lui parler.

Voilà ! Elle semblait proprement remise à sa place.

— Tu aurais dû me prévenir, mon chéri, gémit-elle. Je suis là pour t'aider, tu le sais bien, pas pour te freiner dans tes projets. Mais je ne pouvais pas deviner.

Grant se sentait pleinement satisfait. Le moment était venu d'endosser le masque du mari tendre, compréhensif et patient — et qui exigeait néanmoins que sa petite épouse sache se tenir à sa place.

Il ouvrait la bouche pour lancer une tirade bien choisie, lorsque le téléphone de voiture sonna.

Il décrocha le combiné.

— Spaulding.

— Allô, mon chéri ? C'est Lili.

Il mit la main sur l'écouteur.

— C'est maman, murmura-t-il.

— J'aurais dû m'en douter, répliqua Felicia en roulant les yeux.

— Grant ? Où es-tu, mon chéri ? demanda Lili.

— A quelques kilomètres de la maison. Nous venons de quitter la réception des Trump.

— Tant mieux. J'ai à te parler.

Grant fronça les sourcils. A côté de lui, Felicia boudait.

— Tu ne crois pas qu'il est un peu tard, belle-maman ?

Lili partit d'un rire rauque et un peu étrange. Grant se demanda si elle avait bu. Ce n'était pourtant pas dans ses habitudes.

— J'ai une surprise pour toi, déclara-t-elle. Je voulais t'en parler à mon retour, mais je n'ai pas résisté à l'envie de te prévenir tout de suite. C'est un merveilleux cadeau de Noël, mon chéri. Un cadeau que tu vas a-do-rer !

— Un cadeau de Noël ? répéta Grant avec appréhension. Un autre cadeau que le cottage de quinze pièces à Martha's Vineyard ?

Lili gloussa comme une adolescente.

— Oh, c'est beaucoup mieux qu'une maison ! répondit-elle. Mon chéri, tiens-toi bien : je t'offre le lancement de Night-Way dès la semaine prochaine !

Dan Jarreau arriva chez Grant moins d'une heure plus tard.

— Où est votre femme ? demanda-t-il aussitôt.

— En haut.

— Elle y restera ?

Grant esquissa un sourire.

— Pas de problème.

Afin d'apaiser définitivement les soupçons de sa tendre épouse, il s'était armé de courage et avait rempli son devoir conjugal. Il comptait ainsi être tranquille jusqu'au lendemain.

— Bon, répétez-moi toute cette histoire insensée, ordonna Jarreau. J'ai encore peine à en croire mes oreilles.

Grant renifla. Il pensait lui aussi par moments qu'il s'agissait d'un rêve.

— C'est très simple : Lili a lancé la production de Night-Way. Le lot d'essai sortira de l'usine de Somerset avant Noël.

— Merde !

— Je partage ce point de vue.

Jarreau se mit à arpenter le salon de long en large.

— Bon. Il faut fermer l'usine.

— Si j'en avais la possibilité, vous ne seriez pas là, rétorqua Grant. Lili est la seule à pouvoir ordonner la fermeture de l'usine.

— Or, vous ne pouvez pas le lui demander, parce que ça vous obligerait à parler de la CG-47 et de DeVito.

— Exactement.

Ils gardèrent le silence quelques instants. Soudain, Jarreau fit claquer ses doigts.

— Je ne suis pas venu ici ce soir, déclara-t-il.

Grant haussa un sourcil.

— Quoi ?

— Je ne suis pas venu ici ce soir, répéta son conseiller politique. Et cette conversation n'a pas eu lieu.

— Où voulez-vous en venir ?

— Faites-moi confiance, Grant. Je ne vous ai encore jamais déçu, n'est-ce pas ?

— Non, mais…

— Tout va bien se passer, l'interrompit Jarreau. Je vais régler cette affaire, et vous n'aurez plus aucun problème.

33.

Jeudi 21 décembre

Ce matin-là, à l'instant où Corey vit Lili sortir de l'ascenseur, elle sentit que quelque chose ne tournait pas rond. Elle n'aurait su dire de quoi il s'agissait, mais elle avait la certitude que sa mère avait subi un choc.

Corey patienta près du bureau de la réception en voyant sa mère s'avancer vers le directeur de l'hôtel pour le saluer. Comme toujours, la Rose d'acier présentait une apparence parfaite : un tailleur ardoise avec sac à main et chaussures assortis, un bandeau Chanel retenant ses longs cheveux noirs derrière la nuque… Son maquillage même, l'expression de la sophistication discrète, soulignait la perfection de ses traits. Elle paraissait avoir trente-cinq ans tout au plus.

Ce qui intriguait Corey aujourd'hui ne se manifestait pas non plus dans son comportement — Lili maîtrisait trop bien les codes de la haute société pour laisser son humeur influencer son aspect extérieur. Cela se voyait plutôt à son allure, à sa façon de se tenir et de bouger. Ses épaules, par exemple, étaient très légèrement voûtées. Pour l'œil attentif de Corey, Lili semblait presque vulnérable.

« C'est étrange, songea-t-elle en regardant Lili venir à sa rencontre. Qu'est-ce qui a bien pu la mettre dans cet état ? »

— Bonjour ! dit Lili avec un large sourire. Avez-vous bien dormi ?

Corey hocha la tête.

— Et vous ?

— Comme une masse.

« Mensonge », pensa Corey.

— La voiture est dehors, annonça-t-elle. Si vous voulez prendre un café avant de partir, nous…

— Non, l'interrompit Lili. Nous n'avons pas le temps pour le café. L'avion nous attend.

Le portier de l'hôtel s'approcha.

— Madame Spaulding ? Votre voiture est avancée.

Une expression radieuse se peignit sur le visage de Lili, comme si cet homme venait de lui annoncer la fin de la misère dans le monde.

— Oh, merci, Stanley !

Elle lui glissa un gros billet dans la main.

— Je vous souhaite, à vous et à votre famille, un merveilleux Noël, ajouta-t-elle.

Stanley s'empourpra.

— Je vous en souhaite tout autant, madame Spaulding.

Il les accompagna jusqu'à la sortie de l'hôtel, puis remercia encore Lili avec effusion tandis qu'elles s'installaient dans la limousine.

— A quand remonte votre dernier passage dans cette ville ? demanda Corey pendant que le véhicule démarrait.

Lili réfléchit un instant, l'air intrigué.

— Deux ou trois ans, je crois. Pourquoi cette question ?

— Je suis ébahie que vous vous souveniez même du nom du portier, admit Corey.

— Vous trouvez cela anormal ?

— Je trouve cela remarquable, rectifia Corey. Absolument remarquable.

Lili haussa un sourcil.

— Je n'ai jamais lu votre C.V., ma chère. Vous êtes diplômée de Harvard, c'est bien ça ?

— En effet.

— Moi, je n'ai pas pu profiter de cette prestigieuse éducation, reprit Lili avec orgueil. Pour m'en sortir, j'ai dû me fier à mon bon sens et apprendre à respecter ceux que je côtoyais. C'est une habitude que je n'ai jamais perdue.

— Dois-je prendre ces propos comme une attaque personnelle ? répliqua Corey. Ce que vous sous-entendez ne me plaît pas beaucoup.

— Apprenez à encaisser les coups, Corey. Votre carrière ne s'en portera pas plus mal.

Corey soupira intérieurement. En quelques mots, Lili avait réussi à la blesser sans le savoir. En fait de prestigieuse éducation, elle avait été abandonnée par sa mère à la naissance, confiée à diverses familles d'adoption, défigurée dans un accident…

Elle ne put retenir une réplique cinglante :

— Pour vous en sortir, comme vous dites, vous avez également fait un bon mariage.

Lili la toisa durement.

— Faire un bon mariage et diriger une entreprise sont deux choses très différentes, ma chère. Je n'ai pas épousé Carter dans l'intention de prendre le contrôle de sa société.

— Pourquoi l'avez-vous épousé, alors ?

— A votre avis ?

— Je ne sais pas. C'est pourquoi je vous pose la question.

Le visage de la Rose d'acier s'adoucit un soupçon.

— J'aimais Carter, et je voulais me montrer digne d'être sa femme, répondit-elle sobrement.

Puis, redressant les épaules, elle ajouta :

— Si vous avez d'autres questions de ce genre, je vous conseille de vous procurer un exemplaire de ma biographie et de le lire.

— Je n'y manquerai pas.

Corey l'avait déjà lue, en réalité. Plus d'une fois. Malheureusement, elle n'y avait jamais trouvé mention de l'enfant que Lilly Ann Barnett avait abandonnée trente-deux ans plus tôt.

*
* *

New York

Le département Recherche et Développement organisait chaque année un déjeuner de Noël au O'Leary Pub, sur la Troisième Avenue. C'était un bar sombre et bruyant, qui proposait cependant tout à la fois une nourriture fabuleuse et une formidable ambiance.

En outre, c'était un endroit que Frank DeVito affectionnait particulièrement — ce qui rendait son absence encore plus étonnante.

Après avoir trinqué avec ses collègues, Stephen les interrogea pour essayer de savoir où était passé Frank. Personne ne semblait avoir vu le chimiste depuis le début de la semaine.

— Lundi, j'ai pensé qu'il ne venait pas à cause de la neige, expliqua Amy, une laborantine. Mais toutes les routes sont dégagées depuis deux jours, et Frank n'a toujours pas donné signe de vie.

— Quelqu'un a-t-il appelé chez lui ? demanda Stephen.

Amy haussa les épaules.

— Aucune idée.

Stephen vida sa pinte de bière, puis entama à contrecœur son plat d'*irish stew.* Mais il avait perdu l'appétit. Quelque chose clochait. Frank n'aurait pas manqué cette fête sans une bonne raison, et Stephen craignait le pire. Etant donné la détermination qu'il avait manifestée pendant leur discussion lundi matin, il était capable de presque n'importe quoi pour prouver ses allégations.

S'excusant auprès de ses collègues, Stephen décrocha le téléphone au fond de la salle et y glissa quelques pièces de monnaie.

— Maryann ? Stephen Gold à l'appareil… Joyeux Noël à vous aussi… Frank n'est pas venu à la fête… Est-il… ? Oh ! C'est vrai ! J'avais oublié… Ce n'est pas grave… Oui, d'accord… A bientôt, Maryann.

Maryann DeVito croyait son mari en voyage à Boston pour la compagnie. Un frisson d'angoisse traversa Stephen. Il avait soudain un terrible pressentiment. Soit Maryann protégeait son mari, soit elle ignorait vraiment la vérité. Quoi qu'il en soit, où diable était passé Frank ?

*
* *

Cet après-midi-là, Grant devait se rendre à trois réceptions de Noël. Il était plutôt content, car ces activités l'empêcheraient de penser à la catastrophe qui se tramait dans leur usine du New Jersey. Jarreau avait beau lui conseiller de ne rien changer à son programme, il avait de la peine à participer à la fête alors que le lancement imminent de NightWay risquait de lui attirer les foudres de Dieu et de tous ses saints.

Le Metropolitan Museum of Art offrait un somptueux déjeuner à ses mécènes. Grant y mena une discrète campagne de séduction auprès de riches rombières dont l'occupation principale consistait au quotidien à arpenter les galeries d'art pour débusquer de jeunes talents, et plus si affinités. Ensuite, il se rendit à la réception de Condé Nast, un gigantesque raout financé, comme ceux des neuf années précédentes, par les seules recettes publicitaires de *Lili ! International.* Après quoi il fit un saut à l'hôpital Mount-Sinaï pour prendre un verre avec le directeur et ses adjoints, histoire de mettre le monde médical dans sa poche. Pour être élu, il ne fallait reculer devant rien.

Il revint à son bureau peu après 16 heures. Il voulait jeter un œil à son courrier, et aussi souffler un peu avant d'attaquer les réceptions de la soirée. Mais il eut le déplaisir de trouver Stephen Gold devant sa porte.

— Vous n'avez pas mieux à faire que de traîner ici ? demanda Grant en entrant dans son bureau. Rentrez chez vous. C'est Noël.

Gold lui emboîta le pas.

— J'ai besoin de renseignements.

— Généralement, pour entrer ici, les employés attendent d'y être invités, répliqua Grant avec hauteur.

Il jeta son manteau de cachemire sur le canapé.

— Quel genre de renseignement ? demanda-t-il.

— Avez-vous envoyé Frank DeVito à Boston ?

Grant se figea, tous les sens en alerte.

— Pourquoi aurais-je envoyé DeVito là-bas ?

— Selon sa femme, il est en voyage pour la compagnie. Si c'est le cas, je sais que ce n'est pas au nom du département Recherche et Développement.

— Qu'est-ce qui vous fait croire qu'il a dit la vérité à sa femme ? demanda Grant en s'asseyant devant sa table de travail.

— Je connais DeVito. Je sais qu'il ne lui mentirait pas.

— Vous vous leurrez. Tous les hommes mènent une vie double, que leur famille ignore totalement. DeVito ne fait pas exception à la règle.

— Avez-vous envoyé Frank à Boston, oui ou non ?

— Non !

Grant marqua une pause, fusillant son interlocuteur du regard, puis reprit d'un ton radouci :

— Etes-vous satisfait ?

Gold tourna les talons et quitta le bureau. Grant attendit d'avoir entendu la porte de l'antichambre claquer, puis décrocha le téléphone. Sur le point de composer le numéro de Jarreau, il changea d'avis. « Cette conversation n'a pas eu lieu, avait dit son conseiller. Faites-moi confiance. »

Grant n'avait guère pour habitude de faire confiance à qui que ce soit, mais pour une fois, il allait se forcer. D'ailleurs, les vacances de Noël commençaient ce soir. Rien de grave ne risquait de se passer d'ici à la fin des fêtes.

Vendredi 22 décembre

A la plus complète surprise de Corey, Lili avait déboulé la veille à Dallas comme une tornade. Son étrange humeur du matin n'avait en rien modifié sa capacité à susciter l'enthousiasme de ses auditeurs. Et, le soir, les responsables locaux de *Lili !* s'étaient empressés de l'inviter à sortir.

Une fois de plus, Corey avait préféré rester seule à l'hôtel. Cela l'épuisait de côtoyer Lili en permanence, et pour tenir le coup, elle avait besoin de longues plages de solitude.

En outre, il y avait Stephen. Leur échange téléphonique quotidien lui tenait particulièrement à cœur. Malheureusement, ce soir-là, elle était tombée sur son répondeur ; elle avait raccroché sans laisser de message.

« Dernière étape, songea-t-elle le vendredi matin à l'aube, tandis que l'avion s'élançait sur la piste d'envol. Dernière étape, et je réussirai peut-être enfin à comprendre où toute cette histoire va nous mener, les uns et les autres. »

Lorsque l'appareil eut atteint son altitude de croisière, le steward leur servit du café, du jus d'orange frais et des toasts.

— Désirez-vous autre chose, madame Spaulding ?

— Non, John. Merci.

Il fit un signe de tête, puis se retira derrière le panneau coulissant qui séparait la cabine du reste de l'avion.

Lili alluma une cigarette et en tira une longue bouffée.

— Le voyage a été difficile pour vous, n'est-ce pas, ma chère ? demanda-t-elle tout à trac.

— Oui, répondit Corey avec franchise. En effet.

— Certaines personnes ne supportent pas ce rythme de vie, déclara Lili. Les décalages horaires, un lit différent chaque soir, la nourriture plus ou moins bonne des hôtels… Rares sont ceux qui apprécient cela autant que moi.

Corey hocha la tête, sans voir où Lili voulait en venir.

— J'avais cru le remarquer, répondit-elle prudemment.

Leur odyssée l'avait tant épuisée qu'elle avait l'impression d'avoir pris dix ans en quelques jours. Lili, en revanche, semblait plus fraîche et plus jeune que jamais.

— Vous avez une trentaine d'années, dit Lili, les yeux fixés sur elle. Sincèrement, je croyais que vous auriez plus de punch. Une professionnelle comme vous devrait avoir de l'énergie à revendre…

Elle marqua une pause, puis reprit en baissant la voix :

— A moins, bien sûr, que ce ne soit pas le voyage, mais votre partenaire de voyage qui vous épuise à ce point.

Corey sentit son souffle se bloquer dans sa gorge. Le terrain devenait terriblement périlleux. Et, avec la fatigue qui l'accablait, elle redoutait de laisser échapper malgré elle quelque remarque déplacée, quelque repartie cinglante qui la mènerait tout droit au désastre…

— N'êtes-vous pas satisfaite de mon travail ? demanda-t-elle.

— Ne doutez pas de vous-même de la sorte, ma chère ! rétorqua Lili. Vos parents auraient dû mieux vous apprendre à…

— Ne mêlez pas mes parents à cette histoire ! s'exclama Corey spontanément.

Lili écarquilla les yeux.

— Ah. Je crois que j'ai touché une corde sensible.

— Si vous avez un problème personnel avec moi, dites-le simplement, déclara Corey d'une voix tremblante. Mes parents n'ont rien à voir là-dedans.

— Je comprends.

— Non, murmura Corey. Je doute fort que vous compreniez.

« Cette jeune femme est trop sensible, songea Lili tandis que l'avion atterrissait à Philadelphie. » Elle avait du mal à imaginer que Corey Prescott eût pu arriver si haut dans une profession où il fallait se battre comme un enragé pour réussir. Et, bien qu'elle n'eût aucun reproche à lui faire quant à son travail, Lili regrettait un peu de n'avoir pas pour compagne de voyage une femme qui lui ressemblât davantage.

— Rappelez-moi le programme de la journée, je vous prie, ordonna-t-elle.

Corey ouvrit son journal de bord et lui énuméra les diverses activités auxquelles elle devait prendre part dans cette ville.

— Votre chauffeur nous attend au terminal, conclut la dircom. Il nous ramènera ce soir à New York.

— Parfait.

Lili avait promis au pilote qu'il pourrait prendre l'avion afin d'aller retrouver sa famille dans le Vermont pour Noël.

Le steward entra dans la cabine.

— Nous sommes arrivés au terminal. Vous pouvez débarquer quand vous le désirez, madame Spaulding.

Lili saisit son manteau et son sac à main.

— Allez, courage, madame Prescott ! Votre calvaire est presque terminé.

— Joyeux Noël, patron ! annonça Drake. A l'année prochaine pour les grandes manœuvres.

Stephen se leva de son fauteuil et se dirigea vers son assistant, qui se tenait sur le seuil de son bureau. Il était 16 heures passées ; les bureaux se vidaient pour les vacances.

— Joyeux Noël à vous aussi, Drake, répondit-il en lui serrant la main.

— Vous avez retrouvé Frank DeVito ?

Stephen avait passé des coups de fil dans toutes les directions, et toujours aucune trace de leur collègue.

— Pas encore. Mais tant que sa femme elle-même ne s'inquiète pas…

— Bien dit, patron.

Drake fit le salut militaire, puis s'éloigna.

« Bien dit ? » Pas vraiment, en fait. Stephen se faisait de plus en plus de souci au sujet de DeVito. Quelque chose se tramait, il en avait la certitude. Un événement extraordinaire. Et quand ça serait terminé, rien ne serait plus jamais comme avant chez *Lili ! International.*

Le programme prévu à Philadelphie pour la journée se déroula si bien et si vite qu'à 17 heures, Lili était déjà confortablement installée à l'arrière de la Rolls, en route pour New York.

Corey dormait paisiblement à côté d'elle. Les yeux clos et le visage détendu, elle dégageait une impression de douceur et de fragilité presque touchante. C'était une jeune femme magnifique. Peut-être même davantage à cet instant, quand sa bouche ne dessinait pas cette moue désapprobatrice qu'elle arborait généralement dans la conversation. Elle se mettait si souvent sur la défensive ! Lili jugeait cela plutôt ennuyeux, mais elle devait bien reconnaître que l'attitude de Corey, en un sens, lui rappelait ses propres débuts à Manhattan, dans les premiers mois de son mariage, lorsqu'elle se débattait désespérément dans un univers hostile et impitoyable.

Il y avait pourtant une différence de taille entre Corey et elle. Pour accéder à son niveau social actuel, sa jeune responsable des relations publiques n'avait jamais eu à se battre comme Lilly Ann Barnett. Corey possédait tout : la beauté, l'éducation et l'ambition. Lili l'enviait presque, d'une certaine façon, et elle ne pouvait s'empêcher de se demander jusqu'où elle-même serait allée si elle avait eu de tels atouts en main dès sa naissance.

Lili appuya la nuque contre l'appuie-tête de cuir et ferma les yeux. Bah ! Elle avait tout de même bien réussi. La petite adolescente sans le sou de Euless avait fait du chemin, et elle continuait son ascension. Pour preuve, le lot d'essai de Night-Way sortait aujourd'hui de l'usine de Somerset et…

Elle se redressa en sursaut et appela le chauffeur par l'Interphone.

— Ed ? Où sommes-nous, en ce moment ?

— Juste au sud de Princeton, madame Spaulding.

— Combien de temps nous faudrait-il pour nous rendre à l'usine de Somerset ?

— Trois quarts d'heure, à peu près

— Parfait. Allons-y.

La soirée de Noël de l'usine coïncidait avec la sortie du lot d'essai de Night-Way. Tout les employés y seraient présents. C'était l'occasion idéale pour les remercier du difficile travail qu'ils avaient fourni ces dernières semaines. Lili en profiterait peut-être aussi pour montrer à la jolie Corey Prescott une chose ou deux sur la façon de faire tourner une corporation.

Et, avec un peu de chance, chacun serait de retour chez lui pour le dîner.

Stephen envoya Jessie dans le salon avec ses crayons de couleur, lui demandant de dessiner des cartes de remerciement pour les cadeaux de Hanoukka qu'elle avait reçus dimanche. La fillette protesta un peu, puis se laissa convaincre.

Tandis qu'il vidait le lave-vaisselle, Stephen ne put s'empêcher de repenser à la disparition de Frank DeVito. Il avait beau se répéter que cette histoire ne le concernait pas et que Grant Spaulding avait peut-être raison d'affirmer que Frank avait une maîtresse, il ne réussissait pas à lutter contre son anxiété. En fait, il restait même persuadé que l'absence de son collègue avait un rapport avec l'affaire Night-Way.

Il alluma la petite télévision de la cuisine. Le moment était venu d'absorber la dose quotidienne de tragédies sociales, politiques et internationales qui portait le nom de « journal du soir ». Il sortit les verres du lave-vaisselle au moment où le commentateur évoquait les démêlés d'Hillary Clinton avec la justice dans l'affaire Whitewater, rangea les assiettes quand il fut question de la fermeture des administrations fédérales pour cause de faillite budgétaire, et il refermait la machine lorsqu'un flash spécial fut annoncé à l'écran.

Stephen augmenta le volume : « Notre bureau du New Jersey nous informe à l'instant qu'une explosion serait survenue il y a quelques minutes dans une usine de cosmétiques des Somerset Hills appartenant à la compagnie *Lili ! International.* On déplorerait de très nombreuses victimes. Selon certaines sources, Mme Lili Spaulding se trouvait sur les lieux au moment de l'explosion. Notre hélicoptère vient de décoller, et nous vous apporterons un complément d'information dès que possible… »

— Corey ! s'exclama Stephen d'une voix brisée. Corey ! Oh, mon Dieu, Corey !

34.

Somerset Hills

En une fraction de seconde, le paisible tableau hivernal des abords de l'usine s'était transformé en vision de cauchemar. Le ciel s'embrasait sous l'assaut des flammes qui jaillissaient du toit éventré du bâtiment. On n'entendait plus que le fracas de l'incendie mêlé aux hurlements des victimes.

Corey s'efforçait de ne pas écouter ces cris atroces. Elle ne voulait pas penser à tous ces pauvres gens qui restaient piégés dans le brasier. Il fallait qu'elle concentre toute son attention sur une seule personne : la femme qu'elle avait rêvé d'anéantir et qui gisait, inconsciente, devant elle. La femme dont elle tenait à présent la vie entre ses mains.

— Elle ne respire plus ! hurla Ed, le chauffeur de la limousine. Faites quelque chose !

Non, Corey, ne fais rien, au contraire… Laisse-la mourir… A-t-elle jamais fait quoi que ce soit pour toi ? Non. Pense à Millicent… Pense à cette lettre… Laisse mourir cette femme, elle n'est pas vraiment ta mère…

— Ma mère, murmura-t-elle d'une voix brisée en se penchant vers le visage de Lili. Ma mère…

— Je ne vous entends pas ! cria Ed. Qu'est-ce que vous dites ?

Cesse de te torturer, Corey… Elle n'a aucune place dans ta vie… Jamais elle n'a fait le moindre geste pour toi… Laisse-la mourir, et tu pourras enfin tirer un trait sur ton passé…

Corey lutta contre les larmes qui lui montaient aux yeux. Oublierait-elle réellement son passé, si elle ne sauvait pas sa mère ? La mort de Lili pourrait-elle jamais compenser son enfance malheureuse ? Lilly Ann Barnett avait tourné le dos à sa fille… mais Corey ne deviendrait-elle pas un monstre à ses propres yeux, si elle punissait aussi sauvagement la femme qui lui avait donné la vie ?

Et soudain, tel un baume, la voix douce de Millicent envahit son esprit : *Ce n'est pas comme ça que Jack et moi t'avons élevée, ma chérie. Tu dois la sauver. Fais-le pour moi, ma chérie… pour moi !*

Corey déglutit douloureusement. Elle n'avait pas le droit de refuser cela à Millicent. Même si la pulsion qui l'incitait à laisser Lili périr semblait plus forte que tout.

Elle tendit la main, referma doucement les doigts autour du cou de sa mère… et trouva son pouls : le cœur de Lili battait encore !

— Ed ! cria-t-elle. Elle vit !

Le chauffeur courut s'accroupir à côté d'elle.

— Ah, Seigneur ! gémit-il. Mais regardez tout ce sang ! Elle est blessée… Elle va mourir !

— Non, elle ne mourra pas ! rétorqua Corey.

— Elle a la tête couverte de sang !

— Les blessures crâniennes saignent toujours beaucoup. C'est très impressionnant, mais pas forcément grave.

— Elle va mourir, répéta Ed comme s'il n'avait rien entendu. Je sais qu'elle va mourir…

— Elle vivra ! murmura Corey avec fureur.

Plaquant une main sous le menton de Lili, elle lui boucha les narines entre le pouce et l'index. *Tu y arriveras,* l'encouragea la voix pleine de bonté de Millicent. Mue par ce silencieux encouragement, elle se pencha, posa ses lèvres sur celles de sa mère, et commença à lui insuffler de l'air dans les voies respiratoires. Lentement. Régulièrement. Sans relâche, sans se laisser démonter par l'immobilité de Lili. *Allez, ma chérie, continue ! Courage ! Tu vas y arriver…*

— Laissez tomber, marmonna Ed. Elle est morte, maintenant. Oh, mon Dieu, elle est morte !

Dans un coin de son esprit, Corey entendit le hurlement des ambulances se rapprocher, puis des crissements de pneus sur l'asphalte, à quelques mètres de là… Un instant plus tard, les équipes de secours se précipitaient vers les blessés.

— OK, je me charge d'elle ! annonça soudain une voix autoritaire.

Un petit homme râblé posa la main sur l'épaule de Corey et essaya de l'écarter de Lili.

— Allez au diable ! rétorqua-t-elle, avant de se pencher de nouveau sur la femme inconsciente.

— Vous avez fait ce qu'il fallait, protesta l'ambulancier d'un ton sévère. Nous allons nous occuper d'elle.

Corey ne répondit rien.

— Joe ! cria l'homme. Par ici ! J'ai besoin d'aide…

— Laissez tomber, madame Prescott, supplia Ed. Vous perdez votre temps.

De nouveau, Corey sentit une main s'abattre sur son épaule. Elle se redressa brusquement et frappa l'homme au ventre de toutes ses forces.

— Eh ! hurla-t-il. Vous êtes cinglée !

Faisant fi des protestations du chauffeur et des ambulanciers, Corey se pencha encore une fois vers sa mère. A présent, elle avait une certitude : tout ce qu'elle était, tout ce qu'elle avait accompli dans sa vie n'aurait plus aucun sens si Lili Spaulding mourait.

Un bruit de sirène envahit le sommeil de Lili, mais elle refusa de quitter son rêve. Le soleil… le ciel bleu… les eaux chaudes des Caraïbes… Whit. Il se tenait sous la véranda d'une villa chaulée, face à la plage, ses cheveux argentés balayés par la brise.

Elle l'appela, mais il ne semblait pas l'entendre. Elle mit ses mains en porte-voix et cria de nouveau son nom. Il se tourna un instant vers elle, puis pointa un doigt vers la mer.

Lili regarda dans la direction qu'il lui indiquait. *Maman, aide-moi...* Son enfant apparut dans les vaguelettes, au bord de l'eau — sa fille, si belle, si parfaite ! Mais elle ne réussissait toujours pas à l'atteindre. Aussi fort qu'elle essayât, Lili ne parvenait pas à lui attraper la main pour la tirer vers la plage.

Elle implora Whit de l'aider, mais il ne l'écoutait toujours pas. A quelque distance de là, Carter observait la scène, les bras croisés sur la poitrine, une expression réprobatrice sur le visage.

Ma mère... ma mère. Une voix familière parvint à Lili. Tout à coup, sa petite fille se transforma en une belle jeune femme qui s'avançait à sa rencontre. Bien que ses traits fussent en partie masqués par les ombres des tamariniers, le dessin de ses lèvres évoquait Corey Prescott. Lili la fixa d'un regard intrigué. Elle s'apprêtait à l'interroger, lorsqu'un hurlement de sirène fit exploser son rêve. Elle fut brusquement réveillée par une voix ferme — une voix de jeune femme :

— Madame Spaulding ! Vous m'entendez ?

Que diable faisait Corey Prescott dans sa chambre ? De quel droit la dérangeait-elle ainsi ? Lili rassembla ses forces et s'arracha à la pesanteur douloureuse de son sommeil, s'intimant l'ordre d'ouvrir les yeux.

Des traînées de fumée noire maculaient le visage de Corey. Sa veste de tailleur était couverte de sang. Une lueur étrange brillait dans ses yeux — mélange de peur, de soulagement, et d'une autre émotion que Lili ne réussit pas à identifier. Deux hommes se trouvaient à côté d'elle, arborant une expression grave et professionnelle. Des ambulanciers. Derrière, il y avait Ed, son chauffeur.

Lili cligna des yeux. Manifestement, elle ne se trouvait pas dans sa chambre d'hôtel. Elle regarda à côté d'elle et tressaillit. De la *neige* ? Que diable faisait-elle, allongée dans la neige ? Il ne neigeait jamais à La Nouvelle-Orléans, ni à Dallas. Etait-elle à Chicago ? Possible... Il neigeait beaucoup, dans cette ville-là.

Elle essaya de se redresser sur un coude, mais une douleur atroce lui déchira la poitrine. Avant qu'elle ait pu dire un seul mot, les ambulanciers brandirent tout un arsenal d'appareils médicaux.

— A… a… attendez ! Je…

Lili se tut et déglutit pour recouvrer la voix. Elle avait la bouche pâteuse. Difficile, dans la situation où elle se trouvait, de s'exprimer de façon impérieuse. Elle tendit un bras pour repousser les deux hommes… en vain. Elle se sentait soudain si faible qu'elle en éprouva un frisson d'angoisse incontrôlable. Seigneur ! Que lui arrivait-il ?

— Madame Spaulding, laissez-nous vous soigner, l'exhorta l'un des ambulanciers.

— Me… soigner ? Que se passe-t-il ?

— Nous allons vous emmener à l'hôpital.

— L'hôpital ? Je refuse…

Corey Prescott apparut dans son champ de vision.

— Il le faut, madame Spaulding. Un terrible accident vient de se produire, et vous devez être mise en observation.

— Mais… je vois la Rolls, là-bas, protesta Lili. Elle n'a pas l'air accidentée. Je ne comprends pas.

C'est alors qu'elle prit conscience qu'une espèce de rugissement emplissait l'atmosphère. Cela ressemblait au bruit d'un… incendie ! Et puis, une odeur étrange lui titillait les narines… Lili inspira profondément. La nausée l'envahit. L'air empestait la fumée et la chair brûlée ! Des bribes de souvenirs surgirent devant ses yeux : le visage souriant de Ben Krementz, les vivats de ses employés au moment où le premier pot de Night-Way était apparu au bout de la chaîne, un rugissement terrible quand…

— Oh, mon Dieu ! s'exclama-t-elle en croisant le regard de Corey Prescott. Dites-moi que c'est faux… C'est affreux…

Les yeux de la jeune femme s'emplirent de larmes.

— Je suis désolée, murmura-t-elle.

— Ben… ?

Par pitié, non ! Pas Ben…

— Il est mort.

— Je… je ne comprends pas, balbutia-t-elle.

Un frisson de panique la saisit. Elle avait soudain terriblement de peine à respirer.

— Ben était un homme si merveilleux, pourquoi…

Elle ne put terminer sa phrase. Son esprit refusant d'affronter l'horreur du drame qui venait de se produire, elle sombra dans un gouffre de ténèbres.

— Je monte avec Mme Spaulding dans le véhicule, un point c'est tout, déclara Corey.

— C'est contraire au règlement, protesta l'un des ambulanciers.

— Je me fiche du règlement, rétorqua-t-elle. Elle n'ira nulle part sans moi.

L'homme leva les yeux au ciel.

— Comme vous voudrez, ma petite dame. Je ne vais pas me bagarrer avec vous.

Les ambulanciers échangèrent un regard plein d'ironie, puis installèrent Lili sur une civière. Corey se fichait bien de leur opinion. Elle refusait de perdre Lili de vue, tant qu'elle n'aurait pas la certitude qu'elle n'avait aucune blessure grave.

Elle avait beau se répéter qu'elle aurait agi de la même façon pour n'importe qui, les émotions qui l'étreignaient lui prouvaient qu'elle se mentait à elle-même.

C'est ta mère, ma chérie, intervint la douce voix de Millicent. *Il est bien normal que tu aies de tels sentiments.*

Mais Corey refusait de l'admettre. « Cette femme n'est rien pour moi », songea-t-elle tandis que l'ambulance démarrait en direction de l'hôpital. Si elle en avait eu la possibilité, elle aurait aidé Ben Krementz de la même façon. Le fait que c'était la vie de sa *mère* qu'elle venait de sauver n'avait aucune importance.

Welchester

Felicia poussa un hurlement d'effroi parfaitement horripilant. Grant soupira, posa son verre de scotch sur la table de la bibliothèque et passa dans le salon, où il trouva sa femme en larmes. A côté d'elle se tenait un homme en imperméable, au visage impassible, qu'il n'avait jamais vu nulle part.

Grant prit son épouse dans ses bras et l'interrogea du regard.

— Oh, mon Dieu… ! balbutia-t-elle entre deux sanglots. C'est affreux !

— Felicia, ma chérie, murmura-t-il en l'étreignant doucement. Cesse de pleurer et dis-moi ce qui se passe.

Il sentait que l'inconnu l'observait attentivement. Il devait donc jouer son rôle de mari modèle de façon aussi convaincante que possible.

— C'est horrible, marmonna Felicia. Horrible…

« Le bébé, songea Grant. Seigneur, pas le bébé… »

— C'est à cause de John Carter ?

— Non, répondit-elle en levant les yeux vers lui. C'est Lili. Il vient d'y avoir un accident.

Grant sentit ses jambes se ramollir.

— L'avion… ?

— Non ! s'écria Felicia d'une voix hystérique. Il y a eu une explosion, Grant ! Dans le New Jersey. Lili était là-bas.

Grant eut l'impression de recevoir un coup de massue en pleine figure. Tout d'abord, son esprit refusa d'accepter ce qu'il entendait.

— Non, Felicia, répondit-il. C'est impossible. Aujourd'hui, Lili est à Philadelphie.

L'homme en imperméable fit un pas en avant.

— Je me présente, monsieur Spaulding, annonça-t-il en brandissant un insigne. Inspecteur Chase. Une explosion est survenue il y a une demi-heure à votre usine de Somerset.

Grant lâcha Felicia, les yeux écarquillés. Une explosion ? Juste le jour où le lot d'essai de Night-Way sortait de la chaîne d'assemblage ! « Nom de Dieu, Jarreau, songea-t-il avec effroi. Qu'est-ce que vous avez trafiqué ? »

— Il y a des blessés ? demanda-t-il. Des morts ?

— Quatre morts, mais j'ignore le nombre des blessés, répondit l'inspecteur Chase. Votre mère…

— Oh, non ! s'exclama Grant avec une grimace horrifiée.

Il courba le dos sous la force de sa douleur.

— Elle n'était pas censée se trouver là-bas, marmonna-t-il entre ses dents.

— Pardon, monsieur ? demanda le policier avec curiosité.

Grant se redressa, espérant de toute son âme que Chase n'avait pas vraiment entendu ses dernières paroles.

— Elle était à Philadelphie, s'empressa-t-il d'expliquer. Pas dans le New Jersey !

— Je regrette, monsieur Spaulding, mais nous avons eu la confirmation que votre mère se trouvait dans l'usine au moment de l'explosion.

Grant faillit suffoquer. Il voulut poser une autre question, mais la nausée l'en empêcha. « Pas comme ça, songea-t-il avec désespoir. Cela ne devait pas se passer comme ça. »

L'inspecteur se racla la gorge.

— Mme Spaulding a été emmenée à l'hôpital Saint Peter, à Morriston.

— Elle… elle n'est pas morte ? demanda Grant d'une voix tremblante.

Chase s'empourpra.

— Oh, pardonnez-moi ! J'aurais dû vous préciser bien plus tôt qu'elle était en vie.

Grant était trop soulagé pour lui en vouloir. Lili était en vie ! Dieu soit loué, les folies de Jarreau n'avaient pas coûté la vie à la seule personne au monde qui ne désirait que son bonheur. Tant qu'il aurait son soutien, son avenir serait assuré.

Il se tourna vers Felicia.

— Appelle nos avocats, ordonna-t-il. Préviens-les de ce qui vient de se passer.

Avec cette affaire, les hommes de loi s'en donneraient à cœur joie. Grant avait la certitude qu'ils réussiraient à minimiser les conséquences financières de cette catastrophe pour la compagnie.

— Où vas-tu ? demanda sa femme d'un ton geignard.

L'imbécile ! Où croyait-elle qu'il s'en allait ?

— Ma mère a besoin de moi, répliqua-t-il. Je vais à l'hôpital.

— J'y vais moi aussi, intervint l'inspecteur. Je peux vous y emmener, si vous voulez. Cela nous donnera l'occasion de parler.

Grant hocha la tête. C'était une excellente idée. S'il jouait finement son coup, il parviendrait sans doute à incriminer Frank DeVito dans cette sale histoire.

Le parking de l'hôpital était envahi par une armée d'ambulances, de voitures de police et de camionnettes des chaînes télé. A l'intérieur du bâtiment, le service des urgences recevait un flot incessant de blessés. Etant donné que la plupart des employés de l'usine de Somerset se trouvaient sur les lieux au moment de l'explosion, les victimes se comptaient par dizaines. Le nombre de décès, d'amputations et de lésions graves était effrayant. Corey se demandait avec désespoir combien de familles, telles que celle de Ben Krementz, seraient brisées par cette tragédie.

— Salle B, hurla un infirmier aux ambulanciers qui poussaient le brancard de Lili.

Il posa les yeux sur les taches de sang qui maculaient la veste de Corey.

— Vous êtes blessée ? demanda-t-il.

Elle secoua la tête. Il lui tendit une feuille de papier.

— Alors donnez votre sang, ordonna-t-il. Nous allons bientôt en manquer.

Tandis qu'un médecin se précipitait dans la salle où sa mère avait été conduite, Corey se mit à arpenter nerveusement le couloir. Quelques heures plus tôt seulement, elle ne souhaitait qu'une chose : anéantir l'empire de Lili Spaulding. Mais elle se sentait à présent presque désolée pour elle. Outre le terrible gâchis humain causé par l'explosion, elle déplorait qu'avec cet accident un grand projet fût parti en fumée. Pour Lili, les affaires comptaient plus que tout. Elle ne vivait que pour le bien de *Lili ! International*, y investissant toute son énergie pour lui garantir une entrée triomphante dans le XXIe siècle.

« Bah ! Elle s'en remettra », songea Corey. Lilly Ann Barnett était une coriace, habituée à se battre pour survivre. En outre, Lili n'avait pas tout perdu, loin de là ! Elle possédait encore le nom et la fortune des Spaulding. Sans compter cette volonté de fer qui lui avait déjà permis de surmonter bien des obstacles.

— Corey Prescott ? C'est vous qui avez sauvé Lili Spaulding, n'est-ce pas ?

Corey cilla et fit volte-face. Une jeune femme brune lui brandit un micro sous le nez.

— Pardon ?

— Dana Anders, d'*Action News*, répondit la femme.

Elle pointa un index vers Ed qui, au fond du couloir, parlait devant une horde de journalistes.

— Selon M. Militello, vous avez sauvé la vie de Lili Spaulding en lui faisant du bouche-à-bouche.

— Eh bien, je… Non, répondit Corey. Je ne lui ai pas sauvé la vie.

— Ne soyez pas si modeste, insista Dana Anders. Vous pouvez être fière de vous.

Corey secoua la tête.

— Je n'ai rien fait d'extraordinaire. Ce sont les ambulanciers…

— Anders ! cria une voix masculine. Conférence de presse. Chef de la police. Immédiatement !

— Attendez-moi ici, ordonna la jeune femme. Je reviens dans quelques minutes. Vous me raconterez tous les détails de ce sauvetage miraculeux.

Médusée, Corey la regarda s'éloigner. « Sauvetage miraculeux ? » Elle se demanda avec ironie ce que la journaliste penserait si elle lui révélait qu'au contraire, elle avait failli laisser Lili Spaulding mourir !

Un infirmier s'approcha d'elle.

— Vous avez rempli le formulaire pour le don du sang ?

— Pas encore.

— C'est très urgent, insista-t-il en lui tendant un stylo. Il y a de plus en plus de blessés graves, et nous commençons à manquer de sang.

Corey s'assit sur une chaise. Elle pouvait bien donner son sang, en effet, en attendant d'avoir des nouvelles de Lili. Elle commença à remplir le formulaire.

Prénom : Catherine
Nom : Prescott
Née : Banning
Date de naissance : 14 février 1963
Nom et adresse du plus proche parent : [Milli]

Corey sentit sa gorge se nouer. Pendant près de vingt-sept ans, Millicent avait été son unique port d'attache, cette *mère* dont elle s'était si longtemps cru privée. Millicent l'avait soutenue pendant ses années de rébellion et de terreur, quand elle se demandait pourquoi le destin l'avait punie en la défigurant. Millicent, toujours, lui avait tenu la main, avait séché ses larmes — l'avait aimée sans conditions. Et cette femme merveilleuse était morte.

Aujourd'hui, Corey s'apercevait avec effroi qu'elle n'avait plus personne au monde. Nul ne se souciait de savoir ce qu'elle devenait. Si elle avait péri dans l'explosion, personne ne l'aurait regrettée, personne n'aurait versé une larme pour elle.

Tu n'as donc pas écouté ce que je t'ai dit, ma chérie ? murmura la douce voix de Millicent. *Non, tu n'es pas seule au monde. Tu as ta mère, la femme qui t'a donné la vie.*

« Tu ne comprends pas, songea Corey. Pour Lili Spaulding, je ne suis rien d'autre qu'une employée. »

Apprends-lui la vérité. Elle est aussi solitaire que toi, tu l'as reconnu toi-même. Parle-lui de toi, et vois ce qui arrivera ensuite.

« Oh, maman... Je ne sais pas. Je ne sais plus... J'ai si peur... »

Corey eut soudain l'impression de sentir le bras de Millicent se glisser autour de ses épaules et l'étreindre affectueusement.

Ne perds pas courage, ma chérie. Va la voir, dis-lui que tu es sa fille. Et tout se mettra en place naturellement entre vous...

Mais elle hésitait encore. A toutes les étapes importantes de sa vie, Millicent avait été sa mère. Même si c'était Lilly Ann Barnett qui lui avait donné naissance, seule Millicent Banning méritait le titre de maman. Personne ne pourrait jamais lui prendre cela. Mais aujourd'hui, Millicent était décédée, et Corey souffrait encore terriblement de l'absence de sa mère naturelle.

Quelques mois plus tôt, elle ne souhaitait qu'une chose : terrasser Lili Spaulding. Pourtant, le drame qui venait de se produire l'avait bouleversée. Le fait de voir cette femme si fière étendue par terre, inconsciente — vulnérable — l'avait terriblement émue. Et désormais, elle ne réclamait plus vengeance. Elle ne voulait plus détruire l'empire Spaulding, car cet empire n'avait plus d'importance à ses yeux.

Saisis ta chance, ma chérie. Qu'est-ce que tu as à perdre ?

« Je le fais pour toi », songea Corey en traversant le couloir vers la salle où les ambulanciers avaient emmené Lili.

Non, ma chérie. Si tu m'aimes, c'est pour toi que tu dois le faire.

A l'instant où Corey allait ouvrir la porte, un médecin surgit de la pièce. Il avait l'air furieux.

— Comment va-t-elle ? demanda-t-elle. Elle a repris connaissance ?

— Ça oui ! répondit l'homme avec colère. Mais je n'arrive pas à l'examiner. Elle a l'oreille rivée à son téléphone cellulaire !

Corey le surprit visiblement en poussant un soupir de soulagement.

— C'est qu'elle va bien, expliqua-t-elle en souriant. Si elle n'était pas au téléphone, alors il faudrait s'inquiéter.

— Les blessures crâniennes réservent parfois de mauvaises surprises, maugréa le médecin. Je pense qu'elle devrait rester en observation, mais elle refuse d'entendre raison.

— Je vais lui parler.

— Eh bien, bonne chance. Elle est coriace ! s'exclama-t-il en s'éloignant.

« Voilà, on y est », songea Corey. Elle prit une profonde inspiration pour se donner du courage. L'instant de vérité qu'elle attendait depuis toujours était enfin arrivé.

Elle ouvrit la porte et entra dans la pièce. Lili était en train de raccrocher son téléphone.

— Ah, vous voilà, Corey ! s'exclama-t-elle. Je me demandais où vous étiez passée.

Corey dévisagea attentivement sa mère. Elle avait un large pansement sur le front, et deux plus petits sous l'oreille. A part ces blessures d'apparence bénigne, elle semblait en forme. Prête à entendre la révélation la plus étonnante de son existence…

— Avez-vous de nouvelles informations au sujet de l'explosion ? demanda Lili.

Corey déglutit pour s'éclaircir la voix. Ses mains tremblaient si fort qu'elle les cacha derrière son dos.

— Non. La police interroge tous les témoins possibles, mais on ne sait encore rien.

— Pauvre Ben ! se lamenta Lili. Je venais juste de lui dire au revoir, et…

Ses mots se perdirent dans un murmure. Ses yeux s'emplirent de larmes, et elle baissa pudiquement la tête. Corey ne put résister au besoin de la réconforter. Elle s'avança, le cœur battant la chamade, puis posa doucement une main sur le front de sa mère. Ses cheveux étaient soyeux. « Comme les miens », se dit-elle avec émerveillement. La même petite ondulation à la racine ; la même mèche rebelle, apprivoisée grâce à une permanente.

— Pas de ça, Corey, je vous en prie !

Lili lui écarta la main d'un geste sec. Ses larmes s'étaient brusquement taries.

— Si vous voulez jouer les bons Samaritains, trouvez quelqu'un qui en a vraiment besoin ! ajouta-t-elle avec une grimace dédaigneuse.

Corey hocha lentement la tête, ignorant cette nouvelle vexation. Elle préféra penser que ces paroles ne lui étaient pas réellement adressées : Lili se montrait brutale pour dissimuler le chagrin qui la tenaillait. Et

Corey comprenait cette attitude pour l'avoir elle-même eue nombre de fois au cours de sa vie.

— Je pensais que vous aimeriez avoir un peu de compagnie, dit-elle avec calme.

Lili haussa un sourcil.

— Ah ? Et depuis quand sommes-nous de bonne compagnie, vous et moi ?

Corey rassembla son courage. Maintenant, elle devait trouver le moyen de dire toute la vérité à sa mère.

— Nous avons fait un long voyage, répondit-elle. Je crois que nous nous sommes plutôt bien entendues… étant donné les circonstances.

Etant donné les circonstances ? Corey soupira intérieurement. Quelle façon ridicule de s'exprimer !

— Ma chère, rétorqua Lili, je ne suis peut-être pas au meilleur de ma forme, mais je goûte peu ce genre de stupidités.

Elle se renversa contre les oreillers, fixant Corey d'un regard supérieur.

— Vous avez fait votre devoir en exprimant votre inquiétude pour votre employeur. Vous êtes libre de vous en aller, maintenant.

— Je préfère rester avec vous.

— C'est inutile.

Corey prit une profonde inspiration.

— Je… je crois que c'est très utile, au contraire.

— Ne vous faites donc pas tant de souci. De toute façon, même la spécialiste en communication que vous êtes ne pourra rien changer à ce qui vient de se passer.

— Ce n'est pas ce que je veux dire.

— Celui qui est le plus touché par cette tragédie, c'est mon fils, bien entendu. Mais ses conseillers sauront l'aider.

Corey eut l'impression de recevoir un coup de poing à l'estomac. Comment Lili pouvait-elle songer une seule seconde que Grant Spaulding souffrait de cette histoire ? Avait-elle perdu la tête ?

Elle a peur, songea Corey en s'efforçant de refouler la colère qui l'envahissait. *Ses pensées sont embrouillées dans sa tête.* Non seulement

Lili avait vu une partie de son empire partir en fumée, mais elle avait été témoin de la mort de plusieurs de ses employés. En pareille situation, n'importe qui aurait eu de la peine à mettre de l'ordre dans ses idées.

— Je ne demande pas mieux que d'aider la compagnie, déclara Corey.

— Ce ne sera pas nécessaire.

— C'est dans mes attributions.

— Pas cette fois, ma chère. Désormais, il faut avant tout penser à l'avenir de Grant. C'est son équipe qui s'en occupera, pas vous.

Ces paroles blessaient horriblement Corey, mais elle refusa de se laisser démonter.

— J'aimerais vous parler d'une affaire... personnelle.

Lili saisit son téléphone cellulaire.

— Cela peut attendre le retour des vacances, je pense.

— Non. Nous devons en parler tout de suite.

— Ma chère, répliqua Lili en soupirant, vous choisissez vraiment le pire moment pour essayer de faire avancer votre carrière.

— Cela n'a rien à voir avec ma carrière. C'est personnel. Ça ne concerne que nous deux.

Une expression cynique se peignit sur le visage de Lili.

— J'ignorais que nous avions des sujets de discussion privés.

— Nous n'en avons pas vraiment... enfin, si... ! Je l'espère, du moins...

— Mais où voulez-vous en venir, à la fin ? Parlez ! Si vous avez à me parler, rendez-nous service à toutes les deux en mettant cartes sur table. Sinon, laissez-moi en paix.

— Il faut que vous sachiez une chose, commença Corey d'une voix tremblante. C'est... c'est une chose que j'ai découverte il y a quelques mois seulement.

— Je suis certaine que ce doit être absolument fascinant, mais j'ai pour principe de ne jamais me mêler de la vie privée de mes employés, trancha Lili.

— Avant que je me marie, je...

Lili l'interrompit d'un geste de la main, avec une grimace hautaine.

— Les histoires sentimentales malheureuses ou les querelles domestiques me tapent sur le système, ma chère.

— Madame Spaulding, s'il vous plaît…

— J'ai eu une fin de journée difficile, madame Prescott, et je n'ai pas besoin…

— Ecoutez-moi !

Corey ferma les yeux quelques instants, crispant les doigts sur le formulaire relatif au don du sang. Sa mère la fixait d'un air outré. Seigneur ! La conversation tournait au désastre ! Si cela continuait ainsi, jamais elle n'arriverait à se confier.

— Je suis désolée de m'emporter, reprit-elle d'un ton radouci, mais ce que j'ai à vous dire est… très difficile, et si je ne le dis pas maintenant, je ne pourrai peut-être jamais…

— Mère ! s'exclama tout à coup une voix tonitruante.

Grant Spaulding fit irruption dans la pièce et s'avança à grands pas vers Lili, dont le visage s'illumina instantanément. Il repoussa Corey d'un geste autoritaire, puis se pencha au chevet de sa belle-mère.

— Grant, mon chéri ! s'exclama-t-elle avec ravissement. Comment as-tu fait pour me retrouver ? Je n'arrivais pas à te joindre au téléphone, je…

— Grâce à la police, l'interrompit-il.

Il saisit les mains de Lili et les embrassa en se livrant à une démonstration de dévotion filiale qui donna la nausée à Corey.

— Un inspecteur est venu à la maison me prévenir de l'explosion.

Les yeux de Lili s'emplirent de larmes.

— Oh, c'était affreux, mon chéri, murmura-t-elle. Tous ces pauvres gens…

Grant tourna vers Corey des yeux vides de toute émotion.

— Vous pouvez nous laisser, déclara-t-il.

Corey redressa le menton.

— Mme Spaulding et moi étions en train de parler, répliqua-t-elle. C'est très important.

Grant se rembrunit. Sa colère emplit la pièce comme un fluide maléfique, qui glaça Corey.

— Ma mère a besoin de repos, rétorqua-t-il.

— Elle n'est pas…

Corey se tut et regarda de nouveau Lili.

— Si vous pouviez m'accorder dix minutes, vous comprendriez pourquoi j'insiste.

Le son de sa propre voix la rendit malade. « Qu'est-ce qui t'arrive, Corey Prescott ? Tu supplies ta propre mère de te prêter un peu d'attention ? »

— Vous ne comprenez donc rien ? s'emporta Grant. Pas aujourd'hui ! Laissez-nous !

Lili lui tapota la main.

— Merci, mon chéri. Que deviendrais-je, sans toi ?

— Tu es toute ma famille, mère. Je serai toujours là pour te soutenir.

Et, de nouveau, Corey se retrouva spectatrice d'un univers où elle n'avait pas sa place. Sauf que cette fois, la douleur qu'elle éprouvait était plus intense et plus dévastatrice que jamais — parce qu'elle avait été assez bête pour espérer que toute cette histoire se terminerait bien. Elle tourna les talons et sortit de la pièce comme une furie. Juste devant la porte, l'infirmier chargé des dons du sang l'apostropha :

— Hé, vous ! Vous avez rempli le formulaire, ce coup-ci ?

Corey froissa la feuille de papier, en fit une boule et la jeta par terre d'un geste rageur. Elle avait tant de chagrin qu'elle se sentait près de défaillir.

— Demandez à ce monsieur, rétorqua-t-elle en pointant un doigt par-dessus son épaule en direction de Grant. Je crois que, de toute façon, ma mère préférera toujours son sang à lui.

*
* *

Ma mère…

Lili eut tout à coup l'impression qu'un étau se resserrait autour de sa gorge. Elle s'assit au bord du lit, posa les pieds par terre. Elle sentait qu'elle manquait encore de force pour marcher, mais elle puisa de l'énergie dans son désarroi, et se leva. *Ma mère préférera toujours son sang…*

— Où vas-tu ? demanda Grant.

Elle se retint au bras de son beau-fils.

— Tu ne l'as pas entendue ? Pourquoi a-t-elle dit une chose pareille ?

— Que se passe-t-il, mère ? Tu es toute pâle…

— Il ne fallait pas la laisser partir comme ça ! Elle voulait me dire quelque chose…

— Oh, elle peut bien attendre ! Je suis content qu'elle soit partie. Elle nous importunait.

Lili enfila ses escarpins. *Demandez à ce monsieur… Je crois que, de toute façon, ma mère préférera toujours son sang…* Elle avait peine à en croire ses oreilles. Tout cela était tellement étrange. Pourquoi Corey avait-elle prononcé ces mots terribles ? *Ma mère…* Cela n'avait aucun sens !

Ignorant les protestations de Grant, qui l'exhortait à ne pas se fatiguer, elle sortit dans le couloir et interrogea une infirmière qui passait par là.

— La jeune femme qui était avec moi… l'avez-vous vue ? Vous savez où elle est partie ?

— Il y a tant de monde, aujourd'hui, vous savez ! répondit l'infirmière en haussant les épaules. A quoi est-ce qu'elle ressemble, cette jeune femme ?

Lili sentit Grant approcher derrière son épaule.

— Mince, les cheveux bruns, répondit-elle. Elle porte un tailleur rouge…

« Elle me ressemble, songea-t-elle avec stupéfaction. Comment ai-je pu ne jamais m'en apercevoir ? »

— Ah ! Celle qui vous a sauvé la vie ? Elle est partie avec une équipe de journalistes télé, je crois.

Lili chancela.

— Allons, tu vois bien que tu n'es pas encore assez forte pour te lever ! s'exclama Grant en la retenant par la taille. Tu devrais te remettre au lit.

— Ecoutez votre fils, renchérit l'infirmière. Quand vous aurez mangé, ça ira mieux. Pour le moment vous êtes encore trop fatiguée.

— Vous avez raison, acquiesça Lili d'une voix faible. Bien sûr, vous avez raison.

Elle avait beaucoup souffert aujourd'hui. Son esprit lui jouait des tours. D'accord, Corey Prescott était une jeune femme ambitieuse et opiniâtre. De là à imaginer ce que Lili croyait avoir entendu… Non ! C'était insensé. Elle allait rentrer chez elle, ordonner à la cuisinière de lui préparer un bon grog, puis s'installer devant la baie vitrée et regarder les lumières du Tavern on the Green, comme elle l'avait fait presque à chaque Noël depuis son mariage avec Carter.

— Je veux retourner à Manhattan, annonça-t-elle à Grant. Dis à Ed d'avancer la Rolls et…

Lili se tut soudain. Son regard venait de se poser sur une boule de papier abandonnée sur le sol. C'était Corey Prescott qui avait jeté cette feuille, tout à l'heure. Lili se baissa pour la ramasser.

— L'hôpital paie des gens pour faire le ménage, protesta Grant d'un ton outré. Pourquoi te donnes-tu la peine de… ?

Lili n'entendait plus rien. Un bourdonnement sourd emplissait sa tête, submergeant tous les sons qui lui parvenaient. Une étrange sensation de vertige la saisit.

Jette ce papier, ma fille. Tu n'as pas à t'en soucier.

Les doigts tremblants, elle déplia la feuille.

Tu vas le regretter. Je t'aurai prévenue. Ne viens pas pleurer quand tout se sera écroulé autour de toi.

Un formulaire de don du sang. Rien de plus. Un morceau de papier ridicule, qui n'avait d'autre utilité que d'occuper les journées des employés de l'administration. Lili poussa un soupir de soulagement.

Quel danger pouvait bien surgir d'un tel document ? Sur celui-ci, d'ailleurs, il n'y avait quasiment rien d'écrit… Juste quelques mots gribouillés à la hâte…

Prénom : Catherine
Nom : Prescott
Née : Banning
Date de naissance : 14 février 1963
Nom et adresse du plus proche parent : [Milli]

— Non ! s'exclama Lili en lâchant le formulaire comme s'il avait pris feu.

Banning. Elle connaissait ce nom… Millicent Banning… *Vous allez dire que je suis folle, madame Spaulding, mais chaque fois que je regarde ma fille Catherine… Une enfant adorable, née le jour de la Saint-Valentin… Elle est morte, Carter, ma fille est morte…*

— Qu'est-ce qu'il y a ? demanda Grant d'un ton inquiet. Ça ne va pas ?

Lili fondit en larmes.

— Ma fille, murmura-t-elle avec émerveillement. Mon Dieu, j'ai retrouvé mon bébé !

35.

Bouleversée, Lili rentra dans la salle de soins en titubant, et se laissa choir sur le lit.

— Oh, mon Dieu, gémit-elle, essayant désespérément d'endiguer le flot de ses larmes. Ma fille… Oh, Seigneur…

Comment avait-elle pu être si stupide, si *aveugle* ? Les mêmes cheveux bruns, les mêmes yeux bleus… le même caractère impétueux. Lili avait su dès le premier instant que Corey Prescott dissimulait quelque terrible secret. Cela se voyait dans son comportement, dans son expression tour à tour songeuse, triste ou coléreuse, dans ses questions et dans ses reparties… Et elle, Lili, n'avait rien vu ! Pendant deux semaines, elle avait voyagé en compagnie de sa fille — cette enfant chérie qu'elle avait mise au monde trente-deux ans plus tôt —, et elle n'avait rien compris !

— Mère ?

Grant referma la porte de la salle de soins et s'approcha doucement du lit. Lili avait tellement mal dans la poitrine, son chagrin était si fort qu'elle avait de la peine à respirer. *Tu as essayé de me parler, Corey, mais j'ai refusé de t'entendre*, songea-t-elle avec désespoir.

— Lili ? insista Grant. Que se passe-t-il ? Tu ne te sens pas bien ?

Elle avait considéré Corey Prescott comme une jeune femme ambitieuse et opiniâtre. Elle soupçonnait à présent que ce n'était pas le désir de réussir qui poussait Corey en avant, mais la haine, une haine viscérale et destructrice que rien ne pourrait sans doute jamais effacer.

— Mère ! s'exclama Grant. Veux-tu que je rappelle les médecins ?

Lili leva les yeux vers lui. *Mère...* Grant prononçait ce mot avec fierté et amour. Elle était sa mère, oui... Elle ne l'avait peut-être pas porté en elle pendant neuf mois comme sa fille, mais elle lui avait donné son cœur, son âme et toute la dévotion qu'elle aurait accordée à sa propre enfant si les circonstances l'avaient permis. Depuis près de vingt ans, Grant occupait le centre de son existence, il donnait un sens à sa vie. Et elle plaçait même le bonheur de son fils avant le sien...

— Je ne voulais pas lui faire de mal, murmura-t-elle d'une voix entrecoupée. Je n'avais pas le choix. J'étais obligée de l'abandonner.

A l'époque, c'était au contraire ce qu'elle pouvait faire de mieux pour son bébé. Comment aurait-elle pu deviner ce que l'avenir leur réserverait, à toutes les deux ? Elle avait dix-sept ans, elle était pauvre, elle avait la peur au ventre. *Et tu étais aussi terriblement égoïste, Lilly Ann !* Egoïste ? Elle ne pouvait le nier. Mais ce n'était pas un péché ! Parfois, pour survivre, on n'avait d'autre solution que d'agir de façon égoïste.

— De quoi parles-tu ? demanda Grant d'un ton inquiet. Qui as-tu abandonné ?

— Corey... Corey Prescott...

— Je me contrefiche de cette fille, trancha Grant. Pour le moment, c'est pour toi que je m'inquiète. Pour toi seulement.

Lili essuya ses larmes d'un revers de main. Les paroles tendres de Grant la rassuraient beaucoup, bien sûr... C'était bon de recevoir de telles marques d'amour. Mais se montrerait-il aussi affectueux et désintéressé quand elle lui apprendrait la vérité ?

— Tu ne comprends pas, Grant, expliqua-t-elle. Il y a une chose que je dois te dire, au sujet de Corey...

— Cette fille a le sang chaud, l'interrompit-il, mais elle se remettra de sa petite colère. Elle a eu un sacré culot de vouloir nous empêcher de nous retrouver en famille !

— Oh, Grant, murmura Lili avec un faible sourire. Corey aussi fait partie de notre famille.

Corey sortit de la camionnette non loin de l'immeuble de Manhattan où elle logeait provisoirement, et remercia la joyeuse bande de techniciens de la télévision qui l'avait raccompagnée.

— Vous êtes sûre de ne pas vouloir prendre un verre avec nous ? demanda le conducteur. C'est Noël ! Il faut fêter ça.

— Désolée, répondit-elle en se forçant à sourire, mais je crois que j'ai eu mon compte d'émotions pour aujourd'hui.

Elle referma la portière du véhicule et se dirigea vers son appartement. Heureusement pour elle, ces charmants hurluberlus n'avaient pas cherché à savoir qui elle était ni quel rôle elle avait joué dans la catastrophe de l'usine de Somerset. S'ils avaient su l'histoire sensationnelle qu'ils venaient de rater !

Lili Spaulding est sauvée par sa fille bâtarde après l'explosion de son usine... Reportage complet à 21 heures.

Dommage que la fille bâtarde en question soit une belle imbécile, songea-t-elle en ouvrant la porte de son domicile. Elle aurait dû laisser mourir Lili Spaulding. Son désir de vengeance aurait été assouvi. Oui, la mort de Lili aurait été son triomphe suprême. Décidément, elle avait été vraiment stupide de croire — d'espérer ? — que Lili Spaulding et elle réussiraient un jour à se retrouver.

Lili lui avait clairement fait comprendre qu'elle avait déjà un fils à qui elle vouait tout l'amour dont elle était capable. Elle n'avait sans doute aucune envie de s'encombrer d'une pauvre fille blessée, qui avait gâché la plus grande partie de sa vie à souhaiter l'impossible.

Ce qui surprenait cependant Corey par-dessus tout, c'était la souffrance atroce que lui procurait cette prise de conscience.

« J'ai fait de mon mieux, maman, songea-t-elle en rappelant à sa mémoire le visage adoré de Millicent. Mais ça n'a pas suffi. Lili ne veut pas plus de moi aujourd'hui que le jour de ma naissance. »

Et cette fois, même Millicent serait impuissante à la consoler.

*
* *

— Oh, madame Spaulding ! s'exclama Gretchen, les larmes aux yeux. Comment ça va, maintenant ?

Lili hocha doucement la tête et sourit à sa vieille cuisinière. Elle tenait mieux sur ses jambes qu'à l'hôpital, mais elle éprouvait de terribles élancements à la tête.

— Je vais… bien, répondit-elle. Merci, Gretchen.

Grant lui glissa un bras autour des épaules.

— Mère a juste besoin de repos, renchérit-il.

— Nous nous sommes tous fait tellement de souci pour vous, dit Gretchen d'une voix émue. Et quand le policier est arrivé, nous…

— Policier ? l'interrompit Grant. Quel policier ?

— Un monsieur de la police de Manhattan. Il est arrivé il y a une demi-heure. Il a insisté pour vous attendre ici.

Lili et Grant échangèrent un regard intrigué.

— Peut-être qu'ils ont déjà du neuf au sujet de l'explosion, suggéra-t-elle.

Grant grimaça. Il semblait soudain très nerveux.

— J'en doute, mère. Ce genre d'enquête prend du temps.

Tandis qu'ils se dirigeaient vers le salon, Lili se demanda pourquoi Grant se montrait si pessimiste au sujet de cette affaire. Pour sa part, elle avait la conviction que l'explosion de l'usine avait une explication très simple, et que la police ne mettrait pas longtemps à résoudre l'énigme.

Le policier les salua tout en leur présentant son insigne.

— Inspecteur Terry Halloran, dit-il. Madame Spaulding, je souhaiterais vous poser deux ou trois questions…

Grant l'interrompit d'un geste de la main.

— Je suis Grant Spaulding, inspecteur. Ma mère a subi aujourd'hui un important traumatisme. Votre visite ne peut-elle être remise à plus tard ?

Halloran le fixa un instant d'un regard perçant, puis se tourna de nouveau vers Lili.

— Madame Spaulding, quand avez-vous vu pour la dernière fois Frank DeVito, qui travaille au siège de votre compagnie ?

Lili fronça les sourcils.

— Je regrette, mais je ne connais personne de ce nom-là.

— Il travaille au département Recherche et Développement de votre compagnie.

— C'est moi qui dirige ce service, intervint Grant d'une voix cassante. Qu'est-il arrivé à DeVito ?

Lili cilla. Grant n'était pas dans son état habituel. Quelque chose clochait. Et le policier semblait aussi l'avoir remarqué.

— On l'a retrouvé dans une décharge, répondit Halloran en soutenant le regard de Grant.

— Dans une décharge ? Il est mort ?

— Il est dans un état critique. On l'a emmené à l'hôpital d'East Orange.

Halloran marqua une pause, puis reprit d'un ton grave :

— Mais dans l'ambulance, il a beaucoup parlé.

— J'imagine ! marmonna Grant en baissant les yeux. Il a probablement accusé Lili de tous ses malheurs.

— Non, répondit le policier. C'est vous qu'il a accusé.

L'inspecteur Halloran quitta l'appartement une demi-heure plus tard. Grant partit à son tour, peu après. Lili avait tellement mal à la tête qu'elle en avait la nausée. Elle devait lutter de toute sa volonté pour ne pas tomber d'épuisement.

— Désirez-vous que je vous serve quelque chose ? demanda Gretchen.

— Du thé, répondit Lili. Je le prendrai dans ma chambre.

Chaque soir, depuis vingt ans, elle buvait du thé avant de se coucher. Un rituel insignifiant auquel, curieusement, elle se raccrochait encore, en ces moments tragiques.

Car c'était bien d'une tragédie qu'il s'agissait. Un drame horrible, pour lequel elle n'avait pas de mots assez forts : l'inspecteur Halloran supposait que Grant avait orchestré l'attentat de l'usine. C'était de la folie furieuse ! Ce policier devait être fou à lier. Jamais Grant n'aurait commis un acte aussi abominable. Night-Way était son avenir, la clé de son succès aux primaires, puis de sa victoire finale aux élections. Pourquoi diable aurait-il détruit la compagnie dont il avait hérité ? Cela n'avait aucun sens.

Frank DeVito avait perdu la raison, c'était la seule explication possible. Selon Grant, ce pauvre homme avait cherché à anéantir *Lili ! International* pour venger indirectement la mort de son enfant. Et Halloran avait noté son témoignage.

Mais après tout, importait-il réellement de savoir qui avait allumé la mèche ? Lili n'aurait su le dire. Bien sûr, il fallait punir le coupable, quel qu'il fût. Pourtant, cela ne changerait rien au fait que son usine avait été réduite en cendres, que des dizaines de ses employés étaient morts ou blessés — que d'innombrables rêves avaient été brutalement anéantis par un acte barbare.

Dans sa chambre, Lili se déshabilla, puis enfila un kimono de soie turquoise. Elle alluma une cigarette et regarda les lumières de la ville par la fenêtre. Elle avait beau critiquer l'inspecteur Halloran, force était d'admettre que Grant avait paru particulièrement mal à l'aise, ce soir. Jamais elle ne l'avait vu si troublé, si nerveux. Elle jugeait cela très inquiétant. Grant lui avait promis qu'il rentrerait directement chez lui, auprès de Felicia et du bébé, mais tiendrait-il parole ? Etant donné son humeur, c'était plus qu'improbable.

Apparemment, Grant avait bien accepté les révélations qu'elle lui avait faites au sujet de Corey. Il l'avait écoutée, sans manifester la moindre émotion, raconter l'histoire de sa grossesse et de son accouchement à Atlanta. Quand elle en était arrivée à parler de Carter, il s'était un peu crispé, mais il ne l'avait pas interrompue. Même la lettre pathétique de Millicent Banning ne l'avait pas fait réagir, si ce n'est par une légère grimace de dégoût. Et pourtant… Lili avait senti, derrière ce masque impassible, un sombre tourbillon de sentiments qui l'avait mise profondément mal à l'aise. Leur discussion avec Halloran n'avait fait ensuite qu'accentuer son impression.

— C'est absurde ! dit-elle à voix haute.

Elle imaginait des choses qui n'existaient pas. Grant n'avait aucune raison de s'inquiéter en découvrant que Corey Prescott faisait partie de sa famille. Cela ne changeait rien à l'amour que Lili lui portait. Elle l'adorait tout autant qu'au cours des vingt années précédentes. Elle ne lui refuserait rien, elle n'hésiterait devant aucune tâche, si difficile soit-elle, pour garantir son bonheur.

Tournerais-tu le dos à ta fille si tu craignais de perdre ton fils ?

C'était une question terrible. Mais ce qui terrifiait le plus Lili, ce qui manquait de lui déchirer le cœur, c'était la réponse qu'elle y apportait instinctivement : la fille qu'elle avait portée en elle pendant neuf mois était aujourd'hui une étrangère à ses yeux, tandis que le fils qu'elle avait trouvé en épousant Carter lui était aussi cher que son propre reflet dans le miroir. « Ma fille, songea-t-elle. Mon petit bébé. » Ces mots ne manquaient certes pas de pouvoir, mais ils n'avaient aucune magie. Lili attendit d'éprouver quelque frisson d'amour maternel pour Corey, mais rien ne vint.

Elle avait attendu Whit trop longtemps, et elle avait fini par le perdre. Sans doute en allait-il de même avec Corey. Peut-être leurs retrouvailles auraient-elles été encore possibles quelques années auparavant, mais plus aujourd'hui. D'ailleurs, Corey avait montré de façon douloureusement claire, au cours de ces deux dernières semaines, qu'elle détestait tout ce qui constituait l'univers de sa mère.

Ce que Lili comprenait. Corey Prescott avait l'apparence d'une magnifique jeune femme, mais, au fond, son comportement agressif prouvait qu'elle restait la petite fille esseulée et défigurée dont Millicent Banning avait parlé dans sa lettre.

Lili se dirigea vers son lit en soupirant. Toute cette histoire lui semblait par moments complètement irréelle, comme s'il s'agissait de la vie d'une autre femme qu'elle aurait regardée défiler sur un écran de cinéma. « Cesse d'y penser, cesse de te torturer, songea-t-elle. Tu as besoin de repos. »

Elle se mit au lit et s'emmitoufla sous les couvertures.

— J'ai fait tout mon possible, murmura-t-elle avant de s'endormir. Je ne voulais pas te faire de mal, Corey...

Sur son répondeur téléphonique, Corey trouva six messages de Stephen. Au début, il essayait de masquer son anxiété en plaisantant, mais son ton se faisait plus grave à chaque appel. En outre, Corey se rendit compte que sa voix trahissait plus que de l'anxiété : elle contenait une note de tendresse et d'affection qui lui mit les larmes aux yeux.

« Dommage que le moment ait été si mal choisi pour nous deux », se dit-elle avec dépit. Stephen avait besoin d'une femme capable de s'engager avec lui sur le long terme. Quant à elle, elle aurait quitté New York avant la fin du week-end. Sa mission chez *Lili ! International* prenait fin de la manière la plus brutale qui soit. Et puisque la compagnie possédait l'appartement qu'elle occupait, Corey avait la ferme intention de repartir pour Boston dès que possible. Il n'y avait plus rien pour elle à New York. Les rêves qu'elle avait nourris un temps au sujet de Stephen et de Jessie, tout comme ceux qui concernaient Lili Spaulding, appartenaient au passé.

La sonnerie du téléphone retentit soudain. Corey préféra ne pas répondre tout de suite.

— Corey, je sais que vous finirez bien par rentrer chez vous, disait Stephen. Appelez-moi et...

Le cœur battant la chamade, elle décrocha le combiné.

— Je suis là, Stephen !

— Corey ! s'exclama-t-il d'une voix émue. Pourquoi ne m'avez-vous pas rappelé plus tôt ?

— Je rentre à l'instant.

— Vous êtes sur toutes les chaînes de télé. Une vraie héroïne.

Elle poussa un petit rire amer.

— Dites plutôt une idiote.

— Mais non ! Vous avez sauvé la vie de la Rose d'acier.

— Elle n'avait pas besoin de moi pour survivre, Stephen, murmura Corey avec tristesse. Grant lui suffit.

— Et vous, Corey ? demanda-t-il d'un ton soucieux. Ça va ?

— Ça va. Une petite dose de réalité n'a jamais fait de mal à personne.

— Hmm, vous avez l'air bizarre. Ecoutez, je viens chez vous tout de suite. La baby-sitter est encore ici. Elle gardera Jessie pendant…

— Non !

Corey soupira. Elle ne voulait pas blesser Stephen, mais elle se sentait trop nerveuse pour le voir ce soir.

— Non, répéta-t-elle plus doucement. Il est trop tard, Stephen. Vous aviez raison, l'autre jour, au Serendipity. Jessie et vous, vous méritez quelqu'un qui sera toujours avec vous. Je ne vous conviens pas.

— Qu'est-ce qui se passe, Corey ? Il y a deux jours, nous…

— Il y a deux jours, je n'étais pas la fille de Lili Spaulding. Aujourd'hui, si. Et ça change tout.

— La fille de Lili Spaulding ? Mais de quoi parlez-vous, à la fin ? Lili n'a pas…

— C'est une longue histoire. Vous en entendrez probablement parler dans les médias d'un jour à l'autre.

— Pas de salades, Corey, répliqua-t-il avec fermeté. Nous pouvons très bien…

— Non. Je ne suis pas la femme que vous croyez, Stephen. D'ailleurs, je ne suis même pas celle que je croyais être.

— J'arrive, répéta-t-il. Nous pourrons discuter calmement.

— Je ne serai plus ici.

— Non, Corey ! s'écria-t-il. Vous n'allez pas sortir de ma vie comme ça.

— Adieu, Stephen. Prenez bien soin de Jessie. Je ne veux pas que vous veniez ici ce soir.

Elle raccrocha avant d'être tentée de changer d'avis.

Le téléphone sonna de nouveau quelques secondes plus tard. Elle laissa le répondeur se charger de l'appel. Une femme intelligente devait savoir, le moment venu, tirer un trait sur une période de sa vie qui s'achevait. Corey était une femme intelligente. Elle l'était déjà avant que le plasticien ne la rende belle, et elle le serait encore quand sa beauté s'évanouirait. C'était une leçon qu'elle avait mis très longtemps à apprendre, et qu'elle n'était pas près d'oublier.

Sa valise était restée dans le coffre de la Rolls de Lili. Tant pis. Elle se passerait de ces affaires-là. Elle sortit deux gros sacs fourre-tout du placard de l'entrée et commença à y jeter en vrac vêtements et accessoires. Ses tailleurs haute couture méritaient un meilleur traitement, mais peu importait. Ce qui comptait le plus, c'était qu'elle quitte les lieux très vite. Et qu'elle essaie de chasser de son esprit, de sa mémoire, le flot d'émotions contradictoires qui l'avait assaillie aujourd'hui.

« … et il ne fait aucun doute que Corey Prescott a sauvé la vie de Mme Spaulding. D'après les ambulanciers présents… »

— Eteignez ça ! grommela Grant en désignant la télévision suspendue au-dessus du bar.

CNN ! Ces reportages à la noix lui donnaient la nausée.

« Les associations de protection des animaux nient toute responsabilité dans cet attentat. Selon certaines informations non confirmées, Frank DeVito, un chimiste employé par la compagnie… »

— J'ai dit : éteignez cette merde ! insista Grant.

Le barman, qui remplissait des verres de bière, ne cilla même pas. Grant frappa du poing sur le comptoir. Il avait assez de fric pour racheter dix fois ce troquet minable. Il méritait un peu de respect.

— Vous avez entendu ? cria-t-il. Eteignez ce machin !

— Non, répondit calmement le barman. Et si ça ne vous plaît pas, fichez le camp.

Grant désigna son verre.

— Donnez-moi un autre whisky, ordonna-t-il d'un ton moins agressif.

— Non. Vous avez assez bu.

— Ça, c'est à moi d'en juger.

— C'est fermé, répliqua le barman en soutenant son regard. Je ne sers plus rien. Rentrez chez vous et attendez le Père Noël.

Grant eut une grimace de dégoût. Chez lui ? Sûrement pas ! Il n'avait aucune envie de retrouver Felicia en larmes, gémissant sur la catastrophe de Somerset. « Que vas-tu faire ce soir ? » lui avait-elle demandé un moment plus tôt au téléphone. L'imbécile ! S'il avait su quoi faire, il n'aurait pas végété dans un bar miteux à écouter les journalistes de télévision s'extasier sur les prouesses de Corey Prescott !

Corey, qui avait sauvé la vie de Lili en lui insufflant de l'air dans les poumons. Corey, altruiste et brave, l'employée modèle…

Corey, la fille de Lili Spaulding…

— Salope ! marmonna-t-il.

L'attentat contre l'usine était bien le dernier de ses soucis. Une fois la surprise passée, et une fois rassuré sur le sort de Lili, il avait compris que Jarreau avait magnifiquement orchestré son affaire. Avec cette superbe explosion, tous les problèmes s'étaient envolés d'un coup — et tant mieux si DeVito mourait aussi. En définitive, Grant avait eu toutes les raisons de se réjouir.

Puis Lili avait lancé la seconde bombe de la soirée en lui révélant que Corey Prescott était sa fille. Bien sûr, il s'était retenu de montrer ses émotions. Mais en son for intérieur, il brûlait d'une rage sourde. Il n'était pas question qu'une garce quelconque surgisse du néant pour lui rafler son héritage !

Dès qu'il avait quitté l'appartement de Lili, il avait passé quelques coups de fil : il avait ainsi très vite tiré au clair le petit jeu de Prescott. C'était elle qui avait manigancé le départ de Blake Morrow pour prendre sa place, ni vu ni connu. Mais Grant comptait bien lui faire payer le prix de ses entourloupes. Cette chienne avait beau être la fille de Lili, elle n'ennuierait plus personne quand il en aurait terminé avec elle.

Il posa un billet de cinquante dollars sur la table, puis enfila son manteau. L'idée que Corey ait osé refuser ses avances le mettait en rage. Pour qui se prenait-elle, cette petite salope ? La plupart des femmes rêvaient de se jeter au pieu avec lui, mais Corey, elle, avait joué la vierge effarouchée ! Il en avait plus que marre. Elle méritait une bonne correction.

*
* *

Le téléphone de Corey n'arrêtait pas de sonner. Le répondeur était surchargé de messages de Stephen et de journalistes désireux d'interviewer la grande héroïne du jour.

Qu'ils aillent tous au diable ! Corey ne se sentait pas l'âme d'une héroïne. Après avoir terminé ses bagages, elle téléphona à une compagnie aérienne pour demander s'il y avait un vol en partance pour Boston dès ce soir. Elle avait gardé son appartement là-bas, et elle ne doutait pas d'y retrouver sous peu un emploi dans ses cordes.

Et si elle ne travaillait pas pendant quelque temps, elle en profiterait pour panser ses blessures. L'important, c'était qu'elle s'éloigne le plus possible de Lili Spaulding. Elle avait eu une occasion de se venger, et elle l'avait gâchée sans même avoir eu la satisfaction de lui révéler qu'elle était son enfant. Tant pis pour elle !

L'employé de la compagnie aérienne l'informa qu'il restait un vol pour Boston ; elle y réserva une place. Outre Lili Spaulding, une raison importante la poussait à quitter New York le plus vite possible : si elle restait, elle ne parviendrait peut-être pas à éviter Stephen et Jessie. Et se revoir ne manquerait pas de les faire souffrir davantage tous les trois.

« C'est vraiment dommage, songea-t-elle avec dépit. Stephen et moi aurions pu réussir quelque chose ensemble. Peut-être. Je ne le saurai jamais. »

Alors qu'elle portait ses sacs de voyage dans l'entrée, l'Interphone de l'immeuble sonna. Corey décrocha le combiné.

— Il y a une visite pour vous, l'informa le portier. M. Stephen Gold.

Corey ferma un instant les yeux.

— Dites-lui… dites-lui de monter.

Stephen ne la ferait pas revenir sur sa décision, mais elle ne résistait pas à l'envie de le revoir une dernière fois avant de partir. Elle espérait seulement qu'il avait eu la sagesse de laisser Jessie chez lui. Le cœur d'un enfant est trop fragile ; les blessures qu'il subit cicatrisent difficilement.

Quelques instants plus tard, la sonnette tinta. Corey prit une profonde inspiration et ouvrit la porte.

— Stephen, je crois que…

— Alors, petite sœur, tu m'invites à prendre un verre ?

Grant Spaulding se tenait sur le seuil, les traits tordus par la haine.

« Petite sœur, songea-t-elle avec effroi. Oh, Seigneur… » Il savait la vérité. Mais comment ? Depuis quand ?

— Désolée, dit-elle d'une voix ferme, mais je ne peux pas vous recevoir.

— Cinq minutes, insista Grant. Juste un verre. C'est le moins que tu puisses faire !

Et, avant qu'elle ait esquissé un seul geste, il entra dans l'appartement, refermant la porte derrière lui. Un frisson d'appréhension se répandit dans la poitrine de la jeune femme, mais elle s'intima l'ordre d'affronter Grant avec courage.

Il désigna les sacs de voyage sur le sol.

— Tu t'en vas, petite sœur ?

— Oui. Et si ça ne vous ennuie pas…

— Si, ça m'ennuie, l'interrompit-il sèchement. Ça m'ennuie même beaucoup.

— Ecoutez, j'ignore quel est votre problème, mais…

Il se planta devant elle en grimaçant.

— Le problème, c'est toi.

— Moi ? Je ne vois pas en quoi je vous pose un problème.

Il lui saisit le menton entre le pouce et l'index.

— Tu es ma petite sœur. C'est ça, le problème.

Elle repoussa sa main d'un geste brusque.

— Vous êtes soûl.

— Pas encore, mais ça viendra, répliqua-t-il en la forçant à reculer contre le mur. Tu aurais dû me dire que tu es la petite bâtarde de Lili.

— Je ne sais pas de quoi vous parlez, mentit-elle.

— Ha, ha, ha ! s'exclama Grant, narquois.

Il sortit de sa poche le formulaire relatif au don du sang.

— Tu devrais apprendre à mieux couvrir tes traces, sœurette.

Corey sentit sa gorge se nouer.

— Est-ce que Lili… ?

— C'est elle qui me l'a dit.

« Elle sait la vérité, songea Corey. Ma mère sait que je suis sa fille. » Mais alors, pourquoi n'était-ce pas Lili elle-même qui s'était présentée à sa porte ?

— Combien veux-tu pour foutre le camp de ma vie ? demanda soudain Grant avec colère.

— L'argent ne m'intéresse pas, répliqua-t-elle en se glissant le long du mur, en direction du salon.

Si elle réussissait à s'enfuir en courant et à atteindre la chambre, qui fermait à clé, elle pourrait ensuite appeler la police.

— Tu mens ! Tu es la fille bâtarde de Lili, et tu veux une part du gâteau.

— Vous vous faites des illusions.

— J'ai appelé Blake Morrow. Je suis au courant de tes manigances. Je sais que tu as tout prévu pour me piquer mon héritage.

— Non, marmonna Corey. Ce n'est pas…

— Toi aussi tu te fais des illusions, petite sœur, l'interrompit-il. Pour Lili, tu n'es rien ! Elle ne s'intéresse qu'à moi. A moi seul ! C'est pour moi qu'elle a rebâti cette fichue compagnie.

Ces mots ravivèrent le chagrin de Corey, mais elle s'efforça de répondre avec aplomb :

— Tant mieux pour vous. Maintenant, laissez-moi, s'il vous plaît.

— Pas question.

— Je ne vous ai pas invité.

— Peut-être, mais le portier m'a laissé entrer.

— Il vous a annoncé sous le nom de Stephen Gold.

Grant éclata de rire.

— Surprise ? Alors, est-ce que tu écartes les cuisses pour cet imbécile aussi vite que tu lui as ouvert ta porte ?

Elle le gifla sans réfléchir, par pur réflexe de colère, mais elle regretta aussitôt son geste. Grant lui agrippa les poignets avec fureur.

— Salope ! Tu vas me payer ça !

Corey comprit alors avec effroi qu'il était venu dans l'intention de la violer. Elle sentit ses jambes flageoler tandis qu'un bourdonnement sourd résonnait dans sa tête.

Elle était terrifiée. Mais elle s'en sortirait. Elle avait davantage souffert dans son enfance que n'importe qui. Elle pouvait tout endurer.

— Rédigez des documents légaux, dit-elle. Je renoncerai par contrat à l'héritage de ma mère.

— Aujourd'hui, les contrats sont faits pour être rompus, rétorqua Grant d'une voix vibrante de colère.

— Pas celui-là. Quand je serai partie, vous n'entendrez plus jamais parler de moi.

Il la dévisagea quelques instants, puis ses yeux froids glissèrent sur sa gorge, ses seins, descendant jusqu'à son ventre. Une lueur concupiscente apparut dans son regard.

— Hmm, il y a peut-être une chose qui me convaincra de ta bonne foi, petite sœur, déclara-t-il.

Et, lui agrippant les cheveux, il l'entraîna vers la chambre.

L'eau était noire et glaciale, et elle tourbillonnait avec violence autour de Lili.

— Maman ! Aide-moi, maman !

Malgré les ténèbres, Lili distinguait le visage de son enfant. Des cicatrices affreuses lui défiguraient tout le côté droit. « Ma fille, ma petite fille… »

— J'ai besoin de toi, maman… j'ai besoin de toi !

Le cœur de Lili se serra à l'étouffer. Sa fille était en train de se noyer.

— Reste où tu es ! cria-t-elle. J'arrive !

Malheureusement, elle ne réussissait pas à faire un seul mouvement. Elle avait beau essayer, elle ne pouvait pas avancer.

Les eaux engloutirent la tête de l'enfant, et…

Lili se réveilla en sursaut. Mais son rêve ne s'éva-nouit pas pour autant. Elle voyait encore le visage de sa fille, un visage à la fois enfantin et adulte, et elle entendait ses cris de terreur.

— Corey, murmura-t-elle, saisie par un pressentiment terrible. Corey…

Elle repoussa les couvertures, se leva et commença à s'habiller en toute hâte.

Corey n'essaya pas de se débattre pendant que Grant l'entraînait vers le lit. Il était beaucoup plus fort qu'elle ne l'avait soupçonné, et elle savait qu'il n'hésiterait pas à la brutaliser si elle lui résistait. La nausée l'envahit, mais elle déglutit pour la refouler.

« Tu es capable de surmonter ça, se dit-elle. Ne perds pas courage. » Si elle n'était pas de taille à vaincre Grant sur le plan physique, elle le surpassait largement par l'intelligence. Elle devait ruser. Il fallait qu'elle surveille attentivement tous ses gestes, et saisisse la première occasion pour se libérer. Si elle réussissait à sortir de la chambre, elle aurait de bonnes chances de lui échapper.

« Reste calme, se répéta-t-elle. Tu vas y arriver. »

Grant la jeta sur le lit avec une telle brutalité qu'elle en eut le souffle coupé. Sa jupe se releva sur ses jambes, dévoilant ses cuisses. Tandis qu'il la dévorait du regard, un sourire vicieux sur les lèvres, une poussée d'angoisse saisit Corey. Et si elle ne parvenait pas à fuir ? Et si…

« Non ! Tu trouveras toujours un moyen de t'en sortir. »

— Tu peux faire mieux que ça, j'en suis sûr, susurra-t-il en se penchant au-dessus d'elle. Montre-moi comment tu t'y prends avec ton ami Stephen.

— Ce n'est pas mon ami, répliqua-t-elle pour gagner du temps. Pourquoi vous mettez-vous des idées pareilles dans la tête ?

— Hmm, tu portes des bas, à ce que je vois. Retire-les.

— Non.

— Retire-les, ou je te les arrache.

Corey ne voulait pas sentir ses mains sur lui. Elle saisit un de ses bas entre ses doigts et commença à le retirer, le plus lentement possible.

— Désolé, madame, fit le portier en désignant le registre des visites, mais pour monter, vous devez signer ici.

Lili redressa le menton.

— Je suis Lili Spaulding, dit-elle d'un ton impérieux.

Elle se demanda comment cet homme réagirait si elle lui précisait qu'elle avait un pistolet dans la poche de sa veste de vison. Elle avait apporté son arme, car son instinct lui soufflait que quelque chose d'anormal était en train de se passer. Corey était en danger.

— Je suis la propriétaire de l'appartement du deuxième étage, ajouta-t-elle.

— Oui, madame, répondit le portier avec un sourire méfiant. S'il vous plaît, signez quand même ici.

Lili soupira et préféra se plier à cette exigence plutôt que de perdre du temps. En se penchant sur le registre des visites, elle remarqua le nom de Stephen Gold. Curieux, songea-t-elle, comme sa signature ressemblait à celle de Grant…

— Ne prévenez pas Mme Prescott de mon arrivée, ordonna-t-elle. Je veux lui faire la surprise.

Le portier sourit.

— Attention. Vous risquez de les déranger, elle et son ami.

— Bah ! La vie est pleine de surprises, n'est-ce pas ?

— Surtout si vous débarquez au mauvais moment.

— Mme Prescott ne m'en voudra pas, répondit Lili. Je suis sa mère.

— Et maintenant, retire ta culotte, dit Grant. Je veux voir ton sexe.

A cette pensée, Corey se sentit défaillir.

— Non.

— Je n'aime pas ce mot.

— Je n'aime pas recevoir des ordres.

Une expression mauvaise se peignit sur le visage de Grant. Il se pencha tout à coup vers elle et déchira violemment son chemisier.

— Là ! Maintenant, fais voir tes nichons !

Il ne plaisantait pas. Corey dégrafa son soutien-gorge d'une main tremblante. Grant contempla sa poitrine d'un œil lubrique, le souffle court.

— Pas mal, murmura-t-il. Pas génial, mais pas mal quand même.

A sa plus grande terreur, Corey se sentit rougir de la tête aux pieds. Soudain, elle avait de nouveau quinze ans, elle était défigurée, désespérément solitaire…

— Et vous ? le nargua-t-elle. Vous avez peur de me montrer ce que vous avez ?

« Approche-toi encore un peu, salopard, et je ferai en sorte que tu ne puisses jamais plus avoir d'enfant. »

Elle eut peine à cacher sa joie lorsqu'elle le vit ouvrir sa braguette.

« Encore deux mètres… allez… avance, et je te… »

Il lui assena soudain un violent coup de poing à la mâchoire.

— Petite garce stupide, grogna-t-il. Tu croyais que je tomberais dans le panneau ?

— Je… je ne sais pas de quoi…, balbutia-t-elle en luttant contre la douleur.

Il la frappa encore, cette fois à la tempe.

— La ferme ! hurla-t-il. Je ne veux plus t'entendre.

Corey essaya de se tourner sur le lit, mais ses muscles, tétanisés par la peur, refusèrent de lui obéir. Elle aperçut alors une tache rouge sur l'oreiller. Du sang ! En la frappant, Grant l'avait blessée. « Oh, Seigneur… » Non seulement il voulait la violer, mais il n'hésiterait pas à la tuer ensuite.

Elle rejeta la tête en arrière et tenta de crier, mais aucun son ne sortit de sa gorge desséchée. Si seulement elle n'avait pas dissuadé

Stephen de venir ! « A l'aide ! songea-t-elle désespérément. Quelqu'un, à l'aide… »

Grant agrippa sa culotte et la déchira d'un geste brusque. Puis, la forçant à écarter les jambes, il tendit la main vers son sexe.

— Tu n'as pas encore envie de moi, marmonna-t-il d'une voix sourde. Pas grave. Ça va venir.

— Fumier ! Salopard…

Il roula sa culotte en boule et la lui fourra dans la bouche.

— Tu parles trop, Corey Prescott. Ça ne me plaît pas.

« Aidez-moi… Oh, Seigneur, aidez-moi, quelqu'un… »

La porte de l'appartement n'était pas verrouillée. Lili avait sonné deux fois, sans obtenir de réponse. Elle décida d'entrer. Dans le vestibule, elle aperçut deux gros sacs de toile. Elle jeta un œil dans la penderie. Hormis une parka de femme, suspendue à un cintre, il n'y avait aucun vêtement. Si Stephen Gold se trouvait ici, où était son manteau ?

« Tu réfléchis comme une femme d'une autre époque, Lili », se dit-elle. Aujourd'hui, la passion ne prenait pas toujours le temps d'accrocher sagement les manteaux aux patères… ni, comme le prouvaient les marques d'humidité sur le sol, d'essuyer les semelles enneigées des chaussures.

Lili soupira. Elle n'avait pas le droit de se trouver ici. Ce qui se passait à l'autre bout de l'appartement ne la concernait pas. Corey s'était débrouillée seule pendant plus de trente ans. Elle n'avait besoin ni de son aide ni de ses conseils.

Elle se tournait pour partir, quand un bruit étrange la figea sur place. Retenant son souffle, elle tendit l'oreille. C'était… une voix d'homme. Elle ne distinguait pas les paroles, mais le ton était indiscutablement menaçant. Et cette voix, elle la connaissait. C'était celle de Grant !

Lili secoua la tête en soupirant. Elle se trompait sûrement. Son imagination lui jouait des tours. Corey n'était pas intéressée par Grant. La simple pensée qu'ils puissent…

De plus, d'après le portier, l'invité de Corey était Stephen Gold. Lili n'avait nulle raison de ne pas le croire. A sa connaissance, les portiers étaient au fait de tous les secrets des appartements et de leurs occupants. Rien n'échappait à leur vigilance…

Maman, au secours !

Une sorte de gémissement étouffé se fit entendre. Lili sursauta.

Je t'en prie, maman ! Aide-moi…

Avait-elle perdu la tête ? Voilà qu'à présent, son cauchemar la hantait même quand elle était éveillée ! Décidément elle aurait mieux fait de suivre les conseils des médecins de l'hôpital et de rester en observation un jour ou deux. Les blessures crâniennes causaient parfois de désagréables surprises. Bientôt, elle verrait un défilé d'éléphants roses dans le couloir…

N'empêche, elle éprouvait un besoin irrépressible de s'assurer de visu que tout allait bien pour sa fille. Et tant pis si Corey lui reprochait d'avoir envahi son intimité de façon si grossière. Elle avait tant de raisons de la détester qu'une de plus ou de moins ne changerait pas grand-chose.

— Prends ton pied, ça sera plus drôle pour nous deux !

Lili frissonna de peur. C'était bel et bien la voix de Grant — autoritaire, agressive. *Son fils. Son fils adoré…* Le cœur battant, elle traversa l'appartement sur la pointe des pieds… et s'immobilisa sur le seuil de la chambre, les yeux écarquillés d'horreur.

— Allez, grogna Grant. Détends-toi pour…

Il se tut brusquement, remarquant la présence de Lili. Le rictus haineux qui tordait ses traits se mua instantanément en un sourire angélique.

— Ce n'est pas ce que tu crois, belle-maman, déclara-t-il en tirant une couverture pour cacher sa nudité.

Lili tourna son regard vers Corey. Ses vêtements déchirés… les marques de coups sur son visage… la main de Grant plaquée sur sa poitrine pour l'empêcher de se débattre. Et… Seigneur, que lui avait-il donc fourré dans la bouche ?

— Tu ne sais pas ce que je crois, répliqua-t-elle.

Grant avait déjà recouvré toute sa contenance.

— On s'amusait un peu, tous les deux. Tu sais ce que c'est ! On bavardait, et puis de fil en aiguille…

Il eut un large sourire.

— Je suis bien le fils de mon père, conclut-il.

— Laisse-la, Grant, ordonna Lili en réprimant une grimace de dégoût. Rhabille-toi et va retrouver ta femme.

La dernière fois qu'elle lui avait parlé de cette façon, c'était vingt ans plus tôt, quand il n'était encore qu'un adolescent. Il avait alors besoin d'être remis dans le droit chemin par quelqu'un qui sache faire preuve à la fois d'autorité et de tendresse.

— C'est une sauterie privée, ici, rétorqua-t-il. Tu n'as pas été invitée.

Lili croisa le regard de Corey, et la terreur qu'elle lut dans ses yeux lui fendit le cœur. « Elle a peur, mais elle est indemne », se dit-elle pour se rassurer. Et elle pria qu'il ne fût pas trop tard pour les sauver tous.

— Je veux entendre Corey me dire qu'elle va bien, répondit-elle d'une voix ferme.

— Je ne crois pas qu'elle soit d'humeur à te parler.

— Retire cette… chose de sa bouche, et nous verrons.

— Tu dépasses les bornes, ma chère Lili. Les jeux d'adultes n'ont de sens que pour leurs participants.

Corey gesticula en gémissant.

— Lâche-la, Grant ! ordonna Lili. Lâche-la immédiatement.

Il ne fit pas un geste. La tension était montée irrésistiblement entre eux.

— Cette fille ne vaut rien ! rétorqua-t-il avec hargne. C'est elle qui a fait virer Morrow pour prendre sa place. Elle a tout manigancé. C'est une petite garce. Ne perds pas ton temps avec elle. Je suis ton fils. Personne ne te comprendra jamais mieux que moi.

— Oh, non, tu ne me comprends pas, Grant. Mon fils ne ferait de mal à personne. Mon fils n'agirait jamais de cette manière.

En un instant, Lili comprit que ce fils à qui elle avait donné tout son amour n'était qu'un rêve creux — une chimère qu'elle s'était inventée pour combler le vide laissé dans son cœur par l'absence de sa fille.

Cependant, Corey s'agitait désespérément sous Grant. Il se déporta un peu sur la gauche en jurant entre ses dents, et la frappa à la mâchoire. Lili poussa un cri d'effroi, et ses doigts se refermèrent, dans sa poche, sur la crosse de son pistolet. Elle brandit l'arme à bout de bras et fit feu sans hésitation. Une seconde plus tard, Grant s'effondrait par terre, touché à l'épaule.

— Lève encore une fois la main sur ma fille, cria-t-elle d'une voix entrecoupée, et je te tuerai !

Corey eut l'impression que le temps s'était arrêté. Puis sa terreur laissa place à la stupéfaction. Elle avait peine à en croire ses yeux. Grant se tordait de douleur sur le sol. Il y avait du sang partout sur les draps. Et sa mère se tenait devant elle, un pistolet à la main !

Elle se mit alors à trembler convulsivement. Lili posa son arme, lui retira doucement le sous-vêtement de la bouche, puis l'enveloppa dans une couverture tout en lui murmurant des paroles apaisantes. Des mots d'amour ? Des mots de regret ? Des excuses ? Qu'importe. Elle était à présent hors de danger.

— Je vais appeler la police, déclara Lili en lui caressant doucement les cheveux. Tu dois porter plainte contre lui.

Corey hocha faiblement la tête.

— Je sais.

Elle se demandait ce qu'éprouvait Lili à l'idée d'avoir perdu le fils qu'elle avait tant aimé.

A cet instant, Grant poussa un cri, puis s'évanouit. Lili tressaillit, mais elle ne fit aucun geste pour lui venir en aide. Elle serra Corey dans ses bras et la berça doucement.

— Tu as choisi de me protéger, murmura Corey d'un ton émerveillé en scrutant le visage de sa mère. Tu m'as sauvé la vie…

Les yeux de Lili s'emplirent de larmes.

— Tu es ma fille. Ma petite fille. J'ai fait la seule chose que je pouvais faire.

— Mais… je… je suis venue ici pour te détruire. Je voulais que tu payes pour…

Lili baissa les yeux.

— Ta mère adoptive… ? demanda-t-elle. Est-ce qu'elle… ?

— Elle est morte en septembre, répondit Corey.

— Tu as… de la chance d'avoir eu une maman comme elle, balbutia Lili.

— Oui. Millicent était une femme merveilleuse. Je l'aimais énormément, et elle me manque beaucoup.

Ces mots ne firent pas souffrir Lili comme elle aurait pu le craindre. Au contraire, ils lui mirent du baume au cœur. Elle caressa doucement la joue de son enfant, leurs regards se croisèrent — et Lili se revit à Atlanta avec son bébé dans les bras, le cœur gonflé d'amour et de beaux rêves. Corey et elle avaient fait un long et difficile voyage, pris des routes séparées, mais peut-être certains de leurs rêves pouvaient-ils encore se réaliser ?

— Corey, murmura-t-elle. Je suis… tellement désolée.

Alors, une chose merveilleuse, se produisit — une sorte de miracle : sa fille tendit le bras par-dessus les années de souffrance et de ressentiment, et saisit sa main, nouant ses doigts aux siens.

— Moi aussi, je suis désolée, maman, murmura-t-elle en éclatant en sanglots. Moi aussi…

Lili Spaulding reposa la tête contre l'épaule de Corey et laissa ses larmes couler librement sur ses joues. Des larmes de bonheur.

Épilogue

La Barbade, 25 décembre

La villa était située au sommet d'une colline qui dominait une baie aux eaux turquoise.

Lili rangea sa voiture de location sous un banian et consulta la carte. C'était forcément là. Des volets vert foncé, des murs chaulés, des bougainvilliers violets et roses autour de la porte et des fenêtres, pas de voisins. La retraite idéale d'un homme qui désirait mener une existence simple et confortable. Un endroit tout à fait dans le style de Whit.

Tandis qu'elle se poudrait le visage et vérifiait sa coiffure, Lili se répéta qu'elle n'avait aucune raison d'avoir peur. Elle n'était plus une écolière. C'était parfaitement ridicule de se sentir si vulnérable à la pensée de revoir Whit.

En même temps, elle avait placé tant d'espoir dans leurs retrouvailles qu'il était tout de même un peu normal qu'elle nourrisse quelque appréhension.

Sa vie lui semblait sur le point de prendre un nouveau départ. L'avenir lui tendait les bras. Lili entrevoyait des possibilités dont elle n'avait plus osé rêver depuis très longtemps — depuis Euless, en fait, quand elle croyait que toutes les réponses à ses prières reposaient entre les bras d'un seul homme. Folie de la jeunesse, se disait-elle parfois. Mais également signe de sagesse. Car après tout, la vie était plus douce quand on la partageait avec quelqu'un. Et Lili priait de toute son âme qu'il ne fût pas trop tard en ce qui concernait Whit.

Elle frappa à la porte. Elle éprouvait à peu près le même sentiment que le jour où elle était entrée dans la maison des Franklin, au sommet de la colline : un sentiment d'enthousiasme mêlé d'anxiété. Elle avait aussi l'impression de n'être pas tout à fait à sa place. Ici, c'était l'univers privé de Whit, un univers qu'elle rêvait de partager avec lui — s'il voulait encore d'elle —, mais dont elle ignorait presque tout.

Personne ne vint ouvrir la porte. Elle frappa de nouveau, patienta quelques instants. Pas de réponse. Intriguée, elle jeta un coup d'œil par la fenêtre, et vit à l'intérieur une pièce spacieuse, inondée de soleil et décorée avec goût.

Lili s'engagea alors sur le sentier dallé qui contournait la maison, humant les odeurs délicieuses des fleurs exotiques. Cet endroit était absolument charmant. Une bouffée de joie l'envahit. Après toutes ces années perdues, toutes ces terribles erreurs qu'elle avait commises, elle avait eu l'immense bonheur de retrouver sa fille. Bien sûr, elles comprenaient toutes deux que certaines blessures guérissaient lentement. Deux femmes fières, deux cœur brisés : il faudrait du temps, beaucoup de temps pour effacer leurs souffrances. Mais Lili avait confiance. Le pouvoir de l'amour les réunirait de nouveau. Du chagrin qui les avait séparées était né quelque chose de merveilleux, qui ne cesserait de s'épanouir.

Corey était fragile, mais Lili ne doutait pas qu'elle réussît à surmonter ses peines et à trouver la paix de l'âme. Et puis elle avait Stephen Gold. On ne pouvait encore faire de pronostic quant à l'issue de leur histoire, mais enfin, des miracles se produisaient chaque jour dans le monde, et Lili avait bon espoir que ces deux-là connaîtraient un amour durable.

Grant et Dan Jarreau devaient passer en jugement au printemps. Ils écoperaient sans doute de lourdes peines de prison pour leur abominable acte terroriste. Grant serait également condamné pour tentative de viol. Grant... Lili l'avait aimé comme son fils pendant près de vingt ans, et il lui avait rendu cet amour en sabotant l'empire qu'elle avait bâti pour lui et pour ses enfants. Il ne méritait aucune compassion.

Du temps, se répéta-t-elle alors qu'elle arrivait de l'autre côté de la maison. Tout ce qu'il leur fallait, à tous, c'était du temps. Etrange, comme Whit et elle avaient eu du temps pour se trouver, sans jamais en tirer parti. Etait-ce trop demander au destin que de leur accorder une dernière chance ?

Et soudain, elle l'aperçut. Whit était assis sur un rocher au bord de la plage, face à la mer. Ses cheveux argentés brillaient au soleil. Il portait un short, mais pas de chemise. Son dos était superbement bronzé. Il avait l'air plus jeune, plus beau que jamais ; il semblait en paix avec lui-même et avec le monde. Lili songea alors avec tristesse que si elle aimait vraiment cet homme, elle devait lui laisser sa liberté. Whit méritait mieux que la femme compliquée et imparfaite qu'elle était.

Elle tournait les talons pour repartir... quand le miracle tant espéré se produisit.

— Il t'en a fallu du temps, Lil, l'apostropha Whit d'une voix rauque.

Des larmes emplirent les yeux de Lili. Elle rassembla son courage et lui fit face.

— Je sais, murmura-t-elle. Pourras-tu jamais me pardonner ?

Whit était l'amour de sa vie, l'homme qui voyait en elle au-delà des apparences, qui connaissait tous les secrets de son cœur.

— Je t'aime, Lil, répondit-il. Rien ne changera jamais les sentiments que j'ai pour toi.

— Je suis si heureuse... et je regrette infiniment le temps que j'ai perdu avant de m'apercevoir à quel point je t'aimais.

Whit sourit.

— Si tu veux mon avis, ça valait le coup d'attendre.

Il se leva et la prit dans ses bras. Elle posa la joue contre sa poitrine en fermant les yeux. « J'ai trouvé ma place, j'ai trouvé le bonheur. »

Au bout d'un long, très long trajet, Lilly Ann Barnett avait fini par réaliser tous ses rêves.

DANS LA MÊME COLLECTION

Par ordre alphabétique d'auteur

BARBARA BRETTON	*Le lien brisé*
WINSLOW ELLIOT	*L'innocence du mal*
TESS GERRITSEN	*Présumée coupable*
HEATHER GRAHAM	*L'invitation*
KATHRYN HARVEY	*La clé du passé*
PENNY JORDAN	*La femme bafouée*
R.J. KAISER	*Qui a tué Jane Doe ?*
ALEX KAVA	*Sang Froid*
ALEX KAVA	*Le Collectionneur*
MEG O'BRIEN	*Le piège*
MEG O'BRIEN	*En lettres de sang*
EMILIE RICHARDS	*Le refuge irlandais*
EMILIE RICHARDS	*Mémoires de Louisiane*
EMILIE RICHARDS	*Le testament des Gerritsen*
NORA ROBERTS	*Le cercle brisé*
NORA ROBERTS	*Possession*
NORA ROBERTS	*Et vos péchés seront pardonnés*
NORA ROBERTS	*Tabous*
NORA ROBERTS	*Coupable innocence*
FRANCIS ROE	*L'engrenage*
FRANCIS ROE	*Soins intensifs*
ERICA SPINDLER	*Rapt*
ERICA SPINDLER	*Black Rose*
CHARLOTTE VALE ALLEN	*L'enfance volée*

5 NOUVEAUTÉS À PARAÎTRE EN JANVIER 2005

MIRA

Cet ouvrage a été composé et mis en pages
par les *éditions* Harlequin

imprimé sur CAMERON par

BUSSIÈRE CAMEDAN IMPRIMERIES

GROUPE CPI

à Saint-Amand-Montrond (Cher)
en octobre 2004

Imprimé en France
Dépôt légal : novembre 2004
N° d'édition : 10933 — N° d'impression : 043583/1